CARAMBAIA

4

João do Rio

Crônica
Folhetim
Teatro

Seleção e apresentação
Graziella Beting

Crônica 7

INTRODUÇÃO 9

KODAKS DA VIDA 19
Gente às janelas 19
Tabuletas 24
O último burro 29
Inquérito precioso 34

O RIO CIVILIZA-SE 37
A vida do Rio – O prefeito 37
A cidade [estreia] 41
A cidade [iluminação
   no passeio público] 43
A cidade [Igreja e Estado] 45
A cidade [maternidade] 47
A decadência dos *chopps* 48
A praia maravilhosa 53

A POBRE GENTE 57
Na favela – Trecho
   inédito do Rio 57
Visões d'ópio. Os *chins* do Rio 62
As mariposas do luxo 69
Os livres acampamentos
   da miséria 75

FRÍVOLA CITY 81
O reverso 81
O chá e as visitas 86
Um caso comum 91
A cura nova 95
As opiniões de um
   moço bonito 101
Ser *snob* 106

AMORES E NEVROSES 109
Impotência 109
Ódio (páginas de um diário) 120
Dentro da noite 129
O amor de João 136
A moléstia do ciúme 141
A honestidade de Etelvina,
   amante... 145

HISTÓRIAS DO MOMENTO 157
O Brasil lê 157
No mundo dos feitiços –
   Os feiticeiros 161
Os satanistas 169
Os *sports* – O *foot-ball* 176
O barracão das rinhas 180
Sensações de guerra 185

Folhetim 191

INTRODUÇÃO 193

A PROFISSÃO DE
JACQUES PEDREIRA 201
   1. Recepção íntima 201
   2. Um jovem
      contemporâneo 212
   3. Exercício preliminar 224
   4. Primeiro, o amor... 236
   5. O incidente fatal 248
   6. O mais feliz dos três 261
   7. Diversões úteis 273
   8. Uma grande festa 286
   9. Episódio teatral 303

10. *Sports* 316
11. Desastres 323
12. Epílogo dos desastres 335
13. Após a tremenda
tempestade 343

MEMÓRIAS DE JOÃO CÂNDIDO,
O MARINHEIRO 353
1. Do Paraguai à Europa 353
2. Algumas viagens –
A esquadra de Evans 355
3. Caminho da Europa –
A volta 358
4. "O sonho da liberdade" 361
5. O dia do levante falha
três vezes 363
6. Os primeiros atos do
comandante da esquadra
revoltosa 364
7. Como se fez a anistia 366
8. A revolta do batalhão naval
[7 a 14 de dezembro] 370
9. A revolta do batalhão naval
[12 a 25 de dezembro] 372
10. Ainda a Ilha das Cobras 375
11. No Hospício Nacional 377

Crescente 397
Plenilúnio 403
Minguante 413

EVA – A PROPÓSITO DE
UMA MENINA ORIGINAL 425
Ato primeiro – O salão às onze
horas da manhã 429
Ato segundo – O salão à noite 457
Ato terceiro – O salão na manhã
seguinte até meio-dia 486

QUE PENA SER SÓ LADRÃO 513

ENTREVISTAS
O Teatro Nacional – Enquete 535
A Eva de João do Rio 539

Teatro 381

INTRODUÇÃO 383

AS QUATRO FASES
DO CASAMENTO 389
Lua nova 390

Crônica

Introdução
Graziella Beting

Crônicas não foram feitas para durar. Elas são textos breves, por natureza efêmeras, escritas geralmente de um dia para outro, com um lastro na realidade do noticiário e outro na ficção, em doses bastante variáveis dessa combinação.

Publicar uma seleção de crônicas de jornal cerca de um século depois de elas terem nascido é, portanto, um aparente contrassenso. Mas, quando João do Rio escrevia uma crônica, sabia estar criando algo mais que um texto perecível. Fosse para descrever uma partida de futebol – o estreante *foot-ball* –, discutir as reformas na cidade, relatar uma recepção da alta roda carioca ou visitar um presídio.

Ele mesmo afirmou isso num texto deixado no meio de seus arquivos, encontrado por sua mãe, Florência Barreto, e publicado dois anos depois da sua morte no jornal *A Pátria*: "Se a minha ação no jornalismo brasileiro pode ser notada é apenas porque desde o meu primeiro artigo assinado João do Rio eu nunca separei jornalismo de literatura, e procurei sempre fazer do jornalismo grande arte".

Um texto híbrido de ficção e reportagem, de invenção e realidade, tornou-se a marca distintiva da produção de João do Rio, assim como dos tantos outros pseudônimos usados por Paulo Barreto ao longo de sua carreira. E tudo isso era uma novidade para a imprensa do início do século.

João do Rio foi repórter numa época em que redator de jornal pouco saía do gabinete de trabalho. Ele percorreu os subterrâneos da cidade para entrevistar o povo numa época em que não se dava voz à pobre gente. Ele usou sua pena para denunciar as más condições de vida da gente humilde, mas também para descrever os ambientes requintados, os hábitos importados e luxos variados dos ricos. Ele subiu o morro para desvendar ao leitor o que era uma favela numa época em que "Favela" ainda era nome próprio. Ele flanou pela Avenida Central e frequentou os teatros, reuniões, chás e eventos mundanos – e até acabou gostando disso.

João do Rio percorreu o mundo, foi amado e odiado. Fez rir, fez chorar, colecionou admiradores e desafetos. Ele levou a reportagem para a crônica, e o estilo literário, a criação de diálogos, o humor, a ironia, para a reportagem. Renovou o modo de fazer jornalismo e ajudou a fundar a crônica moderna – presente ainda hoje nos principais jornais brasileiros.

Por tudo isso, achamos que vale a empreitada de exumar os textos desse escritor-jornalista das coleções de jornais envelhecidos e apresentá-los ao leitor do século XXI.

VIDA VERTIGINOSA

João do Rio foi objeto de duas principais biografias. A primeira delas data de 1978, escrita por Raimundo Magalhães Júnior, autor de uma série de retratos de escritores do século XIX e início do XX. Depois dele, o jornalista João Carlos Rodrigues fez uma extensa pesquisa sobre a vida e obra do autor que resultou na biografia publicada em 1996 e atualizada em 2010.[1] Os dados biográficos aqui presentes têm como fonte esses estudos, além de levantamentos pessoais.

---

1 Raimundo Magalhães Júnior, *A vida vertiginosa de João do Rio*, Rio de Janeiro, Civilização Brasileira, 1978; João Carlos Rodrigues, *João do Rio, uma biografia*, Rio de Janeiro, Topbooks, 1996, e *João do Rio, vida paixão e obra*, Rio de Janeiro, Civilização Brasileira, 2010.

O cronista que circulou com a mesma naturalidade entre a alta sociedade e a gente humilde das ruas tem a própria história vinculada a grupos sociais de universos bem distintos. Sua mãe, de origem humilde, nasceu de uma relação não oficial entre um médico-cirurgião famoso e uma mulata quase negra analfabeta. O pai vinha de família ilustre do Sul do país, que tinha barão, visconde e até ministro. Era professor no prestigioso colégio Pedro II e fervoroso defensor do positivismo de Auguste Comte. Estava terminando sua tese sobre logaritmos quando João Paulo Alberto Coelho Barreto nasceu, em 8 de agosto de 1881.

A estreia do jovem Paulo Barreto no jornalismo se deu pelo *Cidade do Rio*, diário dirigido por José do Patrocínio. O abolicionista teria dado o emprego ao jovem, de menos de 18 anos e sem experiência, como um gesto de retribuição à família – ele mesmo conseguira o primeiro emprego graças ao avô de João do Rio.

No jornal de Patrocínio, o estreante publicaria uma série de críticas de teatro, arte e literatura, sob pseudônimos, como Claude, ou assinando apenas com suas iniciais. O primeiro texto fora desse registro – e a sair assinado como Paulo Barreto – foi *Impotência*, um conto publicado em 1899, e, no ano seguinte, *Ódio* – ambos reproduzidos nesta coletânea.

Nesses primeiros textos, já se vislumbram vários temas que apareceriam ao longo de toda a sua obra, sobretudo ficcional. Os amores e as nevroses, as taras inconfessáveis, a homossexualidade, o apuro estético do dândi, que fazem com que alguns críticos relacionem sua produção, sobretudo ficcional, à literatura decadentista, *fin de siècle*, em voga na Europa. Certamente ele foi um leitor de Charles Baudelaire, de Gabriele D'Annunzio, ou de Oscar Wilde, para tomar apenas exemplos citados com frequência em suas crônicas. De Wilde, aliás, ele foi um dos principais difusores no Brasil, responsável pela tradução de peças, ensaios e, sobretudo, de sua obra mais conhecida, *O retrato de Dorian Gray*.

Em 1903, Paulo Barreto entrou na *Gazeta de Notícias*, onde passaria a maior parte de sua carreira. Representante da imprensa moderna, o jornal reproduzia as tendências internacionais, destinando mais espaço à literatura e à crônica e menos aos textos opinativos. Foi nas páginas desse jornal inovador que nasceu o pseudônimo com o qual ficaria mais conhecido, João do Rio.

PARIS DOS TRÓPICOS

Sua chegada à *Gazeta* coincide com o início da maior reforma já realizada no Rio de Janeiro. Uma verdadeira "cirurgia urbana", nas palavras do jornalista, que logo se tornou um dos arautos dessas transformações. E também um de seus críticos mais ferozes.

Pouco mais de uma década depois da proclamação da República, o Rio de Janeiro vivia uma verdadeira explosão demográfica. Tinha passado de menos de 230 mil habitantes em 1872 para mais de 500 mil. Todo esse crescimento gerou uma grave crise habitacional e a ocupação desordenada do centro da cidade, no qual a população se acumulava em cortiços e alojamentos precários, em ruelas estreitas e insalubres, onde doenças como febre amarela, malária, varíola e gripe espanhola se disseminavam com facilidade. A ponto de, no início de 1900, navios estrangeiros começarem a evitar atracar nos portos do Rio.

As obras duraram mais de dez anos e baseavam-se em três eixos: o saneamento do centro da cidade, a modernização do porto e o redesenho de ruas e avenidas. A ideia era transformar a capital da República em uma cidade moderna, civilizada e, também, higiênica.

O novo desenho da cidade inspirava-se nas reformas realizadas décadas antes em Paris, quando surgiram os grandes bulevares. No Rio, a ideia era alargar as antigas vielas e becos do centro e rasgar novas vias de circulação para receber os bondes elétricos e automóveis. O grande símbolo desse novo urbanismo seria a abertura da Avenida Central (hoje Rio Branco), uma grande artéria que cruzava o centro da cidade de mar a mar.

A Avenida Central resumia o espírito do que a capital queria ser: uma "vitrine da civilização", na expressão do historiador Jeffrey D. Needell. A via recebeu postes de iluminação elétrica e foi bordeada por palacetes com fachadas em estilo *art-nouveau* que abrigavam lojas chiques, hotéis, restaurantes e confeitarias que logo se tornariam ponto de encontro da alta sociedade. A "gente de cima", como dizia o cronista.

As obras tinham um mote, que era repetido por toda a imprensa: "O Rio civiliza-se". Para o cronista, a cidade vivia um "esforço despedaçante de ser Paris".

João do Rio, o pseudônimo, nasce nesse contexto. Ele estreia numa série de artigos que têm como título "A vida do Rio" e são destinados, justamente, a identificar personagens dessa cidade em transformação. O primeiro, de 3 de maio de 1903, é uma entrevista – ou "um *interview*", como anuncia, utilizando o termo no masculino e no idioma no qual o gênero jornalístico surgira, havia pouco tempo, na imprensa norte-americana – com um "amigo íntimo" do prefeito do Rio, Pereira Passos, descrevendo-o. Nas semanas seguintes, a série abordaria outras figuras da cidade, como a Irmã Paula ou um ministro.

Logo essa série dá origem a uma coluna fixa, diária, com o título "A Cidade", em que o autor – agora assinando como "X." – aborda as mudanças que ocorriam no Rio de Janeiro; muitas vezes enaltecendo o progresso (como quando fala da instalação da iluminação no Passeio Público, da construção de calçadas), mas outras tantas sendo bastante crítico e irônico, impiedoso sobretudo com o atraso das obras.

João do Rio soube, como poucos, captar o momento de transformação da cidade e mostrá-lo sob seus vários ângulos. Nem governo nem imprensa acompanhavam, por exemplo, o que estava acontecendo com o grande contingente de pessoas que perderam suas casas no centro. As obras exigiram a demolição de mais de 590 imóveis populares do centro antigo – sem oferecer habitação alternativa para os moradores. Foi o chamado "bota-abaixo".

Enquanto suas habitações eram botadas abaixo, as pessoas se instalavam onde podiam. Foi o início da ocupação dos morros vazios próximos ao centro, nas hoje chamadas favelas.

POCILGAS INDESCRITÍVEIS

Ainda no primeiro mês na *Gazeta*, João do Rio tomou uma atitude que seria a marca principal de seu trabalho: resolveu subir o morro para ver de perto como viviam essas pessoas e conversar com elas. Nascia, assim, na imprensa brasileira, a figura do repórter moderno.

– Se tens coragem, vai lá acima. Eu fico. Muito cuidadinho com a pele. Adeus!

Com essa fala, atribuída a um "prudente cavalheiro" que guiou o escriba até a entrada do morro, inicia-se a crônica *Na Favela – trecho inédito do Rio*, estampada na primeira página da *Gazeta* no dia 21 de maio de 1903. Segue-se uma minuciosa descrição do que o repórter encontra ao subir o mal-afamado Morro da Providência. Ele mostra como são feitas as casas – "são baiucas, são pocilgas, são indescritíveis" –, quem são as pessoas que moram – ou antes "se acumulam" – ali, espanta-se com o fato de que se cobre aluguel para viver naquelas "casas lôbregas".

O visitante sobe ao píncaro do morro e explica por que o lugar é chamado de Favela, em referência à região, em Canudos, de onde vieram as pessoas que se abrigaram ali, depois de terminada a guerra – "os mais ousados facínoras", explica.

Ao final da crônica, assombrado com o que vira, o autor demonstra certo alívio ao considerar que, pelo fato de revelar, no principal jornal do país, o que encontrou ao subir o morro, "o ilustre Prefeito naturalmente providenciará para mandar demolir essas vergonhas".

O texto não está assinado. Mas a data, os temas e, sobretudo, o estilo inconfundível, com a técnica de criar cenas com diálogos e personagens, mesclando recursos narrativos aos jornalísticos, além da citação a fontes francesas logo no início do texto, não deixam dúvidas de que se trata de uma crônica de João do Rio.

A suspeita é reforçada ao ler outra crônica, esta assinada, que ele publicaria cinco anos depois: *Livres acampamentos da miséria*, na qual ele repete a façanha e sobe outro morro, o Santo Antônio. O texto é montado no mesmo estilo, com um personagem que também funciona como uma espécie de guia do repórter ao local, e traz até comentários similares.

Era uma nova forma de fazer jornalismo. Ao longo do tempo, ele levou seus leitores – já fiéis – aos meandros e subterrâneos da cidade, suas vielas e círculos do vício, apresentando um Rio de Janeiro sobre o qual ninguém falava. Tudo isso pontuado por uma boa dose de humor e ironia – que se tornaria uma das características da crônica, quando ela se define como um gênero. Outro detalhe de suas empreitadas que chamaria atenção dos contemporâneos: ele reproduz os diálogos exatamente como as pessoas falam. Como resultado, seus leitores tinham acesso a um texto sem o rebuscamento tradicional da imprensa da época, que refletia o português das ruas.

A SOCIEDADE DO *FIVE O'CLOCK*

Em suas andanças – ou *flâneries*, como ele, que não se furtava a usar expressões em outros idiomas, definia –, João do Rio pôde verificar que, findas as reformas, muita coisa mudara na capital federal. Ele, que buscava ver "com os olhos de olhar a evolução do viver urbano", detectou outro fenômeno, o da "sociedade que nasceu com a inauguração da Avenida Central e vive como espelho de Paris".

A elite burguesa que se desenvolvia no país aparentemente só estava esperando a "vitrine da civilização" ficar pronta para assumir novos hábitos, como a moda das viagens à Europa, o costume de receber amigos para um chá às cinco da tarde – o *five o'clock* –, ir a récitas no Municipal, deslocar-se em automóveis.

Inspirado por esse espírito de modernização, o jornalista assume, em 1907, uma nova coluna na *Gazeta*, com o título "Cinematographo" – em homenagem à invenção que acabara de aportar na Avenida. Nova coluna, novo pseudônimo. É como Joe que ele apresenta esse "período curioso de nossa vida social, o da transformação atual dos usos, costumes e ideias".

Perto de 1910, João do Rio vive o ápice de sua carreira. Publica em vários jornais e revistas, é um fenômeno de vendas nas livrarias, editando coletâneas das crônicas publicadas na imprensa. Conquista uma cadeira na Academia Brasileira de Letras e se revela também um dramaturgo de sucesso.[2] Faz longas viagens à Europa e ao Oriente Médio, manda reportagens e entrevistas de lá, e é sempre recebido por uma multidão à sua espera no porto, a cada retorno.

Em 1915, ele troca a *Gazeta de Notícias* – da qual se tornara diretor de redação em 1911 – pelo *O Paiz*, o outro grande jornal da época, cuja sede ficava na Avenida Central. Ali, inaugura a coluna "Pall--Mall-Rio", na qual assina como José Antônio José. É sua entrada definitiva na *high-life* dos círculos burgueses. E o João do Rio obser-

---

2 Sobre sua produção teatral, mais detalhes no texto de introdução à seção Teatro, p. 383.

vador da miséria e porta-voz da pobre gente cede espaço ao cronista mundano, colunista social dessa nova gente elegante, requintada e *raffinée*, frequentadora dos salões dourados e do Jockey Club.

O próprio Paulo Barreto reflete essa transição. O notívago frequentador dos *bas-fonds* cariocas assume cada vez mais seu lado mundano, *habitué* das altas rodas.

Contemporâneos descrevem sua presença no *trottoir-roulant* da Avenida – expressão cunhada por ele –, desfilando seu figurino peculiar: cartola, fraque verde (combinando com a bengala), monóculo e charuto. Ele encarnava perfeitamente o modelo do dândi tropical. Esteta, excêntrico, intelectual. E cada vez mais *snob*.

Entretanto, embora circulasse à vontade pela "frívola city" que, segundo ele, se tornara o Rio de Janeiro, isso não significa que ele fosse totalmente aceito pelas madames e *demoiselles*, políticos ou ricos industriais e empresários com quem convivia. Se, por um lado, ele era recebido e até adulado por essas damas e cavalheiros elegantes – já que era de bom tom estar a par de assuntos ligados a artes e literatura –, por outro, todos sabiam que sua figura era estranha àquele mundo. Mulato, obeso e homossexual, ele era alvo de constantes ataques, seja nas colunas de jornais concorrentes, ou até em confrontos físicos – inúmeras vezes foi agredido por desafetos. Somam-se ao rol de inimigos todos aqueles que não gostavam de ver seu nome ou a insinuação de sua identidade em um personagem das crônicas. Ou políticos, artistas e escritores atacados diretamente nas críticas.

Paulo Barreto morreu subitamente em junho de 1921, poucos meses antes de completar 40 anos, de um ataque do coração, dentro de um táxi, saindo do jornal. O velório, aberto ao público, durou quatro dias. O corpo do escritor estava vestido com o fardão da Academia Brasileira de Letras. Passaram por lá ex-presidentes, ministros, senadores, deputados. Mas também damas da sociedade, estivadores, pescadores, atores, vendedores, *cocottes* das pensões, literatos, vagabundos, miseráveis, garçons de cafés.

Quando finalmente o caixão saiu rumo ao cemitério, um cortejo espontâneo começou a se formar. Dezenas, centenas, milhares de pessoas se uniram à coluna fúnebre. Uma fila de carros seguia, com táxis levando as pessoas gratuitamente. Parte do comércio fechou suas portas, decretando feriado. No dia seguinte, os jornais estampavam a foto impressionante, em que se calculava a presença de 100 mil pessoas em seu enterro. Na época, o Rio de Janeiro contava com 900 mil habitantes.

"EXPLICAÇÃO FINAL E DESNECESSÁRIA, COMO TODAS AS EXPLICAÇÕES"

Aproveitando a expressão usada por João do Rio no epílogo de um de seus livros, seguem informações sobre a organização deste volume. Mais da metade das crônicas reunidas nesta edição é inédita em livro. São textos que saíram apenas nos jornais e revistas na época em que João do Rio colaborava para eles e permaneceram os últimos cem anos esquecidos nos acervos de diversas bibliotecas. Mas o volume não se limitou apenas a esse material, para que fossem incluídos também textos que o próprio autor considerou importante editar nos 25 livros que publicou em vida. Nesses casos, foram cotejadas as versões originais com aquelas eventualmente retrabalhadas para os livros, considerando as correções, quando existiam.

A ortografia e a pontuação foram atualizadas, e evidentes erros tipográficos, corrigidos. Buscou-se manter, em itálico, os estrangeirismos adotados pelo autor, mesmo nas palavras que foram mais tarde absorvidas pelo português. As crônicas estão divididas em blocos temáticos, que levam, como título, expressões usadas pelo próprio cronista. Dentro de cada bloco, a ordem dos textos é cronológica.

GRAZIELLA BETING é jornalista e editora, fez mestrado e doutorado na Universidade de Paris 2, na França, sobre o surgimento do folhetim e da crônica. Entre outros autores, estudou a obra de João do Rio.

Kodaks da vida

GENTE ÀS JANELAS

No carro que lentamente nos levava pelas ruas da cidade, o estrangeiro, verdadeiramente espantado e admirado com a maravilha urbana, a Beira-Mar, a Central, as grandes construções, a atividade febril das ruas comerciais, o porto, o cais, e mesmo o Pão de Açúcar, voltou-se e disse-me de repente:

– Depois, vê-se bem que é uma cidade como nenhuma outra.

– Ah! sim, tem a característica pessoal.

– É, espera sempre a passagem do préstito.

– Que préstito?

– Não sei; mas deve ser um préstito ou uma procissão.

– Ora esta! por quê?

– Porque está toda a gente sempre à janela e às portas, dando conta do que se passa na rua...

Olhei o estrangeiro desconfiado da sua ironia. Se eu fosse inglês, não compreenderia que se falasse com ironia da minha terra. Se fosse japonês, também não. Mas sou latino-americano, descendente de portugueses e brasileiros, o que quer dizer que tenho quatro motivos para pensar sempre que fazem troça de uma suposta inferioridade do meu país, porque reúno a sensibilidade americana e latina, a maior portuguesa e ainda a maior brasileira...

Mas o estrangeiro era, como se diz na nossa língua, um *gentleman*, ou um perfeito homem, e eu vi apenas que, tendo visto muito bem, ele desejava explicações.

– Ah! sim, notou este nosso defeito?

– Defeito! – fez ele. Mas então não esperam nada?

– Meu caro, não esperam, isto é, esperam e não esperam. É uma história comprida. Quer que lha conte?

– Ia pedir-lhe...

Acendi o charuto, recalquei o patriotismo, e como certos santos que, com a confissão de males graves, pensam ganhar o parceiro, falei:

– Realmente, V. observou muito bem. Temos vários costumes originais. Esse é um. Estamos sempre à janela, apesar de não esperarmos o préstito.

– Não esperam?

– Não, nem mesmo quando ele vem. Somos bastante despreocupados para tal. E a janela é talvez um símbolo dessa despreocupação, dessa *rêverie*, e desse mau costume.

O estrangeiro olhou-me com cara de quem não compreendia. Nem eu, quanto mais ele! Apenas eu era orador e diplomata, demonstrando que, tal o Dr. Campista, tanto poderia fazer folhetins na Câmara como salvar a pátria na Suécia. Quando não se sabe o que dizer, amontoam-se substantivos, alguns em línguas estrangeiras. Faz sempre efeito...

– *Rêverie*? Mau costume? – repetiu o homem sucumbido.

– Sim. O carioca vive à janela. Você tem razão. Não é uma certa classe; são todas as classes. Já em tempos tive vontade de escrever um livro notável sobre o "lugar da janela na civilização carioca", e então passeei a cidade com a preocupação da janela. É de assustar. Há um bairro elegante, o único em que há menos gente às janelas. Mesmo assim, em trinta por cento das casas nas ruas mais caras, mais cheias de *villas* em amplos parques, haverá desde manhã cedo gente às janelas. Na mediania burguesa desse mesmo bairro: casas de comerciantes, de empregados públicos, de militares, vive-se à janela. Nos outros bairros, em qualquer, é o mesmo, ou antes, é pior. Pela manhã, ao acordar, o dono da casa, a senhora, os filhos, os criados, os agregados só têm uma vontade: a janela. Para quê? Nem eles mesmo sabem. Passar de *bond* pelas ruas da Cidade Nova desde as sete horas da manhã é ter a certeza de ver uma dupla galeria de caras estremunhadas, homens em mangas de camisa ou pijama, crianças, senhoras. Os homens leem o jornal. As mulheres olham a rua; os meninos espiam, cospem para baixo, soltam papagaios. Passe você às nove horas. A animação é maior. Passe ao meio-dia. Parece que vem vindo não um simples batalhão, mas logo a primeira brigada do nosso ardente Adolpho. Passe às três da tarde, às sete da noite, às nove, às dez, está tudo sempre cheio. Durante muito tempo preocupei-me. Qual o motivo dessa doença tão mal vista no e pelo estrangeiro? Que faz tanta gente debruçada na Rua Bonjardim, como na Rua General Polydoro ou no Canal do Mangue? Até hoje ignoro a causa secreta. Mas vi ser à janela que o Rio vive.

À janela brincam as crianças, à janela compram-se coisas, à janela espera-se o namorado, à janela namora-se, salta-se, ama-se, come-se, veste-se, e dá-se conta da vida alheia, e não se faz nada. Catão vivia para dar na vista dentro de uma casa de vidro. A influência positivista foi tão grande entre nós que muito antes de Raymundo Mendes e Miguel Lemos, já a cidade vivia às claras e para outrem à janela. Daí a razão por que sabem uns das vidas dos outros. Os que saem são vistos. Os que estão em casa também. Bem oitenta por cento feminino passam a maior parte do seu tempo olhando a rua, da janela. E os homens, logo que estão em casa, atiram-se à janela. Olhe V., sempre pensei que cocheiros e carroceiros gostassem pouco de estar de janela. É um engano. Passe V. à noite pelas proximidades de companhias de carroças e veja nas casas assobradadas de alugar cômodos quanta gente espera o préstito...

– Curioso, fez o estrangeiro. Sabe que a princípio fiquei um pouco atrapalhado?

– Pensou que estava em Marselha...

– É...

– Ah! essas também. Mas agora, para não confundir, quase sempre vêm para a rua.

– Teria vontade de perguntar a uma dessas pessoas o que a interessa tanto.

– Nada. Não saberia dizer. Tenho uma vizinha, que positivamente acabou irritando-me.

A mulher estava sempre à janela. Ia eu tomar a barca de Petrópolis pela manhã, e a mulherzinha à janela. Vinha pela madrugada de um desses *clubs* de jogo onde a gente se aborrece, e a mulherzinha à janela. Voltava à casa, em horas de atividade, e ela, fatal, parada à janela. Um dia não me contive: indaguei a razão desse gosto excessivo. E ela, aflita: "Então eu sou janeleira? Verdade! Não reparei. Mas também que se há de fazer?".

– Janeleira?

– É um termo essencialmente nosso, que significa, adulterando a antiga e insolente significação, uma pessoa que gosta de estar à janela.

– Afinal, como tudo na vida é convenção...

– Não há dúvida, para uma pessoa de fora esse nosso hábito presta-se a subentendidos mais ou menos fortes.

– Pois não é?

– É. Pode-se glosar de várias maneiras. V. ainda há bem pouco achou que era um povo que esperava um préstito ou a procissão.

– Oh! sem querer, sem intenção.

– Outros perversos podem dizer que espera outra coisa. Entretanto, caro observador, é apenas uma gente que espera sem maldade a vida dos outros. Quer exemplos?

– Com prazer.

– Olhe aquela casa assobradada. Três jovens à janela, um gato, um petiz, o cachorro. Passa um *bond*. Elas cumprimentam. O petiz salta a correr. Aposto que o pequeno diz: "Mamãe, passou aí o namorada de Cota".

"É mentira", diz Cota, "quem passou foi D. Mariquinhas".

"Por sinal, que ia com o Dr. Alipio", acrescenta a mais velha.

"Menina, falando assim de uma senhora casada..." Não acabará a censora porque a que ficou à janela fez um gesto nervoso para dentro: "Venham ver, depressa, depressa... Quem passa?...".

– Sei lá, fez o estrangeiro.

– Você diria: é o rei que vai à caça. Pois não, senhor. É uma senhora que elas nunca viram, de quem ignoram o nome, mas que examinam com o ar do Augusto Rosa na *Santa Inquisição*.

– Francamente...

– Conheço o meu povo. Está vendo aquela moça paramentada, numa janela, enquanto a velha em outra parece à espera de alguém para mandar ao armazém? É a que se mostra, a que vem à janela para ser vista, a romântica. Há grande variedade no gênero, até a da literata: menina que abre o volume quando passa o *bond*.

– Com efeito.

– Espere, um par na casa pegado. Estão sós à janela. Aqueles, tendo que optar entre serem vistos pela gente de casa e vistos pelos transeuntes, escolheram os últimos. Beijam-se, apertam-se. Olhe que as janelas poderiam contar coisas.

– Como se perde tempo.

– Só? Nesse caso, por exemplo, perde-se talvez mais...

– Mas ali tem uma senhora idosa, atentamente olhando. Já não vê; já nada no mundo a pode interessar. Está ali por estar, porque vendo muita gente é que melhor se isola uma pessoa. Olha, não vê, e está à janela, sempre à janela, porque a janela é a escápula do lar sem dele sair, é o conduto da rua sem os seus perigos, é o óculo de alcance para a vida alheia, é a facilidade, a economia, o namoro, o amor, o relaxamento, o fundamental relaxamento... Afinal também um pouco de sonho, de ideal latente. Somos engraçados. A janela é a abertura para o imprevisto. Vivemos na abertura. E, no fundo, quer saber?

– Claro.

– No fundo é mesmo o que pensava você.

– Como?

– Há tanta gente à janela, porque, realmente, sem o saber, um instinto vago lhes diz que vem aí o préstito ou a procissão. Apenas não sabem qual é o préstito. Não saber, e ficar, e não ver, e continuar, é o que se chama esperança. Nós somos o povo mais cheio de esperança da terra – porque vivemos à janela.

E, depois de assim desculpar e filosofar, reclinei-me no carro, não sem uma certa raiva de uma janela em que dez pessoas olhavam para nós como para bichos ferozes...

Publicada originalmente no jornal *A Notícia*, em 18 de junho de 1910. Uma crônica com tema parecido tinha saído na coluna "Cinematographo", na *Gazeta de Notícias,* em 7 de novembro de 1909, e uma última versão foi incluída na coletânea *Os dias passam...* (Porto, Lello & Irmãos, 1912).

TABULETAS

Foi um poeta que considerou as tabuletas – os brasões da rua. As tabuletas não eram para a sua visão apurada um encanto, uma faceirice, que a necessidade e o reclamo incrustaram na via pública; eram os escudos de uma complicada heráldica urbana, do armorial da democracia e do agudo arrivismo dos séculos. Desde que um homem realiza a sua obra – a terminação de uma epopeia ou a abertura de uma casa comercial – imediatamente o homem batiza-a. No começo da vida, por instinto, guiado pelos deuses, a sua ideia foi logo a tabuleta. Quem inventou a tabuleta? Ninguém sabe.

É o mesmo que perguntar quem ensinou a criança a gritar quando tem fome. Já no Oriente elas existiam, já em Atenas, já em Roma, simples, modestas, mas sempre reclamistas. Depois, como era de prever, evoluíram: evoluíram de acordo com a evolução do homem, e hoje, que se fazem concursos de tabuletas e há tabuletas compostas por artistas célebres, hoje, na época em que o reclamo domina o asfalto, as tabuletas são como reflexos de almas, são todo um tratado de psicologia urbana. Que desejamos todos nós? Aparecer, vender, ganhar.

A doença tomou proporções tremendas, cresceu, alastrou-se, infeccionou todos os meios, como um poder corrosivo e fatal. Os próprios doentes também a exploram numa fúria convulsiva de contaminação. Reparai nos jornais e nas revistas. Andam repletos de fotogravuras e de nomes – nomes e caras, muitos nomes e muitas caras! A geração faz por conta própria a sua identificação antropométrica para o futuro. Mas o curioso é ver como a publicação desses nomes é pedida, é implorada nas salas das redações. Todos os pretextos são plausíveis, desde a festa a que se não foi até a moléstia inconveniente de que foi operada com feliz êxito a esposa. O interessante é observar como se almeja um retrato nas folhas, desde as escuras alamedas do jardim do crime até as *garden-parties* de caridade, desde os criminosos às almas angélicas que só pensam no bem. Aparecer! Aparecer!

E na rua, que se vê? O senhor do mundo, o reclamo. Em cada praça onde demoramos os nossos passos, nas janelas do alto dos telhados, em mudos jogos de luz, os cinematógrafos e as lanternas mágicas gritam através do *écran*[1] de um pano qualquer o reclamo de melhor alfaiate, do melhor livreiro, do melhor revólver. Basta levantar a cabeça. As tabuletas contam a nossa vida. E nessa babel de apelos à atenção, ressaltam, chocam, vivem estranhamente os reclamos, extravagantes, as tabuletas disparatadas. Quantas haverá no Rio? Mil, duas mil, que nos fazem rir. Vai um homem num *bond* e vê, de repente, encimando duas portas em grossas letras estas palavras: Armazém Teoria.

Teoria de que, senhor Deus? Há um outro tão bizarro quanto este: Casa Tamoio, Grande Armazém de Líquidos Comestíveis e Miudezas. Como saber que líquidos serão esses comestíveis, de que a falta de uma vírgula fez um assombro? Faltou a esse pintor o esmero da padaria do mesmo nome que fez a sua tabuleta em letras de antigo missal para mostrar como se esmera, ou talvez o descaro deste outro: o maduro cura infalivelmente todas as moléstias nervosas...

Mas as tabuletas extravagantes são as do pequeno comércio, sem a influência de Paris, a importação direta e caixeiros elegantes de lenço no punho: as vendas, esta criação nacional, os botequins baratos, os açougues, os bazares, as hospedarias... Na Rua do Catete há uma venda que se intitula O Leão na Gruta. Por quê? Que tem a batata com o leão que nem ao menos é conhecido de Daniel? Defronte dessa venda há, entretanto, um café que é apenas Café de Ambos Mundos. E se não vos bastar um café tão completo, aí temos um mais modesto, na Rua da Saúde o Café B.T.Q. E sabem que vem a ser o B.T.Q., segundo o proprietário? Botequim pelas iniciais! Essa nevrose das abreviações não atacou felizmente o dono da casa de pasto da Rua de São Cristóvão, que encheu a parede com as seguintes palavras: Restaurante dos Dois lrmãos Unidos Por...

Unidos por... Pelo quê? Pelo amor, pelo ódio, pela vitória? Não! Unidos Portugueses. Apenas faltou a parede e ficou só o por – para atestar que havia boa vontade. A questão, às vezes, é de haver muita coisa na parede. Assim é que uma casa da Rua do Senhor dos Passos tem este anúncio: Depósito de aves de penas. É pouco? Um outro assegura: Depósito de galinhas, ovos e outras aves de penas – o que é, evidentemente, muito mais. Tal excesso chega a prejudicar,

---

1 Tela. [TODAS AS NOTAS SÃO DESTA EDIÇÃO]

e andasse a higiene a olhar tabuletas, ofício de vadiagem incorrigível, mandaria fechar uma casa de frutas da Rua Sete, que pespegou esta inconveniência: Grande sortimento de frutas verdes e secas.

A origem desses títulos é sempre curiosa. Uma casa chama-se Príncipe da Beira porque o seu proprietário é da Beira, uma venda de Campo Grande tem o título feroz de Grande Cabaceiro porque perto há uma plantação de cabaças; há açougue Aliança e Fidelidade porque é um hábito pôr aliança como título com duas mãos apertadas e fidelidade com um cachorro de língua de fora, bem no meio da parede. Muitos tomam o título de peças de teatro: Colchoaria Rio Nu, Casa Guanabarina, venda Cabana do Pai Tomás. A coisa, porém, toma proporções assombrosas quando o proprietário é pernóstico. Assim, na Rua Visconde do Rio Branco há um armazém Planeta Provisório, e noutra rua, Planeta dos Dois Destinos, um título ocultista sibilino; no Catete, um Açougue Celestial. Essa dependência do firmamento na terra produz um péssimo efeito e os anjos têm cada braço de meter medo a uma legião da polícia. Outro, porém, é o Açougue Despique dos Invejosos, e há na Rua da Constituição uma casa de bilhetes intitulada Casa Idealista, naturalmente porque quem compra bilhetes vive no mundo da lua, e há uma casa de coroas, o Lírio Impermeável, e uma outra, Ao Vulcão das 49 Flores. Não é só. Uns madeireiros puseram no seu depósito este letreiro filosófico, que naturalmente incomodará o arcebispado: Madeireiros e Materialistas; e há uma taberna muito ordinária, centro de malandrões, em Sapopemba, que se apossou de um título exclusivamente nefelibata: A Tebaida...

E os afrancesados que denominam as casas de Au Bijou de la Mode; Au Dernier Chic, Queima Chefe, Maison Moderne da Cidade Nova? E os patrióticos que fazem questão da casa de pasto ser 1º de Dezembro, do açougue ser 1º de Janeiro? do restaurante ser Luís de Camões ou Fagundes Varela? E os engrossadores que intitulam as casas de Afonso Pena durante quatro anos? E os engraçados, os da laracha boa, que fazem as tabuletas propositalmente erradas, como um negociante da Rua Chile: Colxoaria de primera Colxães contra Purgas e Precevejos?

Mas as tabuletas têm uma estranha filosofia; as tabuletas fazem pensar. Há, por exemplo, na Rua Senador Eusébio, perto da ex-ponte dos Marinheiros, uma hospedaria com este título: Hotel

Livre Câmbio. Quanta coisa pensa a gente conhecendo o negócio e olhando a tabuleta!

A série é nesse ramo curiosíssima. Há o Locomotora, que é naturalmente rápido; há Os Dois Destinos, há a Lua de Prata, há o irônico Fidelidade, tendo pintado uma senhora a pender dos lábios de um senhor... Quantos!

Na Rua Dr. João Ricardo há um restaurante com este título: Restauração da Vitória.

– Por que "restauração da vitória"? indagamos do proprietário, o Sr. Colaço.

– Eu explico, diz ele. Há cerca de trinta anos, os espanhóis invadiram a ilha Terceira. Como eram poucos os soldados para repelirem o castelhano, os lavradores soltaram todos os touros bravos na praia da Vitória e dessa maneira os espanhóis fugiram. Os paraguaios resistiram também tanto tempo por causa dos touros importados da Argentina.

– Tudo tem uma explicação neste mundo!

– *All right!*

All right, sim! Os títulos das casas, por mais absurdos, como Filhos do Céu, por exemplo, têm uma explicação que convence. Há os nefelibatas, os patrióticos 19 de Janeiro, D. Carlos; o diplomático União Ibérica, os que engrossam uma certa classe, e até um, na Rua Frei Caneca, pertencente ao riquíssimo Pinho, cujo título é uma profunda lição filosófica. O hotel intitula-se Comércio e Arte...

Os pintores desse gênero criaram uma especialidade: são os moralistas da decadência e usam também tabuletas. Um mesmo, talvez por ter sofrido muito de cara alegre, pôs na Rua de São Pedro este anúncio: Fulano de Tal, Pintor de Fingimentos. E realmente eles aturam tanto dos proprietários! Um deles, rapazito inteligente, era encarregado de fazer a fachada da Casa do Pinto. Fez as letras e pintou um pintinho. O proprietário enfureceu:

– Que tolice é esta?

– Um pinto.

– E que tenho eu com isso?

– O senhor não é Pinto?

– O meu nome é Pinto, mas eu sou galo, muito galo. Pinte-me aí um galo às direitas!

E outro, encarregado de fazer as letras de uma casa de móveis, "vendem-se móveis", quando o negociante veio a ele:

– Você está maluco ou a mangar comigo!

– Por quê?

– Que plural é esse? Vendem-se, vendem-se... Quem vende sou eu e sem sócios, ouviu? Corte o "m", ande!

As letras custam dinheiro, custam aos pobres pintores... O rapaz ficou sem o "m" que fizera com tanta perícia. Mas também, por que estragar? Em São Cristóvão havia uma Pharmacia S. Cristóvão. Desapareceu. Foi a primeira que fez isso na terra, desde que há farmácias. Foram para lá outros negociantes. Como aproveitar algumas letras? Lembraram foco, e, como a Academia não chega os seus cuidados ortográficos às tabuletas, arrumaram Phoco de S. Cristóvão. Estava uma tabuleta nova só com três letras novas.

Os pintores de tabuletas resignam-se. Eles, os escritores desse grande livro colorido da cidade, têm a paciência lendária dos iluministas medievos, eles fazem parte da grande massa para que o reclamo foi criado – são pobres. Talvez por isso, um mais ousado, de acordo com certo açougueiro antigo da Praça da Aclamação, pintando uma vez o letreiro Açougue Pai dos Pobres, pôs bem no meio uma cabeça de boi colossal, arregalando os olhos, que Homero achava belos, como o símbolo de todas as resignações...

E é decerto este o lado mais triste das tabuletas – brasões da democracia, escudos bizarros da cidade.

Publicada originalmente no jornal *Gazeta de Notícias,* em 27 de março de 1907 e inserida na coletânea *A alma encantadora das ruas* (Paris, Garnier, 1908).

O ÚLTIMO BURRO

Era o último bonde de burros, um bondinho subitamente envelhecido. O cocheiro lerdo descansava as rédeas, o recebedor tinha um ar de final de peça e o fiscal, com intimidade, conversava.

– Então paramos?

– É a última viagem.

Estávamos numa rua triste e deserta. Viéramos do movimento alucinante de centenas de trabalhadores que, em outra, à luz de grandes focos, plantavam as calhas da tração elétrica, e víamos com uma fúria satânica, ao cabo da rua silenciosa, outras centenas de trabalhadores batendo os trilhos.

Saltei, um pouco entristecido. Olhei o burro com evidente melancolia e pareceu-me a mim que esse burro, que finalizava o último ciclo da tração muar, estava também triste e melancólico.

O burro é de todos os animais domésticos o que mais ingratidões sofre do homem. Bem se pode dizer que nós o fizemos o pária dos bichos. Como ele tivesse a complacência de ser humilde e de servir, os poetas jamais o cantaram, os fabulistas referem-se a ele com desprezo transparente, e cada um resolveu nele encontrar a comparação de uma qualidade má.

– É teimoso como um burro! Dizem, e de um sujeito estúpido: – que burro! Cada bicho é um símbolo e o burro ficou sendo o símbolo da falta de inteligência. Mas ninguém quis ver que no burro o que parece insuficiência de pensar é candura d'alma, e ninguém tem a coragem de notar a inocência da sua dedicação.

Eu tenho uma certa simpatia por esse estranho sofredor. Há homens infinitamente mais estúpidos que o burro e que entretanto até chegam a ser ricos e a ter camarote no Lírico. Há bichos muito menos dotados de inteligência e que entretanto ganharam fama. A raposa é espertíssima, quando no fundo é uma fúria irrefletida, o boi é filosófico, o cavalo só falta falar, quando de fato regulam com o burro, e a infinita série de inutilidades do lar desde os gatos e fraldiqueiros aos pássaros de gaiola tem a admiração pateta dos homens, quando essa admiração devia pender para o caso simples e doloroso do burro.

O burro é bom, é tão bom que a lenda o pôs no estábulo onde se pretende tenha nascido um grande sonhador a que chamam Jesus.

O burro é resignado. Ele vem através da história prestando serviços sem descansar e apanhando relhadas como se fosse obrigação. Não é um, são todos. Eu conheço os burros de carroça, com o couro em sangue, suando, a puxar pesos violentos, e conheço os burros de tropa na roça, e os burros de bondes, magros e esfomeados. São fatalmente fiéis e resignados. Não lhes perguntam se comeram, se dormiram, se estão bem. Eles trabalham até rebentar, e até a sua morte é motivo de pouco caso. Para demonstrar nos conflitos, que não houve nada, sujeitos em fúria dizem para os curiosos: – Que olham? Morreu um burro!

O burro é carinhoso e familiar. Ide vê-los nas limitadas horas de descanso. Deitam-se e rebolam na poeira como na grama, e beijam-se, beijam-se castamente, sem outro motivo, chegando até por vezes a brincar.

O burro é triste. O seu zurro é o mais confrangente grito de dor dos seres vivos; o ornejar de um gargolejar de soluços. O burro é inteligente. Examinai os burros das carroças de limpeza pública às horas mortas, nas ruas desertas. Vai o varredor com a pá e a vassoura. É burro de resignação. Vai o burro a puxar a carroça. É o varredor pela inteligência. São bem dois amigos, conhecem-se, conversam, e quando o primeiro diz ao segundo:

– Chó, para!

Logo o burro para, solidários na humilde obra, comem os dous coitados.

Esse exemplo é diário. A história cita o burro do sábio Ammonius em Alexandria, que, assistindo às aulas, preferia ouvir um poema a comer um molho de capim.

O burro é pacífico. Se só houvesse burros jamais teria havido guerras. E para mostrar o cúmulo da paciência desse doce animal, é preciso acentuar que quase todos gostam de ouvir música. Um abade anônimo do século VII, tratando do homem e dos animais num livro em que se provava terem os animais alma, diz que foram os animais a ensinar ao homem tudo quanto ele desenvolveu depois. O burro ensinou o labor contínuo e resignado, o labor dos pobres, dos desgraçados. Todo os bichos podem trabalhar, mas trabalham ufanos e fogosos como os cavalos ou com a glória abacial dos bois. O burro está na poeira, lá embaixo, penando e sofrendo. Por isso, quando se quer dar a medida imensa dos esforços de um coitado, diz-se:

– Trabalha como um burro!

Pobre quadrúpede doloroso! Não tem amores, não tem instintos revoltados, não tem ninguém que o ame! Quando cai exausto, para o levantar batem-lhe; quando não pode puxar é a murros no queixo que o convencem. De fato, o homem domesticou uma série de animais para ser deles servo. Esses animais são na sua maioria uns refinados parasitas, com a alma ambígua de todo parasita, tenha pelo ou tenha pele ou tenha penas. Os grandemente úteis dão muito trabalho. Só o burro não dá. E ninguém pensa nele!

Aqui, entre nós, desde o Brasil Colônia, foi ele o incomparável auxiliador da formação da cidade e depois o seu animador. O burro lembra o Rio de antes do Paraguai, o Rio do Segundo Império, o Rio do começo da República. Historicamente, aproximou os pontos urbanos, conduzindo as primeiras viaturas públicas. Atrelaram-no à gôndola, prenderam-no ao bonde. E ele foi a alma do bonde durante mais de cinquenta anos, multiplicando-se estranhamente em todas as linhas, formando famílias, porque eram conhecidos os burros da Jardim Botânico, os lerdos burros da São Cristóvão, os magros e esfomeados burros da Carris.

O progresso veio e tirou-os fora da primeira. Mas era um progresso prudente, no tempo em que nós éramos prudentes. Vieram os alemães, vieram os assaltantes americanos, e na nuvem de poeira de tantas ruas abertas e estirpadas, carros elétricos zuniram matando gente aos magotes, matando a influência fundamental do burro. Eu via o último burro que puxara o último *bond* na velha disposição da viação urbana. E era para mim muito mais cheia de ideias, de recordações, de imagens, do que estar na Câmara a ouvir a retórica balofa dos deputados.

Aproximei-me então do animal amigo.

Certo, o burro é desses destinados ao ouvido imediato. Entre a força elétrica e a força das quatro patas não há que escolher. Ninguém sentirá saudades das patas, com o desejo de chegar depressa. O burro do *bond* não terá nem missa de sétimo dia após uma longa vida exaustiva de sacrifícios incomparáveis. Que fará ele? Dava-me vontade de perguntar-lhe, no fim daquela viagem, que era a última:

– Que farás tu?

Resta-lhe o recurso dos varais das carroças. Burro de *bond*, além de especializado numa profissão, formava a casta superior dos burros.

Sair do *bond* para o varal é decadência. Também as carroças são substituídas por automóveis rápidos que suportam muito mais peso. E ninguém fala dos monoplanos. Dentro de alguns anos monoplano e automóvel tornarão lendárias as tropas com a poesia das madrinhas... Como as espécies desaparecem quando lhes falha o meio e não as cuidam os homens, talvez o burro desapareça do mundo nas condições dos grandes sáurios. Em breve não haverá nas cidades um nem para amostra.

As crianças conhecê-lo-ão de estampas. Em três ou quatros séculos ver um burro vivo será mais difícil do que ir a Marte.

Oh! a tremenda, a colossal ingratidão do egoísmo humano! Nós outros só damos importância ao que alardeia o serviço que nos presta e aos parasitas. O burro na civilização é como um desses escravos velhos e roídos, que não cessou um segundo de trabalhar sem queixumes. Vem o aparelho novo. Empurram-no.

– Sai-te, toleirão!

E ninguém mais lembra os serviços passados.

Eu mesmo seria incapaz de pensar num burro tendo um elétrico, apesar de considerar o doce e resignado animal o maior símbolo de uma paciente aglomeração existente em toda parte e a que chamam povo – povo batido de cocheiros, explorado por moços de cavalariça, a conduzir malandros e idiotas, carregado de cargas e de impostos.

Naquele momento desejava saber o que pensava o burro. Mas decerto ele talvez não soubesse que era o último burro que pela última vez puxava o último bondinho do Rio, finalizando ali a ação geral do burro na viação e na civilização urbanas. Tudo quanto pensara era de fato literatura mórbida, porque nem os burros por ela se interessariam, nem os homens teriam a gratidão de pensar no animal amigo, mandando fazer-lhe um monumento ao menos. O homem nem sabia, pois o caso não fora anunciado. Aquele burro representativo talvez pensasse apenas na baia – que é o ideal na vida para os burros e para todas as outras espécies vivas.

Assim, sentindo por ele a angustiosa, a torturante, a despedaçante sensação da grande utilidade que se faz irrevogavelmente inútil, eu estava como a vê-lo boiar na maré cheia da velocidade, como os detritos que vão ter à praia, como os deputados que deixam de agradar às oligarquias, como os amigos dos governos que caem, como os sujeitos desempregados. Quanta coisa esse burro exprimia!

Então peguei-lhe a queixada, quis guardar-lhe a fisionomia, posto que ele teimasse em não ma deixar ver bem. Mas como, na outra rua, retinisse o anúncio de um elétrico, estuguei o passo, larguei o burro sem saudade – eu também! sem indagar ao menos para onde levariam esse animal encarregado de ato tão concludente das prerrogativas da sua espécie, sem mesmo lembrar que eu vira o último burro do último bondinho na sua última viagem urbana...

E assim é tudo na vida apressada.

Publicada originalmente em *A Notícia*, em 5 de setembro de 1909, e incluída na coletânea *Vida vertiginosa* (Paris, Garnier, 1911).

INQUÉRITO PRECIOSO

Instituto de beleza de Mme. Graça. Formosa senhora, falando várias línguas, plena de viva inteligência.

Os institutos de beleza são criação recente.

Eu admiro esses estabelecimentos, com os quais fez Capus uma peça deliciosa em que Brasseur era inigualável pedindo *cocktails*.[1] No Instituto de Beleza de Mme. Graça estou numa atmosfera de perfume, convencido de que todos aqueles cremes e pós podem fazer de uma *guenon* (em francês, macaca) a pequena Vênus Ana--diômena, mesmo porque todas as senhoras que lá vão são apenas suaves encarnações da deusa miriônima.

A dona do instituto tem um certo espanto.

– Que deseja?

– Tratar de cabelos.

Mme. Graça olha para mim ainda com maior espanto. Eu explico.

– Os cabelos são uma das belezas da vida. Há homens que têm muito cabelo. Esses homens são criaturas felizes, possuidoras de um segredo: o de impedir que os cabelos caiam. Os cabelos dos homens fizeram-se para cair. Cada vez há mais homens calvos – o que é um consolo para os calvos, e uma prova de abundância da regra. Quando Ovídio dizia

> *Turpe pecus mutilum, turpis sine gramine campus*
> *et sine fronde frutex et sine crine caput.*[2]

era um poeta perfeitamente idiota. O verdadeiro homem civilizado não terá no futuro nem um fio de cabelo na cabeça. Será só testa dos olhos à nuca. Os romanos andavam muito errados com a troça à calvície. Aquela história de pintar a deusa Ocasião raspada por trás para dizer que, uma vez passada, nem pelos cabelos se a pode apanhar, é um contrassenso. A ocasião agarra-se pelas pernas. E nada mais triste do que pensar que César, o maior homem do mundo,

---

1 Trata-se da peça *L'institut de beauté*, de Alfred Capus (1858-1922), com o ator Albert Brasseur (1862-1932), apresentada no Théâtre de Variétés de Paris em 1913.
2 "Feio é o boi sem cornos, o campo sem verde, a árvore sem folhas e a cabeça sem cabelo." Ovídio, *A arte de amar*.

tinha a vaidade de não aparecer em público, senão coroado de louro, para que não lhe reparassem na calva, e que o feroz Domiciano mandava punir a chicotadas quem falasse de calvas, porque ele, Domiciano, tinha essa qualidade...

O calvo deve mostrar a calva como o comendador Ataíde.

Com dignidade. O feio é usar o chinó, o capachinho, como se diz em Lisboa. Já Marcial escrevia:

– Nada mais horrível do que um calvo com cabelo...

A calva tornou-se uma elegância, mesmo para certas classes, como a dos poetas, que antigamente davam na vista pela cabeleira. Há hoje uma porção de poetas carecas. Os chefes da poesia contemporânea: Verlaine era calvo; Baudelaire tinha tanto cabelo como o poeta Maul, que não chega a ter cabelo propriamente.

Agora só uma classe mantém a cabeleira como distintivo: a dos músicos. Sujeito que toca instrumento, compositor, tem logo uma tremenda cabelama – o que faz pensar ou que o cabelo influi na vocação musical, ou que a música é um pilogênio genial.

Não quero, pois, tratar de cabelos masculinos perfeitamente ridículos. Quero sim ouvir de cabelos femininos.

– Ah! – faz Mme. Graça.

Eu continuo. Os homens, quase todos calvos, têm muito mais razão de admirar e mostrar interesse pelos cabelos das mulheres. Desde que vejo cabelos femininos fico lírico e cheio de recordações eruditas. Retomo a alma antiga e compreendo que a cabeleira é, como pensavam Eurípides e Virgílio, a trama que liga a alma à matéria. E, mesmo contemporâneo, diante de uma trança – lembro os muçulmanos, que juram ser pelos cabelos que os anjos agarram os mortais para levá-los ao paraíso.

– Daí o cuidado, Mme. Graça, com que observo os cabelos das cariocas no ano de 1916. A moda modificou imenso o gosto pelos cabelos e a extensão das cabeleiras. Houve um momento em que as meninas tiveram o mau gosto de cortar o cabelo à moda *gigolette*. Houve outro em que elas entraram na pintura. Hoje, que já não se corta mais o cabelo, é verdadeiramente difícil encontrar as enormes cabeleiras, gênero Mãe d'Água, de que a atriz Brazilia Lázaro é talvez um exemplo único. Os cabelos são pequenos, ralos. Será também efeito da pintura?

As mulheres sempre tiveram a mania de pintar os cabelos. A moda das cabeleiras de cor data do Oriente remoto, data de Roma. Em Roma, as tinturas estragaram as cabeleiras. Propércio, grande poeta e, por consequência, tomando muito a sério as questões femininas, exclamava:

– Que mil mortes tenha a rapariga estúpida que primeiro lembrou fazer mentir assim à própria cabeleira!

E como era *chic* a cabeleira azul, perguntava:

– Porque essa senhora tinge de azul a própria cabeleira tem de ser o azul uma cor honesta?

Roma, porém, teve duas grandes modas: depois da conquista dos bretões, as cabeleiras pretas; depois da conquista dos germanos, as cabeleiras louras.

Aqui acabamos de atravessar a doença da cabeleira loura mesmo para as morenas.

Ora, o Rio é como Roma, e eu menos que Juvenal, o poeta inventor da rede dourada para os cabelos. Vejo que as cabeleiras tornam a crescer e o louro vai desaparecendo, quando não é o próprio sol coroador da formosura.

Desejava, pois, saber qual a cor dos cabelos em moda em 1916 na cidade de São Sebastião.

– Para quê?

– Para uma obra histórica.

A cor é natural, com um pouco de *henna*, que dá um tom surdo de rubi ao castanho-claro, e aviva o negro. Como é simples e como têm juízo as senhoras. Ergo as mãos e agradeço, resumindo:

– No ano de 1916 caiu de moda o louro, caiu de moda o cabelo cortado. Já podemos admirar as cabeleiras com a cor e a extensão que lhes deu o céu!

Publicada originalmente na coluna "Pall-Mall-Rio", no jornal *O Paiz*, de 15 de junho de 1916, sob o pseudônimo José Antônio José.

O Rio civiliza-se

A VIDA DO RIO – O PREFEITO

A obra do Dr. Passos, as condições excepcionais de que o revestiram, o boato que por aí propala a justa ideia do prolongamento da sua ditadura, fizeram-nos ir ontem visitar um dos seus mais íntimos amigos e interrogá-lo sobre a vida, o caráter, os planos futuros da proeminente individualidade. Ninguém como esse amigo tão fartamente viveria, num simples *interview*, a figura do Dr. Passos.

Logo que sabe a nossa ideia, o íntimo define o prefeito:

– Um professor de energia! – diz-nos. Conheço o Passos há vinte anos. Sempre o mesmo! Admira-se? O mesmo! Há vinte anos já tinha a mania britânica, já considerava a higiene elemento inerente à beleza, já amava os jardins e já discutia, gritando, gritando a ponto de se ultrapassar...

– Mas um professor de energia?

O íntimo refestelou-se na sua *rocking-chair*, trincando o charuto.

– Pois não acha que o seja? Francamente, meu caro, o Passos tem dous empregos, o de prefeito e o de mostrar aos nossos homens o que é a energia. O Passos é um homem que naquela idade quase não senta.

Na Estrada, quando diretor, escrevia com o joelho na cadeira, de pé, modificava plantas aos gritos e a lápis, e conseguia ser amado, ter no pessoal o empenho da sua obra. Os funcionários que trabalhavam com tal homem acabam julgando-se cada um uma utilidade imprescindível à pátria, sob a direção fatal de uma grande força.

– De modo que na Prefeitura...?

– É o mesmo que na Estrada. Há regime de sobra, e toda a gente trabalha contente.

Falo a um jornalista, naturalmente conhecedor dos princípios anglo-saxônios, e o tipo moderno da *Merry-England*?

Curvei-me. Em geral essas curvaturas dispensam respostas.

– Pois bem, para mim, sem blague, o Passos é entre nós um anglicismo político.

– Por quê?

– Porque é muito pouco político, em primeiro lugar; porque é administrador intelectual, em segundo – cousas raras aqui. O Passos acorda às seis horas.

– Para quê?

– Ora essa! Para trabalhar. Mete-se no carro, e às sete já está longe das Laranjeiras, vistoriando os jardins, os mercados, os trabalhos de demolição. Às nove e pouco entra na Prefeitura e trabalha até o meio-dia sem parar. Sai a essa hora, aparece de improviso em todos os lugares, dando ordens diretas, e sessenta minutos depois ei-lo de novo no palácio da Prefeitura, onde só ao escurecer descansa.

– É muito brusco, pois não?

– É diretor, caso muito diverso. Recebe todos os que lhe vão fazer pedidos. Quando a cousa é justa, diz: – Parece justa, venha amanhã. Quando é má, diz: não! e às vezes tem um: ora não seja criança! e frases tais.

– E com os funcionários?

– Secura e honra ao mérito.

– Parece uma divisa.

– Às vezes estão todos trabalhando. O prefeito dirige uma frase solta, a qualquer. É o sinal de curto descanso, em que procura, com a curiosidade sempre ávida, saber as cousas mínimas de administração. De repente, porém, já alguns mais entusiasmados erguendo-se, o Passos diz: "Bom, trabalhemos. Faz-se o gelo. Recomeça o esforço total".

– É o modelo administrativo.

– Não há um papel em atraso na Prefeitura.

– As más línguas propalam-no o homem mais lacônico do mundo. O amigo íntimo de S. Exa. riu.

– É. Ainda outro dia assisti a um fato demonstrativo. O Passos mandara um funcionário a negócios de demolições. O funcionário chegou e, antes que falasse, o prefeito disse-lhe: – Procure o menor número de palavras para o que tem a dizer. Não há tempo a perder...

E com esse método fixa no cortical os menores fatos, sabe de tudo, dirige tudo, decide tudo.

– E na intimidade?

– É o mesmo homem. Faz-se no seu *at-home* música à noite, a sua linda neta recita versos dos poetas ingleses, Passos conversa. De repente grita, alteia a discussão com o amigo, o amigo grita também, porque é pior não gritar, e a discussão sempre acaba bem, com uma advertência de Mme. Passos, a figura tutelar daquele lar...

– Disse que S. Exa. tinha a mania inglesa?

– E uma biblioteca de primeira ordem, em que se recebem as novidades ultrabrilhantes da literatura da Inglaterra. De resto ele veste à inglesa, fala o inglês, educa a família à inglesa. Não vê o amigo os jardins? Ainda anglofilia. Se o Passos pudesse, faria canteiros nos *trottoirs*. Tem a encantadora paixão da jardinagem.

– E as reformas?

– O Rio transforma-se sob a sua mão. As casas velhas desaparecem. A avenida começa a demolir casas nas ruas Senhor dos Passos e Camerino.

– Luta com dificuldades, hein?

– Incríveis. A luta é com os proprietários, os locatários, os mandados de manutenção. O Passos é sutil, vence a tudo.

Sabe como conseguiu demolir aqueles tapumes velhos do cais Pharoux, que tanto o afetavam?

À meia hora depois da meia-noite do dia em que terminara o mandado de manutenção.

– E os seus planos?

– Dão para um artigo inteiro. Com ele depois dos melhoramentos do porto o Rio será ideal.

– E o Teatro Municipal?

– O decantado! Só espera a decisão do Ministério da Fazenda.

– Acha S. Exa. a felicidade com tanto trabalho?

– O Wells no único livro sério que até hoje publicou, nas *Antecipations*, diz: "*The world has a purpose greater than self happiness, the life of humanity*"[1].

O Passos, saneando o embelezamento do Rio, achou esse fito.

– Mas com tantos inimigos, tantas peias, fará mesmo S. Exa. o Rio belo?

– Faz, por uma simples razão: quem não o ama tem-lhe medo.

– E o boato do prolongamento da ditadura?

O íntimo levantou-se:

– Isso são cousas que a política resolve. O *interview* pode ser a história contemporânea dialogada, não deve ser o indiscreto indagar de mistérios políticos. Entretanto, se assim for, não como amigo, mas como carioca, eu só lhes direi: – *all right*!

Publicada originalmente na *Gazeta de Notícias*, em 3 de maio de 1903. Nessa crônica encontramos pela primeira vez a assinatura João do Rio.

---

1 "O mundo tem um propósito maior do que a felicidade própria, a vida da humanidade."

A CIDADE [ESTREIA]

A convalescença é um segundo nascimento. O doente reabre os olhos à luz, começa a interessar-se pela casa e pela rua, quer saber o que há de novo lá fora, ensaia os primeiros passos pelo quarto, chega à janela, sorri ao sol, faz projetos, alimenta sonhos, – renasce, enfim, para o mundo e para a alegria de viver. Mas, enquanto o convalescente sacode jubilosamente corpo e alma, nesse alvorecer de novas esperanças – o médico e a família, num susto contínuo, vão multiplicando em torno dele os cuidados e aumentando a solicitude, porque sabem quanto são frequentes e terríveis as "recaídas".

Esta boa cidade do Rio de Janeiro é uma convalescente... A moléstia foi grave e longa: moléstia perigosa, sem grandes crises de febre, e caracterizada por um marasmo podre, por um desses comas profundos que são o vestíbulo da morte. Nessa inconsciência, nesse torpor, nessa *cachexia* moral, andou a pobre arrastando a vida por um século triste. Em torno dela, as suas irmãs, as outras cidades brasileiras, cresciam, ganhavam forças, prosperavam: e o Brasil via, com mágoa, o desmoralizado entorpecimento da sua filha predileta... Mas apareceram, afinal, médicos, que compreenderam a moléstia e acharam um remédio.

A enferma está renascendo, numa convalescença franca: todo o seu organismo revive, luta, anima-se, trabalha. Obras do porto, medidas higiênicas, abertura de ruas – trabalho fácil e compensador distribuído aos homens de boa vontade – os sintomas da crise salutar acentuam-se de dia em dia. A boa cidade está salva. Está salva... se não tiver uma "recaída".

Evitemos a "recaída"! Cerquemos de cuidados solícitos a nossa amada convalescente, e procuremos perpetuar no seu organismo a saúde.

Esta seção da *Gazeta* vai acompanhar, de passo em passo, o trabalho do renascimento. Um aviso, um conselho, um reparo, uma censura, um elogio – tudo haverá, de quando em quando, nesta curta e sóbria coluna. Os médicos têm bastante competência: mas nunca é demais a solicitude de um filho carinhoso.

– X.

Publicado originalmente na *Gazeta de Notícias*, em 31 de maio de 1903. Esse texto marca a estreia da coluna "A Cidade", que será publicada na *Gazeta de Notícias* quase diariamente até março de 1904, sempre assinada por "X". A autoria de Paulo Barreto era entretanto conhecida por seus leitores, como atestam a correspondência endereçada ao jornal ou comentários publicados em outros periódicos da época.

A CIDADE [ILUMINAÇÃO NO PASSEIO PÚBLICO]

Os gansos e os marrecos do Passeio Público andam espantados... Há conciliábulos animados à beira d'água, expressivos arrepios de asas, significativas bicadas, confidenciais grasnidos... A tribo dos palmípedes vive assombrada, depois que há iluminação farta e música alegre no terraço, fonte luminosa no jardim, grande massa de povo pelas alamedas perfumadas.

Até agora, o povo não passava do botequim, onde ia ouvir alguns garganteios brejeiros e beber alguns *chopps*. O resto do jardim, à noite, ficava entregue ao sono dos desocupados, à meditação dos tristes, às confidências dos namorados – e à vida calma e regalada dos gansos e dos marrecos nos lagos tranquilos.

Antigamente, sim. Houve tempo em que as famílias cariocas prezavam aquele sereno refúgio, à sombra das grandes árvores folhudas. Eu ainda sou da época em que, nas longas mesas de pedra da rua que ladeia o terraço, se faziam convescotes alegres. O chefe da família ia à vontade, no seu rodaque branco; a mulher e as filhas trajavam cassas e chitas baratas; a pirralhada corria e gritava em liberdade; e as negrinhas e os molecotes, crias da casa, carregavam os samburás cheios de empadas e mães-bentas. Deus me livre de ali ver, outra vez, os convescotes de antanho! essa história de *pic-nics* em jardins públicos já não é compatível com a nossa civilização. Mas não findavam apenas as merendas, nas mesas de pedras: findou também a concorrência das famílias...

Agora, com os melhoramentos que lhe deu a Prefeitura, o Passeio Público torna a ser um ponto de reunião amável. Anteontem, enquanto a magnífica banda do Instituto Profissional executava o programa do seu 5º concerto, já o nosso mais antigo e lindo jardim tinha um aspecto de jardim europeu, frequentado por gente bem-educada.

O Parque da República também precisa de um pouco de carinho. O que lhe falta, principalmente, é luz. A luz é a grande inimiga, não só da tristeza, como dos vícios que só amam a escuridão e o silêncio. Naquelas escuríssimas alamedas do velho Campo de Sant'Anna, as árvores, as boas e castas árvores, já devem estar escandalizadas com o que distintamente ouvem e com o que vagamente avistam à noite. Elas, as castas árvores, e não as menos castas estrelas (foi

Shakespeare quem criou a lenda da castidade das estrelas), devem assistir a cousas escabrosas naquela escuridão... Luz, muita luz! luz elétrica, ou de gás, ou de álcool, pouco importa. Se é verdade que Goethe ao morrer pedia luz, não é muito que a peça quem está vivo, e quem foi educado segundo o preceito positivista de viver às claras.

No Passeio Público, os palmípedes já se vão habituando ao movimento, à música e à luz. Mas, no Parque da República, as alamedas ainda são o paraíso dos marrecos... e de outros animais de mais tino e de menos inocência.

– X.

Publicada originalmente na *Gazeta de Notícias*, em 5 de junho de 1903.

A CIDADE [IGREJA E ESTADO]

– Já viu o senhor maior desaforo?

– ?

– O Chefe de Estado, os ministros, o Senado, a Câmara, assistindo às exéquias do papa! a tropa em continência!!!

– Mas, não vejo nisso motivo para espanto...

– Como não vê? A Igreja está ou não separada do Estado?

– Não há dúvida, meu esquentado amigo! Mas o Vaticano tem uma legação aqui; o Brasil tem uma legação no Vaticano...

– Não tenho nada com isso! Não quero ver este país governado por padres! De tolerância em tolerância, chegaremos à escravidão! Daqui a pouco, obrigar-me-ão a ouvir missa, sob pena de cadeia e açoites – e elegerão para presidente da República... o padre Batalha!

– Vamos com calma... O padre Batalha não é homem que tenha ambições políticas, e ninguém exigirá nunca que o senhor vá à missa! O que há, em tudo isto, é o cumprimento de um simples dever de cortesia internacional.

– Internacional? O Vaticano é nação?

– Está claro que é! tem ministros, tem plenipotenciários, tem enviados extraordinários, tem secretários de legação... Além disso, meu caro senhor, que importa à sua crença, ou à sua falta de crenças, que os outros creiam?

– Não admito! Eu sou ateu! Eu não creio em Deus! E, portanto, não admito que o presidente da República vá às exéquias do papa! Fui batizado na igreja (e por sinal que minha madrinha foi Nossa Senhora da Conceição!), mas, nesse tempo, ninguém me perguntou se eu acreditava em Deus; casei na igreja, mas apenas para agradar a minha noiva; e, quando morrer, hei de ter provavelmente missas, por não poder protestar contra isso, do fundo da cova! Pouco importa tudo isso! não creio em Deus, e não admito que os outros creiam!

– Venha cá... Deve haver aí alguma exageração... Não é possível que o senhor não creia em Deus!

– Não creio!

– Não é possível!

– Dou-lhe a minha palavra de honra.

– Não é possível!

– Juro-lhe...

– Jura? por quem?

– Juro... por Nossa Senhora da Conceição, minha madrinha, que não creio em Deus!

– X.

Publicada originalmente na *Gazeta de Notícias*, em 1º de agosto de 1903.

A CIDADE [MATERNIDADE]

Isto foi nos remotos e ominosos tempos em que o famoso déspota D. Pedro II oprimia este país com a sua inominável tirania, comendo canja, estudando hebraico e observando a passagem de Vênus pelo disco solar. Um ministro desse déspota teve a ideia de mandar construir um belo, um esplêndido, um suntuoso edifício destinado à Maternidade. Escolheu-se o local, assentaram-se os alicerces, levantaram-se as lindas colunatas, o lindo pórtico, a linda base do suntuoso, esplêndido e belo edifício. Tudo isso foi feito no século passado, notem bem, e não nos últimos anos do século, mas alguns doze ou treze anos antes da sua agonia. E daí por diante não se fez mais nada; e naquela triste e deserta curva do Cais da Lapa, ficou até hoje, enegrecido, coberto de ervagens, mas cercado de tapumes podres, o projeto do belo, esplêndido e suntuoso edifício.

Há cerca de quinze anos passava eu por ali, em companhia de um inglês, que me perguntou: – "Que é aquilo?" – E eu, inchando as bochechas, respondi: – "Ah! aquilo é um belo edifício que estamos construindo para a Maternidade!"

Cinco anos depois, um francês, que andava comigo admirando a cidade, indagou: – "Que é aquilo?" – E eu, impando de orgulho: – "Ah! aquilo é um esplêndido edifício que estamos fazendo para a Maternidade!"

Passaram-se mais cinco anos; e um chileno, meu amigo, vendo o projeto, inquiriu: – "Que é aquilo?" – E eu, todo babado de vaidade: "Pois não sabe? Aquilo é um suntuoso edifício em que vamos instalar a Maternidade!"

E eis senão quando, hoje, abrindo os jornais, acho esta notícia: "Foi contratada com o Sr. Fulano de Tal, por 200 contos de réis, a conclusão do edifício da praia da Lapa destinado à Maternidade!"

Quase caí fulminado! Ainda haverá por aí quem se atreva a dizer que nós costumamos fazer as cousas devagar?

O que eu peço ao Sr. Fulano de Tal, contratador das obras, é que não se apresse demais: ainda posso perfeitamente viver outros quinze anos, à espera da conclusão daquele belo, esplêndido e suntuoso edifício... – X.

Publicada originalmente na *Gazeta de Notícias*, em 12 de setembro de 1903.

A DECADÊNCIA DOS *CHOPPS*

Outro dia, ao passar pela Rua do Lavradio, observei com pesar que em toda a sua extensão havia apenas três casas de *chopp*. A observação fez-me lembrar a rancorosa antipatia do malogrado Artur Azevedo pelo *chopp*, agente destruidor do teatro, e dessa lembrança, que evocava tempos passados, resultou a certeza profunda da decadência do *chopp*.

Os *chopps* morrem. É comovedor para quantos recordam a breve refulgência desses estabelecimentos. Há uns sete anos, a invenção partira da Rua da Assembleia. Alguns estetas, imitando Montmartre, tinham inaugurado o prazer de discutir literatura e falar mal do próximo nas mesas de mármore do Jacob. Chegavam, trocavam frases de profunda estima com os caixeiros, faziam enigmas com fósforos, enchiam o ventre de cerveja e estavam suficientemente originais. Depois apareceram os amigos dos estetas, que em geral desconhecem a estética, mas são bons rapazes. Por esse tempo a Iwonne, mulher barítono, montou o seu cabaré satânico à Rua do Lavradio, um cabaré com todo o sabor do vício parisiense, tudo quanto há de mais *rive-gauche*, mais *butte-sacrée*. Ia-se à Iwonne como a um supremo prazer de arte, e a voz da pítia daquela Delfos do gozo extravagante recitava sonoramente as *Nevroses* de Rollinat e os trechos mais profundos de Baudelaire e de Bruant.

O Chat-Noir morreu por falta de dinheiro, mas a tradição ficou. Iwonne e Jacob foram as duas correntes criadoras do *chopp* nacional. As primeiras casas apareceram na Rua da Assembleia e na Rua da Carioca. Na primeira, sempre extremamente concorrida, predominava a nota popular e pândega. Houve logo a rivalidade entre os proprietários. No desespero da concorrência os estabelecimentos inventaram chamarizes inéditos. A princípio apareceram num pequeno estrado ao fundo, acompanhados ao piano, os imitadores da Pepa cantando em falsete a "estação das flores", e alguns tenores gringos, de colarinho sujo e luva na mão. Depois surgiu o *chopp* enorme, em forma de *hall* com grande orquestra, tocando trechos de óperas e valsas perturbadoras, depois o *chopp* sugestivo, com sanduíches de caviar, acompanhados de árias italianas. Certa vez uma das casas apresentou uma harpista capenga, mas formosa como as fidalgas florentinas das oleografias. No dia seguinte um empresário genial fez estrear um cantador de modinhas. Foi uma coisa louca. A modinha absorveu o público. Antes para ouvir uma modinha tinha a gente de arriscar a pele em baiucas equívocas e acompanhar serestas ainda mais equívocas. No *chopp* tomava logo um fartão sem se comprometer. E era de ver os mulatos de beiço grosso, berrando tristemente:

Eu canto em minha viola
Ternuras de amor,
Mas de muito amor...

E os pretos barítonos, os Bruants de nanquim, maxixando cateretês apopléticos.

O *chopp* tornou-se um concurso permanente. Os modinheiros célebres iam ouvir os outros contratados, e nas velhas casas da Rua da Assembleia, à hora da meia-noite, muita vez o príncipe da nênia chorosa, o Catulo da Paixão Cearense, erguendo um triste copo de cerveja, soluçava o

Dorme que eu velo, sedutora imagem,

com umas largas atitudes de Manfredo fatal.

E enquanto o burguês engolia o prazer popular que lhe falava à alma, na Rua da Carioca vicejavam as pocilgas literárias, com uma porção de cidadãos, de grande cabeleira e fato no fio, que iam ouvir as musas decadentes, pequenas morfinômanas a recitar a infalível *Charogne*, de Baudelaire, de olhos estáticos e queixos a bater de frio...

Depois os dois regatos se fundiram num rio caudaloso. A força assimiladora da raça transformou a importação francesa numa coisa sua, especial, única: no *chopp*. Desapareceram as cançonetas de Paris e triunfaram os nossos prazeres.

Onde não havia um *chopp*? Na Rua da Carioca contei uma vez dez. Na Rua do Lavradio era de um lado e de outro, às vezes a seguir um estabelecimento atrás do outro, e a praga invadira pela Rua do Riachuelo a Cidade Nova, Catumbi, o Estácio, a Praça Onze de Julho... Os empresários mais ricos fundavam casas com ideias de cassinos, como a Maison Moderne, o High-Life, o Colyseu-Boliche, mas os outros, os pequenos, viviam perfeitamente.

Não havia malandro desempregado. Durante o dia, em grandes pedras negras, os transeuntes liam às portas dos botequins uma lista de estrelas maior que a conhecida no Observatório, e era raro que uma dessas raparigas, cuja fatalidade é ser alegre toda a vida, não perguntasse aos cavalheiros:

– Não me conhece, não? eu sou do *chopp*, do 37.

Oh! o *chopp*! Quanta observação da alma sempre cambiante desta estranha cidade! Eram espanholas arrepanhando os farrapos da beleza em *olés* roufenhos, eram cantores em decadência, agarrados ao velho repertório, ganindo a celeste *Aída*, e principalmente os modinheiros nacionais, cantando maxixes e a poesia dos trovadores cariocas – essa poesia feita de rebolados excitantes e de imensas tristezas, enquanto nas plateias aplaudiam rufiões valentes, biraias medrosas de pancada, trabalhadores maravilhados, e soldados, marinheiros a gastar em bebida todo o cobre, fascinados por esse vestígio de bambolina grátis.

Tudo isso acabara. O High-Life ardeu, a Maison Moderne cresceu de pretensão, criando uma espécie de cassino popular com aspectos de feira, os outros desapareciam, e eu estava exatamente na rua onde mais impetuosamente vivera o *chopp*...

Entrei no que me ficava mais próximo, defronte do Apolo. À porta, uma das *chanteuses*, embrulhada num velho *fichu*[1], conversava com um cidadão de calças abombachadas. A conversa devia ser triste. Mergulhei na sala lúgubre, onde o gás arfava numa ânsia, preso às túnicas Auer já estragadas. Algumas meninas com o ar murcho fariscavam de mesa em mesa consumações. Uma delas dizia sempre:

– Posso tomar groselha?

E corria a buscar um copo grosso com água envermelhecida, sentava-se ao lado dos fregueses, sem graça, sem atenção. Do teto desse espaço de prazer pendiam umas bandeirolas sujas, em torno das mesas havia muitos claros. Só, perto do tablado, chamava a atenção um grupo de sujeitos que, mal acabava de cantar uma senhora magra, rebentavam em aplausos dilacerantes. A senhora voltava nesse momento. Trazia um resto de vestido de cançonetista com algumas lantejoulas, as meias grossas, os sapatos cambados. Como se não visse os marmanjos do aplauso, estendia para a sala

---

1 Xale.

as duas mãos cheias de beijos gratos. E, de repente, pôs-se a cantar. Era horrível. Cada vez que, esticando as goelas, a pobre soltava um *mai più*![2] da sua desesperada *romanza*[3], esse *mai più*! parecia um silvo de lancha, à noite, pedindo socorro.

A menina desenxabida já trouxera para a minha mesa um copo de groselha acompanhado de um canudinho, e aí estava quieta, muito direita, olhando a porta a ver se entrava outra vítima.

– Então esta cantora agrada muito? – perguntei-lhe.

– Qual o quê! Até queremos ver se vai embora. O diabo é que tem três filhos.

– Ah! muito bem. Mas os aplausos?

– O sr. não repare. Aquilo é a claque, sim senhor. Ela paga as bebidas.

– E quanto ganha a cantora?

– Dez mil réis.

Saí convencido de que assistira a um drama muito mais cruel que o *Mestre de forjas*, mas já agora era preciso ver o fim e como me tinham denunciado uma roleta da Rua de Sant'Anna, onde vegeta o último vestígio do *chopp*, fui até lá.

Chama-se o antro Colyseu-Boliche. A impressão de sordidez é inacreditável. De velho, de sujo tudo aquilo parece rebentar, sob a luz pálida de algumas lâmpadas de acetileno. A cada passo encontra-se um brinquedo de apanhar dinheiro ao próximo e sente-se em lugares ocultos as rodas dos jaburus explorando a humanidade. No teatrinho, separado do resto da feira por um simples corrimão, havia no máximo umas vinte pessoas. Eram onze horas da noite e um vento frio de temporal soprava. Junto ao estrado, um pianista deu o sinal e um mocinho lesto, de sapatos brancos, calça preta e dólmã alvinitente, trepou os três degraus da escada, fez três ou quatro rapapés como se adejasse, e começou com caretas e piruetas a dizer uma cançoneta aérea:

Sabes que dos dois balões
O do Costa é maior

---

2 Nunca mais!

3 *Romanza* é um fragmento musical escrito para uma voz e um instrumento, que se distingue por um estilo melódico e expressivo.

A minha afeição está posta
Cada um come do que gosta!...

Deus do céu! Era nevralgicamente estúpido, mas a vozinha metálica do macaco cantador fazia rir dois ou três portugueses cavouqueiros com tal ruído que o pianista sacudia as mãos como renascendo de alegria.

Foi aí, vendo o último vestígio do passado esplendor dos *chopps*, que eu pensei no fim de todos os números sensacionais dos defuntos cabarés. Onde se perde a esta hora o turbilhão das cançonetistas e dos modinheiros?

Quanta vaidade delirante, quanta miséria acrescida! Decerto, a cidade, a mais infiel das amantes, já nem se recorda desses pobres tipos que já gozaram um dia o seu sucesso e tiveram por instantes o pábulo do aplauso, e, decerto, os antigos triunfadores ficaram para sempre perdidos na ilusão do triunfo que, sempre breve, é para toda a vida a inutilizadora das existências humildes.

Publicada originalmente no livro *Cinematographo: crônicas cariocas* (Porto, Lello & Irmãos, 1909), sem conhecida aparição prévia em jornais.

A PRAIA MARAVILHOSA

Há um ano alguns poetas e alguns homens de sociedade ouviam Isadora Duncan – Musa do Erecteu que passa pelo mundo como o segredo revelado da Beleza suprema. Isadora falava no deslumbramento da natureza. E de repente ela nos perguntou se conhecíamos a praia.

– O Leme?

– Não.

– Copacabana?

– A outra – outra praia...

As belezas naturais do Brasil interessam pouco os brasileiros. Nós positivamente não conhecíamos a outra praia – a praia que sobremaneira impressionara Isadora – a dançarina de gênio profundo. Ela, porém, fez questão de mostrar a sua praia. Servia-lhe um *chauffeur* – titular arruinado que se entrega ao automobilismo nas *garages* por falta de dinheiro. O *chauffer* sabia onde ficava essa praia. Era preciso ver logo! Assim despencamos da *terrasse* do Moderno Hotel, onde Messager ficou só fumando um charuto. Era mais de meia-noite na noite de inverno e de luar. Os automóveis passaram o Leme, Copacabana e ousadamente, ao chegar à Igrejinha, continuaram por uma rua de indizível calçamento.

– Mas é o fim do mundo.

– Não; é o Arpoador, o Ipanema.

Realmente. A rua dava numa praia sem a iluminação elétrica. Sem outra iluminação mesmo que não fosse a do luar. A do luar era tênue tão derramada estava pelas neblinas. De modo que, com o galope espumarento das ondas, em frente, e a convulsão de titãs petrificados dos montes ao fundo e aquela atmosfera de névoa – pela primeira vez vimos uma daquelas paisagens de Shelley em que a natureza parece findar-se no inebriamento espiritual da sua própria luxúria.

– Como é belo! Como é belo! – dizia Isadora em êxtase.

– Estamos em frente ao Country-Club! Que pena não podermos cear...

E há um ano eu guardava a lembrança desse passeio como qualquer coisa de irreal e de infinitamente belo – como se naquela noite tivesse vivido o *Prometeu* desse mesmo Shelley, sagrado poeta. Há dias, numa sessão de cinematografia – um jornal da semana que, com habilidade inteligente, executa há tempos o jovem cinematografista Alberto Botelho –, tornei a ver Ipanema, não na bruma de um luar de inverno, mas ao sol, com detalhes de beleza maravilhosos.

– É de fato muito bonito!

– V. não conhece ainda Ipanema.

– Conheço sob o prisma Shelley e sob o prisma Isadora.

– Os poetas revelam, os homens realizam. Quer conhecer Ipanema sob o prisma Raul Kennedy de Lemos e Companhia Construtora? É impossível que não o impressione essa realização para a qual concorrem todas as pessoas de verdadeiro gosto – realizando assim um dos mais belos trechos do Rio – a praia maravilhosa.

O meu desejo era grande de conhecer Ipanema – de verdade, sem Shelley, sem Isadora, sem cinematógrafo. Fazia uma tarde linda. O primeiro automóvel que tomamos levou-nos lá em menos de vinte minutos. A surpresa primeira e agradável foi ver a rua há um ano intransitável – asfaltada. O meu guia explicou:

– Ainda há um pequeno trecho – cerca de quatrocentos metros – por calçar. A Prefeitura decerto não deixará de executar esse trabalho. Com o trabalho de valorização empreendido por Kennedy de Lemos, os terrenos que eram vendidos a 3 e 4 contos o lote estão sendo vendidos já a oito, dez e mais. Só em impostos de transmissão a Prefeitura ganha com isso. Veja depois o aumento do imposto predial.

Mas nos dávamos na praia com a enorme Avenida Meridional macadamizada.

– Quem macadamizou isto?

– O próprio Raul Lemos. Ele tem um gênio empreendedor. É moço. Ficou-lhe mais de 100 contos o trabalho. E ficou apenas por tal preço, porque a crise de trabalho fez com que muitos operários lhe fossem oferecer a colaboração com salários reduzidos. V. pode imaginar o futuro deste trecho do Rio. Lembra-se do que era o Leme há quinze anos?

– Devem lembrar-se as pessoas mais ou menos velhas.

– Pois era o deserto. Dentro de cinco anos, a Praia Maravilhosa será o bairro mais elegante e mais belo da cidade que a Jane Catulle Mendès denominou *La ville merveilleuse*. Santos Dumont ficou tão impressionado que vai mandar construir aqui uma *villa*.

Eu não via mais a paisagem lunar, de um ano atrás. Via uma cidade monumental surgindo, ao sol da tarde. Eram ruas a alinhar; eram turmas de trabalhadores calçando algumas dessas ruas; eram caminhões-automóveis cruzando-se carregados de material; era o movimento dos *bonds*, que só aparecem quando há no lugar vida própria; era principalmente nas ruas que percorríamos nas casas novas em folha, os estabelecimentos comerciais, indicadores de que o crescimento do bairro se fazia vertiginoso.

– O que se executou este ano! – tornava o meu informante. O prolongamento da linha de *bonds* de Ipanema numa extensão de 1.600 metros; a construção de um ramal da linha de *tramways* para o Leblon numa extensão de 3 mil metros; a construção de uma parte da Avenida Meridional com 1.600 metros de extensão a *macadam* betuminoso – o melhor calçamento no gênero, e toda essa obra em formação. Até o fim do ano há mais 2 mil metros de ruas calçadas.

– Caramba!

– E com planos maiores tais como a ponte que deve ligar o Leblon à Gávea, a linha circular de *bonds*. Para que o bairro surgisse neste cenário excepcional realmente belo, sem o *charivari* de mau gosto de Copacabana e Leme – Raul Kennedy de Lemos formou a Companhia Construtora Ipanema. Dispondo de material próximo a companhia constrói muito mais em conta e a prazo longo em prestações, que equivalem aos aluguéis que eternamente pagam aos proprietários aqueles que não podem ter de pancada a quantia para ter a sua casa.

– E o prazo?

– Dez anos, com a possibilidade de menos tempo porque são aceitas quando possíveis as prestações para amortização mais rápida.

Tinha o nosso automóvel enveredado por uma rua que ia dar a uma colossal serraria.

– Da Empresa?

– A serraria tem várias seções. Ocupará uns 2 mil operários. É bem uma grande fábrica de construções de casas. Casas de luxo. São todas de cimento armado e no seu preparo empregam-se madeiras brasileiras, que até hoje só serviam para móveis de luxo – jacarandá, óleo-vermelho, pau-marfim, pau-cetim. Venha ver uma casa que construímos por 40 contos, com o pagamento em prestações.

Saltamos adiante. Havia quatro vilas de fachada elegante. Entramos numa delas ainda vazia. Quem conhece o desconforto das habitações de aluguel no Rio, com paredes empinadas, portas de pinho pintadas, escadas que rangem, banheiros incríveis e forrações ignóbeis – tem pela comparação verdadeiro pasmo. A casa em que estávamos, com os tetos, as janelas e as portas de óleo vermelho, soalhos em mosaico, sala de banho vasta, e a disposição confortável dos interiores ingleses – era uma casa de luxo.

– Mas, com esta crise, haverá quem se abalance?...

– Os terrenos sobem de preço de semana a semana. Já não há um só de frente para o mar. E as encomendas de construções aumentam na proporção. Pode imaginar dentro de três a quatro anos o que será a Praia Maravilhosa – sendo dentro do mais belo cenário do Rio – a 45 minutos de *bond* da Avenida Central – o bairro onde todas as casas serão grandes ou pequenos palacetes feitos com elegância e arte...

O meu guia fez depois o automóvel parar no Country-Club – para o aperitivo da tarde. Subindo as escadas dessa sociedade tão refinadamente distinta, eu quis concentrar na retina esse outro momento da Praia Maravilhosa – o momento em que uma cidade imprevista e bela desabrocha na beleza irreal e profunda do trecho mais admirável do Rio. E vendo aquele trabalho febril e os palácios brancos sob o carmesim do ocaso, entre o verde-azul do mar, lembrei um outro esforço à beira do deserto, feito há anos por capitalistas belgas – a cidade em que todas as casas são belas e de luxo – Heliópolis, construída de repente a uma hora do Cairo...

O Rio estendeu-se pelas praias. Contornou o Pão de Açúcar e continuou no Leme, em Copacabana. O novo bairro é o derradeiro ponto dessa reticência de casarias. Mas é o ponto final mais formoso de uma cidade – uma nova cidade toda bela num pedaço de terra tão linda, que, sem exageros, é impossível contemplar sem lhe dar o verdadeiro nome: – a Praia Maravilhosa.

Publicada originalmente no jornal *O Paiz*, em 23 de maio de 1917. Após a publicação desse texto, João do Rio teria sido presenteado pela construtora tão elogiada com dois terrenos em Ipanema – confirmando a fama de "cavador" sustentada por seus detratores. Com isso, ele e D. Florência, sua mãe, tornaram-se uns dos primeiros moradores do novo bairro.

A pobre gente

NA FAVELA – TRECHO INÉDITO DO RIO
A morada dos gatunos e desordeiros

– Se tens coragem, vai lá acima. Eu fico. Muito cuidadinho com a pele. Adeus!

Essas palavras prudentes nos dizia um prudente cavalheiro, vendo passar as locomotivas, bem no sopé do Morro da Providência. A povoação ali é toda outra, uma porção de trabalhadores, de vagabundos por entre nuvens de poeira, cosendo-se às casas sórdidas e mal alinhadas. Faz um sol forte, um sol que parece mais quente derramado assim naquela poeira, naquelas pedras, naquela gente.

– Mas vem cá, homem, escuta. É impossível ir lá acima sem uma informação.

– Ora, os jornais têm dado, a polícia sabe.

Neste Morro da Providência moram os mais terríveis malandros do mundo, com mulheres tremendas e assassinatos semanais.

– Isso é literário demais!

– Literário? Olha, se gostas dos romances do Visconde Ponson ou do Visconde Montepin, tens campo vasto para examinar de perto uma sociedade como a inventada por eles.

– Muitas mortes?

– Semanalmente.

– Pois então subo.

– Bom proveito.

Subimos o morro, por um íngreme caminho bordado de águas empoçadas, por onde vão negras maltrapilhas, moleques desnudos, tipos suspeitos, de lenço no pescoço. É impossível imaginar que ali, no centro da cidade, habite gente tão estranha e com uma vida tão própria.

À proporção que caminhamos, vamos admirando as habitações daqueles estranhos moradores. Desde o sopé da montanha as casas são todas feitas de bambu entrelaçado com barro, tendo por teto pedaços de folha de flandres seguros com pedras, são baiucas, são pocilgas, são indescritíveis. A maior parte não tem metro e meio de altura e consta apenas de quatro estacas formando um quadrilátero com o chão por soalho. Aí se acumulam famílias numerosas, crianças nuas, com o ventre enorme, mulheres amarelas e duvidosas quase despidas. As febres grassam em todo o morro. Não são só essas espécies de casas, lôbregas, sem luz, causa das moléstias. Ladeando o caminho grandes poças de águas estagnadas exalam um terrível mau cheiro. Ouvem-se a todo momento gritos, pragas, aparecem caras coléricas às portas, cachorros uivam.

De vez em quando, as baiucas vergonhosas desaparecem e o caminho é como uma garganta, entre as rochas. Encontramos um tipo alto, a carregar água, que se põe a tremer quando nos vê.

– Que faz você?

– Estou carregando água pra casa, sim senhor.

– Casa construída por você mesmo?

– Não, senhor, pago aluguel, tenho senhorio.

– Senhorio por isso! no centro das cidades baiucas destas!

– O morro divide-se em quatro partes. Cada uma tem o seu administrador. O lugar em que eu moro é sossegado. Só há rolo em família, os homens que batem nas mulheres.

– E os capoeiras?

Ele olha para os lados receoso.

– O senhor vá por ali.

Subimos mais, até encontrar um dos administradores dessa interessante vida, e ele, então, prestativo, leva-nos a todos os lados do morro informando-nos.

O Morro da Providência sempre foi um lugar célebre de capoeiragem e assassinatos. Outrora, no lugar onde hoje existe o Cruzeiro, mandado fazer pela Santa Casa, bem no pico da montanha, é que se davam as lições de capoeiragem. Chamavam o china seco e a polícia monárquica nunca pôde acabar com o centro de horror.

Depois da Guerra de Canudos, os mais ousados facínoras voltaram a habitar o píncaro do morro denominado Favela, porque no reduto não há polícia que não seja derrotada.

Há no sítio entre as pardas amasiadas, as negras velhas parteiras e curandeiras, duas mulheres da vida virada. Essas criaturas são a causa dos maiores conflitos do morro. Aos domingos sobem a montanha praças de linha, fuzileiros navais, e é certo o rolo. Quem nos conta isso tem a cabeça partida em dous lugares. O crime entre esses criminosos neles apareceu com as mulheres. As pândegas começam com violão e acabam com a navalha.

– Mas a polícia, que faz a polícia?

A polícia resolveu um interessante meio de acabar com tais cenas: fazer os facínoras "prestar serviços ao delegado", como dizem. Essa ingênua ideia deu em resultado serem aproveitados os valentões da pior espécie, que se tornaram terríveis e são agora os diretores dos conflitos. Falamos nesta ocasião com quatro, o Estêvão, com a cara cortada de gilvazes, o Pedro, o Septe, o João Paraguay.

Todos estão arrogantes, falam malfado às pessoas, espalhando as mãos, com um desbocado falar.

Prestam serviços ao delegado!

São célebres as mortes no Beco do Melão, e lá em cima no china seco. Quando alguma esforçada autoridade manda dar um cerco, precipitam-se todos na mata e, como diz um da tropa, começa o tiro. Essas criaturas, entretanto, julgam-se superiores porque têm casa. Todos a que falamos respondem, apontando as fétidas baiucas.

– Temos a nossa casa!

Descemos, já informados dessa infâmia em pleno centro da cidade, dessa grave lesão aos cofres e às leis da municipalidade, na construção dos horríveis casebres, quando o guia nos pergunta.

– Quer ir à farsa?

Esse lugar, para o qual se desce por escarpas terríveis, é uma gruta que toma um grande ângulo do morro, e dá frente para a pedreira.

Aí vivem gatunos, assassinos, perseguidos pela polícia, vagabundos perigosos, que atracam à noite os trabalhadores e sustentam-se de aves roubadas, de burros e cabras que apanham a jeito.

– V. Sa. dá licença, mas não é bom ir lá sem gente.

– Por quê?

– Porque recebem a tiro.

Deixamos o informante e descemos.

A gruta é profundíssima e escura. Quando lhe chegamos à boca, um grito soa e reboa em prolongado eco.

– Olá! Que quer você? E salta um homem nu da cintura para cima, estrábico. Não há nada mais fácil do que a mentira calma para sustar a raiva desses impulsivos.

Quando o homem chega junto a nós, perguntamos muito tranquilos pelo primeiro nome do assassino que nos vem à cabeça.

– Não está! É servicinho?

– É.

– Às ordens de V. Sa.

– Vocês estão aqui bem?

O tremendo homem abre a dentuça num riso satisfeito.

– É o que há!

Perguntamos se há muita gente na gruta. Àquela hora só ele e mais um *pungista*, com medo da Entre-Rios. De noite há sempre mais de vinte.

– E vocês passam aqui dias?

– Até meses. Já aqui deu à luz uma mulher e, quando se foi, a filha tinha meio ano!

E põe-se a falar, a contar falcatruas, a evidenciar sua destreza, como um burrantim que quer ser aceito. Fartos já dessa infâmia, perguntamos-lhe para concluir:

– Como se chama

– José Escapado.

– Escapado?

– Ah! isso é cá na nossa língua. Escapado porque nunca foi preso...

É ele ainda quem nos acompanha à volta, quem a troco de qualquer cousa nos ergue para trepar o atalho.

Nós saímos da Favela perfeitamente assombrados. As cenas que secamente narramos são a expressão da verdade e relembram as mais furibundas páginas do rodapé-romance.

É possível que ali, à boca da Rua da América, no centro da cidade, as casas sejam de barro e folha de flandres, construídas por proprietários que delas retiram grossas rendas sem o mínimo escrúpulo? Será crível que, a dous passos da Rua do Ouvidor, haja uma *Favela*, reduto inexpugnável de desordeiros conhecidos e de gatunos temíveis?

Pois há, e, o que é mais, com alguns dos mais valentes prestando serviços à polícia.

Cá embaixo encontramos o amigo prudente.

– Vivo?

– Inteirinho.

– Foste feliz, homem. Para compensar a graça celeste conta esse passeio no teu jornal.

Terá o público a pálida notícia desses assombros, o ilustre Prefeito naturalmente providenciará para mandar demolir essas vergonhas de baiucas, causa de mortes e de vergonhas nossas, e é bem possível que, falando um diário de tantos gatunos e de tantos capoeiras, fique despeitado o delegado com a coragem, e a polícia tome providências...

Publicada originalmente na *Gazeta de Notícias*, em 21 de maio de 1903. Essa crônica foi publicada sem assinatura. No entanto, pela data, pelo estilo e os temas, que se repetem em outros textos, podemos inferir que foi escrita por João do Rio.

VISÕES D'ÓPIO. OS *CHINS* DO RIO

– Os comedores de ópio?

Eram seis da tarde, defronte do mar. Já o sol morrera e os espaços eram pálidos e azuis. As linhas da cidade se adoçavam na claridade de opala da tarde maravilhosa. Ao longe, a bruma envolvia as fortalezas, escalava os céus, cortava o horizonte numa longa barra cor de malva e, emergindo dessa agonia de cores, mais negros ou mais vagos, os montes, o Pão de Açúcar, São Bento, o Castelo apareciam num tranquilo esplendor. Nós estávamos em Santa Luzia, defronte da Misericórdia, onde tínhamos ido ver um pobre rapaz eterômano, encontrado à noite com o crânio partido numa rua qualquer. A aragem rumorejava em cima à trama das grandes mangueiras folhudas, dos tamarindeiros e dos *flamboyants*, e a paisagem tinha um ar de sonho. Não era a praia dos pescadores e dos vagabundos tão nossa conhecida, era um trecho de Argel, de Nice, um panorama de visão sob as estrelas doiradas.

– Sim, dizia-me o amigo com quem eu estava, o éter é um vício que nos evola, um vício de aristocracia. Eu conheço outros mais brutais – o ópio, o desespero do ópio.

– Mas aqui!

– Aqui. Nunca frequentou os *chins* das ruas da cidade velha, nunca conversou com essas caras cor de goma que param detrás do Necrotério e são perseguidos, a pedrada, pelos ciganos exploradores? Os senhores não conhecem esta grande cidade que Estácio de Sá defendeu um dia dos franceses. O Rio é o porto de mar, é cosmópolis num caleidoscópio, é a praia com a vaza que o oceano lhe traz.

Há de tudo – vícios, horrores, gente de variados matizes, niilistas rumaicos, professores russos na miséria, anarquistas espanhóis, ciganos debochados. Todas as raças trazem qualidades que aqui desabrocham numa seiva delirante. Porto de mar, meu caro! Os chineses são o resto da famosa imigração, vendem peixe na praia e vivem entre a Rua da Misericórdia e a Rua D. Manuel. Às cinco da tarde deixam o trabalho e metem-se em casa para as tremendas *fumeries*. Quer vê-los agora?

Não resisti. O meu amigo, a pé, num passo calmo, ia sentenciando:

– Tenho a indicação de quatro ou cinco casas. Nós entramos como fornecedores de ópio. Você veio de Londres, tem um quilo, cerca de 600 gramas de ópio de Bombaim. Eu levo as amostras.

Caminhávamos pela Rua da Misericórdia àquela hora cheia de um movimento febril, nos corredores das hospedarias, à porta dos botequins, nas furnas das estalagens, à entrada dos velhos prédios em ruínas.

O meu amigo dobrou uma esquina. Estávamos no Beco dos Ferreiros, uma ruela de cinco palmos de largura, com casas de dois andares, velhas e a cair. A população desse beco mora em magotes em cada quarto e pendura a roupa lavada em bambus nas janelas, de modo que a gente tem a perene impressão de chitas festivas a flamular no alto. Há portas de hospedarias sempre fechadas, linhas de fachadas tombando, e a miséria besunta de sujo e de gordura as antigas pinturas. Um cheiro nauseabundo paira nessa ruela desconhecida.

O meu amigo para no 19, uma rótula, bate. Há uma complicação de vozes no interior, e, passados instantes, ouve-se alguém gritar:

– Que quer?

– João, João está aí?

João e Afonso são dois nomes habituais entre os *chins* ocidentalizados.

João não mora mais...

– Venha abrir, brada o meu guia com autoridade.

Imediatamente a rótula descerra-se e aparece, como tapando a fenda, uma figura amarela, cor de gema de ovo batida, com um riso idiota na face, um riso de pavor que lhe deixa ver a dentuça suja e negra.

– Que quer, senhor?

Tomamos um ar de bonomia e falando como a querer enterrar as palavras naquele crânio já trabucado.

– Chego de Londres, com um quilo de ópio, bom ópio.

– Ópio?... Nós compramos em farmácia... Rua São Pedro...

– Vendo barato.

Os olhos do celeste arregalam-se amarelos, na amarelidão da face.

– Não compreende.

– Decida, homem...

– Dinheiro, não tem dinheiro.

Desconfiará ele de nós, não acreditará nas nossas palavras? O mesmo sorriso de medo lhe escancara a boca e lá dentro há cochichos, vozes lívidas... O meu amigo bate-lhe no ombro.

– Deixa ver a casa.

Ele recua trêmulo, agarrando a rótula com as duas mãos, dispara para dentro um fluxo cuspinhado de palavrinhas rápidas. Outras palavrinhas em tonalidades esquisitas respondem como *pizzicatti* de instrumentos de madeira, e a cara reaparece com o sorriso emplastrado:

– Pode entrar, meu senhor.

Entramos de esguelha, e logo a rótula se fecha num quadro inédito. O número 19 do Beco dos Ferreiros é a visão oriental das lôbregas bodegas de Xangai. Há uma vasta sala estreita e comprida, inteiramente em treva. A atmosfera pesada, oleosa, quase sufoca. Dois renques de mesas, com as cabeceiras coladas às paredes, estendem-se até o fundo cobertas de esteirinhas. Em cada uma dessas mesas, do lado esquerdo, tremeluz a chama de uma candeia de azeite ou de álcool.

A custo, os nossos olhos acostumam-se à escuridão, acompanham a candelária de luzes até ao fim, até uma alta parede encardida, e descobrem em cada mesa um cachimbo grande e um corpo amarelo, nu da cintura para cima, corpo que se levanta assustado, contorcionando os braços moles. Há *chins* magros, *chins* gordos, de cabelo branco, de caras despeladas, *chins* trigueiros, com a pele cor de manga, *chins* cor de oca, *chins* com a amarelidão da cera nos círios.

As lâmpadas tremem, esticam-se na ânsia de queimar o narcótico mortal. Ao fundo um velho idiota, com as pernas cruzadas em torno de um balde, atira com dois pauzinhos arroz à boca. O ambiente tem um cheiro inenarrável, os corpos movem-se como larvas de um pesadelo e essas quinze caras estúpidas, arrancadas ao bálsamo que lhes cicatriza a alma, olham-nos com o susto covarde de *coolies*[1] espancados. E todos murmuram medrosamente, com os pés nus, as mãos sujas:

– Não tem dinheiro... não tem dinheiro... faz mal!

---

1 Termo usado historicamente para designar trabalhadores braçais oriundos da Ásia, especialmente da China e da Índia, durante o século XIX e início do XX.

Há um mistério de explorações e de horrores nesse pavor dos pobres celestes. O meu amigo interroga um que parece ter 20 e parece ter 60 anos, a cara cheia de pregas, como papel de arroz machucado.

– Como se chama você?

– Tchang... Afonso.

– Quanto pode fumar de ópio?

– Só fuma em casa... um bocadinho só... faz mal! Quanto pode fumar? Duzentos gramas, pouquinho... Não tem dinheiro.

Sinto náuseas e ao mesmo tempo uma nevrose de crime. A treva da sala torna-se lívida, com tons azulados. Há na escuridão uma nuvem de fumo e as bolinhas pardas, queimadas à chama das candeias, põem uma tontura na furna, dão-me a imperiosa vontade de apertar todos aqueles pescoços nus e exangues, pescoços viscosos de cadáver onde o veneno gota a gota dessora.

E as caras continuam emplastradas pelo mesmo sorriso de susto e de súplica, multiplicado em quinze beiços amarelos, em quinze dentaduras nojentas, em quinze olhos de tormento!

– Senhor, pode ir, pode ir? Nós vamos deitar; pode ir? – suplica Tchang.

Arrasto o guia, fujo ao horror do quadro. A rótula fecha-se sem rumor. Estamos outra vez num beco infecto de cidade ocidental. Os *chins* pelas persianas espiam-nos. O meu amigo consulta o relógio.

– Este é o primeiro quadro, o começo. Os *chins* preparam-se para a intoxicação. Nenhum deles tinha uma hora de cachimbo. Agora, porém, em outros lugares devem ter chegado ao embrutecimento, à excitação e ao sonho. Tenho duas casas no meu *booknotes*, uma na Rua da Misericórdia, onde os celestes se espancam, jogando o monte com os beiços rubros de mastigar folhas de bétel, e à Rua D. Manuel número 72, onde as *fumeries* tomam proporções infernais.

Ouço com assombro, duvidando intimamente desse fervilhar de vício, de ninguém ainda suspeitado. Mas acompanho-o.

A Rua D. Manuel parece a rua de um bairro afastado. O Necrotério com um capinzal cercado de arame, por trás do qual os ciganos confabulam, tem um ar de subúrbio. Parece que se chegou, nas pedras irregulares do mau calçamento, olhando os pardieiros seculares, ao fim da cidade. Nas esquinas, onde larápios, de lenço no pescoço e andar gingante, estragam o tempo com rameiras de galho de arruda na carapinha, veem-se pequenas ruas, nascidas dos socalcos do Castelo, estreitas e sem luz. A noite, na opala do crepúsculo, vai apagando em treva o velho casaredo.

– É aqui.

O 72 é uma casa em ruína, estridentemente caiada, pendendo para o lado. Tem dois pavimentos. Subimos os degraus gastos do primeiro, uns degraus quase oblíquos, caminhamos por um corredor em que o soalho balança e range, vamos até uma espécie de caverna fedorenta, donde um italiano fazedor de botas mastiga explicações entre duas crianças que parecem fetos saídos de frascos de álcool. Voltamos à primeira porta, junto à escada, entramos num quarto forrado imoralmente com um esfarripado tapete de padrão rubro. Aí, um homenzinho, em mangas de camisa, indaga com a voz aflautada e sibilosa:

– Os moços desejam?

– É você o encarregado?

– Para servir os moços.

– Desejamos os *chins*.

– Ah! isso, lá em cima, sala da frente. Os porcos estão se opiando.

Vamos aos porcos. Subimos uma outra escada que se divide em dois lances, um para o nascente outro para o poente. A escada dá num corredor que termina ao fundo numa porta, com pedaços de pano branco, à guisa de cortina. A atmosfera é esmagadora. Antes de entrar é violenta a minha repulsa, mas não é possível recuar. Uma voz alegre indaga:

– Quem está aí?

O guia suspende a cortina e nós entramos numa sala quadrada, em que cerca de dez *chins*, reclinados em esteirinhas diante das lâmpadas acesas, se narcotizam com o veneno das dormideiras.

A cena é de um lúgubre exotismo. Os *chins* estão inteiramente nus, as lâmpadas estrelam a escuridão de olhos sangrentos, das paredes pendem pedaços de ganga rubra com sentenças filosóficas rabiscadas a nanquim. O chão está atravancado de bancos e roupas, e os *chins* mergulham a plenos estos na estufa dos delírios.

A intoxicação já os transforma. Um deles, a cabeça pendente, a língua roxa, as pálpebras apertadas, ronca estirado, e o seu pescoço amarelo e longo, quebrado pela ponta da mesa, mostra a papeira mole, como à espera da lâmina de uma faca. Outro, de cócoras, mastigando pedaços de massa cor de azinhavre, enraivece um cão gordo, sem cauda, um cão que mostra os dentes, espumando. E há mais: um com as pernas cruzadas, lambendo o ópio líquido na ponta do cachimbo; dois outros deitados, queimando na chama das candeias as porções do sumo enervante. Estes tentam erguer-se, ao ver-nos, com um idêntico esforço, o semblante transfigurado.

– Não se levantem, à vontade!

Sussurram palavras de encanto, tombam indiferentes, esticam com o mesmo movimento a mão cadavérica para a lâmpada e fios de névoa azul sobem ao teto em espirais tênues.

Três, porém, deste bando estão no período da excitação alegre, em que todas as franquezas são permitidas. Um deles passeia agitado como um homem de negócio. É magro, seco, duro.

– Vem vender ópio? Bom, muito bom... Compro. Ópio bom que não seja de Bengala. Compro.

Logo outro salta, enfiando uma camisola:

– Ah! ah! Traz ópio? Donde?

– Da Sonda...

Os três grupam-se ameaçadoramente em torno de nós, estendendo os braços tão estranhos e tão molemente mexidos naquele ambiente que eu recuo como se os tentáculos de um polvo estivessem movendo na escuridão de uma caverna. Mas do outro lado ouve-se o soluço intercortado de um dos opiados. A sua voz chora palavras vagas.

– Sapan... sapan... Hanoi... tahi...

O *chin* magro revira os olhos:

– Ele está sonhando. Affal está sonhando. Ópio sonho... terra da gente namorada... bonito! bonito!... Deixa ver amostra.

O meu amigo recua, um corpo baqueia – o do chinês adormecido – e os outros bradam:

– Amostra... você traz amostra!

Sem perder a calma, esse meu esquisito guia mete a mão no bolso da calça, tira um pedaço de massa envolvido em folhas de dormideira, desdobra-o. Então o delírio propaga-se. O magro *chin* ajoelha, os outros também, raspando a massa com as unhas, mergulhando os dedos nas bocas escuras, num queixume de miséria.

– Dá a amostra... não tem dinheiro... deixa a amostra!

Miseravelmente o clamor de súplica enche o quarto na névoa parda estrelejada de hóstias sangrentas. Os *chins* curvam o dorso, mostram os pescoços compridos, como se os entregassem ao cutelo, e os braços sem músculos raspam o chão, pegando-nos os pés, implorando a dádiva tremenda. Não posso mais. Cãibras de estômago fazem-me um enorme desejo de vomitar. Só o cheiro do veneno desnorteia. Vejo-me nas ruas de Tien-Tsin, à porta das *cagnas*[2], perseguido pela guarda imperial, tremendo de medo; vejo-me nas bodegas de Cingapura, com os corpos dos celestes arrastados em *djinrickchas*[3], entre malaios loucos brandindo *kriss*[4] assassinos! Oh! o veneno sutil, lágrima do sono, resumo do paraíso, grande matador do Oriente! Como eu o ia encontrar num pardieiro de Cosmópolis, estraçalhando uns pobres trapos das províncias da China!

Apertei a cabeça entre as mãos, abri a boca numa ânsia.

– Vamos, ou eu morro!

O meu amigo, então, empurrou os três *chins*, atirou-se à janela, abriu-a. Uma lufada de ar entrou, as lâmpadas tremeram, a nuvem de ópio oscilou, fendeu, esgueirou-se, e eu caí de bruços, a tremer diante dos *chins* apavorados e nus.

Fora, as estrelas recamavam de ouro o céu de verão...

Publicada originalmente na *Gazeta de Notícias*, em 7 de janeiro de 1905, depois inserida, com pequenas alterações, na coletânea *A alma encantadora das ruas*.

---

2 Espécie de casa rudimentar na região de Tonkin, entre Vietnã, China e Laos.
3 Veículo pequeno e leve, de duas rodas, puxado por um homem a pé.
4 Arma branca de caráter ritual.

AS MARIPOSAS DO LUXO

– Olha, Maria...

– É verdade! Que bonito!

As duas raparigas curvam-se para a montra, com os olhos ávidos, um vinco estranho nos lábios.

Por trás do vidro polido, arrumados com arte, entre estatuetas que apresentam pratos com bugigangas de fantasia e a fantasia policroma de coleções de leques, os desdobramentos das sedas, das plumas, das *guipures,* das rendas.

É a hora indecisa em que o dia parece acabar e o movimento febril da Rua do Ouvidor relaxa-se, de súbito, como um delirante a gozar os minutos de uma breve acalmia. Ainda não acenderam os combustores, ainda não ardem a sua luz galvânica os focos elétricos. Os relógios acabaram de bater, apressadamente, seis horas. Na artéria estreita cai a luz acinzentada das primeiras sombras – uma luz muito triste, de saudade e de mágoa. Em algumas casas correm com fragor as cortinas de ferro. No alto, como o teto custoso do beco interminável, o céu, de uma pureza admirável, parecendo feito de esmaltes translúcidos superpostos, rebrilha, como uma joia em que se tivessem fundido o azul de Nápoles, o verde perverso de Veneza, os ouros e as pérolas do Oriente.

Já passaram as *professional beauties,* cujos nomes os jornais citam; já voltaram da sua hora de costureiro ou de joalheiro as damas do alto tom; e os nomes condecorados da finança e os condes do Vaticano e os rapazes elegantes e os deliciosos vestidos claros airosamente ondulantes já se sumiram, levados pelos "autos", pelas parelhas fidalgas, pelos bondes burgueses. A rua tem de tudo isso uma vaga impressão, como se estivesse sob o domínio da alucinação, vendo passar um préstito que já passou. Há um hiato na feira das vaidades: sem literatos, sem *poses,* sem *flirts.* Passam apenas trabalhadores de volta da faina e operárias que mourejaram todo o dia.

Os operários vêm talvez mal-arranjados, com a lata do almoço presa ao dedo mínimo. Alguns vêm de tamancos. Como são feios os operários ao lado dos mocinhos bonitos de ainda há pouco! Vão conversando uns com os outros, ou calados, metidos com o próprio eu. As raparigas ao contrário: vêm devagar, muito devagar, quase sempre duas a duas, parando de montra em montra, olhando, discutindo, vendo.

– Repara só, Jesuína.

– Ah! minha filha. Que lindo!...

Ninguém as conhece e ninguém nelas repara, a não ser um ou outro caixeiro em mal de amor ou algum pícaro sacerdote de conquistas.

Elas, coitaditas!, passam todos os dias a essa hora indecisa, parecem sempre pássaros assustados, tontos de luxo, inebriados de olhar. Que lhes destina no seu mistério a vida cruel? Trabalho, trabalho; a perdição, que é a mais fácil das hipóteses; a tuberculose ou o alquebramento numa ninhada de filhos. Aquela rua não as conhecerá jamais. Aquele luxo será sempre a sua quimera.

São mulheres. Apanham as migalhas da feira. São as anônimas, as fulanitas do gozo, que não gozam nunca. E então, todo dia, quando o céu se rocalha de ouro e já andam os relógios pelas seis horas, haveis vê-las passar, algumas loiras, outras morenas, quase todas mestiças. A idade dá-lhes a elasticidade dos gestos, o jeito bonito do andar e essa beleza passageira que chamam – do diabo. Os vestidos são pobres: saias escura sempre as mesmas; blusa de chitinha rala. Nos dias de chuva um *paragua* e a indefectível pelerine. Mas essa miséria é limpa, escovada. As botas brilham, a saia não tem uma poeira, as mãos foram cuidadas. Há nos lóbulos de algumas orelhas brincos simples, fechando as blusas lavadinhas, broches "montana", donde escorre o fio de uma *châtelaine*.

Há mesmo anéis – correntinhas de ouro, pedras que custam barato: coralinas, lápis-lazúli, turquesas falsas. Quantos sacrifícios essa limpeza não representa? Quantas concessões não atestam, talvez, os modestos pechisbeques!

Elas acordaram cedo, foram trabalhar. Voltam para o lar sem conforto, com todas as ardências e os desejos indomáveis dos 20 anos.

A rua não lhes apresenta só o amor, o namoro, o desvio...Apresenta-lhes o luxo. E cada montra é a hipnose e cada *rayon* de modas é o foco em torno do qual reviravolteiam e anseiam as pobres mariposas.

– Ali no fundo, aquele chapéu...

– O que tem uma pluma?

– Sim, uma pluma verde... Deve ser caro, não achas?

São duas raparigas, ambas morenas. A mais alta alisa instintivamente os bandós, sem chapéu, apenas com pentes de ouro falso. A montra reflete-lhe o perfil entre as plumas, as rendas de dentro; e enquanto a outra afunda o olhar nos veludos que realçam toda a espetaculização do luxo, enquanto a outra sofre aquela tortura de Tântalo, ela mira-se, afina com as duas mãos a cintura, parece pensar coisas graves. Chegam, porém, mais duas. A pobreza feminina não gosta dos flagrantes de curiosidade invejosa. O par que chega, por último, para hesitante. A rapariga alta agarra o braço da outra:

– Anda daí! Pareces criança.

– Que véus, menina! que véus!...

– Vamos. Já escurece.

Param, passos adiante, em frente às enormes vitrinas de uma grande casa de modas. As montras estão todas de branco, de rosa, de azul; desdobram-se em sinfonias de cores suaves e claras, dessas cores que alegram a alma. E os tecidos são todos leves – irlandas, *guipures, pongées,* rendas. Duas bonecas de tamanho natural – as "deusas do chiffon" nos altares da frivolidade – vestem com uma elegância sem-par; uma de branco, *robe Empire;* outra de rosa, com um chapéu cuja pluma negra deve custar talvez 200 mil réis.

Quanta coisa! quanta coisa rica! Elas vão para a casa acanhada jantar, aturar as rabugices dos velhos, despir a blusa de chita – a mesma que hão de vestir amanhã... E estão tristes. São os pássaros sombrios no caminho das tentações. Morde-lhes a alma a grande vontade de possuir, de ter o esplendor que se lhes nega na polidez espelhante dos vidros.

Por que pobres, se são bonitas, se nasceram também para gozar, para viver?

Há outros pares gárrulos, alegres, doidivanas, que riem, apontam, esticam o dedo, comentam alto, divertem-se, talvez mais felizes e sempre mais acompanhadas. O par alegre entontece diante de uma casa de flores, vendo as grandes *corbeilles,* o arranjo sutil das avencas, dos cravos, das angélicas, a graça ornamental dos copos-de-leite, o horror atraente das parasitas raras.

– Sessenta mil réis aquela cesta! Que caro! Não é para enterro, pois não?

– Aquilo é para as mesas. Olhe aquela florzinha. Só uma, por 20 mil réis.

– Você acha que comprem?

– Ora, para essa moças... os homens são malucos.

As duas raparigas alegres encontram-se com as duas tristes defronte de uma casa de objetos de luxo, porcelanas, tapeçarias. Nas montras, com as mesmas atitudes, as estátuas de bronze, de prata, de terracota, as cerâmicas de cores mais variadas repousam entre tapetes estranhos, tapetes nunca vistos, que parecem feitos de plumas de chapéu. Que engraçado! Como deve ser bom pôr os pés na maciez daquela plumagem! As quatro trocam ideias.

– De que será?

A mais pequena lembra perguntar ao caixeiro, muito importante, à porta. As outras tremem.

– Não vá dar uma resposta má...

– Que tem?

Hesita, sorri, indaga:

– O senhor faz favor de dizer... Aqueles tapetes?...

O caixeiro ergue os olhos irônicos.

– Bonitos, não é? São de cauda de avestruz. Foram precisos quarenta avestruzes para fazer o menor. A senhora deseja comprar?

Ela fica envergonhadíssima; as outras também. Todas riem tapando os lábios com o lenço, muito coradas e muito nervosas.

Comprar! Não ter dinheiro para aquele tapete extravagante parece-lhes ao mesmo tempo humilhante e engraçado.

– Não, senhor, foi só para saber. Desculpe...

E partem. Seguem como que enleadas naquele enovelamento de coisas capitosas – montras de rendas, montras de perfumes, montras de *toilettes,* montras de flores – a chamá-las, a tentá-las, a entontecê-las com corrosivo desejo de gozar. Afinal, param nas montras dos ourives.

Toda a atmosfera já tomou um tom de cinza-escuro. Só o céu de verão, no alto, parece um dossel de paraíso, com o azul translúcido a palpitar uma luz misteriosa. Já começaram a acender os combustores na rua, já as estrelas de ouro ardem no alto. A rua vai de novo precipitar-se no delírio.

Elas fixam a atenção. Nenhuma das quatro pensa em sorrir. A joia é a suprema tentação. A alma da mulher exterioriza-se irresistivelmente diante dos adereços. Os olhos cravam-se ansiosos, numa atenção comovida que guarda e quer conservar as minúcias mais insignificantes. A prudência das crianças pobres fá-las reservadas.

– Oh! aquelas pedras negras!

– Três contos!

Depois, como se ao lado um príncipe invisível estivesse a querer recompensar a mais modesta, comentam as joias baratas, os objetos de prata, as bolsinhas, os broches com corações, os anéis insignificantes.

– Ah! se eu pudesse comprar aquele!

– É só 45! E aquele reloginho, vês? de ouro...

Mas, lá dentro, o joalheiro abre a comunicação elétrica, e de súbito, a vitrina, que morria na penumbra, acende violenta, crua, brutalmente, fazendo faiscar os ouros, cintilar os brilhantes, coriscar os rubis, explodir a luz veludosa das safiras, o verde das esmeraldas, as opalas, os esmaltes, o azul das turquesas. Toda a montra é um tesouro no brilho cegador e alucinante das pedrarias.

Elas olham sérias, o peito a arfar. Olham muito tempo e, ali, naquele trecho de rua civilizada, as pedras preciosas operam, nas sedas dos escrínios, os sortilégios cruéis dos antigos ocultistas. As mãozinhas bonitas apertam o cabo da sombrinha como querendo guardar um pouco de tanto fulgor; os lábios pendem no esforço da atenção; um vinco ávido acentua os semblantes. Onde estará o príncipe encantador? Onde estará o velho D. João?

Um suspiro mais forte – a coragem da que se libertou da hipnose – fá-las despegar-se do lugar. É noite. A rua delira de novo. À porta dos cafés e das confeitarias, homens, homens, um estridor, uma vozeria. Já se divisam perfeitamente as pessoas no Largo de São Francisco – onde estão os bondes para a Cidade Nova, para a Rua da América, para o Saco. Elas tomam um ar honesto. Os tacões das botinas batem no asfalto. Vão como quem tem pressa, como quem perdeu muito tempo.

Da Avenida Uruguaiana para diante não olham mais nada, caladas, sem comentários.

Afinal chegam ao Largo. Um adeus, dois beijos, "até amanhã!".

Até amanhã! Sim, elas voltarão amanhã, elas voltam todo dia, elas conhecem nas suas particularidades todas as montras da feira das tentações; elas continuarão a passar, à hora do desfalecimento da artéria, mendigas do luxo, eternas fulanitas da vaidade, sempre com a ambição enganadora de poder gozar as joias, as plumas, as rendas, as flores.

Elas hão de voltar, pobrezinhas – porque a esta hora, no canto do bonde, tendo talvez ao lado o conquistador de sempre, arfa-lhes o peito e têm as mãos frias com a ideia desse luxo corrosivo. Hão de voltar, caminho da casa, parando aqui, parando acolá, na embriaguez da tentação – porque a sorte as fez mulheres e as fez pobres, porque a sorte não lhes dá, nesta vida de engano, senão a miragem do esplendor para perdê-las mais depressa.

E haveis então de vê-las passar, as mariposas do luxo, no seu passinho modesto, duas a duas, em pequenos grupos, algumas loiras, outras morenas...

Publicada originalmente na *Gazeta de Notícias*, em 23 de março de 1907, e inserida no volume *A alma encantadora das ruas*.

OS LIVRES ACAMPAMENTOS DA MISÉRIA
A cidade do Morro de Santo Antônio – Impressão noturna

Certo já ouvira falar das habitações do Morro de Santo Antônio, quando encontrei, depois da meia-noite, aquele grupo curioso – um soldado sem número no *bonnet*, três ou quatro mulatos de violão em punho. Como olhasse com insistência tal gente, os mulatos que tocavam de súbito emudeceram os pinhos, e o soldado, que era um rapazola gingante, ficou perplexo, com um evidente medo. Era no Largo da Carioca. Alguns elegantes nevralgicamente conquistadores passavam de ouvir uma companhia de operetas italiana e paravam a ver os malandros que me olhavam e eu que olhava os malandros num evidente início de escandalosa simpatia. Acerquei-me.

– Vocês vão fazer uma "seresta"?

– Sim senhor.

– Mas aqui no Largo?

– Aqui foi só para comprar um pouco de pão e queijo. Nós moramos lá em cima, no Morro de Santo Antônio...

Eu tinha do Morro de Santo Antônio a ideia de um lugar onde pobres operários se aglomeravam à espera de habitações, e a tentação veio de acompanhar a "seresta" morro acima, em sítio tão laboriosamente grave. Dei o necessário para a ceia em perspectiva e declarei-me irresistivelmente preso ao violão. Graças aos céus não era admiração. Muita gente, no dizer do grupo, pensava do mesmo modo, indo visitar os seresteiros no alto da montanha.

– "Seu" tenente Jucá, confidenciou o soldado, ainda ontem passou a noite inteira com a gente. E ele, quando vem, não quer continência nem que se chame de "seu" tenente. É só Jucá... V. Sa. também é tenente. Eu bem que sei...

Já por esse ponto da palestra nos íamos nas sombras do Teatro Lírico. Neguei fracamente o meu posto militar, e começamos de subir o celebrado morro, sob a infinita palpitação das estrelas. Eu ia à frente com o soldado jovem, que me assegurava do seu heroísmo. Atrás o resto do bando tentava cantar uma modinha a respeito de uns olhos fatais. O morro era como outro qualquer morro. Um caminho amplo e maltratado, descobrindo de um lado, em planos que mais e mais se alargavam, a iluminação da cidade, no admirável noturno de sombras e de luzes, e apresentando de outro as fachadas dos prédios familiares ou as placas de edifícios públicos – um hospital, um posto astronômico. Bem no alto, aclarada ainda por um civilizado lampião de gás, a casa do Dr. Pereira Reis, o matemático professor. Nada de anormal e nem vestígio de gente.

O bando parou, afinando os violões. Essa operação foi difícil. O cabrocha que levava o embrulho do pão e do queijo, embrulho a desfazer-se, estava no começo de uma tranquila embriaguez, os outros discutiam para onde conduzir-me. O soldado tinha uma casa. Mas o Benedicto era o presidente do Club das Violetas, sociedade cantante e dançante com sede lá em cima. Havia, também, a casa do João Rainha. E a casa da Maroca? Ah! mulher! Por causa dela já o jovem praça levara três tiros... Eu olhava e não via a possibilidade de tais moradas.

– Você canta, tenente?

– Canto, mas vim especialmente para ouvir e para ver o samba.

– Bom. Então, entremos.

Desafinadamente, os violões vibraram. Benedicto cuspiu, limpou a boca com as costas da mão, e abriu para o ar a sua voz áspera:

O Morro de Santo Antônio
Já não é morro nem nada...

Vi, então, que eles se metiam por uma espécie de corredor encoberto pela erva alta e por algum arvoredo. Acompanhei-os, e dei num outro mundo. A iluminação desaparecera. Estávamos na roça, no sertão, longe da cidade. O caminho, que serpeava descendo, era ora estreito, ora largo, mas cheio de depressões e de buracos. De um lado e de outro casinhas estreitas, feitas de tábuas de caixão com cercados, indicando quintais. A descida tornava-se difícil. Os passos falhavam, ora em bossas em relevo, ora em fundões perigosos. O próprio bando descia devagar. De repente parou, batendo a uma porta.

– Epa, Baiano! Abre isso...

– Que casa é esta?

– É um botequim.

Atentei. O estabelecimento, construído na escarpa, tinha vários andares, o primeiro à beira do caminho, o outro mais embaixo sustentado por uma árvore, o terceiro ainda mais abaixo, na treva.

Ao lado uma cerca, defendendo a entrada geral dos tais casinhotos. De dentro, uma voz indagou quem era.

– É o Constanço, rapaz, abre isso. Quero cachaça.

Abriu-se a porta lateral e apareceu primeiro o braço de um negro, depois parte do tronco e finalmente o negro todo. Era um desses tipos que se encontram nos maus lugares, muito amáveis, muito agradáveis, incapazes de brigar e levando vantagem sobre os valentes. A sua voz era dominada por uma voz de mulher, uma preta que de dentro, ao ver quem pagava, exigiu logo 600 réis pela garrafa.

– Mas seiscentos, dona...

– À uma hora da noite, fazer o homem levantar em ceroulas, em risco de uma constipação...

Mas Benedicto e os outros punham em grande destaque o pagador da passeata daquela noite, e, não resistindo à curiosidade, eles abriram a janela da barraca, que ao mesmo tempo serve de balcão. Dentro ardia sujamente uma candeia, alumiando prateleiras com cervejas e vinhos. O soldadinho, cada vez mais tocado, emborcou o corpo para segredar cousas. O Baiano saudou com o ar de quem já foi criado de casa rica. E aí parados enquanto o pessoal tomava parati como quem bebe água, eu percebi, então, que estava numa cidade dentro da grande cidade.

Sim. É o fato. Como se criou ali aquela curiosa vila de miséria indolente? O certo é que hoje há, talvez, mais de quinhentas casas e cerca de 1.500 pessoas abrigadas lá por cima. As casas não se alugam. Vendem-se. Alguns são construtores e habitantes, mas o preço de uma casa regula de quarenta a 70 mil réis. Todas são feitas sobre o chão, sem importar as depressões do terreno, com caixões de madeira, folhas de flandres, taquaras. A grande artéria da *urbs* era precisamente a que nós atravessamos. Dessa, partiam várias ruas estreitas, caminhos curtos para casinhotos oscilantes, trepados uns por cima dos outros. Tinha-se, na treva luminosa da noite estrelada, a impressão lida da entrada do arraial de Canudos, ou a funambulesca ideia de um vasto galinheiro multiforme. Aquela gente era operária? Não. A cidade tem um velho pescador, que habita a montanha há vários lustros, e parece ser ouvido. Esse pescador é um chefe. Há um intendente-geral, o agente Guerra, que ordena a paz em nome do Dr. Reis. O resto é cidade. Só na grande rua que descemos encontramos mais dous botequins e uma casa de pasto, que dá ceias. Estão fechadas, mas basta bater, lá dentro abrem. Está tudo acordado, e o parati corre como não corre a água.

Nesta empolgante sociedade, onde cada homem é apenas um animal de instintos impulsivos, em que ora se é muito amigo e grande inimigo de um momento para outro, as amizades só se demonstram com uma exuberância de abraços e de pegações e de segredinhos assustadora – há o arremedo exato de uma sociedade constituída. A cidade tem mulheres perdidas, inteiramente da gandaia. Por causa delas tem havido dramas. O soldadinho vai-lhes à porta, bate:

– Ó Alice! Alice, cachorra, abre isso! Vai ver que está aí o cabo! Eu já andei com ela três meses.

– Que admiração, gente!... Todo o mundo!

Há casas de casais com união livre, mulheres tomadas. As serenatas param-lhes à porta, há raptos e, de vez em quando, os amantes surgem rugindo, com o revólver na mão. Benedicto canta à porta de uma:

Ai! tem pena do Benedito
Do Benedito Cabeleira.

Mas também há casas de famílias, com meninas decentes. Um dos seresteiros, de chapéu-panamá, diz de vez em quando:

– Deixemos de palavrada, que aqui é família!

Sim, são famílias, e dormindo tarde porque tais casas parecem ter gente acordada, e a vida noturna ali é como uma permanente serenata. Pergunto a profissão de cada um. Quase todos são operários, "mas estão parados". Eles devem descer à cidade, e arranjar algum cobre. As mulheres, decerto também, descem a apanhar fitas nas casas de móveis, amostras de café na praça – "troços por aí". E a vida lhes sorri e não querem mais e não almejam mais nada. Como Benedicto fizesse questão, fui até à sua casa, sede também do Club das Violetas, de que é presidente. Para não perder tempo, Benedicto saltou a cerca do quintal e empurrou a porta, acendendo uma candeia. Eu vi, então, isso: um espaço de teto baixo, separado por uma cortina de saco. Por trás dessa parede de estopa, uma velha cama, onde dormiam várias damas. Benedicto apresentou pagãmente:

– Minha mulher.

Para cá da estopa, uma espécie de sala com algumas figurinhas nas paredes, o estandarte do *club*, o vexilo das violetas embrulhado em papel, uma pequena mesa, três homens moços roncando sobre a esteira na terra fria ao lado de dous cães, e, numa rede, tossindo e escarrando, inteiramente indiferente à nossa entrada, um mulato esquálido, que parecia tísico. Era simples. Benedicto mudou o casaco e aproveitou a ocasião para mostrar-me quatro ou cinco sinais de facadas e de balaços no corpo seco e musculoso. Depois cuspiu:

– Epa, José, fecha...

Um dos machos que dormiam embrulhados em colchas de chita ergueu-se, e saímos os dous sem olhar para trás. Era tempo. Fora, afinando instrumentos, interminavelmente, os seresteiros estavam mesmo como "paus-d'água" e já se melindravam com referências à maneira de cantar de cada um. Então, resolvemos bater à porta da caverna de João Rainha, formando um barulho formidável. À porta – não era bem porta, porque abria apenas a parte inferior, obrigando as pessoas a entrarem curvadas – clareou uma luz, e entramos todos. Numa cama feita de taquaras dormiam dous desenvolvidos marmanjões, no chão João Rainha e um rapazola de dentes alvos. Nem uma surpresa, nem uma contrariedade. Estremunharam-se, perguntaram como eu ia indo, arranjaram com um velho sobretudo o lugar para sentar-me, hospitaleiros e tranquilos.

– Nós trouxemos ceia! – gaguejou um modinheiro.

Aí é que lembramos o pão e o queijo, esmagados, amassados entre o braço e o torso do seresteiro. Havia, porém, cachaça – a alma daquilo – e comeu-se assim mesmo, bebendo aos copos o líquido ardente. O jovem soldadinho estirou-se na terra. Um outro deitou--se de papo para o ar. Todos riam, integralmente felizes, dizendo palavras pesadas, numa linguagem cheia de imprevistas imagens. João Rainha, com os braços muito tatuados, começou a cantar.

– O violão está no norte e você vai pro sul, comentou um da roda.

João Rainha esqueceu a modinha. E, enquanto o silêncio se fazia cheio de sono, o cabra de papo para o ar desfiou uma outra compridíssima modinha. Olhei o relógio: eram três e meia da manhã.

Então, despertei-os com três ou quatro safanões:

– Rapaziada, vou embora.

Era a ocasião grave. Todos, de um pulo, estavam de pé, querendo acompanhar-me. Saí só, subindo depressa o íngreme caminho, de súbito ingenuamente receoso que essa *tournée* noturna não acabasse mal. O soldadinho vinha logo atrás, lidando para quebrar o copo entre as mãos.

– Ó tenente, você vai hoje à Penha?

– Mas nem há dúvida.

– E logo vem ao samba das Violetas?

– Pois está claro.

Atrás, o bolo dos seresteiros berrava:

O Morro de Santo Antônio
Já não é morro nem nada...

E quando de novo cheguei ao alto do morro, dando outra vez com os olhos na cidade, que embaixo dormia iluminada, imaginei chegar de uma longa viagem a um outro ponto da terra, de uma corrida pelo arraial da sordidez alegre, pelo horror inconsciente da miséria cantadeira, com a visão dos casinhotos e das caras daquele povo vigoroso, refestelado na indigência em vez de trabalhar, conseguindo bem no centro de uma grande cidade a construção inédita de um acampamento de indolência, livre de todas as leis. De repente, lembrei-me que a varíola caíra ali ferozmente, que talvez eu tivesse passado pela toca de variolosos. Então, apressei o passo de todo. Vinham a empalidecer na pérola da madrugada as estrelas palpitantes e canoramente galos cantavam por trás das ervas altas, nos quintais vizinhos.

Publicada originalmente na *Gazeta de Notícias*, em 3 de novembro de 1908, e depois inserida no volume *Vida vertiginosa*.

Frívola city

O REVERSO

– Bebes mais Apollinaris? Eu bebo Vichy. Continuo. Augusto, traze mais Apollinaris. Ui! que calor.

Ouviu-se um estouro na copa, e logo com o seu passo serviçal, que deslizava sobre os tapetes, Augusto, de casaca, atravessou o salão, onde Godofredo de Alencar nos dava de almoçar. Estávamos em março, e os ventiladores elétricos no alto teto moviam-se vertiginosamente. Bebi, aos tragos, a fervente água, e, relanceando um olhar pelas paredes forradas de couro lavrado, pelos altos espelhos da mobília, pelo confortável dos divãs, disse:

– Pois Godofredo, admira! Já em março, e sem arredares pé desta fornalha que se chama o Rio... Como! Será crível que um homem rico, profundamente rico, belo, profundamente belo...

– Oh! filho...

– Sim, deixa dizer. Instruído, conhecendo os seus poetas, não se lembre, com este calor formidável, dos conselhos dos mestres?

Será possível esquecer assim o velho conselho do velho Ovídio na mais velha *Arte de amar*?

O gênero de *sport* a que se dedica o Godofredo é o de acompanhar as mulheres aos lugares de prazer. Ora, depois do teatro, desde o rapto das sabinas um lugar propício às conquistas, não há outro mais interessante que uma estação de águas.

Eu venho de Caxambu, filho, daquela Caxambu nossa conhecida, a tratar de uns negócios e volto amanhã mesmo para o remanso *ut fama est salubris*[1].

Depois da citação, mordi, com gula, o pão, e já ia, confidencialmente, brilhar aos olhos do meu amigo venturoso as minhas parcas venturas, quando Godofredo, esticando as mãos finas e longas, disse com trespassante negror:

– Como és feliz!

Desnorteei. Entretanto como o via, rosado e calmo, no seu original roupão de seda malva com alamares de prata, olhando a mesa, e como essa mesa era florida e luminosa, tendo para servi-la um criado de casaca, abri os braços e declamei:

– Tu, a achares alguém feliz! Tu! Como o calor escurece a sorte! Parte, abandona o Rio, deixa este Senegal com casas, ou então suicida-te.

– É que não posso, filho, não posso...

– Ora essa, por quê?

– É horrível, enormemente horrível! Sofro de um mal, o mal do reverso.

E fincou a mão no queixo, furioso.

– Mas, Godofredo, explica-te, homem...

– Sabes o que é o reverso da medalha, sabes o que é, moralmente falando, essa banalidade popular, essa infame banalidade? É, simplesmente, a conta do que pode gozar um homem na vida. Eu tenho o meu reverso; pago a minha sorte. Eu, oh! Deus dos céus! dou na vista.

– Mas isso até é um bem.

– Um bem? Não sabes então o que é o mal. Que pensas tu de mim, francamente?

– Eu, francamente, acho-te adorável! Rico, belo, inteligente, irresistível...

Godofredo saltou:

---

1 Segundo consta, é saudável. Provável menção a um verso de *Arte de amar,* de Ovídio: *"Non haec, ut fama est, unda salubris erat"* ("Segundo consta, essas águas não são saudáveis").

– Irresistível? não digas isso, faze esse favor, não digas. Um amigo íntimo que ainda não deu pela minha tortura moral, por essa desgraça irremediável! não posso mais! Aturo o reverso desde que comecei a pensar. Logo ao aparecer, de volta do meu curso em Paris, deram de me achar notável, de acompanhar com olhares rancorosos os meus passos. O pior inimigo do homem é o próprio homem. Inventaram uma qualidade, uma qualidade que pudesse ser possível e me separasse do mundo, da minha roda, da vida.

– E essa qualidade?

– É a de conquistador, vê tu, conquistador, um qualificativo grotesco, imoral, doloroso. Oh! conquistador! A princípio isso me fez rir. Continuava, graças a minha família, a entrar em casa de gente séria e honesta. Fui vendo, porém, que, entre mim e elas, cavava a conveniência um negro abismo. A fama! O meu reverso crescia como uma sombra. Os velhos trataram-me com polidez regelada, os maridos estavam mal sempre que estavam comigo, e as mulheres, essas – coitadas! olhavam-me com pavor e desejo. Retraí-me. Bastava falar com uma senhora, para logo choverem as piadas, os olhos em derredor fuzilarem malícia... Já não podia valsar! – com as *demoiselles* envoltas em gaze e em virgindade. Acabei fatal, sinistro, como D. Juan, como Camors, como Priola, a minha vida era "priolizar"... Tomas mais Apollinaris?

– Não, continua...

– Se eu te contasse tudo, os dissabores, as dores, as anedotas desta vida de coação social... Uma vez, no Cassino, conversei duas horas com minha irmã, que voltava da sua viagem de núpcias pelas terras do Norte da Europa. Sabes quanto Bellinha é original. Pois quando a deixei, um basbaque olhou-me e bradou amável: "Recebe ao vivo impressões dos *fjords*?".

Disse-lhe com calma que aquela dama não era, por ser minha irmã, a menos que a moral do cavalheiro admitisse a constituição de Atenas e a honestidade de Cimon...

Se fossem só os homens a me derruir sob esse halo de conquistas, ainda vá, mas as mulheres, filho, as mulheres tomaram a sério da lenda, a mentira, o ciúme parvo dos maridos e eu nunca me hei de esquecer da frase de uma senhora a quem visitava:

– Não está ninguém! Aproveitemos...

– Aproveitaste?

– Aproveitei sim, mas com a angústia do mal irremediável. Para outro qualquer indivíduo sem escrúpulos, isso seria um prazer; para mim, seja neurastenia ou seja imoralidade, o mal de ser fatal abalou-me tanto que, a pouco e pouco, fui abandonando as recepções, as visitas... Ah! Prova esta torta de frutas, está magnífica. Não sei, é fenomenal, sempre que entristeço aumenta-me a fome.

– Mas a tua história...

– Imaginas que me adiantou recuar? Qual! A fama enraigara-se, crescia, alfombrava a minha vida inteira. Esse Godofredo, sempre *dernière petiolette*! Simplifica os incômodos das conquistas, afastando-se dos maridos.

Violentamente tornei pública uma vida de escândalos com *cocottes* cosmopolitas, fiz estrear uma criaturinha de província, como cantora argeliana, num café cantante... A fama continuava. Fiz versos, cheguei a fazer versos... Tudo em vão. Era, tinha que ser, estava decretado que eu era o conquistador oficial dos adultérios irrealizados... Se ia a Santa Teresa num *tramway*, onde naturalmente iam senhoras, uma delas amava-me; se almoçava no Jardim Botânico, lá tinha uma entrevista.

Uma vez, para me furtar à obsessão do reverso, fui a Ipanema com chuva, e trincava uma *sandwich* horrenda, quando, na sala do hotel, surge o Gastão de Souza, reumático, arrastando-se. Pois o amigo Gastão abancou com dificuldade e disse logo:

– Já sei, temos cousa. Se é segredo podes contar comigo!

Tu ris, ris! é que nunca tiveste de arcar com o reverso da tua felicidade. É horrendo! Saí de lá furioso. Perdera, fraquejara, não era possível lutar mais. Desde então, meu caro, para toda a gente eu estou classificado como conquistador perigoso, sofro a cruel verruma do olho da sociedade a espiar-me os passos.

E agonizo com isso, vivo em casa, não saio, nem já tenho coragem de cumprimentar as senhoras na rua, para não as comprometer e parecer ridículo...

– E ficas a tostar no Rio, por isso?

– Tomas *champagne*? Augusto, *champagne*. Achas que não é razão? Tenho tentado ir para as estações d'águas, conhecidas, mas recuo. Os jornais dizem haver gente conhecida em todas. Se eu partir amanhã, julgarão logo que é por tal ou tal senhora, as cartas anônimas choverão... Não! Não é possível! Olha, só vou para o estrangeiro no inverno, e lendo antes a lista de passageiros, por precaução. Estou certo que, se encontrasse a bordo uma família conhecida, rebentariam logo a falar, como falam quando estou nas corridas, quando passeio de automóvel, como falam porque chamei a minha égua de Elsa e porque tenho um *fauteuil* no Lírico, um *fauteuil* estratégico para o *flirt* universal! Morro. Estou morto. Eis por que passo a estação de brasa em casa e no Rio.

Reconhecendo sutilmente o mal profundo de Godofredo de Alencar, eu, que ainda não sofrera do reverso e bebia *champagne*, dei à fisionomia um ar de melancolia civilizada, puxei o punho com arte, e atirei estas solícitas palavras:

– Coitado do Godofredo! E sem culpa, com um reverso tão grande, tão desproporcional! Mas tu tens remédio, um remédio absoluto: muda de meio, parte para a China, percorre o universo, não volta mais...

Godofredo pousou, repentinamente, a sua longa *flûte*, onde o *champagne* porejava em evaporação borbulhante:

– Hein? quê? partir? não voltar mais aqui?

Estás doido! e abotoando os alamares do chambre, quase com raiva, bradou: Achas-me então com cara de abandonar todas essas mulheres?

Publicada originalmente na *Gazeta de Notícias*, em 8 de junho de 1903. Assinada por Paulo Barreto, essa é a primeira crônica de cunho ficcional publicada por ele nesse jornal.

O CHÁ E AS VISITAS

A vida nervosa e febril traz a transformação súbita dos hábitos urbanos. Desde que há mais dinheiro e mais probabilidades de ganhá-lo – há mais conforto e maior desejo de adaptar a elegância estrangeira. A ininterrupta estação de sol e chuva de todo ano é dividida de acordo com o protocolo mundano; o jantar passou irrevogavelmente para a noite. Todos têm muito que fazer e os deveres sociais são uma obrigação.

– Em que ocupará a minha amiga o seu dia de hoje?

– A massagista, às nove horas, seguida de um banho tépido com essência de jasmim. Aula prática de inglês às dez. *All right*! Almoço à inglesa. Muito chá. *Toilette*. Costureiro. Visita a Fulana. Dia de Cicrana. Chá de Beltrana. Conferência literária. Chá na Cave. Casa. *Toilette* para o jantar. Teatro. Recepção seguida de baile na casa do general...

Não se pode dizer que uma carioca não tem ocupações no inverno. É uma vida de terceira velocidade extraurbana. Mas também todos os velhos e todas as velhas que se permitem ainda existir não contêm a admiração e o pasmo pela transformação de mágica dos nossos costumes. E a transformação súbita, essa transformação que nós mesmos ainda não avaliamos bem, feita assim de repente no alçapão do Tempo, foi operada essencialmente pelo Chá e pelas Visitas.

Sim, no Chá e nas Visitas é que está toda a revolução dos costumes sociais da cidade neste interessantíssimo começo do século.

Há dez anos o Rio não tomava chá senão à noite, com torradas, em casa das famílias burguesas.

Era quase sempre um chá detestável. Mas assim como conquistou Londres e tomou conta de Paris, o chá estava apenas à espera das avenidas para se apossar do carioca. Há dez anos, minutos depois de entrar numa casa era certo aparecer um moleque, tendo na salva de prata uma canequinha de café:

– É servido de um pouco de café?

O café era uma espécie de colchete da sociabilidade no lar e de incentivo na rua. Assim, como sem vontade o homem era obrigado a beber café em cada casa, o café servia nos botequins para quando estava suado, para quando estava fatigado, para quando não tinha o que fazer – para tudo enfim.

Foi então que apareceu o Chá, impondo-se hábito social. As mulheres – como em Londres, como em Paris – tomaram o partido do Chá. O amor é como o chá, escreveu Ibsen. O chá é o Oriente exótico, escreveu Loti. As mulheres amam o amor e o exotismo. Amaram o chá, e obrigaram os homens a amá-lo. Hoje toma-se chá a toda a hora – com creme, com essências fortes, com e sem açúcar, frio, quente, de toda a maneira, mas sempre chá. O chá excita a energia vital, facilita a palestra, dá espírito a quem não o tem – e são tantos!... – dizem mesmo que é indulgente, engana a fome e diminui o apetite. Quando as damas são gordas, o chá emagrece, quando as damas são magras dá-lhes com o seu abuso, sensações de frialdade cutânea, um vago mal-estar nervoso, que é de um encanto ultramoderno. Por isso toda a gente toma chá.

– Onde vai?

– Tomar um pouco de chá. Estou esfomeado!

– Mas que pressa é esta?

– Quatro horas, meu filho, a hora do *five-o'clock* da condessa Adriana!...

O chá é distinto, é elegante, favorece a conversa frívola e o amor que cada vez mais não passa de *flirt*. É inconcebível um idílio entre duas xícaras de café. Não houve romancista indígena, nem mesmo o falecido Alencar, nem mesmo o bom Macedo, com coragem de começar uma cena de amor diante de uma cafeteira. Entretanto o chá parece ter sido apanhado na China e servido a quatro ou cinco infusões de mandarins opulentos, especialmente para perfumar depois, de modo vago, o amor moderno. Por isso vale a pena ir a um chá, a um *tea room*.

Há ranchos de moças de vestes claras, rindo e gozando o chá; há mesas com estrangeiros e com velhas governantas estrangeiras, há lugares ocupados só por homens que vão namorar de longe, há rodas de *cocottes* cotadas ao lado da gente de escol. Tudo ri. Todos se conhecem. Todos falam mal uns dos outros. Às vezes fala-se de uma mesa para outra; às vezes há mesas com uma pessoa só, esperando mais alguém, e o que era impossível à porta de um botequim, ou à porta grosseira de uma confeitaria, é perfeitamente admissível à porta de um Chá.

– Dar-me-á V. Exa. a honra de oferecer-lhe o chá? – Mas com prazer. Morro de fome...

E dois dias depois, ele, que esperou vinte minutos, na esquina:

– Mas o Destino protege-me! Chegamos sempre à mesma hora para o nosso chá...

O nosso chá! O chá faz a reputação de uma dona de casa. Nos tempos de antanho, uma boa dona de casa era a senhora que sabia coser, lavar, engomar e vestir as crianças. Hoje é a dama que serve melhor o chá, e que tem com mais *chic – son jour*[1], para reter um pouco mais as visitas.

Se acordássemos uma titular do Império do repouso da tumba para passeá-la pelo Rio transformado – era quase certo que essa senhora, com tanto chá e tantos salões que recebem, morreria outra vez.

Há talvez mais salões que recebem do que gente para beber chá. Diariamente as seções mundanas dos jornais abrem notícias comunicando os dias de recepção de diversas senhoras, de Botafogo ao Caju. Toda dama que se preza – e não há dama ou cavalheiro sem uma alevantada noção da própria pessoa – tem o seu dia de recepção e a sua hora. Algumas concedem a tarde inteira, e outras dão dois dias na semana. Há pequenos grupos de amigos que se apropriam da semana e se distribuem mutuamente os dias e as horas. De modo que o elegante mundano com um círculo vasto de relações, isto é, tendo relações com alguns pequenos grupos, fica perplexo diante da obrigação de ir a três ou quatro salões à mesma hora, ficando um nas Laranjeiras, outro na Gávea, outro em São Cristóvão e outro em Paula Matos – bairro talvez modesto quando por lá não passava o elétrico de Santa Teresa... Outrora só se davam o luxo de ter dias, o seu "dia", as damas altamente cotadas da corte.

O mesmo acontecia na França, antes de Luís XVI. A visita era imprevista, e sem pose.

Ouvia-se bater à porta:

– Vai ver quem é?

– É D. Zulmira, sim senhora, com toda a família.

Havia um alvoroço. Apenas dez da manhã e já a Zulmira! E entrava D. Zulmira, esposa do negociante ou do funcionário Leitão, com as três filhas, os quatro filhos, o sobrinho, a cria, o cachorrinho.

---

1 Seu dia.

– Você? Bons ventos a tragam! Que sumiço! Pensei que estivesse zangada.

– Qual, filha, trabalhos, os filhos. Mas hoje venho passar o dia, Leitão virá jantar...

E ficava tudo à vontade. As senhoras vestiam as *matinées*[2] das pessoas de casa, as meninas faziam concursos de doces, os meninos tomavam banho juntos no tanque e indigestões coletivas. Às cinco chegava o Leitão com a roupa do trabalho e ia logo lavar-se à *toilette* da dona da casa, o quarto patriarcal da família brasileira, tão modesto e tão sem pretensões... Só às onze da noite o rancho partia ou pensava em partir, porque às vezes a dona da casa indagava.

– E se vocês dormissem...

– Qual! Vamos desarranjar...

– Por nós, não! É até prazer.

E dormiam mesmo e passavam um, dois, três dias, e as despedidas eram mais enternecidas do que para uma viagem.

Hoje só um doido pensa em passar dias na casa alheia. Passar dias com tanto trabalho e tantas visitas a fazer! Só a expressão – "passar dias" – é impertinente. Não se passam dias nem se vai comer à casa alheia sem prévio convite. Adeus à bonomia primitiva, à babosa selvageria. Vai-se cumprir um dever de cortesia e manter uma relação de certo *clan* social que nos dá ambiente em público com as senhoras e prováveis negócios com os maridos. As damas elegantes têm o "seu dia". Há tempos ainda havia um criado bisonho para vir dizer.

– Está aí o Dr. Fulano.

Agora, o Dr. Fulano tem as portas abertas pelo criado sem palavras e entra no salão sem espalhafato. Os cumprimentos são breves. Raramente aperta-se a mão das damas. Ha sempre chá, *petits fours* e esse alucinante tormento mundano chamado *bridge*. Muitos prestam atenção ao *bridge*. Fala-se um pouco mal do próximo com o ar de quem está falando da temperatura e renovam-se três ou quatro repetições de ideias que agitam aqueles cerebrozinhos.

Depois um cumprimento, um *shake-hands* perdido, ondulações de reposteiros. Quanto menos demora, mais elegância. Vinte minutos são um encanto. Uma hora, o *chic*. Duas horas só para os íntimos,

---

2 Espécie de bata que as mulheres usavam dentro de casa.

os que jogam *bridge*. Esses levam mesmo mais tempo. E sai-se satisfeito com o suficiente de *flirt*, de mundanice, de dever, de novidade para ir despejar tudo na outra recepção... Haverá quem tenha saudades da remotíssima época do Café e das Visitas que passavam dias? Oh ! não ! não é possível! Civilização quer dizer ser como a gente que se diz civilizada. Essa história de levar o tempo, sem correção, sem linha, numa desagradável bonacheirice, podia ser incomparável e era. Em nenhuma grande cidade com a consciência de o ser, se faziam visitas como no Rio nem se tomava café com tamanha insensatez. Mas não era *chic*, não tinha o brilho delicado da arte de cultivar os conhecimentos, erigir a conservação do conhecimento num trabalho sério e conservar a própria individualidade e a sua intimidade a salvo da invasão de todos os amigos.

Com o Chá e as Visitas modernas, ninguém se irrita, ninguém dorme a conversar, os cacetes são abolidos, a educação progride, há mais aparência e menos despesa, e um homem só pode queixar-se de fazer muitas visitas, isso com o recurso de morrer e exclamar como Ménage na hora do trespasse.

Dieu soit loué!
Je ne ferais plus de visites... [3]

Temos aí o inverno, a *season* deliciosa. Em que ocupará a carioca o seu dia! Em fazer-se bela para tomar chá e ir aos "dias" das suas amigas. Não se pode dizer que não tenha ocupações e que assim não conduza com suma habilidade a reforma dos hábitos e dos costumes, reforma operada essencialmente pelo chá e pelas visitas...

Daí talvez esteja eu a teimar numa observação menos verdadeira. Em todo caso, o chá inspira esses pensamentos amáveis, e desde que tem o homem de ser dirigido pela mulher, em virtude de um fatalismo a que não escapam nem os livres-pensadores – mais vale sê-lo por uma senhora bem vestida, que toma chá e demora pouco...

Publicada originalmente no jornal *A Notícia*, em 2 de abril de 1908, depois inserida na coletânea *Vida vertiginosa*.

---

3 Deus seja louvado! Não farei mais visitas...

UM CASO COMUM

Como fosse ontem visitar o meu amigo conselheiro Azevedo (Guimarães Azevedo, antigo cônsul da Dinamarca), tive o desprazer de encontrá-lo furioso. Assim que, com prudência e conforto, eu me afundei num vasto divã da sua sala de fumar, Azevedo, antigo cônsul da Dinamarca, desabafou:

– Oh! os filhos! os filhos! Meu amigo, mate-se, mas não tenha filhos. É preferível morrer!

Deus misericordioso! Seria possível que Azevedo, conselheiro, rico, feliz, antigo cônsul, com dois filhos desempenados e cinco raparigas tão lindas que era para julgar cinco as graças redivivas, seria possível mesmo que assim fosse amargurado pela prole?

– Não é pela prole, é só pelos meninos! – berrou ele. As meninas são uns anjos, os rapazes é que só nos darão desgostos. Mate-se, mas não tenha filhos!

E entre exclamações de cólera, naquele gabinete feito para o sonho embrutecido dos fumantes, Guimarães Azevedo, conselheiro, pai de sete filhos, meu amigo e antigo cônsul da Dinamarca, contou-me a causa da sua fúria.

Essa causa encerra um dos mais graves problemas do Brasil, porque resume, num exemplo único e perfeito, um mal geral.

Guimarães Azevedo, riquíssimo, teve desde muito cedo a mania do estrangeiro. O Rio de Janeiro foi sempre para ele um lugar de sofrimento, uma espécie de prisão. Uma aldeia horrível da Bretanha com camponeses mais selvagens que os nossos selvagens tinha para ele mais encantos do que Petrópolis, sem diplomatas. Londres era o tipo da cidade ideal. Paris fazia-o revirar os olhos e lamber os beiços só com a sua lembrança, e, a propósito de qualquer coisa, sempre da sua cachola saíam símiles estrangeiros:

– Ora vejam, este pão assim redondo! Em Bruxelas, o pão era mais oval.

E quando gostava de alguém, logo comunicava ao universo:

– Não sabem vocês porque simpatizo com Fulano? Porque tem um ar estrangeiro, um ar lavado...

Um dia, Azevedo encontrou em D. Carlota Pereira (Yayá para os íntimos) esse ar estrangeiro, esse ar lavado por uma porção de centenas de contos do velho comendador Pereira. E casou. Desde então dividiu o ano: seis meses aqui, na prisão, no forno, tratando dos negócios, seis meses lá, no paraíso. Os filhos foram nascendo nesse perpétuo passeio. Abigail, a mais velha, nascera na Escócia, na região dos lagos, e era em casa a *miss*, apesar de ser uma cabocla de olhar ardente e negra crina selvagem; Antonieta nascera em Sorrento, após uma crise sentimental de D. Yayá pela Graziella, de Lamartine, e havia uma até que nascera no polo, numa *croisière* feita por Azevedo e um negociante dinamarquês pelas costas da Escandinávia, até ao arquipélago de Loffoden.

Na intimidade, a família de Azevedo achava maravilhoso jogar com cinco línguas. Se o pai perguntava em alemão, D. Yayá respondia em italiano, e as meninas exclamavam em francês. Isso era para eles muito chique e ainda hoje quem frequenta a sua linda casa deve pelo menos compreender meia dúzia de idiomas. Mas o fato é que os desprendia da sua própria terra, do seu país, sem lhes dar outro. Azevedo já era um homem sem pátria, mas restava-lhe a família. Que fez ele com o seu estrangeirismo? Matou-a. As meninas educadas em casa ainda guardam por ele um certo amor, no curto descaso que lhes concede a *flirtation*; os meninos, esses, que deviam ser os seus amigos, logo que puderam soletrar o alfabeto, Azevedo jogou-os num internato suíço.

– Vão ver que educação eles terão! bradava em várias línguas. E de seis em seis meses ia vê-los a Lucerna. Um dia encontrou Octávio, o mais velho, com a cabeça quebrada. Fora o professor que lha rachara. Ficou furioso e removeu os meninos para um colégio de padres da Áustria, mas aí a colônia de meninos ricos brasileiros que se desnacionalizavam era tal que, aterrorizado, Azevedo atirou os meninos definitivamente na Inglaterra.

Os meninos ficaram. A pouco e pouco foram criando uma outra alma e vendo no pai tudo menos um pai. A família começou a ser para eles um grupo de senhoras desconhecidas em várias pensões de turismo, e eu creio bem que pelo *entrainement* habitual, nos minutos em que se viam, havia quase o *flirt* familiar, de tal forma eram artificiais as momices e as frases estrangeiras das conversas.

Um belo dia Azevedo lembrou-se de que os filhos deviam trabalhar. Trabalhar onde? No Rio, neste forno infernal.

Meninos, sabendo línguas, tendo feito exercícios de composição grega em Oxford, com uma sólida educação física, estavam aqui, estavam com belos lugares. Octávio, o mais velho, apesar da prática do futebol e do remo que sucessivamente na Suíça e na Inglaterra lhe deformara o corpo, tinha uma alma feminina e passiva. Chegou, empregou-se.

– Eu não gosto disso, não, papai.

E Azevedo cruel, porque nada como a separação para fazer pensar aos pais que a paternidade confere direitos de posse e de escravidão:

– Nada de reclamações. Dei-lhes educação, gastei dinheiro. Trabalhem.

Jorge, porém, o mais moço, além de um gênio voluntarioso e másculo, herdara as manias do pai. O esnobismo de Azevedo transformara-se em verdadeiro horror pelo Brasil, na sua alma jovem. Dois dias depois ele disse:

– Meu pai, não posso ficar aqui. Esta gente causa-me nojo. Não posso ficar.

O horror, longe de decrescer, aumentou. Quando Azevedo preparava as malas para ir passar o nosso verão em Londres, aos soluços, o pequeno, que tem apenas 15 anos, jurou que não ficava, que não podia ficar. Foi em vão. Azevedo deixou-os morando no seu palacete das Laranjeiras, ambos empregados. E, ao voltar, há quatro ou cinco dias, tivera a fatal notícia pelo Octávio. Jorge fugira. Tinham-no visto a conversar com um despenseiro da Royal Mail, no Largo do Paço, uma noite, e pela manhã Jorge não aparecera. Assustado, Octávio julgara a princípio que o irmão seguira como criado de bordo para a Inglaterra, fora à agência da companhia, inquirira, daqui partiram perguntas para todos os pontos, cujo serviço é feito pela companhia e, quando Azevedo chegara, Octávio, tremendo, entregou-lhe uma carta datada de Punta Arenas, na Patagônia. Essa carta era escrita em espanhol e dizia assim: "Encontramos seu irmão, afinal. O pobre rapaz esteve a princípio na Terra do Fogo, veio depois para aqui, e passou fome e frio. Exausto, com o nome trocado, foi ao cônsul inglês, que tem um estabelecimento comercial, e disse ser inglês, filho de inglês com uma brasileira. Chama-se agora Georges Bender e é caixeiro do cônsul. Quando o fomos procurar pediu-nos quase de joelhos que não lhe desvendássemos o segredo. Prefere a miséria, aqui ou no deserto, à opulência aí. Saiba V. Sa. que seu irmão não gosta do Brasil."

Quando acabei de ler a carta, no *fumoir* do meu amigo Azevedo, antigo cônsul da Dinamarca, eu tinha os olhos rasos de água.

– Canalha! Canalha! – bradava o Azevedo como se tivesse sido roubado. – Que achas disso? Vou-lhe mandar a roupa que aqui deixou! Não quero ouvir falar mais nesse malandro!

E, enquanto Azevedo vociferava, eu recordava outros casos dolorosos, outras conclusões fatais da educação de rapazes ricos do meu conhecimento, lembrava meninos fortes, adolescentes, vigorosos, mais estrangeiros na sua terra que os próprios estrangeiros, mais deslocados e frios no próprio lar que numa rua de Londres – produtos glaciais do esnobismo ou da tolice dos pais, que acabam odiando a própria pátria e renegando a família; eu resumia com amargura todos os exemplos desse grande problema da desnacionalização da classe elevada do Brasil, enquanto o Brasil é desnacionalizado pelas grandes correntes imigratórias...

– E diz V. que é preferível morrer a ter filhos? Que dirão então eles, homem de Deus, dos pais – que os puseram no mundo para não lhes dar nem família nem pátria? Que dirão eles dos pais?

Azevedo olhou para mim sem compreender, tomou um cálice de *port wine*, pigarreou, atirou-se no divã:

– Estou a ver que viraste sentimental. Não há problema nenhum. Um bandidozinho abandona a sua terra, a casa de seu pai, e julgas nossa a culpa? Parece até pilhéria. Vais ver entretanto como sou generoso. Mando-lhe a roupa e cem libras para endireitar-lhe a vida. Patife!

E fomos dali ver Mme. Yayá, antiga consulesa, que coitada! apesar do esnobismo de uma vida inteira, e apesar de afastada há muito do filho, tinha os olhos vermelhos de chorar...

Publicada originalmente no jornal *A Notícia*, em 7 de novembro de 1908, e depois como "Um problema", em *Cinematographo: crônicas cariocas.*

A CURA NOVA

– Pois quê! Ainda doente?

– É verdade, meu caro amigo, ainda doente – coisa, aliás, natural porque há muita gente que passa mais tempo em pior estado. Aqui, onde me vês, venho de consultar o 25º médico ilustre. Nunca houve no Rio tanto médico ilustre como agora. É talvez por isso que, com 25 médicos, eu tenha até o presente momento 25 diagnósticos diferentes.

Parece-te extraordinário? A verdade neste mundo é sempre extraordinária. Tantos diagnósticos, pronunciados por 25 cidadãos formados pela mesma escola diante de um corpo examinado pelos mesmos processos, causaram-me uma confusão absoluta.

Tenho as ideias baralhadas, falha-me a fé, o escudo precioso da ignorância... Imagina que eu sou forçado a um dilema: ou esses médicos são umas proeminentes cavalgaduras, ou eu sofro de um mal misterioso como os que atacavam certos senhores feudais no tempo de Gilles de Rais ou de Luís XI. Naturalmente, o meu temperamento, pouco dado a violências e propenso ao mistério, preferirá o mal misterioso, mesmo porque, haja dilema ou não, o fato é que eu estou no meio e que morro deixando de perfeita saúde os 25 facultativos. Se é fatal a morte, morramos de um mal estranho. É muito mais bonito.

– Deixa de dizer tolices. Se ainda estás doente é porque queres. Eu estive pior e salvei-me sem tomar uma droga, graças ao Jerônimo de Albuquerque. Não conheces o Dr. Albuquerque?

– Não.

– O notável Dr. Jerônimo?

– Não, filho, não.

– O Dr. Jerônimo é uma verdadeira sumidade. A base do seu tratamento é dieta, questão de regime contínuo. Eu estou sempre em tratamento. Vês as minhas faces? O sangue torna-as rosadas. Vês a minha língua? Sem saburra. Queres ver os músculos do meu braço? Estávamos na "calçada" do Castelões, às quatro horas da tarde de um dia cheio de sol. Havia um formigamento de gente ao redor da nossa mesa. Como o cavalheiro, com o gesto patenteador, já desabotoava o punho, precipitei-me.

– Acredito, homem, acredito. Mas, dize logo, que regime é esse?

– O mais cômodo possível. Bebo, às oito da manhã, uma xícara de leite convenientemente esterilizado. Às onze como uma asa de frango, assado sem gordura, com duas ou três folhas de alface também esterilizada. Às cinco janto.

– Tu jantas às cinco, sem luz, como os empregados públicos do século passado?

– A higiene, filho, o regime. Mas a essa hora como ainda menos: apenas um pedaço de galinha com pão torrado. E às sete da noite, uma xícara de chá.

– Para desgastar?

– Para desgastar.

– E há quanto tempo vives assim?

– Há um ano.

Apalpei o cavalheiro, ferrei bem os olhos no seu rosto, baixei-lhe a pálpebra inferior a ver se tinha sangue, e, arfando entusiasmado:

– Onde mora o Dr. Jerônimo?

– Rua Direita.

Corri à Rua Direita e mais uma vez, sentado numa cadeira, aturei, repugnado, a promiscuidade dolorosa de uma sala de consultório. Fechados entre as quatro paredes, diante de uma porta que tomava lentidões irritantes para se descerrar, o mundo era para nós, desconhecidos ligados de súbito pelo traço da moléstia, inteiramente outro, e os nossos olhares impacientes perscrutavam os recém-vindos como a dizer-lhes: Também este! Num tom de mofa, de raiva e de vago contentamento. Eu, entretanto, contando os doentes do Dr. Albuquerque, imaginava o prejuízo que os mercados teriam em breve. Adeus conservas, adeus camarões, adeus trufas!

Nesse momento, o notável facultativo, descerrando a porta, murmurou o meu nome, e eu desapareci com ele, sob a ira contida dos consultantes.

– Muito obrigado, doutor.

– Sente-se. Aprecio-o muito.

– Desvanecido. Tamanha honra...

– Deite-se. Vou examiná-lo. A sua moléstia é realmente esquisita. Mas a questão é de regime. Se segui-lo à risca, fica bom. Segui-lo-á?

– Sigo.

– Pois é este. Nada de café, nada de chá, nada de chocolate. Abandone os restaurantes, os molhos, os peixes, as caças e as manteigas.

Não me coma nada de latas, de *foie gras*, *bécasses*, salmão, não ingira pimentas. Gosta de vinho? É o veneno. Bordeaux, Sauterne, Bourgogne, Clarette? Tudo isso – veneno.

– E *champagne*?

– *Champagne*? O senhor fala de *champagne*? É a morte.

– Então, doutor, que hei de fazer?

– Durante dois anos, o seu regime será o seguinte: três xícaras de leite por dia, leite de estábulo, esterilizado. Ao almoço e ao jantar, 100 gramas de galinha assada, 50 de pão torrado, com três copos de água – um pela manhã, outro ao meio-dia, outro ao deitar.

– E uma costeleta, um bife?

– E as toxinas, homem de Deus? A carne, quando é de boi – é veneno. Quanto ao carneiro e ao porco são a morte para os artríticos como o senhor. Vá, experimente...

E, majestosamente, estendeu-me a destra.

Nesse mesmo dia comi um pernil de frango com uma torrada tão dura que quase me quebra um dente. No dia seguinte, com dores de estômago, e uma sede de explorador africano em pleno areal, não trabalhei.

Só tinha uma preocupação: a hora da comida, a hora do copo de água. O criado do restaurante, com a macabra filosofia de que são únicos possuidores no mundo os velhos criados de restaurante, sorria da avidez com que eu me atirava ao seco pernil de um frango seco, e ainda mais secamente engolia o copo de água. Uma semana depois, tive um delíquio. Estava pálido, ansiado...

Foi precisamente quando encontrei a veneranda Mme. Teixeira, outrora gordíssima e hoje esgalgada e elegante.

– Que é isso, menino? – fez, maternal, a velha dama. –Assim doente? Qual, a mocidade, a extravagância... Se você tivesse um regime...

– Não me fale nisso, Mme. Teixeira!

– Mas eu sou um exemplo, uma prova, uma trombeta da fama do ilustre Dr. Firmino, essa notabilidade que assombraria mesmo os grandes centros da Europa...

– A senhora pode ser uma trombeta, o Dr. Firmino pode ser uma notabilidade. Eu é que não posso deixar de comer!

– Mas quem fala em não comer? Eu era gorda – gordura artrítica. Sofria de dispepsia, de varizes e de reumatismo. Fui ao Dr.

Firmino de Souza, uma glória nacional. E sabe você como estou radicalmente curada? Apenas com o regime!

– Que regime, Mme. Teixeira? – indaguei num suspiro – o suspiro de todo doente, desejoso de rechaçar o mal.

– De manhã, um mingauzinho.

– Sempre melhor que o Dr. Jerônimo.

– Almoço, um copo de água.

– Quê? um copo de água?

Agarrei-me à esquina, para não cair. Mme. Teixeira estava elegante, alegre, sadia, interessante. Era espantoso.

– E ao jantar, às quatro e meia da tarde, uma gema de ovo, uma colher de feijão e outro copo de água filtrada.

No dia seguinte eu acamava com uma febre de 40 graus.

Quarenta graus, precisamente? não sei. O termômetro do Dr. Pereira – não conhecem o Dr. Pereira? o extraordinário médico! – marcava 39 e 8 décimos; o do Dr. José de Vasconcellos – um sábio, um taumaturgo! – 39 e 7 décimos; o do Dr. Everardo Duchner – curso nos hospitais de Viena e Berlim, célebre, que digo? arquicélebre – 40 graus e 2 décimos; o do meu criado de quarto, trazido de Santos, 40 justos. No semidelírio da febre, aceitei o último – refletindo que não tinha segredos para o servo atento, e principalmente porque todas essas sumidades descompunham os termômetros dos colegas, elogiando o próprio.

Mas no leito, requeimado pela febre insidiosa, que só aumentava com as eminentes receitas prescritas para debelá-la, recebendo a cada instante cartões de pessoas que me iam visitar, eu era forçado, pelo hábito bem nacional, pela tirania da intimidade, a receber cheio de agradecimentos os mais camaradas. E cada um, depois de contar a sua ex-moléstia, dava-me um conselho. – Doente assim? Porque não consulta o grande Dr. Duarte? Eu fiquei bom de uma febre apenas com a dieta rigorosa. Três dias comia, três dias jejuava tomando sal de frutas, e, como a semana tem sete dias, ao domingo almoçava, mas não jantava, sistema misto. – Tão mal? É porque quer! Consulte o Dr. Leandro Gomes, um talento extraordinário. Ele é severo. A dieta é tão rigorosa que eu em vinte dias perdi 18 quilos. Mas como me sinto bem, que prazer!

Então eu, que passava com uma xícara de chá e uma torrada, compreendi que a medicina inventara uma nova cura, a cura da fome, cura tão radical que se estenderia aos vermes forçados a só encontrar ossos e peles nos futuros cadáveres... Reagi, fugi dos médicos, subi a montanha a ver se, num hotel em plena floresta, escapava à obsessão fetíchica do doente, que acredita *quand-même*[1] no saber do facultativo. E, estrompado, exausto, reclinado numa *dormeuse*[2], mandei chamar o dono do hotel.

– Diga-me cá, muitos hóspedes?

– Um bando. Quase todos neurastênicos, campo curioso para a observação de V. Exa.

– A minha observação, deixe-a em paz. Neurastênicos, diz você?

– Mandados pelo Dr. Jerônimo, o célebre...

– Hein? Jerônimo? o célebre? Jerônimo? a nova cura? o regime? a dieta? um copo de leite? nada de manteigas? Volto. Parto amanhã. Prepare a conta. Esse homem...

– Qual regime! O senhor se engana. Com efeito, eles chegam cá munidos de regime.

Ervas, menos repolho, couve, agrião, azedinha, etc... Isto é, ervas menos ervas igual a zero, galinha sem gordura, três xícaras de leite... Mas ao cabo de três dias, o ar puro, o oxigênio da floresta abrem tão violentamente o apetite, que eles comem tudo, devoram, dão-me um trabalho tremendo, ficam bons, afinal, quando não rebentam de indigestão. O cardápio do jantar de hoje é: creme de aspargos.

– Aspargos? Fará mal?

– É excelente. Lagosta com molho picante.

– Que horror!

– Abre o apetite. Carneiro com molho de alcaparras.

– Eu sou artrítico.

– Que tem o artritismo com o carneiro? E um suntuoso assado para concluir, além de queijos, frutas, doces e um excelente curaçau para o café.

Caí na *dormeuse* outra vez. A minha antiga alma renascia, hesitante. Escovei o *smoking* tremendo. Mas sempre cheguei à mesa redonda. O bando das vítimas da cura nova, sem febre e com apetite, recobrava na sopa de aspargos, vorazmente, os jejuns anteriores

---

1 De qualquer maneira.
2 Espreguiçadeira.

e forçados. Foi então que revoguei para sempre as curas, adiando por algum tempo o negro final de todos nós – final a que chegam fatalmente, para equidade da vida, as lagostas, os carneiros, os bois, os doentes e também os médicos...

Publicada no livro *Cinematographo: crônicas cariocas* (1909), sem conhecida versão prévia em jornais.

AS OPINIÕES DE UM MOÇO BONITO

O jovem era realmente elegantíssimo. Cada gesto seu indicava o hábito das coisas finas, o talhe do seu *frack*, o corte do seu colarinho, a maneira de pôr a gravata eram para um entendido outras tantas indicações de fornecedores notáveis de Londres e de Paris e de distinção instintiva. Estávamos num desses *clubs* em que se joga e saíamos mesmo da estupidíssima sala do *baccarat*, onde as *cocottes* perdiam dinheiro fácil. O gordo coronel Silvano, fumando um charuto tremendo, interrompeu-me com um jornal na mão.

– Estás a ver mais uma dos moços bonitos?

– Que fizeram?

– Agora comem de graça nos *restaurants*. Que achas?

Eram duas da manhã. Disse-lhe aborrecido:

– Acho uma ação heroica.

E afastei-me, tomei do chapéu. Quase ao mesmo tempo o jovem elegante fez o mesmo, de modo que na rua nos encontramos lado a lado.

– Não faz uma boa noite, disse ele.

– Para um homem civilizado, o bom ou o mau tempo são indiferentes. Perdeu?

– Eu nunca jogo senão o dos outros.

– Ah! É então...

– Sou simplesmente um moço bonito. É a minha profissão. E se me aproximei do senhor foi por ter ouvido a resposta ao coronel Silvano. Esta gente decididamente ignora que aquilo que eles pejorativamente denominam moço bonito – é o ornamento essencial das perfeitas civilizações. E o que é mais: nenhum deles percebe que o nosso atraso não permite senão uma vaga adaptação e reflexos realmente deploráveis.

– Vejo que é inteligente.

– Muito obrigado.

– Quer um charuto?

– Peço desculpa para dizer que só fumo havana.

– Faz muito bem. Este por acaso é bom.

– *Thank*...

Paramos a acender os charutos no lume do seu isqueiro – um isqueiro d'oiro com rubis como agora em Paris lançou a moda o Brulé. E soprando para o ar o fumo claro, eu disse:

– Com que então na infância da arte?

O jovem sorriu.

– Pois claro! Que é um moço bonito? É um rapaz de educação e princípios finos, que detestando o trabalho e não tendo fortuna pessoal, procura, sem escolher meios, conservar boa cama, boa mesa, boas mulheres e mesmo uma roda relativamente boa. A moral é uma invenção reativa. A moral é o vestido de ir às compras da hipocrisia. Se esse moço bonito estivesse na França e tivesse antepassados esperaria um dote fazendo rapaziadas como o visconde de Courpière e o *cadet*[1], Coudras do Abel Hermant. Como porém está num país que de fidalguia só tem a vontade *snob* de possuí-la, esse rapaz está ameaçado de cadeia, como qualquer gatuno sem inteligência. Os negociantes honrados, todas as classes honradas do país abrem o olho atento com medo dos planos, que em geral não dão grandes resultados. Não acha?

– Perfeitamente.

– Digo-lhe estas coisas porque de fato o julgo acima da moral.

– Estudei um pouco a filosofia de Nietzsche e como o amigo deve saber já o Rémy de Gourmont definiu essa filosofia: a filosofia da montanha.

– Pois na montanha são largos os horizontes. Ainda bem. Ninguém aqui quer compreender que o moço bonito é um ornamento da civilização. O senhor compreenderá. Que é o moço bonito afinal na sua raiz? Parasita. As parasitas só se grudam às árvores em plena força, e não poupam a seiva dos troncos alheios para brilhar na sua beleza. Assim o moço bonito.

– Exato.

– O moço bonito é o *pendant*[2] da *cocotte* de luxo. Com os dois tudo marcha – o próprio Deus.

– Para a cadeia?

– Para o prazer, para a maior movimentação do dinheiro, para a agitação civilizada. Eu parto do princípio que ninguém é honesto, honesto exemplarmente do começo ao fim da vida. Aqui porém onde as *cocottes* ganham tanto e têm tanta consideração, o moço bonito vê-se cercado de hostilidades. Que pode fazer um moço bo-

---

1 O filho mais novo.
2 Correspondente, equivalente.

nito no Rio? Pouquíssimas ações brilhantes e com muito trabalho. Receber dinheiro de viúvas, fazer-se condutor de paios às casas das *cocottes*, domar violentamente uma senhora que lhe passe o "arame", morder aqui e ali, viver na ânsia do dia seguinte. Imagine que eu precisava de dinheiro agora...

– É uma hipótese?

– Absoluta. Se fosse trabalhador iria amanhã a um prestamista que mo daria com um juro indecentíssimo. Se fosse mendigo, esmolaria. Sendo moço bonito, a simplicidade desaparece. É uma complicação. Ou armo o "grupo" ou arranjo uma cena. Às vezes a cena ou o grupo falham e é preciso inventar outros. Um moço bonito é sempre um gênio de calçada e imagine o senhor um desses pobres rapazes deitando-se pela madrugada sem ter a certeza de fazer a barba e perfumar-se, de almoçar e dar seu giro pelas pensões d'artistas, sem a segurança do colarinho limpo.

– É horrível!

– Um colarinho do Tramlett por lavar!

– Que desastre! Verdade é que há agora os de papel, cujo preço é seis vinténs.

– Conheço; elegância de Buenos Aires, deplorável. Entretanto, meu caro, o moço bonito deita-se e dorme. E na *purée*, absolutamente *sans le sou*,[3] ei-lo a guiar automóveis, a tomar aperitivos, a farejar a Besta Doirada.

– Bonita a imagem.

– É a maneira literária de indicar a vítima. Mas como o meio é limitado, as cadeiras são sempre as mesmas, a roda *chic* irrevogavelmente sem aumento, o moço bonito atira-se ao anônimo, às classes menos desprovidas, e acaba em complicações com a polícia, cujos serviços estavam ao seu dispor dias antes. Eis por que achei a sua frase sensatíssima. Com a estreiteza do meio, a incompreensão da grande corrente civilizada que exige a *cocotte* e o moço bonito e bem raros são os que não tiveram já pelo menos o desejo rápido de o ser...

– O cavalheiro é profundo.

– Sou um desiludido, e não vivo aqui, vivo em Paris.

– Ah!

---

3 Na miséria, sem um centavo.

– Faço como a maior parte dos moços bonitos que se arriscavam a ir para a Correção aqui. Emigrei para a Cidade Luz. É a única cidade onde o homem é pago para divertir-se. Tenho lá nos Campos Elíseos rés do chão elegante, onde ficam alguns brasileiros ricos.

Como tenho muitas relações nas diversas colônias – a brasileira, a argentina, a egipciana – nos melhores *restaurants* dão-me 20% sobre as despesas dos meus amigos. Quando vou só – como grátis. E isto no Café de Paris, na Abbaye do Albert, em todos os restaurantes da noite. As *cocottes*, para lhes arranjar bons *michés* transatlânticos, estão nos meus braços pelo mesmo preço dos pratos dos *restaurants*. Uma casa de automóveis fez-me presente de um excelente auto com o competente motorista para *aguicher*[4] os meus amigos, rastaqueros ricos doidos pelo automobilismo. Os fornecedores vestem-me como comissão da freguesia que lhes levo. Os meus amigos são loucos por mim e deixam-se sangrar. De modo que eu vivo docemente, e até às vezes viajando, em passeios pela Rivera, em excursões automobilísticas à Itália, em voos rápidos a Londres, onde sempre vou para o Savoy... Não se admire. Nestas condições há uma dúzia de jovens brasileiros em Paris. Nem todos estão na alta, mas os que não vão a Abbaye vão ao Royal e passam muitíssimo melhor do que aqui...

– Quando parte?

– Estou à espera de um negociante de gado argentino, com o qual vou para o Egito. Somos ele, eu e a Blondinette.

– Amante dos dois...

– Dele...

– Creia que é um belo rapaz.

– Faço o possível para *rançonner*[5] o burguês com certa linha. Aqui isso seria material e moralmente impossível.

– Nós estamos num atraso medonho!

– É o que eu digo!

– Em que *bond* vai?

– Vou a pé.

– Pois prazer em cumprimentá-lo.

– E lá estamos ao dispor, em Paris. Naquele divino trecho dos Campos Elíseos.

---

4 Provocar, arreliar.
5 Explorar, achacar.

É sempre melhor que a Avenida, onde se discute e se fala nos jornais de alguns civilizados que jantam grátis contra a vontade dos famigerados hoteleiros.

E seguiu a pé, elegantemente pela Rua da Glória, caminho da Civilização – de que é um ornamento do capitel.

Publicada originalmente no jornal *A Notícia*, em 12 de setembro de 1909.

SER *SNOB*

Não há dúvida. A maioria da sociedade atravessa agora uma crise nervosa que se pode denominar a nevrose do snobismo. É nas gazetas, é nos salões, é nas ruas: – a moléstia invade tudo. Não há lar por mais modesto, não há sujeito por mais simples, que não se sintam presos do mal esquisito de ser *snob*, e o snobismo é tanto a modéstia do galarim da moda, que uma porção de cidadãos graves já com afinco e solenidade resolveu fazer-lhe oposição. O snobismo é como a neurastenia, é pior porque as altitudes e o repouso só conseguem desenvolvê-lo; o snobismo é o mal que se sofre, mas cuja origem se ignora e cuja marcha não se sabe onde vai parar.

Que vem a ser *snob* em terras cariocas? O *snob* do Rio é um homem que algaravia uma língua marchetada de palavras estrangeiras, fala com grande conhecimento da Europa, da vida elegante da Riviera, das *croisières* em *yachts* pelos mares do Norte, dos hotéis e da depravação do Cairo e de outras cidades oftálmicas do Egito, aonde é moda ir agora; o *snob* nacional é o tipo que procura vestir bem e ser amável – é afinal um reflexo interessante e simpático do *snob* universal, com a qualidade superior de ter pouco dinheiro.

Foi a imprensa que acertou de fazê-lo assim, porque foram os jornalistas que tiveram a ideia de inventar os *five o'clocks*, de chamar algumas senhoras belas de *leading-beauties*, de arranjar *gentlemen set* e de ver tudo *up-to-date* entre senhoras que, mesmo de vestido de chitinha, usam *tea-gowns*, servem o *samovar* e jogam o *bridge*, fomos nós, que, munidos de quatro ou cinco magazines mundanos da América e da Europa, disparamos a fazer a fusão das línguas em nome da Elegância.

Esta tensão jornalística logo após a abertura das avenidas e da entrada dos automóveis foi como o rastilho para a explosão da bomba. Hoje os jornalistas são as vítimas dessa nevrose do *chic*.

A corrente era aliás inevitável. Os pequenos fatos são sempre a origem dos pequenos acontecimentos. O snobismo começou pelos cardápios. Há muitos anos o prato nacional só era permitido em jantares familiares; há dez anos com *menus* à francesa, os cozinheiros tentam extinguir a velharia incômoda do peru *à la brésilienne* por um prato d'ave em que haja trufas; as estrangeiras trufas.

Há quem me pergunte se é difícil ser *snob*. Nada mais fácil, ao contrário. Basta executar simplesmente algumas coisas simples. Assim, o *snob* que se preza deve:

– Ir a todos os *five o'clocks* e citar depressa todos os nomes, na ponta da língua, das senhoras que dão recepções.

– Jogar o *bridge* com as damas, o *poker* com os homens e falar seriamente dos *lawn-tennis*[1], do *polo* e do *foot-ball*.

– Não ter absolutamente senão a opinião do interlocutor. O homem é pelo imposto ouro? Elogia-se o imposto. O homem é contra? Ataca-se! As discussões são animadíssimas neste caso e basta, ao iniciar uma palestra, indagar: que tal acha você tal coisa?

– Ter uma conta grande no alfaiate e na modista.

– Não faltar a uma primeira, mesmo arranjando o bilhete de borla para mostrar o seu tipo bem vestido e correto pelo menos durante um ato.

– Frequentar, pelo menos uma vez por mês, um mau lugar onde haja damas formosas, que nos sorriam depois em sociedade. Dá um certo tom, dá vários tons mesmo: a palestra nos corredores do Municipal aos credores que nos julgam cheios de dinheiros, aos alvares que nos tomam por gozadores *blasés*.

– Gostar muito da *Bohemia* e da *Tosca*, as duas sensacionais operetas do maestro Puccini, e ler o *Modo de estar em sociedade*, dos autores cotados, mais as leis do Mayrink.

– Falar só das pessoas em evidência, dos gênios com a marca registrada. A admiração, neste caso, pode até ser tresvariada. Exemplo: Oh! a Ema Pola é um assombro. Aquela mulher faz-me compreender o impossível. Ou então: D'Annunzio? Se o conheço? Que estilo! As suas palavras são tão belas que tenho vontade de comê-las!

– Elogiar sempre as mulheres, indistintamente, fazer a corte fatalmente a todas, pasmar diante de cada *toilette*, de cada bolo da dona da casa, acariciar o totó da mesma, ser um só incenso, ser louvor da cabeça aos pés para com aquela que nos ouve e um tanto irônico para aquela de quem se fala, principalmente quando não há muita simpatia por parte da primeira, o que quase sempre é certo.

---

1 Tênis de gramado. Nome usado inicialmente na Inglaterra para identificar o tênis moderno.

Com essas qualidades, que não são de difícil assimilação, todo homem é um *snob*, um sujeito *chic*, destinado à simpatia geral.

Parece fácil? Pois, apesar disso, os *snobs* parecem Petards e cada vez é mais raro, segundo Rafael Mayrink, portar-se em sociedade ou chegar a fazer parte dela – o que enfuria todos os palermas negroides e jornalistiqueiros do vasto Rio!

Publicada originalmente na coluna "Pall-Mall-Rio", do jornal *O Paiz*, em 26 de agosto de 1916. Assinada com o pseudônimo José Antônio José.

Amores e nevroses

IMPOTÊNCIA

Então Gustavo Nogueira, deixando cair o jornal, pôs-se a pensar, de ventre para o ar, braços abertos, olhando fixamente a vidraçaria rosa das janelas. Passara uma boa parte da vida assim, deitado no divã de damasco rosa, empolgado pela quentura que entorpecia toda a sua virilidade, sem ideias e sem trabalhos. Aos 70 anos, raquitizado, com o corpo deplorável de velho, os olhos embaciados, as pálpebras inchadas, sofria do desespero de ter perdido a existência, de não ter vivido. Ao cérebro vinha-lhe constante a interrogação da sua dor e ele, como todos os dias, levava a rememorar a vida para saber que não vivera, que não fizera absolutamente nada. E fora sempre o mesmo infeliz desde que nascera, sem força, sem vitalidade para obrar, chorando para comer e guardando os brinquedos másculos, para os não quebrar.

A dor da recordação já lhe vinha ao cérebro desocupado, sistematizado, ao começar da indisposição de criança à angústia do homem velho, e ele, sem poder apagá-la, sofria duplamente da ressureição da vida cheia de nada, e da tortura da ideia fixa.

O pai aos 7 anos atirara-o como pensionista num colégio aristocrata e agora no divã ainda se lembrava da última noite que passara em casa, soluçando a perda da mamãe que o beijava tanto e mordendo o lençol para que não o ouvissem e não lhe perguntassem por que chorava. – Havia tanto tempo já! De manhã, à hora da partida, a mãe gritara, agarrando-o, e ele, com o desejo do consolá-la, sentiu-se de repente fraco, sem coragem, invadido de um medo, de um terror vago do desconhecido, preso da preguiça do fazer. Naquele momento, vendo sua mãe a gritar, sentira como um desalento, uma brusca relaxação de nervos, que o fizera gozar, com o prazer de egoístas, os traços de dor e as lágrimas daquela que chorava por si. Depois no colégio, um casarão enorme, de janelas gradeadas e portas baixas, um homem muito alto recebera-o pomposamente gritando: Gustavo Nogueira! com um ar de comandante de soldados. Fora a primeira vez na vida que tivera a noção clara do seu eu.

Era Gustavo Nogueira e durante setenta anos não fora mais que Gustavo Nogueira, um elemento, um objeto, que se denomina pela necessidade de diferençar; Gustavo Nogueira toda a vida porque não agira, não fizera absolutamente nada.

O colégio, acordando de madrugada com a regularidade do banho por turmas, de calção de meia e minutos contados, aguilhoava-lhe a preguiça como o ferrão de um carreiro no cachaço de um boi – fazia-o fazer. Vivia a correr tendo logo depois do banho a aula do ilustre padre Osório, que chegava atrasado e punha o cronômetro de ouro à vista na mesa, para abalar às dez em ponto, às vezes no meio de uma preleção magnífica cheia de hipérboles violentas e trescalidades de capela. A recordação do padre Osório intensivou-se no seu desocupado cérebro onde os professores apareciam ilustremente.

Voltou-se sentindo a coluna espinhal doer junto ao cóccix. Era de estar tanto tempo deitado.

Levantou-se penosamente, enfiou os pés numas chinelas de veludo e, amarrando os cordões do chambre, pôs-se a andar pelo salão todo atapetado de rosa pálido, com grandes rosas vermelhas.

Padre Osório enfuriara-se um dia, vendo-o a dormir diante de uma sábia explicação teológica. Era moço naquele tempo; hoje aos 70 anos levava deitado, ruminando seu não ser. As recordações do colégio apressaram-se e em tropel os lentes continuaram de passar só interrompidos pelos intervalos do refeitório onde vagamente se desenrolavam caras; toda aquela gente estava morta, estava no irremediável, exausta de vitalidade.

Ele ficara.

Tremendo, abriu as cortinas de filó d'oiro sobre um fundo de damasco rosa seco. Lá fora fazia calor. O sol abambulante estreava o éter de luz que se irradiava firmamento acima num imponderável polvilho de escarlata. As árvores imóveis tinham mentalidades d'aço e na areia das aleias coriscavam por instantes reflexos curtos do sol.

Ouvia-se no grande espaço calmo o estridular acre das cigarras. Ficou-se ali.

Um dia foram-no buscar e, quando chegou à casa, vestido de preto, seu pai de barba feita, frio e correto disse, como quem ordena: sua mãe morreu, Gustavo.

E como ele sentindo de repente um grande vácuo em torno perguntasse quase a chorar se era mesmo verdade, o pai carrancudo, limpando o suor dos dedos finos, limitou-se a dizer – Sr. meu filho, eu não minto. Foi tudo.

Correra ao quarto da morta onde, ao redor do caixão aberto, as amigas e as criadas pausadamente choravam. A vacilação dos círios, o cheiro de cera e flor amassada fizeram-no dar um grito e logo o choro estrondeou. Lembrava-se ainda de uma voz dizendo na balbúrdia: – E ela que até a morte não se esquecia do seu anjo querido!

– Do seu anjo querido! Como era boa a mãe.

Ficara num sofá, não compreendendo a morte, tapando o rosto com as mãos, sem poder chorar. Uma agonia prendia-lhe a garganta e sentia como o diafragma contraindo-se. Não chorar parecia-lhe uma ingratidão inqualificável para com aquela que o amava tanto, mas os esforços infrutificavam-se e ele esticava-se todo, retesando os músculos, na cólera de não poder. Não chorou. Nem mesmo chorar podia.

Então, enojado, Gustavo fechou as cortinas e, como se o ar de fora viesse desentorpecer perfumes, desprendia-se das telas, das paredes, dos vasos um cheiro penetrante e acre de rosa.

A cigarra repentinamente cessara e só agora no grande silêncio da tarde uma campainha retinia.

Não fora mais ao colégio, ficando em casa a preparar-se para a Academia e, na vida doméstica calma e livre, a carne acendera-se na brutalidade do desejo, com saudades pelas horas de recreio onde rapazes de 18 anos jogavam o soco desabridamente e tinham delicadezas especiais para consigo, brincando com os seus cabelos crespos e chamando-o, como fazia o Jerônimo, de nosso Gustavo. Pobre Jerônimo! Sempre que se permitia brincar com o seu lindo buço, saía incomodado, dizendo que se sentia mal.

Aquela lembrança prostrou-o, atirou-o de braços no divã, as têmporas batendo, impotente para refrear o curso das mais tortuosas recordações. Em casa; noutro tempo a ideia trazia-o queimado de desejos, a carne a pulsar; hoje, fazia-lhe mal, como um pedaço de qualquer cousa atravancando a parte frontal dos hemisférios do cérebro. Outrora um pedaço de saia causava-lhe nevroses, o cheiro dos criados estonteava-o, dera até para enfeitar-se, ajustando a calça, penteando delicadamente os cabelos, polvilhando o rosto de pó de arroz.

Passeava pelas alamedas da chácara à tarde e apaixonara-se repentinamente pelo jardineiro forte e musculoso, mas o pobre homem respondia às intimidadas e às historietas livres com sorrisos e monossílabos respeitosos.

No leito, ele, atacado de dispneia nervosa, os olhos fixos no escuro e ouvindo em torno o sangue vibrar, fazia projetos de chamar o animal do jardineiro e surgir-lhe promissor na indiferença da mudez; mas noutro dia, fatalmente, infalivelmente, o medo reempolgava-o, trazendo-lhe ao sonho gigantes que lhe roubavam beijos com força e violência.

Um dia pasmou ao revistar o corpo, para uns fios de barba que nasciam na parte superior das tíbias; voltou-se e viu na coxa outro fio ainda mais longo e como continuasse lobrigou aterrado, no fundo da pele, os bulbos anunciadores de fios futuros.

Por que se aterrou pela sensação animal instintivamente estremecendo à nova fase da vida? Desacoroçoado deitara-se e passara o dia dormindo, na impotência do fato realizado.

Dera para andar atrás das criadas submisso e dedicado, mas dês que uma ocasião se oferecia para satisfazer o desejo, um terror vago forçava-o a fugir, o medo empolgava-o. Quando uma vez a lavadeira agarrava-o no tanque pedindo para tomar banho, sentira a negação moral bradar tão alto que, apesar de fisicamente agitado, fugia a gritar negativas.

Não tivera jeito para a cousa.

Voltou-se no divã de ventre para cima mastigando a palavra. Não ter jeito para a cousa! E nunca tivera, e nunca amara, e nunca sentira na face a sucção forte dos beiços de um homem ou a avidez cheirosa dos lábios de uma mulher.

Era casto, era virgem aos 70 anos, não que fizesse isto sistematicamente com o desejo de abstenção física para a superabundância vital do cérebro, não que o impulsionasse uma moral errônea – nunca tivera moral! –, mas pura e simplesmente pela fatalidade do seu temperamento, pelo estigma intenso do seu não ser, da impotência que o manietava e que o torturava.

Era o desespero calmo, o ódio de todas as cousas porque ninguém desconfiava dessa agonia em que passara toda a vida, ninguém lho perguntava para pelo menos ter a satisfação de bradar por que não fazia.

Casto! Teve um riso de amargura, um riso de loucura e deu, de repente, com o espelho ao fundo que refletia o salão numa apoteose rosa e onde ele aparecia grotesco, de roupas, pequenino, rindo.

O espelho retratou-lhe os dolorosos passos e, juntinho ao vidro, ele pôs-se a observar os sulcos e os destroços que a castidade deixara.

Os cabelos de outrora anelados e finos agonizavam em farripas raras e duras; a face que estuara sangue, veludosamente delicada, estava mole e embaciada com a flacidez das coisas muito usadas e coberta de uma barba grossa, espessa, dura, intolerável, verdadeiramente intolerável. Um desfalecimento lhe veio.

Pôs-se a passear pelo salão lembrando-se do tempo de Academia e dos estudantes moços e fortes que discutiam as reformas nas cervejarias com punhadas de fazer tilintar os copos.

Fora o Euzébio de Mello a sua amizade, com toda a pujança intelectual, entusiasta e gritador, que arrastava consigo o grupo revolucionário da escola e à noite, batendo a calçada conquistadoramente, querendo conquistar sem saber o que, acabava bebericando nos botequins duvidosos. Apresentados, Euzébio dispensara-lhe logo larga proteção e desde ali ele percebeu a sua impotência mental, que o deixava frio diante das superioridades intelectuais.

Quando Euzébio, endireitando as lunetas d'ouro, mostrava as contradições filosóficas de Newton, ou esbravejava, defendendo Lamarck, ficava quieto a ouvi-lo.

O outro de repente parava, abria os braços sem cansaço, emborcava o copo, bradava de novo, incessante como uma cascata de cristal cimbalando a sonoridade da queda numa chapa d'aço.

Interrompia-se, perguntava: – Não achas, Gustavo? E ele absolutamente nada entusiasmado respondia: – Pois não. Era imbecil, reconhecia-se pequeno, e chegara ao terceiro ano sem saber por que, sem mesmo abrir livro. Quando entrara um dia em casa, disseram-lhe que o pai morrera. Sossegadamente foi vê-lo, beijou o cadáver, apressou o enterro e, vestido de preto, recebeu os pêsames. Ao voltar do cemitério dormiu. Oh! como toda a vida e agora ali amaldiçoava aquele velho frio e mau que nunca o beijara e que o deixava rico! Como sentia que a falta, a necessidade seria a salvação da vida, na agonia de setenta anos carcomidos, estragados de não ter feito nada, absolutamente nada. Euzébio apresentara noutro dia seus planos de viver elegante; não se opusera, deixando vender o casarão e entregando-se aos fornecedores. O outro entendera gravemente que se devia fazer uma casa em forma de templo grego com colunas coríntias de mármore rosa encimadas de capitéis irisados de *baccarat* vermelho, mas diante da despesa chamaram um mestre d'obras que lhes arranjara aquela casa de um barroquismo chato. Em vista de não poder fazer uma casa rosa, Euzébio inventou uma biblioteca e, como acreditava que a vida do poeta é o sonho e a imaterialidade, insistiu para que fosse toda rosa. Ele achara idiota a persistência de uma só cor, mas à ideia de que o amigo o abandonasse, consentiu em fazer a sepultura da sua dor, o túmulo da sua agonia, intensamente rosa, enervadoramente rosa.

Deu dous passos no ar privado do salão.

Do teto onde brincavam pimpolhos, descia numa explosão de rosas um lustre de porcelana desmaiadamente listrada d'ouro. As telas emolduradas ricamente davam um tom vibrante e vívido às altas paredes e as estantes grossas e os bronzes orientais retalhavam o fescenino com a seriedade ponderada do saber e da antiguidade.

Tinha vindo para ali aos 26 anos, moço, com vida, e quando se esticara pela primeira vez no divã fora com o arrepio da volúpia do quem espera alguém, o amor misterioso e desconhecido que desejaria toda a vida.

Todo homem moço e rico, lera-o nos romances, recebia em gabinetes idênticos senhoras casadas, trêmulas de adultério, que iam a ouvir palavras de amor, satisfazendo a carne misteriosamente que nunca as recebera. Nunca! Nunca! vivem eternamente com a percepção clara de que não vivia. Ficou um tempo olhando a estátua de Frineia, nua, segurando os seios. Há quanto tempo estaria aquele pedaço de mármore ali? O espírito momentaneamente perdeu a noção de tempo e à reação da vontade uma dor aguda bateu dentro do frontal direito. Agora só com insistência a recordação da mocidade era forte na monotonia rosa da biblioteca. Cenas de muitos anos passados voltavam com a clareza de fatos do dia anterior, a vida para ele tinha sido uma sem altos nem baixos e agora, quase a morrer, podia ver todo o plano desolado onde se arrastaria o verme do seu corpo.

Depois de velho, na ociosidade, a ideia da individualidade apunhalava-o dolorosamente na carne e no espírito. O sono, que sempre fora o calmante dos seus esforços de contentamento como de tristeza, tornou-se mais um martírio. A vida subjetiva sucedia a objetiva sem interrupções, continuamente, com as mesmas dores, com as mesmas recordações. Uma outra pessoa falava-lhe no crânio, como se tocasse lá dentro, nos nervos auditivos, e tal era o choque que fora, fora do seu ouvido, havia um barulho forte de pratos. Era esse o seu eterno companheiro, o único que não o abandonara enfastiado da sua ignomínia. Foliava a princípio de coisas banais. "Há muito que não jantas cedo. Os bordados do seu divã estão estragados?" Em sono não se podia impedir de conversar: "Estão?" – perguntava com receio de negar ou de afirmar e em pouco o eu interior desprendia-se de si, concretizava-se à parte com formas tremendas de escárnio ou justiça, inflexíveis, chicoteando, vergalhando, atirando-lhe ao rosto toda a negação. Tu não vives! – bradava uma voz num céu todo rosa, riscado de prata, de fosfenos rápidos. Acordava extenuado, ia beber água na janela e ficava a ver o luar escorrer pela telharia da cidade. Que se havia de fazer!

O sono, que em criança fora o seu único bem-estar, agitava-se agora, bordonava-lhe nas têmporas. E o caso era que, na ociosidade, a obsessão de sua vida tornava-se agudíssima e, acostumado, já ele tinha percepções físicas para perscrutar todas as fases da sua extraordinária moléstia, da moléstia do nada.

Chegara mesmo a perguntar a Euzébio o meio de a gente acabar com as ideias fixas.

– Quando a ideia é forte, passeios, quando é criançada, distrações.

Imaginou grandes passeios, cavalgadas, para acabar com as alucinações à custa de esforços físicos, mas no momento desfalecimentos lhe vinham, não tinha coragem do abandonar o divã. Um dia viera-lhe a ideia que todo seu mal era a virgindade serôdia, e calmamente na qualidade de homem rico arquitetara um grande deboche, nas regras em que toda a gente se debocha há séculos, sabendo de antemão tudo quanto é de praxe.

Para que os seus desfalecimentos não o impotentassem, comunicou jantando a Euzébio que pretendia dar uma ceia. Este, interiormente satisfeito, verberou a devassidão, falou da Grécia, onde as bacantes bêbedas deixavam-se gozar em peles de panteras indo de Atenas a Eulésia, respirando o cheiro enervante das violetas em flor.

Afinal acedeu com a condição do não ser em casa, para não escandalizar a vizinhança, burgueses cheios de aparências.

Depois, emborcando copos do Chablis, chamou muito seriamente a perversão do homem, os mistérios de Afrodite; citou Menipo e acabou paradoxando a virgindade como necessária à força mental.

Deu exemplos de grandes filósofos. Entretanto no nosso século isto seria impossível e eis por que eles eram devassos.

Devasso! abriu os braços preguiçosamente fazendo estalar as juntas. Devasso! Ficara entendido, Euzébio conhecia a Malhary, uma velha de 50 anos gastos pelos excessos, que podia oferecer a ceia, com a condição restrita de lha pagarem. Convidavam-se os antigos colegas, umas mulheres bonitas que a Malhary escolhesse e estava feito. No dia marcado ainda jantava quando Euzébio apareceu de casaca, muito nervoso dizendo que o carro esperava.

Acabou de comer sossegado, olhando o outro que quase não podia deglutir; vestiu-se devagar, pensando em cousas diferentes, e quando no carro o poeta Mello confessou o seu prazer, pasmou que um homem dito superior e erudito se emocionasse com uma ceia vil de meretrizes.

Na casa da Malhary, as mulheres decotadas, de gargantilhas de brilhantes, conversavam muito gravemente a respeito do calor e um mocinho abanava-se com o *clac*, exclamando como para esconder a emoção – Malhary, pintada, recebeu-os à porta do salão e a apresentação foi corretíssima. As senhoras curvaram a cabeça com um gesto muito elegante. Ele, logo à vontade, estava impassível, porque incapaz de ódio ou de amor, a indignidade não o indignava.

O assunto do calor esgotado, aquelas senhoras fatalmente caíram nas dificuldades da vida, falando da carestia. Depois fez-se um silêncio e, como Euzébio pretendera um ponche com exclamações inconvenientes, recebeu uma reprimenda de madame Malhary, que não queria escândalos na sua casa. Entretanto, em chegando a ceia, sem factícia alegria manifestou-se. Os criados gravemente diziam o cardápio em francês. Diante de si uma porção do copos e, cada vez que um prato era servido, um vinho novo escorria. Ele estava muito a gosto, rira mesmo quando *mademoiselle* Berthe, já bebida, dera para fazer de cachorrinho guloso, lambendo os pratos. Rira como toda a gente, sentindo o seu eu digno incapaz de energia, e quando Malhary, muito amável, voltou-se, deixando-lhe a mão no regaço, para ralhar totó, ele viu que a dentadura era postiça e as sobrancelhas aumentadas a rolha.

Mas queria se debochar, queria perder a castidade serôdia dos seus 30 anos e por mais que se excitasse estava impassível de corpo como de alma. Quando o deboche clássico chegou ao auge, e toda a gente se julgava, excitada facticidiamente, alucinada, ele calmo, sem palpitações apressadas, sem mesmo as dispneias nervosas que o atacavam em criança, sentindo que devia ser ali, forçar o organismo, mas em pouco tempo perdeu a cabeça, porque a repulsão, como a atração genésica em si, demonstrava-se impotentemente fraca e passiva.

Desculpara-se com a Malhary dizendo estar doente, mas logo depois sentiu tê-lo dito, desejando uma violação – Ah! se algum dia tivesse confessado a alguém o segredo que o matava! Seria a felicidade, porque certamente o forçariam, seria a felicidade! Aquilo fora aos 30 anos. Quantas vezes, desesperado, sonhara acabar com a vida, cortando uma artéria? Ficava longamente de navalha em punho, meditando. Era preciso acabar! Era preciso acabar.

Escolhia lugares, tateando a carótida. Seria bonito – um jato vermelho e a vida acabada.

Mas a coragem de morrer falecia e a inteligência voltava incessante a rememorar a infelicidade, a tortura, porque a todo o instante, a todo o momento, intolerável e necessário como o pulsar do sangue e a ideia eterna do seu nada batia-lhe no crânio.

E vivera setenta anos, hipostênico afinal, arrastando-se nos sofás! Às vezes abria uma estante, folheava livros, lia, mas, se encontrava analogia mesmo vaga com seu estado, largava-o, punha-se a pensar. Tinha até preguiça de vestir e andava em roupão olhando o céu, da janela do gabinete. Euzébio vezes havia em que ficava toda a noite tomando curaçau e falando da Alemanha medieval e essas eram as suas horas mais felizes porque sentia-se menos inferior vendo o outro, já velho, sempre cheio de projetos e de reformas, ir-se tornando aos poucos um infeliz vencido, que iludia com a sonoridade dos palavrões a dor tremenda, de soluços de não ter feito nada. Euzébio morrera, no inverno, de pneumonia dupla e ele, que sentira o desaparecimento daquele barulho, constatou vagamente que a biblioteca cheia de harmonia, soluçando versos, vergastando ruínas de todos os cantos, ia-se calando. Os versos deixavam um a um o ninho como as andorinhas emigrando da neve. Aquela comparação piegas fê-lo sorrir. Fora sempre um tanto romântico na tenacidade inclemente da dor. E tinha 70 anos! Lembrou-se de fazer qualquer cousa de ruim, acordar à noite, degolar os criados e, depois de deitar fogo na casas, ir esperar a morte na escada de mármore com um ramo de violetas na mão. Os criminosos agem, os criminosos fazem alguma cousa além de ser a compensação real do bom: – vivem, dão pasto aos instintos, sentem.

Ele, impotentado pela fatalidade do seu temperamento, só sentia a dor, a dor inenarrável de não poder sentir. Que seria dele? Que seria dele? Deu dous passos absorto.

Ser devasso era mais fácil, atirar dinheiro pelas portas, iluminar a casa na pompa dos debohes estabelecidos e depois um dia, sem vintém, tomar ácido prússico lendo o artigo das gazetas que o elogiassem, sentir que vivia, sentir que fazia alguma cousa!

Achou-se de novo diante da janela. As cortinas de filó d'oiro desciam no fundo de damasco rosa seco, largas, fartas, quebrandiças, como o velário de um tabernáculo. Um amor corria a um canto, sob uma revoada de pombas, a cabeleira triunfalmente coroada de rosas. Quanto tempo viveria ainda? quanto tempo sentiria o valor da vida debatendo-se no vazio com gestos descompassados de agonizante, ele que tinha todos os instintos das sensações egoístas, todas as sensações altruístas! Quanto tempo ainda a incompreensão manietá-lo-ia no momento da revelação, pobre ser sem vida, que sentia poder sentir e que não sentia.

Quanto tempo ainda, todos os dias, a todos os momentos, rezaria como um réquiem à vida que era maquinal nele e transbordante de seiva, nos outros homens, no mundo inteiro, tendo a esfrangalhar-lhe os miolos a obsessão furiosa que estonteava a sua pobre cabeça de virgem por impotência, ignorante por impotência, sofredor por impotência, morto por impotência! Sentiu na garganta como os tentáculos de um polvo, o diafragma contraindo-se, e na suprema angústia de não poder acabar, voltando-se a uma pontuada forte no cóccix, ele teve pela primeira vez a noção clara do além, atulhado de terra e fervilhando de vermes.

Morto seria, como vivo, esquecido. E a impotência que o manietava em vida havia de o prender regelado às tábuas de um caixão.

Abriu as cortinas, apertou como louco as têmporas – Que dor! Que dor! e ansioso, dispnético, pôs-se a olhar no balcão de mármore rosa o céu muito azul, infinitamente azul, na inconsolabilidade azul do insondável.

Uma estrela no alto pulsava como um pedaço de artéria.

Publicado originalmente no jornal *Cidade do Rio*, em 16 de agosto de 1899. Esse conto marca a estreia do autor – ainda assinando Paulo Barreto – na ficção.

ÓDIO (PÁGINAS DE UM DIÁRIO)

Eu era criança, quando à porta de casa uns amigos mostraram-mo e, desde logo, ao dar com aquela cara safada e falsa, senti o ódio, o ódio eterno que havia de perdurar por toda a vida. Seu nome – Felisbrino dos Santos – era para mim uma obsessão. Pequeno, linfático, oleando muito a cabeleira negra, quando o via passar para o colégio, grave, com um ar de velho, tinha vontade de bater-lhe, de sová-lo, de esbofeteá-lo.

Odiava-o.

Entretanto um dia falamo-nos. Estava a brincar no jardim e, a um impulso mais forte, a bola atravessou o muro, foi cair no quintal de sua casa. Corri ao portão e já o encontrei com a sua cabeleira oleada, o seu ar grave de velho, os lábios finos e descorados. Atirei-me à bola, pronto para brigar, a satisfazer meu desejo, a esbofeteá-lo, e ouvi que dizia viscosamente entre os lábios falsos a sorrir: "Já lha ia levar. Como está suado!!!".

Não lhe agradeci. Arrebatei a bola, abalei danado pelo jardim, com o coração a transbordar.

Aquela vozinha soava agora serpentescamente onde me achasse. Como está suado! Todo eu tremia. Teria sido interesse? Interesse! Fora troça, fora risada! A calma, o cabelo empastelado, o ar grave de velho ridicularizavam a minha bola e os meus brinquedos. Como está suado! Devia tê-lo esbofeteado imediatamente. Mas por quê? Por quê?

Não me fizera nada de mal, nunca me olhara senão a sorrir, era da mesma idade que eu, era criança, vivia numa casa junto à minha, muito agradável... Por que esbofeteá-lo?

Não sei, não sei. Mas odiava-o, odiava-o instintivamente, sem saber as razões, num ódio feroz, um ódio bárbaro pelo seu cabelo, pelo seu ar de velho, pelos seus lábios, num ódio da sorte que o fazia meu igual!

Um dia, meu pai preveniu-me da minha partida na primeira segunda-feira do mês próximo, para um colégio qualquer. Como eu o interrogasse, disse secamente, na cadeira de balanço, embrulhado em mantas e a escarrar: "Saiba que vai para as Laranjeiras e só voltará de mês em mês. Pensionista".

Invadiu-me uma grande tristeza. O colégio aparecia como um monstro antigo devorando, devorando tranquilamente caracteres bons e almas dignas. À mesa, entre a gargalhada de minhas irmãs, olhando a doçura de minha mãe e a carranca de meu pai, previa o regelo daquela outra mesa, que lá me esperava para crucificar a minha alegria e o meu apetite. E quando, como de costume, já deitado, senti a pobre mãe, que vinha a espreitar-me o sono, desatei a chorar perdidamente, loucamente, aquele aconchego todo de que me arrancavam para atirar-me a um dormitório frio e mudo, onde aos montões dormiam corações, prostibulando-se num contato torpe de quartel.

Em casa, nesses primeiros dias, que eram do frio e desolado agosto, enquanto a minha tristeza aumentava, nos tons amassados de lírio dos ocasos, nas manhãs tardias, que vinham entre névoas, dando à cidade um manto ideal de cristal imponderável, minha mãe, mudamente, vendo o pai a passear com o gorro de veludo enterrado até as orelhas, trabalhava no enxoval.

Uma vez só que cheguei à janela, dei com Felisbrino, que assobiava um fandango, muito contente, trepado em um banco, a soltar um papagaio de papel.

– Como vais tu?

Olhei-o, louco de raiva, subitamente trêmulo de cólera, ansiado.

– Nunca lhe dei confiança para me tratar por tu. Quebro-lhe a cara, ouviu? ouviu?

Ele riu, muito calmo.

– Mas que é isso?

Nervoso, como um insulto, fechei a janela com estrépito, sentindo ainda a sua agressiva gargalhada, chorando, e pus a espiá-lo pela veneziana, num desespero de vê-lo, de senti-lo vivo, para podê-lo esmagar. Do outro lado, despreocupado, ele soltava o seu papagaio de papel.

Há certos temperamentos que se repulsam e que entretanto vivem eternamente juntos, sentindo o mesmo ódio, a mesma raiva contida. Eu tinha a certeza: ele odiava-me, odiava-me terrivelmente, com vontade de ser íntimo, de saber quem eu era, de me apertar, e por trás da persiana, enquanto a reflexão dizia à puerilidade dos meus insultos a razão infundada dessas grosserias de doido, eu odiava-o, odiava-o porque ele ria quando eu estava triste, porque era calmo quando o ofendia, porque era ele – Deus do céu! – porque era ele.

Se me perguntassem a razão dessa teimosia d'alma, eu abriria os braços, sem compreendê-la, porque era uma força superior a todo o ser que me impelia, que me forçava.

Ah! não poder a gente explicar o mistério da alma humana, dar a razão por que rostos há que fazem amigos e caras que só fazem inimigos, por que, acordando a gente alegre com o sol de oiro, fica de repente contrariado, olhando para o céu, onde da mesma forma brilha o sol de oiro! Ah! não poder o homem dizer alto a razão do seu amor, a razão do seu ódio, todo o misterioso reflexo da sensação!

No colégio, um velho casarão cercado de árvores bem tratadas e grandes, por onde passava a gritar o vento à noite, acabara a primeira aula de um professor barulhento e gritador, quando, ao atravessar um corredor alto e desoladoramente nu, ouvi uma voz trêmula e viscosa. Virei-me.

– Também tu, aqui!

Senti um calafrio, o sentimento de revolta dos desesperados contra a fatalidade, o medo, o pavor, uma contração no baixo-ventre, umas dores na bexiga que me ansiavam. Não lhe disse nada, procurei uma cadeira. Na negridão do corredor havia um banco sujo e ensebado.

Sentei-me – e todo o meu ser bramia num desespero de impotência contra aquele peso, num delírio incontido de quem não pode obstar a morte.

Ele sentou-se também, comodamente, no velho banco – meu igual, com tanto direito quanto eu, tranquilo, feliz, gozando toda aquela intimidade.

Deus do céu! Santo Deus!

De então em diante, eu ia viver com ele, respirar o ar que ele respirava, brincar quando ele brincasse, estudar quando ele estudasse, sentar-me nos mesmos bancos onde se sentasse ele, dormir onde dormisse, comer na mesma mesa, com os mesmos talheres, com os mesmos pratos, sob o mesmo olhar vigilante, da mesma cousa! Era de endoidecer; uma agonia sufocava-me.

Entretanto ele falava, destilava da boca a voz viscosa e morna, contando a sua alegria por ter ido para o colégio – uma boa pândega, principalmente no dormitório.

Depois, brusco, levantando-se, pôs nos meus joelhos as suas mãos moles, tumefactas, com umas unhas arroxeadas e largas – mãos idiotas e degeneradas! – e murmurou seco:

– É preciso que sejamos amigos. Pintam o diabo dos veteranos!

E foi-se tranquilo, enquanto eu, sentindo ainda a quentura das suas mãos deformes nos joelhos, abria desesperadamente num choro convulso de covarde.

Vivi dous anos nesse acrescer de ódio, tendo à noite pavor do dia, tendo de dia pavor da noite, sob o olhar dos bedéis e a facúndia inepta dos mestres. A regularidade da vida, o horário respeitado como um deus, acentuava mais esse martírio, porque, ao terminar uma certa cousa com ele, tinha a certeza de ir começar com ele outra, de às tantas horas brincar, de às tantas horas comer com ele.

Desde o banho, às cinco da manhã, acordando com a cabeça pesada entre o estridular das campainhas elétricas e a gargalhada da criançada!

Enquanto uns protestavam calmamente, com a percepção clara da inutilidade desse protesto, alegando o frio, a hora, o sono, enfiando as calças de meia, outros, alegres, desafiavam-se nus, querendo bofetadas ali mesmo, e os bedéis bradavam desabridos:

– Para a água, cambada!

A desfilada pelos corredores, dous a dous, de calças de banho.

A dor em mim tornava-se tão forte que fazia esforços imensos para abstrair-me, para pensar, no acordar de casa, às oito, tendo no quarto esparramado, como um silêncio de oiro, o sol!... Que vida!

Era quando começava a tortura. A sua vozinha morna, que escorria as palavras como uma gamela imunda, soava então, plena de confissões e familiaridades de amigos. Sempre surgiam as cousas imorais, a podridão do colégio honesto, todas as intrigas dessa sentina grave e os escândalos do José Lopes, no dormitório, a amante do diretor, arvorada em professora, borbulhavam, esparramavam-se, ficavam enormes naquela boca.

Era ele! Eternamente ele a perseguir-me, sempre ele a ensombrar-me como a asa desproporcional de um grande corvo.

E ria, e não me largava, falando, criticando, intrigando, caluniando, com todo o seu espírito tacanho e baixo.

Dormia numa cama junto à minha e no silêncio da noite tinha ideias satânicas de queimar os outros com cabeças de fósforos, de deitar fogo às cobertas para ver arder o casarão, interrogando, ansioso e sôfrego:

– Heim? Heim? que achas?

Eu, silencioso, não respondia. A sua voz, como molhada em óleo, entre a respiração pausada dos pequenos a dormir, tinha a viscosa sonoridade do arrastar das serpentes por entre folhas secas, horrorizava-me; e, mentalmente, cheio de ódio, desesperado daquela amizade, que não era mais do que a forma de um ódio vencedor – eu ia pensando que ele bem podia incendiar a casa para que tivesse o prazer de agarrá-lo, prendê-lo a ferros, de vê-lo morto, fuzilado, esfrangalhado.

A sorte ligara-me para sempre àquele corpo, que eu repulsava. Vivia envolto em ódio, sem interrupção, desde madrugada, ao acordar, vencido pelos liames invencíveis daquela vida. Não vivia, agonizava.

O professor Freitas, um senhor que escarrava a todo instante no lenço, tossindo, e, depois de subir ao estrado, dizia – graças a Deus! –, até o Freitas, que na chamada separava o nome dos alunos a escarros, quando chegava os nossos, dizia-os de um jato.

Não sei por que, mas dizia-os, fatalmente, dolorosamente e era uma ânsia, como o desespero de amor, o estado em que eu o esperava. Já no fundo, não andava bem, a tortura transformara-me, andava amalucado, porque aquele professor, parvo e doente, era para mim como um símbolo da fatalidade, porque esperava-o todos os dias, nervoso, perdido, com o desejo de vê-lo separar ao menos os nossos nomes com um escarro.

Mas o idiota não o fazia! Dizia-os de um jato, sorrindo, sem cuspir, achando fácil, achando bom isso que me fazia mal.

Ah! aquele corpo, que até numa lista banal de colégio estava agarrado a mim, como uma continuação, como a sombra de mim mesmo! Vinham-me extraordinários desejos de vingança – matá-lo! por exemplo – matá-lo!

Um dia, no recreio, disse: "Safa! que sarna que és?". Ele sorriu, num sorriso de triunfo, interrogou – "Achas?"

Nesta tarde, não me contive, estava desesperado, como quem se sente envolto na sombra luctuenta de um mal. Dei-lhe dous pontapés por baixo da mesa, na aula de latim.

E a raiva de me vingar, essa nevrose de gozar a dor de sua dor, tresvariou-me.

Dias depois ensaboei uma escada por onde desceria, e da janela do segundo andar gozei a sua terrível queda, o seu desmaio, a contusão do frontal avermelhando em sangue. O desfalecimento dos primeiros tempos, o terror, transformava-se em desejos de esfrangalhá-lo, e ele – era covarde, mesmo covarde!

Não sabendo mais como vingar-me, conversei, conspirei no colégio e numa tarde de saída consegui dar uma assuada contínua por toda uma rua, gritando, fazendo os outros gritarem – cabeça de sebo! para vê-lo chorar e correr com medo.

Então não me contive mais, não podia ver aquele ente que eu repulsava, e que gostava do que eu gostava, que vivia comigo, que me envenenava covardemente.

Odiava-o.

Esperei uma ocasião de amesquinhá-lo e no dia seguinte, na aula de História, enquanto o Sr. professor escarrava contando a civilização de Montezuma, esbofeteei Felisbrino dos Santos e cuspi-o na cara, possuído de um desespero terrível, perdido e doido.

Expulso do colégio, como desordeiro, foi tão forte a reação que estive a morrer no outro meio, no aconchego da família, sem ódios e sem paixões. Nunca mais o vi, lembrando-me diariamente dele como de um objeto horroroso, que eu não encontrava. Estava tranquilizado, e formei-me como todo filho de família, passeei, diverti-me, fiz trocadilhos, compus versos e usei luvas pretas. Como toda a gente – normal. Às vezes de dia a passear, ou à noite no Lírico, assaltava-me a sua imagem e o pavor antigo pregava-me à cadeira, grudava-me os pés na rua. Se ele chegasse de repente, sentasse-se a meu lado, desembocasse naquela rua? E torturava-me, sentia frio, pedia aos céus um conhecido que me arrancasse dali, que me salvasse.

Entretanto tornei a vê-lo.

Estava eu no camarim do Barberlhe, que estreava nesse dia fazendo o Iago do *Otelo*. Fazia-o mal como todo português, mas em compensação era uma agradável conversa. A companhia, que viera de Portugal, diziam-na muito uniforme, e tinham até aplaudido Desdêmona, no ato que acabara. Não havendo nada que fazer eu lá ia, como ia aos outros, vê-los gritar, apertar-lhes a mão, conversar banalidades.

E justamente Barberlhe contava-me uns amores indecentes do bairro alto de Lisboa, que quase o tinham enterrado, quando bateram à porta e, sem esperar pela resposta, vi entrar pelo camarim adentro um homem todo gomado, mecânico, sem suar, com um ar irritante de janota, que abria os braços, falsamente, dizendo:

– Meu querido Barberlhe!

Na poltrona, onde estava, senti um calafrio vagaroso pela espinha, uma vibração elétrica do dorso, igual às das panteras, e deixei-me ficar sentado. O ator, muito cheio, agradecia essa efusão, retocando a pintura e oferecendo Málaga. O Sr. janota dizia com uma voz carnavalesca e rouca, de que eu vagamente me recordava, a sua chegada de Londres, e a sua impressão de Lisboa, onde conhecera o Barberlhe. E de repente pôs-se a tirar as luvas. Uma angústia invadia-me à proporção em que pedantemente eu o via desenluvar-se. Dentro de mim, qualquer cousa de superior gritava que eu o reconheceria.

Reconheci-o nas suas mãos, nessas mãos tufosas de unhas chatas, estrangulei um grito; estiquei-me na poltrona, retesando os nervos. Era ele! com o cabelo empastelado, com a voz morna de serpente, com os lábios finos, com as mãos deformes! Era ele!

Tinha-o de novo, ali, diante de mim, conversando, alegre, pedante, tolo, mau! Vinha atravancar-me o caminho, matar-me a outra vida de que eu ressurgira. E eu não o queria, não o queria, odiava-o. Parecia um epilético, um impulsivo, tinha delírios homicidas vendo-o.

Barberlhe, entretanto, foi gentil.

– E eu que me esquecia! Tenho que os apresentar: o Dr. Felisbrino dos Santos, o Dr. Fábio de Aguiar.

Ele deu um salto, fingindo surpresa.

– O Fábio! mas se fomos colegas! não me conheces?

Respondi.

– Conheço-te! Mas, diabo! – pensei que não falasses comigo! Tinhas razão para isso. Um frio tombou de chofre, e só ele falou, calmo, da criançada, dos tempos idos, e da inutilidade de um inimigo. Tinha um tom *rastaquouère*, debitando anedotas de Inglaterra e passeios agradáveis pelas províncias asiáticas da Rússia.

Como o contrarregra passasse a badalar, aproveitei a ocasião para retirar-me. Estava a arrebentar de cólera; disse-lhe adeus, seco.

– Vais sair?

– Vou.

– Também eu!

E grudou-se a mim, fanfarrão e idiota. Na plateia havia uma cadeira junto à minha. Sentou-se a meu lado a ouvir o quarto ato do *Otelo*, e riu perverso quando em cena Barberlhe, fingindo de Iago, dizia – a honra é uma coisa invisível; muitas mulheres, que já não a têm, conservam-na aos nossos olhos.

Disse-a em inglês até, ao meu ouvido, censurando a tradução – *Her honor is an essence that's not seen; They have it very oft that have it not.*[1]

E enquanto da sua boca escorria um pessimismo imundo procurando, sob o lustre do teatro, alguém a quem atacasse a honra, eu sentia reviver o Felisbrino do colégio, o Felisbrino que eu odiava. Como o pano descesse, precipitei-me à caixa e já o encontrei cumprimentando Desdêmona. Disse-lhe frio, para dizer qualquer coisa: Belo dia o de hoje, heim?

– *Very glorious!*

Aquele *very glorious!* encolerizou-me, cegou-me; vi tudo com o tom cru das gambiarras, não distingui, senti o ódio do homem como sentira o ódio da criança e sacudi-o, sacudi-o com brutalidade.

– Venha cá, cavalheiro – odeio-o, odeio-o e odeio-o, brutalmente. Não o posso tolerar. Sei que me detesta, se continua – esbofeteio-o!

– Mas que queres tu fazer?

– Quero simplesmente vê-lo pelas costas! Vá, vá, vá embora.

E enquanto na caixa havia um reboliço e Iago em vão tentava conter-me, eu fui levando-o, aos murros, aos pontapés pelos camarins, sentindo o delicioso prazer de espancá-lo.

Parto hoje para a Europa; o navio está a levantar ferro, e do meu beliche, cheio de sol e de um odor de salsugem, vejo a cidade toda

---

1 A honra é uma essência invisível. Muitas vezes a tem quem nunca a teve.

roxa. Acordei alegre, nomeado enfim para um consulado, a ver viver, em lugar de viver, de fazer parte de um povo, a ser exceção! Era um futuro bom, um futuro que me agradava.

Entretanto perdi a alegria, sinto um desânimo, todo um desconsolo sentimental!

Como viesse para bordo do *coupé* do Carlos, ao passarmos por um enterro humilde, acompanhado por uns poucos de carros sujos e duros, vi que de um deles partia um cumprimento. Carlos voltou-se; retribuindo-o – disse-me:

– Sabes quem se vai para o outro mundo, ali, naquele caixão? O pobre do Felisbrino dos Santos!

Foi como se me arrancassem as entranhas; senti um vazio de angústia, perdi a alegria, perdi todo o meu contentamento. Era ele que passava como a asa de um corvo; era sempre ele a apagar-me a felicidade, a atravancar-me, a empolgar-me.

E, morto, o ódio dos nossos temperamentos, a repulsão dos nossos cérebros, da nossa carne, manifesta-se; porque eu o odeio, porque odeio o cadáver de Felisbrino dos Santos, como odiava o tipo viscoso de menino, o janota parvo, como odiava o seu olhar, os seus cabelos cheios d'óleo, o seu andar, a sua cobardia, com o supremo ódio dos temperamentos contrários, com o grande ódio dos corações que não se compreendem – porque tinha ímpetos de esbofetear aquele cadáver, que, aos solavancos, ia encaixotado em pinho, de sovar, de esmagar aquele corpo morto, como outrora esbofeteara e espancara aquele que odiava.

Não sei a dor que me deu ao sabê-lo morto, passando por mim como um adeus. O que eu sei é que tive a alma humana dos bárbaros pré-históricos, e que conservei um rancor de vinte anos, porque nunca me pude vingar, é que ainda odeio-o, porque não fui eu quem o matou, segurando pelos pés, espatifando-lhe a cabeça, espatifando-o todo, no supremo gozo do ódio.

E estou triste, olhando a cidade roxa, ciente do irremediável porque não posso revivê-lo para ter o prazer – eu mesmo – de o matar outra vez.

Publicada originalmente no jornal *Cidade do Rio,* em 19 de maio de 1900.

DENTRO DA NOITE

– Então causou sensação?

– Tanto mais quanto era inexplicável. Tu amavas a Clotilde, não? Ela, coitadita!, parecia louca por ti, e os pais estavam radiantes de alegria. De repente, súbita transformação. Tu desapareces, a família fecha os salões como se estivesse de luto pesado. Clotilde chora... Evidentemente havia um mistério, uma dessas coisas capazes de fazer os espíritos imaginosos arquitetarem dramas horrendos. Por felicidade, o juízo geral é contra o teu procedimento.

– Contra mim?

– Podia ser contra a pureza da Clotilde. Graças aos deuses, porém, é contra ti. Eu mesmo concordaria com o Prates que te chama velhaco, se não viesse encontrar o nosso Rodolfo, agora, onze da noite, por tamanha intempérie metido num trem de subúrbio, com o ar desvairado...

– Eu tenho o ar desvairado?

– Absolutamente desvairado.

– Vê-se?

– É claro. Pobre amigo! Então, sofreste muito? Conta lá. Estás pálido, suando apesar da temperatura fria, e com um olhar tão estranho, tão esquisito. Parece que bebeste e que choraste. Conta lá. Nunca pensei encontrar o Rodolfo Queiroz, o mais elegante artista desta terra, num trem de subúrbio, às onze de uma noite de temporal. É curioso. Ocultas os pesares nas matas suburbanas? Estás a fazer passeios de vício perigoso?

O trem rasgara a treva num silvo alanhante, e de novo cavalava sobre os trilhos. Um sino enorme ia com ele badalando, e pelas portinholas do vagão viam-se, a marginar a estrada, as luzes das casas ainda abertas, os silvedos empapados d'água e a chuva lastimável a tecer o seu infindável véu de lágrimas. Percebi então que o sujeito gordo da banqueta próxima – o que falava mais – dizia para o outro:

– Mas como tremes, criatura de Deus! Estás doente?

O outro sorriu desanimado.

– Não; estou nervoso, estou com a maldita crise. E como o gordo esperasse:

– Oh! meu caro, o Prates tem razão! E teve razão a família de Clotilde e tens razão tu cujo olhar é de assustada piedade. Sou um miserável desvairado, sou um infame desgraçado.

– Mas que é isto, Rodolfo?

– Que é isto! É o fim, meu bom amigo, é o meu fim. Não há quem não tenha o seu vício, a sua tara, a sua brecha. Eu tenho um vício que é positivamente a loucura. Luto, resisto, grito, debato-me, não quero, não quero, mas o vício vem vindo a rir, toma-me a mão, faz--me inconsciente, apodera-se de mim. Estou com a crise. Lembras-te da Jeanne Dambreuil quando se picava com morfina? Lembras-te do João Guedes quando nos convidava para as *fumeries* de ópio? Sabiam ambos que acabavam a vida e não podiam resistir. Eu quero resistir e não posso. Estás a conversar com um homem que se sente doido.

– Tomas morfina, agora? Foi o desgosto decerto...

O rapaz que tinha o olhar desvairado perscrutou o vagão. Não havia ninguém mais – a não ser eu, e eu dormia profundamente... Ele então aproximou-se do sujeito gordo, numa ânsia de explicações.

– Foi de repente, Justino. Nunca pensei! Eu era um homem regular, de bons instintos, com uma família honesta. Ia casar com a Clotilde, ser de bondade a que amava perdidamente. E uma noite estávamos no baile das Praxedes, quando a Clotilde apareceu decotada, com os braços nus. Que braços! Eram delicadíssimos, de uma beleza ingênua e comovedora, meio infantil, meio mulher – a beleza dos braços das Oréadas pintadas por Botticeli, misto de castidade mística e de alegria pagã. Tive um estremecimento. Ciúmes? Não. Era um estado que nunca se apossara de mim: a vontade de tê-los só para os meus olhos, de beijá-los, de acariciá-los, mas principalmente de fazê-los sofrer. Fui ao encontro da pobre rapariga fazendo um enorme esforço, porque o meu desejo era agarrar-lhe os braços, sacudi-los, apertá-los com toda a força, fazer-lhes manchas negras, bem negras, feri-los... Por quê? Não sei, nem eu mesmo sei – uma nevrose! Essa noite passei-a numa agitação incrível. Mas contive-me. Contive-me dias, meses, um longo tempo, com pavor do que poderia acontecer. O desejo, porém, ficou, cresceu, brotou, enraigou-se na minha pobre alma. No primeiro instante, a minha vontade era bater-lhe com pesos, brutalmente. Agora a grande vontade era de espetá-los, de enterrar-lhes longos alfinetes, de cosê-los devagarinho, a picadas. E junto de Clotilde, por mais compridas que trouxesse as mangas, eu via esses braços nus como na primeira noite, via a sua forma grácil e suave, sentia a finura da pele e imaginava o súbito estremeção quando pudesse enterrar o primeiro alfinete, escolhia posições, compunha o prazer diante daquele susto de carne que havia de sentir.

– Que horror!

– Afinal, uma outra vez, encontrei-a na *sauterie*[1] da viscondessa de Lages, com um vestido em que as mangas eram de gaze. Os seus braços – oh! que braços, Justino, que braços! – estavam quase nus. Quando Clotilde erguia-os, parecia uma ninfa que fosse se metamorfoseando em anjo. No canto da varanda, entre as roseiras, ela disse-me – "Rodolfo, que olhar o seu. Está zangado?" Não foi possível reter o desejo que me punha a tremer, rangendo os dentes. – "Oh! não! fiz. Estou apenas com vontade de espetar este alfinete no seu braço." Sabes como é pura a Clotilde. A pobrezita olhou-me assustada, pensou, sorriu com tristeza: – "Se não quer que eu mostre os braços porque não me disse a mais tempo, Rodolfo? Diga, é isso que o faz zangado?" – "É, é isso, Clotilde." E rindo – como esse riso devia parecer idiota! – continuei. "É preciso pagar ao meu ciúme a sua dívida de sangue. Deixe espetar o alfinete." – "Está louco, Rodolfo?" – "Que tem?" – "Vai fazer-me doer." – "Não dói." – "E o sangue?" – "Beberei essa gota de sangue como a ambrosia do esquecimento." E dei por mim, quase de joelhos, implorando, suplicando, inventando frases, com um gosto de sangue na boca e as frontes a bater, a bater... Clotilde por fim estava atordoada, vencida, não compreendendo bem se devia ou não resistir. Ah! meu caro, as mulheres! Que estranho fundo de bondade, de submissão, de desejo, de dedicação inconsciente tem uma pobre menina! Ao cabo de um certo tempo, ela curvou a cabeça, murmurou num suspiro "Bem, Rodolfo, faça... mas devagar, Rodolfo! Há de doer tanto!" E os seus dois braços tremiam.

Tirei da botoeira da casaca um alfinete, e nervoso, nervoso como se fosse amar pela primeira vez, escolhi o lugar, passei a mão, senti a pele macia e enterrei-o. Foi como se fisgasse uma pétala de camélia, mas deu-me um gozo complexo de que participavam todos os meus sentidos. Ela teve um ah! de dor, levou o lenço ao sítio picado, e disse, magoadamente – "Mau!"

---

1 Pequena reunião onde se dança.

Ah! Justino, não dormi. Deitado, a delícia daquela carne que sofrera por meu desejo, a sensação do aço afundando devagar no braço da minha noiva, dava-me espasmos de horror! Que prazer tremendo! E apertando os varões da cama, mordendo a travesseira, eu tinha a certeza de que dentro de mim rebentara a moléstia incurável. Ao mesmo tempo que forçava o pensamento a dizer nunca mais farei essa infâmia! todos os meus nervos latejavam: voltas amanhã; tens que gozar de novo o supremo prazer! Era o delírio, era a moléstia, era o meu horror...

Houve um silêncio. O trem corria em plena treva, acordando os campos com o desesperado badalar da máquina. O sujeito gordo tirou a carteira e acendeu uma cigarreta.

– Caso muito interessante, Rodolfo. Não há dúvida que é uma degeneração sexual, mas o altruísmo de São Francisco de Assis também é degeneração e o amor de Santa Teresa não foi outra coisa. Sabes que Rousseau tinha pouco mais ou menos esse mal? És mais um tipo a enriquecer a série enorme dos discípulos do Marquês de Sade. Um homem de espírito já definiu o sadismo: a depravação intelectual do assassinato. És um *Jack the Ripper* civilizado, contentas-te com enterrar alfinetes nos braços. Não te assustes.

O outro resfolegava, com a cabeça entre as mãos.

– Não rias, Justino. Estás a tecer paradoxos diante de uma criatura já do outro lado da vida normal. É lúgubre.

– Então continuaste?

– Sim, continuei, voltei, imediatamente. No dia seguinte, à noitinha, estava em casa de Clotilde, e com um desejo louco, desvairado. Nós conversávamos na sala de visitas. Os velhos ficavam por ali a montar guarda. Eu e a Clotilde íamos para o fundo, para o sofá. Logo ao entrar tive o instinto de que podia praticar a minha infâmia na penumbra da sala, enquanto o pai conversasse. Estava tão agitado que o velho exclamou: – "Parece, Rodolfo, que vieste a correr para não perder a festa".

Eu estava louco, apenas. Não poderás nunca imaginar o caos da minha alma naqueles momentos em que estive a seu lado no sofá, o *maelstrom*[2] de angústias, de esforços, de desejos, a luta da

---

2 Turbilhão.

razão e do mal, o mal que eu senti saltar-me à garganta, tomar-me a mão, ir agir, ir agir...

Quando ao cabo de alguns minutos acariciei-lhe na sombra o braço, por cima da manga, numa carícia lenta que subia das mãos para os ombros, entre os dedos senti que já tinha o alfinete, o alfinete pavoroso. Então fechei os olhos, encolhi-me, encolhi-me, e finquei.

Ela estremeceu, suspirou. Eu tive logo um relaxamento de nervos, uma doce acalmia.

Passara a crise com a satisfação, mas sobre os meus olhos os olhos de Clotilde se fixaram enormes e eu vi que ela compreendia vagamente tudo, que ela descobria o seu infortúnio e a minha infâmia.

Como era nobre, porém! Não disse uma palavra. Era a desgraça. Que se havia de fazer?...

Então depois, Justino, sabes? foi todo o dia. Não lhe via a carne, mas sentia-a marcada, ferida. Cosi-lhe os braços! Por último perguntava: – "Fez sangue, ontem?" E ela pálida e triste, num suspiro de rola: "Fez...". Pobre Clotilde! A que ponto eu chegara, na necessidade de saber se doera bem, se ferira bem, se estragara bem! E no quarto, à noite, vinham-me grandes pavores súbitos ao pensar no casamento porque sabia que se a tivesse toda havia de picar-lhe a carne virginal nos braços, no dorso, nos seios... Justino, que tristeza!...

De novo a voz calou-se. O trem continuava aos solavancos na tempestade, e pareceu-me ouvir o rapaz soluçar. O outro porém estava interessado, e indagou:

– Mas então como te saíste?

– Em um mês ela emagreceu, perdeu as cores. Os seus dois olhos negros ardiam aumentados pelas olheiras roxas. Já não tinha risos. Quando eu chegava, fechava-se no quarto, no desejo de espaçar a hora do tormento. Era a mãe que a ia buscar. "Minha filha, o Rodolfo chegou. Avia-te." E lá de dentro: "Já vou, mãe". Que dor eu tinha quando a via aparecer sem uma palavra!

Sentava-se à janela, consertava as flores da jarra, hesitava, até que sem forças vinha tombar a meu lado, no sofá, como esses pobres pássaros que as serpentes fascinam. Afinal, há dois meses, uma criada viu-lhe os braços, deu o alarme. Clotilde foi interrogada, confessou tudo numa onda de soluços. Nessa mesma tarde recebi uma carta seca do velho pai desfazendo o compromisso e falando em crimes que estão com penas no código.

– E fugiste?

– Não fugi; rolei, perdi-me. Nada mais resta do antigo Rodolfo. Sou outro homem, tenho outra alma, outra voz, outras ideias. Assisto-me endoidecer. Perder a Clotilde foi para mim o sossobramento total. Para esquecê-la percorri os lugares de má fama, aluguei por muito dinheiro a dor das mulheres infames, frequentei alcouces. Até aí o meu perfil foi dentro em pouco o terror. As mulheres apontavam-me a sorrir, mas um sorriso de medo, de horror.

A pedir, a rogar um instante de calma, eu corria às vezes ruas inteiras da Suburra, numa enxurrada de apodos. Esses entes querem apanhar do amante, sofrem lanhos na fúria do amor, mas tremem de nojo assustado diante do ser que pausadamente e sem cólera lhes enterra alfinetes. Eu era ridículo e pavoroso. Dei então para agir livremente, ao acaso, sem dar satisfações, nas desconhecidas. Gozo agora nos *tramways*, nos *music-halls*, nos comboios dos caminhos de ferro, nas ruas. É muito mais simples. Aproximo-me, tomo posição, enterro sem dó o alfinete. Elas gritam, às vezes. Eu peço desculpa. Uma já me esbofeteou. Mas ninguém descobre se foi proposital. Gosto mais das magras, as que parecem doentes.

A voz do desvairado tornara-se metálica, outra vez. De novo, porém, a envolveu um tremor assustado.

– Quando te encontrei, Justino, vinha a acompanhar uma rapariga magrinha. Estou com a crise, estou... O teu pobre amigo está perdido, o teu pobre amigo vai ficar louco...

De repente, num entrechocar de todos os vagões, o comboio parou. Estávamos numa estação suja, iluminada vagamente. Dois ou três empregados apareceram com lanternas rubras e verdes. Apitos trilaram. Nesse momento, uma menina loura com um guarda-chuva a pingar, apareceu, espiou o vagão, caminhou para outro, entrou. O rapaz pôs-se de pé logo.

– Adeus.

– Saltas aqui?

– Salto.

– Mas que vais fazer?

– Não posso, deixa-me! Adeus!

Saiu, hesitou um instante. De novo os apitos trilaram. O trem teve um arranco. O rapaz apertou a cabeça com as duas mãos como se quisesse reter um irresistível impulso. Houve um silvo. A enorme massa resfolegando rangeu por sobre os trilhos. O rapaz olhou para os lados, consultou a botoeira, correu para o vagão onde desaparecera a menina loura. Logo o comboio partiu. O homem gordo recolheu a sua curiosidade, mais pálido, fazendo subir a vidraça da janela. Depois estendeu-se na banqueta. Eu estava incapaz de erguer-me, imaginando ouvir a cada instante um grito doloroso no outro vagão, em que estava a menina loura. Mas o comboio rasgara a treva com outro silvo, cavalgando os trilhos vertiginosamente. Através das vidraças molhadas viam-se numa correria fantástica as luzes das casas ainda abertas, as sebes empapadas d'água sob a chuva torrencial. E à frente, no alto da locomotiva, como o rebate do desespero, o enorme sino reboava, acordando a noite, enchendo a treva de um clamor de desgraça e de delírio.

Publicada originalmente na *Gazeta de Notícias*, em 1º de janeiro de 1906, e posteriormente inserida na coletânea *Dentro da noite* (Paris, Garnier, 1910).

O AMOR DE JOÃO

– Sim. Para que negar? Eu não gosto das mulheres. Está a rir o senhor? Ah! não tenho para aí frases bonitas e versinhos que digam o meu pensamento, o que sinto cá por dentro. Mas sou franco e falo logo.

Não gosto das mulheres. Sou muito especial. Admira-se? Tenho 18 anos e há oito que deixei a aldeia, a terra, os pais. Vim para aqui, o senhor sabe? como caixeiro – caixeirito aí de uma taberna. Eu sou um simples caixeiro. A gente precisa também de ter uma amizade, um carinho. Consola a alma, faz bem.

Mas é vir, é trabalhar, é juntar. Agora nem se junta mais. Vai-se ao teatro, tem-se o cuidado da roupa, de um par de botas, do cabelo bem aparado, de uma flor para o peito. Tudo isso custa dinheiro e não se vai juntar, quando as despesas aumentam. A taberna dava tão pouco, que passei para um botequim – quatro anos depois. Ali, na Rua do Lavradio, o senhor conhece? Vão lá muitas mulheres, e soldados, e rufiões. Algumas eram bem bonitas no meu tempo. O senhor ri. Ah! eu brincava com elas sim, fiava-lhes anis, café, porções de mortadela. Mas não gostava, sabe?, não gostava. Quantas, depois de pedirem coisas, indagavam?

– Ó João, queres ser meu amigo?

Amigo? eu? para ter que as acompanhar à rua, tomar o *bond* com elas, defendê-las dos outros, esperar de fora às horas que elas entendem? Eu não... Uma pessoa tem princípios, nasceu da gente séria, e não se arrisca a estragar a sua vida, agora por causa das fúfias... Brincadeiras, favores, sim, está direito. Agora essa história de aturá-las é que não. Estou a dizer-lhe: não gosto das mulheres. E agora mais do que nunca!

O senhor pergunta por quê? Sim, não esteja assim a zombar. Eu gostei de uma. Gostei muito. Ainda gosto. Também era uma rapariga muito diferente. Foi lá um rapaz na terra, que a enganou. Ela veio, e estava a morar na Rua do Lavradio. Mas era mais séria que as outras. Nada de pândegas. Tinha 20 anos. Era mais velha do que eu. Quando pedia as coisas à gente ficava corada. E tinha medo à polícia, dizia sempre: "Ai! Jesus! que me prendem!"... Eu gostei dela. Para que negar? Ela também. Ao terminar o serviço, corria-

-lhe logo à casa, e até com ela saía a passear. O senhor compreende, era uma rapariga séria, que não se dava ao desfrute. Nunca a vi na rua com um homem, a não ser comigo. Só punha o pé fora para as compras indispensáveis. E depois que boazita! Quando um homem estava arreliado da vida, ela só consolava, só afagava; quando se sofria de uma dor parecia que ela também sofria; e como estava sempre a dizer: "Ai Jesus!" dava gana a uma pessoa de pensar no céu e nas coisas bonitas que os fados cantam.

Um dia, porém, como eu chegasse do botequim mais cedo, ela disse:

– João, temos que conversar.

– Conversa, mulher.

– João, tu não vais zangar?

– Eu? qual!

– Sabes a minha vida como anda atrapalhada. Não tenho jeito para a janela. Também não quero ir servir para aí de lavadeira ou copeira.

– E então?

– Então, João, eu encontrei um homem...

Eu senti uma grande paixão cá dentro da alma, tão grande, tão grande... Ela continuava a falar.

– É um homem sério, negociante de louças. Tem dinheiro. Dá-me tudo quanto eu quiser e ainda compra a casa da madama para eu ficar como dona.

– Mas que tem isso?

– É que eu sou séria e não vou enganá-lo.

– Então adeus!

– Escuta, pequeno...

Desci a escada depressa e chorei toda a noite. De raiva ou de dor? De raiva. Parecia impossível. Mas ela era séria mesmo. Noutro dia passei. Ela estava lá na janela, mas eu fiz que não vi e rodei. Nada de dar o braço a torcer. Mas como custou! O Justino, meu companheiro, é que me levava a passear para espairecer. Eu ia, e um dia, acredita o senhor?, encontrei-a no Campo de Sant'Anna, com o tal sujeito das louças todo abrilhantado. Ai! que ódio, que ódio que eu senti. Cheguei a parar uns dez passos adiante.

– Justino, eu mato aquele sujo!

Estava tudo escuro em volta. Eu trazia um revólver. Mas olhei para ela, e ela, que se deitara no ombro dele para olhar-me, parecia com tanto medo, tanto, que até cuspi para o lado:

– Porca!

E fui andando.

Mas o senhor pensa que ela ficou desgostando de mim? Qual! No outro dia, quando me viu, riu. Eu bem que vi, com o rabo do olho. Depois não se conteve e disse: – "Boa noite, benzinho". Que devia fazer? Eu respondi: "Boa noite, Sra. D. Rosa!". E passei sério, sem dar confiança. Ao fim da semana ela disse da sacada, quando eu vinha do botequim, à noite:

– Ó João, sobe!

Ora, se eu estava para ouvir segunda vez o chamado! Subi a escada a quatro e quatro. Mas é quase para não acreditar. A Rosa recebeu-me como uma senhora, dando-me a ponta dos dedos.

– Que é isso, Rosa?

– João, chamei-te para conversarmos.

– Mas assim como um homem que conheceste tanto?

– Não quero tolices. O homem que está agora dá-me tudo. É bonito enganá-lo? Tu gostarias se estivesses no seu lugar? E se ele vem a saber? Abandona-me! Fico outra vez ao deus-dará? Ah! vocês não sabem ajudar as mulheres que são boas!

– Eu quase outro dia mato aquele sujo!

– Sujo porque tem mais do que tu?

– Porque tu gostas dele.

– Quem to disse? Eu gosto de ti, meu tolo... Ele dá, paga, tenho medo de perdê-lo...

– Mas, se gostas...

– Não, não. Espera... quando ele partir!

– Oh! Rosa...

– Chamei-te para dizer isto: podes vir aqui conversar. Só conversar, para matar saudades, à vista de todos. Mas não me falarás mais nisto... Quando chegar o momento, eu digo.

Então não respondi. Ela é senhora do que é seu, não acha? faz o que entende. Até ficava furioso quando diziam que eu ia lavar a louça. Não! que respeitava-a, e direito. Se bastava lá ir e vê-la para ficar contente, com a esperança do dia... E o diacho é que ela também, meu senhor, ela também gostava das minhas visitas assim a modos de "conversado" das cidades com a sua aquela...

Um belo dia, às duas da tarde, no botequim, disseram-me que a Rosa mudava. E não me dissera nada!

Perdi a cabeça. Corri. Encontrei no quarto um velho de bigode grosso.

– Que quer?

– Venho perguntar se a senhora precisa de alguma coisa.

– Ó Rosa, gritou o sujeito, tens aí um caixeiro...

– O senhor sabe que eu sou um simples caixeiro. Gritei também.

– É o João, minha senhora, o João.

E chamei "minha senhora" para o velho não desconfiar. Ninguém tinha que saber da nossa vida. A Rosa apareceu.

– Ah! sim, é você, olhe venha cá, eu preciso realmente...

E foi me levando para a escada, – dizendo-me ao ouvido:

– Não me percas, João, é o meu futuro esse velho, é o sócio do outro. Dá-me uma casa nas Laranjeiras, com criados. Vou viver sério. Eu não tenho jeito para perdida. Só de ti gosto...

– Mas, Rosa...

– Não me percas, queridinho... Pelos momentos bons que eu te dei, pelas santas alminhas que estão no céu, não me percas... é o que te peço. Ah! eu não esqueço. Eu não esqueço. Esse velho... olha... quando for ocasião eu mando te chamar...

Era bonito fazer uma cena? Depois eu não adiantava nada. Talvez ela até deixasse de gostar de mim. E ela gosta de mim. O senhor duvida? É porque ela é séria, sabe?, séria. Quer arranjar a sua vida... Nunca mais a vi. Vai para um ano. Dessa gostava. Gosto.

Das outras, não. É uma gentinha que não vai comigo. Nada de confianças. Mas que está o senhor a olhar para mim assim? O senhor está imaginando que se eu tivesse dinheiro a Rosa não me deixava? É da vida! o senhor sabe? é da vida... Não se pode ter tudo, e, às vezes, só não se tem o que se deseja. O senhor está com pena de mim? Diga? Eu pareço muito criança? Eu sou tolo, um toleirão, pois não? Mas que quer, até quando falo dela começo a sentir água nos olhos... não é nada, não! não é nada! e sinto vontade de chorar, de chorar. Vamos para o escuro, ali, vamos. Assim as pessoas não veem que eu estou chorando. E chorando por que, hein? Só por gostar. Está olhando para o meu lenço? É dela. É um lenço que ela me deu. Lenço é separação. Quando eu choro, tenho sempre este lenço. Hei de lho mandar depois... E eu juro ao senhor, ela chorará também. É boa rapariga, é séria. Mas nem tudo se pode na vida, e eu sou para aí um simples caixeiro...

Publicada originalmente em *A Notícia*, em 29 de agosto de 1909.

A MOLÉSTIA DO CIÚME

Para não falhar a um velho hábito, fui, ontem pela manhã, visitar o meu ilustre amigo, o célebre alienista que assombra a cidade pelos seus processos de tratamento da loucura e sua variada intuição das literaturas doentias e das psicologias mórbidas. Era de manhã, fazia um lindo dia de sol, escandalosamente azul, e o alienista, moço, bem-disposto, elegante, acabava de fazer a sua visita à enfermaria sob sua guarda no Hospício Nacional.

– Há quanto tempo!

– É verdade, há tempos que não venho aprender com o mestre...

– Tens andado ocupado?

– Ocupadíssimo. O mestre que compreende as moléstias da sociedade deve imaginar quão grave ocupação é a gente livrar-se da filofobia nacional...

Complacentemente o alienista sorriu, mandou vir café, biscoitos de araruta – porque é louco por biscoitos como o senador Lopes Gonçalves o é por charutos de 100 réis e a rainha da Holanda, por doce de ameixas – e indagou:

– Que desejas tu?

– Uma consulta sobre a semana. Deve ter lido os jornais. A cidade atravessa a crise do ciúme. Por toda a parte Otelos, por toda a parte um novo desespero de novas Desdêmonas...

– É verdade; a semana é a semana do ciúme.

– Veja o mestre a paixão triunfante, o amor mostrando o seu hórrido reverso; os grandes sentimentos abrindo fogueiras...

– Os grandes sentimentos? Mas, meu amigo, o ciúme é uma moléstia.

– Moléstia! É impossível! Tudo menos catalogar os grandes sentimentos que dignificam o homem em um compêndio de psicopatia. O mestre teria contra si os românticos, a cidade inteira, se o afirmasse em público!

– Oh! sim, como acontece sempre que anexamos uma doença até então sentimento normal ou desregramento humano. Quando da bebedeira fizemos a dipsomania, grande barulho; quando dos sem vergonha criamos os erotômanos, escândalo; quando da paixão de Fedra se inventou a histeria, parecia que o mundo vinha abaixo.

Havemos de ter as mesmas cóleras quando anexarmos o ciúme. O barulho acaba e a conquista continua.

– A conquista?

– Ah! sim, a nossa conquista só parará quando tiver purgado a terra de todos os males terríveis que se adoram sob o pseudônimo de grandes paixões, no dia em que a humanidade voltar aos sentimentos médios, afáveis e higiênicos, sem os quais não há nem saúde nem duração possíveis...

– É uma novidade?

– É uma ideia de Fernando Vauderém que eu reproduzo textualmente. Anexar o ciúme era arriscado. Há muito que a medicina pensava no caso, sem coragem. E não imaginas como nós rimos quando os poetas e os literatos definem a doença – o ciúme é isto, o ciúme nasce daquilo...

É da gente se torcer. O ciúme é simplesmente uma doença mental, e só o receio de um escândalo forçava a medicina a não o declarar. Hoje os tribunais já dão como razão para absolver os assassinos, o ciúme, e, firmados nos dois luminares da literatura dramática, pode-se provar as coisas. Conhece Shakespeare, conhece Molière? Pois esses dois homens têm duas peças típicas, o *Otelo* e o *Misantropo*, duas monografias excelentes sobre o ciúme.

É claro que para Shakespeare Otelo é um doido, e para Molière o Alceste também é maluco. Em Shakespeare há todos os sintomas de demência: espuma nos lábios, congestões, ataques epileptiformes... Em *Alceste*, simplesmente bizarrias, furores, perturbações verbais; mas para quem conhece a doença é clara, salta aos olhos. A questão está agora em tomar os casos da moléstia do ciúme aqui, sob a influência do meio, e fazer o trabalho capaz de salvar para todo o sempre os homens normais de um bando de malucos e malucos que os poetas acham extraordinários.

– Mas é admirável!

– Com efeito, é admirável porque verdadeira.

– Mais! É o restabelecimento da paz nos casais. Não haver mais ciúmes! Que delícia. O marido está ciumento, zás! para o hospício; a esposa escuma de furor por ter encontrado uma carta indiscreta – manicômio com ela. Mas, mestre, o senhor é o salvador da humanidade!

– Não sou eu, é a ciência, a ciência que acaba com todos os males humanos.

– E com os humanos também.

– Oh! a ironia! tem um pouco de senso, reflete. O ciúme é uma doença mental do extremo aperfeiçoamento das raças, é como a neurastenia, a *surmenage*[1], e tanto assim que os homens a sentiram primeiro que as mulheres. Estuda a história dos povos antigos e dos que nós chamamos de bárbaros de hoje: – plena poligamia e plena poliandria. Não havia ciúme. Veio a ambição, veio o egoísmo, veio o "venha a nós". Um índio do Amazonas, um cafre do sul da África são ainda agora superiores ao mal, dão as mulheres com indiferença. Um sujeito morador em Catumbi é capaz de matar toda a freguesia se descobrir que a esposa o engana.

– Conforme.

– Os que não matam são os normais do futuro. Agora, eu, em nome da ciência, agarro o assassino antes do crime, meto-o na minha enfermaria, emprego os processos de acalmação nêurica da Alemanha e fica ele livre de uma morte, o amante livre de morrer e ela livre para o que quiser... Uma vez a sociedade compenetrada de que realmente o ciúme é uma doença como a histeria, a erotomania, o alcoolismo – o terror da camisola de força contém e transforma os temperamentos. Desaparecem os maridos feras, as esposas ferozes, a instituição anacrônica da sogra, os amigos íntimos que vêm contar coisas, os assassinatos, as cenas de sangue, as notícias sensacionais e talvez as casas de armas desaparecessem, se não houvesse a guerra e o permanente perigo alemão...

– De modo que basta a anexação para extinguir o mal?

– Em 1950, meu caro, uma semana de crimes de amor, de suicídios e de assassinatos será tão rara, tão rara que os alienistas ficarão pasmos.

Mas é bom não julgar que a ciência fique restrita a essas anexações. Há outras doenças pelo mundo que precisam do tratamento regular do hospício – a nevrose da poesia, por exemplo, o mal de fazer versinhos; a inveja dos críticos que nunca fazem nada senão descompor os que trabalham; os jornalistas profissionais, doença

---

1 Estado de esgotamento físico.

perigosa que se alastra com aspectos de epidemia; a ânsia científica das senhoras... Ah! a ciência é o progresso! Caminhemos, anexemos! Quando todos esses sentimentos estiverem catalogados, tendo cada um o seu modo de cura, o mundo será o Éden.

A ciência é o progresso!

– Mas, mestre, é o regime do terror da camisola de força!

– Muito mais eficaz que o da Detenção.

– Isso obrigará cada cidadão a ler e estudar os códigos das moléstias nervosas.

– Não há dúvida.

– De modo que o número de alienistas será enorme.

– Ah! Isso não, isso nunca. A psicopatia não é para toda a gente. Nós somos ciosos da nossa profissão...

E como eu risse, o célebre doutor concluiu:

– O ciúme quando é da profissão é respeito pela ciência.

E friamente despediu-me.

Saí do hospício desolado. Sim, no futuro, o progresso científico acabará com o ciúme à custa de duchas e banhos sedativos; no futuro, Otelo será um monstro, o assassinato por amor, o próprio horror; sim, no futuro, para a ciência, a semana de sangue, de incêndio, de paixão não ressurgirá. Mas, em compensação, outros sentimentos regulares, outros sentimentos denominados grandes estarão, talvez, mais trágicos, mais desesperadores, a estraçalhar a vida; os alienistas, fartos de achar doidos nas ruas, talvez se achem reciprocamente malucos. E assim irá o mundo, no esforço para o medíocre, para o mediano, sempre a arrebatar e a criar na terra a dor e os sentimentos intensos que fazem a vida, fazem o homem, são o reverso miserável desta enorme alegria de viver que todos nós sentimos.

E será esta decerto a "revanche" sentimental dos que se mataram durante a semana, contra os psicólogos frios tão cheios de censuras e de cálculos postiços que já consideram a dor de amar uma perturbação mental...

Publicada originalmente no jornal *O Paiz*, em 31 de março de 1918.

A HONESTIDADE DE ETELVINA, AMANTE...

– Por aqui? Temos decerto amor novo?

– Nem velho, meu caro amigo. Vim assistir ao espetáculo, como qualquer mortal. Sem outras intenções...

Era à porta de um teatro cheio de luzes e de gente. O cavalheiro que primeiro falara parecia contente; o outro era um desses rapazes em cuja face lemos o estouvamento, a estroinice, a violência impulsiva e que, apesar de tal gênio, a viver em paixões, conflitos, desesperos e pândegas, conservam muitos anos depois de homens o mesmo ar de rapazes. A natureza, mantendo essa ilusão, atenua talvez o chocante efeito que tais temperamentos produziriam, se o físico não correspondesse à leviandade barulhenta das opiniões.

– Vem assistir apenas ao espetáculo? Ainda bem. Assistiremos juntos. A melhor maneira de ouvir uma peça sempre foi conversar durante os atos e falar das atrizes nos intervalos.

– Claro!

Mas, nesse momento, o rapaz recuou e escondeu-se, positivamente escondeu-se por trás de um grupo de senhoras, que ameaçava a entrada. O cavalheiro voltou-se surpreso e viu que passava a correr a figurinha grácil da pequena atriz Etelvina Santos. Estava de vermelho, de aparência menina, ainda mais menina – o seu poder definitivo sobre as plateias de cá e de além-mar. Na face fina como modelada em porcelana, luziam-lhe os olhos entre sonsos e maliciosos; e ela toda parecia um *biscuit* antigo de Sèvres. Passou, aliás, numa rajada. A criada que a seguia era levada pela mesma ventania de pressa.

– Mentiroso!

– Por quê?

– Esse Gastão da Fonseca! Então não acabo de vê-lo esconder-se à passagem de Etelvina? Vão recomeçar os escandalosos amores? Compreendo que voltou a paixão!

– Não é verdade. Recuei para evitar cumprimentos.

– Zanga ou mágoa?

– Mal-estar apenas. Essa mulher é indecifrável.

– Como todas as mulheres!

– A Etelvina mais que as outras. Vivi com ela dois anos, e, quando a deixei, conhecia-a tanto como a primeira vez em que a vi. A esfinge de Gizé seria mais confidencial. Foi talvez por isso que ainda tentei uma nova análise. Depois abstenho-me. É desconcertante!

– Francamente...

– Faz outra ideia de Etelvina ?

– Meu caro Gastão. Conheço Etelvina há dez anos. Já nesse tempo ela parecia menina e tinha nove filhos. Os jornais comparavam-na a um *biscuit* e Etelvina cantava como um carriço, e fazia-se incompreendida dos apaixonados... Conheço-a! Você não pretende positivamente voltar a amá-la? Pois bem. A minha opinião é que Etelvina não passa de uma idiotinha, cheia de pretensões...

Gastão da Fonseca riu estrepitosamente.

– Era o que eu pensava, mas com erro! Até hoje não sei o que ela é! Se lhe contasse a nossa vida ficaria como eu...

– Conte, então.

– Perdemos o ato...

– Temos ainda quase um quarto de hora.

Gastão da Fonseca parecia desejoso de contar, porque sem transição continuou.

– Lembra-se do nosso namoro? Começou aqui no Rio. Mandava-lhe flores, ia à caixa, beijava-lhe a mão, que tremia. Etelvina estava com o ensaiador, um sujeito de nome Eusébio que também escrevia peças. As informações davam-na sempre fiel aos amantes. Era tão fiel, tão honesta, que não só ninguém se lembrava dos motivos por que mudara várias vezes de cavalheiro como até, creio bem, ninguém mais se lembrava desses homens. Etelvina era fiel, era honesta, perante os amantes que de secundários passavam a ser apenas o Amante, o mesmo, o geral. Não podia haver mais discussões! Vi que, no meu caso, Etelvina continuaria fiel ao Eusébio. De fato. A companhia partiu, sem que dela obtivesse nem um beijo. Quase esqueci o começo da aventura, posto conservasse pela Etelvina uma ponta de despeito raivoso...

– O Eusébio estava destinado a apanhar de ti algumas bengaladas!

– Não. Nem pensava no Eusébio, que me dera a impressão apagada de um boneco ou de um aio. Mas certa vez, a viajar pela Europa, fiquei algum tempo em Lisboa sem relações – de modo que frequentava assiduamente os cômicos conhecidos do Rio. Num dos teatros, onde amiúde entrava, era Etelvina quase estrela. Os cômicos portugueses são muito amáveis para os brasileiros em Lisboa.

Abusei da minha importância. Insensivelmente recomecei a fazer a corte a Etelvina. E fosse por não ter o que fazer, fosse por aumentar o capricho, o certo é que fui alucinante. Estava onde ela estava, mandava-lhe flores e mimos desde pela manhã, escrevia-lhe cartas. Espantei mesmo a bengaladas dois apaixonados. Etelvina, entretanto, teimava em fingir tranquila indiferença.

Um dia, o Eusébio ensaiador atacado de gripe não foi ao ensaio. Aproximei-me e disse-lhe no fim: – "Espero-a à esquina, num *coupé* fechado". – "O Sr. está doido!" – "Tanto não estou que tenho a certeza de irmos tomar chá ao Tavares." – "Ao Tavares?" – "Tenho um gabinete reservado. Entramos pela porta dos fundos. Ninguém nos verá". – "Não vou!" – "Lembre-se de que não responderei pelos meus atos, se não vier!" – "Que fará?" – "Tudo! Até já!" Saí. Aluguei um *coupé*. Mandei arriar as cortinas. E fiquei a fumar dentro do *coupé*, certo de que fazia uma tolice e que ela não viria.

De fato, a princípio assim foi. Passaram artistas, coristas, o velho primeiro cômico que saía sempre por último, alguns carpinteiros... Já ia mandar o cocheiro tocar quando ela apareceu nervosa, hesitou, olhou para todos os lados, e precipitou-se no trem a chorar convulsivamente...

– Encantador!

– Quis abraçá-la. Recuou. Quis beijá-la. Ameaçou de descer. Esperei o gabinete vazio do Tavares, onde ninguém nunca se lembrara de tomar chá às cinco da tarde, mas onde eu pensava dominá-la – com *champagne* e amor. Ao saltar, Etelvina tremia como uma grande dama honesta na sua primeira entrevista criminosa. Quando no gabinete caí-lhe aos pés e repeti uma ardente declaração sempre de fulminante efeito, ela disse-me, encostada à mesa: – "Mediu bem o que vai fazer?". Respondi que era o seu escravo, incapaz de medir a extensão da minha felicidade. Ela murmurou: – "Bem". Depois sentou-se. Sentei-me também. Um instante rimos porque desastradamente o meu pulso a tremer inundou de espuma de *champagne* a toalha clara. E rindo aproximei mais o meu corpo. Etelvina afastou-se um pouco. Insisti. Ela afastou-se mais. Estava à beira da banqueta. Tentei mais um movimento e ela naturalmente pôs-se de pé, para partir. Eu, que até então conseguira conter-me, agarrei-a, prendi-lhe a cabeça, beijei-a furiosamente na boca. Ela debateu-se quase a gritar: – "Não! Não!". E, conseguindo desvencilhar-se, correra ao outro extremo do gabinete – "Etelvina!" – "Deixe-me, ou eu grito!" – "Mas é estúpido!" "Não posso! Abra a porta. Não posso!" – Esfregava o lenço na boca como se eu a tivesse maculado. Tive uma dessas cóleras lívidas que se exteriorizam pela pancada ou por um silêncio terrível. Abri a porta. Ela precipitou-se no estreito corredor, que tem visto coisas muito piores.

Um criado passava. Mandei abrir a outra porta, a da rua. Ela, sem um olhar, correu ao *coupé*, bateu a portinhola, e o trem rodou a toda a pressa pelo mau piso...

– Calculista a rapariga!

– Pensei erradamente assim. Ao pagar a conta a um criado que sorria, jurei profundo desprezo por todas as mulheres e por aquela em particular. Estava envergonhado, humilhado, e, temendo que alguém desconfiasse da minha triste aventura, fui ao teatro, conversei nos bastidores, acabei por convidar os dois primeiros cômicos para cear no Imperial uns pratos copiosos, regados a vinhos espessos. Estávamos em meio da ceia, quando vieram chamar-me. Fora, numa tipoia, esperava por mim, uma senhora. Corri. Era Etelvina. Tinha os olhos vermelhos de chorar. – "Que é isso?" – "Entra!" – "Alguma desgraça. Viram-te?" O meu ódio desaparecia diante daquela dor. – "Entra!" – "Mas que há?" – "Não posso falar aqui." – "Para onde queres ir?" – "Para tua casa!" – "Não tenho casa." – "Para o teu quarto, então." – "Seja!?" Dei a direção. A tipoia rodou. Ela rompeu em choro. – "Mas conta, rapariga. Se ninguém morreu ainda, não há nada perdido. Que há?" Ela olhou-me: – "Gastão, deixei o Eusébio para sempre! Eu não sou mulher que engane o homem com quem está. Eusébio ama-me. Eu já não o amo. Seria entretanto indigna se o enganasse. Depois do seu beijo, ao voltar a casa, não tive mais coragem de o encarar." – "Mas recusaste o beijo..." – "Sim. É porém superior às minhas forças. Não o posso ver. Lutei todo este tempo em vão. Acabei por escrever-lhe uma carta, contando-lhe tudo!" – "Tu fizeste isso?" – "Fiz, fui franca, disse-lhe que vinha para a tua companhia... Amanhã mandarei buscar as malas. Pronto! Esqueçamos..."

Passou o lenço nos olhos, alisou os cabelos, como quem volta de uma dor tremenda. – "E tua filha?", indaguei atônito. – "Fica com o Eusébio. Se não a quiser, mando-a a viver com a mãe na minha casa do Lumiar, onde estão os outros". – "E o Eusébio? Acabou!..." Encolhido no fundo da tipoia eu não pensava, sentia apenas um vago horror, uma incompreensão dolorosa. Ela continuou: – "A não ser que a tua simpatia fosse brincadeira e que receies alguma coisa..." – "Eu não receio nada!" – "Nesse caso, tratarei só da minha vida..."

Senti que qualquer palavra seria inútil. O melhor era crer na fatalidade. Procurei-lhe a cinta. As minhas mãos trêmulas tatearam o seu corpo. Ela caiu-me sobre o peito, com a boca na minha boca, de tal modo que quando chegamos à casa onde eu tinha um quarto, os nossos desejos ardiam. Foi ela quem falou, com voz macia e íntima: – "Chegamos. Salta..." Saltei, e ia dar-lhe a mão, quando vi erguer-se da porta um vulto. Pus a mão no revólver. O vulto era Eusébio com uma criança nos braços...

– Puro melodrama, caro Gastão!

– E tão verdade como estas senhoras que entram para o teatro!

– A verdade é sempre inacreditável. Mas continue...

– A minha surpresa foi tanta que fiquei sem movimento. O pobre homem falou: – "Atire, se quiser. Pouco me importa a vida. Matar-me será entretanto um crime inútil. Não vim agredir. Vim pedir. Vim com esta criança. O senhor é homem. Talvez não saiba que esta mulher é a mãe de minha filha, a única pessoa que eu amo, a razão de ainda existir este coitado que vê a chorar. Seja generoso. Eu amo Etelvina. O senhor por enquanto não pode ter senão capricho. Nunca pensei que ela me abandonasse. Tão honesta! Estou perdido, estou desgraçado. Tenha dó de mim. Dê-ma...". Tremia. Grossas lágrimas afundavam-se-lhe pela bigodeira melancólica. E, entre soluços, a sua voz repetia: "Tenha dó..."

Olhei Etelvina, irrevogável e má como um anjo. Que responder? Responder quando não sabia o que devia fazer, quando o meu coração batia de orgulho, de pena, de nojo, de medo, quando a minha razão oscilava! Fiz um esforço e senti-me hediondamente ridículo a dizer estas breves palavras: – "Como deve saber, não mando na Sra. D. Etelvina. Ela fará o que entender. Submeto-me à vontade dela". Meti a chave no trinco. Eusébio erguera a petiza, implorando: "Etelvina, olha a tua filha! Vem comigo. Morro se me abandonas...". Etelvina estava de mármore. Apenas, aberta a porta, murmurou: – "Eu não mudo de proceder, Eusébio. Adeus. Amanhã estarás melhor. Agasalha a pequena – Vamos, Gastão..."

A porta fechou-se. Enquanto subíamos as escadas, íamos como pisando nos ais do pobre homem embaixo. – "Etelvina! Etelvina!" – gania a criatura. Agarrada a mim, na treva, Etelvina tinha as mãos de gelo. Desgraçadamente tenho visto comigo, que não sou melhor nem pior que os outros homens, o efeito desastroso do choque dos preconceitos sociais sobre a nossa animalidade. Eu era abjeto. Aquela criatura que se agarrava a mim era refinadamente miserável. Abandonara a filha, deixara um homem a soluçar, por outro a quem não podia ainda amar e que ainda não a amava. E apesar de tudo, talvez por tudo, o desejo como uma alucinação queimava-nos. No meu quarto era impossível falar. A vizinhança protestaria. Se tivéssemos falado, talvez nos contivéssemos. As palavras fizeram-se para desvirtuar a vida... Calados, ela tremia, eu tremia. Rolamos no leito. Foi a noite de mais exasperado prazer que conheci...

– Cáspite!

– Fiquei preso. Podia dizer-lhe, para fazer literatura, que ficara no desejo de decifrar o monstro. Não. Vinte e quatro anos, idade em que os homens tanto se importam com a psicologia das mulheres como com a sua certidão de idade. Também não era amor. Fiquei simplesmente porque ela se fazia carinho, ternura, o dia inteiro. Fiquei por sensualidade. Nunca lhe vi os filhos e a mãe. Ela achava inútil. Nunca perguntei quantos anos tinha. Obedecia-me de tal modo que eu era muito mais velho sempre. E quanto à ordem, à dedicação – que dona de casa e que esposa! Falava pouco. Nunca me fez uma cena. Eu era o seu Deus. Esperava-me quando mandava que esperasse; dormia quando não lhe dizia nada. Macia, silenciosa, boa. Para comprar-lhe um vestido, tinha de zangar-me. Ela própria os transformava. Fazíamos economias. Dei-lhe certa vez um anel. Pois chorou!...

– E o Eusébio?

– Ah! é verdade! O Eusébio... Enquanto existiu, manteve na nossa união um ar de delírio. Imagine você que o Eusébio ia para o teatro com a pequena. O teatro inteiro censurava Etelvina. Etelvina amimava a filha como se amima a filha de um conhecido, e não falava ao Eusébio. Levava de capricho. O pobre-diabo exibia demais a desgraça. Deu mesmo para o fim em ir cear com a pequena, que poderia ter nesse tempo pouco mais de um ano. Ficava bêbado debruçado sobre as mesas, enquanto a criancinha dormia nas banquetas. Um horror!

– Isso não os envergonhava?

– Exasperava-nos. Era uma raiva... Quando o Eusébio, doente do peito, subiu para a Serra da Estrela, deixando a filha com a avó, é que notei a normalização da nossa vida. Acordávamos tarde. Almoçávamos. Ela saía para o ensaio. Eu às vezes ia levá-la. De outras ia conversar aos cafés. Voltávamos a jantar. Ríamos, contávamo-nos mutuamente o nosso dia. Era bom. Depois ela ia para o teatro e eu aparecia a buscá-la, indo mesmo cear com camaradas. Passamos assim ano e meio. Devia ser por toda a vida! Ao cabo dessa maravilha de temporada, recebi uma carta anônima, assegurando que Etelvina entrava em francos colóquios com um jovem cômico, o Justino.

– Desagradável...

– Não sei se era verdade. No momento perdi a cabeça, lembrei o Eusébio, a minha felicidade. Corri ao teatro. A um canto Etelvina justamente conversava com o Justino. Atirei-me vomitando impropérios e ali mesmo espanquei o cômico. Houve pânico, gritaria, sangue, portas fechadas. Toda a companhia berrava, ameaçando-me. Eu sacudia furioso a bengala. Só Etelvina, branca e impassível, assistia à cena. Fiquei louco de ira. Agarrei-a pelo braço, levei-a aos encontrões até à rua, atirei-a num trem que passava, e, durante a corrida, insultei-a. Insultei-a de desespero, porque ela sem dizer palavra olhava fixamente a ponta dos botins, distante de mim, cada vez mais distante à proporção que os meus insultos cresciam. Ao chegarmos à casa subiu rápida. "Vai fechar-se no quarto e chorar", pensei. Mas, quando cheguei acima, Etelvina estava na sala de jantar, de luvas, de chapéu, com uma pequena valise na mão. – "Temos cena?", indaguei colérico... – "Sabes bem que não faço cenas. Tomei apenas uma resolução irrevogável." – "Qual?" – "Parto!" – "Estás louca." – "Cometeste um ato indigno. Desmoralizaste-me diante da companhia." – "Minha querida, nada de farsas. O Justino, esse canalha, já dava que falar até aos anônimos. Olha esta carta! Conheço-te." – "Deves pois saber que não é meu costume enganar o homem com quem vivo. Quando a harmonia cessa, desapareço."– "Olha que eu não sou o Eusébio." – "Não, porque o Eusébio nunca me insultou!" – "Etelvina, não me enfuries!" – "Farei o possível. O senhor duvida de mim; o senhor espancou um pobre rapaz; o senhor insultou-me, dando-me nesse tremendo escândalo como amante de outro. Não podemos viver juntos, para a sua própria dignidade. Seja feliz!" – "Vais ter com ele, como fizeste comigo quando deixaste o Eusébio?" Ela voltou-se lívida: – "Juro-lhe que não pensava nesse homem; juro-lhe que não serei sua amante. Vou de aqui para a casa de minha mãe." Dei uma gargalhada de desafio: – "Pois até a vista!" – "Adeus, Gastão..." Ao vê-la sair, esperei um instante, por orgulho, por vaidade. Depois, sentindo o desastre, atirei-me com vontade de espancá-la, de pedir-lhe perdão e ao mesmo tempo certo do irremediável. Desci, chamei. Já não estava. Corri ao Lumiar, à casa onde tinha a mãe. Não aparecera. Fui ao teatro, sem saber o que ia fazer. Etelvina representava. A minha entrada tinha sido proibida na caixa e vinham a mim o vice-cônsul do Brasil e um senhor amável. Etelvina reclamara garantias à segurança e mandara um bilhete ao vice-cônsul. Aquele senhor amável era da polícia. O vice-cônsul aconselhava-me...

Fiz um enorme esforço para conservar uma certa linha de distinção. Como as mulheres humilham! Com que rapidez aquela criatura me reduzia de amante a desordeiro inconveniente. Disse algumas palavras de ironia que as duas autoridades ouviram a sorrir com receosa piedade. O vice-cônsul convidou-me para dormir na sua residência. Era solteiro. Conhecia a vida... Devia ser doloroso ver um lar vazio...

Fui. Não dormi à noite. Pela manhã, saí. Era evidentemente acompanhado por um polícia secreto. Entrei na minha casa. A impressão foi a de quem revê cenários depois da representação da peça. Estive enojado alguns momentos – não dela, mas do meu ato. Abri as gavetas, li cartas. Todas as cartas de minha família mostravam susto pela minha demora. Deixei os criados atônitos, fui de caminho a uma agência de leilões e à agência de vapores. – Oito dias depois embarcava para o Rio. Antes informara-me dela. Não estava com o Justino. Escrevi-lhe uma carta pedindo-lhe perdão. E até a hora de embarcar esperei a resposta...

– É sempre triste o fim.

– Esse foi lamentável. Tanto mais quanto, perdendo-a, livre da sedução, a curiosidade tornara-se enorme. Eu desejava conhecer o coração daquela mulher, saber ao certo o que ela pensava, o que ela sentia. Há um ano, ela reapareceu no Rio numa companhia de operetas. A pretexto de abraçar os amigos fui a bordo.

Etelvina ia desembarcar com o seu novo amante, o segundo tenor, um sujeito bexigoso, que tinha anéis em todos os dedos das mãos. Olhou-me calma. Não me cumprimentou. Era como se nunca nos tivéssemos visto. Fiquei de novo irritado. Mas o procedimento dela fora de tal ordem que eu, o violento, o estouvado, eu sentia a timidez de um rapazola, a vergonha de qualquer ato, menos polido. Assim, em vez de atacá-la, de ter uma explicação, voltei a ter uma frisa permanente no teatro, a mandar-lhe diariamente flores, a ser de novo o namorado! Quando estava nesse ridículo, pensava: – "Ela deve ficar agradecida. O meu romantismo sobrepujará o estúpido tenor!" Ela continuava de gelo. Da sua permanente impassibilidade nasceu a pouco e pouco a minha irritação. Comecei a encarar o tenor com insolência, a rir da sua voz... O tenor pareceu ter medo. Fiquei mais insolente e resolvi ir à caixa. Note você que não era paixão. Era despeito só talvez...

– Compreendo.

– Não ria. Despeito ou paixão, o certo é que eu ameaçava explodir. E na minha terra não haveria autoridades que obstassem uma campanha desagradável ao pobre tenor e àquela impertinente mulherzinha... Pois estava eu assim uma noite e entrava na caixa durante o intervalo, quando vi o tenor desaparecer no camarim e a Etelvina vir a mim com a maior calma: – "Boa noite, Gastão!" Senti-me desarticulado: – "Afinal, falou-me, grande ingrata!" – "Ó homem, não falava porque você não me cumprimentava. Os cavalheiros saúdam sempre primeiro... Depois, julguei que tivesse o pouco senso de não me ter dado razão no nosso rompimento..." – "Não houve rompimento da minha parte." – "Ainda bem. Foi uma terminação só..."

Depois, sem transição, levou-me naturalmente pelo fundo do palco, o braço enfiado no meu. E baixo, amigável, carinhosamente: – "Fez você bem em vir cá ao palco. Tenho de lhe falar. É aliás um pedido. Gastão, que brincadeira é essa? Por que me persegue você?" – "Eu?" – "Como criançada, creio, já basta! Como cavalheiro, o Gastão nunca teria repetido tal pilhéria, se pensasse no que faz!" – "Ora!" – "Antes, bem. Mas agora, depois de um bom momento que passou e não poderá jamais voltar!..." – "Por quê?" – "Gastão, para que frases inúteis? O encanto rompeu-se. Sabe bem. Nem eu nem você poderíamos recomeçar senão para mutuamente nos odiarmos. Depois, não quero, não recomeço nunca. É estupidez querer fazer novo um copo que quebrou..." Fiquei um momento calado, como criança teimosa que ainda insiste: – "Mas eu gosto tanto de você..." – "Estamos a falar sério." – "Mas podia ser só uma vez mais..." – "Que tolice, Gastão!" – "Creio que não ama o tenor bexigoso?" – "Para você basta dizer que o respeito. Quereria que eu fizesse contra você o que me propõe contra ele? De resto é mesmo a seu respeito que desejaria falar. O rapaz tem sofrido com os seus modos, Gastão. Isso é tão triste para um homem como você... Pediu-me até para falar-lhe. Conto com um favor seu. Deixe-se de disparates de conquistas, seja camarada de quem nunca lhe deu um desgosto. Ao menos. O que foi foi – passou. Nunca, em hipótese alguma, torno a ser sua amante – Não envenene a minha vida. Seja gentil, seja amigo. Posso contar..." Olhei-a imenso tempo. Depois disse: – "É esquisita a valer." – "Não, sou honesta." – "É uma explicação." – "Não, é a verdade. Eu fui e continuo a ser sempre honesta." Curvei-me: – "Será satisfeita, Etelvina..."

Deixei a caixa e nunca mais voltei ao teatro. Sinto uma sensação indecifrável quando a vejo. Como não consegui compreendê-la , evito os cumprimentos, o mal-estar das saudações...

Houve um silêncio. O outro cavalheiro perguntou, como continuando:

– Agora, porém, parece-me que ela não veio com o tenor?

– Não, está com o secretário da companhia e já esteve com um jornalista.

– Cada vez mais menina e mais honesta?...

– Tal qual como comigo, com o Eusébio, os anteriores e de certo os futuros...

O cavalheiro pensou.

– De aí talvez seja um gênero. Honestidade é uma questão de interpretação. No fundo, Etelvina não tem vício porque só ama um de cada vez; é digna porque tem a lealdade de não enganar aquele com quem está; é mulher porque não gosta só de um para toda a vida. Quanto a honestidade, de fato ninguém pode dizer que não é das mais honestas. Talvez de um modo singular. Honesta por partidas, honesta sucessivamente...

Mas no saguão do teatro as campainhas retiniam. O cavalheiro riu com deleite da sua frase. Quanto a Gastão da Fonseca não riu, talvez por não ter ouvido. Estava preocupado, à procura da cadeira.

A honestidade, sucessiva ou absoluta, aparente ou real, é das qualidades que na mulher mais interessam ao homem. Porque quando a possui, o homem vive na preocupação de vê-la roubada pelos outros, e quando a vê com os outros, só pensa em corrompê-la...

Dividido em dois episódios, esse conto foi publicado na revista *Atlântida*, nº 9 (Lisboa, 15 de julho de 1916) e *Atlântida*, nº 10 (Lisboa, 15 de agosto de 1916). Posteriormente, foi inserido na coletânea *A mulher e os espelhos* (Lisboa, Portugal-Brasil, 1919).

Histórias do momento

O BRASIL LÊ

Essa afirmação solene será para muita gente inacreditável.

O Brasil lendo! Isso lá é possível, quando os seus escritores ainda o pintam de tacape e flecha e o Antoine carapeta a nossa desmoralização para meia dúzia de menos interessantes? Pois, senhores, não há dúvida. Os livreiros o dizem. O Brasil lê. Há alguns dias, sabendo como se sabe, a crise do livro não só na França, como na Itália, na Espanha e em outros países, tivemos a feliz ideia – uma ideia patriótica por estes tempos que correm! – de interrogar os nossos livreiros, os nossos alfarrabistas, de abrir uma devassa em regra pelas casas de livros, a saber se lemos mais ou se lemos menos. Lemos muito mais, apenas depois da República e principalmente depois do Ministério Murtinho, do *funding-loan* e da melhora do câmbio! Nunca o Dr. Joaquim Murtinho pensou que protegia a nossa educação no ministério da Fazenda. E, entretanto, um fato hoje provado pela estatística e pela burra dos livreiros...

Começamos o nosso inquérito pelos alfarrabistas, as casas da Rua de São José, General Câmara e outras. Cada proprietário recebeu-nos a princípio vincando a face feliz de uma ruga convencional.

– Qual! as cousas vão mal!

– Mas o valor do livro aumentou.

– Muito.

– Que vendem mais?

– Livros escolares, manuais adotados nas escolas superiores.

– Mais do que no tempo da monarquia?

– Muito mais: aumenta de ano para ano.

– E os livros científicos?

Esses livros, como as brochuras francesas, estudos sociais, artigos de combate, volumes de crítica, têm grande procura. O romance e o verso não se vendem tanto. Depois do naturalismo, isto é, depois que Zola entrou a fazer os massudos volumes dos *Quatro evangelhos* e das *Três cidades*, e que a poesia começou a delirar com o esquisito Mallarmé, o povo teme os romancistas e poetas, deixa as pilhas dos livros de Zola, outrora colossalmente vendáveis, e só lê gente de nome reconhecido e firmado.

Em cada brochura os alfarrabistas ganham o duplo do que pagaram, às vezes mais, e como a base do seu negócio é o livro didático, esse comércio é um simples acréscimo. Um deles nos dá curiosos dados das nossas correntes espirituais. Na Rua de São José, o Brasil lê mais francês de ano para ano nas classes cultas, ama muito mais os romancistas antigos, o Camilo, o Alencar, o Macedo, ainda perde a cabeça com Castro Alves e Fagundes Varela e é cada vez mais católico e mais comtiano. Os livros espiritualistas modernos são procuradíssimos; a obra de Augusto Comte é das mais citadas, e a procura aos livros que perfazem a biblioteca positivista torna-se uma verdadeira *hantise*[1]. Alguns já têm uma lista e a sabem de cor.

Vamos dos alfarrabistas aos livreiros de primeira ordem. Todos hoje têm instalações magníficas, vastos edifícios modernos e pomposos. A última casa a reformar-se foi a dos Srs. Briguiet & C.

Entrar num desses vastos *halls*, cheios de movimento, com caixeiros a correr apressados, caixões de livros a abrirem-se, e uma pletora de vida evidente, para perguntar se o negócio rende – é quase ousadia. Perguntamos entretanto. A casa Alves, num prédio magnífico, fornece livros didáticos em porções para os Estados, para as escolas oficiais. A venda é magnífica, acrescida pela venda

---

1 Obsessão.

diária de obras adotadas pelas academias e de livros portugueses editados por Lello & Irmão, cujo direito de propriedade é seu. À nossa pergunta respondem:

– O Brasil estuda cada vez mais!

Estuda! Apesar dos exames escandalosos, da ignorância proclamada!...

É crível? Os livreiros, porém, examinam as contas e veem que as suas edições são muito maiores e muito mais contínuas que há dez anos.

A casa Briguiet é da mesma opinião. O seu comércio todo de livros estrangeiros aumentou este ano não só em literatura, como em obras científicas, estudos de engenharia, de direito, de filosofia.

– Não há público que mais acompanhe o movimento intelectual francês, e que assimile com tanta facilidade. Depois do sucesso de Annunzio, estabeleceu-se uma corrente pela literatura italiana. Hoje, a *élite* está a par do movimento literário italiano, lê os seus romances, os seus poetas e as suas revistas e a conhece melhor que Paris.

No Laemmert, que tem duas filiais em São Paulo e Pernambuco, repete-se a agradável resposta. A procura pelo livro científico em francês, em alemão, em italiano é grande. Trata-se mesmo de literatura brasileira.

– Quando a imprensa fala, o livro vende-se; esgota-se uma edição de mil exemplares... A casa tem editado romances, contos, aceita-os mesmo, sem grande trabalho...

Ainda emocionados com a revelação, paramos na Garnier. Eram quatro horas da tarde e a essa hora, na livraria, há sempre a roda seleta dos espirituais já proclamados ou ainda por isso. Apesar do movimento, o amável Jacintho presta-nos a atenção, e é por ele que obtemos informações completas.

O Brasil lê como nunca leu. O interesse é antes de tudo geral pelas coisas atuais, políticas e palpitantes. A venda dos jornais e revistas nunca foi feita como de há dous anos para cá. É um paroxismo. As livrarias já não chegam. Há agências especiais. Se for a qualquer delas verá o lucro bárbaro. As revistas italianas, francesas, espanholas têm uma extração formidável. Isso bastaria para atestar que o interesse pela leitura centuplicou. A base porém é a venda do livro didático. Esta casa tem como lucro das edições de livros nacionais o livro didático.

Vende-se cada vez mais.

– E o livro estrangeiro?

A tendência é para os estudos sociais, para os estudos fisiológicos, para as monografias rápidas que instruem. Livros de idealização, romance ou poesia, só com a *réclame* estrangeira. O Brasil recebe a maioria desses romances, antes de eles aparecerem em Paris, mas naturalmente acompanha o gosto da Cidade Luz. É enorme a voracidade dos brasileiros para os livros que cheiram a carne, que contam nudezes de perversidades sexuais. O Willy, o Jean Lorrain, são dos mais lidos hoje. Para satisfazer a fome insaciável mandamos buscar o livro com fotografias, os *albuns*, as literaturas mórbidas... Os escritores conhecidos continuam porém tendo grande venda, e manda-se buscar teatro, peças, críticas...

A impressão é de um povo que quer aprender e saber logo o que se passa hoje.

– E quanto aos nossos livros?

– Só duas edições esgotaram-se este ano. As *Poesias* de Olavo Bilac e a *Canaã* de Graça Aranha. Tudo o mais é uma dificuldade. Os escritores já vão se compenetrando que só mesmo uma livraria pode difundir sua obra e vendê-la nem que seja aos poucos. Um deles zangou-se há tempos, editou por conta própria. Três meses depois dizia-me que não pudera vender nem um exemplar. Nós mandamos para os estados...

O público prefere a literatura estrangeira, desconfia dos novos, só quer aceitar traduções. Os velhos, como os novos dizem, Aluísio e outros estão nas reedições. Em resumo: o Rio civiliza-se, é internacional, poliglota. O Brasil lê vinte vezes mais do que há dez anos.

Podemos ficar tranquilos pois! As livrarias levantam palácios cheios de papel, Garnier tem 40 milhões e edita os nossos livros grátis, o público lê mais vinte vezes e interessa-se pelo que se passa neste mundo de Deus. Só os poetas podem dizer hoje, com verdade e mágoa no Brasil:

– Para que escrever? Ninguém lê...

O resto lê tanto que não tem tempo para mais nada.

Publicada originalmente na *Gazeta de Notícias*, em 26 de novembro de 1903.

NO MUNDO DOS FEITIÇOS – OS FEITICEIROS

Antônio é como aqueles adolescentes africanos de que fala o escritor inglês. Os adolescentes sabiam dos deuses católicos e dos seus próprios deuses, mas só veneravam o uísque e o *schilling*. Antônio conhece muito bem N. Sra. das Dores, está familiarizado com os orixalás da África, mas só respeita o papel-moeda e o vinho do Porto. Graças a esses dous poderosos agentes, gozei da intimidade de Antônio, negro inteligente e vivaz; graças a Antônio, conheci as casas das ruas de São Diogo, Barão de São Félix, Hospício, Núncio e da América, onde se realizam os candomblés e vivem os pais de santo. E rendi graças a Deus, porque não há decerto, em toda a cidade, meio tão interessante.

– Vai V. Sa. admirar muita coisa! – dizia Antônio a sorrir; e dizia a verdade.

Da grande quantidade de escravos africanos vindos para o Rio no tempo do Brasil Colônia e do Brasil Monarquia, restam uns mil negros. São todos das pequenas nações do interior da África, pertencem ao ijexá, oié, egbá, aboum, hauçá, itaqua, ou se consideram filhos dos ibouam, ixáu, jeje e cambindas. Alguns ricos mandam a descendência brasileira à África para estudar a religião, outros deixam como dote aos filhos cruzados daqui os mistérios e as feitiçarias. Todos, porém, falam entre si um idioma comum: – o eubá.

Antônio, que estudou em Lagos, dizia:

– O eubá para os africanos é como o inglês para os povos civilizados. Quem fala o eubá pode atravessar a África e viver entre os pretos do Rio. Só os cambindas ignoram o eubá, mas esses ignoram até a própria língua, que é muito difícil. Quando os cambindas falam, misturam todas as línguas... Agora os orixás e os alufás só falam o eubá.

– Orixás, alufás? – fiz eu, admirado.

– São duas religiões inteiramente diversas. Vai ver.

Com efeito. Os negros africanos dividem-se em duas grandes crenças: os orixás e os alufás.

Os orixás, em maior número, são os mais complicados e os mais animistas. Litólatras e fitólatras, têm um enorme arsenal de santos, confundem os santos católicos com os seus santos, e vivem a vida dupla, encontrando em cada pedra, em cada casco de tartaruga, em cada erva, uma alma e um espírito. Essa espécie de politeísmo bárbaro tem divindades que se manifestam e divindades invisíveis. Os negros guardam a ideia de um Deus absoluto como o Deus católico: Orixá-alúm. A lista dos santos é infindável. Há o Orixalá, que é o mais velho; Oxum, a mãe d'água doce; Iemanjá, a sereia; Exu, o diabo, que anda sempre detrás da porta; Sapanã, o Santíssimo Sacramento dos católicos; o Iroco, cuja aparição se faz na árvore sagrada da gameleira; o Gunocô, tremendo e grande; o Ogum, São Jorge ou o deus da guerra; a Dadá, a Orainha, que são invisíveis, e muitos outros, como o santo do trovão e o santo das ervas. A juntar a essa coleção complicada, têm os negros ainda os espíritos maus e os Eledás ou anjos da guarda.

É natural que para corresponder à hierarquia celeste seja necessária uma hierarquia eclesiástica. As criaturas vivem em poder do invisível e só quem tem estudos e preparo pode saber o que os santos querem. Há por isso grande quantidade de autoridades religiosas. Às vezes encontramos nas ruas negros retintos que mastigam sem cessar. São babalaôs, matemáticos geniais, sabedores dos segredos santos e do futuro da gente; são babás que atiram o endilogum; são babaloxás, pais de santos veneráveis. Nos lanhos da cara puseram o pó da salvação e na boca têm sempre o obi, noz-de-cola, boa para o estômago e asseguradora das pragas.

Antônio, que conversava dos progressos da magia na África, disse-me um dia que era como Renan e Shakespeare: vivia na dúvida. Isso não o impedia de acreditar nas pragas e no trabalhão que os santos africanos dão.

– V. Sa. não imagina! Santo tem a festa anual, aparece de repente à pessoa em que se quer meter e esta é obrigada logo a fazer festa; santo comparece ao juramento das Iauô e passa fora, do Carnaval à Semana Santa; e logo quer mais festa... Só descansa mesmo de fevereiro a abril.

– Estão veraneando.

– No Carnaval os negros fazem ebó.

– Que vem a ser ebó?

– Ebó é despacho. Os santos vão todos para o campo e ficam lá descansando.

– Talvez estejam em Petrópolis.

– Não. Santo deixa a cidade pelo mato, está mesmo entre as ervas.

– Mas quais são os cargos religiosos?

– Há os babalaôs, os açobá, os aborés, grau máximo, as mães-pequenas, os ogãs, as ajibonãs...

A lista é como a dos santos, muito comprida, e cada um desses personagens representa papel distinto nos sacrifícios, nos candomblés e nas feitiçarias. Antônio mostra-me os mais notáveis, os pais de santo: Oluou, Eruosaim, Alamijô, Adé-Oié, os babalaôs Emídio, Oloô-Tetê, que significa treme-treme, e um bando de feiticeiros: Torquato Requipá ou fogo para-chuva, Obitaiô, Vagô, Apotijá, Veridiana, Crioula Capitão, Rosenda, Nosuanan, a célebre Chica de Vavá, que um político economista protege...

– A Chica tem proteção política?

– Ora se tem! Mas que pensa o senhor? Há homens importantes que devem quantias avultadas aos alufás e babalaôs, que são grau 32 da Maçonaria.

Dessa gente, poucos leem. Outrora ainda havia sábios que destrinçavam o livro sagrado e sabiam por que Exu é mau – tudo direitinho e claro como água. Hoje a aprendizagem é feita de ouvido. O africano egoísta, pai de santo, ensina ao aboré, às iauôs, quando lhes entrega a navalha, de modo que não só a arte perde muitas das suas fases curiosas como as histórias são adulteradas e esquecidas.

– Também agora não é preciso saber o Saó Hauin. Negro só olhando e sabendo o nome da pessoa pode fazer mal, diz Antônio.

Os orixás são em geral polígamos. Nessas casas das ruas centrais de uma grande cidade, há homens que vivem rodeados de mulheres, e cada noite, como nos sertões da África, o leito dos babaloxás é ocupado por uma das esposas. Não há ciúmes, a mais velha anuncia quem a deve substituir, e todas trabalham para a tranquilidade do pai. Oloô-Tetê, um velho que tem 90 anos no mínimo, ainda conserva a companheira nas delícias do himeneu, e os mais sacudidos transformam as filhas de santo em huris de serralhos.

Os alufás têm um rito diverso. São maometanos com um fundo de misticismo. Quase todos dão para estudar a religião, e os próprios malandros que lhes usurpam o título sabem mais que os orixás.

Logo depois do *suma* ou batismo e da circuncisão ou *kola*, os alufás habilitam-se à leitura do Alcorão. A sua obrigação é o *kissium*, a prece. Rezam ao tomar banho, lavando a ponta dos dedos, os pés e o nariz, rezam de manhã, rezam ao pôr do sol. Eu os vi, retintos, com a cara reluzente entre as barbas brancas, fazendo o aluma gariba, quando o crescente lunar aparecia no céu. Para essas preces, vestem o abadá, uma túnica branca de mangas perdidas, enterram na cabeça um filá vermelho, donde pende uma faixa branca, e, à noite, o *kissium* continua, sentados eles em pele de carneiro ou de tigre.

– Só os alufás ricos sentam-se em peles de tigre, diz-nos Antônio.

Essas criaturas contam à noite o rosário ou teçubá, têm o preceito de não comer carne de porco, escrevem as orações numas tábuas, as atôs, com tinta feita de arroz queimado, e jejuam como os judeus quarenta dias a fio, só tomando refeições de madrugada e ao pôr do sol.

Gente de cerimonial, depois do *assumy*, não há festa mais importante como a do ramadã, em que trocam o *saká* ou presentes mútuos. Tanto a sua administração religiosa como a judiciária estão por inteiro independentes da terra em que vivem.

Há em várias tribos vigários-gerais ou ladanos, obedecendo ao lemano, o bispo, e a parte judiciária está a cargo dos alikalis, juízes, *sagabamo*, imediatos de juízes, e *assivajiú*, mestre de cerimônias.

Para ser alufá é preciso grande estudo, e esses pretos que se fingem sérios, que se casam com gravidade, não deixam também de fazer *amuré* com três e quatro mulheres.

– Quando o jovem alufá termina o seu exame, os outros dançam o *opasuma* e conduzem o iniciado a cavalo pelas ruas, para significar o triunfo.

– Mas essas passeatas são impossíveis aqui, brado eu.

– Não são. As cerimônias realizam-se sempre nas estações dos subúrbios, em lugares afastados, e os alufás vestem as suas roupas brancas e o seu gorro vermelho.

Naturalmente Antônio fez-me conhecer os alufás:

Alikali, o lemano atual, um preto de pernas tortas, morador à Rua Barão de São Félix, que incute respeito e terror; o Chico Mina, cuja filha estuda violino; Alufapão, Ojó, Abacajebu, Ginjá, Manê, brasileiros de nascimento, e outros muitos.

Os alufás não gostam da gente de santo a que chamam *auauadó--chum*; a gente de santo despreza os bichos que não comem porco, tratando-os de malês. Mas acham-se todos relacionados pela língua, com costumes exteriores mais ou menos idênticos e vivendo da feitiçaria. Os orixás fazem sacrifícios, afogam os santos em sangue, dão-lhes comidas, enfeites e azeite de dendê.

Os alufás, superiores, apesar da proibição da crença, usam dos *aligenum*, espíritos diabólicos chamados para o bem e o mal, num livro de sortes marcado com tinta vermelha, e alguns, os maiores, como Alikali, fazem até *idams* ou as grandes mágicas, em que, a uma palavra cabalística, a chuva deixa de cair e obis aparecem em pratos vazios.

Antes de estudar os feitiços, as práticas por que passam as iauôs nas camarinhas e a maneira dos cultos, quis ter uma impressão vaga das casas e dos homens.

Antônio levou-me primeiro à residência de um feiticeiro alufá. Pelas mesas, livros com escrituras complicadas, ervas, coelhos, esteiras, um cálamo de bambu finíssimo.

Da porta o guia gritou:

– Salamaleco.

Ninguém respondeu.

– Salamaleco!

– Maneco Lassalama!

No canto da sala, sentado numa pele de carneiro, um preto desfiava o rosário, com os olhos fixos no alto.

– Não é possível falar agora. Ele está rezando e não quer conversar. Saímos, e logo na rua encontramos o Chico Mina. Este veste, como qualquer de nós, ternos claros e usa suíças cortadas rentes. Já o conhecia de o ver nos cafés concorridos, conversando com alguns deputados. Quando nos viu, passou rápido.

– Está com medo de perguntas. Chico gosta de fingir.

Entretanto, no trajeto que fizemos do Largo da Carioca à Praça da Aclamação, encontramos, afora um esverdeado discípulo de Alikali, Omancheo, como eles dizem, duas mães de santo, um velho babalaô e dois babaloxás.

Nós íamos à casa do velho matemático Oloô-Tetê.

As casas dos minas conservam a sua aparência de outrora, mas estão cheias de negros baianos e de mulatos. São quase sempre rótulas lôbregas, onde vivem com o personagem principal cinco, seis e mais pessoas. Nas salas, móveis quebrados e sujos, esteirinhas, bancos; por cima das mesas, terrinas, pucarinhos de água, chapéus de palha, ervas, pastas de oleado onde se guarda o opelé; nas paredes, atabaques, vestuários esquisitos, vidros; e no quintal, quase sempre jabutis, galinhas pretas, galos e cabritos.

Há na atmosfera um cheiro carregado de azeite de dendê, pimenta-da-costa e catinga. Os pretos falam da falta de trabalho, fumando grossos cigarros de palha. Não fosse a credulidade, a vida ser-lhes-ia difícil, porque em cada um dos seus gestos revela-se uma lombeira secular. Alguns velhos passam a vida sentados, a dormitar.

– Está pensando! – dizem os outros.

De repente, os pobres velhos ingênuos acordam, com um sonho mais forte nessa confusa existência de pedras animadas e ervas com espírito.

– Xangô diz que eu tenho de fazer sacrifício!

Xangô, o deus do trovão, ordenou no sono, e o opelé, feito de cascas de tartaruga e batizado com sangue, cai na mesa enodoada para dizer com que sacrifício se contenta Xangô.

Outros, os mais malandros, passam a existência deitados no sofá. As filhas de santo, prostitutas algumas, concorrem para lhes descansar a existência, a gente que as vai procurar dá-lhes o supérfluo. A preocupação destes é saber mais coisas, os feitiços desconhecidos, e quando entra o que sabe todos os mistérios, ajoelham assustados e beijam-lhe a mão, soluçando:

– Diz como se faz a cantiga e eu te dou todo o meu dinheiro!

À tarde, chegam as mulheres, e os que por acaso trabalham em alguma pedreira. Os feiticeiros conversam de casos, criticam-se uns aos outros, falam com intimidade das figuras mais salientes, do país, do imperador, de quem quase todos têm o retrato, de Cotegipe, do barão de Mamanguape, dos presidentes da República.

As mulheres ouvem mastigando obi e cantando melopeias sinistramente doces. Essas melopeias são quase sempre as preces, as evocações, e repetem sem modalidade, por tempo indeterminado, a mesma frase.

Só pelos candomblés ou sessões de grande feitiçaria, em que os babalaôs estão atentos e os pais de santo trabalham dia e noite nas camarinhas ou fazendo evocações diante dos fogareiros com o tessubá na mão, é que a vida dessa gente deixa a sua calma amolecida de acaçá com azeite de dendê.

Quando entramos na casa de Oloô-Tetê, o matemático macróbio e sensual, uma velha mina, que cantava sonambulicamente, parou de repente.

– Pode continuar.

Ela disse qualquer coisa de incompreensível.

– Está perguntando se o senhor lhe dá dois tostões, ensina-nos Antônio.

– Não há dúvida.

A preta escancara a boca, e, batendo as mãos, põe-se a cantar:

Baba ounlô, ó xocotám, o ilélê.

– Que vem a ser isso?

– É o final das festas, quando o santo vai embora. Quer dizer: papai já foi, já fez, já acabou; vai embora!

Eu olhava a réstia estreita do quintal onde dormiam jabutis.

– O jabuti é um animal sagrado?

– Não, diz-nos o sábio Antônio. Cada santo gosta do seu animal. Xangô, por exemplo, come jabuti, galo e carneiro. Abaluaiê, pai de varíola, só gosta de cabrito. Os pais de santo são obrigados pela sua qualidade a fazer criação de bichos para vender e tê-los sempre à disposição quando precisam de sacrifício. O jabuti é apenas um bicho que dá felicidade. O sacrifício é simples. Lava-se bem, às vezes até com *champagne*, a pedra que tem o santo e põe-se dentro da terrina. O sangue do animal escorre; algumas das partes são levadas para onde o santo diz e o resto a roda come.

– Mas há sacrifícios maiores para fazer mal às pessoas?

– Há! para esses até se matam bois.

– Feitiço pega sempre, sentencia o ilustre Oloô-Tetê, com a sua prática venerável. Não há corpo fechado. Só o que tem é que uns custam mais. Feitiço para pegar em preto é um instante, para mulato já custa, e então para cair em cima de branco a gente sua até não poder mais. Mas pega sempre. Por isso, preto usa sempre o *assiqui*, a cobertura, o breve, e não deixa de mastigar obi, noz-de-cola preservativa.

Para mim, homem amável, presentes alguns companheiros seus, Oloô-Tetê tirou o opelé com que há muitos anos foi batizado e prognosticou o meu futuro.

Este futuro vai ser interessante. Segundo as cascas de tartaruga que se voltavam sempre aos pares, serei felicíssimo, ascendendo com a rapidez dos automóveis a escada de Jacó das posições felizes. É verdade que um inimigozinho malandro pretende perder-me. Eu, porém, o esmagarei, viajando sempre com cargos elevados e sendo admirado.

Abracei respeitoso o matemático que resolvera o quadrado da hipotenusa do desconhecido.

– Põe dinheiro aqui – fez ele.

Dei-lhe as notas. Com as mãos trêmulas, o sábio as apalpou longamente.

– Pega agora nesta pedra e nesta concha. Pede o que tiveres vontade à concha, dizendo sim, e à pedra dizendo não.

Assim fiz. O opelé caiu de novo no encerado. A concha estava na mão direita de Antônio, a pedra na esquerda, e Oloô tremia falando ao santo, com os negros dedos trêmulos no ar.

– Abra a mão direita! – ordenou.

Era a concha.

– Se acontecer, ossuncê dá presente a Oloô?

– Mas decerto.

Ele correu a consultar o opelé. Depois sorriu.

– Dá, sim, santo diz que dá. – E receitou-me os preservativos com que eu serei invulnerável.

Também eu sorria. Pobre velho malandro e ingênuo! Eu perguntara apenas, modestamente, à concha do futuro se seria imperador da China... Enquanto isso, a negra da cantiga entoava outra mais alegre, com grande gestos e risos.

O loô-ré, xa-la-ré

Camurá-ridé

O loô-ré, xa-la-ré

Camurá-ridé

– E esta, o que quer dizer?

– É uma cantiga de Orixalá. Significa: O homem do dinheiro está aí. Vamos erguê-lo...

Apertei-lhe a mão jubiloso e reconhecido. Na alusão da ode selvagem a lisonja vivia o encanto da sua vida eterna...

Publicada originalmente na *Gazeta de Notícias*, em 9 de março de 1904. Essa crônica faz parte de uma série de 22 reportagens publicadas entre 22 de fevereiro e 21 de abril de 1904, depois reunidas no livro *As religiões no Rio* (Paris, Garnier, 1904).

OS SATANISTAS

– Satanás! Satanás!

– *Che vuoi?*[1]

– Não o sabes tu? Quero o amor, a riqueza, a ciência, o poder.

– Como as crianças, as bruxas e os doidos – sem fazer nada para os conquistar.

O filosófico Tinhoso tem nesta grande cidade um ululante punhado de sacerdotes, e, como sempre que o seu nome aparece, arrasta consigo o galope da luxúria, a ânsia da volúpia e do crime. Eu, que já o vira Exu, pavor dos negros feiticeiros, fui encontrá-lo poluindo os retábulos com o seu deboche, enquanto a teoria báquica dos depravados e das demoníacas estorcia-se no paroxismo da orgia... Satanás é como a flecha de Zenon, parece que partiu, mas está parado – e firme nos corações. Surgem os cultos, desaparecem as crenças, esmaga-se a sua recordação, mas, impalpável, o Espírito do Mal espalha pelo mundo a mordacidade de seu riso cínico e ressurge quando menos se espera no infinito poder da tentação.

Conheci alguns dos satanistas atuais na casa de Saião, o exótico herbanário da Rua Larga de São Joaquim, o tal que tem à porta as armas da República. Saião é um doente. Atordoa-o a loucura sensual. Faceirando entre os molhos de ervas, cuja propriedade quase sempre desconhece, o ambíguo homem discorre, com gestos megalômanos, das mortes e das curas que tem feito, dos seus amores e do assédio das mulheres em torno da sua graça. A conversa de Saião é um coleio de lesmas com urtigas. Quando fala cuspinhando, os olhitos atacados de satiríases, tem a gente vontade de espancá-lo. A casa de Saião é, porém, um centro de observação. Lá vão ter as cartomantes, os magos, os negros dos ebós, as mulheres que partejam, todas as gamas do crime religioso, do sacerdócio lúgubre.

Como, uma certa vez, uma negra estivesse a contar-me as propriedades misteriosas da cabeça do pavão, eu recordei que o pavão no Curdistão é venerado, é o pássaro maravilhoso, cuja cauda em leque reproduz o esquema secreto do deus único dos iniciados pagãos.

– O senhor conhece a magia? – fez a meu lado um homem esquálido, com as abas da sobrecasaca a adejar.

---

1 O que quer?

Imediatamente Saião apresentou-nos.

– O Dr. Justino de Moura.

O homem abancou, olhando com desprezo para o herbanário, limpou a testa inundada de suor e murmurou liricamente.

– Oh! a Ásia! a Ásia...

Eu não conhecia a magia, a não ser algumas formas de satanismo. O Dr. Justino puxou mais o seu banco e conversamos. Dias depois estava relacionado com quatro ou cinco futres, mais ou menos instruídos, que confessavam com descaro vícios horrendos. Justino, o mais esquisito e o mais sincero, guarda avaramente o dinheiro para comprar carneiros e chupar-lhes o sangue; outro rapaz magríssimo, que foi empregado dos Correios, satisfaz apetites mais inconfessáveis ainda, quase sempre cheirando a álcool; um outro moreno, de grandes bigodes, é uma figura das praças, que se pode encontrar às horas mortas... Se de Satanás eles falavam muito, quando lhes pedia para assistir à missa negra, os homens tomavam atitudes de romance e exigiam o pacto e a cumplicidade.

A religião do Diabo sempre existiu entre nós, mais ou menos. Nas crônicas documentativas dos satanistas atuais encontrei casos de *envoûtement*[2] e de malefícios, anteriores aos feitiços dos negros e a Pedro I. A Europa do século XVII praticava a missa negra e a missa branca. É natural que algum feiticeiro fugido plantasse aqui a semente da adoração do mal. Os documentos – documentos esparsos sem concatenação que o Dr. Justino me mostrava de vez em quando – contam as evocações do papa Aviano em 1745. Os avianistas deviam ser nesse tempo apenas clientes, como é hoje a maioria dos frequentadores dos espíritas, dos magos e das cartomantes. No século passado o número dos fanáticos cresceu, o avianismo transformou-se, adaptando correntes estrangeiras. A princípio surgiram os paladistas, os luciferistas que admiravam Lúcifer, igual de Adonai, inicial do Bem e deus da Luz.

Esses faziam uma franco-maçonaria com um culto particular, que explicava a vida de Jesus dolorosamente. Guardam ainda os satanistas contemporâneos alguns nomes da confraria que insultava a Virgem com palavras estercorárias: Eduardo de Campos, Hamilcar Figueiredo, Teopompo de Sousa, Teixeira Werneck e outros, usando

---

2 Feitiço, encantamento, sortilégio.

pseudônimos e compondo um rosário de nomes com significações ocultistas e simbólicas. Os paladistas não morreram de todo, antes se transfusaram em formas poéticas. No Paraná, onde há um movimento ocultista acentuado – como há todas as formas da crença, sendo o povo de poetas impressionáveis –, existem atualmente escritores luciferistas que estão *dans le train*[3] dos processos da crença na Europa. A franco-maçonaria, morto o seu antigo chefe, um padre italiano, Vitório Sengambo, fugido da Itália por crimes contra a moral, desapareceu. No Brasil não andam assim os apóstatas e, apesar do desejo de fortuna e de satisfações mundanas, é difícil se encontrar um caso de apostasia no clero brasileiro. Os luciferistas ficaram apenas curiosos, relacionados com o supremo diretório de Charleston, donde partirá o novo domínio do mundo e a sua descristianização.

Os satanistas ao contrário imperam, sendo como são mais modestos.

Sabem que Satã é o proscrito, o infame, o mal, o conspurcador, fazem apenas o catolicismo inverso, e são supersticiosos, depravados mentais, ou ignorantes apavorados das forças ocultas. O número de crentes convictos é curto; o número de crentes inconscientes é infinito.

Seria curioso, neste acordar do espiritualismo em que os filósofos materialistas são abandonados pelos místicos, ver como vive Satã, como goza saúde o Tentador.

Nunca esse espírito interessante deixou de ser adorado. No início dos séculos, na Idade Média, nos tempos modernos, contemporaneamente, os cultos e os incultos veneram-no como a encarnação dos deuses pagãos, como o poder contrário à cata de almas, como o Renegado. As almas das mulheres tremem ao ouvir-lhe o nome, as criações literárias fazem-no de ideias frias e brilhantes como floretes de aço, no tempo do romantismo o Sr. Diabo foi saliente. Hoje Satanás dirige as literaturas perversas, as pornografias, as filosofias avariadas, os misticismos perigosos, assusta a Igreja Católica, e cada homem, cada mulher, por momentos ao menos, tem o desejo de o chamar para ter amor, riqueza, ciência e poder. Bem dizem os padres: Satanás é o Tentador; bem o pintou Tintoretto na *A tentação de Cristo*, bonito e loiro como um anjo...

---

3 Por dentro.

A nossa terra sofre cruelmente da crendice dos negros, agarra-se aos feiticeiros e faz a prosperidade das seitas desde que estabeleçam o milagre. Satanás faz milagres a troco de almas. Quem entre nós ainda não teve a esperança ingênua de falar ao Diabo, à meia-noite, mesmo acreditando em Deus e crendo na trapaça de Fausto? Quantos, por conselhos de magos falsos, em noites de trovoada, não se agitaram em lugares desertos à espera de ver surgir o Grande Rebelde? Há no ambiente uma predisposição para o satanismo, e como, segundo o Apocalipse, é talvez neste século que Satanás vai aparecer, o número dos satanistas autênticos, conhecedores da Cabala, dos fios imantados, prostituidores da missa, aumentou. Há hoje para mais de cinquenta.

Quarta-feira Santa encontrei o Dr. Justino no Saião. O pobre estava mais pálido, mais magro e mais sujo, levando sempre o lenço à boca, como se sentisse gosto de sangue.

– Continua nas suas cenas de vampirismo? – sussurrei eu.

Nos olhos do Dr. Justino uma luz de ódio brilhou.

– Infelizmente o senhor não sabe o que diz! Deu dois passos agitados, voltou-se, repetiu:

– Infelizmente não sabe o que diz! O vampirismo! alguém sabe o que isto é? Não se faça de cético. Enquanto ri, a morte o envolve. Agora mesmo está sentado num molho de solanáceas.

Eu o deixara dizer, subitamente penalizado. Nunca o vira tão nervoso e com um cheiro tão pronunciado de álcool.

– Não ria muito. O vampirismo como a sua filosofia cooperam para a vitória definitiva de Satanás... Conhece o Diabo?

A pergunta feita num *restaurant* bem iluminado seria engraçada. Naquele ambiente de herbanário, e na noite em que Jesus sofria, fez-me mal.

– Não. Também como o conhecer, sem o pacto?

– O pacto é conhecimento de causa.

Passeou febrilmente, olhando-me como a relutar com um desejo sinistro. Por fim agarrou-me o pulso.

– E se lhe mostrasse o Diabo, guardaria segredo?

– Guardaria! – murmurei.

– Então venha.

E bruscamente saímos para o luar fantástico da rua. Essa cena abriu-me de repente um mundo de horrores. O Dr. Justino, médico instruído, era simplesmente um louco. No *bond*, aconchegando-se a mim, a estranha criatura disse o que estivera a fazer antes do nosso encontro. Fora beber o seu sanguezinho, ao escurecer, num açougue conhecido. Como todos os degenerados, abundou nos detalhes. Mandava sempre o carneiro antes; depois, quando as estrelas luziam, entrava no pátio, fazia uma incisão no pescoço do bicho e chupava, sorvia gulosamente todo o sangue, olhando os olhos vítreos do animal agonizante.

Não teria eu lido nunca o livro sobre o vampirismo, a possessão dos corpos? Pois o vampirismo era uma consequência fatal dessa legião de antigos deuses pagãos, os sátiros e os faunos, que Satanás atirava ao mundo com a forma de súcubos e íncubos. O Dr. Justino era perseguido pelos íncubos, não podia resistir, entregava-se... Já não tinha espinha, já não podia respirar, já não podia mais e sentia-se varado pelos símbolos fecundos dos íncubos como as feiticeiras em êxtase, nos grandes dias de *sabbat*.

Sacudi a cabeça como quem faz um supremo esforço para não soçobrar também.

O cidadão com quem falava era um doido atacado do solitário vício astral! Ele, entretanto, febril, continuava a descrever o poder de Satã sobre os cadáveres, a legião que acompanhou o Supremo e o inebriamento sabático.

– Mas, doutor, compreendamos. O *sabbat* em plena cidade? As feiticeiras de Shakespeare no Engenho Novo?

– Satã continua cultuado, por mais que o mundo se transforme. O *sabbat* já se fez até nos telhados. Os gatos e os morcegos, animais de Satã, vivem entre as telhas.

Lembrei-me de um caso de loucura, um estudante que recebia o Diabo pelos telhados, e morrera furioso. Não me pareceu de todo falso. O *sabbat*, porém, o *sabbat* clássico, a festa horrenda da noite, o delírio nos bosques em que as árvores parecem demônios, a ronda detestável das mulheres nuas, subindo aos montes, descendo as montanhas, a fúria necrófila que desenterrava cadáveres e bebia álcool com sangue extinguiu-se. A antiga orgia, a comunicação imunda com o Diabo não passa de contos de demonógrafos, de fantasias de curiosos. Satã vive hoje em casa como qualquer burguês. Esse cavalheiro poderoso, o Tinhoso, não vai mais para trás das ermidas oficiar, as fúrias desnudas não espremem mais o suco da vida, rolando nas pedras, sob a ventania do cio. Todo o mal que a Deus fazem é em casa, nos debochos e na prostituição da missa.

E que vida a deles! Agora que o *bond* passava pelo Canal do Mangue e a lua batia na coma das palmeiras, o pobre homem, tremendo, contava-me as suas noites de agonia. Sim, o Dr. Justino temia os lêmures e as larvas, dormia com uma navalha debaixo do travesseiro, a navalha do Cambucá, um assassino que morrera de um tiro. As larvas são fragmentos de ideias, embriões de cóleras e ódios, restos de raivas danadas que sobem do sangue dos criminosos e do sangue regular das esposas e virgens aos astros para envolver as criaturas, são os desesperos que se transformam em touros e elefantes, são os animais da luxúria. E esses animais esmagavam-no, preparando-o para o grande escândalo dos íncubos.

– Mas certamente fiz para acalmá-lo, Satã, desde que se faz com o Inferno um pacto e uma aliança com a morte, dá o supremo poder de magia, o quebranto, a bruxaria, o malefício, o envolver das vontades...

Ele sorriu tristemente, tiritando de febre.

– A magia está muito decaída, eivada de costumes africanos e misturadas de pajés. Conhece o malefício do ódio, a boneca de cera virgem? Esmagava-se a cera, modelava-se um boneco parecido com o odiado, com um dente, unhas e cabelos seus. Depois vestiam-lhe as roupas da pessoa e no batismo dava-se-lhe o seu próprio nome. Por sobre a boneca o mago estendia uma corda com um nó, símbolo da sua resolução e exclamava: – Arator, Lepidator, Tentador, Soniator, Ductor, Comestos, Devorator, Seductor, companheiros da destruição e do ódio, semeadores da discórdia que agitam livremente os malefícios, peço-vos e conjuro-vos que admitais e consagreis esta imagem...

– E a cera morria...

– Animado do seu ódio, o mago dominava as partículas fluídicas do odiado, e praguejando acabava atirando a boneca ao fogo, depois de trespassá-la com uma faca. Nessa ocasião o odiado morria.

– E o choque de volta?

– Quando o enfeitiçado percebia, em lugar de consentir nas perturbações profundas do seu ser, aproveitava os fluidos contra o assassino e havia conflagração.

O mágico, porém, podia envenenar o dente da pessoa, distender-se no éter e ir tocá-la.

Havia ainda o *envoûtement* retangular... Hoje, os feiticeiros são negros, os fluidos de uma raça inferior destinados a um domínio rápido. Os malefícios satânicos estão inundados de azeite de dendê e de ervas dos caboclos.

Então, encostado a mim, com mau hálito, enquanto o *bond* corria, o Dr. Justino deu-me várias receitas. Como se estuda nesse receituário macabro o temor de várias raças, desde os ciganos boêmios até os brancos assustadiços! O sangue é o seu grande fator: cada feitiço é um misto de imundície e de infâmia. Para possuir, para amar, para vencer, os satanistas usam, além das receitas da clavícula, de morcegos, porcos-da-índia, pós, ervas, sangue mensal das mulheres, ratos brancos, produto de espasmos, camundongos, rabos de gatos, moedas de ouro, fluidos, carnes, bolos de farinha com óleos, e para abrir uma chaga empregam, por exemplo, o ácido sulfúrico...

– Com o poder do Horrendo, fez subitamente o médico numa nova crise, é lá possível temer esse idiota que morreu na cruz? Sabe que os talmudistas negam a ressurreição?

Levantou-se titubeante, saltamos. O *bond* desapareceu. Embaixo, no leito do caminho de ferro, os *rails* de aço branquejavam, e, no ar, morcegos faziam curvas sinistras. O Dr. Justino ardia em febre. De repente ergueu os pulsos.

– Impostor! Torpe! Salafrário! – ganiu aos céus estrelados.

– Aonde vamos?

– À missa negra...

– Aonde?

– Ali.

– Estendeu a mão, veio-lhe um vômito, emborcou no meu braço que o amparava, golfando num estertor pedaços de sangue coagulado.

Ao longe ouviu-se o silvo da locomotiva.

Então, com o possuído do Diabo nos braços, eu bati à porta dos satanistas, ouvindo a sua desgraçada vida e a dor infindável da morte.

Publicada originalmente na *Gazeta de Notícias*, em 5 de abril de 1904, como parte da série "As religiões do Rio" e incluída no livro homônimo.

OS *SPORTS* – O *FOOT-BALL*

Areguap, guap! guap!
Areguap, guap, guap!
Hurrah! Hurrah!
Parabotoo!
Bangu!

Domingo no campo do Fluminense Foot-Ball Club. Os rapazes brincam cheios de entusiasmo, o campo estende-se igual e verde como uma larga mesa de bilhar. Do lado direito, os pedreiros trabalham ativamente na construção das galerias e arquibancadas que devem ficar prontas antes de 14 de julho. Moças de vestidos claros perfumam o ambiente com o seu encanto e cavalheiros *sportsmen*, de calça dobrada e sapatos grossos, olham o jogo com ar entendido, falando inglês. Todos falam inglês. Mesmo quando se fala português há para seis palavras nossas três britânicas. *All right*! O sol, que morre no céu de um azul hortênsia, doira todo o prado de uma luz flava, e os rapazes, uns de camisa riscada, outros de camisa sangue de boi, coloram violentamente o campo de notas rubras.

Teremos nós um novo *sport* em moda? Não há dúvida. Há vinte anos a mocidade carioca não sentia a necessidade urgente de desenvolver os músculos. Os meninos dedicavam-se ao *sport* de fazer versos maus. Eram todos poetas aos 15 anos e usavam lunetas de míope. De um único exercício se cuidava então: da capoeiragem. Mas a arte de revirar rabos de raia e pregar cabeçadas era exclusiva de uma classe inferior. Depois a moda trouxe aos poucos os hábitos de terras, cultivadas temporariamente com delírio. Em doze anos tivemos a nevrose da pelota basca, a hiperestesia da bicicleta, o entusiasmo das regatas e finalmente o *foot-ball* que se prepara agora para absorver todas as atenções. A mocidade, que só falava em pelota, a mocidade dos patins e do ciclismo nos velódromos, a mocidade admirável dos *clubs* de regatas fala só dos *matchs* de *foot-ball*, de *goals*, de *shoots*, numa algaravia técnica de que resultam palavras inteiramente novas no nosso vocabulário. E como a mocidade é irresistível, eu visito o campo, como amanhã todo o Rio de Janeiro o visitará. Um dos sócios, tão gentil como os outros, faz-me ver a instalação do Fluminense, a secretaria, as salas de banhos asfaltadas com chuveiros e duchas, duas – uma para cada partido, as salas de vestir, o *bar*, onde de pé, suando, os foot-ballistas bebem *whisky and* Caxambu gelado. Paira no ar a agitação das nevroses. Até os jogadores parecem esperar alguma coisa.

– Nós estamos preocupados, diz o meu guia. A esta hora disputa-se em São Paulo um *match* e ainda não recebemos um telegrama.

Pergunto qual a diretoria atual do Fluminense.

– Presidente Francis Walter, um jovem inglês que ama o Brasil e tem sido a própria dedicação para o progresso do Club; vice-presidente Guilherme Guinle; secretários Carlos Sardinha e Américo de Castro; tesoureiros Luiz Borgerth e Raul Rocha e, no *ground committee*[1], Victor Etchegaray *captain* e o primeiro jogador do Rio, Oscar Cox, Mário Rocha, Félix Frias, Emílio Etchegaray.

– Era interessante saber as origens desse jogo no Rio, agora que o seu sucesso começa...

– Nada mais fácil. Como sabe, há na Inglaterra dois gêneros de *foot-ball*, o *rugby* e o *association*. Este último mais moderno é o que indubitavelmente tem tido maior acolhimento noutros países.

– É o adotado na América.

– Os americanos do norte são como os ingleses os melhores jogadores do *foot-ball*. Seguem-se em escala decrescente os dinamarqueses, os búlgaros, os holandeses, os franceses, os alemães e os belgas... Só na própria Inglaterra é que se pode ver como o povo adora esse jogo. Para assistir ao final da Taça Inglesa no Crystal Palace havia 130 mil pessoas! Desses entusiasmos só em New York no campo da universidade de Yale... Aqui, a primeira tentativa para a adoção do *foot-ball* foi feita em 1897. Chegaram a mandar vir... uma bola! Mas a falta de um campo – mal que por muito tempo há de afligir os *clubs* cariocas – foi um grande empecilho. As tentativas sucederam-se sempre infrutíferas até que em 1901, um grupo de jogadores, hoje núcleo do Fluminense, conseguiu, após inúmeros adiamentos, realizar o primeiro *match* a 22 de setembro no campo da Rio Cricket and Athletic Association em Icaraí. Os dous *teams* eram compostos um de brasileiros outro de ingleses. O *team* brasileiro constava de C. Portella, W. Schuback, M. Frias, O. Cox, M. Vaegely, Victor Etchegaray etc. Os ingleses jogavam de camisa branca, os brasileiros com as camisas de

---

1 Comitê de campo.

St. Georges, St. Augustin's e St. Charles Colleges de Inglaterra e de Villa Longchamp da Suíça. Foi um sucesso. Nos domingos seguintes jogaram-se mais dois *matchs*. A 18 de outubro partiu para São Paulo um *team* composto de oito brasileiros e três ingleses. Jogaram-se dois *matchs,* ambos empates: 2-2 e 0-0. Ainda hoje os paulistas reconhecem o incremento que a ida desse *team* deu ao *foot-ball* paulistano. No ano seguinte, outro *team* foi a São Paulo jogar dois *matchs,* mas a sorte contrariou os cariocas obrigados a jogar em ambas as partidas com um jogador de menos. O resultado foi o Sport Club Internacional ganhar 3-0 e o Club Athletico Paulistano, 1-0. Nessa ocasião fundou-se o Fluminense Foot-Ball Club que, por assim dizer, está na ponta...

Esta frase popular o meu guia dissera a sorrir. Nós chegáramos ao balcão do *bar*, donde se divisava o jogo dos foot-ballistas. O entusiasmo crescia e em torno da bola amarela; era uma conflagração de dorsos rubros e riscados.

– Nessa mesma ocasião, continuou o informante, tirando o chapéu de palha em que se via na fita vermelha e verde o escudo do *club*, também se fundou o Rio Foot Club, que se desenvolveu após um *match* conosco em que vencemos por 8-0. Em fins de setembro, mandamos um forte *team* a São Paulo jogar três partidas. No primeiro empatamos com o S.C. Internacional, 0-0. No segundo o C.A. Paulistano foi batido por 2-1, e no terceiro, contra a expectativa geral, o São Paulo Athletic Club foi também derrotado por 3-0. O extraordinário resultado animou os jogadores cariocas. Que aclamações quando nos retiramos do campo deixando derrotado o *club* campeão!

– Depois?

– Depois outro galo cantou. O C.A.P. veio ao Rio para derrotar o Fluminense por 3-0 contra 2-0, e quando lá fomos jogar contra os cinco *clubs* da Liga Paulista, obtivemos uma série de derrotas que ainda hoje doem aos cariocas. Em 1904, fundaram-se o Foot-Ball and Athletic Club e o Bangu Athletic Club, que já ocupam lugar saliente. Atualmente há uma infinidade de *clubs* que perecerão se não encontrarem o principal elemento que é o – campo. Os que têm campo preparado são o Rio Cricket and Athletic Club de Icaraí, Paisandu Cricket Club, o Bangu e o Fluminense. Por estes dias será fundada uma Liga destinada a servir e animar os *clubs*.

– O *foot-ball* talvez faça mal ao desenvolvimento das sociedades do remo?

– É natural. O *foot-ball* é um exercício que não pede os grandes esforços exigidos de uma guarnição de regatas nem tampouco requer o longo tempo de ensaio do *rowing*... O nosso primeiro *team* joga em São Paulo agora três *matchs*. A 14 de julho chegará aqui o primeiro *team* do Paulistano e nesse dia, com as arquibancadas prontas, o Fluminense abrirá as suas portas ao público. Será decerto a inauguração oficial de mais um *sport* naturalizado.

Tínhamos descido, ladeando o campo. A bola amarela voava impelida pelos pés e pelas cabeças dos dous *teams*. As faces afogueadas, as mandíbulas inferiores avançando numa proeminência de esforço, os rapazes atiravam-se cheios de ardor para a vitória. De repente trilava um apito. Os bandos paravam. O juiz avançava, um dos rapazes soltava a bola e de novo os *teams* se entrelaçavam na ânsia de atirar a bola no campo alheio.

Vi de perto os jovens jogadores. Em alguns o desenvolvimento muscular das tíbias é inacreditável. Faz a gente pensar sem querer num pontapé, num *shoot* como eles dizem. Esse pontapé, ou esse *shoot*, passará para o outro mundo com facilidade um homem forte.

O meu guia, porém, abandona-me. À porta estacara uma negra parelha de cavalos normandos e entrava no campo, com a face escanhoada e uma perfeita elegância brumeliana, o vice-presidente. O céu, já de todo sem sol, tinha no poente nuanças de nácar e de madrepérola. As sombras desciam lentamente e só a mocidade, indiferente à tristeza do ocaso, gritava no verde campo vasto o impetuoso prazer da vida.

Publicada originalmente na *Gazeta de Notícias*, em 26 de junho de 1905.

O BARRACÃO DAS RINHAS

A cerca de cem metros da estação do Sampaio fica o barracão. Quando saltamos às três da tarde de um trem de subúrbio atulhado de gente, íamos com o semiassustado prazer da sensação por gozar. Era ali, naquele barracão, que se cultivava o *sport* feroz das brigas de galo. Eu já estava um pouco fatigado dos *matches* de *foot-ball*, dos *lawn-tennis* familiares, da ardente pelota basca, de toda essa diversidade de jogos a que se entrega o cidadão civilizado para mostrar que vive e se diverte. A briga de galos seria um aspecto novo, tanto mais quanto, como nos tempos dos Césares, o prazer do chefe deve ser o prazer aclamado do povo...

Logo à entrada, impressionou-me a multidão. Eram todos homens, homens endomingados, de cara tostada de sol, homens em mangas de camisa, apesar da temperatura quase outonal, rapazolas com essas caras de vício que parecem ter tido uma prévia educação de atos ilícitos extraterrena, velhos cegos de entusiasmo, discutindo, bradando, berrando, e cavalheiros graves, torcendo o bigode, pálidos. Como que fazendo um corredor, dois renques de gaiolas, com acomodações para 48 galos, todas numeradas. Através das telas de arame eu pressentia a agitada nervosidade dos animais, talvez menor que a nevrose daquela estranha gente. Um cheiro esquisito, misto de suor, de galinheiro e de folhas silvestres, empapava a atmosfera dourada da tarde. Ao centro da grande praça, cujo capim parecera arrancado na véspera, quatro circos de paredes acolchoadas, sujas de poeira, de luz e de manchas de sangue. Entre o segundo e o terceiro circo, com uma face de julgador de baixo-relevo egípcio, um sujeito imponente escreve num livro grande, e tem diante do livro uma balança memorável e uma ruma de pesos.

Atrevo-me a perguntar a um cidadão:

– Quem é aquele?

– É o Porto Carreiro, o diretor e o juiz.

– E a balança?

O cidadão olha para mim, sorri cheio de piedade.

– A apostar que o sr. não conhece a briga de galos?

– Exatamente, não conheço.

– A balança é para pesar os galos. Este gênero de diversão tem os seus *habitués* distintos. Olhe, por exemplo, o Exmo. Sr. General Pinheiro Machado, o poeta Dr. Luiz Murat.

– Eles estão aí?

– Vamos agora mesmo ver uma briga de um galo do Dr. Murat, pelo qual S. Sa. rejeitou 120 mil réis. Estão no botequim.

Acompanhei o cidadão até ao fundo – um tosco balcão encostado à parede, em que se vendiam, sem animação, café, sanduíches com cara de poucos amigos, e uma limitada série de bebidas alcoólicas. Lá estava, com efeito, olímpico e sereno, com a melena correta e um ar elegantemente esgalgado, o general dominador. Ao lado, de sobrecasaca, pálido e grave, o poeta das *Ondas*; e, gritando, discutindo com tão altas personalidades da política e das letras, cavalheiros que me apontavam como sendo o Dr. Teixeira Brito, o Dr. Alfredo Guimarães, o Manuel Pingueta, charuteiro, o Morales, o Teixeira Perna de Pau, o Rosa Gritador, o Manuel Padeiro... Era democrático, era bárbaro, era pandemônico. Na algazarra, o sr. Rosa parecia um leiloeiro a ver quem dá mais na hasta pública, e, reparando bem, eu vi que além da turba movediça do campo havia uma dupla galeria cheia de espectadores.

Ia começar uma briga. – Vou todo no Nilo – berrava um sujeito. – No Frei Satanás, no Frei Satanás! – bradavam lá longe, faço jogo no Frei Satanás! contra qualquer outro. – É gabarolice! – É perder. – Jogo no Nilo! No Nilo! Cuidado, olha o que te aconteceu com o Madressilva. Nilo! Nilo! A grita era enorme.

– Que Nilo é esse? – indaguei ao mesmo cidadão.

– Não é o Peçanha, não senhor. É outro, é um galo.

– Os galos aqui têm nome?

– Está claro. Olhe, o Frei Satanás é um galo de fama. Agora há o Madressilva, o Nilo, o Rio Nu, o Fonfom, o Vitória, o General...

– Ah! muito bem, é curioso.

O cidadão tornou a olhar-me com pena e disse:

– Venha para perto. Vão realizar-se os dois últimos combates.

Os dois últimos combates realizavam-se nos circos número dois e número três. No três, deviam soltar Frei Satanás contra Nilo, e no dois, Vitória contra Rio Nu. Furamos a custo a massa dos apostadores, para chegar à mesa do juiz, que me deitou um olhar de Teutates, severo e avaliador. E no meio de um alarido atroz, diante da política, das letras, do proletariado, da charutaria e de representantes de outras classes sociais não menos importantes, começou o combate do circo dois.

Oh! esse combate! Os dois galos tinham vindo ao colo dos proprietários, com os pescoços compridos, as pernas compridas, o olhar em chama.

Tinham-nos soltado ao mesmo tempo. A princípio os dois bichos eriçaram as raras penas, ergueram levemente as asas, como certos mocinhos erguem os braços musculosos, esticaram os pescoços. Um em frente do outro, esses pescoços vibravam como dois estranhos floretes conscientes. Depois um aproximou-se, o outro deu um pulo à frente soltando uns sons roucos, e pegaram-se num choque brusco, às bicadas, peito contra peito, numa desabrida fúria impossível de ser contida.

Não evitavam os golpes, antes os recebiam como um incentivo de furor; era dilacerante ver aqueles dois bichos com os pescoços depenados, pulando, bicando, saltando, esporeando, numa ânsia mútua de destruição. Os apostadores que seguiam o combate estavam transmudados. Havia faces violáceas, congestas, havia faces lívidas de uma lividez de cera velha. Uns torciam os bigodes, outros estavam imóveis, outros gritavam dando pinchos como os galos, torcendo para o seu galo, acotovelando os demais. Uma vibração de cóleras contidas polarizava todos os nervos, anunciava a borrasca do conflito.

E os bichos, filhos de brigadores, nascidos para brigar, luxo bárbaro com o único instinto de destruição cultivado, esperneavam agarrados à crista um do outro, num desespero superagudo de acabar, de esgotar, de sangrar, de matar. No inchaço purpúreo dos dois pescoços e das duas cristas, as contas amarelas dos olhos de um, as contas sanguinolentas dos olhos de outro tinham chispas de incêndio, e os bicos duros, agudos, perfurantes, lembravam um terceiro esporão, o esporão da destruição.

De repente, porém, os dois bichos separaram-se, recuaram. Houve o hiato de um segundo. Logo após, sacudiram os pescoços e, fingindo mariscar, foram-se aproximando devagar. Depois o da esquerda saltou com os esporões para a frente. O outro parecia esperar a agressão.

Saltou também de lado, simplesmente, na mesma altura do outro, e quando o outro descia formou de súbito pulo idêntico ao do primeiro com os esporões em ponta. Foram assim, nessa exasperante capoeiragem, até ao canto do circo. Era a caçada trágica dos olhos, o golpe da cegueira. Os dois bichos atiravam-se aos olhos um do outro como supremo recurso da vitória. E a turba expectante, vendo que um deles, quase encostado ao circo, tolhido nos pulos, só tinha desvantagem, cindiu-se em dois grupos rancorosos.

– Não pode! não pode! – Isto assim não vai. – Estai a ver que perdes! – Ora vá dormir! – Segura, Frei! Segura, Nilo! – Bravos! Estúpidos! É ele! – Ora vá dormir! – Espera um pouco! E no rumor de ressaca colérica, a voz do Rosa Gritador tomava proporções de fanfarra, a berrar: Ora vá dormir! Ora vá dormir!

O juiz, entretanto, consultara o relógio. Já passara o prazo de quinze minutos. Ia borrifar os lutadores com água e sal. Isso interromperia a rinha. Os que pendiam para o galo a se debater entre o inimigo e o acolchoado do circo começaram logo a aplaudir; os outros gritaram: não pode! A celeuma ameaçava acabar em "rolo". O juiz foi inflexível – borrifou. A luta interrompeu-se, os dois galos voltaram para o meio da arena. Mas como acontece, às vezes, realizar-se mais depressa aquilo que muitos desejam evitar, a rinha travou-se logo com redobrada violência e uma fúria de extinção que não deixou dúvidas.

Os dois galos pulavam, bicavam-se, pulavam, um defronte do outro, medindo os efeitos, tomando medida do espaço numa alucinante movimentação do pescoço – para arremeter às esporas. E iam rodando, iam voltando lentamente, porque ambos fugiam da parede do circo e ambos desejavam encostar o adversário ao acolchoado para mais facilmente furar-lhe os olhos.

Esse desespero durou três minutos, no máximo. De repente, o menos alto abriu o bico que fendera, e sangrava, pareceu decidir-se ao impossível e correu para o outro numa série de saltos consecutivos, imediatos, instantâneos, que o encostaram, o deixaram sem defesa, aturdido. E aí, continuou, continuou, esporeando-lhe o pescoço, a princípio, depois o crânio, depois o bico e, finalmente, de repente – um dos olhos. Quando o sangue espirrou, um urro sacudiu a massa bárbara. O galo triunfante descrevia hemiciclos exaustos na arena, aparentando a vitória e o outro cego, num horrendo e horrível furor, atirava-se, bicava o ar, procurava o inimigo. Vão-se matar! Vão-se matar! – bradavam uns. – Deixa,

deixa! Quem venceu? inquiriram outros. Para que servem mais? Deixa? Deixa!

O galo cego conseguira agarrar a crista em sangue do seu vencedor e feriu-a, feriu-a metendo-lhe as esporas ao acaso, até que o largou tão cheio de terror que o outro fugiu, recuou, fechou as asas, procurou sumir-se. O cego, então, sentindo a derrota alheia, soltou um cocoricó cheio de rouquidão e de orgulho. Dois homens, os proprietários, precipitaram-se. Estava terminada a luta.

– Mas é estúpida e bárbara esta coisa! – bradei eu na algazarra do povaréu ao cidadão informador.

– Acha?

– Acho, sim.

– Pois os circos galísticos estão muito em moda na Espanha.

– Que tenho eu com isso?

– E o general Machado gosta.

Não discuti. O sujeito desaparecera. No circo três, ia começar outra luta. Mas muita gente saía – os proprietários dos ex-valiosos galos, o poeta das *Ondas*, o general Pinheiro. Rompi a multidão a custo, e, já na rua, encontrei de novo o cidadão informante que caminhava gravemente atrás da poesia e do Senado, carregando o galo sem bicos.

– Era seu o animal?

– Não senhor. Eu venho às rinhas para comprar os "bacamartes". Este seu bico valia 200 mil réis há duas horas. Comprei-o por 1.500 réis e como-o amanhã ao almoço. O senhor não gosta de galos?

– Muito, principalmente dos galos que se limitam a anunciar a madrugada e a fazer ovos.

E com o sujeito do galo, logo atrás do poeta das *Ondas* e do vencedor dos pampas, deixei para todo o sempre a sensação feroz do barracão das rinhas. Tinha ganhado o meu dia. Entrevira o *sport* de manhã em toda a cidade – se o Bloco for até os *sports*.

Publicada originalmente na *Gazeta de Notícias* com o título "Briga de galos", em 2 de agosto de 1907, e posteriormente inserida no volume *Cinematographo: crônicas cariocas*.

SENSAÇÕES DE GUERRA
O executor de Mata Hari

Naquela cidade da França, onde parara dois dias, o meu amigo, ao entrar num café, teve o ar alegre de quem, enfim, encontrava a emoção imprevista.

– Entremos. Vou servir-te qualquer coisa de sensacional.

– Não há nada mais de sensacional senão a nossa própria dor de não compreender os outros.

– É quase um conto cruel, e nada mais verdadeiro.

– Assunto?

– A guerra.

– Ainda a guerra! Não há mais nada! Os casos de guerra! Sempre a guerra!

Eu estava muito fatigado de viajar, de ouvir, de falar, de viver na hipertensão nervosa do "após a guerra", com tantas criaturas, políticos, jornalistas, monarcas, presidentes. Julgava-me infelicíssimo, com o desejo de acabar de dormir, de não sonhar. Mas o meu amigo, que, aliás, é tão meu amigo quanto os outros e não passa, por consequência, de um cidadão tagarela, à espera de me aproveitar, continuou, sem cuidar do meu estado nervoso:

– Estás a ver aquele oficial, ao fundo, mesa à esquerda?

– Parece um velho.

– Não tem 25 anos.

– Ah!

– Era um rapaz brilhante.

– Conhece-o?

– A ele e a sua história.

Reparei mais no oficial. Apoiava o queixo nas duas mãos e o seu olhar inquieto parecia querer fugir e não poder fugir a um quadro doloroso, que não era senão a banqueta surrada do café.

– Que tomas tu?

– O que quiseres.

– Bebamos café. Pois aquele oficial é o tenente X.

– Viu decerto coisas atrozes na guerra?

– Ao lado da guerra. No *front*, batera-se sempre com alta coragem. Mas, depois, deu-se o caso e o governo não soube como resolvê-lo.

– Ao caso ou ao tenente?

– Ao tenente.

– Mas, decididamente, queres contar-me a história do tenente X!

– E tu não desejas senão que eu a conte.

– Palavra...

– Como toda a gente o sabe, o meu papel de *cicérone* seria triste, se me não adiantasse.

O criado viera com o café e a sacarina horrível. O voluntário *cicérone* afastou a sacarina.

– Conheceste a Mata Hari?

– Sim – fiz eu.

– Quando?

– Em Paris, quando amante do Malvy.

– Bela?

– Eu amo as bailarinas e achava-a bela, talvez por isso.

– A Mata Hari era bela. Holandesa de Java, bailadeira da Índia, ou muçulmana disfarçada, fosse o que fosse, ela era deliciosa. Deliciosa na rua, deliciosa no palco. Oh! Lembro-me bem dela a dançar, da sua força de sedução, nua, sob a Urama de ouro, com aquele movimento sensual das ancas, aquele torso, que era como um torno lento de luxúrias; aquele sorriso ao mesmo tempo febril e fixo, em que se abria o seu lábio de flor. Certos versos de Baudelaire...

– Sinceramente, não me meteste neste café para recitar uma composição literária sobre a falecida Mata Hari, e composição cuja falta de originalidade é agravada pela fatal citação de Baudelaire...

– Estás neurastênico?

– Estou fatigado.

– Mas a Mata Hari é um assunto. Achas que ela merecesse a execução?

Olhei o camarada, espantado.

– A severidade inglesa tem um defeito: é estúpida. Quanto mais severidade mais estupidez. Executar uma bailadeira, vendedora de beijos, é uma concepção só de cérebro inglês. Aliás, foi sempre assim.

– Aliás, a execução da Mata Hari foi na França.

– Por vontade inglesa.

– Sabes então do caso?

– Não. Deduzo, apenas.

– Pois, de fato, foi. A Mata Hari não fez mais do que mandar dizer aos alemães uma certa ofensiva francesa, anunciada em Paris, havia tempo, e sempre adiada, porque toda gente, antes dela realizada, era sabedora. Mata Hari, amante do Malvy, soube e disse.

– Fez o que as mulheres pagas fazem.

– E saberia na sua ignorância ávida o crime que cometia?

– Por que insistes na Mata Hari?

– Porque na morte ela se revelou extraordinária quanto à noção da sua beleza.

– Só?

– E por causa também do tenente X.

– Que tem um com o outro?

O cavalheiro bebeu mais um gole de café.

– Como deves saber, foi negada a Mata Hari a comutação da pena capital. Ela soube do irrevogável e pediu um favor, o único que lhe foi concedido. Na madrugada, que era a sua última manhã, nevava. O palco, onde estava o pelotão justiceiro, um grupo de homens, obedecendo, sem compreender, à ordem superior, desaparecia na brancura da neve. A luz do dia, lenta, parecia pedir à neve um pouco do seu palor para anunciar matinas. E, por isso, a claridade vaga era soturnamente sombria. Mas sobre a neve passeava o tenente X, encarregado de presidir à execução.

– Ah!

– À hora marcada, com o aparato normal, isto é, com a secura banal dessas tragédias da justiça, desceu o grupo que trazia Mata Hari ao pátio. Apenas, ela vinha pelo seu próprio pé e, quando ela chegou, a tarda luz pareceu aumentar. Com uma ciência de dama de Carracio, Mata Hari envolvia-se num imenso manto de arminho branco. Toda ela, naquela faustosa peliça, era um ardor nervoso de margaridas, de angélicas, de tuberosas, de brancuras acariciantes. E parecia esperar o automóvel, à saída de um dos estabelecimentos de prazer, após a noite em claro.

O tenente X, que vira a morte tanta vez, que matara e se defendera da morte, olhou-a transtornado. A bailadeira realizara o seu desejo. Estava pintada, *maquillée* como para entrar em cena, esmaltada como um ídolo de beleza – os lábios rubros, os dentes brilhantes, os olhos alongados.

Então o tenente X tomou de um lenço e quis vendar Mata Hari. Ela fez um gesto, em que lhe baixou o braço, num misto de negativa, de desprezo, de pouco caso e de sedução.

– Não é preciso. Onde devo ficar?

E caminhou para o canto do muro como se caminhasse para o canto da alcova. O seu olhar reluzia, olhando o tenente X; o seu lábio sorria, sorrindo ao tenente X.

– Ordene! – exclamou, abrindo o manto de arminho branco.

E do manto branco surgiu a flama do seu corpo, na trama de ouro do seu vestido de dançar. Disputando ao entrançado áureo a carícia daquela pele, daquelas linhas de carne palpitante, escorriam os cordões das pérolas, cintilavam as esmeraldas, as safiras, os rubis e gritavam como punhais os coriscos álgidos dos grossos diamantes nos dedos, nos pulsos, nos braços, nos tornozelos, no colo, nos seios, entre os seios, no ventre... Mata Hari, para morrer, pusera todas as suas joias. E ela própria, bárbara joia de luxúrias ignotas, chispava como a gema prima entre as gemas raras.

– Um...

Mata Hari olhava. Os seus olhos ardiam. Os soldados tinham as armas em pontaria.

– Dois...

Mata Hari olhava. O seu sorriso como que a desabrochava para o gozo. Os soldados olhavam-na.

– Três...

Mata Hari olhava, impassível, imperial, para o tenente X.

– Fogo!

A detonação foi como uma queda, desigual. Mata Hari continuava de pé, sorrindo. Os soldados tinham de tal forma sentido a sugestão da beleza, que erraram o alvo, alucinados. Então, o tenente X, doido, não podendo mais entre aquele olhar, que se infiltrava, e o seu dever, que fugia, o tenente X tomou do revólver e detonou. O corpo coruscante tombou entre os arminhos do manto, enchendo-o de sangue. O tenente aproximou-se. E viu Mata Hari morta, que o olhava, com o mesmo sorriso e o mesmo olhar.

– Curioso...

– O tenente esteve dois meses numa casa de saúde. Quis pedir demissão do exército. Deram-lhe um posto, onde só tem que se distrair. Mas o tenente perdeu a ilusão da glória e o prazer de viver. Diante dele perpetuamente olha a Mata Hari. E nessa tortura ele caminha para a insônia total...

Olhei de novo o tenente X. Ele continuava com os olhos inquietos, presos à banqueta do café, e a sua fisionomia era o mais dilacerante quadro de dor que se possa conhecer...

Publicada originalmente no jornal *O Paiz*, em 5 de julho de 1919.

Folhetim

Introdução
Graziella Beting

João do Rio foi o escritor mais jovem a conquistar uma vaga na Academia Brasileira de Letras. Não sem controvérsias. Com 29 anos incompletos, ele só foi eleito em sua terceira candidatura. Quando o resultado saiu, não foi poupado pela crítica. O *Jornal do Commercio*, ao noticiar a decisão, lamentou a escolha: o conhecido cronista nunca se dedicara a escrever um romance.

Talvez motivado por esse tipo de comentário, que era frequente, o escritor galardoado, de fato mais conhecido por suas crônicas-reportagens ou contos, lançou-se, dois meses antes de sua posse entre os imortais, à escrita de uma ficção mais longa – que só terminaria, entretanto, três anos depois.

Trata-se de *A profissão de Jacques Pedreira*. Romance que a *Gazeta de Notícias* começou a anunciar, a partir de maio de 1910, como a "análise de um meio social muito em vista, sem ser contudo um livro à *clef*". E explicava: "O novo trabalho do nosso colaborador é escrito com uma nota de observação irônica, que certamente agradará ao leitor".

Jacques Pedreira é o filho de uma família típica da alta sociedade carioca. O pai, advogado jurisconsulto, transita com facilidade no meio político, é especialista em "cavações" e "empenhos" e apelidado, não sem orgulho, de "camaleão dos ministérios", devido à facilidade de adaptar e dissimular sua opinião. A mãe, frequentadora e promotora de salões e *five o'clocks*, o tão famoso chá das cinco copiado dos ingleses em voga na cidade fluminense, envolve-se em eventos caritativos, assiste a óperas e aborrece-se. Jacques, jovem bacharel formado ao custo de muita ajuda do pai, vive a "frívola *city*" em todo seu esplendor: namorador, frequenta as recepções mundanas de fraque e gravata presa com um alfinete de pérola – curiosamente semelhante ao usado pelo próprio João do Rio –, corre com automóveis nas avenidas e alterna as tardes na companhia de amantes ou de "moças alegres". Até que um dia o pai o chama e diz: "Nessa facilidade de vida, a triste verdade é que é preciso ganhá-la". Assim, Jacques Pedreira tem de arrumar uma profissão. E inicia-se a trama, que conta com alguns personagens facilmente identificáveis do *grand monde* carioca, além do *alter ego* do próprio escritor, na figura do cronista Godofredo de Alencar – personagem que se tornaria frequente em outros contos e peças.

Publicado em dois dias fixos na semana, o primeiro romance de João do Rio ocupou local nobre no jornal: o rodapé da primeira página, o reputado Folhetim.

Esse espaço, delimitado no pé da página por um filete – para que pudesse ser recortado e colecionado –, era um elemento essencial na composição dos jornais brasileiros desde meados do século XIX. Uma invenção francesa, adotada e adaptada nos periódicos nacionais com grande sucesso.

O curioso é que o folhetim, que de nome de seção se tornaria um gênero literário, surgiu, na França, por mera necessidade tipográfica.

LITERATURA DE RODAPÉ

Em 1799, os jornais franceses foram submetidos a uma nova taxa, a chamada Lei do Selo. A novidade representou um importante aumento de custo de produção, que forçou os donos dos periódicos a buscar um meio de minimizar o impacto da cobrança. O valor a ser pago variava de acordo com o tamanho da folha de papel, e os jornais logo perceberam que, se mudassem de formato, passando do tradicional *in-quarto* (210 × 270 mm) ao grande *in-quarto* (230 × 350 mm), chegariam a uma conta mais vantajosa.

As novas dimensões fizeram, entretanto, surgir outra necessidade: era preciso preencher o espaço vazio que se criara ao pé das páginas.

Em 26 de janeiro de 1800, o jornal *Le Propagateur* encontrou uma solução: separou essa nova área do restante da folha com uma linha e criou uma seção. Destinada a assuntos não políticos, ela se diferenciava por isso do restante do conteúdo do periódico. Recebeu o título "Le Feuilleton", em referência ao termo técnico de tipografia relativo ao formato da folha de papel.

Bastaram poucos dias para que os concorrentes adotassem a medida e transformassem o rodapé de suas primeiras páginas em espaço destinado a acolher peças literárias.

Mas foi com a revolução trazida em 1836 por Émile de Girardin que a moda se expandiria. O seu *La Presse* apresentava um novo modelo editorial: não era um jornal apenas literário, ou político, mas era todo dividido em editorias delimitadas, com a cobertura de diversos assuntos. Além disso, sua renda não viria apenas da venda direta ou das assinaturas, mas da publicação de anúncios e classificados. E, para fidelizar seus leitores – e, assim, atrair anunciantes –, chamaria grandes nomes da literatura para preencher parte de suas colunas.

Publicar literatura nos jornais não era exatamente uma novidade, mas a proposta de Girardin, que causou furor e explosão de vendas na França, foi pedir aos escritores que produzissem um romance especialmente destinado ao espaço do folhetim – e não apenas publicar seus livros fatiados em capítulos. Ou seja, cada episódio deveria terminar de forma a deixar o leitor no suspense e com vontade de ler o próximo.

As tiragens explodiram. Em uma época em que tudo o que acontecia na França era visto com atenção por aqui, não demorou mais do que três meses para que a novidade aportasse no mercado brasileiro.

Em 5 de outubro de 1836, o jornal *O Chronista*, de Justiniano José da Rocha, adotava em sua primeira página, com diagramação semelhante, a "abençoada invenção da literatura periódica" – que, ele explica, ainda não sabia bem como traduzir: "folha", "folhazinha" ou "folhona".

195

Foi o concorrente *Jornal do Commercio* que definiria a tradução por folhetim, adotada em seguida pelos outros jornais da Corte. A moda se espalhou de tal forma que nem o jornal oficial do império pôde resistir, e publicou diversos romances-folhetins, como *Os miseráveis*, de Victor Hugo.

Para José Ramos Tinhorão, especialista nesse gênero literário que se fixava, os romances-folhetins, "não houve romancista brasileiro no século XIX que fosse totalmente estrangeiro à influência do folhetim". José de Alencar e Machado de Assis foram algumas das grandes penas que contribuíram para dar ao gênero seus títulos de nobreza.

Foi natural que o esperado romance inaugural de João do Rio ocupasse espaço tão valorizado da *Gazeta de Notícias*, com imediato sucesso.

Após oito episódios, entretanto, a história foi suspensa, sem explicações. A concorrência aproveitou-se disso para noticiar, com escárnio, a morte de Jacques Pedreira. João do Rio não escreveu mais nada a respeito, o jornal não comentou a interrupção. Os dois principais biógrafos do escritor sugerem algumas explicações. Raimundo Magalhães Júnior suspeita que o término abrupto do folhetim deve-se ao fato de o romance ser impiedoso com a classe dominante, em pleno processo eleitoral – era o fim do governo de Nilo Peçanha e o início do de Hermes da Fonseca. Já João Carlos Rodrigues, especialista na obra do autor, credita a suspensão a problemas de saúde – naquela época João do Rio já sofria os primeiros sintomas dos problemas de pressão que o matariam pouco mais de uma década depois.

Apenas em 1913 o leitor pôde conhecer o desfecho do romance. Acrescido de cinco capítulos finais, *A profissão de Jacques Pedreira* foi lançado pela editora franco-brasileira Garnier, e impresso em Paris.

Antes de o leitor se surpreender com o final, entretanto, quem tomou um susto foi o próprio autor, ao receber o primeiro lote com o livro pronto. O volume estava repleto de erros tipográficos, além de ter dois capítulos faltando. (Essa segunda informação é duvidosa, pois, à leitura do romance, não parece haver um salto na história indicando essa supressão.)

Furioso, o autor foi buscar explicações com a editora, que se recusou a reimprimir a obra. Para piorar, João do Rio tinha assinado um contrato de cessão total de direitos à editora, o que o impossibilitava de tomar outras medidas.

Indignado, o escritor contratou um advogado e entrou com uma ação contra a editora, alegando danos morais. Pedia que a obra fosse tirada de circulação. O juiz da 6ª Vara analisou o caso e deu ganho de causa a João do Rio, determinando que todos os exemplares do livro fossem destruídos, picotados em guilhotinas.

Assim foi, e isso explica por que o romance permanece uma das obras menos conhecidas dentro da produção do cronista. Restou apenas um exemplar – talvez o mais importante, pois contém a correção e as anotações do autor – no acervo do Real Gabinete Português de Leitura, para quem a mãe de Paulo Barreto doou os mais de 4 mil volumes da biblioteca particular do escritor, depois de sua morte. A partir desse único exemplar, a Fundação Casa de Rui Barbosa transcreveu e reconstituiu o texto, em uma edição conjunta com a Secretaria de Cultura do Rio de Janeiro, em 1992. O texto aqui reproduzido baseia-se nesse trabalho, além do cotejo com os folhetins publicados originalmente no jornal.

POR TODAS AS LUTAS INGLÓRIAS

No início de sua carreira no jornalismo, João do Rio se destacou por publicar crônicas-reportagens nas quais percorria as ruas da capital e dava voz à "pobre gente", aos milhares de desconhecidos e anônimos que encontrava, povo que geralmente não tinha espaço na imprensa. Ao longo dos anos ele também se especializou em retratar, com fina ironia e alguma admiração, um outro lado da sociedade. A esfera dourada dos *smarts* e *sportsmen*, das damas refinadas de *A profissão de Jacques Pedreira,* que o acolheram tal qual fizeram com Godofredo de Alencar, seu personagem *alter ego* do romance.

Mas o fato de conviver com essa "gente de cima" não necessariamente o distanciou da tarefa de ouvir o outro lado, de dar ouvidos aos oprimidos. Essa pode ser uma das motivações que o levaram a publicar, na *Gazeta de Notícias,* quando já ocupava o cargo de redator-chefe, outro folhetim que deixaria seus leitores à espera do jornal do dia seguinte.

No dia 31 de dezembro de 1912, a *Gazeta de Notícias* trazia uma manchete em letras garrafais: "João Cândido é, enfim, solto". Era o final de um longo périplo vivido pelo marinheiro que encabeçou a Revolta da Chibata, em novembro de 1910 – quando 2.300 marujos se rebelaram contra a Marinha brasileira, exigindo o fim dos castigos corporais. No controle dos navios de guerra, eles cercaram a baía de Guanabara e ameaçaram bombardear a capital caso não fossem atendidos. Conseguiram a extinção da prática, resquício da escravidão abolida havia apenas pouco mais de uma década, mas os participantes da revolta, como João Cândido, ainda sofreriam uma série de represálias – de expulsões da Marinha (caso de 1.216 marujos) a prisões (mais de 600), degredos, trabalhos forçados e assassinatos (cujos dados não foram contabilizados).

A reportagem sobre a liberação do "almirante negro" – como a imprensa da época o apelidara –, apesar de não assinada, é atribuída a João do Rio. Ao fim de mais de dois anos de encarceramento, João Cândido foi à redação do jornal e concedeu a entrevista ao jornalista, depois de pedir uma limonada e um sanduíche. João do Rio o descreveu como "um homem imensamente inteligente, com uma inteligência superior à de vários sujeitos que passam por notabilidade".

Ainda na primeira página da edição, a *Gazeta de Notícias* iniciou naquele dia a publicação de um folhetim em doze episódios, *Memórias de João Cândido, o marinheiro*. Uma "palpitante narrativa" que descreveria, em primeira pessoa, a vida do marujo antes do levante, o dia a dia da revolta, a vitória dos marinheiros e a promessa da Marinha de abolir os castigos físicos, a anistia que não aconteceu, as prisões e as atrocidades cometidas contra os rebeldes, até seu julgamento final. Até 12 de janeiro de 1913, os leitores do jornal acompanharam, em folhetins, essa saga.

João Cândido, marinheiro de primeira classe, alçado ao posto de almirante em chefe da esquadra rebelde, foi preso em 24 de dezembro de 1910 e enviado para a prisão da Ilha das Cobras, onde foi submetido a inúmeras violências e retenção em condições inumanas, como se pode ler em seu diário. Em seguida, foi enviado ao Hospital Nacional dos Alienados, tido como louco. Nos dois meses em que ficou na instituição, ditou suas memórias a um dos enfermeiros – ou a outro paciente, como diria depois ao jornalista Edgar Morel –, que as anotou em um manuscrito hoje desaparecido. Esse material foi obtido por um repórter da *Gazeta de Notícias*, que afirmou ter verificado sua autenticidade, mas decidido publicá-lo posteriormente.

João do Rio, principal nome do jornal na época, teria sido o responsável por editar o fruto desse depoimento – não se sabe com qual nível de interferência – e dar continuidade ao diário, já que a versão publicada na *Gazeta de Notícias*, e reproduzida neste volume, não se encerra no momento em que o marinheiro foi internado no hospício, mas relata também o período de um ano e meio seguinte à internação, quando foi novamente preso, até seu julgamento – e absolvição – pelo Conselho de Guerra, no final de 1912.

Vale lembrar que o apoio ao "almirante negro" estava longe de ser uma unanimidade na imprensa da época. O jornal *O Imparcial*, por exemplo, se manifestou reiteradas vezes após o início da publicação do folhetim, criticando nominalmente João do Rio por fazer "a exploração excessiva de um marinheiro criminoso cuja repelente figura não pode senão recordar um dos trágicos episódios da Marinha e um dos fatos mais vergonhosos da história do Brasil". A folha concorrente se dirige ao cronista: "Insistir nessa exploração, glorificando o 'herói' e emprestando-lhe expressões livrescas e citações eruditas de tratados e conferências, é trazer um pernicioso apoio e incentivo para futuros criminosos da mesma natureza". Numa espécie de defesa, a *Gazeta de Notícias* explicou, no dia seguinte, que publicava apenas a "história das memórias" de João Cândido, afirmando serem aquelas palavras do próprio marinheiro, apenas "consertadas por um redator de plantão".

Para aumentar ainda mais o mistério envolvendo a versão do diário publicado na *Gazeta de Notícias*, ele nunca foi mencionado por João Cândido em entrevistas posteriores, e ficou mais de setenta anos inédito em livro, até ser transcrito pelo historiador Marco Morel em uma reedição, em 2009, do livro *Revolta da Chibata*[1]. E mais: justamente os exemplares do jornal correspondentes aos dias de publicação do diário estão faltando no acervo da Biblioteca Nacional. Resta a coleção conservada na Biblioteca Mário de Andrade, de São Paulo, mas cujo exemplar de 31 de dezembro de 1912, dia do primeiro folhetim, está parcialmente rasgado. Dessa forma, nossa transcrição começa a partir do segundo capítulo. Até porque este

---

1 Edmar Morel, *Revolta da Chibata*, Rio de Janeiro, Paz e Terra, 2009.

começa com a observação: "Ontem, fizemos os resumos dos primeiros capítulos das *Memórias de João Cândido*. Tendo em vista que melhor seria reproduzir a odisseia do célebre marinheiro exatamente como ele a escreveu e capitulou, nós começamos, desde hoje, a publicá-la por esta forma mais atraente".

Quanto a João Cândido, após a liberação em 1912, expulso da Marinha, ele viveu de pequenos bicos e trabalho como pescador, até os 89 anos. Teve três esposas e onze filhos.

A saga desse "bravo marinheiro, a quem a história não esqueceu" foi transformada em música por João Bosco e Aldir Blanc em 1975, com a canção *Almirante negro* – entretanto censurada pela ditadura vigente. A versão liberada – e conhecida pela interpretação de Elis Regina – teve trocadas as palavras "negros" e "marinheiro" por "santos" e "feiticeiro".

Em 2008, dois anos antes do centenário da Revolta da Chibata, o governo brasileiro sancionou uma lei concedendo anistia *post--mortem* a João Cândido e outros marujos participantes da rebelião.

A profissão de
Jacques Pedreira

1. RECEPÇÃO ÍNTIMA

– Mais um bolo?

– Obrigada. Ouvimos o Chagas. Está famoso.

– Oh! Dando apenas as últimas alcunhas do Lírico...

– Aposto que não sabe...

– A do presidente ou a do cardeal?

A Sra. de Melo e Sousa parou, olhando a sala. Seria inconveniente perguntar a alcunha de alguma pessoa presente. A Sra. de Melo e Sousa era muito bem-educada desde criança.

– Por exemplo, a do Florimundo – atalhou a menina Laura Gomes, que não era bem-educada.

– Ah! essa é o *puzzle* – fez o Chagas olhando o sujeito ao fundo.

– Por quê?

– Ora! Porque esgota a paciência dos credores e é mudo como um peixe.

As senhoras fingiram rir. As primeiras alcunhas tinham sido mais felizes. Era, naquele inverno, a recepção inicial da Sra. Gomes Pedreira.

Mme. Gomes Pedreira, Malvina para os íntimos, com os seus cinquenta anos discretos posto que adiposos, afadigava-se em re-

201

cepções. Com dois filhos apenas, Jacques, cujo curso de Direito se completara dias antes, e Gastão, ainda num equiparado de padres, distante, era ela quem dirigia o serviço, preparava os bolos nas pratarias, revolucionava a pouca vontade evidente dos criados.

Podia ter uma governanta. Era, porém, uma questão de hábito. A força do hábito obrigava-a. Todos os anos invariavelmente em Petrópolis, decidia não abrir mais a sua sala do Rio em dias certos. Em seguida, continuava a fazer o que fizera no ano anterior. Continuar é ainda uma das ações mais fáceis deste mundo, que a calúnia chama hostil. Assim, Malvina descia de Petrópolis sempre numa linda manhã de abril, acompanhada por muitas malas e por duas criadas.

A sua primeira frase era invariavelmente a mesma:

– Meu Deus! que calor faz cá!

Em seguida tomava um carro. Ao chegar a sua residência de Botafogo, vasto casarão apalacetado, presente de noivado que o marido já hipotecara, repetia também invariavelmente:

– Santo Deus! Em que estado puseram a minha casa!

E encetava uma arrumação geral. Aborreciam-se todos os criados, os patrões, ela principalmente, e, acabada a arrumação, a casa era cada vez mais a mesma coisa. Ao cabo de um mês, não tendo outro meio para se enfezar e enfezar os serviçais, marcava o dia da abertura semanal dos seus salões. Temperamento.

Naquele ano fora tal qual. A Sra. Gomes Pedreira passara quatro meses desesperados na cidade de verão. Como seu marido, o célebre advogado Gomes Pedreira, consultor de várias companhias inglesas, era um fino homem, muito relacionado, a esposa vivia numa roda-viva, sempre a aceitar e oferecer (oferecer mais, sempre) almoços, jantares, festas a ilustres conhecidos, quase desconhecidos e mesmo por conhecer. Gente bem-cotada, eles! Isso irritava-a.

Seria decerto pior entretanto se não tivesse tantas relações. Ao demais, os rapazes inquietavam-na. Gastão, em férias, alugara um cavalo e um automóvel (ambas as conduções ao mesmo tempo), e fizera por questões de recibos escândalo num certo campo de *lawn-tennis* da melhor roda, em que os frequentadores se dividiam em dois grupos: o das trouxas e o das assanhadas.

Enquanto o último rebento agitava de tal sorte o Piabanha, Jacques teimava em ficar no Rio, no calor do Rio! com o plano vulgar de cair na pândega. E fora ao exagero, levara ao próprio lar um bando de estroinas e de mulheres alegres, a que oferecera uma ceia naturalmente alegre. Nunca na sua vida a pobre senhora tivera emoção tão violenta como quando soube da cena...

– É um escândalo!

– Sabes lá se eram alegres? – dizia o esposo conciliante. – Depois, simples boatos!

– Não, desta vez parto.

Desceu quatro dias antes do que era costume, modificou a sua frase inicial da Prainha, porque ao chegar logo exclamou:

– Nunca senti tanto calor na minha vida.

E foi tudo. Em casa, como nada havia de anormal, não teve coragem para falar a Jacques, receosa de perder uma hipotética força moral, assim como não se resolvera a cortar em Petrópolis o cavalo, o automóvel (ambas as conduções ao mesmo tempo) e as insolências sociais do jovem Gastão. No fundo, muito boa senhora. Um mês depois, abria os salões. Era aborrecidíssimo, mas sentir-se-ia diminuída se o não fizesse. Que diria o mundo?

As recepções de Mme. Gomes Pedreira representavam de fato várias coisas solenes. Em primeiro lugar a tradição. Há dez anos, Malvina, em pleno outono sem fatuidade, tinha o seu dia, era das raras antes da Avenida. Além do mais a sua casa fazia-se uma espécie de campo de honra neutro-conservador. Lá se encontravam todos os capazes de ter vencido ou de vencer, e os capazes se davam o ar do melhor tom. O palacete, todo num pavimento assobradado, em meio do jardim, parecia bem. Nesses dias de importância abriam à sociedade que os visitava o grande salão da frente, com janelas para a rua e muito pouco mobiliado, como à espera sempre de um baile imprevisto, o pequeno salão com um piano de cauda e algumas tapeçarias autenticamente falsas e a casa de jantar, em estilo manuelino sobre imbuia, presente de uma associação portuguesa ao advogado. Não era bem um *five-o'clock*. Nem uma *sauterie*[1]. Nem uma recepção. Tinha dos três – era o dia de Mme. Pedreira. Não raro as senhorinhas e os rapazes faziam, isto é, acabavam por fazer umas valsas no grande, nu e encerado salão. Os *sandwiches*, os doces, os bolos, os licores e os vinhos da mesa da

---

1 Festa dançante.

casa de jantar desapareciam infalivelmente. Mas na pequena sala aconchegada, servia-se o chá com um ar distinto. Nesse dia, Malvina estava intimamente satisfeita. Os doces estavam a ser muito gabados, o criado, um italiano novo, servia bem e havia na peça intermediária entre a dança e a comedoria a nata das suas relações. Era como se estivesse no Lírico, numa noite em que não se canta nenhum drama de Wagner.

Entre as senhoras de raça – é tão difícil fazer questão de raça! – havia a Viscondessa de Muripinim, encardida relíquia da monarquia, chegada de Cannes, onde acabava de assistir ao batizado do príncipe herdeiro, o primeiro rebento de D. Luís, que ela conhecera menino; a Sra. de Melo e Sousa, de uma estirpe de diplomatas, a mais inteligente dama da sociedade. E ao lado dessas senhoras, as três Praxedes, esposa e filhas do negociante Praxedes, a encantadora Eleonora Parckett e a baronesa sua mãe; a Viuvinha Ada Pereira, Graça Feijó; a mais parisiense das cariocas, mulher de um banqueiro e filha de um milionário; o casal Gomensoro, ele secretário de Legação, ela Etelvina, com o ar de Mme. Benhe Bady, nas peças de Bataille, cantando deliciosamente e tendo o cuidado de elevar o seu refinamento a ser falada nos jornais como Etelvina Gomensoro, *née*[2] d'Ataíde; a condessa do Papa Rosalina Gomes, perfeita de ingenuidade, uma verdadeira criança; a sempre modesta esposa do jornalista proprietário Altamiro, com um vestido que devia ter custado no Paquin muitos bilhetes azuis; e a fascinante Luísa Frias, uma tânagra viva, coberta de pérolas (dizem que muitas falsas), porque é moda em Paris a pérola, assim como Gina Malperle, a filha do eterno cônsul do Colorado, com corais rosas e brilhantes para conservar o ar da 5ª Avenida, o tom *fluffy*, o aspecto americano; a bela Mme. Andrade (bela há vinte anos irrevogavelmente!), a bela Mme. Gouveia (bela há dez anos fixamente!), a bela Mme. Zurich (bela há cinco anos só felizmente), três irmãs irreconciliáveis no predomínio da beleza. Quanta gente!

Mme. Pedreira consegue mesmo mostrar na sua sociedade a jovem esposa milionária do Deputado Arcanjo dos Santos, rio-grandense, filha de um estancieiro poderoso. Como tem um vestido acintosamente caro e os seus lindos olhos mostram uma gula

---

2 Nome de solteira.

desdenhosa pelo meio, Alice dos Santos só encontra cordialidade natural na Sra. de Melo e Sousa.

– Sou muito medrosa. Só estive em Buenos Aires.

– E em Paris?

– Vou agora, V. Exa. não imagina a vontade...

A Sra. de Melo sorri boamente.

– Não me dê excelência, por favor.

– A culpa é de meu marido, que é deputado. Em casa tudo é excelência.

– E que tal a recepção?

– Olhe, faz-me o efeito de um teatro.

– As recepções são sempre um primeiro ato de peças que principiam ou já acabaram quando elas começam...

Alice olha. Realmente. No salão de jantar, devorando *sandwiches* as Praxedes, a mãe e as duas filhas fazem o seu *flirt* com o impecável Bruno Sá e o lindo Dr. Suzel, lindo como um pajem de gravura dos contos de Boccaccio. A Condessa Rosalina come há vinte minutos a terça parte de um bolo, conversando com o ex-Don Juan Anselmo de Araújo, sempre petulante e juvenil. No salão, várias meninas e vários rapazes, todos muito bem-vestidos, com um ar de superioridade, desconfiado de que essa superioridade venha a desaparecer de um momento para outro, valsam. É uma valsa francesa, feita para os cassinos de Nice e da Riviera – valsa escrita decerto por maestros divorciados. Às janelas há nomes ilustres, e neste mesmo salão onde Graça Feijó, Etelvina Gomensoro, *née* d'Ataíde, e o distinto Gomensoro fazem a um canto uma partida de *bridge,* para não perderem a linha parisiense, ela vê, rindo com Gina Malperle, um homem magro, bem-vestido, e um velho alto de monóculo.

– Quem são?

– Não conhece? Godofredo de Alencar, homem de letras que se dá com políticos de importância. O outro é o Barão Belfort, tipo muito curioso, que posa para alarmar toda essa gente.

– Ricos?

– O primeiro, de esperanças. O segundo solidamente, o que é raro por cá.

A valsa cessara. Quem tocara, tendo ao lado o Chagas a fingir que virava as páginas, fora a jovem Laura da Gama.

– Também quero eu um pouco!

– Estava tão bom.

– Tão bom o quê?

– A valsa.

– Olhe, venha cá, ainda não lhe disseram o seu apelido?

– Já.

– Aposto que não.

– Mas não admito que diga, porque digo o seu.

– Ora!

– Qual é? – interrogou Alice.

– Não indague, porque diz o seu. É um traidor!

Carlos Chagas, Charlot para todos, de idade e de profissão indefinidas, era um elemento mundano de primeira ordem. Como estava em moda darem-se uns aos outros alcunhas, deram-lhe o apelido de "Ganhou o macaco". Esse apelido tinha o dom de irritá-lo. Era também a única coisa que o irritava. Diante do olhar de Alice em que se anunciavam todas as possibilidades e todas as vontades, ao mesmo tempo que considerava a estancieira parlamentar pelo lado prazer, estava com o apetite de dizer ali a insolente alcunha de cada uma das três senhoras. Calou-se porém. O *buffet* renovara de apreciadores. O Dr. Justino Pedreira aparecia a conversar com dois cavalheiros que pareciam ricos e influentes. Charlot tinha um grande respeito por quem parecesse rico ou influente. E de um deles lera nos jornais da oposição que ficara com 300 contos de uma tremenda roubalheira aos cofres do Estado. Era um homem digno de atenções. Não só dele. De toda gente. E de outro lado, enfim fatigada de fazer o *bridge*, Etelvina Gomensoro, *née* d'Ataíde, surgia pelo braço de seu marido, rindo como se estivessem em casa ou fossem os dois os subprefeitos da "Sociedade onde a gente se aborrece".

– Estão alegres?...

– Não, imaginem vocês o Comendador Praxedes...

– O Escafandro? – indagou logo Charlot.

– Ah! sim, o Escafandro, que quer por força aprender o *bridge* com a Graça.

– Nunca aprenderá.

– Um jogo *chic*.

– Pois claro.

– E se nos desse o prazer de ouvi-la um pouco?

– A sua recepção está tão alegre.

– É preciso elevá-la. Nestes dias da Malvina tenho o receio de convidar muitos artistas para que as recepções não tenham uma importância que não devem ter e não passem o limite da intimidade. Mas quando no nosso meio há uma grande artista!...

– É o céu que a envia.

Etelvina Gomensoro, *née* d'Ataíde, bebia a ambrosia do elogio como uma verdadeira artista e o jovem Gomensoro, escanhoado, com o aspecto simpático de um espanhol educado em Londres, irradiava esse mesmo prazer. Em torno, o Feijó e a linda esposa, Mme. Gomes Pedreira, com a sua pesada autoridade de dona de casa, a fascinante Luísa Frias pediam um trecho de música. Mesmo Mme. Rosalina, Condessa Gomes, dizia com a sua irredutível ingenuidade:

– Eu gosto tanto de música; é tão romântico!

E o Barão Belfort, o homem mais viajado do Brasil; e Alencar, Godofredo de Alencar, que escrevia crônicas mundanas de um sabor tão estrangeiro, pediam discretamente. Charlot bateu palmas.

Então, Etelvina foi até o piano. Houve um silêncio. Ela ia cantar, numa toada de sonho, os versos de Sully. E a sua frase surgiu como um bordado de ouro na renda da música:

Quand on est sous l'enchantement
D'une faveur d'amour nouvelle
On s'en défendrait vainement
Tout le révèle.

Nesse momento, com um passo macio e seguro, a fronte lisa de moço, os cabelos negros tão passados de escova e concreto que pareciam de ônix, o *frack* de uma linha impecável, a gravata branca com uma pérola escura, surgiu à porta da sala de jantar um jovem. Mme de Melo e Sousa acenou-lhe com o leque. Ele adiantou-se devagar até o canapé em que a ilustre dama conversava com a admirada Alice dos Santos. As suas mãos largas e bem-tratadas estenderam-se para ambas num gesto natural de força íntima. Depois sentou-se entre as duas.

– Já se conheciam? – indagou Mme. de Melo e Sousa.

– Desde anteontem.

– Foi no Lírico.

– Psiu, falem baixo...

A voz de Etelvina enchia a sala d'amor:

Comme fuit l'or entre les doigts
Le trop plein du bonheur qu'on sème
Par le regard, le pas, la voix
Crie: Elle m'aime.

A Melo e Sousa sussurrou:

– E eu que antegozava o prazer de apresentá-lo! Eis Jacques Pedreira, um menino de maus costumes!

Alice dos Santos sorria. A ave do paraíso que pousava nos seus cabelos, graças a uma modista inimiga dos horizontes, arfava. E Jacques, sentado entre o outono e o verão, cumprimentava com um alegre riso os seus amigos; o Barão Belfort, Alencar, que dera uma tão linda nota do curso que ele não fizera, e a bela Mme. Gouveia, e a belíssima Mme. Andrade, e Graça, como que abstrata...

Nas recepções de Mme. Pedreira, a senhora artista era um dos números certos.

Todos os números eram mais ou menos certos. Havia a chegada, as conversas gerais de uma desoladora e importante insignificância, as conversas nos pequenos grupos em que seriamente as damas conversavam ou com os próprios *flirts* ou dos *flirts* alheios, algumas valsas, passeios aos bolos, um número de música e um número de literatura, em geral versos. O número de música dava ensejo a conversarem baixo d'outra cousa, negócios, mal do próximo. O literário era um sinal de partida. Etelvina Gomensoro, *née* d'Ataíde, era deliciosa, porém.

La vie est bonne, on la bénit
On rend justice à la nature!

Uma prolongada salva de palmas. A cantora fez um cumprimento quase *plongeon*[3], como se estivesse em Rambouillet, diante do Imperador. Era admirável. Um movimento geral estabeleceu-se que parecia de partida em parte. Malvina Pedreira deu com seu filho.

---

3 Ato de curvar-se, como reverência.

– Até que enfim! onde esteve até agora?

– Dormindo, mamã.

– Vejam vocês. Um homem de 18 anos dormindo até as cinco da tarde!

– Perdão, mamã, até as duas.

– É que entra pela manhã em casa. Um bacharel!

– Desde anteontem.

– Verdade é que o barão diz que não tens culpa alguma... Ah! minha querida, veja se me dá juízo ao Jacques...

E partiu solene. Alice dos Santos estava de pé. A ilustre Melo e Sousa sorriu.

– Esta Malvina acaba nomeando-me governante moral da casa... Jacques estava sério, com as mãos nos bolsos, sério e confidencial.

– A mãe não tem nada. O velho é que é. Imaginem! Quer que eu vá trabalhar para o consultório! Eu! Já tem lá uma escrivaninha.

– Mas então, advogado...

– Não tenho culpa nenhuma... Então, D. Alice, como vai de cidade?

– Se nos levasse a beber um cálice do Porto?

– Enquanto é tempo.

Alice precipitou-se. Mme. de Melo e Sousa acompanhou-os a querer desvendar a significação da frase, porque ela tinha de fato, ou podia ter, três significações.

Enquanto é tempo porque a recepção ia acabar. Enquanto é tempo porque talvez não houvesse mais nem migalha. Enquanto é tempo de escapar aos versos do Dr. Inocêncio Guedes, rico político de Goiás, que ia decerto recitar o seu fatal *Smart-Ball*.

Smart-Ball, epíteto galante de uma sociedade...

Na sala de jantar parecia, de resto, ter passado a possibilidade de um batalhão argentino. Jacques que se olhara num dos espelhos, à exclamação pesarosa de Alice, não teve a menor contrariedade. Enfiou as mãos nos bolsos da calça e disse:

– Não tem nada, acompanhem-me; deve haver na outra sala.

Entraram na sala de jantar de todos os dias, modestíssima, dando para a copa e para um terraço, de onde se debruçavam também as cozinhas. Mme. de Melo e Sousa gozava aquele *aplomb*[4] do seu

---

4 Aprumo.

querido Jacques. Alice parecia acanhada. E o querido Jacques bateu palmas, mandou vir o vinho, marmelada.

– Se tomassem um caldo? Só aturar uma recepção inteira da mamã! O Barão Belfort diz que o prepara para não sair do purgatório nunca mais. – Depois pegando a mão de Alice: – Bonitos esses brilhantes. São de cá?

– São.

– Joias compram-se em Paris. Tomam o caldo?

Nenhuma quis o caldo. A milionária estancieira aproximou-se do terraço.

– Está a tarde bonita.

– Está – fez Jacques, que aborrecia a poesia.

– Que é aquilo?

– É um telheiro, que serve de garage. O Jesuíno...

– Que Jesuíno?

– O velho. Tem só um automóvel, aliás sempre em conserto. Mas é bonito.

– Quer vê-lo?

Era extravagante acabar aquela recepção no quintal. Mme. de Melo e Sousa estava seduzida. As duas damas desceram, erguendo muito os vestidos.

Jacques, absolutamente sério, mostrou o telheiro e o automóvel, como um jovem *lord* inglês mostraria os seus domínios, parques e castelos. Em seguida continuou:

– A senhora é do Rio Grande. Não há árvores grandes por lá, pois não?

– Quem lhe disse?

– Mas não há uma jaqueira, uma grande mangueira...

– A jaqueira vejo eu – interrompeu a notável Melo e Sousa.

– É porque a mangueira fica ao fundo. Tem até um balouço.

– Para você?

– Não. Eu faço barra fixa, paralelas.

Realmente, ao fundo, havia uma vasta mangueira, com um balouço. Os três olharam para a árvore com poderosa admiração. Parecia que nenhum enfrentara assim de perto com uma espécie botânica tão grande. Depois, Alice soltou uma gargalhada.

– De que ri?

– Rio, porque gostaria de balouçar-me. É uma ideia louca.

– Pois trepe.

– Perdoe V. Exa., como diz meu marido, mas já, seria inconveniente.

– Ora menina, por quê? É só imaginar que a recepção da Malvina é uma *garden party*.

– D. Argemira é capaz de imaginar o dia de mamã até um baile de máscaras.

– Jacques, por quem é, sou a melhor amiga de sua mãe.

– Por isso mesmo...

Com autoridade sentou Alice no balouço, arrumou-lhe os vestidos, aliás inconvenientes para semelhante exercício, e impulsionou o balanço. A rio-grandense ardente dava gritinhos, não de medo – uma rio-grandense nunca tem medo – mas de prazer. Argemira de Melo e Sousa colocara o seu *face-à-main*[5] para admirar melhor os voos do lindo pássaro. Jacques não parecia ter feito outra cousa na sua vida senão empurrar balouços. Era magistral. E, de repente, diante deles, precedidos de um criado em mangas de camisa, cujo sorriso parecia o de um agente secreto, surgiram Arcanjo, marido e deputado, e Mme. Pedreira, mãe e anfitriã.

D. Malvina tinha já o sorriso verde da máxima contrariedade:

– Com que então aqui?

– Os três!

– E nós a procurá-los. O Dr. Arcanjo estava assustadíssimo. Eu e seu pai também.

– Oh! – conciliou Mme. de Melo e Sousa – nem pensávamos que davam pela nossa falta. O Inocêncio ia recitar...

– Recitou, recitou todo o *Smart-Ball*.

– É a sexta vez que ouço aquele trabalho – atalhou Arcanjo. – Muito mimoso.

– Imensamente. E estamos a procurar D. Alice os dois, porque não há mais ninguém.

– Que me dizes! Acabado o dia? Então viva o dia!

– Valha-me Deus! Uma criança este meu filho. Que diz, doutor, não é da minha opinião?

Arcanjo, habituado ao Congresso, sem saber a opinião da venerável senhora, curvou-se:

---

5 Par de lunetas presas a um cabo lateral.

– Sou da opinião de V. Exa..

Fazia como na Câmara. Argemira riu. O frio desapareceu.

– Mas não fiquemos aqui. Levemos D. Alice até à porta...

Jacques deu o braço a Alice. Viu que devia dar o outro a Argemira. Seguiu com as duas damas, pensando que seu pai o esperava para uma hora de ordens e conselhos. Até perdia o prazer de ser amável!... E enquanto pela aleia do jardim assim conduzia duas damas, sua mãe, atrás, falava seriamente com o Deputado Arcanjo.

– Cinco horas, doutor. Quase noite. Como fatigam as recepções! Ah! se pudesse ver-me livre desse trabalho!

– V. Exa. tem razão, realmente o convívio social instrui, mas estafa...

2. UM JOVEM CONTEMPORÂNEO

Jacques entrou nos aposentos do seu pai, um pouco aborrecido. O importante consultor de várias companhias estrangeiras, pelas contingências de uma vida de advocacia forçadamente administrativa, acostumara-se a dobrar o temperamento, a fingir, a representar. A vida é um palco, onde cada um representa o seu papel, disse Shakespeare. Depois do transformismo, moda passada em ciência e moda em voga em cena: a vida é um palco, onde cada um representa seus papéis. Justino representava alguns – nem sempre gloriosos, é de convir, mas com tal elegância, um brilho tão particular, que só merecia aplausos. Chamavam-no o "camaleão dos ministérios"; ninguém poderia afirmar numa questão de que lado estaria sempre advogado assim admirável. Mas, Justino fazia para ser de qualquer jeito de uma das partes e era de um ceticismo fatalista, absolutamente oriental, nas decisões graves da vida. O hábito de mascarar o temperamento, de mudar de cara várias vezes ao dia apagara-lhe a energia de retomar o seu "eu" – que era no fundo bom, inteligente e conservador. O secreto e acovardado Justino íntimo tornara-se apenas o espectador de vários Justinos mundanos, e só raramente intervinha no drama, como os frequentadores de circo para os palhaços em situações difíceis.

– Vamos a ver como te sais deste negócio!

– Queres apostar?

– Tens muita sorte.

Esses curtos diálogos, entre o seu verdadeiro "eu" e os outros Justinos para uso externo, deixavam-no esperançado e arrasado nos graves momentos de protestos de letras e de agonienta falta de dinheiro. Enquanto não lhe faltasse a estima daquele espectador, seria amável e vencedor. E sorria. Quantos, como ele, por este mundo? Sorria e continuava a representar, mesmo em casa, para a família, mesmo só. Apenas, como tivera sempre a preocupação dos papéis simpáticos, e como não havia nem tempo para perder, nem muita confiança em inspirar terror, organizara um pai misto de peça romântica e de comédia moderna. Os seus aposentos eram de uma simplicidade monacal, o leito de ferro, onde repousava das vigílias estudiosas, mais desolador que um catre d'hospital; e nas paredes nuas só se via a litografia de Nossa Senhora da Conceição, em caminho do céu, atestando uma crença, tanto maior quanto não a possuía, senão para um efeito social, mundano e prático.

Quando Jacques entrou, o seu ilustre progenitor estava ainda com a sobrecasaca da recepção, sentado, a escrever. Nesse dia, por felicidade, fazia-se completamente pai comédia moderna.

– Boa tarde, caro colega e filho!

– O pai quer falar-me?

– Em teu interesse.

– E o escritório?

– O escritório e tudo mais. Senta-te. Fumas um cigarro?

Abriu a cigarreira, serviu-se, guardou a cigarreira, estirou-se na poltrona.

– Meu caro Jacques, vejo que estás aborrecido. Eu também. Nada mais fatigante do que estas cenas de conselhos entre pai e filho. Teu avô passava-me um carão, de oito em oito dias, e nunca me falou senão zangado. Para consentir que eu fizesse a barba, o que para ele parecia um insulto aos seus direitos paternos, foi necessária uma verdadeira campanha diplomática. Mas isso era no tempo antigo. Hoje, os pais não precisam dar consentimento para fazer a barba, porque nunca veem barba nos filhos.

– É um uso americano...

– Que acho, aliás, muito asseado. Entretanto, como ainda resta, por um velho preconceito, aos pais, a boa vontade de guiar os filhos, não pude deixar de escolher esta tarde para conversarmos um pouco.

Houve um silêncio. Justino, acariciando a barba grisalha, olhava o seu pequeno, com um secreto prazer de tê-lo feito tão bonito e talvez uma certa inveja daquela mocidade despreocupada ainda das necessidades da vida. Jacques continuava sério, em pé, brincando com a espátula de cortar papel.

– És uma criança, meu filho. Não podes ter queixa de mim. Não sei se estás educado, mas fiz o possível para te fazer bacharel, como toda gente. Absoluta liberdade, contas pagas, empenhos, professores em aulas particulares. Enfim, tudo. Mas nesta facilidade de vida, talvez nunca te afigurasse a triste verdade de que é preciso ganhá-la. Aqui estou eu, com cinquenta anos, a esclerose fatal, obrigado a viver com desperdício, exatamente porque desse desperdício vem a possibilidade de negócios grandes. E sem vintém. Sim, meu caro Jacques, sem vintém. É preciso que te habitues à triste ideia de que, morrendo eu amanhã, estás com tua mãe e teu irmão absolutamente sem recursos.

– O pai a fazer testamento!

– Não senhor, estou apenas a falar sério. De resto, a maioria dos teus companheiros está nas mesmas condições em que estás. São raras as nossas grandes fortunas. São raras, até, as pequenas sólidas. Atravessamos um grande momento curioso, e vocês não imaginam como custa ser o maquinista, um dos maquinistas da mágica. É preciso trabalhar. Mesmo milionário, dar-te-ia este conselho. Não o sendo, acrescento que é imprescindível, desde já, para te habituares, antes de uma perda grave. Um homem não é homem, enquanto não ganha.

– Ganhar como? – fez Jacques sucumbido.

– De qualquer forma. A questão é ganhar. As sociedades fazem cada vez menos caso dos meios. Metade dos cavalheiros que estiveram cá, hoje, é dessa opinião... De resto, não seria mesmo bonito para um homem ser sustentado por seu pai, toda vida.

– Ah! isso não.

– Já vês...

– Mas como, papá?

– Oh! ganha-se dinheiro, mesmo não fazendo cousa alguma. Tudo é dinheiro. A questão é preparar o espírito, é encaminhá-lo para o ponto prático, e o ponto prático para um rapaz de boa sociedade é pensar sempre que precisa conservar uma série de confortos, de aparência insignificantes quando os temos, mas enormes, quando lhes sentimos a falta. Vamos a saber: não queres advogar?

Jacques sorriu:

– O pai sabe bem que não sei. Foi você mesmo quem disse que eu de Direito sei menos que o Gastão.

– Sabe-se sempre o que nos vai ser útil.

– Depois, o escritório, a escrivaninha, o foro, com aquela poeira...

De novo a frieza inicial voltou. Justino tornou um pouco seca a voz:

– Creio que te formaste para fazer alguma cousa.

– Não pai, não se zangue. Tenho, quer que lhe confesse? medo de começar.

– Pois esse medo passará. Guiar-te-ei. As pequenas causas – terei pequenas causas? – serão tuas. Depois, a escrivaninha não é escrivaninha, é um lindo *bureau-ministre.*

– Então, pai, vou amanhã...

Justino ergueu-se, mostrando uma satisfação que talvez não tivesse.

– Nota que não te quero forçar a ser advogado. Com uma carta de bacharel, por enquanto, ainda é possível ser várias cousas neste país. Tens diante de ti o mundo dos negócios, o funcionarismo, a jurisprudência, a política. O meu desejo é lançar-te na vida, não como o pequeno do Pedreira, mas como o filho formado do seu pai, agindo por conta própria e ainda com uma defesa não só de pai como de amigo prático. É preciso ser homem. Foste menino até hoje. Vamos a ver o que fazes, d'agora em diante. Até amanhã.

– Até amanhã.

– À uma da tarde, no escritório. Tu hoje acordaste mais tarde... – Depois, sorrindo, como Jacques já estivesse à porta: – Olha, aqui tens vários convites com o teu nome, da recepção do Chile, do baile do presidente da República e do decantado baile que o Itamarati oferece aos oficiais portugueses. Tens mais um cartão permanente para o recinto da Câmara, dois cartões de cinematógrafos. Essas lembranças pessoais, deu-mas o Godofredo de Alencar, que é muito amigo dos governos. Sê também amigo dos governos.

Jacques recebeu os convites com uma certa emoção. Afinal, a conversa não fora tão aborrecida. Ele sentia-se bem um personagem, alguém... O pai tornou:

– Com estes trunfos que tens em mão, um homem esperto talvez não se decidisse por nenhuma profissão, mas decerto teria meios de arranjar uma fortuna. E basta de conversa. Caro colega e filho, até ao escritório.

Jacques saiu. Era só atravessar a sala de jantar e estava no seu quarto.

Consultou o relógio e viu que eram seis e meia. Os criados punham a mesa modesta do jantar. Um sentimento complexo agitava-o, sentimento que era de alegria e era de um terrível e assustado desalento. Tinha vontade de chorar, como uma criança. Chegar tão cedo ao marco em que já se não é bem da família! Amanhã seria um homem, uma individualidade à parte, agindo por conta própria, com a gravíssima responsabilidade das suas ações a recair no dia seguinte. Estava farto de saber a situação financeira do seu pai. Era a de três quartas partes da sua sociedade, um triste *bluff* que se tornara norma angustiosa. E entretanto, vinha-lhe um medo louco de encarar a necessidade no dia seguinte.

Se Justino morresse? Sim, se morresse... Em que estado ficariam, em que estado ficaria ele? Era preciso atirar-se, trabalhar, ter uma profissão, que lhe desse a troco de um certo esforço quotidiano o pão do mês. Oh! era miserável, era humilhante. E era fatal! Tinha que fazer como toda gente. E vinham-lhe à memória vivas impressões de vários infelizes. O Dória, o rico Dória engenheiro, que, morrendo o pai, fora especulador da praça, zangão, dono de hotel quebrado e sempre a querer aproximar-se do meio, que, impiedoso, o afastara, era intendente de um milionário, ganhando comissões das *cocottes* e dos vendedores – só com a preguiça de seguir a sua profissão; o Aragão, que montara um *club* de jogo, com egoísmo, e roubara no *baccara*, o Adalberto... De um momento para outro podia ficar assim, e ele que se sentia tão fraco d'alma, tão incapaz de reagir!

Fechou-se por dentro, no quarto, acendeu a luz, olhou-se ao espelho. A tristeza tornava-lhe ainda mais bonito o lábio sensual, a boca de uma frescura úmida, a pele lisa e morena. Diante de um físico tão agradável, aproximou mais o rosto, a ver um sinal ao pescoço. E lembrou-se dos olhos de Alice dos Santos, dos lábios de Alice dos Santos, da proteção que Argemira parecia querer dar aos avanços da Alice dos Santos. Ainda não tivera uma amante senhora casada. Quanta coisa ainda não fizera na vida! Mas havia

216

de fazer, tinha o desejo de fazer, desde que elas fossem agradáveis e pouco trabalhosas. Sorriu para o espelho um sorriso tentador. Afinal tinha sorte, sempre tivera sorte e havia de ter sorte. O Dória não fora feliz porque não tinha de ser. Também há mendigos que pegam caiporismo. No primeiro ano visitara com os colegas uma quiromante que lhe prognosticara muitos amores e muitas viagens. Como ter amores e fazer viagens sem dinheiro?

Começou a despir-se vagarosamente. Amores! A Alice talvez. Como? A Alice e outras muitas, a Malperle por exemplo, de quem se falava tanto, ou a mãe da Eleonora que fingia um desmaio sempre que se achava a sós com um rapaz? O apetite da vida voltava-lhe diante da própria imagem a mover-se no espelho.

Sempre obtivera tudo sem esforço e a sorrir.

Havia de continuar. Acendeu um cigarro, soprou o fumo, assobiou um pouco uma cópia de café-cantante. Deitou-se a fio comprido na cama. Ah! se soubesse o futuro! E para que, de resto? Saber é uma necessidade muito relativa. É possível passar perfeitamente sem saber uma porção de coisas. Saber teatro, por exemplo. Para quê? De teatro, Jacques tinha a noção de que as companhias de línguas estrangeiras eram de primeira ordem e as mulheres das boas ou não. As peças, de cujos autores ignorava os nomes, caceteavam-no assaz. Entretinha-se, durante o espetáculo, a comparar a elegância das atrizes com as das suas conhecidas e a verificar o mau alfaiate dos atores. M. Le Bargy foi-lhe uma dolorosa desilusão. E literatura? Jacques nunca na sua vida lera uma novela, um romance. Nem Paulo de Kock, nem o *Conde de Monte Cristo*. Uma indiferença integral afastava-o dos jornais. Mesmo os versos imorais, as leituras ardentes que os meninos fazem sempre com o prazer de atiçar um incêndio em plena violência, não o tentaram. Ao demais, os profissionais do talento não lhe agradavam. Só admitiu desde criança inteligência nos que a sua roda permitia e decretava fossem inteligentes.

Esse feitio não o obstou de ser precoce em tudo, por tudo lhe ter sido fácil. Aos oito anos, como nesse tempo sua mãe ainda tinha ilusões de reagir contra a gordura, foi para um colégio de padres. Aos dez, nas férias do Carnaval, perdeu-se com o criado num baile de Carnaval da mais baixa classe. E como D. Malvina o recebesse em pranto disse:

– Não te assustes. Dancei com umas mulheres pintadas. Elas gostaram. Até pagaram cerveja para mim, que não era tolo para gastar o meu dinheiro.

No ano seguinte, os padres bem-pagos e difíceis de expulsar os alunos queixaram-se do seu mau comportamento. Fumava, arremedava os frades professores, não estudava. Jacques não voltou aos padres e fez um curso de preparatórios em externato, conseguindo o assombro, aliás comum, de ser aprovado numa série de matérias que ignorava.

Seu pai não tinha tempo de fiscalizar a educação, mas pagava sem hesitar os melhores professores e arranjava a valer cartas de empenho no fim do ano. Era mesmo a época do ano, em que senhor de posição tão importante dava para reconhecer velhos amigos de rapaziada, que a sorte fixara em simples examinadores. Jacques, com conta aberta no alfaiate, no camiseiro, no sapateiro, julgava os professores também fornecedores de atestados, mas não era sem um certo sangue-frio superior que colava provas escritas e dizia inconsequências nas provas orais. Ficou célebre o seu exame de química em que, não sabendo quem era Lavoisier e ignorando a composição da água, passou, simplesmente. Ninguém falou também do seu exame de francês. Aliás, Jacques sabia falar francês. Foi o único exame em que foi reprovado. Mas aproveitou a segunda época, e nunca disse obrigado aos examinadores como não dizia ao sapateiro. Quando passou para a escola de Direito a fazer o primeiro ano, uma carta que escrevesse devia ter alguns erros, mesmo na língua comum geralmente falada entre nós e que, por excesso de reconhecimento histórico, ainda denominamos português...

Os preparatórios deixaram-lhe uma sensação de igualdade inexplicável e que no fundo sempre lhe pareceu desagradável rebaixamento. Havia uma porção de rapazes de má roupa, sem vergonha pobres, e que se permitiam, entretanto, fazer versos, usar *pince--nez* e não lhe ligar a menor importância. Quando os professores falavam – (de modo geral sempre) – da desmoralização do ensino, da inferioridade da geração, esses rapazes tinham a impertinência de olhá-lo e ele não podia deixar de ficar contrariado, porque esses sujeitinhos é que lhe pareciam inferiores. Os últimos tempos passara-os mesmo a jogar *foot-ball*, jogo em moda que as senhorinhas aclamavam aos domingos em Paissandu. Foi sob essa brilhante vocação esportiva que se matriculou para fazer o primeiro ano. O primeiro ano constava de duas matérias: Filosofia de Direito e Direito Romano. Oito dias antes dos exames, começou a ler umas apostilhas da segunda matéria, veneráveis apostilhas que representavam o saber desse monumento social em dez gerações de bacharéis. Em Filosofia copiou a prova escrita e, na oral, diante de um lente grosso e sábio, assegurou:

– A Filosofia, esse verdadeiro pão do espírito...

O professor abriu numa gargalhada homérica. E ainda sacolejado de riso:

– Continue, muito bem... continue, menino...

Não continuou por ser susceptível ao ridículo. Mas fez o curso inteiro com a mesma profundez, cada vez menos culpado de ser bacharel. Não que não tivesse inteligência para aprender o que tanta gente sabe nem sempre para bom uso: mas porque era desnecessário. Para que cansar se o resultado seria o mesmo? Instintivamente economizava-se.

O seu tempo de acadêmico passara-o pois assim. Acordava, ia para o *foot-ball* ou fazia ginástica sueca no quarto. Em seguida iniciava a sua *toilette* com cuidado.

A escolha do fato, da camisa e da gravata correspondente, punha-o muita vez perplexo. Essas coisas absorviam a sua atenção. Conhecia gravatas ao longe.

– Essa gravata não é daqui?

– Não.

– É do Doucet. Estavam em moda o ano passado.

Em fornecedores o seu conhecimento era doutoral. A menor alteração no corte dos *fracks,* uma insignificante mudança d'aba nos chapéus de Londres ou da Itália tinham nele um fiel. As cores das roupas de baixo também. E a maneira de estar conforme manda a educação dos salões – educação e maneiras que variam todos os anos. Ultimamente usava camisetas irisadas de multicores imprevistas, abandonando nas gravatas os tons monocromos, e nunca sentava para jantar sem estar de *smoking* e ou de casaca. Um homem, quando tem apetite, pode jantar até tendo apenas por fato a aliança do casamento. Ele, porém, achava aquilo necessidade imprescindível, e mesmo em Teresópolis, num matagal horrendo de cura, aparecia sempre, com espanto do hotel, de *smoking* e sapatos de verniz.

Após a *toilette*, ia almoçar e saía. Às vezes passava pela escola. Raramente.

Empregava o tempo em namoros e *flirts*. Nunca desejava. Era desejado. Aos quatorze anos uma criada portuguesa virgem agarrara-o com uma violência de Tântalo se encontrasse um jarro d'água fresca à mão. Depois era sempre solicitado e achava isso meio aborrecido. Saía à hora em que as ruas de Botafogo, principalmente as transversais, deixam ver tanta coisa. Aos 16 anos, indo visitar o Barão Belfort, que por sinal viajava pela Rússia, encetou através do muro um escandaloso namoro com a Ada Pais, a ponto de fazê-la pular a separação de pedra e vir ler romances na biblioteca do barão. Essa ligação semivirgem dera-lhe de resto a consideração de Belfort e do literato Godofredo de Alencar. O barão era um perverso, cuja amizade não deixava de ser corrosiva. Godofredo, muito hábil sob aqueles ares fatigados, trabalhava no desejo de ser de uma roda, a que aspirava por uma multiforme e vaga ambição.

Troçava de todos, elogiava a todos e principalmente o fraco de cada um. Para Jacques, como para outros rapazes, tinha sempre dessas frases que ficam:

– Estavas ontem com uma linda bengala.

Aos demais dizia-se amigo dos políticos, o que aguçava sobremaneira o interesse dos homens de negócios, a maior ou talvez a única aristocracia do momento.

Jacques tinha pelo barão e pelo homem de letras prático uma sincera admiração. E no chá, um chá elegante, onde parava desde as quatro da tarde a ouvir o Dr. Suzel, o Belmiro Leão a cumprimentar as senhoras e a fazer sinais às *cocottes*, não perdia ocasião de citá-los. Às seis voltava à casa. *Smoking*, jantar. À noite, o *music hall*, em que aparecem como numa exposição as melhores mulheres de várias casas especialistas. A sua memória, mais virgem que a criada portuguesa e Ada Pais, gravou com facilidade as cançonetas e a algaravia desse pessoal pintado e abrilhantado. Passava, como a maior parte dos seus amigos, por trás dos camarotes, onde as damas se pavoneavam. Nos intervalos tomava umas bebidas, convidado pelos endinheirados da semana. Porque, cada semana, havia nessa sociedade assaz misturada de mulheres, *michés*, jogadores, gigolôs, um sujeito que aparecia com muito dinheiro. Godofredo e o barão apresentaram-lhe uma vez aí o jovem construtor Jorge de Araújo. A época era de resto do aparecimento de jovens construtores, jovens motoristas e velhas manicuras. Jorge de Araújo ficara rico num mundo de casas mandadas fazer pelo governo e tinha a dupla mania dos automóveis e das mulheres. Belfort fizera colocar num dos automóveis do construtor esta divisa heroica:

– Esmago todo mundo e ninguém me vê.

Jorge via tanto no barão como em Godofredo duas utilidades para a continuação dos seus negócios. Viu decerto em Jacques uma outra, posto que obscura. E Jacques, com a gula da mocidade pelo prazer, viu nele um meio de divertir-se sem pagar. Em pouco tempo era amigo inseparável, aproveitando os automóveis e a intimidade das mulheres. Datou daí, na função de menino bonito, a sua ligação com a Lina d'Ambre, italiana de cabelo oxigenado, terrivelmente ciumenta. Para ver se podia acompanhá-la à casa, Jacques ia a um dos mil e um *clubs* do jogo onde o *baccara* infernal sustenta um batalhão de patifes amáveis.

Para passar o tempo e ver se ganhava, jogou. A mesada era escassa. O pai dava-lhe roupas, mas não dinheiro. Para arranjar dinheiro, pediu aos fornecedores que forjassem fornecimentos falsos. Depois pediu a Jorge, ao barão. Godofredo, por precaução, pedira-lhe antes do ataque uma pequena quantia. Enfim, uma noite a Lina d'Ambre, votada ao sacrifício romântico, exigiu que lhe fosse empenhar um dos anéis e ficasse com o dinheiro. Jacques hesitou, com frieza, e foi.

Dias depois, na mesa redonda da *pension d'artistes*, a Lina, num calão indizível, atirou-lhe o epíteto de explorador feminino. Como estavam na sopa, Jacques atirou-lhe com um prato, que felizmente só atingiu a cabeleira de um louro não veneziano, mas inverossímil. A mulher teve um ataque, depois de retribuir a violência com idêntica remessa de sopa. Furioso, Jacques saiu com o *smoking* sujo, para nunca mais voltar. Lina mandou-lhe cartas perdidas de amor. A sopa reacendera-lhe a chama. E, como tal chama leva a excessos, Lina, depois de dizer a toda gente que fora explorada, apresentou-se no escritório de Justino a mostrar a cautela e pedir providências. O Dr. Justino, naquela conjuntura, foi de grande gentileza e calma. Pagou, deu à mulher uma gratificação generosa e teve com o filho esse primeiro e lamentável encontro em que entre pai e filho aparece a miséria sexual, o escândalo mulher, aliás tão apreciado por filhos, pais e mesmo avôs.

– O senhor envergonhou-me. Um homem na sua idade não paga o amor. Perfeitamente. Na sua idade nunca paguei. Reservei-me para depois. Há sempre tempo. Mas receber!

– Está enganado, pai. Pergunte a Jorge, pergunte ao barão. Vou quebrar a cara àquela tipa!

– O senhor não vai quebrar a cara a ninguém. O senhor vai é não fazer mais isso, porque está arriscado a perder o meu auxílio. E a propósito: descontarei na sua mesada a importância da cautela. Quem tem vícios não se fia nos outros.

Desde então, Jacques, a quem a inexorável D. Malvina fazia um sermão de moral semanalmente, para lhe dar dinheiro, foi acentuando esse afastamento progressivo da família em favor da rua, a que o eufemismo social denomina fazer-se homem. Jacques fazia-se homem a todo pano, vertiginosamente.

Passava dias sem ver o pai. Chegava pela manhã. Não foi a Petrópolis durante o verão e, segundo informações da vizinhança, dera uma ceia a damas alegres na própria residência da família. Mas, ainda assim, agindo com inteira liberdade, não se sentia senhor das próprias ações, era feliz e descontente exatamente por isso. Ao recordar a breve vida, estirado na cama, sentia que as palavras cordiais de seu pai tinham cortado as últimas amarras. Ia ensaiar a vida só, apenas comboiado durante algum tempo. No dia seguinte, à uma da tarde, estaria num escritório a ver autos, a folhear o código...

A ideia pareceu-lhe tão intolerável, que se ergueu de um pulo, olhou-se de novo ao espelho a ver se não teria mudado. E achou-se perfeitamente agradável.

Então, meticulosamente, vestiu-se. Uma semana com tanta coisa a tratar! O circuito de automóveis, um piquenique noturno na gruta de Paulo e Virgínia com a esposa do ministro de Honduras, e três ou quatro senhoras com os respectivos responsáveis, a festa dos animais oferecida pelo barão! Trabalhar quando a vida é tão bonita! E ia jantar em casa, ia talvez ao teatro com a família, voltaria cedo, para no dia seguinte, à uma hora...

O criado veio chamá-lo. Era o jantar. Saiu. O pai de casaca e de pé lia um jornal. Já passava das oito...

– Então, pensaste?

– Não, vesti-me.

– Não deves perder a ocasião do presidente, do baile presidencial.

– Ora o baile do presidente? – fez Jacques, que sempre ouvira seu pai ridicularizar todas as autoridades constituídas deste país.

– Farás o que entenderes.

Nesse momento, com um vestido de rendas creme sobre fundo de *liberty* preto, decotada e irritada, Mme. Malvina entrou. Sempre que ia ao teatro – e era dia de assinatura do Lírico – retardava o jantar para preparar-se antes. Seria impossível depois com a sua crescente gordura. Mas assim o que se tornava superior às suas forças era jantar, apesar de um razoável apetite. Então, D. Malvina fazia ato de presença, de rosto fechado.

– Por que jantamos cada vez mais tarde?

– Porque é impossível jantarmos mais cedo.

– É o *Lohengrin* hoje?

– É.

– Com aquele dueto que não acaba mais. Você vai?

Jacques não teve tempo de responder. A campainha retinira. O criado chegara.

– O Dr. Jorge, de automóvel, que pergunta se o senhor esqueceu.

– Ah! é verdade. E eu que prometera jantar com o Jorge!

– Onde?

– No Leme. Está aí?

– Está à espera no automóvel...

– O papá dá licença?

D. Malvina carregou o sobrecenho. As roscas do seu pescoço tornaram-se vermelhas. Mas Justino sorria complacente. Era um pai comédia moderna, como a maioria dos pais modernos. Aquele filho formado e formoso, que parecia Perseu, agradava-lhe. Depois em Jorge o velho advogado farejava graves coisas futuras a defender.

Jacques precipitou-se para a varanda, correu no jardim. Nem já lembrava o dia seguinte. Jorge guiava. Ao lado, Godofredo estava de *veston*[6] azul, e dentro do automóvel fechado havia quatro mulheres.

– Então isto se faz?

---

6 Tipo de casaco.

– Estava tratando da vida.

– Tu?

Um estrepitoso riso rompeu. Jacques meteu-se entre as damas. O automóvel deslizou, fugiu pela Avenida, que era um esplendor de luzes.

E enquanto o filho seguia para o prazer, e a esposa arfava irritada por ter de ir ao Lírico, o Dr. Justino Pedreira, lendo o jornal e pensando noutra cousa, fez um gesto ao criado para que lhe desse de jantar.

3. EXERCÍCIO PRELIMINAR

Precisamente, Jacques não foi muito pontual. A pontualidade é talvez um erro para quem almeja valorizar-se. É crime quando a obrigação não nos parece agradável. Os jovens, que se revelam lúcidos ganhadores, chegam sempre antes da hora, no dia marcado. Prova de sofreguidão pueril. Às vezes nada se adianta com a pressa. Jacques apareceu no escritório, quatro ou cinco dias depois – às três e meia de uma linda tarde. Como o escritório ficava na Rua do Rosário, nenhum dos seus transeuntes desconfiaria da beleza do céu. A estreita rua, atravancada com carroções, o calçamento desigual e engordurado, uma multidão de cocheiros seminus, de caixeiros em mangas de camisa, e cidadãos apressados, a contar dinheiro, a discutir papéis estampilhados ou de pasta debaixo do braço – não dava tempo para pensar na beleza, mesmo na beleza de uma tarde linda. Era a rua dos armazéns de comestíveis por atacado e dos consultórios de advocacia. Jacques só aparecia lá para pedir dinheiro ao pai, que dava o nome ao consultório e trabalhava com outros colegas. O pai, nada agradado com tais visitas, aconselhara o contínuo, um velho macróbio, cor de castanha, chamado André, a dizer a Jacques que não estava. O filho chegava e de cá de baixo:

– O pai?

André esticava o braço magro e fazia um gesto inexorável de negativa:

– Não, senhor; saiu.

– Há muito?

– Ainda há pouco.

Por último, com o hábito, ao ver assomar Jacques, fazia maquinalmente o gesto, quase com raiva, e gritava com a sua voz setuagenária:

– Não! não! já saiu.

Como em geral os cérberos de casas de negócio, embirrava com os que vinham pedir, mesmo sendo parentes. Uma das suas volúpias – uma das derradeiras, coitado! – era dizer não, era negar a quem lhe parecia precisar. Assim, quando viu Jacques a subir, o velho cor de castanha ergueu-se furioso, agitando o braço:

– Não está; não está!

Jacques parou, quase resolvido a voltar, mas para confundir o pobre homem, subiu. No consultório havia cinco advogados, contando com seu pai, que se reservava a sala da frente. Gente subia e descia as escadas. Cavalheiros conversavam junto das secretárias. Havia poucos livros na atmosfera sempre suja. O Dr. Justino, que conversava com dois clientes ao mesmo tempo, um provinciano interessado contra a oligarquia do seu Estado e um empresário teatral disposto a intentar ação contra a Prefeitura, apertou-lhe a mão, deu-lhe a face a beijar e apresentou-o logo aos dois clientes.

– Meu filho, formado há dias.

Jacques reparou na sua secretária, com um nobre feitio antigo, de carvalho.

Sentou-se, abriu a pasta virgem e ficou ouvindo o inimigo da oligarquia, que de vez em quando voltava o busto e por deferência dizia:

– Não acha, doutor?

Depois foi ver os outros advogados, que estavam a tratar de negócios, nada interessantes. Que supremo aborrecimento! Nunca mais poria os pés naquele horror!

Mas, voltou. Voltou até todos os dias. É que a sua fraca vontade irritada contra um trabalho comum descobrira que esse trabalho, mesmo comum, seria um título de elegância no meio por onde andava, um título superior. Chamarem-no de doutor, convencidamente, julgarem-no capaz de uma opinião decisiva, era para envaidecê-lo. Mas ter a certeza de que as senhoras e os seus amigos, e os simples conhecidos acreditavam em outro Jacques era um prazer indizível.

Estava 2 mil léguas longe da vida prática. Entretanto, contentava-se. A entrada no escritório deu-lhe uma individualidade definida. Pediu aos amigos que o fossem ver. Deu a mesma direção, com o número do telefone, na pensão da Lola Safo, na pensão da Isabela Corini, no seu alfaiate. Saía invariavelmente depois do almoço, só, com uma pasta cor de granada com fecho d'ouro, saltava do *tram-way* apressado como um *businessman*, atravessava a Avenida a passo inglês. Ao chegar, indagava:

– Não veio ninguém procurar-me?

Invariavelmente, André cor de castanha respondia:

– Não, senhor.

Esperava um tempo e saía de novo com a pasta, ordenando:

– Se vier alguém, que espere.

Dava uma volta, reaparecia, no íntimo louco para que soassem quatro horas. Era a liberdade até o dia seguinte, em que de novo subia as escadas empoeiradas, contrariado e com a esperança de ter sido procurado. Uns quinze dias depois, quem lhe apareceu foi Jorge de Araújo, baixinho, magro, elegantíssimo.

– O Dr. Jacques? – perguntou a André.

– Não conheço.

Jacques, que ia sair, precipitou-se:

– Grande idiota, então não me conheces? Desculpa. É casmurro. Entra. Estou aí com uns negócios.

– Já? Parabéns. E ainda bem. Preciso muito dos teus serviços. Não se trata de advocacia. Tenho advogado.

– Então?

– Preciso de uma carta amiga para o ministro da Fazenda. Obras, reformas. O engenheiro abriu concorrência. Uma carta amiga era decisiva para o ministro. Se for aceita a minha, tens 20 contos.

– Vinte contos? Mas como arranjar a carta?

– Tens relações. Teu pai, por exemplo. Teu pai arranja.

– Vamos a ver.

– Espero até amanhã. Lembrei-me de ti. Fala ao Dr. Justino. Até logo.

– Só isso?

– Achas pouco? A minha hora de diversão ainda não chegou. Hoje, onde?

– Onde quiseres.

– Damos a volta da Tijuca.

E desapareceu. Jacques ficou num indizível estado de nervos. Compreendera logo que a proposta de Jorge fora uma distinção especial de amigo. Provas de tanta consideração só a pessoas de idade e de respeito. Arranjar um negócio, ganhar na primeira cartada 20 contos! Como? A quem pedir? A seu pai? Mas seu pai talvez recusasse, talvez não tivesse intimidade com o ministro. E Godofredo? Godofredo exigiria metade. Metade ou mais. Depois o favor de Jorge era a ele, a ele pessoalmente, Jacques... Ficou a passear na sala, febril, à espera do pai. Quando o Dr. Justino chegou, não teve coragem, procurou circunlóquios, arriscou uma opinião sobre a Marinha americana, folheando revistas. Por fim, foi até dizer:

– Conheces o ministro da Fazenda?

– Muito. É um bicho de concha. Por quê?

Por quê? Com a pergunta compreendeu o seu estado d'alma. Faltava-lhe a coragem, não de falar francamente, mas de repartir. O seu divino egoísmo tinha a intuição cega do perigo. Antes de responder, sentiu que se falasse, o pai pediria para ver Jorge... Seria melhor conversar com a mãe, fazer intervir a influência da esposa.

– Por nada... – murmurou, afetando indiferença.

E saiu logo, deixou de ir ao chá das quatro horas, onde havia de encontrar Alice dos Santos e Mme. de Melo e Sousa, já inseparáveis. Foi diretamente para casa, com um cartucho de bombons, o primeiro que comprava na vida para oferecer à mãe. D. Malvina não estava. Ficou na varanda, chegou a abrir um jornal, a ler uma notícia de pavoroso incêndio num gabinete da pensão de Lola Safo. Um toque de campainha fazia-o ter sobressaltos. Nunca na sua vida tivera um tão forte desejo de ver D. Malvina. E D. Malvina demorava, não vinha mais. Antes da esposa chegou o Dr. Justino no automóvel do Deputado Santos, que o seu continuava quebrado. Só às sete apareceu a formidável dama. Vinha exausta.

Fora ao Dispensário da Irmã Adelaide, assistir como dama de caridade ao aniversário da fundação. Estivera depois em casa da Baronesa de Muripinim, a encardida relíquia da monarquia, muito mal com um acesso de fígado. Lá soubera do divórcio iminente de Mme. Zurich. Era a quinta vez que anunciavam o escândalo, sempre, naturalmente, por causa do marido. E aquelas emoções violentas: a religião, a moléstia, a vida alheia – tinham arrasado a pobre senhora.

Jacques foi buscá-la ao jardim, com carinho. Ao ver-se assim tratada, Mme. Pedreira exagerou. Era um hábito antigo.

– Mamã, preciso falar-lhe.

– Agora não, estou que não posso.

– Mas mamã, é a minha vida.

– Tens alguma cousa?

– Não, não é conta.

Na casa de jantar, ofereceu-lhe os bombons. D. Malvina, apesar de gulosa, deixou-os sobre a mesa. Mas o filho teimava. Foi com ela até o toucador. E lá abriu-se. Precisava arranjar a carta. Um comendador que oferecia 5 contos.

A carta devia ser apresentando Jorge de Araújo. A digna senhora não compreendia nada das infantilidades de Jacques. Apenas uma secreta admiração brilhava no seu olhar. O filho fazendo negócios, agindo, trabalhando, falando em ganhar...

– Não sei se teu pai...

– Pede-lhe, pede-lhe com calor.

– Vou ver. Amanhã dou-te a resposta.

– E pede também a Nossa Senhora, mamãe, para que o ministro da Fazenda atenda... D. Malvina abriu mais os olhos. Jacques, o endemoninhado, voltava às tradições de família, e era católico como o seu ilustre pai e era crente como sua mãe!

– Peço sim, meu filho. Ainda hoje a Irmã Adelaide perguntou por ti, com muito interesse...

Jacques deixou o lar, logo após o jantar, em que foi de uma extraordinária gentileza para com o pai. Descobrira de chofre os efeitos da lisonja. Servindo aos progenitores com um interesse mesquinho, em que ainda por cima pretendia enganá-los, uma série de atenções desusadas, admirava secretamente o seu tato. Também ele sabia mentir com mestria. Era da família.

Como no temperamento mais nascido para as transações hábeis há sempre uma grande dose de ingenuidade, se lhe viessem dizer que mostrava inteligência de advogado, acreditaria. Passava a um papel ativo na vida, com desenvoltura e esperteza. No dia seguinte entregaria a carta, e Jorge teria as obras, dando os 20 contos. O mundo era seu.

– Pai, o negócio do empresário?

– Queres aquilo? Ainda lembras? É um aborrecimento. Estamos há quatro meses.

– E quanto ganhas?

– A metade do dinheiro que obrigarei a Prefeitura a dar-nos. Uns 10 contos.

Dez contos. O pai levava quatro meses para um negócio de 10 contos! Ele, de um dia para outro, obtinha o dobro. Na rua, a vários conhecidos a quem cumprimentou, sorriu com o ar triunfante e superior. Era definitivo. No dia seguinte teria aquela soma, que aliás de pronto não sabia como utilizar. Depois outros negócios se sucederiam. De que gênero? Talvez de cartas de recomendação, de influências íntimas. Oh! ele agora compreendia aquela febre estranha que agitava a maioria dos seus contemporâneos: as faces machucadas, as neurastenias, a pressa, o ar de corrida por um tremedal em que quase toda a sua sociedade e ele também, pela força das circunstâncias, viviam. Agora já poderia dar uma explicação aos gastos de muitos conhecidos, a flexões de espinha inexplicáveis até o momento. Era o negócio, o jogo das influências, um tremendo jogo certo de consciências, em que o vencedor devia ser o maior ganhador. No fundo devia ser muito aborrecido fazer como o Jorge, de assaltante diário, ou como Godofredo e seu pai, de intermediários entre o assaltado que deixa assaltar mediante condições e o assaltante que reparte. Ele faria com rapidez, uns 200 contos...

Passava um *tramway*, tomou-o. Ao pôr o pé no estribo, tinha mentalmente 200 contos, e foi como milionário que saudou o jovem Gomensoro e a linda Etelvina, sua esposa, *née* d'Ataíde. Os dois continuavam o *flirt* marital, divertindo-se, ou fingindo rir com a trepidação cinematográfica da sociedade.

Etelvina fora educada em Paris, educação americana na filigrana parisiense. Fazia de grande dama e tinha o curso completo dos cabarés de Montmartre, que visitara, a princípio com sua mãe, ambas incógnitas, e depois com o próprio marido, sem incógnito.

Montmartre desenvolvera-lhe a ironia. Nas salas, aquele ar de Mme. Bady, os *plongeons* à Segundo Império, ocultavam uma observação mordaz e uma garotice de assobio. O marido acompanhava-a na troça e ambos pareciam perfeitos. Jacques admirou-se de vê-los.

– Oh! que prazer! Então, nenhuma festa?

– *Relâche*[7] hoje, meu caro. Desde que cheguei, não posso mais.

---

7 Fechamento ocasional de uma sala de espetáculos.

Canto todas as noites e todos os dias. As nossas damas de caridade verdadeiramente abusam. E as elegantes também.

– É a grande atração dos salões.

– Mas esgoto o repertório. Que culpa tenho eu de saber cantar?

– E há cousas – interrompeu o Gomensoro. – Ontem, depois da *matinée* em favor do Orfanato das Irmãs do Monte Branco, em que Etelvina cantou cinco números, tínhamos a recepção do presidente da República. O secretário da presidência foi em carro de palácio lá ao hotel pedir, pelo menos, um número.

– E V. Exa. compareceu?

– Fui. Oh! oh! que cousa! Nem os bailes do Eliseu em que o Félix Faure aparecia de sapatos brancos. A coleção de casacas para uma crônica hilariante! A série de damas gordas, mal nuns vestidos crispantes! E havia programa. Cantava uma das damas gordas, cantava uma das casacas. Os amadores da administração pública! Os amadores governamentais!... Quase não canto.

– Mas havia o corpo diplomático estrangeiro, gente muito fina, e alguns colegas meus. Sabe que na minha posição, Etelvina prejudicar-me-ia se não cantasse. Depois o ministro da Fazenda...

– O ministro da Fazenda? – interrompeu Jacques.

– Conhece? Muito amigo de mamãe.

– O ministro da Fazenda pediu. É um desses republicanos históricos a que nada se pode negar. Pertencia ao Partido Conservador da monarquia.

– E cantei, meu caro, mais três vezes. Também afirmo que acabo morrendo de cantar.

Esperou uma frase amável, que o Jacques não tinha, passou a língua no lábio, concluiu na íntima necessidade de um louvor.

– Como os rouxinóis...

Jacques, entretanto, pensava. Talvez fosse possível pedir à mãe da Etelvina a carta. Ou outra carta. Cartas nunca são demais no caso de empenho. Mas seria tempo ainda?

– E hoje, que fazem?

– Passeamos de *bond*, costume nacional, vendo o mau gosto desta arquitetura. Foi o secretário de França que comparou a Avenida a um bazar de fenômenos arquitetônicos.

No Passeio, Jacques saltou para assistir a um ato de opereta italiana. Como os artistas eram detestáveis e as coristas bem redondas e bem dispostas a saírem acompanhadas, a companhia tinha sempre enchentes, mais de homens, representativos de várias classes sociais, principalmente a política. A primeira pessoa conhecida que avistou foi o Deputado Arcanjo. Estava numa frisa com a esposa e a ilustre Sra. de Melo e Sousa. Viesse vê-las. Que prazer! Jacques foi.

Alice estava com um escandaloso vestido cor de vinho ardente. Mme. de Melo e Sousa sorria cheia de malícia. Evidentemente a ilustre dama sentia um certo prazer em aproximar corações.

– Não há mais ninguém que o veja.

– Que exagero!

– A Alice já perguntou duas vezes pela sua pessoa.

– Palavra?

– A primeira à sua mãe no Dispensário da Irmã Adelaide.

– Também é de lá?

– Grande protetora. Deu muitos contos.

– Oh! D. Argemira.

– Que tem, minha filha? A Irmã Adelaide vai até inaugurar-lhe o retrato no salão de honra.

– Não quero.

– Será, então, o de seu marido. A Irmã Adelaide é firme de convicções.

E com a autoridade do seu grande nome, ergueu-se:

– Só nestes maus lugares é que se encontra o Jacques, não acha, Dr. Arcanjo?

Levado pela ilustre dama num fio de conversa, o Dr. Arcanjo, que aliás não era formado, acompanhou-a até à galeria dos camarotes. E Jacques percebeu que, pela terceira ou quarta vez, D. Argemira dava ocasião. Seria desejo de D. Alice?

Estava num estado d'alma pouco disposto ao amor. Mas ao mesmo tempo com a convicção de que nada lhe seria difícil.

– Então, por que não aparece?

– Para não enlouquecer.

– Enlouquecer, o Jacques?

– A senhora bem sabe.

– Eu?

Voltou-se completamente. Olhou-o com os seus dois grandes olhos ardentes.

– Sabe que fui à Cavé hoje? Amanhã lá estou à mesma hora.

– Seu marido vai buscá-la?

– Vai, como sempre. Mas eu vou antes à casa da Argemira.

– Eu também. Preciso ir.

– Ah! bem. Tem gostado da opereta?

– Muito. Às duas horas.

E voltando-se para D. Argemira, que se encostara ao balaústre, disse alto:

– Bastou ver-me chegar para sair! É a guerra?

– Sabe bem que não.

A generosa senhora e o generoso marido aproximaram-se. Ia de resto começar o ato. Jacques assistiu no camarote de Arcanjo. No seu cérebro com a impressão nova da Alice, o negócio de 20 contos passava a uma questão liquidada. Já ganhara os 20 contos. Agora eram as mulheres, as mulheres casadas. Um homem só é realmente *chic* quando tem uma amante casada. Cresce na consideração alheia, apesar de ser cada vez mais comum uma amante casada. E ele que nunca se atrevera por preguiça, julgando ser preciso ou muito dinheiro ou muita sorte, via que era fácil, tão fácil como convidar uma *cocotte* para cear.

Seria o primeiro de Alice? Observou-a como se observa uma cousa mais ou menos sua. Era bem interessante. Ao demais fazia por que o notassem. Durante o ato inteiro levou a encarar cavalheiros na plateia e a pôr o binóculo para certas damas das frisas, trocando impressões com D. Argemira, que parecia apreciá-las imenso. Jacques pensou que ela estivesse afetando indiferença por sua causa, para fazer de senhora fina, dessas capazes de enfrentar um batalhão de amantes passados sem dar a perceber que lhes deu a mínima confiança.

Quando baixou o pano, porém, os seus olhos fixados na boca de Jacques diziam tão claramente o desejo que ele se prometeu um dia seguinte, melhor do que qualquer outro, da sua leve existência. Ao sair, encontrou Godofredo de Alencar, o aplaudido cronista. Godofredo estava doente. Ficava sempre doente para a noite. Vinha, entretanto, de jantar com o senador relator do orçamento da Fazenda.

– Da Fazenda?

– Sim, homem, que tem isso?

– Conheces o ministro?

– Faz-me o favor de ser meu amigo.

– Que tal?

– Que tal, como?...

– Ora...

– É um costume este esquisito que todos vocês têm de insinuar dúvidas sobre a honestidade dos homens colocados. Não sei, não, caro. Para mim todos os ministros são angustiosamente honestos enquanto são ministros. Olha, a questão é de habilidade.

– Vamos cear?

– Mas a que horas queres que eu escreva, se durante o dia tenho negócios?

– Então, não dormes?

– Sim, às vezes, para não perder o hábito.

– Vais escrever agora? E custa muito?

– Escrever custa. Agora, vende-se muito em conta. E, meu caro, um gênero na baixa.

– Acompanho-te.

– Com prazer.

Jacques seguiu-o porque não tinha o que fazer e estava muitíssimo nervoso para dormir. Godofredo aceitou a companhia sem vontade e começou a dar voltas vagarosas pelas avenidas que partem do Largo da Lapa. Nem Jacques tinha a coragem de contar o seu negócio, nem Godofredo desejava comunicar aquele filho de boa sociedade que morava numa pequena sala de uma ruela escura. Tudo é vaidade. Vaidade das vaidades, já dizia o Eclesiastes. Exatamente por isso, Jacques falou de Alice.

– A pequena atira-se – fez o escritor cínico.

– Não?

– Queres dizer que não só a ti como a toda gente. É uma febre, caro Jacques, uma verdadeira febre. Estou que é caso de moléstia. E a nossa encantadora D. Argemira...

– Sim, mas discretamente.

– A levá-la a toda parte, a passeá-la. Sabes o valor social de D. Argemira. Pois nunca me convidou para a sua casa. O dinheiro, meu amigo, o dinheiro é a grande arma. Nem talento, nem sangue nesta Califórnia. Dinheiro!

– A quem o dizes – fez Jacques como se fosse um ganhador exausto de operações dinheirosas. – E por falar em dinheiro, o Jorge...

– Oh! mil contos, mil contos só em imóveis.

– Imóveis?

– Sim, terrenos e casas, caro advogado. E honesto, generoso, mais generoso, essencialmente moderno, último aeroplano. Adeus, estou perto de casa. Não precisas vir.

– Moras por aqui?

– Ali embaixo – fez vagamente o escritor deambulando.

Jacques foi deitar-se. Foi de tílburi, apesar do *tramway* ser mais econômico, mais higiênico, mais cômodo e mais rápido. Ao deitar--se, tinha a certeza de que não poderia conciliar o sono. Era bonito passar a noite a passear de um lado para outro, pensando no marido da amante e na carta para o ministro.

Entretanto, dormiu quase imediatamente e só acordou às onze da manhã. O sol ia alto. O copeiro que lhe trouxe o café, deu-lhe uma notícia desagradável:

– Madame foi à missa.

Atirou-se para o banheiro desesperado, obteve do copeiro que lhe desse uma fricção geral d'água-da-colônia, vestiu-se zangado. Ia perder o negócio, ia perder a Alice, ia perder tudo, por inépcia e indiferença dos seus parentes. Vá a gente fiar-se nos pais! Com a fisionomia de vítima resignada, ia sair, quando sua mãe apareceu da missa. Chamou-o logo ao pequeno salão.

– Então? – fez ele sôfrego. – Até pensei que tivesses esquecido.

– Falei com teu pai.

– Ah!

– Ele riu muito.

– Riu?

– Riu e disse que lhe estavas saindo de truz.

– E a carta?

– Não ma deu.

– Mas, mamãe, e só agora é que a senhora me diz isso!

– É que não há mais remédio. Justino tinha dado uma carta antes para outro construtor e esteve ontem com o Godofredo na casa do relator do orçamento para fazê-lo interceder. Chegaste tarde.

– Oh! mamãe, 20 contos!

– Tu disseste cinco.

– Cinco, sim, cinco. Mas ainda não está tudo perdido. Os parentes! Os parentes!

Saiu sem almoçar. Uma ideia atravessara-lhe a mente: ir falar com a mãe de Etelvina, com a Sra. d'Ataíde, que morava nas Laranjeiras. Era uma vergonha, logo no seu primeiro negócio, ser tratado assim. Que diria Jorge de Araújo? Riria da sua importância, mesmo junto ao pai. Era enorme aquela! No palacete de Mme. Ataíde, o criado disse que a senhora não estava. Lembrou-se que a mãe de Etelvina só estava quando o sol descambava e podia mostrar, sem muito escândalo, a face de velha amorosa suficientemente esmaltada. Ninguém mais conhecia que conhecesse intimamente o ministro da Fazenda! Ministro pouco conhecido. Nem ele mesmo. Entretanto, já podia ter-lhe falado, graças aos convites dados pelo Godofredo, de que não se utilizara, senão para ir ao cinematógrafo. Qual! nunca teria jeito para os negócios, para ganhar dinheiro!

Consultou o relógio. Eram duas horas. Devia tantas gentilezas a Jorge, que era impossível deixar de dar-lhe uma satisfação. Precisava, além do mais, fingir, para não perder a importância. E tinha a entrevista de Alice em casa de Argemira, àquela hora. Heroicamente tomou o *tramway* e veio para o escritório.

– Ninguém perguntou por mim?

– Ninguém – respondeu o velho cor de castanha.

Acendeu um cigarro, acendeu-o à moda, não com fósforo, mas com um isqueiro. Para se saber a que sociedade pertence um homem, basta vê-lo fumar.

Jacques, fumando, era de primeira classe, com o cigarro grosso no meio do lábio carnudo, tragando vagarosamente, nunca, jamais quebrando a cinza com o dedo mínimo. Para as três horas, o telefone vibrou. André arrastou-se até ao aparelho.

– Hein? Jacques? Não conheço. Ah! o filho do Dr. Justino. Donde é que fala? Da casa da Sra. Melo? Bem.

Jacques fez-lhe sinal que não, furioso, o velho cor de castanha irradiou. Ia dizer não. E pegando outra vez no fone:

– Alô! É a senhora? Diz que não está!

Neste momento, radioso como nunca, apareceu Jorge de Araújo.

– Negócios muitos? Bons?

– Maus.

– Ah!

– Chegaste tarde, meu caro. Falei com o pai, falei com d'Ataíde, que se dá com o ministro desde o tempo em que ele era do partido conservador. Não foi possível. Até o relator do orçamento deu cartas para o teu rival. Foi assinado hoje.

– Foi.

– Sabias?

– Pois claro. Lancei aquela proposta com outro nome, o de meu cunhado. Como houve outra mais em conta, tive que, à última hora, colocar uma em meu nome, mais reduzida. Se perdesse a grande não perdia tudo.

– Era tua, então?

– Era. Eram ambas.

E para Jacques, perfeitamente apatetado:

– Nada mais simples: negócios!... É preciso preparar as cousas. Deixa, porém, dar-te os parabéns. Fizeste muito num exercício preliminar. Não me esquecerei.

4. PRIMEIRO, O AMOR...

"Conhece-te a ti mesmo", disse o sábio. Era um sábio antigo. O verdadeiro saber está em cada um ignorar-se a si mesmo. Que seria da vida, se todos, ou a maioria, ou mesmo uma pequena parte tivesse ideia justa do seu valor? Há calamidades em que se não pensa, nem mesmo quando se é sábio e antigo.

Jacques percebia nitidamente que outro momento não havia surgido igual para uma vida aventureira de negociatas. Mas uma indolência, por demais moral e por demais física, parecia afastá-lo desse ambiente de ativa persistência. Dois dias acompanhou Jorge de Araújo a ver as obras. Jorge, porém, tratava-o como uma visita e ele não podia perder a mania de que era muito superior ao amigo rico.

– Meu caro, dentro de dois anos, realizo a independência – dizia-lhe Jorge.

– Como?

– Negócios...

Negócios! Palavra mágica, palavra que, cada vez mais vaga, toma no Brasil proporções enormes e, ao mesmo tempo, sutis – negócios!

Sabedores de que Jorge, com capital, repartia, vários numerosos cavalheiros passavam o dia a correr ao seu escritório, oferecendo contratos, concessões, negócios. Jacques, com o seu hereditário cinismo ingênuo, estava espantado. Nunca, na sua vida, imaginara que se fizesse dinheiro sobre o dinheiro, tão rápida e tão fantasticamente.

Pelo escritório de Jorge viu passar o Carlos Chagas, viu passar o Dória e viu também passar outros construtores, o Eleutério Souto, o maior *bluff* à espera de casamento rico, tendo um escritório com arquitetos franceses, o belo Passos Vieira, sem o mínimo talento, mas quase milionário, outros. Quem tivesse uma amizade imediatamente tratava de empenhá-la, de pô-la no prego. Mas Jorge dizia:

– São intermediários demais. Já agora não precisamos.

– Como não?

– Vamos de cara. Os próprios detentores dos negócios dão à gente...

– Com condições?

– Com boa vontade – fazia o industrial, subitamente discreto. – Mas os intermediários! Imagina que há um mês para certas obras orçadas em 2 mil contos, recebo propostas trazidas por diversos rapazes. Algumas tinham a letra do próprio diretor da repartição, que prometia abrir concorrência. Mas eu conheci o diretor sem níquel, num *club* de "prontos".

– Quando?

– Quando eu também era "pronto". E vi bem que ele embrulhava os rapazes, estando feito com uma casa amiga de que é sócio secreto.

– Mas é um imoral.

– Qual de nós é moral, Jacques?

Para aquele meio tudo era dinheiro. Jorge trabalhava das seis da manhã às seis da tarde. Depois lavava-se, perfumava-se, vestia-se e aparecia para o *vermouth*, numa confeitaria da moda, no seu lindo automóvel de sessenta cavalos. Aí era o mundano. Fazia-se uma roda em que aparecia Godofredo, sempre doente e sempre inquieto, Otaviano Soares, um jovem ambíguo, vários industriais de diversas nacionalidades, inclusive um irlandês e um turco. De raro em raro, o Barão Belfort, esse curioso das emoções alheias, parava um pouco, ao vir do *club*, que ficava na Avenida, a dois passos.

Jacques sofria sem saber que sofria, com a promiscuidade daquele pessoal. Gostava muito mais da outra roda, da roda da Cavé, às quatro. Lá estava no seu elemento, com gente conhecida, que já tinha chegado. E ficava calado, porque só sabia falar ingenuamente mal da honra dos seus conhecidos. Oh! A existência não era afinal apenas o seu reduzido grupo, as suas reduzidas pândegas e reduzidíssimas ideias. Bem sabia. Teimava desembaraçar-se de uma série de preconceitos, que o prendiam a uma casta sem dinheiro. E não podia, quando era preciso... Certo, o jovem encantador não refletia com tanta clareza. Mas sentia. E sentir é tudo.

Os outros também sentiam que Jacques era melhor para divertir-se.Conservava-o. Por simpatia? Por uma série de vagos interesses. Jacques era sempre decorativo. Quando pensava explorar o ousado Jorge, era de fato este que o aproveitava. Quanto a Godofredo, a verdade é que o tratava como uma criação mundana. Uma vez foi buscá-lo às seis horas, com o Jorge, à redação. Jorge falara por telefone. O telefone não se entendia. Deram então uns passos até lá. Jorge foi de mesa em mesa, a distribuir cumprimentos. A imprensa é uma grande força e o menor dos repórteres podia prejudicá-lo, dando notícias dos desastres cometidos pelos seus automóveis, como podia fazer-lhe bem, levando qualquer negócio. Depois, conferenciou com Godofredo. Jacques não conhecia esses jornalistas, e, como todos da sua roda, não os tinha em grande conta – principalmente porque não tinham nem dinheiro nem nome. Só conhecia os donos dos jornais e três ou quatro cronistas, que como o Godofredo eram complexos: imprensa, aristocracia, política e chelpa. Quando terminou a conferência, Godofredo levou a conversa para um terreno mundano. Assim espantava os companheiros (as suas relações!), fazia espantar a Jorge e reduzia o pobre Jacques.

– Então é definitivo o divórcio da Zurich?

– Não sei, não; mamãe contou-me.

– Quem pede é ela.

– Como devem estar desgostosos os amigos do marido!

– Também o marido, recebida a herança da tia, batia-lhe.

– E não se pode dizer que não tenha bom coração.

– Apenas, agora é um coração que bate demais.

E falaram de Laura, que andava só com o Chagas, pela rua, à americana; e falaram de Mme. Gouveia, cuja paixão pelo hipismo levara-a a se fazer acompanhar por um *jockey*, o Gonzalez, argentino. Dilaceraram com dente afiado a honra de todo bando. Jacques tinha uma repulsão invencível por gente malvestida. De modo que, insensivelmente, o seu comentário agressivo ficava na roupa:

– O Gonzalez, com aqueles casaquinhos curtos e sujos.

– Um homem que foi *lad*[8] da coudelaria do Espínola roleteiro.

Quando saíram, Jacques viu que se excedera servindo de trípode para o elegante cronista. Jorge tinha um riso amarelo, e ele ouviu, ainda a descer, o secretário indagar de Godofredo:

– Quem é esse idiotinha?

Para qualquer cousa na vida, é preciso antes de tudo persistência. Persistência e o esquecimento de sua classe. Jacques sentia que lhe faltava persistência e/ou que espantava ou faziam por não lhe ligar importância, quando deixava os seus amigos. Aos poucos, foi deixando de ir ao escritório de Jorge, mas sendo cada vez mais o seu companheiro da noite. A vida é um prazer. Devemos gozá-la enquanto é tempo. O barão, que uma vez passava do *club*, tomou-o no seu carro.

– Levo-te até casa.

Jacques aceitou com vontade de pedir uns conselhos ao velho *dandy*. E o barão foi-lhe ao encontro.

– Então, como vai a linda criança na advocacia?

– Qual, barão, não tenho jeito.

– Não tem mesmo. Meu caro Jacques, o Rio de Janeiro é outro depois da Avenida Central. A mocidade de antes da Avenida era composta na sua maioria de estudantes alegres e despreocupados. Formado o estudante, ia tratar da vida, segundo as suas posses, depois de guardar os versos maus do tempo de menino, a recordação dos amores e a recordação das pândegas. Em regra geral, não havia senão ambições relativas. Com a abertura das avenidas, os apetites, as ambições, os vícios jorraram. Já não há mais rapazes. Há homens que querem furiosamente enriquecer e esses homens são ao mesmo tempo pais e filhos.

Faz-se uma sociedade e constituem-se capitais com violência. É uma mistura convulsionada, em que uns vindo do nada trabalham, exploram, roubam para conquistar com o dinheiro o primeiro lugar ou para pelas posições conquistar o dinheiro...

– E os outros? – fez Jacques, que não se interessava demasiadamente pela tirada de psicologia social do barão.

---

8 Jovem responsável por cuidar dos cavalos em um haras.

– Os outros? Os outros são constituídos de pedaços heterogêneos da passada sociedade. Não se defendem. Têm família, os preconceitos da família no fundo, mas adaptam-se para ficar. E fazem a alta roda ao lado dos dinheirosos do momento, e tomam os seus processos, explorando de vários modos a sociedade. Tu...

– Eu?

– Tu nasceste para viver à custa da sociedade sem te incomodares.

– Isto é o que o senhor diz.

– É a melhor maneira. Não te canses. É impossível bateres a vida, como teu pai, como alguns dos meus companheiros de *club*, como Jorge ou Godofredo. A ti será preciso que venha o prato feito. E vem. Vem, porque seria uma pena se não viesse. Olha, diverte-te, ama. Estás na idade de amar. Não sei quem disse que primeiro o amor, depois a ambição...

Como são agradáveis os conselhos quando vêm ao encontro da nossa própria opinião! Jacques seguiu-os imediatamente. O consultório do pai foi apenas um ponto, onde passava alguns minutos, entre as três e as quatro, quando lá aparecia. O resto era a vida de prazer. Começava no chá da Cavé, às quatro horas, e lá ficava até as seis. O seu grupo era o Dr. Suzel, Bruno Sá e Belmiro Leão. O Dr. Suzel, inteligente e fino, fazia por esquecer o que sabia numa preocupação lambareira do mulherio de sociedade. Conhecia uma porção de anedotas, contava as ligações de cada uma, e estava permanentemente apaixonado por várias damas.

Bruno Sá, de dinheiro escasso, mas hábil, conseguia ser o homem mais amável do mundo. Era impossível haver outro mais gentil e mais sorridente. Ao aproximar-se de alguém, dizia logo:

– Sim, senhor!

Para mostrar que concordava. Às vezes acabara, na mais estrita intimidade, de demolir o indivíduo. Mas as senhoras gostavam dele. Era uma figura obrigada de todos os bailes e de todos os salões. Belmiro Leão herdara do pai. Vestia bem, dizia mal dos outros e conquistava também, além de senhoras honestas, algumas *cocottes*. Era o passadiço, devido a essa qualidade extra, por onde Jacques passava para a roda de Jorge de Araújo, roda de confeitaria, de cassinos, de *clubs* de roleta, e de pensões de raparigas loucas. Belmiro Leão, ao demais, usava um monóculo sempre entalado no olho direito.

Os quatro, com um chá modesto, tomavam conta do estabelecimento, sabiam o nome dos caixeiros e falavam com a *caissière*[9] em francês. O Rio elegante passava diante deles. Suzel e Bruno cumprimentavam todas as senhoras do tom, e marcavam mesmo algumas entrevistas para o mesmo sítio, mais cedo, antes da afluência. Belmiro e Jacques também saudavam as *cocottes*, as melhores, afinal um pouco da família geral (o mundo é uma família) porque tinham sido, eram, ou tinham de ser amantes dos maridos das senhoras do tom, conhecendo-as muito bem, às vezes pelo apelido de casa, e sendo conhecidas também não pelo nome de casa que as próprias *cocottes* acabam por esquecer, mas pelo nome de guerra do momento.

Impreterivelmente, entre as cinco e as seis, aparecia Alice dos Santos. Quase sempre em companhia da ilustre Argemira de Melo e Sousa. O *flirt*, interrompido pela insolência da falta à entrevista, eternizava-se. Jacques nunca seria capaz de conquistar. Com as mulheres era sempre hipócrita. Queria, mas ficava quieto, sabendo que, quando são elas a desejarem, tudo fica mais agradável. A conquista de Alice satisfazia no momento as suas ambições adulterinas. Mas não dava um passo, não mostrava a menor animação, sempre na defensiva, excitando Alice com a frescura da sua mocidade ardente.

De resto, tinha de ser.

Alice dos Santos era um caso de frivolismo mundano e sensual comum. Passara até os 23 anos na província, com a atenção voltada para a vida elegante da capital. Fizera assim uma ideia exagerada de tudo: da moda, dos divertimentos, dos homens, da liberdade, dos costumes, acreditando em quanta fantasia lia nos jornais e em quanta invenção narram os provincianos de volta, para se darem ares. Os seus modos causavam impressão. Ela os tinha, entretanto, porque os considerava extremamente cariocas. Ao casar com Arcanjo, muito mais velho e pobre, posto que com posição política, casara com a mira de vir instalar-se no Rio, desejo a que se recusara sempre o velho estancieiro, seu pai; e não só para gozar os refinamentos da cidade como para dominar e ser a primeira entre as senhoras faladas pela beleza, pela fortuna e pela posição. O cuidado com que se comparava à fotografia das grandes damas nos jornais ilustrados para se achar melhor sempre! A pertinácia com

---

9 Pessoa que trabalha no caixa.

que estudava nos magazines mundanos a tecnologia, a língua confusa da alta roda, aliás tão limitada! Quando chegou, não quis usar nenhum dos antigos vestidos, nenhum dos antigos chapéus, que, entretanto, já eram grandes. Esteve incógnita oito ou dez dias, à espera de *toilettes* estupendas.

O marido era uma figura doente e simpática, que lhe fazia sempre as vontades com uma resignação de intendente. Realmente Arcanjo era doente como Rockefeller, dadas as devidas proporções de riqueza. Incapaz de falar na Câmara, porque dele se apoderava um tremor, que Godofredo dizia ser o prévio remorso da asneira – além da mulher, só duas coisas o preocupavam: o esperanto e o vegetarismo. Ambas tinham com a língua, que não utilizava nos debates parlamentares. Vegetariano era-o por completo. Dedicara-se até a estudos especiais e nesses estudos vieram a causar-lhe inquietação as conclusões de um célebre médico num congresso de patologia geral sobre a influência dos legumes no caráter. Arcanjo sabia na ponta da língua que o espinafre desenvolve a ambição, a constância e a energia; a azedinha leva à melancolia; a cenoura é recomendada aos biliosos e aos maridos infelizes; a vagem incita à arte; o feijão branco convém aos intelectuais; o *petit-pois* é frívolo; a couve-flor agrada aos egoístas e a batata provoca o equilíbrio mental.

Para sentir-se possuidor de um caráter de primeira ordem, fora aos poucos misturando, tanto que acabou por almoçar e jantar *panaché* de legumes. Indicava aliás essa alimentação aos artríticos, concluindo sempre:

– É tão boa que o Dr. Zamenhoff continua vegetariano.

– Que Zamenhoff, Arcanjo?

– O pai do esperanto, a língua universal, a língua em que daqui a tempos poderei falar em qualquer país do mundo, quando esses países souberem o esperanto.

Era afinal um bom sujeito. Não há ninguém que não seja um pouco bom. A teoria do absoluto é impossível aplicada às qualidades.

Alice aceitava-o sem repugnância, pensando, aliás, noutra coisa. Esta outra coisa era a fixação na sociedade, "como devia ser". Era preciso montar casa, imediatamente. Arranjada a casa na Avenida do Entroncamento, uma nuvem de fornecedores caiu sobre eles, explorando-lhes a vaidade provinciana. Em toda parte é mais ou menos assim. Mas Arcanjo tinha a lutar com os empenhos dos políticos e as opiniões de algumas relações mundanas que valorizavam os fornecedores. Os colegas de política escreviam a pedido empenhando-se pelo fornecedor de tapetes ou pelo fornecedor de louça. Arcanjo recebeu até por intermédio de um agente de mobílias uma carta do seu Grande Chefe, dizendo textualmente: "precisamos ajudar os nossos amigos".

– Amigos dele! Nem o conheço! Com certeza reforma algum compartimento do seu paço!

Mas atendeu também a um mercador de tapetes orientais recomendado pela bancada do Pará, acabou com vontade de montar outra casa, para satisfazer a todas as bancadas.

– Como se metem na nossa vida!

– Oh! filho, são os próprios fornecedores que vão pedir. Não viste com os automóveis?

Com os automóveis, uma das casas trouxera até uma recomendação do cardeal. Com um pouco mais trá-la-ia do Papa em pessoa. Era uma casa que fornecera automóveis por preços altíssimos para todos os serviços prováveis do governo, e distribuíra alguns grátis. Arcanjo e Alice, porém, impressionaram-se com a opinião dos seus conhecimentos da alta sociedade. Eram os primeiros, alguns rapazes, das melhores famílias, mas desses que preferem a transação ao trabalho. Também são esses que constituem sempre o piquete de reconhecimento da sociedade que se preza, passando uma vidinha de perpétuo regalo e explorando os pretendentes ao escol com um cinismo acima da expectativa. O primeiro a aparecer fora Carlos Chagas. Era correto, delicado, tinha esplêndidas relações, e como não se empregava em nada de confessável, resolvera ter gosto. Ter gosto pode ser uma profissão, dada a raridade do gosto.

Era de resto sempre uma apresentação.

– Ah! "seu" Arcanjo – dizia atirando piparotes no ventre doentio do deputado vegetarista – gosto tenho eu. Aqui neste país não se tem a noção do *chic*. Ninguém como eu sabe pôr uma mesa, arranjar um *menu*, decorar uma sala. Gosto tenho eu. Falta o dinheiro. Também quem já pôs fora três fortunas...

Sempre que se referia à moeda, precedia-a daquele determinativo que a realçava. Nunca dizia: dinheiro. Dizia sempre: o dinheiro. E com tal autoridade que era da gente pedir-lhe desculpa por vê-lo sem o dinheiro. Em duas palhetadas dominou o casal com decretos de elegância.

– Vi hoje uma joia *chic*, cousa boa, que lhe vai a calhar. É para uma pessoa distinta.

Os esposos terminaram as dificuldades das escolhas, fazendo-o árbitro.

– Como achas?

– Não, como gosto distinto fica melhor assim.

Tinha gosto até a escolher o trem de cozinha. Os fornecedores, vendo a sua decisiva importância, procuraram ter gosto também. Ficaram os que tinham mais. Arcanjo devia ter pago preços de fábula pelo mobiliário, pela galeria de quadros, pela prataria. A casa já estava pronta quando Chagas, o Dória (que se dizia descendente dos Dória de Itália), o Raul Pereira, filho dos Marqueses de Pereira e outros rapazes da mais fina roda sem vintém lhe descobriram um faqueiro histórico, faqueiro de setecentas peças de prata lavrada, oferta de um amigo em delírio ao Generalíssimo Deodoro. A esposa do Generalíssimo desfizera-se aos poucos do faqueiro colossal. Um colecionador reunira, porém, todas as facas, em que o proclamador da República – (os vendedores diziam-se no fundo, por *chic*, monarquistas) – nunca pegara. O faqueiro vinha à mão de Arcanjo por 9 contos fortes, porque o colecionador tinha residência em Lisboa.

A casa ficou vistosa. Parecia um cenário de Antoine, quando se propõe reproduzir na montagem das peças salões de luxo. Havia tapetes, bronzes, quadros, escadarias forradas de veludo cor de vinho e cor de granada, palmeiras em vasos de variados feitios, um *coupé*, um automóvel.

Alice, inteligente, consultava os costureiros, as modistas, os joalheiros, e aparecia cada vez mais desejosa de vencer. Mas sentia nitidamente a hostilidade dos *leaders*, das *leaders* mundanas.

A mãe de Eleonora Parckett dissera:

– Não posso frequentar essa rapariga, que não é da nossa sociedade.

A mãe de Eleonora, ao que diziam, começara dançarina. Mas era falso. Luísa Frias denominara-a de "ave exótica". Havia outras ironias agudas. Alice percebeu que, se os homens em tal meio vencem com o dinheiro e braço, as mulheres podem vencer aliciando para o seu partido os homens. Apenas exagerou. Quando num baile, numa festa, na rua, no chá das quatro, nos dias de Mme. Pedreira, às quintas de Argemira, percebia ter agradado mais a um cavalheiro, sentia como a ebriedade da vitória e ultrapassava o *flirt* para irritar as proprietárias legítimas ou ilegítimas desse cavalheiro. O resultado era inteiramente desastroso. Os homens contavam uns aos outros, com perfeita discrição, os avanços da bela Alice, e o grupo de admiradores aumentava à proporção que a tolerância familiar esfriava. Venceria? Era ainda a mais honesta, era apenas uma vítima do esnobismo dos equilibristas da alta vida. E no fundo, nos seus nervos, só sentia um certo interesse por Jacques: Jacques com as suas largas mãos, a sua tez cor de pêssego, aquela boca tão carnuda e rubra, os dois olhos molhados, o cabelo negro, repartido ao meio. Jacques era o que lhe mostrava maior indiferença... Outra qualquer desanimaria, Alice, porém, tinha a Sra. de Melo e Sousa a seu favor.

A Sra. de Melo e Sousa passava por ser das mais ilustres damas da sociedade, fidalga de verdade, nobre de fato, inteligente, culta, requintada. A sua ascendência era conhecida de quatro séculos, sendo no Brasil anterior à vinda de D. João VI. As pequenas crônicas privadas davam-lhe na linha direta três monjas, quarenta adúlteras, cinquenta generais, cinco artistas, dez juristas, vários diplomatas. Argemira mostrava-se culta com simplicidade. No seu tempo de moça amara muito, independente do marido, a quem aliás sempre respeitara, nas constantes viagens pelo estrangeiro. Agora, não velha, que senhora tão cuidada e de tão formoso espírito não envelhecia, mas apenas "datava" como se fosse do século XVIII, assistia a sorrir à eclosão da nova sociedade, amando a mocidade e amando o amor. Por isso, talvez protegesse os jovens, e, como sabia a crônica geral, perdia-os com anedotas autênticas da vida real de cada um, francamente corrosivas. Além do mais, Argemira queria ver caminhar o seu caro Jacques. Foi ela quem os aproximou de novo, sem a menor alusão à falta do lindo mancebo, fazendo-se encontrada como por acaso...

– A Alice recebe agora os seus amigos.

– Ah! meus cumprimentos.

– Arcanjo ainda não o preveniu?

– Ainda não.

E a linda Alice:

– Pois temos muito gosto.

Depois, era o chá a três, com conversinhas mais ou menos picantes, em que Alice flambava como um ponche, eram perguntas, indiscrições. A jovem tinha a ideia de que Jacques devia ser disputado por todas as mulheres. As mulheres pensam sempre assim, quando desejam, para sustentar e manter o desejo. E perguntava nomes de *cocottes* no Lírico e na Cavé, sorria maliciosamente, sempre que Jacques cumprimentava alguma dama. D. Argemira sabia conservar a atmosfera, divertida com o *flirt*. Jacques parecia tão agradecido... Um mês depois, Belmiro Leão apareceu indignado no chá das quatro.

– Olha – disse a Jacques – estive ontem na festa de caridade da Irmã Adelaide com a Alice e D. Argemira. É de força a Alice...

– É, ela contou-me que lhe disseste inconveniências e passaste uma cartinha embrulhando uma flor. Lemos a carta.

Belmiro Leão ficou rubro e indignado. Aquele processo da Alice parecia-lhe de uma depravação inqualificável. Não a cumprimentaria mais! Há coisas que não se contam. Nunca fizera papel de tolo. Ah! ia perder aquela impertinente no conceito público...

Jacques ficou glacial e ergueu-se logo.

– Mas olha, não tenho nada contigo; é com ela. Tens sorte, és o amante.

– Quem te disse que eu era o amante?

– Ah! bom, não sabia que era paixão. Cavalheiro...

Jacques saiu contrariadíssimo e encontrou na Carioca, ao subir para o *coupé*-automóvel, Alice e Mme. de Melo e Sousa. Há acasos fatais. A vida é um grande acaso.

Argemira pasmou:

– Por aqui a esta hora? Aposto que adivinhou a nossa presença?

– Não. Vou para casa.

– Está aborrecido? – indagou Alice.

– Não; estive com o Belmiro Leão e ele está furioso com a senhora.

– Comigo?

– Porque contou-me a cena de ontem.

– A quem poderia contar então? – fez Alice.

– Ora deve ser divertido o Belmiro. Venha você narrar-nos a cena por miúdo.

– Onde?

– No auto, conosco – disse logo Argemira. – Alice ia levar-me a casa. Levam-me os dois.

– Mas não chego.

– Vais no meio, um pouco apertado.

Alice, um tanto trêmula, lembrou-se entretanto que era uma elegância espantosa essa de irem num carro apertadas várias pessoas. Jacques também estava trêmulo. Mas concordaram. Subiu primeiro Alice, depois ele. Por fim Mme. de Melo e Sousa. Jacques ficou na ponta do assento, entre o vestido roxo da ilustre dama e o vestido de veludo castanho de Alice, um vestido em que o seu corpo cheiroso parecia num estojo...

– Laranjeiras! – disse Argemira. – Para minha casa. – E depois: – Conte lá, menino terrível.

– Ora...

Jacques contava. Contava e sentia que insensivelmente o seu corpo ia tomando mais assento e que de Alice vinha um perfume doce, agradável, macio. Ela ficara silenciosa, olhando-o.

– Que me olha tanto? – indagou Jacques.

– Admiro a pérola de sua gravata.

– Bonita? Foi a mamã que ma deu.

– Gosto muito de pérolas.

– Quando não são as da Luísa Frias – interrompeu Argemira – falsas como a onda...

– Esta é verdadeira.

– Quem duvida? Você tem cada ideia...

– Não, que a senhora é muito perversa.

– Eu?

– Mostra-me a pérola? – pediu Alice.

Jacques tirou o alfinete da gravata. O automóvel dava solavancos. Passou-o à Alice, apertando-lhe os dedos.

– Tenha modos. Deixe de brincadeiras.

– Está enganada.

Mas viu que Alice se recostava e, pegando o alfinete pela ponta, roçava a pérola na face, nos lábios, no pescoço, pelas pálpebras, vagarosamente, como afastada do mundo, as narinas palpitando. Passou a mão na almofada e encontrou uma outra mão gelada, que tremia. O silêncio caíra de chofre. D. Argemira sentia, sem ver. Alice ofertava-se à pérola, que é a pedra de Vênus. Ele estava numa impetuosa onda de sangue e de desejo. Era o momento. O automóvel parou, sem que dessem por isso. Argemira saltou.

– Não os convido para entrar. É tarde. *Merci* pelo obséquio. Até logo à noite, não?

Nenhum dos dois respondeu. Eram incapazes de dizer uma palavra com senso.

Em roda, como dizem os romancistas, o mundo se alheara, vago e indeciso. Ela só queria ele, ele. A sua carne vibrava um suspiro de apelo. Qualquer palavra seria inútil. Jacques puxou num rápido gesto os *stores*, soprou, no tubo acústico: devagar! enlaçou-a na violência da sua adolescência vitoriosa. Ela ainda meneou a cabeça, fugindo ao beijo almejado. Mas ele prendeu-lhe a face com as duas mãos e sorveu na sua boca vermelha a boca saudável de Alice.

– Mau! – fez ela. – Como demoraste! – E, numa ânsia tropical, o seu lábio procurou o dele, sorveu-o também, enquanto os dois corpos se enlaçavam na harmonia indizível do desejo.

E o automóvel, devagar, buzinava pelas ruas, ameaçando os transeuntes. Eram seis e meia da tarde.

5. O INCIDENTE FATAL

O amor é uma felicidade transitória, mas irradiante. Só quem nunca amou pode imaginar o amor eterno. Só quem ignora as delícias dos primeiros tempos de uma paixão, na agradável posição de amado, pode acreditar possível o segredo no amor. Não é preciso ser indiscreto, não é preciso dizer palavra. Cada gesto, cada olhar, cada inflexão do homem amado revela o deus que comeu ambrosia.

Os outros homens ficam, sem saber por que, irritados, e mesmo muito amigos, procuram falar mal do feliz. As mulheres, todas as outras mulheres sentem de súbito uma incompreensível simpatia. É uma corrente misteriosa que põe o mundo exterior no segredo. De um lado aumenta a atração, de outro os homens se tornam ainda mais polo negativo. A sabedoria do profissional é mudar imediatamente de amante para conservar a atmosfera. Jacques não era um profissional. Mas logo percebeu que entrava mais no mundo, muito mais do que quando se formara ou começara a vida prática. Certo não era nenhum ingênuo, nem caíra nos braços de Alice para aprender essa coisa difícil que no século XVII chamavam arte de amar e no século XX chamam *sport* do engano. O fato, porém, é que nem a criada iniciadora, nem as sestas passadas com a quase virgem Ada na casa do barão, nem a italiana oxigenada do desagradável incidente da sopa e da cautela, nem as pequenas de várias nacionalidades encontradas nos *clubs* e nos *music hall*, lhe tinham dado a satisfação pessoal, a plenitude, a segurança da sua vitória como o apetite, a violência amorosa de Alice. Nas ações menos importantes, Jacques sentia-se excepcional. Ao chamar o criado para a fricção de água-de-colônia, ao levar o garfo à boca, ao tomar um aperitivo, mesmo só, a caminhar no seu quarto, era como se conduzisse um objeto raro, alvo das atenções alheias. Está claro que não correspondia a tanto amor. Um rapaz de linha não se compromete assim. Gozava, entretanto, muitíssimo, assistia com aplausos ao ato de Alice, tanto mais quanto de um momento para outro aquelas senhoras, que o tomavam por um menino de maus costumes, revelavam uma complacência curiosa. Curiosa e prometedora. As senhorinhas, como Laura Gomes, faziam alusões veladas.

– Já ninguém o vê, Jacques, a não ser com a política...

A Viuvinha Ada Pereira retivera-o numa das recepções de sua mãe a tarde inteira a conversar. Jacques não tinha uma palestra muito variada. A viuvinha, ao contrário, gostava de conversar. Mas dava-lhe a deixa, trazia à baila assuntos possíveis. Não se conteve:

– Conte-me alguma coisa de novo.

– Não há nada, D. Ada.

– Continua...

– Ora, conte-me a sua vida.

– E logo esse corte num ponto tão interessante do folhetim!

Gina Malperle, cada vez mais íntima amiga de Mme. Andrade, uma das três irmãs que no momento disputavam o bastão da beleza, levou certa vez dois minutos com a sua mão presa, enquanto a admirável Andrade descia do seu papel de deusa e parecia requerer o voto daquele Páris. Era a roda toda, indireta, mas visivelmente. E não só a roda. As mulheres livres olhavam-no de outro modo, tratavam-no de outra maneira.

– *Tiens! voilà* Jacques...

Era uma festa, nos salões de ceia dos clubs. Talvez Jacques exagerasse. Mas até nas ruas, nos *tramways*, rapariguitas pobres, senhoras desconhecidas, fixavam-no com a volúpia feminina que é a volúpia da serpente, a virtude de olhar e esperar. Com a sua educação, Jacques não cairia na vulgaridade de se julgar irresistível, como qualquer caçador de rua. Mas os fatos provavam, e ele, por um fenômeno reflexo, estava mais cheio, mais bonito, mais radiante.

– Este menino sua amor! – exclama a venerável Sra. Ataíde.

Todos os meninos suam amor, antes dos vinte anos, quando têm a amá-los uma criatura bela e ardente...

Alice dos Santos também não fazia por ocultar em público a sua conquista. As pessoas que a recebiam e a cumprimentavam ficaram hesitantes. Algumas damas invejaram-na. Outras encheram-se de ternura. A relíquia da monarquia, Sra. de Muripinim, deu para tratá-la de "minha filha", contando-lhe velhas histórias da Quinta, em carros do paço, os bailes dos mordomos, os *flirt*s dos príncipes, a mania que o imperador tinha de trair a imperatriz só com atrizes.

– Era um sábio, minha filha, gostava muito de teatro.

A venerável mãe de Eleonora dissera:

– Se essa menina engana o marido, o caso é com o marido.

E D. Malvina teve um fraco de agradecimento maternal, satisfeita com a paixão inspirada pelo filho. Deu uma porção de conselhos graves e impertinentes a Alice, que aliás não os poderia seguir. No estado de espírito em que se encontrava a esposa do deputado vegetarista, só podia considerar o casamento a província do amor. Jacques era a capital, a capital mundana. Ela começava a realizar nele o que desejava realizar com a cidade. Tê-la sua, dominada, inteiramente sua. Depois da cena do automóvel surgiram as necessidades crescentes e a urgência dos primeiros encontros. Era impossível ser sempre no automóvel. Impossível e perigoso. Não pareciam convenientes os alvitres lembrados por Jacques, assaz sem dinheiro: um ou dois hotéis na Tijuca, em Santa Teresa.

– Não convém.

– Que há?

– E toda essa gente que te há de ver? Não, não.

Uma casa comum, casa do ofício, seria muito reles. Alice não iria, nem ele lembrou. No terceiro dia, porém, Jacques foi visitá-la à casa, às duas horas. Ela recebeu-o como uma criança. Assim que o criado voltou as costas, caiu-o de beijos, e ele já julgava o salão agradável, quando vieram anunciar as Soares, relações políticas do marido, gente das Alagoas, de passagem para a Europa. Não se podia estar naquela casa tranquilo! Jacques então lembrou-se de Godofredo, do quarto de Godofredo. Era a solução. Godofredo seria discreto. Ao demais, nem precisava saber de que se tratava. Correu a procurar o cronista. Godofredo estava num dos dias de mau humor. Não se podia dizer que estivesse pálido. Era verde demasiado, eram grandes olheiras. De instante a instante torcia os dedos. Os negócios não lhe corriam bem decerto, as relações políticas divertiam-se contra o seu valor.

– Que tens?

– Nada, complicações morais.

– Os negócios?

– Ah! os negócios. Já vens tu com a seca dos outros também. Negócios! Que negócios! Não faço nenhum. Antes fizesse. Não é culpa minha. Mas ainda dou o tiro definitivo.

Invariavelmente, como sempre, nesse grave assunto, contradizia-se. Jacques aproveitou.

– Tens duas chaves de trinco?

– Eu?

– Sim, do teu quarto.

– Não tenho quarto.

– Como?

– Tenho a frente de uma casa.

– Vais emprestar-ma durante o dia.

– Emprestar, para quê?

– Segredo...

– Ah! bravo.

Mas explicou como era impossível: uma rua cheia de vizinhança sempre à janela; a casa com uma dúzia de crianças, que vinham para a porta, por não ter as janelas, e o seu quarto cheio de livros, papéis, uma trapalhada, uma barafunda! Jacques não se sentiria bem e a pessoa, que devia ser de sociedade, também não.

– Tenho uma grande biblioteca. Não imaginas. Na mesa, papéis, escovas, velas, frascos de essência (porque só escrevo cheirando heliotropo e violeta), um inferno!

Havia, entretanto, a solução. O Barão Belfort era um dos quatro ou cinco homens da cidade possuidores de *garçonnières* dignas de receber pessoas decentes. Ocupara-a, havia dois meses, com uma anedota sentimental de somenos importância. Podia cedê-la. Iria ele, pessoalmente, se Jacques achasse imprudente aparecer.

– Fico-te muito agradecido.

– Com que então já conquistador?

– Oh! Godofredo.

– Fazes muito bem. Conquistas de primeira plana colocam sempre bem.

– E vais hoje?

– Hoje, não posso. – E irritado: – Não posso, é impossível. Estou com azar. Tudo falha. O barão seria capaz de negar.

Jacques submeteu-se ao fetichismo do homem superior, e no outro dia, o criado de Belfort, um criado francês, foi pessoalmente entregar-lhe uma chave de prata, com esta palavra a lápis, em papel timbrado do barão: Excelsior!

A *garçonnière* era de um gosto apurado e fino. Ficava numa das ruas que desembocam no Flamengo. A casa era própria. Constava de cinco peças. No salão pequeno havia por mobília um caro tapete, um baú medievo, um contador espanhol, algumas telas de Corot, de Turner, uma vitrine com esmaltes e medalhas antigas, cortinas pesadas de seda. Logo depois, uma sala maior, à século XVIII, laca e tapeçaria gobelino moderno. As paredes eram forradas de seda rosa. As cortinas eram de seda quase branca. Em medalhões, Lancret, Watteau, Boucher, três telas em que o amor se repetia galante. O lustre em bronze verde fantasiava a escalada dos amores. Havia uma *bergère*, um divã, um leito, e o ambiente estava impregnado de essência de rosas. A seguir, a sala de banho, feita de mármore colorido, alabastro verde, e cristais de tonalidades mortas. O conforto e a higiene tinham organizado aquela peça. Havia o leito de mármore forrado por um tapete persa para as massagens, havia a máquina elétrica do leito condensador, tabuleiro de cristal com frascos de todos os tamanhos, em que se encontravam desde as essências perfumadas até a terebentina. E a piscina de alabastro verde enchia pelo fundo de água morna, água a ferver ou água gelada. Logo depois vinha a sala de jantar, mobiliada ao gosto inglês, aconchegada e agradável. Por fim a cozinha, com um fornecimento em latas e garrafas de tudo o que faz mal e sabe bem; vinhos da Hungria e da Borgonha, *champagne, foie-gras*, trufas...

– Homem esplêndido! – fez Jacques.

Era esplêndido, principalmente porque, à sua primeira necessidade frívola, presenteara-o com aquele luxo, com o uso daquele luxo. Jacques decerto não pensava em possuir o luxo. Bastava usá-lo. Sempre fora assim, e assim sempre seria. O efeito foi aliás fulminante na cabecita de Alice. O luxo, a elegância davam-lhe ao amor um supremo requinte. Ela sentia-se bem, sentia-se apreciada. Quando as mulheres amam, sentem coisas de que o bom senso desconfiaria mesmo em estado de cometer imprudências. E foi no primeiro mês o grande duo fundamental nos dramas musicais de Wagner e em quase todas as existências. Ao acordar, Jacques tinha uma cartinha de Alice exigindo alguma futilidade ou a sua presença em qualquer lugar. Alice escrevia bem, abusava um pouco. Logo depois do almoço, o filho do Dr. Justino não se possuía. Estava com Alice nas exposições, nos carros, nas conferências, nos teatros, em casa dos conhecidos. Até mais de meia-noite, às vezes nos bailes até pela madrugada, era do casal, conversando com o marido, valsando com a esposa, amado por ambos. Sim, porque Arcanjo amava-o com enternecimento, estava desvanecido com a companhia mundana de Jacques. À *garçonnière* nunca chegavam juntos. Ou vinha ela primeiro ou vinha ele. Quando ela chegava de automóvel ele chegava de carro, quando ele aparecia em auto, era ela que se fazia conduzir de trem. Alice transportara para o ninho um completo sortimento de *dessous*[10] admiráveis, *kimonos* de levantar de seda leve, irlandas bordadas. Jacques nada levara.

– Meu amor! – dizia ela ao entrar, logo dependurando-se dos seus lábios.

– Linette! – dizia ele, deixando-se beijar.

Alice, se tinha uns caídos muito brasileiros, isto é, muito torrãozinho de açúcar a derreter e as palavrinhas ternas, melosas, em que a brasileira vence o *record* mundial, distanciando mesmo a chinesa, Alice era inteligente. A inteligência dera-lhe uma ousadia ainda acrescida pelo desejo mundano de parecer bem, de parecer como nos romances. Depois era empolgante e enebriante. Não se poderia dizer que um ensinava ao outro. Ambos aprendiam com a ingenuidade cínica que o amor incute, o amor ou o desejo, e ambos

---

10 Roupas de baixo.

queriam trazer novidades. Quando ambos estão nessas disposições, as coisas vão sempre longe. Não haveria o *Kama-Sutra*, o *El-Ktab* e outros volumes do ritual amoroso, prolixos em novidades, se os casais perfeitamente convencidos não se entregassem à aposta de trazer impressões novas. O desenvolvimento das ciências é devido ao estímulo da primazia na descoberta, dizia um venerando homem. Depois, Alice tinha um espírito satírico que agradava nos intervalos.

Fazia troça feroz das senhoras conhecidas, arremedando-lhes os gestos, caluniando-as. Vingava-se assim. Jacques, a fumar um turco ponta de ouro, ria francamente, e contava coisas...

– Elas também gostam de ti.

– Quem te disse?

– Adivinhei.

– Falso. Não gostam...

Alice estava convencida de que arrebatara o jovem a um batalhão de amorosas.

Jacques era bem homem para não desiludi-la. Sempre convém mentir.

– Jura que eu sou a primeira?

– Juro – fazia ele, rindo de tal maneira, que se comprometia ainda mais.

Depois dava-lhe conselhos que Alice recebia com docilidade, incutia-lhe gostos delicados para as *toilettes*, as joias e dava informações muito apreciadas sobre a maioria dos seus amigos: o Bruno Sá, o Dr. Suzel, o Belmiro Leão, que deixara abertamente de cumprimentar Mme. Arcanjo dos Santos.

– Ainda zangadinho?

– Não imaginas, filha...

Um mês depois, a chama, como dizem os poetas românticos, começou de diminuir. Conservavam-se uma preferência carnal, o desejo de não acabar, mas acrescido pelo vago instinto da curiosidade que, como se sabe, limitou o mundo e o ensinou a ler em caracteres cuneiformes, sem mestre. Nenhum dos dois deu, porém, claramente, pelo caso. Estavam em plena *season* e chegara para o hotel em que moravam Bruno Sá e Suzel uma grande atriz. Era o hotel das notabilidades de todo gênero: diplomatas, artistas, argentários, industriais, políticos, grandes artistas, "grandes cavadores", como não deixava de resumir Godofredo. A atriz parisiense trazia outras encantadoras atrizes. Jacques ia jantar sempre lá, em companhia de Bruno. Godofredo, cronista, que fazia crítica dramática e visitava com frequência o jovem ministro, lustro e fulgor, reclamo luminoso do hotel, apresentou-os. Apresentou com satisfação, porque esses parisienses teriam uma ideia limpa e francesa da nossa sociedade.

Imediatamente, a grande atriz foi de uma simpatia desvanecedora. E à hora de jantar, como em geral ela não aparecia, comendo nos seus aposentos, tal qual Mme. Sarah Bernhardt e Mme. Réjane, divertiam-se com as outras. De resto, a ilustre artista já lhes oferecera um jantar de que fazia parte um grande psicólogo, pago pelos governos sul-americanos para fazer conferências sobre a alma feminina em Buenos Aires, Montevidéu, Rio e Rosário.

Além desse acontecimento mundano importante – Jacques não tivera nunca a intimidade dos renomes universais – um outro preocupava a atenção, não só dele, como de Alice, como de toda sociedade: a grande festa de caridade em favor do Dispensário da Irmã Adelaide. Mme. de Melo e Sousa e a Baronesa Parckett, mãe de Eleonora, dirigiam o acontecimento. A princípio pensaram no Cassino. O Cassino era pequeno. Depois estabeleceram definitivamente tomar conta de um jardim público.

Era preciso arranjar grátis o jardim, as obras necessárias para as transformações, uma tômbola formidável e um programa espantoso. O comércio, a indústria, a administração estendiam as mãos à alta sociedade para proteger os pobres. Estendiam e davam. A sua ação a isso se limitaria, como a ação do jornalismo seria a de fazer um reclamo permanente até o dia do espetáculo. A organização das comissões seria mundana. Os rapazes de gosto ociosos apareceram. Chagas fez uma planta do jardim com os lugares das barracas marcadas a bandeirinhas vermelhas. A importância das barracas variava, segundo o tamanho da bandeira. Dória, já expulso do seu meio, veio à cena como utilidade. O filho dos Viscondes de Pereira encarregou-se do capítulo *sport*, marcando regatas, corridas a pé, tobogã, gincana e algumas cousas irrealizáveis que lhe davam o pretexto para dizer:

– Qual! nesta terra tudo é impossível! Qual! estamos num país selvagem.

Godofredo ficava com a parte de teatros, muito contrariado aliás. A parte de teatro constava de uma comédia, naturalmente em francês, por amadores da nossa melhor sociedade, um intermédio em que figuravam por especial distinção o grande tenor Zenaro, da companhia lírica, a notável atriz francesa e uma atriz portuguesa, que nenhuma das damas conhecia por não frequentar teatros, principalmente em português e finalmente, à noite, uma série de quadros vivos, com projeções elétricas, assunto religioso: *A caridade. A samaritana. Cristo e a Adúltera.*

À escolha das diretorias das barracas, posto de sacrifício, presidia uma grande diplomacia. Só Mme. de Melo e Sousa poderia sair-se bem, pondo em relevo as personalidades dignas disso.

A primeira reunião do comitê organizador foi agitada.

Faltaram várias pessoas, censuradas aliás, e as comissões só foram nomeadas às onze da noite; comissão de angariar donativos, comissão de direção dos trabalhos, a de teatros, a de política, a das barracas.

– Falta alguma cousa – dizia Luísa Frias.

– Que falta?

– Não sei, mas falta.

– A parte infantil – rouquejou a Sra. Muripinim.

– É isso! é isso mesmo! – exclamavam de todos os lados.

– Quem se encarrega da parte infantil?

Ninguém queria. Era preciso pensar. Faltavam de resto mais cousas, para *corser le programme*[11].

– Tenho uma ideia – ganiu o Dória, que dava tudo para se conservar.

– Qual?

– Uma cartomante, que lerá a *buena-dicha* ao público.

– Estás louco? Todos quererão dar a mão.

– Descansem, é pago.

– Ainda assim.

– Lembro uma orquestra de fados portugueses.

– Mas isso, Dória, é impossível. Quem vai cantar fados?

– Esperem, explico-me, deixem-me explicar. Imagino uma orquestra de moças, tocando só bandolim.

– Ah! bem...

---

11 Fechar a programação.

– Haverá uma jovem no Rio que não toque bandolim? Bem sei, Godofredo, que é desagradável. Mas tem um meio: não te aproximes, o jardim é grande.

Escolhemos os últimos fados, os literários.

– Realmente – fez Etelvina Gomensoro, *née* d'Ataíde – conheço alguns; são lindíssimos...

– E depois muito distinto – decretou a ilustre Argemira.

– Mme. Gomensoro cantará os fados.

– Como quiserem.

Imediatamente a reunião inteira resolveu adotar o fado. Eram loucos pelos fados. Depois debateram a questão financeira.

– Deixem comigo o caso – liquidou Chagas, por alcunha "Ganhou o macaco". – Fiquem descansados...

Mas ao contrário do que imaginava, o oferecimento causou um discreto alarma.

Chagas era um rapaz encantador, de muito bom gosto, que talvez por isso tinha a leviandade de não saber resistir nem às *cocottes*, nem ao *baccara*. O dispensário mudaria de nome.

– Não, não – disse a Sra. Pedreira – precisamos de nomes para impor aos negociantes, senhoras de posição.

Alice irradiava. Era da comissão que iria convidar o presidente da República, era chefe de uma barraca de flores, entrava nos quadros vivos, e como Belmiro Leão, por indicação de Argemira, fazia parte da comissão, teve o prazer de vê-lo vencido vir cumprimentá-la.

– Somos companheiros?

– Da santa cruzada do bem. Os pobres antes de tudo.

– Há várias espécies de pobres.

– Eu só não tolero os pobres de espírito.

– Pois admira. Os pobres de espírito são a melhor gente deste mundo.

Em compensação, Jacques sentado entre Luísa Frias e Laura Gomes, num *flirt* perfeitamente agradável, sentiu-se de repente nomeado para a comissão da política. As suas relações obrigavam-no a pertencer a essa comissão com Arcanjo dos Santos e a Viuvinha Pereira. Era aquele pretexto que o punha em contato com os detentores dos dinheiros públicos. Quem diria? A vida é uma surpresa.

No dia seguinte, a *garçonnière* ficou deserta. Alice dos Santos ia com o comitê diretor ao jardim público, tomar disposições *sur place*[12], porque a planta do Chagas fora declarada inútil. Iam as Sras. de Melo e Sousa, a Baronesa Parckett, a encantadora Gina Malperle, Mme. Gouveia, e, como homens, só Bruno Sá, Suzel e Belmiro Leão. Era como eles gostavam os três – de andar, só os três, benditos entre as mulheres. Suzel tinha um apetite pueril pela Baronesa Parckett, Bruno dizia cousas sérias à Malperle, Leão, naturalmente, caminhava com Argemira e Alice. E como chovera na véspera e o dia estava sombrio, pelas aleias desertas errava uma vaga e úmida melancolia.

– Gosto tanto dos jardins. Um jardim assim faz pensar no amor.

– Se o amor foi revelado num jardim!

– Mas eu penso no amor de outrora e não no de agora. O amor num jardim...

As senhoras levantavam um pouco os vestidos escuros para dar volta nos lugares em que a água empoçara. Havia sorrisos que diziam mais do que as palavras, por serem imensamente vagos e tênues. Luísa estava com frio. E da festa foi impossível fixar qualquer cousa além da hora.

– Aqui ficava bem uma barraca...

– E aqui...

– Também...

– Onde ficará a vendedora de cartões-postais?

Frases cansadas, sem ânimo, como se fosse uma fadiga superior às forças gerais animar o velho parque melancólico com uma festa mundana. E, cansados, todos estavam, entretanto, gostando. Deram uma longa volta, para fazer apetite para o almoço. Alice voltou só, no *coupé*-automóvel, abstrata.

Nessa ocasião, Jacques preparava-se para ir à Câmara, encontrar Arcanjo.

Vestiu-se com um apuro inglês. Fincou na gravata escura a pérola com a qual Alice revelara desejá-lo logo. E foi, pausado. A festa de caridade ia introduzi-lo no meio que almejava entrar, mas de modo elegante, sem rebaixar-se. Munido do cartão dado por Godofredo (era o segundo de que se utilizara, porque até então só usara o do cinematógrafo) – entrou pelos corredores que ladeiam o recinto. Estavam num grande dia na Câmara. Os corredores ti-

---

12 No local.

nham 120 pulsações por segundo. Jacques passou a custo para uma cancela do deplorável recinto a descobrir Arcanjo. Afinal deu com ele, sentado, pálido.

Arcanjo viu-o também, mas não se moveu. Nem o saudou. Jacques esperou meia hora, prestando atenção ao discurso.

O discurso era inverossímil de idiotice. Fazia-o um dos mais aplaudidos parlamentares. Jacques não gostava de discursos. Tinha razão de resto. Estava com a opinião de um estadista eminente, James Balfour, que já disse: "As criaturas que fazem ou ouvem discursos em vez de jogar o *golf* são incapazes de apreciar as possibilidades da existência".

Jacques apreciava as possibilidades da existência. E, depois, naquele movimento febril de homens a suar, a falar uma língua incompreensível, entre repórteres, taquígrafos, redatores de debates, contínuos, parasitas, agentes de negócios, pedintes com ar triste e mesmo deputados, só deputados eleitos pelos presidentes dos Estados respectivos, não podia deixar de sentir-se superior.

Superior, por quê?

Não o sabia, nem o era. Mas assim o fizera a educação e também a herança, desenvolvendo-se num meio propício. Os verdadeiros amigos de Jacques podiam jurar-lhe que qualquer daqueles contínuos era mais útil e mais inteligente. Não o acreditaria. Ele era importante, mais importante, apesar de não ter qualidade alguma superior para compensar as más disposições iguais às de todos os homens, mais as dos da sua condição. E o seu meio, composto afinal de elementos desencontrados da sociedade, desde o jogador titular ao explorador sem escrúpulos, meio de que conhecia as histórias desagradáveis, era o único tolerável e o único possível. O resto não passava de poeira.

Não daria importância ao maior gênio, sem que a sua roda, em grande parte letrada, como ele, não dissesse que esse gênio era mesmo gênio. A roda nunca dizia, mas crismava alguns mortais felizes, o que era uma compensação. Assim, como em nenhum salão, em nenhuma "pensão de artistas", em nenhum dos *clubs* em que seu pai jogava, não ouvira falar do gênio de nenhum deputado, além do Arcanjo e do Inocêncio Guedes, o inexorável recitador do *Smart-Ball*, considerava aquele pessoal inferior. Ele, Jacques Pedreira, condescendia em ir vê-los.

Mas ninguém lhe ligava importância e o discurso era enorme, Jacques resolveu pedir a um contínuo que lhe levasse o cartão a Arcanjo.

– Não está.

– Está! Está ali.

– É verdade, não tinha reparado. Mas não posso.

– Por quê?

– A Exa. está tomando parte no debate.

– Por quem é, leva-me este cartão. O Dr. Arcanjo espera-me.

O contínuo tomou o cartão e deu uma porção de voltas pelo recinto, antes.

Afinal decidiu-se, e Jacques viu que Arcanjo fazia um gesto de contrariedade, erguia-se. Quando Arcanjo se aproximou, notou que estava palidíssimo.

– Bom dia, há meia hora que o espero.

– Ah! Queres falar comigo?

– Venho para o negócio do Dispensário.

– Que Dispensário?

– Oh! Pareces que estás a brincar. O Dispensário da Irmã Adelaide.

– Desculpa. Temos uma sessão muito importante – fez o outro, dominando a alteração da voz. – Mas hoje é inteiramente impossível. Não temos tempo.

– Ah! bem – disse Jacques, seco.

– É uma pena aborrecer-te, mas tem paciência. Queres que te mande abrir uma das tribunas?

– Não, muito obrigado. Ouvir discursos...

– Às vezes são coisas sérias. Até logo.

E afastou-se. Jacques ficou rubro de cólera. Idiota! Tratara-o evidentemente mal. Por que estava na Câmara? Dava-se então à importância o Arcanjo! Com ele, porém, fiava mais fino. Não poria mais os pés naquele lugar. Contaria a Alice o procedimento do marido. Era inacreditável!

Tão incomodado ficou que voltou imediatamente a casa, imaginando várias vinganças. Entrou direito para os seus aposentos. Atirou o chapéu alto para cima da mesa. E arrancava o *frack,* quando o copeiro entrou com uma carta.

– Trouxeram minutos depois de o senhor sair.

Vinha de Alice. Também essa senhora não passava um dia sem escrever. Abriu-a com raiva. E leu:

"Ele desconfia. Recebeu uma carta anônima, que conta tudo. Salva a situação no momento e deixa por minha conta o resto. Até à morte..."

– Bolas! – fez Jacques, sentando-se na cama. – Que complicação!

Era como se tivesse recebido uma pranchada no alto da cabeça.

6. O MAIS FELIZ DOS TRÊS

Arcanjo dos Santos não contara com a hipótese de ser enganado quando casara.

É uma hipótese que raramente azeda o gesto heroico dos que se decidem a manter as bases da sociedade. Ele trabalhara, esforça-ra-se, obtivera como prêmio duma vida brilhantemente nula uma linda e rica esposa. Para o seu espírito era a derradeira etapa, a da apoteose da mágica. De então para diante poderia viver bem, apenas com a preocupação do esperanto, do vegetarismo e de não desagradar ao Grande Chefe, que o fizera deputado. Nada mais simples.

Com o esperanto era sócio propagandista, com o vegetarismo fartava-se de *macédoines* de legumes. Com o Grande Chefe mandava-lhe um presente semanal e votava à sua vontade. Era feliz, integralmente feliz. Mas a felicidade não dura. A carta anônima insultara-o, chamando-lhe de nomes feios, considerando-o um desbriado. Não há homem que se não exacerbe, quando o chamam de desbriado, mesmo tendo a certeza de que o é. Arcanjo não tinha essa certeza. Ficou agitadíssimo. Ia sair. Voltou, foi ao gabinete de trabalho, virgem de trabalho, deixou-se cair numa cadeira, tentou pensar, coordenar ideias sem resultado, ergueu-se, passeou agitado, quis escrever uma carta. Apesar de no gabinete não poder deixar de ver quem entrava, chamou o criado algumas vezes.

– A senhora já veio?

– Ainda não, excelência.

Pediu os jornais, onde encontrou (em todos) o nome da esposa e o nome dele, do outro na primeira página, amarrotou as gazetas, tornou a passear, mandou vir a criada de quarto.

– A senhora disse que voltava para almoçar?

– Sim, excelência. Ela foi ao jardim ver o local para a festa.

Fez um gesto de despedida, lembrou-se de que nunca tinha comprado um revólver. Passou assim duas longas horas. A espera exasperava-o. A carta tomara proporções enormes. Seria de fato? Ela de quem gostava tanto, ela, tão bonita! E tendo tudo, nada lhe faltando! No fundo a revelação irritava-o. Iria brigar, sair dos seus hábitos, arrostar com um enorme ridículo, perder a sua mulherzinha. Como? Tragédia? Sangue? Divórcio num casal sem filhos, sendo ela rica?

Era preciso que Alice chegasse imediatamente para a explicação. A explicação!

Que horror...

Alice chegou. Vinha abstrata no seu automóvel. Viu-a sentar, por trás da vidraça. Preparou-se como para uma cena tremenda, mas digna. Ao ouvir-lhe os passos na sala próxima, o coração batia-lhe.

– Estás à minha espera? – fez Alice entrando.

– Há duas horas.

– Por quê?

Aquela pergunta natural, feita naturalmente, desconcertou-o. Respondeu esquivo:

– Ora, por quê? Por nada...

– É curioso. Mas não falas a verdade.

– Julgas?

– Juro.

– Então queres saber?

– Pois claro, meu querido.

– Teu querido. Faze favor, deixa de ironias.

– Ironias?...

– Há frases que ofendem, quando não são verdadeiras.

Alice ficou pasma. Não ser verdadeira ela, uma criatura *nature* por excelência.

Caminhou para o marido, ofendida sinceramente.

– Dizes que eu minto?

– Pois eu sou lá o teu querido?

– Que bicho te mordeu?

– Que bicho, hem? Um bicho que esmagarei, podes ficar certa.

– Mas falas por enigmas, homem de Deus, dize logo o que tens a dizer.

– Digo que vamos partir, que seja como for, ouviste? nunca me prestarei a um papel ridículo...

– Ridículo?

– Sim, ridículo. E não negues, não negues. Tenho a prova. Os criminosos e as senhoras inteligentes têm um poderoso *self control*. Aquelas palavras noutro ambiente fariam a perturbação. Alice compreendeu, entretanto, que o perigo estava longe e afastá-lo de todo, imediatamente, seria preciso.

– Queres ver que tens ciúme de mim? Provas, provas! Mas perdeste a cabeça. Onde a prova? Prova de quê? Exijo a prova. É a primeira cena que temos. Será a última. Ah! Este Rio! Bem não queria vir. Mas ou me dás a prova ou não fico mais nem um minuto aqui.

Ela gritava. Arcanjo teve que dizer, indo fechar a porta:

– Fala baixo, olha que escutam.

– Que importa? Hei de falar como quiser! A prova! vamos ver a prova de um crime, que ainda não sei qual seja!

Ele tirou a carta do bolso, estendeu-lha, com uma penosa sensação de ridículo, a sensação de que tinha feito uma enorme tolice. Alice pegou-a febril, leu-a de um jato. Era numa meia dúzia de insultos com péssima ortografia o seu caso, o nome de Jacques, o escândalo. Ficou um instante olhando o papel imundo a ver o que devia fazer. Soltar uma gargalhada seria teatral. Achou melhor atirá-la com um gesto de nojo.

– Isto? Mas é vergonhoso o que acabas de fazer, vergonhoso!... Uma carta anônima! Todas as senhoras da sociedade, todos os homens de posição recebem cartas anônimas. Nós estamos na terra da carta anônima. Sabes o que é isto? Inveja. Inveja de ti, da tua felicidade. E deste importância a essa cousa asquerosa! Nem vale a pena defender-me. É idiota. Jacques então, o filho de D. Malvina, uma criança. Que diabo! Tu não és um imbecil. Jacques é tão teu amigo, está sempre conosco. Quando? Onde? Havias de descobrir um gesto ao menos que denotasse mais do que amizade... Pela mesma razão serei amanhã amante do Chagas, do Dória, do marido da Frias. Francamente, sempre fiz outro juízo de ti.

Falava alto, agitada.

– Mas, Alice...

– Cale-se, cale-se ao menos. O senhor dá-me inteira liberdade, sabe que eu gosto de ser admirada. O Jacques é, entretanto, como de casa. Nunca pensei, meu Deus, nunca! Pobre rapaz! De resto, o senhor naturalmente seguiu-me...

Ela disse a frase que desde o começo lhe apertava o coração com um esforço enorme. O marido ergueu-se.

– Oh! Alice, isso nunca!

– Tinha a carta no bolso, podia acompanhar-me.

– Recebi-a ao sair há pouco. Sou incapaz.

– Oh! oh! conheço-o bem. Guardou a infâmia, acompanhou-me dias e dias e não achando o que dizer, veio lançar-me uma injúria sem fundamentos.

– Mas não, Alice, não digas tolices...

– É triste, é muito triste, depois de tão pouco tempo de casada... Se papai soubesse!

Caiu numa poltrona. Arrancou o chapéu num gesto de desespero. O marido, lamentável, procurava palavras.

– Não, tudo, menos pensares que te segui.

– Mas se acreditaste nesta infâmia!

– Quem te disse que acreditei?

– Acreditou, acreditou...

E de repente prorrompeu em soluços. Os seus olhos vermelhos choravam. Era uma verdadeira artista. As mulheres são assim: nascem feitas. As que têm o temperamento de honestas, nunca aprendem a mentir. As que, embora boas, são mais lealmente filhas d'Eva, não precisam de curso, de aulas, de experiência. Revelam-se no campo de batalha de chofre, generalíssimas. Alice era encantadora, boa, gostava mesmo de Arcanjo, como em geral gostava dos homens, sentia que o pobre marido sofresse, talvez o enganasse mais pela cabeça do que pelo coração, mas mentia, mentia sempre e naquele momento gozava em se ver acreditada, queria vê-lo submetido. Arcanjo, nervosíssimo com as lágrimas, aproximou-se, afagou-lhe os cabelos.

– Não chores, não chores... que é isso?

Os soluços redobraram. Então curvou-se, falando baixo, comovido, com as palavras que se têm para as crianças, com o gesto que para com elas temos, quando as consolamos de males imaginários, beijando-a, animando-a.

– Meu bem... então, então... seu maridinho... não foi por mal. Enfim, compreendes, eu também fiquei fora de mim... Bom, acabou-se, acabou-se, dê um beijo no seu marido.

– Não... não, nunca mais!

– Louquinha, vamos, um beijo...

A vida na sua essência é feita de palavras que se não dizem. Nas cenas mais sérias de uma existência, há uma série de cousas que se sentem, outras que se esboçam, outras, cujas palavras erram nos lábios sem serem pronunciadas. O resto é o que se fala. Quase sempre o inútil. Há homens que morrem ignorantes do seu próprio eu, porque nunca tiveram a coragem de dizer alto o que talvez pudessem ter pensado. Arcanjo pensava muita cousa de modo vago. Era raiva, medo de escândalo, credulidade, desejo, exasperação, luxúria, pena, amor, vontade física de se afirmar. Viu-se de joelhos a acariciar a esposa, que soluçava baixinho; beijou-lhe as mãos, beijou-a no colo por cima do vestido, beijou-a na testa, beijou-a na boca, afogando-lhe o não de recusa. E aquele beijo, num caos de dúvida vaga, foi decerto o melhor beijo da sua vida de casado.

Ela talvez o tivesse sentido um pouco – que o amor é superior sempre. Depois ergueu-se como uma convalescente, macerada, pisada, triste. A cena de minutos antes passava a velha recordação de um pesadelo, tão afastada estava.

– Almoças?

– Não sei.

– Deixa arranjar-me. Estou sem apetite.

– Eu também.

– Vais à Câmara?

– Tenho de ir.

– Até já.

– Adeus, meu amor.

Como Alice estava macia e boa! Foi vagarosamente, com um gesto de saudade desolada, até o seu toucador. E aí, ainda vestida, sentou-se, escreveu três ou quatro linhas a Jacques, mandou-as pela criada de quarto, vestiu-se só, pensando em Jacques, na boca de Jacques, no moreno rosa da sua face glabra, mais sua do que antes. A escrita da carta excitava-a. O amor é um *sport*.

Arcanjo foi à Câmara. Era preciso votar uma ordem do dia cheia de concessões e de pensões. As concessões passariam todas com pedidos de grandes influências políticas, que de algumas seriam mesmo futuros diretores. As pensões, só passariam duas para senhoras bem de fortuna mas também com esplêndidas relações entre os situacionistas. As outras, as das viúvas pobres e sem conhecimentos, seriam cortadas. O país precisava fazer economias. Ele, coitado, ia acabrunhado. Parecia-lhe, vagamente, que toda gente era autora da carta e, por consequência, que toda gente sabia, desconfiava, caluniava-o, insultava-o. A frase mais vazia parecia-lhe uma alusão clara, definitiva. Meteu-se no recinto, evitando conversas, a fingir que ouvia o discurso de um célebre orador empolado e soporífico. Quando Jacques apareceu, viu-o logo. Mas fingiu não o ver. Um estado esquisito, como se lhe estivessem apertando o epigastro e torcendo a nuca, dava-lhe uma raiva surda contra o rapaz. Achou-o tolo com a sua elegância; achou-o idiota, fingindo-se importante no seu anonimato; analisou-lhe a insignificância de jovem pavão, com desprezo, com mordacidade, com ódio. E sabendo-se esperado, vingava-se, vingava-se, não sabia bem de que, mas deliciosa, lenta, enebriantemente. Ao ouvir o contínuo, estava resolvido a não falar. O homem de sociedade, porém, dominou. Veio. Veio e foi pela primeira vez com aquele adolescente, o superior, o maior, o mais velho, o homem. Estava aliviado. Terminadas as votações, voltou à casa, reintegrado. Se alguém lhe dissesse alguma frase dúbia, reagiria a bofetada. Ninguém lhe disse.

Alice recebeu-o ainda mais convalescente. Passara a tarde inquieta e ao mesmo tempo desejosa de saber quem teria tido a lembrança infame da carta. Jacques não lhe mandara dizer nada e pela primeira vez, vendo o marido entrar da rua, sem uma comissão sua, indagou:

– Então?

Ele esquivou-se:

– Votações, um aborrecimento...

– E eu que nunca fui à Câmara!

– Fazes o que alguns colegas conseguem.

– Deve ser divertido.

– É cacete. Saíste?

– Oh! não. Fiquei para aí, lendo um romance. O dia está tão úmido! Mas vamos, à noite, à casa do Pedreira.

– Para quê? – fez ele brusco.

– Oh! filho, a festa de caridade! Já nem te lembras que sou de várias comissões. E tu também. Temos reunião do comitê hoje.

Ele não disse nada. Estavam sós, era um *tête-à-tête*. Pela primeira vez, depois de chegar ao Rio, tinham um *tête-à-tête,* sem nada para dizer, com Alice tão submissa.

– Por que não vais ao chá do Gouveia?

– Vai tu. Eu, não.

– Prefiro ficar.

– Ficaremos os dois. Um *five-o'clock* a sós. Queres?

Ele sorriu, vendo-a retornar à menina. Há quanto tempo não tomavam chá os dois sós! Desde o Rio Grande, chá com torradas à noite, enquanto o sogro estancieiro bebia erva... Ficou. Leram os jornais da tarde juntos. Um deles esquecera o nome de Alice na notícia da grande festa de caridade. Era oposicionista. Jantaram sós, como quem come depois de uma viagem. Não tinham comido o dia inteiro. Alice já estava vestida para ir aos Pedreira. À sobremesa pediu para dar antes um passeio pela praia, no automóvel.

– Faz uma noite tão úmida.

– Que tem? É fechado.

Foram. Eram oito horas da noite e a Beira-Mar estava deserta, angustiosamente deserta no banho de luz dos combustores e das lâmpadas elétricas. De quando em quando passava um automóvel rápido ou uma vagarosa tipoia com gente suspeita arrulhando no silêncio o amor que por ser a hora não deixa – nem mesmo esse! – de ser doloroso. Todo aquele deserto parecia crescer sob a chuva deslumbrante das luzes. Era como se do céu um turbilhão de estrelas se despegasse e levemente viesse pousar por aqueles postes, fazendo uma colossal apoteose de luz. À distância as luzes eram brancas, eram verdes, eram azuis, eram de um verde pálido, de um jade apagado, e reunidas aos grupos de cinco e três, recamavam as largas avenidas de um dossel de pedrarias irradiantes, de um estranho desenho feito de raios de astros. Casas graves e fechadas, palácios que pareciam *villas* de Florença estragadas pelo arranjo de arquitetos bisonhos, aumentavam a tristeza fúnebre. Em algum banco esquecido, um labrego, um par, o vazio.

– É tão bonita a luz.

– Lindo.

Ela reclinara-se. Ele, naturalmente, pegara-lhe na mão quente. Era a primeira vez que naquele automóvel o marido tomara uma deliberação tão pouco na moda para os maridos. Na casa do Dr.

Justino Pedreira, quando chegaram, já a sessão começara. Estavam todos, inclusive Godofredo de Alencar, que precisamente gabava um *grill-room* montado com estrondo na Avenida, por uma dama das melhores relações do meio – como proprietária de uma pensão em Petrópolis, onde se aboletavam diplomatas.

– Esplêndido. Parece o Ritz, o Rumpelmeyer – dizia o literato, que nunca estivera nem no Ritz, nem no Rumpel, repetindo frases da crônica do dia seguinte.

– E resistirá, meu caro?

– É verdade, neste país de selvagens...

– Somos nós, apenas.

– E nós não vamos todos os dias...

– Ah! Eu que estava com o Dr. Inocêncio Guedes, logo disse: não dura um mês!

O inexorável e incontinente recitador do *Smart-Ball* sorriu satisfeito.

– Com efeito. Eu também disse. Outro meio, a Argentina, Montevidéu...

– É, é uma vergonha.

Alice procurava descobrir Jacques. Jacques estava a uma das janelas, conversando alegremente com a Viuvinha Pereira e Belmiro Leão. O jovem conquistador avançou. Ele também, naturalmente. Se o casal viera, as suspeitas tinham declinado. Estava soberbo de indiferença. Ao receber o golpe da carta de Alice, ficara meio aturdido. Mas o adultério era das muitas coisas que julgava sem consequências. Apanhado em flagrante, fugiria. Interrogado, mentiria por mais provas que houvesse. Não escrevera, porque custava escrever e seria pouco prudente mesmo. Esperou. Sangue, tiros, palavrões, só na gente baixa.

Não havia receio. Gente do seu meio vingava-se de outra maneira. Se Arcanjo tivesse acalmado, teria por ele um pouco mais de consideração e continuaria com a Alice, segundo as disposições do marido. Estava acostumado com o caso por vê-lo praticar; estudara-o como alguns estudam o inglês sem mestre. E o adultério sempre foi mais fácil do que o inglês. Só haveria uma dificuldade: largar Alice. Na sua roda ouvira muita vez a frase de Bruno Sá:

– Quando tenho uma amante de cá, antes de começar já estou a ver como hei de acabar.

De resto, Arcanjo tinha responsabilidades e Alice era um pouco adida ao núcleo. Estendeu a mão e foi logo a dizer:

– Ainda há instante falávamos mal de vocês.

– De nós?

– Sim, mamãe indagava o que se tinha feito pela política.

– E então?

– Pergunte a seu marido. Arcanjo estava tão preocupado que quase me recebe mal.

– Não é possível.

– Ora! Queria até que eu assistisse a sessão!

As damas e os cavalheiros sorriam. Arcanjo estava meio acanhado. Seria verdade? Seria mentira? Mas não perdeu o seu ar de superior a Jacques.

– Estes meninos pensam que a vida é só brincar...

Dois dias antes não teria tido tanta coragem, Jacques nunca fora tratado assim, senão por seu pai. Mas tinha culpa e achava-se na obrigação de ser gentil, meio vencido. Com o seu temperamento, tratá-lo d'alto era exasperá-lo, mas dominá-lo. Às duas horas da tarde achava aquele sujeito um imbecil que precisava de taponas. Às quatro estava sem opinião. Às nove já não fazia um mau juízo de Arcanjo. No dia seguinte entregar-se-ia sem sentir, como se entregara a Jorge de Araújo, a Godofredo, ao Barão Belfort. O pobre Arcanjo estava nas mesmas condições de fraqueza de vontade, como de resto a maioria dos presentes, mais ou menos os doentes de impotência psíquica generalizada. Apenas o decorrer dos fatos dera-lhe a superioridade. Foi levado a ela num tremor de desastre. O outro aceitou-o. Ficariam sempre assim; ele, a mulher e Jacques.

Quem ganhara de resto com o decorrer dos fatos fora ele. O marido, em noventa e nove vezes sobre cem, é o mais feliz dos três. A mulher, por mais indiferente, trata-o bem porque o marido é uma tabuleta. O amante ainda melhor, porque teme o futuro onde se anunciam em escala desagradável desde a violência, até a responsabilidade. Respeitado, descansado, o marido é a autoridade e o primeiro, e em lugar de ser um pobre escravo a satisfazer a sua dona, é o cavalheiro desveladamente conservado e prestigiado pela esposa e pelo seu maior amigo.

– Brincar? – fez Jacques. – Você faz muito pouco da minha capacidade. Verá quando começarmos. Esvazio a carteira dos seus companheiros.

Fê-lo sentar, ficou um instante ainda prestando atenção à discussão. Tratava-se de arranjar bandas de música e de forçar Godofredo a fazer uma conferência sobre a caridade. Era uma reunião animada. Estavam todos dispostos como Jacques a assaltar a bolsa alheia em proveito dos pobres. Até mesmo a gentil Viuvinha Pereira, sempre tão generosa para os ricos, até mesmo Mme. Zurich, Mme. Gouveia, as irmãs inimigas, ambas a disputar o bastão da beleza.

Godofredo ia sair. Aproveitou para partir também. Alice, em palestra com Belmiro Leão, deu-lhe menos importância do que de costume.

O marido prometeu que no dia seguinte apresentaria os deputados para a colheita. D. Argemira marcou a hora.

– Não, o Dr. Arcanjo está na Câmara, às duas.

– Às ordens, minha senhora.

– E você, Jacques, passa lá por casa antes, para as últimas instruções.

A ilustre dama queria apenas saber do que ocorrera. Jacques despediu-se, saiu.

Ainda no portão Godofredo rebentou.

– Querem teatro, conferência, tudo grátis.

– É uma festa de caridade.

– Caridade! Eu já assisti a dez festas de caridade para a construção do altar-mor de Nossa Senhora da Conceição. Mas essas senhoras não reparam que é demais?

Depois no *tramway*:

– Estive hoje no escritório do velho.

– Está danado. Não me fala há uma semana.

– Também não vais mais lá.

– Para fazer o quê?

– Oh! filho, para aprender, para exercitar, por *sport*, como ias ao *foot-ball*, como vais aos Estrangeiros. Depois não é possível perderes o tempo de enriquecer.

– Enriquecer! Enriquecer! Oh! Godofredo, não fales nisso.

Sempre que tratavam de persistir num ato sério, Jacques ficava nervoso. Porque de fato tinha uma grande vontade de fazer um bonito, ganhar dinheiro, ter nome, e só não se atirava, porque levava tempo. Então ficava querendo ouvir os conselhos e querendo ao mesmo tempo que não lhe falassem nisso.

– Queres então ser pobre?

– Qual. Há de se ver, depois.

– Mas se tens tudo para entrar desde já?

– Advocacia não. Abomino autos.

– Outras advocacias.

– Custa tanto.

– Ora, ainda agora...

– Há alguma coisa? – perguntou ansioso.

– Precisamente não há, isto é, depende. Coisa para ganhar uns contos.

– Como?

– Da melhor maneira. Sabes que... não, não sabes, mas é o mesmo... Cartas na mesa. Há uma concessão que deve passar quinta-feira na Câmara.

– Bem.

– Mas não passa porque o Grande Chefe não quer.

– Então?

– É preciso demovê-lo. Só um deputado está nas condições de o fazer, se pedir com insistência.

– Quem?

– O Arcanjo. É uma das maiores influências da Câmara: não faz discursos.

– Mas eu não posso pedir nada a Arcanjo.

– Como? Sempre pensei...

– Agora, mais do que nunca.

– Houve alguma desinteligência?

Jacques calou-se. O cronista sorriu:

– Diabo. Olha que não se deve perder a amizade de Arcanjo. Dentro em pouco será uma das mais prezadas figuras do nosso grande mundo. Perdeu anteontem 10 contos no Club da Avenida, de que já é sócio. É comensal do Grande Chefe, tem uma linda e distinta esposa.

– Ora...

– Não sei...

– Pede sempre.

– Não tenho a certeza.

– Mas repara, Jacques, que fui eu quem te arranjou a chave da casa do barão.

– Por isso mesmo. Está tudo acabado. Ele sabe tudo.

– Quando soube?

– Não imaginas como estou incomodado.

– Está-se vendo. Mas quando soube?

– Hoje.

– Oh! então é um homem superior, um homem que a todos nós dará lições. Nunca pensei! Que sangue-frio dá a alimentação vegetariana! Olha. Pedes amanhã, impõe-te a Alice. Para ser amado é preciso dominar. Impõe, ouviste? Ou ele é um tipo, o que não acredito, ou fará tudo para mostrar à mulher a sua influência neste momento. Aceitas?

– Tens umas ideias...

– Esplêndidas. Amanhã venho buscar-te, trazendo tudo escrito. Com certeza estás amanhã com ela? Bem. Amanhã. Mas que acontecimento! Vem a calhar. Está notável o nosso Arcanjo. Não sei se conheces um ditado que diz: o mais feliz dos três é o marido.

– Homem, parece-me...

– É, não há dúvida, quase sempre. No momento é ele. Mas todos nós podemos ser. Os pequenos acontecimentos são a causa de grandes cousas. O dia de hoje podia ter sido aziago. É um começo de vida. Ah! meu caro, estás te fazendo homem. Teu pai ainda não te compreendeu.

– Estou me fazendo, não; vocês é que estão fazendo.

– Uma obra admirável. Até logo. Salto aqui.

Jacques seguiu. Tinha a sensação física de quem se entrega sem vontade. Era como se fosse desaparecendo num lameiro e transformando em carne a melhor parte do limo. Reproduzia socialmente a criação do homem feita por Deus, onisciente e potente. Aquelas infâmias todas eram a vida. Saltou no Cassino e foi ver o espetáculo, certo de que Alice obteria tudo de Arcanjo e que na quinta-feira próxima não estaria, de *smoking* e peitilho, apenas com alguns níqueis no bolso bem-cortado do colete irrepreensível.

– Não achas? Uma linda esposa que é um instrumento político de primeira ordem. Deves acabar com as infantilidades. Depois não é preciso falar a Arcanjo. Basta pedir a Alice.

7. DIVERSÕES ÚTEIS

A festa de caridade estava marcada para dali a quinze dias, e chovia torrencialmente aos domingos. As comissões trabalhavam com entusiasmo, principalmente a de tômbola. O presidente da República e os ministros prometiam comparecer. Todas as bandas militares existentes na capital tocariam no jardim. Era a ameaça de uma memorável festa. Jacques foi no dia seguinte à casa de Arcanjo e não encontrou Alice. Então partiu para a Câmara e encontrou o marido de uma complacência mais que simpática. A noite e a esposa tinham conseguido apagar as suspeitas. A noite é uma grande esponja.

Arcanjo apresentou-o como o seu menino bonito a vários colegas – só os colegas que não posavam muito de republicanos positivistas ou de chefes de partido da roça. Jacques pedia com uma segurança absoluta. Um baiano milionário prometeu várias cousas.

– E agora?

– Agora, nada.

Em compensação alguns deputados de São Paulo assinaram cheques com um ar americano-parisiense do melhor gosto, gabando o Dispensário, as obras de caridade.

– Excelente obra. Em São Paulo...

Jacques fez imediatamente uma opinião superior de São Paulo e dos paulistas tanto mais quanto algumas bancadas queixavam-se e nada davam. Um representante do Pará atacou mesmo a caridade mundana. Para o fim da sessão, encontraram o jovial Pimenta e o triste Olegário, os dois deputados.

Vinham ambos de Paris, para onde voltariam dentro de três meses. O Brasil agoniava-os. Pimenta, o jovial, era um *coureur de femmes*, andava pelos *clubs*, pelas *pensions d'artistes*. Bradou:

– Olhem só o jeitão dele. Pois então não o conheço do Cassino?

– Não ouças o Pimenta. É um perdido.

– Qual! aqui? Não há mulheres. É uma miséria.

– Mulheres só em Paris – sentenciou o lúgubre Olegário.

– Mas, gasta-se muito...

– É um engano. Eu vivia lá com 3 mil francos. – Depois, refletindo: – Mesmo com dois mil e quinhentos... – E num suspiro: – Até com menos, sim, até com menos...

Ambos os representantes da pátria estavam bem vestidos. Jacques notou. O mesmo já tinham feito eles a Jacques. E coincidência da moda: os três tinham *frack* debruado, camisa de risca transversal, usavam isqueiro, fumavam tabaco turco e na gravata mostravam pérolas em forma de pera. Para os três não era preciso mais para demonstrar que se podiam dar com intimidade. O Pimenta, em pouco, propunha que se jantasse numa casa de damas italianas, no Flamengo.

– Mas eu? – fez Arcanjo.

– Tu vais.

– Queres ver que receias trair a esposa?

Jacques, que preferia o jantar à caridade, ajudou também a perder Arcanjo, que se debatia:

– Mas eu nunca fui a uma dessas casas!

– Tanto melhor, é uma impressão nova.

Era uma impressão nova, sim. Apenas, oito dias antes, Arcanjo não teria ousado experimentá-la. Mesmo na Câmara, entretanto, expediu um telegrama à esposa comunicando que à última hora fora chamado pelo Grande Chefe para um secreto jantar político da coligação das bancadas. Ao mesmo tempo, Pimenta e Jacques corriam ao telefone a prevenir Zina Fanga, dona da pensão. O contínuo do salão presidencial estava junto ao aparelho. Jacques indagou receoso se não ficava mal falar assim do Parlamento para uma casa de gueixas cosmopolitas.

– Qual! É o meu bicheiro... Toda a confiança! – fez Pimenta a rir.

E foi ele próprio quem pediu o número que a telefonista deu logo, aliás sem surpresa. Jacques começava a gostar da política. Na confeitaria, onde depois se abancaram a tomar um aperitivo, encontraram Godofredo de Alencar, como sempre impecável. Podia ser também da roda. De resto, Godofredo fazia-se dela, dando apertos de mão íntimos e pedindo logo a última mistura aperitiva da casa – mistura com a virtude imediata de fazer perder o apetite ao mais esfomeado. Ao saber do plano, Godofredo aprovou. E como chegava Jorge de Araújo, ocasionalmente sem o seu grupo, quis prestar um serviço geral apresentando os amigos. Jorge gabou a ideia e ofereceu o seu automóvel. Era insinuante e vestia muito bem. A repetir os aperitivos esses cavalheiros falaram de mulheres. Godofredo sempre mal, Jorge com a gula de quem ainda não está farto das boas, os deputados e Jacques, fingindo um ceticismo cínico, à francesa. Arcanjo perguntava. Os nomes das grandes *cocottes* surgiam com detalhes desagradáveis, principalmente para os amantes. Arcanjo soube que nem todos os seus pares desprezavam a casa de Zina Fanga e outras muitas congêneres. Às sete da noite tomaram o automóvel que Jorge de Araújo guiava.

Estava a noite de inverno deliciosa, dessas noites em que a brisa é como a carícia veludínea de céu numa estranha palpitação de estrelas. Zina Fanga instalara no Flamengo a sua pensão, entre árvores, com vista para o mar. Ao saltar, Godofredo indagou:

– Falaste?

– Não encontrei.

– Fala-lhe. Meus parabéns.

– De quê?

– Debochas o marido. É excelente a ocasião para pedir diretamente. Vais muito bem.

E subiram rindo ambos. Jacques sem saber muito bem por quê.

A casa de Zina Fanga era das melhores. Havia um salão para as visitas de cerimônia e uma agradável sala de jantar. Zina fora cantora de café-concerto.

Quando veio ao Rio já não cantava. A rouquidão fê-la não ser ouvida nem mesmo como *diseuse*[13]. Não se perdeu muito. Era uma *diseuse* atroz. Mas a galanteria passara por ela sem estragar muito uma carne de leite, aguçando febrilmente o apetite extravagante e a ânsia do lucro. Não lhe bastavam amantes. Queria explorar um pouco os das outras, montar uma grande casa de banco – *non è vero, caro?*[14] Diziam dela cousas inverossímeis, que tinha agentes especiais com vinte por cento para levar à casa homens da província, ricos; que orçava as joias em 300 contos; que obrigava os frequentadores a tê-la também. Calúnias. A sua pequena amiga, Josette d'Amboise, desmentia tão bons corações.

– *C'est un ange, monsieur!*[15]

No inverno, a casa de Fanga redobrava de concorrência, porque, além das *cocottes* cantoras de *music hall*, havia as atrizes das

---

13 Quem recita, declama textos.
14 Não é verdade, querido?
15 É um anjo, senhor!

companhias de opereta italiana, zarzuela, opereta alemã e algumas damas de *troupes* exóticas: a domadora de leões, as três patinadoras do Niágara, a Orquestra Zambelli. Algumas vezes tinham tido pensionistas homens – em geral tenores. Mas por engano ou camaradagem. Nunca esses tenores pagavam as contas.

No momento em que Arcanjo entrou no salão de jantar com os homens divertidos, o jantar começava. Jacques estava no seu meio. Jorge e Pimenta também. Olegário e Godofredo fingiam estar e pelo menos já lá tinham ido. A confusão era tal que não deram por eles no primeiro momento. Um sujeito gordo, da melhor sociedade, pegara brutalmente pela cintura uma crioula da Argélia, sentara-a ao piano. A crioula, com gritinhos de gata assustada, caíra com as patinhas no instrumento batucando uns compassos malucos. E damas e cavalheiros, batendo com os talheres nos pratos, cantavam desabridamente:

O e o a
Do Quixadá
O e o u
De Caxambu
Boum!

Era uma cançoneta-método de português, inventada por um dos frequentadores para ensinar às *cocottes* a língua de Camões. Era irresistível. Todos riam. Uma alegria desvairada sacudia os assistentes, alguns com cara de sono. Quando deram por Arcanjo, que aliás já tinha visto alguns conhecidos, houve um súbito silêncio. Godofredo falava com a Fanga, autoritária e de apetite como uma camponesa da campanha romana. Esta voltou-se:

– *Onorevole, grazie...* [16]

As mulheres na mesa olhavam. Apenas as que estavam sem companheiro. Porque as acompanhadas de uns rapazinhos pretensiosos, na maioria de profissão flutuante, ou de uns senhores de respeitável e desrespeitada idade, fingiam não se interessar. O brasileiro é ciumento. O resto do bando que estava alegre continuou. No piano, a crioula fora substituída pelo Chagas, o Chagas

---

16 Deputado, obrigada...

"Ganhou o macaco", que lá estava em companhia do Conselheiro Filgueiras, jantando por conta desse homem de gosto capaz de lhe pagar jantares entre mulheres. E o sujeito gordo, o Lalá, tomara da crioula e dançava com ela uma valsa turbilhonesca em que a pobre pretinha parecia desfazer-se.

Zina Fanga dava jantares a preços fixos e muito em conta. Apenas reservava-se para os vinhos. As pensionistas pediam vinhos bons e a tarifa do *champagne* seria inverossímil em qualquer ponto do universo – mesmo porque além de tudo era *champagne* marca sem cotação. Com cuidado dispôs no resto da mesa os lugares dos novos convivas. Jacques, que se sentia agradado de uma pequena corista italiana, deixou-a ficar entre ele e Arcanjo. Godofredo interessou-se vivamente por um tenor, que comia como um alarve. Godofredo odiava os tenores. O Pimenta e o triste Olegário ficaram com a Lianne d'Ortal, *chanteuse gommeuse*[17] neurastênica, que os abandonava de quarto em quarto de hora para ver se ainda dormia o seu querido, doente de uma bebedeira colossal na noite anterior. Jorge de Araújo era o festejado de todos – porque entre as suas habilidades havia a de aparentar que gastava. Antes parecer do que ser. Tinham-no por um perdulário. Sabia dar o estritamente necessário. Mas no bom momento. É tudo. A roda dele e do italiano Buonavita, banqueiro atual e ex-engraxate, como os grandes milionários da América, as mulheres, os gigolôs, os parasitas e mesmo alguns *michés* intimidados faziam o alarido da apoteose. Ele ria. Buonavita arreganhava os beiços mostrando uma dentuça de pantera. A gritaria continuava desordenada. De vez em quando as mulheres zangavam-se por ciúmes. Zangas rápidas, em que os palavrões estalavam o esmalte da educação muito mais rapidamente que o esmalte das respectivas faces. Só as mulheres, apesar disso, guardavam a agudez dos sentidos. Os homens estavam meio apalermados, mesmo os que pretendiam ser espirituosos, mesmo os grosseiros. Eles olhavam-se sem surpresa. Arcanjo ficou desconcertado por nem o Chagas nem o Filgueiras nem outros conhecidos mostrarem a menor admiração vendo-o entrar lá pela primeira vez.

Mas no fundo esses homens não eram só indiferentes, tinham uma certa raiva, embora tênue, uns dos outros, porque o egoísmo

---

17 Cantora de café-concerto.

masculino idiota sempre, apesar da civilização, não fica esquecido quando um homem encontra com outros homens várias mulheres. Todo cavalheiro, por pretensão quase sempre, é, neste caso, irmão do galo. E o curioso é que nenhum havia a desconfiar que se não divertia...

Com desejo de dizer alguma cousa, Arcanjo voltou-se para a pequena italiana que conversava com Jacques:

– Que toma?

– *Du champagne, monsieur.*

– E tu?

– À americana. Desde o começo, *champagne*...

Do outro lado, uma espanhola, Concha Arantes, ganiu:

– *Ché! Champagne, yo lo creo*...

Arcanjo abominou a Concha e voltou-se para a italiana:

– Como se chama?

– Liana.

– Bonito nome.

Era idiota. Para se dar ares de habituado àquela espécie de vida, serviu o *champagne,* escorregou o braço, pegou-lhe na mão – que era muito bem-tratada.

– Está aqui há muito tempo?

– Um mês.

– Sabe que é bela?

– *Oh! monsieur, vous rigolez.*[18]

Ela era realmente tentadora, com o olhar das italianas, um olhar raro que se entrega como um lago ardente, e tinha 25 anos e amava a beleza e amava o interesse. Logo percebera a inexperiência de Arcanjo e a possibilidade de fazê-lo pagar. Mas, ao mesmo tempo sentia um calor, uma curiosa vontade de amar a Jacques. Resolvia, por consequência, ao responder a Arcanjo, o problema de se satisfazer. E resolveu. Ligou o seu pé ao do mancebo por baixo da mesa numa pressão apaixonada e apertou a mão de Arcanjo de modo visível, a rir. Jacques compreendeu, viu. Viu e teve uma esquisita sensação de orgulho e de humilhação. A verdade venceu e para pôr as cousas no seu lugar, debruçou-se sobre a mesa:

– Então, Arcanjo, já com uma conquista?

---

18 Oh! senhor, estás brincando.

– *Tu vois...*[19] – fez a pequena.

E o seu pé deixava-se esmagar ternamente pelos sapatos americanos do adolescente.

Era uma fatalidade. Que se havia de fazer? Jacques tinha de ser a sota amorosa do amigo Arcanjo. Naquele ponto, como em nenhum outro, ficava mal. Num certo momento, afastou-se com ar discreto a ver um grupo que dançava o miudinho para as *cocottes* verem. Liana e Arcanjo tinham desaparecido sem dar por ele – o que acontecia a Arcanjo, do meio do jantar em diante, jantar que não comia aliás por ser vegetarista. Quando saíram da pensão da Fanga para o Incroyable a jogar, era uma hora da manhã. Liana ia vestida como se fosse para um grande baile, de luvas altas e decote, e disse a Jacques:

– *Vieni domani...*[20]

Arcanjo fez parar o automóvel no meio do caminho, para voltar à casa. Iam numa alegria um pouco ruidosa, seis pessoas em quatro lugares. Jacques saltou também a um olhar imperioso e significativo de Godofredo. E os dois amigos caminharam a pé, pela Avenida deserta. Arcanjo ia fumando um havano.

– Felizardo!

– Eu?

– Com uma sorte destas.

Insensivelmente fez o elogio de Liana, que o outro pagaria e ele iria gozar. Era encantadora.

– Ora, já não estou no momento. Tu sim, menino...

– Eu? Sem dinheiro, preso por papai...

– Então a advocacia?

– Ora!

– Vens muito à casa da Zina?

– Algumas vezes. Olhe, você, Arcanjo, é que podia ajudar-me.

– Não fica mal aparecer por aqui algumas vezes?

– Creio que não. Era questão de você querer...

– Tinha um pedido a fazer-te.

– Qual? Também tenho o meu...

– Estás amanhã disponível?

19 Estás vendo...
20 Vem amanhã...

– Pois claro.

Arcanjo hesitou um momento. Depois:

– Voltamos cá amanhã?

– Ah! seu maganão, gostou, hem? Pois sim, voltamos.

– E nada da Alice saber...

– Por quem me tomas tu?

Jacques estava digno. O marido aliviado indagou:

– E tu que queres?

– Imagina. Nem sei como diga. Recebi um pedido. Vocês votam sábado algumas pensões e algumas concessões. Há um projeto com prêmios para a exploração de fibras. Não me lembro bem.

– Sei. É um projeto feito de propósito para ser dado. Tem subvenção. É para desenvolver a indústria das fibras...

– O Grande Chefe é contra.

– Não sei, não. Eu voto com a bancada.

– Ora, se você quisesse, podia pedir para que a votação fosse favorável. Bastava ir ao Grande Chefe, que não negaria este obséquio de nada.

Arcanjo parou.

– Foi teu pai que te pediu isso?

– Não.

– Quem foi?

– Ninguém. Estávamos outro dia a conversar no chá. O Buonavita contou o caso, com outros. Lembrei-me de ti.

– E disseste o meu nome?

– Não. Por quem me tomas tu? Lembrei-me apenas. Creio que és meu amigo.

– Mas nisso ganha-se dinheiro.

Jacques ficou perturbado. Tirou a cigarreira, bateu o grosso cigarro sobre a cigarreira. A sua vontade era não ir adiante, não falar mais naquilo que o humilhava. Os dois homens continuaram calados algum tempo. Arcanjo sorria às recordações.

– Que espécie de gente, aqueles homens.

– É a vida de prazer – respondeu o rapaz bem-educado. E no seu elemento, podendo dar informações desagradáveis: – Não sei como eles podem viver gastando tanto! A vida custa cada vez mais cara! Também todos eles têm negócios, têm amigos. O Jorge está milionário. Não se sabe como, mas está...

– E a Fanga?...

– Hás de conhecê-la.

– Oh! não.

– Ora é da praxe, e *tu n'as pas froid aux yeux*...[21]

Arcanjo ficou satisfeito. À porta da casa, apertaram-se as mãos, fraternalmente.

– Então, que dizes ao meu pedido?

– Vamos a ver – fez o deputado esquivando-se, com a frase habitual de todos os políticos que se não querem comprometer.

Uma nova vida, entretanto, começava para ambos. Os homens mais sérios têm temporadas de vício. Arcanjo apanhara a sua febre. Era a primeira, a mais forte.

Pela força das circunstâncias agarrou-se a Jacques. O lindo jovem foi o seu guia nesse inferno. Ambos assim enganavam Alice e Jacques ainda por cima fazia parte das partidas sem despender um real. Na quarta-feira, depois de se assegurar que Arcanjo estava no *après-midi*[22] com a Liana, foi *garçonnière* do barão, mostrando-se preocupado. E contou a Alice os seus cuidados. Só Alice poderia vencer o marido, pedir mesmo ao Grande Chefe. Chegou a mentir, disse que D. Malvina estava interessada, era a principal interessada. Alice, que o beijava, prometeu. E nos dois dias que se seguiram, ele e Godofredo não largaram Arcanjo. O cronista não informara que, em seguida à assinatura presidencial, receberiam. Era pouco, porque havia espalhado muito dinheiro.

Sempre servia, porém. No sábado fatal, não houve sessão, porque um deputado lembrou-se de morrer. A festa de caridade aproximava-se. E para Arcanjo a vida de prazer era estranha. Em vez de ir à Câmara, ia para a pensão de Fanga, onde almoçava com as *cocottes* e alguns íntimos. As *cocottes* desde o almoço bebiam, e já apareciam, posto que algumas em trajes leves, corretamente pintadas. No domingo, iniciaram as etapas clássicas da diversão: foram em dois automóveis cear à Mesa do Imperador, na Tijuca. Iam o Pimenta, Olegário, Jorge, o tenor, a Liana, a espanhola Concha e Marthe la Turque, dançarina da dança do ventre. Essas mulheres mais o tenor, logo depois da Muda, começaram a gritar, a fazer um

---

21 Tu és atrevido...

22 À tarde.

barulho dos diabos. A ceia era oferecida por Jorge, que tinha gosto, hábito e mandara dois criados lá para cima, com um sortimento de frios, guloseimas, *champagne* e velas.

– *Olá! olé! ché!* – gania a Concha...

– É uma ceia neroniana – exclamava eruditamente Pimenta.

No deserto daquelas selvas embalsamadas, o luar estendia diluências argênteas.

O contraste entre a paisagem e a exasperante corrida de homens de casaca e damas em grande *toilette* incitava a cousas inéditas – dessas cousas inéditas que se praticam todos os dias. O homem de aço, que era Jorge de Araújo, comandava o pelotão. Arcanjo talvez não tivesse nenhum sentimento por Liana.

A pequena, porém, tiranizava-o, aproveitando ocasiões para se deixar beijar e beijar Jacques. A ceia terminou às três da manhã na Gruta de Paulo e Virgínia, quando o tenor propôs que virassem todos faunos e ninfas.

No dia seguinte, Jacques, que não dormira, foi ao meio-dia buscar Arcanjo à casa. Arcanjo não estava. Nem Alice, que fora a uma reunião urgente das damas de caridade, ameaçadas de ficar sem o jardim, graças a uma reconsideração intempestiva do prefeito. E era o dia das votações, era o dia fatal...

– Talvez esteja na casa da Fanga...

Foi a pé, menos resolvido. Afinal, se tivesse que ser seu, era mesmo. Depois não adiantava nada correr. Para que correr? O que tem de ser, tem muita cousa. Na casa da Fanga, Arcanjo não estava. Com certeza, tinha ido votar. Ficou entretanto. Liana acabava de acordar e nos seus aposentos comprava objetos a uma velha francesa. Entrou, sentou-se numa vasta poltrona, deu conselhos, interessado com a velha, Mme. Monpalon.

– Uma senhora muito séria – disse a Liana, sentando-se na cama.

Mme. Monpalon tinha 70 anos. Fora das primeiras no Rio e gastara loucamente, sem saber em quê. Uma noite, a eterizar-se, queimara-se com um fogareiro de espírito de vinho. Ficara, com o colo perdido, obrigada a não mostrá-lo. Viera a miséria e Mme. Monpalon foi dama de companhia de Huguette Lemaire, outra grande mulher. Huguette não amara nunca e sentia um prazer macabro em arruinar os contemporâneos. Mme. Monpalon, experiente, ia pondo de lado, na Caixa, pequenas quantias surripiadas ao estrago desenfreado. A Huguette nem olhava as outras mulheres. Desprezava-as. As outras vingavam-se com pragas.

Um belo dia, o mal terrível rebentou, deformando-a. Huguette estava imprestável e sem vintém. Então, Mme. Monpalon instalou a companheira num porão e foram gastando os dinheiros da Caixa, no porão. Os dinheiros acabaram. Ela fizera-se costureira nas *pensions d'artistes,* comerciando também em roupas, *toilettes* das mais de sorte às menos favorecidas, para sustentar-se a si e a Huguette. Era uma doce velhinha. Vendia também remédios para conservar a cintura fina, a tez fresca e pomadas maravilhosas.

– A vida é dura, é muito dura...

Liana não comprou afinal nada. Ficou apenas com uma pomada que não pagou.

A velha fez a trouxa e retirou-se docemente. Vinha um cheiro de defumador horrível, do corredor. Era a Fanga que o defumava. Talvez por isso, do quarto pegado, uma tosse tremenda fez-se ouvir. Parecia que a criatura escarrava os pulmões. Liana ouviu a tosse com um vinco na testa.

– Quem é?

– É a Concha. Está a acordar *mon p'tit.* Sempre que se levanta tosse assim. Ninguém diz, hem? Parece vender saúde. Pois usa flanelas e já aplicou óleo de cróton. Mas há quem goste. Um joalheiro milionário dá-lhe tudo o que ela pede.

A Concha acabara de tossir. Ouvia-se distintamente que fazia a sua entrada Mme. Monpalon.

– *Ché, vieja, espera un ratito.*

Liana sorriu. Tinha esquecido a má impressão. Então saltou da cama, caiu nos braços de Jacques.

– *Caro, carino.*

– Espera, são três horas...

– *Arcanjo viene alle quattro.* [23]

Jacques morria de sono. Ergueu-se a custo. Como fizera mal em não ter dormido! Depois uma cousa combinada... Estirou-se a fio comprido na cama, pensando nos acontecimentos. A rapariga olhava-o embevecida. E ele tinha os olhos cerrados.

– Sabes que te amo? – fez sacudindo-o.

---

23 Arcanjo vem às quatro.

– Sim, sim, como todas...

Na idade de Jacques os homens gostam das mulheres e não de uma mulher. Por isso, é o único momento em que os homens causam paixões. A pequena Liana estava junto dele, fremente. Não era desejo. Era um pouco de adoração pela graça estuante do efebo. Não lhe via nada de mau, nada de feio; via-lhe apenas a beleza, essa quente beleza, em que a fronte era lisa, sem preocupação e o sorriso garoto. Teria ele amado outra? Amaria naquele momento? Ela julgava ter lhe dado tudo quanto era possível – que era enganar outro homem seu amigo com ele, mas via bem que tal cometimento era aceito com indiferença.

A noite descabelada, o acordar mau, as histórias de Mme. Monpalon, a tosse de Concha, o defumador de Zina reavivavam-lhe a própria e curta história da sua vida, em que estava sempre só no meio de uma porção de gente sem simpatia e de quem também não gostava. Tivera amantes sim, amara sim, e quantas vezes já, sempre contra a vontade! Mas no fundo do coração não guardava uma só recordação de ternura feliz, nem da mãe, nem do primeiro, nem dos outros.

Com a maioria dos homens, sentia raiva, raiva que era um apetite de destruição, principalmente quando eles se mostravam seriamente apaixonados. Com Jacques, que nem lhe prestava atenção, media o horror do seu abismo.

– Querido!

Curvou-se, Jacques dormia vestido. Alisou-lhe a mão, grande e forte, macia. Cheirou-a. Beijou-a. Alisou-lhe depois os cabelos. Beijou-o. O seu hálito! Parecia rosa, parecia o perfume de um ramo de rosas. Ela não o possuía aos 25 anos, senão depois de vários dentifrícios, de mastigar pastilhas, ela tão jovem e já dispéptica. E ninguém o tinha como Jacques... Tão lindo! Tão lindo...

Aspirou longamente o seu hálito, insaciavelmente. Depois, ficou a olhá-lo. Dos negros cílios pendiam-lhe grossas lágrimas. Uma forte vontade de chorar sacudia-a. Nunca possuiria inteiramente seu aquele ser delicioso. Nem outro de quem gostasse...

Mas batiam à porta. Era de novo Mme. Monpalon.

– Minha filha, está lá embaixo *l'onorevole*...

– Já?

– Não acha conveniente?...

– Sim, sim, manda subir.

– *Et monsieur?* Mme. Concha poderia...

Liana acordou Jacques assoando-se. O jovem levantou-se de um pulo.

– Já. Ainda bem. Passo para onde? – fez habituado.

– Para o quarto da Concha. Ela é amiga.

Jacques desapareceu. Já Arcanjo dos Santos subia a escada. A curiosidade foi mais forte que a prudência. Jacques abriu a porta do quarto de Concha que fechara um instante antes, e bradou:

– Incorrigível!

– Tu aqui?

– Vim procurar-te.

– É boa.

– Palavra.

– Venho da Câmara.

– Votaram?

– Votamos – fez o outro rindo. E depois, batendo-lhe no ombro sempre – Conseguiu!

– Passou?

– Passou, passou. Agora é com o Senado. Também por que não me dizer logo que a mamã se interessava?

– Ah! soube? – indagou Jacques corando.

– Pois se ela falou, pessoalmente à Alice... Minha mulher já lhe foi dar a boa notícia. O Grande Chefe, de resto, não fazia questão. E agora nós – concluiu festeiro: – A Alice janta na tua casa e eu aproveito o pretexto da coligação para jantarmos no Leme. Serve?

– Apoiado.

– Então, até já...

Jacques fechou a porta, agarrou Concha, fê-la andar à roda, num contentamento louco.

– Bravo! Bravo! Bravo!

– Que tens tu?

– Consegui uma grande cousa.

– Aposto que foi o Arcanjo a arranjar – disse a espanhola filosófica.

– Foi, sim. Mas por que o dizes?

– *Ché!* Se tu o enganas pelos dois carrinhos!... É da vida.

E parou súbito, pondo uma toalha à boca. Vinha-lhe outra crise de tosse, e já não era hora de ter tosse.

8. UMA GRANDE FESTA

Era num jardim público, reservado à nobre exploração da caridade pública, em indeciso dia do mês de julho. Afinal, após quatro domingos de chuvas intempestivas, que tinham o mau gosto de começar sábado à noite, para terminar ao anoitecer dos ditos domingos, realizava-se a grande festa em favor do Dispensário da Irmã Adelaide. O céu estava nublado. Um vento úmido soprava pelas árvores. Mas o longo reclamo dos jornais, a longa expectativa tinham de tal forma enervado a curiosidade que um temporal desfeito não impediria uma grande venda de bilhetes sem resultado.

Pela manhã os portões do jardim não se abriram. Desde cedo começaram a estacionar em frente carroções trazendo o fornecimento para os botequins e os restaurantes. Logo depois do portão havia uma armação de cetim vermelho, que dividia a entrada em dois, tapando a vista dos que passavam na rua.

Ociosos e gente do povo, os passageiros dos *tramways* paravam ou voltavam-se curiosamente. De cada lado do portão, por trás das grades, havia cubículos, onde eram vendidas entradas. Pregado a um venerável tamarinheiro irradiava um cartaz de três metros do mais brilhante caricaturista contemporâneo representando uma senhora elegante espalhando carinhos a pequenos famintos de pés grandes. E o cartaz, o tapume, os carroções, os carregadores que entravam, tudo indicava o início de um dia caritativamente mundano.

Mas que trabalho!

Os rapazes mais elegantes e mais dedicados tinham passado a noite no jardim, dirigindo os trabalhadores e numerando os presentes da grande tômbola, em número superior a 2 mil. O Chagas com o seu bom gosto, o Dória e cinco ou seis do mesmo quilate encarregavam-se desse trabalho exaustivo. Havia no meio de tanta inutilidade dádivas de valor, até mesmo joias. A ilustre Sra. Argemira de Melo e Sousa deixara o local às duas da madrugada. D. Malvina Pedreira tivera um começo de nevralgia, graças a um impertinente golpe de ar.

As damas do comitê, incansáveis, tinham saído pouco antes da Sra. Argemira. E para o fim da madrugada o programa fora definitivamente traçado; todas as bandas militares cedidas pelos comandantes dos corpos, barracas de doces, de *buffet*, de cartões-postais, de flores, de chá, tenda de pitonisa croata, números infantis compostos de corridas a pé, corridas do copo d'água, corridas do ovo com prêmios, concurso de batéis enfeitados sobre os lagos, tômbola às cinco horas, baile ao ar livre no magnífico terraço, e a grande resistência: o teatro. O teatro era dividido em duas partes. Na primeira uma comédia de salão, escrita em francês pelo amador literário Gomensoro, e representada por três das mais distintas senhorinhas e o Belmiro Leão, cuja dicção parisiense era estupenda. A comédia intitulava-se discretamente *Ohé! les petites!*. Depois: Etelvina Gomensoro, *née* d'Ataíde, em romances franceses; dois atores portugueses, comendadores de Santiago, que sabiam vestir casaca; versos de Musset, pela grande atriz francesa; a ária da *Boêmia*, pelo notável tenor Zenaro; as canções da *Judic*, pela atriz portuguesa. À noite, os fados portugueses, pela excepcional Etelvina Gomensoro e uma orquestra de bandolins de cem meninas (eram de fato 83), vestidas de branco, com uma fita azul a tiracolo. E, como fecho de ouro, os quadros vivos com projeções elétricas, em que figuravam *Cristo e a adúltera, A samaritana* e outros motivos santamente bíblicos. Essa importante parte da festa era por inteiro obra de Godofredo de Alencar. Mas dera-lhe decerto menos trabalho diplomático que o arranjo das comissões das barracas à Sra. de Melo e Sousa. Nomeadas as chefes, com o desejo de não suscetibilizar ninguém quanto ao local, outra dificuldade surgiu, quanto às caixeiras, às vendedoras. Era preciso saber as relações das meninas, as zangas, as amizades. Uma das famílias – precisamente a família do médico milionário, que dera uma forte soma ao Dispensário – tinha tão má vontade das outras, que foi preciso juntá-la num lote a vender cartões-postais autografados. Depois, se umas queriam vender doces e vinhos, outras achavam deprimente um tal mister, mesmo por brincadeira.

– São as que têm merceeiros na ascendência! – sentenciava a Muripinim, velha relíquia da monarquia, à velha Ataíde, esmaltada progenitora de Etelvina.

Uma palavra, de resto, bastava para desconcertar uma barraca, e muitas desistiram à última hora, retiradas pelos pais extremosos e pouco civilizados. Quando a Argemira viu a sua lista concluída ainda pensava que era mentira.

As barracas estavam, aliás, muito bem dispostas nas aleias, de emboscada as de flores e cartões; bem à vista as de doces e bebidas.

Os números de teatro realizavam-se no próprio tablado junto ao botequim, cujo proprietário prometera, nos últimos momentos, fazer também funcionar o biógrafo[24] nos intervalos da noite – grátis. Aquelas damas arranjavam tudo grátis. Até o biógrafo.

D. Malvina apareceu no jardim, às onze horas, julgando ser a primeira. Acompanhavam-na cinco criados. À porta já havia um esquadrão de polícia e uma turma de guardas-civis. No jardim, só uma barraca estava ocupada, a da esposa do médico com as suas respectivas filhas, moçoilas de uma fealdade esplêndida. D. Malvina concorrera com doces feitos em casa. Era a última abencerragem da nossa remota civilização patriarcal. Os grandes cestos que os criados traziam eram de bolos, balas e outras guloseimas familiares. Quando chegou ao *buffet* não havia nada arranjado. Apenas o Chagas e o filho dos Viscondes de Pereira tomavam *vermouth*, uma das garrafas oferecidas por conhecida casa comercial, que só oferecera por ser conhecida e solicitada e ter reclamos nos jornais – o que redundava em lucro para o seu negócio. Os dois mancebos estavam em mangas de camisa e desculparam-se vexados.

– Trabalhamos toda a noite!

– Estou que não posso! Mas venha ver, a senhora que tem gosto!

D. Malvina acompanhou-os ao lugar onde teria lugar a tômbola. Era uma azáfama. Meia dúzia de jovens trabalhava a gritar e havia brinquedos e coisinhas dependuradas em toda a volta.

– Vai ser um sucesso, D. Malvina.

– Se Deus quiser. Estou com medo da chuva. O povo tem medo. E até agora nem sombra de sol.

– Não chove, aposto – gritou o Dória. – Já intimei o sol a aparecer.

A pouco e pouco, entretanto, iam chegando as senhoras encarregadas das barracas, fazendo os preparativos, "tomando conta", como aconselhava D. Malvina. Ao meio-dia, já três bandas de música tinham aparecido, três só. Os rapazes que faziam parte da roda e tinham as famílias nas barracas, entravam naturalmente. Uma alegria ainda débil desabrochava com timidez nas aleias úmidas de chuva. As meninas riam na intimidade dos *flirts*, preparando-se. Era em tudo como nas caixas de teatro, antes do sinal de prevenção

---

24 Biógrafo era um aparelho de projeção, semelhante ao cinematógrafo.

para o primeiro ato. À uma menos um quarto saltou de um *coupé* Godofredo de Alencar, acompanhando o tenor Zenaro. Fora o maior sacrifício da sua vida aproximar-se do tenor, conseguir a sua presença, ele, que odiava os tenores. Zenaro, quarentão com atitudes de efebo, as sobrancelhas avivadas a *khol*[25], hesitara, mostrara o seu enorme sacrifício, consentira na publicação do seu célebre nome nos programas, mas, como bom tenor, esperava a promessa de um *cachet*. Na véspera, desejara experimentar a voz no local, pedindo ao egrégio crítico a gentileza de acompanhá-lo. Godofredo fora buscá-lo. Zenaro queixara-se da umidade.

Aceitou o *coupé*, depois de almoçar, e saltava com um ar de soberano de corte decadente.

– Não está ninguém.

– Estou eu...

– Digo que nenhuma das senhoras veio receber-me.

– Ainda é cedo.

Com a face fechada, o célebre tenor foi até o botequim, fixou o tablado e exclamou:

– Mas é ali que eu vou cantar?

– Meu caro, você vai fazer uma obra de caridade. Ao seu lado comparecerão grandes artistas.

– Eles virão mesmo?

– Creio que vêm, mesmo porque está toda a sociedade metida na festa.

– Ah! Acho muito desabrigado. A voz perde-se.

– Qual! Experimente.

No momento em que Zenaro se dignava soltar uma nota de sua garganta-tesouro, um *tramway* passava na rua a toda a velocidade, guinchando as rodas na curva dos trilhos. Zenaro estacou.

– E os *tramways* param?

– Param – mentiu Godofredo.

– Bem. Então, se o tempo não me fizer mal, virei. Mandam-me buscar?

– Claro.

– É possível, é muito possível que venha. A questão é do tempo. E da minha saúde.

---

25 Lápis de olho.

Depois pigarreou, olhou hostilmente aquele lamentável meio de café-cantante com cadeiras de folha e bandeirolas, estendeu a mão:

– *Arrivederci...*

– Até logo.

Godofredo acompanhou-o até a porta, convencido de que o efebo quarentão não voltaria. Acompanhou com uma secreta vontade de sová-lo. A quantas humilhações descia inutilmente! Mas vingar-se-ia, anotaria pelos jornais a decadência daquele tenor de que, com tempo perdido, se apaixonavam as mulheres.

Entretanto, na bilheteira, o aplaudido cronista recebeu um embrulho e uma carta. O embrulho eram os *petits souvenirs* para os artistas, carteirinhas vazias de 5 mil-réis. A carta era da grande atriz francesa, que se desculpava com uma terrível dor de cabeça, por não poder comparecer. A sua raiva secreta aumentou. Que papel iria fazer? Talvez não viesse ninguém. Estavam os seus créditos de crítico a periclitar, a sua influência na perspectiva de se mostrar nula nos bastidores. Também com aquelas senhoras, que davam carteiras de tal ordem, e não vinham receber um tenor de fama mundial!

Era, porém, uma hora. Ouviu-se uma sineta que soava ao longe. Os portões abriram-se. Um magote de gente precipitou-se. No magote, Argemira e Alice, apressadas, com o aspecto de quem falha a cena. Alice contrariada por não poder mostrar um estupendo vestido de rendas brancas, em virtude do tempo.

– Bom dia, diretor dos teatros.

– Então, choverá?

– Que chova a potes. Agora...

– Olha, noutra não me pegam.

Godofredo quis acompanhá-las. Mas o receio de fazer um fiasco, de outros artistas mandarem desculpas, fê-lo parar. Não teria uma festa, teria um dia de aborrecimento e preocupações. A banda de música rebentara a tocar. Ao magote curioso sucedera, entretanto, plena calmaria. Gente passava fora, olhando com desconfiança. Outros chegavam aos *guichets* da bilheteria e recuavam diante do preço. Os mais ousados, um, dois, de vez em quando, entravam meio acanhados. Eram na maioria gente domingueira, atraída pelos reclamos, mas prevenidos. Imediatamente partiam da feia barraca do médico cinco vendedoras de cartões-postais, e da barraca de flores, duas meninas armadas de cestinhas, com agonizantes espécies florais. Como não eram gente conhecida, essas meninas muito bem-educadas (quase todas em Sion, quando os pais tinham o alto posto, há tempo) tomavam uma atitude impertinentíssima, e ofereciam as flores ou os cartões, numa frieza de cartel de duelo. Os que entravam, ou esquivavam-se a balbuciar, ou aceitavam de vergonha. As meninas não davam troco e não diziam obrigado, amarrando a cara como se acabassem de receber uma ofensa. Uma delas correu a um sujeito gordo, cheio de brilhantes e malvestido.

– Qual, minha menina, não vou nisso – regougou ele. – Já comprei à porta...

A pequena ficou vermelha. A mãe chamou-a severa.

Godofredo mordia o castão da bengala, assistindo àquela lamentável cena de um bando de esnobinetas tolinhas. Contudo, acercou--se, concordou com elas, ouviu-as. Em ambas as barracas esperavam as boas relações, os conhecidos. As meninas tinham apostado a ver quem havia de fazer maior quantia e contavam com a generosidade dos amigos da família. Apenas. Podiam contar com os *flirts*.

Os *flirts*, porém, eram grátis, e haviam de ter quantas flores desejassem sem despender vintém.

O dia continuava escuro. Mas, de repente, sem que ninguém esperasse, um raio de sol filtrou-se por entre as nuvens de chuva. Esse imprevisto fez as meninas das barracas soltarem exclamações de alegria, e a todos pareceu que era a vida vindo em auxílio da festa.

De novo recomeçou a entrada em massa. No elemento anônimo havia já personalidades conhecidas: três ou quatro deputados, dois membros do Supremo Tribunal, um grande construtor. *Reporters* novatos, armados de tiras e lápis, surgiam e iam perguntar a lista das diretoras das barracas. As senhoras gostavam muito de nome no jornal, mas não podiam dar a confiança de uma resposta amável. Eram muito delicadas para tal. Na barraca das feias, as meninas não responderam. Foi a mamã, seca de voz e gorda de corpo.

– Ponha: primeira barraca de cartões-postais. Mme. Silva e suas filhas.

– *Mesdemoiselles?* – indagou o menino informador, esforçando--se por parecer elegante.

– Basta o que lhe disse – regougou Mme. Silva, como se falasse ao seu copeiro, ela que se dava com o dono do jornal de que o petiz era noticiarista.

– E tem vendido muito?

– O senhor não vê que começo agora?

– Desculpe V. Exa.

A feia dama dera delicadamente as costas ao pobre rapaz. Era imprensa! E que metediços! Ainda se fossem os donos do jornal...

Na outra barraca, na das flores, a mesma senhorinha a quem o homem abrilhantado respondera com grosseria, tomou um ar altivo e olhou a promessa jornalística como assombrada que um pequeno gazeteiro tivesse o topete de falar a pessoa da sua importância tão sem respeito. Foi preciso Godofredo prestar as informações. Um dos meninos dos jornais estava furioso.

– Que insolentes.

– É de família, filho.

– Como se chama aquela?

– Zuleika.

– Troco-lhe o nome.

– Fazes bem, porque ela adora o nome nas seções mundanas. É o único meio de seres cumprimentado amavelmente, e se o teu patrão não te puser no andar da rua a pedido do pai. Erra-lhe o nome sempre e passa por ela sem a saudar, encarando-a.

Mas nesse momento entrava Arcanjo dos Santos. As pequenas caíram-lhe em cima. Os repórteres foram-se. O pelotão de Mme. Silva avançava. O deputado disse baixo apertando a mão de Godofredo, para as meninas:

– Depois. Não dou agora para não dar também às feias. – E agarrou do pálido homem de letras.

– Estou receoso. Imagina que venho da casa da Fanga.

– Bem, e então?

– E então é que quase todas as *cocottes* estão com vontade de vir.

– Que tem isso? Acontece o mesmo em todas as festas de caridade. As *cocottes* fazem sempre melhor figura. Depois a caridade e as *cocottes*... Olha, a divisa é a mesma: recebe sempre e não olhes de quem...

– Sempre paradoxal! Mas não deixo de estar assustado.

Em razão desse estado, viu o Chagas e repetiu o acontecimento; viu o Pimenta e fez o alegre representante da alegre pátria passar adiante, achando o caso imensamente parisiense. Em dez minutos na roda, os casados com aquelas damas ou pais daquelas meninas ou amantes de fato e de esperança, mas todos frequentadores da Fanga, souberam que a linda italiana apareceria com os exemplares mais belos do seu colégio. Era uma chegada tão sensacional como a do presidente da República ou a do cardeal. Quando Jacques entrou com Belmiro Leão e Bruno Sá, foi a primeira coisa que lhe disseram.

– Sim senhor! – fez Bruno Sá, sem dizer se achava bom ou mau.

– Estamos no nosso elemento.

– Homem sem princípios!

– Quem almeja os fins não olha a princípios. Ainda assim estamos com a filosofia do meio.

E cada um foi tratar da sua vida. Haviam chegado mais duas bandas de música.

A concorrência era agora franca e larga. O portão sorvia às centenas as diversas classes de que se compõe uma sociedade que se preza. Na aleia preparada para o programa infantil, começava o primeiro páreo de crianças a pé, menores de oito anos, e ganhara longe a filha de Mme. Gouveia, inscrita como prestes a entrar na casa dos oito, mas infelizmente para as concorrentes, maior de dez anos havia seis meses. Nesse trecho do jardim era um *brouhaha* de pequenos e pequenas, com a viva alegria que os jardins infiltram nas crianças. E já os petizes bem-vestidos mostravam uma educação prometedora, as meninas com pretensões, os rapazes mais insolentes, desses que fingem de filhos de rei e só cedem à ameaça de um puxão de orelhas.

O Dória, que, à última hora, dirigia a criançada, sentia bem o juízo que dele faziam os maiores pelo tonzinho com que a ele se dirigiam. Pobre Dória! Alguns pais e algumas amas mesmo dirigiam-se à sua ex-elegante pessoa como a um bedel carinhoso.

– Ó Dória, cuidado com o Juca...

E os meninos, à primeira necessidade, vinham a ele, imperiosos. Na corrida do copo d'água a filha de Mme. Zurich ainda não divorciada, correu, mas entornou o copo inteiro na sua linda roupa, e chorou furiosa. O Dória teve que acalentá-la, prometendo-lhe uma boneca na tômbola – o Dória que não se dava com o marido da mãe, desde um incidente, ao jogo.

Pelo jardim, porém, nem todos tinham os encargos do arruinado ex-engenheiro. O movimento pelas aleias era difícil e lento. Em cada barraca, organizara-se um ranchinho, o rancho das vendedoras e dos seus respectivos *flirts*, desde os *flirts* de que elas gostavam mais até os *flirts* serventuários, meninos que se encarregavam de pequenos serviços. A excitação do jardim e da turba foi como que propagada por esses focos de elegância. As maneiras um pouco *faubourg* do princípio, iam num crescendo de feição americana. Havia risos, gargalhadas de troça, segredinhos, passeios de algumas senhorinhas a outros pontos pilotadas pelos rapazes. Quando chegava algum conhecido era o ataque.

– Conselheiro Filgueiras, esta flor!

– Dois tostões.

– Oh! conselheiro.

– Então marque o preço.

– Cem mil-réis.

– Só a flor?

– Exija, tirano do dinheiro.

Uma dúzia de homens ricos e viajados trouxera mesmo maços de notas novas, para dar sem exigir troco. O autor de *Smart-Ball,* com colete à fantasia do pior gosto, já ficara reduzido à expressão mais simples. No grande *buffet*, onde estavam as maiorais do comitê, os preços chegavam a excessos. E aí, ao lado de Argemira e de D. Malvina e de Luísa Frias, segura a Bruno Sá, Alice dos Santos, lançada sem freio, estava como inebriada do seu triunfo. Um industrial dera-lhe um bilhete de quinhentos por um cálix de porto; um senador, que viera servir-se de um *sandwich,* atacado por ela, dissera:

– V. Exa. de mim tem o que deseja.

– Em troco de quê?

– Do que desejar.

– Então deixe ver duzentos.

– Tê-los-ei ainda!

– Dê-mos que não se arrepende.

O homem consultou a algibeira, retirou quatro notas de cinquenta, as últimas com que pretendia comer mais quatro *sandwiches* e talvez beber um cálix de vinho. Entregou-as. E Alice estendeu-lhe a face.

– Beije!

O senador ficou perplexo. Em torno todos voltavam-se divertidos. Alice ria. Era assim que ela lera num romance. Reproduzia fielmente a cena e obscurecia por completo o provincianismo não dela, mas das outras. O senador, tonto, pousou-lhe os lábios na testa.

– Arcanjo e Deus perdoar-me-ão em nome dos pobres.

Belmiro Leão, na algazarra que sucedeu ao beijo, decidiu-se.

– D. Argemira, não acha que os pobres devem ter também?

– Sei lá...

Alice sorria. Ele apertou-lhe os braços. Ela excitadíssima olhou-o com uma chama nos olhos belos.

Mas, caminhando para o terraço a segurar o braço da Malperle, viu de repente Jacques. Então quis ousar mais, chamou-o alto, com um ciúme raivoso da linda Malperle de branco-cinza com os seus corais de *girl new*-yorkense. Jacques ia subir ao terraço, Alice gritou. O lindo rapaz apressou o passo, fingindo não ouvir, desapareceu. Ela ficou com o coração a bater. Belmiro Leão aproximou-se.

Era uma confusão tão grande que, além dos criados, as próprias senhoras serviam.

No terraço, porém, a cena tornara-se de uma empolgante beleza. Aquele movimento de turba numa confusão de cores surdas, sob o cinza do céu que se ligava na linha do horizonte ao verde--negro do oceano, empolgava. Uma banda militar tocava valsas. A maioria do povo chamado ali para concorrer, apenas com o seu dinheiro, assistia ao valsar de alguns pares elegantes, e era uma delícia ver Mme. Gouveia com um enorme chapéu florido rodopiar pelo braço leve de um tenente da Marinha, Mme. Zurich deixar-se levar como uma sílfide pelo filho do antigo merceeiro Teotônio, e Gaby Nolasco e Germana Guerra e a Viuvinha Pereira cada uma com seu par distinto na ebriedade do ar livre e da valsa langorosa. Jacques não perguntou a Gina Malperle se dançava. Enlaçou-a, rodopiou. Era uma das suas muitas qualidades: valsava deliciosamente, com autoridade sobre o par. As damas passavam a pequenas coisas animadas por ele. Gina sentia-se possuída, e a valsa era como um rosário de suspiros de gozo.

Entretanto, enquanto na tômbola, o homem de gosto, Chagas, preparava um sorteio genial, Godofredo de Alencar penava com a sua parte teatral, correndo entre a porta e o botequim. Às quatro horas a rotunda que forma o bar estava repleta. Os impacientes batiam com as bengalas, as pessoas amigas vinham tomar informações.

– Então, quando se começa?

– Já vamos começar.

Era que nenhum dos artistas chegara ainda. Godofredo tremia de cólera. O público estava ainda mais impaciente. Então o marido de Etelvina teve a ideia de começar logo a comédia: *Ohé! les petites.*

– Pelo menos começamos. O público está impaciente.

– Depois é mesmo do programa...

– Boa ideia.

Um quinteto de cordas tocou a *ouverture*.[26] Godofredo correu à porta. A comédia (ninguém sabia de quem a tomara o Gomensoro) era a história de três meninas, que querem casar com o mesmo rapaz tímido. O rapaz propõe casar com as três. Mas recebe uma carta da prima, mais velha dez anos, e prefere-a – porque o seguro morreu de velho... A maioria do público, ignorando o francês, não compreendeu a graça esfuziante dessa obra-prima. Os mundanos bateram palmas. Quase junto ao tablado o Barão Belfort cumprimentava Gomensoro chamando-o à cena. Gomensoro não veio. Era inteiramente do tom. Mas apareceu Godofredo enfim, com os três artistas portugueses. Estava salva, mais ou menos salva a primeira parte. O literato parecia lívido de cólera. Ninguém recebera as artistas, e os amadores de salão, sabendo que eles vinham graciosamente, tomavam ares superiores e frios...

– Por aqui, por aqui – fazia ele.

– Ai filho, que complicação!

E as amadoras mundanas olhavam d'alto, sem ao menos agradecer o obséquio da gente da rampa lisboeta. Idiotamente insolentes, pensava o cronista. Mas um dos artistas, deslocado, para se afirmar um pouco, falou alto:

– Ó Godofredo, dá-me esta música ao maestro. Faze-me esse favorinho, sim?

E Godofredo enraiveceu mais porque os artistas tratavam-no por tu, à vista da alta sociedade. Assim a sua entrada foi atroz. Quem liquefez o gelo entre artistas de sociedade e artistas de palco foi Angelina Mora.

A estrela portuguesa trazia um vestido estupendamente rico e punha o *face-à-main* para olhar as *petites* do Ohé de Gomensoro com um ar de amadora numa exposição de quadros. Era célebre.

---

26 Abertura.

Célebre e meia doida como todas as mulheres célebres. Estava convencida de que ia triunfar.

De fato.

Etelvina Gomensoro, *née* d'Ataíde, cantara apenas versos de Verlaine, música de Debussy, e Angelina Mora, com um talento muito maleável, impunha-se. O público fez-lhe uma ovação. Godofredo, entusiasmado, foi beijá-la.

– Tenho uma prenda para oferecer-te.

– É joia, filho?

– Não, é uma carteira vazia...

– Essas tuas damas de caridade são sempre muito cascas. Apresenta-mas ao menos.

Godofredo tinha receio, mas enganava-se. Desde que Angelina triunfara e a roda de cavalheiros a saudava, o *high-life* admitia-a logo. Etelvina, para mostrar que não se esquecera dos centros artísticos de Paris, foi encantadora; Gomensoro, a que a prudência diplomática fizera reservado, veio beijar-lhe a mão. E as meninas aproximaram-se sorrindo. Angelina apertou-lhes a mão com intimidade e para uma:

– Sabe que é bonita?

– Bondade sua.

– Linda, mesmo. De estalo! Deixe dar-lhe um beijo! – E precipitou-se, ardente.

A noite descia já sobre as árvores. Uma das lâmpadas elétricas sacudiu-se e a luz branca explodiu, fixou-se. Imediatamente outras lâmpadas abriram. O jardim de súbito se encantara de luzes. Ao mesmo tempo uma fanfarra tocou, e as bandas começaram o hino nacional.

– O presidente! – gritou Godofredo.

– O presidente!

Várias vozes repetiram a palavra mágica. A multidão precipitou-se. Era realmente S. Exa. que chegava para dar maior brilho à festa. O comitê, Arcanjo, Jacques, Malperle, estava à porta para recebê-lo. Os grandes nomes da política, da indústria e da finança, dependentes de gestos seus, mostravam um sorriso amável. E a multidão seguia-o como na rua se acompanha um andor.

Godofredo só pôde apanhar a comitiva perto do lago onde, sem concorrência, uma pequena barraca vendia sorvetes e balas. O senhor presidente resolvera visitar todas as barracas tendo para cada uma vendedora a frase de gentileza justa. Era aristocraticamente democrata. Intimidadas, as vendedoras nada lhe ofereciam. S. Exa. sorria e pedia:

– Uma flor...

Todos queriam ter o prazer de oferecer uma flor, ou mesmo um ramo de flores, ao detentor das concessões e dos dinheiros públicos, ao senhor do progresso do país. Ele, porém, discretamente, deixava nos açafates uma nota nova e agradecia ainda por cima. Chagas reparou que eram bilhetes da Caixa de Conversão de 100 mil-réis e foi somando, ao lado. No *buffet*, um momento pararam. S. Exa. com uma *flûte* de champagne na mão, disse algumas frases sobre a caridade, cumprimentou Mme. de Melo e Sousa, cuja família era uma das nobres tradições do país, saudou com respeito íntimo Alice dos Santos. Estava, precisamente, ao lado do grande chefe político, que se curvava para Luísa Frias. Jacques, bem perto, teve uma inspiração:

– Apresenta-me ao presidente – disse a Arcanjo, tão alto, que S. Exa. ouviu, voltou-se sorrindo.

O deputado também sorriu. D. Malvina ria.

– V. Exa. permite? o Dr. Jacques Pedreira, filho do ilustre Dr. Justino Pedreira.

– Já formado? Tão moço! Meus parabéns. Sou muito amigo do seu pai.

– Foi a admiração por V. Exa. que me fez desejoso de apresentar a V. Exa. os meus cumprimentos.

– Ah! muito obrigado – disse o estadista presidente, olhando-o com simpatia.

E a visita continuou. Mas Arcanjo, com receio, notou que não tinha apresentado Jacques ao Grande Chefe, e o Grande Chefe vira. Era mau para ele, Arcanjo, era mau para Jacques. Uma desconsideração talvez... Então, apanhou Jacques pela aba do *frack*. E para o homem importante, de que dependiam a sua reeleição e o seu reconhecimento, assim como a reeleição, e o reconhecimento de todos os seus colegas, chamou:

– General, aqui tem um seu admirador.

O general voltou o olho apenas, sorriu superior.

– Conheço já o menino. É filho do Justino? Um dos nossos amigos.

Jacques sentiu-se à vontade e sorrindo:

– Papai fala tanto do senhor e o Arcanjo conversa tanto a seu respeito, que eu já de muito lhe quero bem.

Aquilo saíra-lhe naturalmente, sem esforço. Ele próprio admirou-se, vendo o olhar grato do Arcanjo. O hábito da sociedade e o contato com a política já o faziam mentir com uma segurança deliciosa. O Grande Chefe é que não respondeu, acostumado à ambrosia da lisonja.

O presidente dirigia-se para o teatrinho. Havia um lugar reservado, com tapete sobre a areia, para S. Exa. e os ministros. Só três ministros haviam comparecido.

Mas os lugares foram todos ocupados. Imediatamente, fez-se ouvir o hino, e em seguida o pano subiu, deixando ver 35 meninas (afinal tinham comparecido só 35 das cem) vestidas de branco e azul e armadas de terríveis bandolins. Iam tocar fados, essa emocionante cantilena, essencialmente nacional no país irmão. E com os *plongeons* do Rambouillet e todo o *chiqué* das grandes artistas, Etelvina Gomensoro, *née* d'Ataíde, surgia para cantá-los.

Jacques ficara entre Gina Malperle e uma pequena morena, com um olhar de maravilha, que tremia, olhando-o. Era a filha da Viúva Monteiro, Lina Monteiro, inteligente, bastante morena, sem dinheiro, sem proteção, que se agarrava à sociedade considerada por uns semivirgem, considerada por outros uma infeliz.

Jacques que já beijara a Malperle na nuca e juntava a sua perna à dela, foi se deixando pender para Lina Monteiro. A jovem, cujos olhos ainda pareciam maiores, tremia e deixava aproximar-se o mancebo. Naquele momento era provável que muitos fizessem o mesmo. Jacques fixou-lhe a medalha modesta que ela trazia à guisa de *pendentif*[27].

– Que olha? – fez ela tímida.

– A sua medalha.

– É feia, não?

– Estou-lhe com inveja.

– Ah!

– Queria ser medalha, essa medalha.

– Ah!

– Sim, para estar onde ela está.

---

27 Pendente.

Mas os fados bisados tinham acabado e iam ter lugar os quadros vivos, a nota sensacional. Apagaram-se repentinamente as luzes. Era como no cinematógrafo. Jacques agarrou sem hesitar a mão de Lina Monteiro, que parecia querer ser pegada, e deixou que a Malperle lhe caísse no braço, curvando-se, excitando-o com o seu cheiro capitoso. Outros, talvez, estivessem fazendo o mesmo. Houve um *tremolo*[28] no quinteto e apareceu o primeiro quadro: *A caridade*, um anjo estendendo a mão a uma criancinha, que devia ter fome e estava quase nua. Era a filha de Mme. Gouveia, a que continuava a não ter oito anos, já tendo passado dos dez. O presidente bateu palmas. Todas as autoridades civis e militares também. Os projetores elétricos apagaram-se e a orquestra tocou. Em seguida foi *A samaritana*, segundo o Veroneso, assegurava o Chagas. A Samaritana de azul, com o costume oriental, dava de beber por uma bilha ao Cristo, que era o Dória, o Dória, em pessoa, mostrando os seus belos músculos. A Samaritana era Alice, extasiada. Esse quadro causou sensação. O último, porém, eletrizou. Era mais ou menos, segundo o mármore de Bernardelli, *Cristo e a adúltera*. Alice estava apenas um pouco mais vestida, mas mostrava uma admirável composição de medo, agachada aos pés do Deus Homem, e o Deus Homem estendia a destra num gesto definitivo. O Dória parecia mais do que Deus.

Entretanto, nesse momento, para os lados da tômbola em que se procedia ao sorteio, entre o formigamento das crianças, Fanga, Liana, Concha, a d'Amboise e outras *cocottes* surgiam para tomar *champagne* em companhia de Jorge de Araújo que as trouxera num dos seus automóveis. O filho dos Viscondes de Pereira logo que as viu precipitou-se.

– Viva a gente de gosto!

– Com que então você na tômbola? – indagou Jorge. – A apostar que fazes tratantada.

– Deixa de brincadeira.

– Ora! Então os melhores objetos não ficam para a comissão?

– Talvez, por sorte – sorriu o outro cínico.

– Arranja ao menos um leque para a d'Amboise.

– Espera. Tomo o *champagne*, e é já. Que número é o seu?

---

28 Repetição rápida de uma ou mais notas musicais.

Mas nesse momento Bruno Sá passou apressado. Jorge chamou-o. O elegante cavalheiro não atendeu. Logo depois assomaram na escada do terraço o marido de Mme. Zurich, e Belmiro Leão que o acompanhava gesticulando.

– Ainda um escândalo – fez o Pereira. – A Zurich estava dançando escandalosamente.

– Dizem que tem muito mau comportamento – fez a Fanga.

E o grupo emborcou os copos de *champagne*.

Só, por entre os grupos, simples espectador, o Barão Belfort passeava. Gostava mais de ver só, o Barão. E a festa linda, como o céu se alimpara e havia um esplêndido luar, tomava um aspecto inédito.

Era no conjunto, um misto de encanto de feira, de impalpável luxúria, de contrariedades enervadas, de promiscuidades confusas. No alto do céu lavado, a Lua derramava um luar de ouro calmo e sereno. Embaixo, a poeira levantada pelo movimento intenso fazia como a atmosfera do jardim, onde as árvores pareciam saudosas do quieto silêncio. Nos tabuleiros de relva, a luz do astro punha reflexos e infiltrações de opala. Em alguns, repuxos coloridos de verde, vermelho, roxo, atiravam ao ar a fantasia cambiante de plumas d'água irisadas.

Nos lagos de um sujo esverdinhado, os batéis enflorados de copinhos multicores pousavam com um ar de mágica e de legenda. Pelas aleias, pespontadas pela luz das lanternas de cor, acesas na palpitação das grandes lâmpadas elétricas, a turba movia-se policroma e agitada: chapéus, gazes, cabeças nuas, paletó, capas, uma confusão de corpos a passar devagar ou a correr, enquanto um rumor feito de mil rumores, de sons metálicos das bandas, de gritos, risos, frases perdidas, conversas multiplicadas, subia ao ar aberto em clamor. Nas grandes festas, em que há multidão, sempre em dado momento estala um surdo incêndio de apetites, de animalidade que a civilização retém a custo. É o momento turbilhão das pequenas licenças, dos olhos acesos, dos apertos febris, dos desejos imediatos, que nem sempre se realizam. Então, por um fenômeno de projeções ódicas, como que o ambiente, as cousas imóveis, o inanimado, as luzes, as árvores, o ar se embebem de sentimento geral, e há como um frenesi de posse final, mesmo nos menos aptos e nos mais fracos. É o fim dos bailes, é o fim das quermesses. Era o fim também para aquela festa de caridade e de mundanice.

Realmente, depois dos quadros vivos, o presidente da República, acompanhado da sua casa civil e militar, retirava-se. Com ele saíram os políticos de monta.

Depois dele sairiam os grandes mundanos. O comitê, Godofredo, Arcanjo, vinha trazer sua excelência até o portão. O primeiro magistrado da Nação dizia gravemente palavras de cumprimento estudadas pela manhã. Estava encantado. Quando passou o portão, em frente ao parque estendia-se no percurso da rua inteira a força de linha, de calças vermelhas, tendo por trás a turba curiosa. Um toque de clarim varou o ar. Cem caixas rufaram a um tempo.

Na semitreva um pavilhão nacional adejou. Uma fila de automóveis, com os refletores possantes projetados em triângulo de sangue, estacou mesmo em frente ao portão. S. Exa. mandou arriar a capota do seu. Os trintanários empertigados faziam a continência. Depois, com um gesto airoso subiu, sentou-se.

O general que o acompanhava entrou também para o veículo, que logo rodou macio e lento. Ao mesmo tempo rompeu o hino nacional, que se propagou, cresceu, acompanhou o automóvel, explodiu na rua inteira o seu clangor triunfal.

– Viva o presidente! – berrou um sujeito.

– Viva! – responderam algumas vozes.

O comitê, intimamente orgulhoso mas achando ridículo o patriotismo, tinha um sorriso de satisfação irônica. Para aquelas damas e aqueles cavalheiros, os homens de Estado só eram compreendidos com a significação de lhes dar lucro ou o brilho oficial. No torvelinho da saída o barão deu com o Chagas e Arcanjo.

– Magnífico, hem? – exclamou o deputado vegetarista. – O presidente esteve *chic*. Deu para mais de 3 contos em notas novas.

– Não aumentes. Acompanhei-o e somei. Foram só 2 contos e quatrocentos – clamou o Chagas.

– E achas pouco?

– Também pelo que lhe custa...

O barão apenas sorriu. Godofredo tomava-lhe o braço.

– Partamos. Estou esgotado! Um dia inteiro a suportar esta gente.

– Com efeito, estiveram todos...

– Todas as senhoras, que fingem de caridade à custa dos outros.

– Sim, todas... Mas falta uma, meu caro, a única de verdade, que lhes serviu de pretexto.

– Qual? – fez o literato.

– A Irmã Adelaide.

– Homem, com efeito, foi a que não veio. É que não era este o seu lugar.

E os dois homens caminharam, enquanto a turba golfava do portão, no alarido dos cocheiros dos automóveis, das buzinas, dos retintins elétricos, dos *tramways*, das corridas desencontradas, dos gritos, das exclamações...

9. EPISÓDIO TEATRAL

Dois dias depois da grande festa, Jacques Pedreira encontrou, alegres e d'automóvel, Jorge de Araújo e Godofredo de Alencar. O interessante jovem passara agradavelmente. Ao sair de casa, fora ver a simples e ingênua Lina Monteiro. Em seguida tivera uma terrível cena de ciúmes e reconciliação com Alice dos Santos. Depois fizera uma alta na casa da Fanga, a ser olhado pela Liana, e acabara no chá a trabalhar o seu *flirt* com Gina Malperle, a filha do eterno cônsul do Cobrado. Trabalhar era o termo justo que Jacques ouvira dar às conquistas amorosas, e esse trabalho, o único que o seduzia, dava-lhe até cansaço.

– Belo dia? – indagou o literato.

– Razoável... – sorriu Jacques com ares fatigados.

– Negócios?

– ... De mulheres.

Godofredo ergueu as mãos num protesto: Jorge riu francamente. Jacques sentia-se feliz. Certo, tão lindo jovem não tinha tenção de ficar com qualquer das damas que o distinguiam: duas já conhecidas e duas virgens. Apenas no momento conservava-as, balançando a vontade entre a paixão das mulheres e o *flirt* das meninas – posto que talvez fosse exagero chamar a Malperle de menina.

E assim, satisfeito, quantas mulheres viessem, quantas poderiam amá-lo que a todas procuraria ser gentil. Ele sabia trabalhar...

– As mulheres, Jacques, são apenas um veículo... – começava Godofredo.

– Deixa-o falar – interrompeu Jorge. – Nós vamos a elas. Queres vir?

– Onde?

Jorge e o cronista iam assistir da caixa ao espetáculo de uma companhia portuguesa. Como acontece todos os anos durante o inverno, tinham aparecido a substituir o teatro nacional várias companhias lusitanas de todos os gêneros.

A que fazia mais dinheiro era a de opereta, devido talvez às coristas e às atrizes, quase todas novas e complacentes. A timidez do brasileiro no capítulo mulher é avaliada pela procura e o interesse mantidos pelas companhias de opereta portuguesa. Estão mais à vontade? Será só por isso? Tudo é mistério, e neste caso um feliz mistério para ambas as partes.

Seria um crime entretanto dizer a companhia frequentada apenas por tais atrações carnais.

A companhia tinha um velho repertório de velhas operetas francesas, inacabáveis operetas lisboetas e antiguíssimas revistas de uma estupidez verdadeiramente incomparável. E tinha também a estrela masculina, o grande ator cômico Salústio Pedro que, nessa noite, representava uma das suas coroas de glória: os *Sinos de Corneville*. Era na estação o seu segundo benefício, porque Salústio Pedro, além de sócio do empresário nos lucros, além de um ordenado mensal de tenor do Metropolitan, recebia ainda a importância integral de duas récitas, uma oferecida pela empresa em homenagem ao seu talento, outra arranjada pelos amigos em honra ao seu gênio dramático. Essas visitas ao Brasil, além de consertarem assaz as finanças de Salústio, davam-lhe uma dupla autoridade reflexa. Assim, em Portugal, Salústio exclamava:

– O Brasil fez-me uma apoteose!

E no Brasil:

– Portugal encheu-me de louros!

Daí as amiudadas visitas e as aclamações e os aplausos mesmo... Podia não ser uma estrela. Mas era bem um cometa familiar e prático.

O teatro estava aliás repleto. Uma banda militar tocava no jardim, que de jardim, sendo um modesto pátio sem árvores, só tinha o nome. Alguns admiradores haviam ornamentado a plateia de galhardetes e festões. Nos fins dos atos soltavam da galeria pombos brancos. Quando Jacques entrou com os seus amigos, terminava o primeiro ato. A multidão suarenta trocava opiniões críticas sobre o magnífico ator tantas vezes aclamado. E Jacques sentia-se como na Câmara inteiramente ignorado e desconhecido, porque esse público era de todo diverso do público que frequentava os teatros aonde ia. Na bilheteria e no escritório da empresa, Godofredo e Jorge tinham sido festejados. Ele, ninguém via.

– Que gente! Ainda não encontrei uma pessoa conhecida.

– É outro meio – explicou Jorge.

– Pois claro – concluiu Godofredo. – Onde viu você uma família elegante frequentar um teatro onde se fala português? Quando vem é com vergonha, como se estivesse a praticar uma ação feia. Pelo menos desagradável.

– Desagradável por que, se ainda não viste nada? – inquiriu azedo o cronista, que tinha uma predileção inexplicável pelos portugueses. – Vamos à caixa. Anda daí, deixa a elegância no jardim.

Foi assim levando o jovem. Saberia para onde o levava? Decerto, não. Levemente cometemos ações que são gravíssimas. E muito ser-nos-á perdoado de levar os outros sem saber aonde, quando ignoramos mesmo aonde nos levam, as mais das vezes, os próprios passos. Jacques nunca tinha entrado numa caixa de teatro, a não ser no Lírico, em dia de festa de celebridade estrangeira. Mas portou-se bem. O movimento era por exceção enorme. Entravam centenas de admiradores de Salústio Pedro, gente do comércio, homens com brilhantes nos dedos e nas gravatas, caixeirinhos trêfegos, comendadores respeitáveis. Os carpinteiros passavam com os cenários, gritando. Da bambolina desciam panos velhos, e já, sobre um chapéu alto caíra por acaso um maço de cordas. Os habitantes de Corneville, representados por uma dúzia de homens feios, de calção, e por umas quinze raparigas de saiote curto, misturavam-se nos corredores estreitos à massa suarenta dos admiradores. Godofredo e Jorge abriam passagem para o camarim de Salústio, atopetado de idólatras. O camarim estava também ornamentado e cheio de presentes, de dádivas, de recordações: cartões-postais com fotografias e assinaturas de colegas, menos brilhantes com certeza; aparelhos para diversas necessidades humanas em prata, em tartaruga, em marfim, caixas de charutos, bengalas, gravatas, anéis, piteiras, uma caixa de vinho, dois presuntos de Lamego, um prato de bacalhau frito.

Date lilia...[29] Salústio, comprido e magro, estava radiante. Já começava a abraçar sem saber o nome das pessoas que dele recebiam tal prova de intimidade. Foi quando Godofredo bradou:

– Há lugar para mais alguns abraços?

A essa voz Salústio, para mostrar aos demais a sua familiaridade com o grande cronista e o jovem milionário, fez logo um claro na onda admirativa.

– Vocês? Entrem! Entrem!

– Quero apresentar-te também um admirador: o meu amigo Jacques Pedreira.

– Oh! senhor doutor!... – exclamou trêmulo de gozo a glória cênica, posto que Jacques não lhe tivesse dito uma palavra.

E obrigou os três a sentar. Fazia no pequeno quarto um calor de fornalha. Todos suavam. Salústio tomava para aqueles amigos o seu grande ar de Mounet, do trololó, inteiramente enfarado das admirações públicas.

– Que querem vocês? Fatigo-me! Realmente! Afinal, boa gente no fundo... – E voltando-se para Jacques, que sem dar por ele olhava o próprio perfil no espelho ao fundo: – Não o temos visto por cá, senhor doutor...

– Com efeito... – murmurou Jacques louco por se ver fora dali.

E voltou-se porque sentia que, à porta, alguém o olhava. O camarim de Salústio era dividido ao meio. Na primeira metade Salústio recebia. Na outra vestia-se. Acabava ele de desaparecer na outra, quando Jacques deu pelo olhar. E de fato, olhavam-no. Era uma pequena gordinha, com dois grandes olhos negros, uma boca polpuda posto que um tanto cínica. Nada tinha de excepcional, e agradava. Jorge chamou-a.

– Não posso entrar no camarim – fez ela.

– Deixe ver a mão, então...

– Tome lá...

E, rindo muito, com uma curiosidade meio envergonhada:

– Quem é este senhor que cá nunca veio?

– Este é um príncipe.

– Então cá a República também tem príncipes?

---

29 Dai lírios. Parte da expressão, em latim, *Manibus date Lilia plenis* (Dai lírios a mancheias), de Eneida, de Virgílio.

Era de uma pequena estupidez deliciosa. A estupidez das mulheres é sempre deliciosa, tanto mais quanto essa falta de percepção não lhes prejudica em nada a ciência do amor que é sempre de revelações. Tinha 18 anos; talvez seis de carreira no que vulgarmente chamam a perdição. Era meio louca, uma impulsiva, com súbitas paixões. E ria. Os homens também riam. Com as mulheres quase sempre os homens riem sem motivo. Jacques, meio corado, respondeu:

– Eles brincam. Não sou príncipe.

– Pois é que o comia por tal.

– Hein?

– Os príncipes devem ser assim bem-postos e bonitos.

Desapareceu rindo. Godofredo pôs-se a rir. Jacques julgou aquela sociedade lamentavelmente reles. Reles e curiosa. Um tanto agradavelmente curiosa. Mas aparecia o contrarregra a chamar o gênio teatral, e os três cavalheiros tiveram que deixar o camarim.

Na caixa pesava um silêncio de catedral. Andavam todos em bicos de pé; vagos seios preventivos como amarravam os menores gestos no temor de romper a peso geral. Os coristas sentados no chão, por trás do pano do fundo, conversavam quase ao ouvido um do outro. Os carpinteiros tinham desaparecido. Tudo parecia em êxtase; e ouvia-se distintamente a voz de Salústio dominando a plateia com a sua tremenda tragédia do segundo ato da opereta. O costureiro do notável cômico e mais o contrarregra traziam para o bastidor, um lençol e um manto negro.

– Para que isso? – indagou Jacques.

– Ora! – respondeu Godofredo. – Isso é para levantar o Salústio quando ele cair esgotado no fim do ato. Não te rias. O segundo ato dos *Sinos* é a obra-prima desse gênio. Se não fingir que não pode dar um passo, Salústio julga não ter representado bem. Um *chiqué* como qualquer outro. Todas as noites é assim. Vais ver a entrada dele amparado pelos coristas. É melhor do que todo o ato visto de fora.

Mas Jorge metera-se no camarim da atriz que fazia Rosalinda, e Godofredo desapareceu também. Nas caixas esses movimentos de dispersão não deixam de ser comuns.

Jacques por exemplo, ia acompanhar Godofredo, quando viu, inteiramente deitada no poeirento tapete da antecâmara de Corneville, a rapariga que o achara bonito. Aí, ficou perplexo. Que fazer? Falar-lhe, dizer duas frases vagas e superiores ou passar fingindo não ver? Ele nunca tinha má vontade para com as mulheres. Essa porém não lhe agradava. Não! Não! Nada de coristas portuguesas... Que diriam os seus amigos! E as senhoras então! Deu a volta em torno da cena também em bico de pé para não perturbar o velho Tio Gaspar, que escondia o seu ouro. A cena era fechada. Não podia assim ver o velho tio, mas ouvia-o. Salústio rouquejava; devia estar terrível. Que aborrecimento! E homens como Godofredo e Jorge iam a tais lugares e divertiam-se!

Resolveu sair assim, na ponta dos pés, quando esbarrou com a pequena que ria.

– O meu príncipe não se escamou?

– Eu – disse ele meio sério – por quê?

Ao mesmo tempo habituado ao salão da casa da Fanga pensava enojado na desbocada linguagem da portuguesa. E, certo por isso e porque não sabia o que fazer, estendeu-lhe a mão. Ela aceitou-a com sofreguidão. Jacques tinha as mãos grandes, macias e veludíneas e largas e bem-tratadas. As dela eram pequenas, sem perfeição e sem excesso de limpeza. O contraste agradou. Ficou com a mão do mancebo entre as suas. E alisava-a.

– Gosto muito de mãos grandes e finas. Não é do comércio, pois não?

– Não – fez com um sorriso ironicamente superior o jovem indolente.

– Logo se vê...

Ergueu aquela mão, passou-a pelo pescoço. Jacques estava atônito. Aos 20 anos, com o seu temperamento, seria difícil dizer que não desejaria continuar.

Mas, ao mesmo tempo, sentia-se ridículo. Um carpinteiro de resto passara só com o desejo de interromper a cena, e as coristas olhavam.

– Como te chamas? – perguntou ela. E sem esperar a resposta: – Sabes que me agradas. Agradas-me muito, muito. Eu é que não, hem? Também com esta cara, gajas não te hão de faltar e até do *Fado Liró*[30]...

---

30 *Fado Liró* é uma canção que fazia parte do teatro de revista *A.B.C.*, apresentado no Rio de Janeiro em 1909.

Ele conservava-se com um sorriso vago. Então ela puxou-o com fúria e sugou-lhe no pescoço, de surpresa, um grande beijo de carne. Jacques agarrou-a pelas axilas, para se desvencilhar, e os seus dedos tocaram os seios que a pequena tinha excitantes.

– Tenha modos, rapariga.

– Tenho vontade de ti, meu bom.

– Eu é que não posso; não vim cá para isso...

Ela mirou-o subitamente digna:

– Se pensas que é comédia, estás a ler. Isto é cá do peito e não interesse. Tu mesmo não tens cara de dar senão pancadas. És dos meus. – E rindo: – O velho não vem hoje; se quiseres espera-me à saída.

Mas nesse momento ouviu-se na cena um estrondo, que ecoava em gargalhadas na plateia.

A pequena correu. Toda gente corria de resto alucinada e as perguntas e as respostas cruzavam-se entre exclamações, sem que ninguém conseguisse se fazer compreender.

Um vento de pavor enchia o ambiente. A catástrofe em cena, como nas tragédias gregas, prenunciava o fim da noite inteiramente catastrofal. Era apenas isto: a falta de cuidado de um contrarregra estragara a grande cena de Salústio!

Como ninguém ignora, há nos *Sinos de Corneville* um pedaço em que o Tio Gaspar rola para as janelas as velhas armaduras sem desconfiar que elas estão recheadas de vivos. No meio dessa cena a que Salústio emprestava um sopro shakespeareano, quando o grande ator cômico fazia a plateia tremer de pavor arrastando uma das armaduras, quebrou-se o eixo, e a armadura desabou no soalho vomitando o personagem escondido.

Um grande riso rompeu, Salústio perdera todos os seus efeitos! Ninguém mais se entendeu. Quando foi a entrada do coro, entraram apenas três homens e três damas cornevilleanas. O costureiro e o contrarregra disputavam-se, com palavrões, alto. Mulheres corriam, os homens tinham perdido a cabeça: pedidos de silêncio partiam de todos os lados aumentando o ruído. De repente, porém, a plateia rompe em aplausos frenéticos.

– Desçam o pano! Desçam o pano! – gritavam.

O pano desceu afinal. O costureiro e o contrarregra, mais morto que vivo, correram com o lençol e o manto para apanhar Salústio, exausto no soalho, como era costume. As palmas continuavam febris na plateia, e da cena vinham sujeitos em todas as direções. O personagem medroso que tão inopinadamente deixara a armadura, apareceu com o braço luxado e a perna em sangue, sem que ninguém dele se apercebesse. Rosalina entrou sem atenções. O senhor de Corneville passou indignado. O barulho era pandemônico. Só de repente parou, quando apareceu, terrível e desmaiado, o corpo de Salústio Pedro. O grande artista vinha assim mostrando como o possuía a arte. Quando, porém, sentiu estar fora do palco, deu um pulo de acrobata, pôs a mão na aura magra, ganiu furioso:

– Cambada de cães! Quem foi que preparou a armadura? Cambada! Cães! Cães! Esmurro todos! Estragar a minha cena, na noite do meu benefício!

Estava em pleno delírio. Passou por Jacques, sem o ver, vociferando. Ia pela caixa, de novo invadida pelos admiradores, um temporal de impropérios. Jacques viu Godofredo que saía.

– Mas o que houve, homem?

– O que houve? Houve que o grande Salústio perdeu a sua cena!

E desceu às gargalhadas – gargalhadas que no pátio de entrada, porteiros, bombeiros e músicos da orquestra já tinham.

Jacques porém, no jardim, sentia-se hesitante. Partiria ou esperaria? Afinal era um rapaz, aquele beijo não lhe parecera desagradável e não havia nada de mal em ir passar uma hora, com uma criatura inferior. Mas ao mesmo tempo lembrava-se dos seus amigos.

E aquilo parecia-lhe quase vergonhoso. Indagou entretanto de Godofredo.

– Aquela corista?...

– A Maria?

– Essa...

– Dizem que é um temperamento. Tem um velho.

– Cara, então?

– Para o velho, decerto. De resto não conheces tu outra pessoa. E o Florimundo, o Florimundo do Carlos Chagas...

Quando se deseja satisfazer uma secreta vontade, todas as coisas podem acabar por ser argumentos favoráveis à satisfação... Para Jacques, a pequena portuguesa, desde que era mantida por um velho que assentava à mesa da Fanga e ia às recepções de sua mãe, já não lhe parecia tão ordinária. Godofredo continuava.

– Contam que já esfaqueou um homem.

– Então, assim ardente?

– Ai! filho, como as portuguesas! – suspirou o original cronista.

– Se fôssemos cear com ela?

– Deus me livre. É absolutamente estúpida. Mas para que ceia? Queres também essa?

– Eu não...

– Elas é que querem? Ai! felizardo!... Mas, por isso mesmo, a ceia é inútil. A ceia foi feita para os que vão se possuir sem se amar. É uma espécie de retardamento. Depois é impossível ceares. O Jorge leva a primeira atriz, e uma primeira atriz jamais se sentará à mesa com uma corista.

– De fato...

– Só o lembrar que há oito anos passados também era corista dá-lhe verdadeiras nevralgias de estômago. Mas o Salústio... Olha que foi boa, hem?

E partiu a conversar no escritório. Jacques ficou vendo o movimento, afinal meio divertido. Que mundo aquele tão diferente! Decididamente havia muita coisa sobre a terra de que não cuidava na sua vã filosofia. Quando alguém tem uma preocupação, esse alguém é fatalmente hamlético. Jacques, por mais que reagisse, estava também hamlético. Quando o espetáculo acabou, ia saindo com a turba, quando viu Jorge nervoso.

– Vens conosco? Eu espero a Ada. O diabo é que ela demora muito a vestir-se mal. Estas portuguesas! Vestem mal, não se limpam, não se perfumam, não têm *chic*! oh! que mulheres horríveis!

Jacques teve vontade de perguntar por que, julgando-as tão más, Jorge vinha procurá-las. Mas como tinha a mesma opinião e estava na iminência da mesma culpa, sorriu com ar superior. Jorge, porém, continuava:

– E as partes, os *chiqués* que elas fazem! Qual, Jacques... Tirem-me das francesas e das italianas e eu sou um homem sem ação.

– Estás contrariado?

– Eu não. E o Godofredo?

– Foi-se.

– É isso. Arranja-me destas coisas e depois raspa-se... Tu, decerto, também não vens?

Há perguntas que indicam a resposta, que a impõem. Jacques, por pouco inteligente, compreendeu e disse:

– Não, vou ao *club*.

E pensava que filtro teriam aquelas mulheres de teatro, aquelas portuguesas sem perfume, para que Jorge, rico e cheio de mulheres caras, viesse, a contragosto do seu esnobismo, esperar uma delas à entrada da caixa... De resto, aquela espera era lúgubre. Passavam os carpinteiros, os alfaiates, as costureiras, os coristas com uns ares ainda mais lamentáveis cá fora, as coristas que tinham homens à espera, as atrizes envoltas em mantos, retardatários e teimosos admiradores, os atores meio sujos na sombra... Que gente! De repente, Jorge deu um pulo, do banco. Era a atriz que chegava, pequena mulher de voz garota.

– Então, esperou muito?

– Quase nada.

– Estou que não posso. Venha dar-me um caldo.

Jorge fez as apresentações; foram andando os três, saíram. O automóvel esperava.

A atriz subiu; Jorge também e de dentro:

– Não vens?

– Não, até amanhã.

– Bem, não te quero forçar...

Jacques sorriu, cumprimentou. O automóvel rodou. Pela primeira vez vira Jorge, que o levava sempre para as ceias alegres, desejar estar só, cear só com uma mulher.

Era um poder misterioso dessas portuguesas nos brasileiros? E eram brasileiros como Godofredo e Jorge! Sentiu que teria uma infinita vontade de troçá-los, mas infelizmente eram dois homens a quem não poderia fazer pilhérias com impunidade e sem imediato prejuízo. Sorriu, acendeu um cigarro, vendo o movimento dos botequins, pensou gravemente que nunca na sua vida se achara só, à noite, saindo de um teatro de língua portuguesa, na Rua do Senado. E desceu a rua, decidido a ir dormir, quando um passo apressado fê-lo voltar-se. Era ela, a pequena, com um chapelinho sem gosto, uma pelerine, e, para aumentar o horror, com os dedos cheios de anéis de chuveiro, com várias pedras... Misericórdia! Ele, Jacques

Pedreira, seria capaz de fazer dois passos com aquela mulher em plena rua? Ela, porém, sorria satisfeita, e a sua boca e os seus olhos eram gulosos.

– Bem se vê que entendes do riscado.

Jacques estacou seco:

– Como?

– Já não é a primeira vez que tens amantes no teatro.

– Quem to disse?

– Vê-se logo... Esperando cá fora, ninguém desconfia e não vão contar ao traste do meu velho.

– Mas estás enganada... – interrompeu Jacques vagamente revoltado com tantas qualidades.

– Ora... Chama a tipoia, anda, chama que estão a olhar para nós. Chama depressa. Tenho sede de ti, meu cravo.

A rapariga devia ser ordinaríssima. O acerto parecia querer ser-lhe desagradável. Jacques estava meio assustado e sem vontade. Como escapar? O carro era a salvação.

Era a única salvação momentânea. Atravessou a rua, meteu-a numa berlinda fechada.

– Para onde?

– Para onde quiseres, menos para a pensão que contam ao velho...

– Diabo.

– Manda bater para a Beira-Mar. Depois vê-se...

Jacques obedeceu, consultando as algibeiras tão bem-feitas e tão escassas. Que criatura! Ia deixá-la na primeira esquina. Mas quando o carro rodou, Maria já arrancara o chapéu e a pelerine. Estava com uma simples blusa de nanzuque. Atirou-se aos seus lábios, sedenta, murmurando:

– Aperta-me o pescoço, com as tuas mãos... com força, meu bem.

Felizmente ainda não houve quem dissesse que todas as mulheres se parecem. Desde Eva, com efeito, ainda não houve duas iguais. Por isso é explicável o amor da poligamia. Desde que os homens são sempre iguais e as mulheres sempre diversas é justiceiro que a curiosidade do homem não se contente só com uma. Ao demais mesmo as mulheres comuns reservam a sua surpresa de modo que de todos os símbolos dos humanos um apenas ignorará a saciedade: Dom João.

O *sport* do amor é o único que não aborrece. Jacques tinha, na sua curta vida, conhecido várias espécies de amor. Aquele caía de chofre e causava-lhe uma impressão inédita. Seria por ser uma mulher de teatro, que apesar de português não deixava de ser teatro? O fato é que ele não tinha ainda tido aquilo. Ela no carro, em simples esboços de posse, entregava-se e tomava, possuía e passava a ser uma coisa dele; uma coisa que aliás seria mentir se não a denominássemos de bem boa. Jacques, nascido para as mulheres e que, ó louco, pretendia conhecê-las já com os seus poucos anos, via-se na obrigação de confessar que as novidades são imprevistas. A mulher ainda é de todos os animais da criação o mais interessante, e se o filósofo disse que a mulher é um *meeting* de linhas curvas, não há como essas linhas para chegarmos ao ápice das sensações agradáveis. A pequena portuguesa era *nature*, era comum. Mas ele não sentira nunca assim uma tal sinceridade.

Quando o carro chegava à Beira-Mar, Jacques sentiu que não podia tanger aquele instrumento numa incômoda berlinda de praça, e metendo a mão no bolso das chaves, sentiu que pegava na chave da *garçonnière* do barão. Como os deuses queriam aquilo! Que providência andava em tudo! Tirou-se então dela e disse-lhe:

– Queres vir comigo?

– Onde?

– À minha casa.

Ele empregava o possessivo para que depois ela tivesse um espanto e o admirasse mais. Ela respondeu:

– Até as quatro da manhã. Depois tenho de retornar a pensão, saltando pela janela...

E dizia a verdade sem tenção de o espantar. Os homens quase sempre mentem mais que as mulheres. Jacques ria entretanto. Nunca tivera uma mulher que saltasse janelas e o confessasse tão simplesmente.

– Mas por quê?

– Porque se entro tarde, a dona da pensão conta ao velho...

E Jacques sentia que aquela mulher dava-se e tomava mesmo falando. O carro parou quando de novo Maria saltava-lhe aos beijos sobre os olhos. Jacques desceu, abriu a porta. Ela de um pulo estava do trem dentro da casa. Ao fechar a porta Jacques teve a sensação de que cometia um ato de consequências desagradáveis. Maria encostou-se um pouco:

– Ai que dor no coração!

Foi a única manifestação do sentimento de previsão que aqueles organismos tiveram.

Ele por espalhafato ligou a eletricidade, fez luz, enquanto fora o cocheiro praguejava por ter recebido pouco. Ela abriu uma gargalhada.

– Ai! que o petiz arma em fáeton! Querem ver que é mesmo príncipe?

E subiu, entrou no salão ressabiada, entrou no quarto de cama, quarto cheio de amores, passou para o quarto de banho com um vinco na testa, perguntou para que serviam vários objetos, esteve na casa de jantar, foi até à cozinha. Jacques olhou-a aí e sentia-a no justo meio quando a pequena fez alto a seguinte reflexão:

– Tu és muito gajo.

– É boa. Por quê?

– Por quê? Queres saber? Porque nada disso é teu.

– Hein? – fez Jacques que decididamente não conhecia a percepção, a intuição divinatória do sexo feminino. – Mas por quê?

– És muito dos meus para teres estas coisas. Isso deve ser de algum teu amigo a que exploras. E com milho. Ah! meu cravo, que finório saíste! És bem dos nossos...

– É a terceira vez que dizes que eu sou dos teus! – constatou Jacques com uma ponta de zanga. – Não repita.

Estava vexado que a mulher o tratasse como um igual. Ela porém ria.

– Olha o tolo! Se tivesses coisas destas não gostaria de ti. És do *Fado Liró* mas sem cheta. Adivinhei ou não?

Como ele sentisse um palavrão na boca – ele, que justiça seja feita, não tinha esses hábitos – ela puxou-o com fúria, sorveu-lhe a boca, rolou com ele por cima da mesa no tapete da casa de jantar, que a eletricidade iluminava intensamente. E o interessante jovem sentia que era outra coisa, que era mais alguma coisa, que eram várias coisas mais...

10. *SPORTS*

Se não estivéssemos numa época de exageros poder-se-ia qualificar de vertiginosa a vida de Jacques Pedreira após a memorável festa dada em benefício do Dispensário da Irmã Adelaide e que tão grande prejuízo começava a causar à digna diretora. Porque de fato era uma vida vertiginosa. Não que o interessante jovem assim a desejasse, mas porque assim o resolvera o acaso.

Havia o negócio das fibras. O projeto continuava no Senado sem entrar na ordem do dia. Godofredo de Alencar culpava o Grande Chefe.

– Precisas fazer com que Arcanjo peça ao general.

– Não será muito.

– Olha que temos 30 contos.

– Bom, bom – fazia Jacques nervoso à ideia daquele dinheiro e com sérias dúvidas, dúvidas que se acentuavam sem base sobre a maneira de repartir do Godofredo.

De resto, o negócio em elaboração não poderia ser senão um pequeno exercício sem método na sua vida a toda brida. A fatalidade naquele momento sobrecarregava-o de dois *sports*: o automóvel e a mulher. Tudo na vida é *sport*.

O maior *sportsman* de todos os tempos foi positivamente Deus, Nosso Senhor.

Esse cavalheiro, predestinado de fato, venceu todas as performances e todos os *handicaps* e, segundo observações inteligentes, foi o inventor do *puzzle* na organização do caos. Não é de admirar que a humanidade, à proporção que mais intimamente conhece Deus, mais esportiva se revele. A corrente contemporânea é particularmente esportiva. Os jornais falam de *matches* de velocidades. Os termos ingleses surgem a cada corrida ou a cada pontapé; as pessoas andam na rua como quem vem ou quem vai para um desafio ou pelo menos para uma aposta. Jacques, além da corrente, pertencia a um grupo que tinha por chefe Jorge de Araújo. Comprou um reloginho para prender ao pulso e foi das velocidades.

Jorge, de resto, protegido das boas fadas, tendo feito uma fortuna enorme em pouco tempo, fino, esperto, com tudo quanto desejava, percorria o período fatal da exacerbação. Tornara-se incontentável, de uma neurastenia a frio.

Godofredo assegurava que os automóveis haviam transmitido a sua inquieta alma ao proprietário. O Barão Belfort sorria. O fato é que Jorge sentia a fortuna pequena para os desmandos da existência inteira, e querendo aumentá-la ainda mais rapidamente do que a ganhara, forcejava por tornar atordoadoras as horas de repouso. Assim aumentava a coleção de automóveis de corrida. Tinha seis. Emprestava aos amigos até. Por essa ocasião o filho do antigo merceeiro Teotônio, o jovem milionário Teotônio Filho, em companhia do pobre Dória, que afinal conseguia ser agente de uma fábrica de França, surgia guiando um automóvel. E no meio, enquanto se acentuava a rivalidade esportiva entre o Jorge e o Teotônio Filho, diariamente, dizendo-se agentes de fábricas automobílicas, aparecia ou um jovem francês perigoso, ou um italiano assustador ou um português palrador.

É incontestável que o automóvel dá muito dinheiro a ganhar. Principalmente a quem neles trabalha pouco, ou não trabalha mesmo nada. O automóvel faz ganhar em maior parte aos intermediários das vendas. Esses jovens vinham para as encomendas do governo, repartiam largamente as comissões e a atmosfera foi em certo momento tal que todos acordaram ser uma vergonha não haver ainda um automóvel-*club*. Se todos automobilizavam, se todos eram loucos pelo *sport*, por que não haver um *club*? E de um momento para outro, o *club* surgiu mesmo na praia, em frente à Beira-Mar, ocupando um velho prédio familiar. Jacques frequentava-o, sem aliás lhe encontrar encantos. O *club*, montado à pressa, tinha como mobiliário mesas repletas de revistas esportivas que ninguém lia, pelas paredes algumas caricaturas inglesas e francesas tratando de cavalos, de polo, d'automóveis, de *cricket* e de *lawn-tennis* e umas vagas poltronas, de um modernismo que nem ao Mapple pedia auxílio. À porta era toda noite um carbuncular de faróis de autos e a algazarra da penúltima profissão inventada pela civilização: os *chauffeurs* que os *sportsmen* tratavam como antes dos *chauffeurs* só era possível tratar o seu cavalo ou a sua *cocotte*.

A diretoria, enquanto não se dissolvia o *club*, falava seriamente nas possibilidades de um circuito.

– Mas por quê?

– Porque é *chic*.

– E por onde, se não temos estradas?

– É verdade, menino, nem estradas temos...

– A febre tudo transformará! – exclamava Godofredo com ares proféticos, depois de ter apresentado alguns agentes nas secretarias de Estado.

– O que dá forte acaba logo. Antes do circuito o *club* fecha, e então só resta apelar para a navegação aérea. Só há um *sport* que ainda não nos cansou: o falar mal da vida alheia...

Entretanto Jacques tomava muito a sério o automobilismo, conhecendo os termos técnicos, exercitando-se a guiar como motorista de Jorge, aquele motorista que ria muito, era boêmio, raptava meninas e nunca chegava à hora. Foi a época das loucuras. Acordava tarde, vestia-se com cuidado, ia um pouco a Lina Monteiro, apreciava a hora de Alice dos Santos, enredava um *flirt* no chá e entrava a noite de automóvel, com o seu bando, a quem respeitava e a quem nunca dava opinião.

– Vamos jantar no Leme?

– Dando a volta pela Tijuca?

Iam. Quando o barão era do grupo tomava-se *champagne* desde o começo, um *brut Imperiale* famoso.

E após o jantar, como era enervante aparecerem no teatro sempre, como as mulheres davam gritos nos carros, divertiam-se sós a dar corridas loucas pela Beira-Mar quase deserta. E era um riso perdido, na ebriedade da rapidez. Os inspetores de veículos pulavam aterrorizados como gafanhotos na nuvem de poeira, raros transeuntes olhavam as máquinas com a cara de quem não compreende. Por fim, o 720-A-E foi assinalado à Inspetoria. Todo dia chegava a intimação para a carteira do motorista. E do grupo era Godofredo com a sua literatura, o encarregado de falar com o senhor inspetor, incapaz de lhe negar qualquer coisa, por causa dessa maldita imprensa que baba pela lei e salta por cima dela sempre. Por esse tempo surgiu enviado de uma fábrica italiana *il re dei chauffeurs*[31], o cavalheiro Stanisláo Sfrapini, que conduzia de modo sensacional. A primeira vez que Sfrapini Stanisláo, magro, com a barba em ponta, conduziu o automóvel de corrida com a *carrosserie de ville* como eles diziam no mais puro português, foi positivamente um assombro. O homem parava quando queria, raspava carruagem

---

31 O rei dos choferes.

propositalmente e por fim, às três da madrugada, sem gasolina fez um percurso de três quilômetros em consecutivos estouros que pareciam uns bombardeios. Godofredo nessa madrugada quis ser aquele cantor que na Grécia cantava os vencedores das corridas de carro, desde que o progresso não sabe coroar o assombro com a flor da poesia. E Jacques, que pouco se importava com o poeta grego, deu um grande abraço no homem incomparável. Durante uma semana só falou em Sfrapini.

Mas esse entusiasmo automobílico em nada diminuía o fervor pelo amor. O curioso é que o amor, o apetite da pequena portuguesa exerciam nesse lindo rapaz uma influência prodigiosa. Ele fora conduzir a Maria à pensão que ficava numa esquina da Rua dos Inválidos. Vira-a saltar a janela e rir-lhe já de dentro.

Aquela mulher era tão imprevista que Jacques pensava estar a enganar o Florimundo e não a podia largar. Certo, não a procurava. Nem duas vezes foi à caixa. Mas a Maria ensinava-lhe tais coisas ordinárias e enchia-lhe as sextas-feiras com tais sortidas boêmias, que não faltava nunca. Recebeu-a mesmo, além dessa noite semanal em que o Florimundo descansava, uma vez de dia na *garçonnière*. E foi o dia precisamente em que ela lhe levou de presente uma gravata de seda cor-de-rosa; e foi o dia precisamente, em que tendo ele rido e aos insultos da ofendida Maria por aquele riso Jacques lhe atirou uma tremenda bofetada; e foi o dia precisamente, em que quase estrangulada, rojando no tapete e beijando-lhe os pés, Maria soluçou com a própria alma.

– Meu homem, meu homem...

Era brutal, indispensável e esplêndido. Essa paixão ou que melhor nome tenha não se fazia para Jacques absorvente. Jovens da sua natureza são apenas mais realçados pelas paixões. A Maria dera-lhe como a revelação de ser ele o bruto, o macho. Isso nunca é inconveniente, numa carreira brilhante como a de Jacques.

Assim o jovem continuava sempre novo para todas porque aplicava em Alice o que aprendera em Maria, o que lhe tinha mostrado gostar Alice ou o que lhe revelara Liana, para que a portuguesa o chamasse meia louca de porcalhão. E, agindo assim, oferecia um verdadeiro curso às meninas, que não haviam passado do *flirt*.

Os homens simples ficam admirados e cheios de inveja diante do ser de exceção denominado conquistador. Na maioria das vezes é ele o conquistado, porque a sua arma é dispor de todos os meios, é conversar, é ouvir bem as mulheres e contar-lhes em seguida o que fez com as outras. Quando se conversa ao nível de uma mulher, seja ela honestíssima, tudo é possível e esperar é lucrar. De resto, até com os homens o fato repete-se. Apenas com os homens de que se precisa é muito mais difícil porque eles são infinitamente mais idiotas. Jacques multiplicava o prazer que a sua beleza exercia. A Gina Malperle, filha do cônsul do Cobrado, com o seu ar de *girl new*-yorkense, declarara um sentimento profundo.

Gina, ninguém se lembrava de perguntar se era de fato casada, solteira, ou viúva. De tanto a verem e de tanto a ouvirem sempre inteligente e moderna os piores maldicentes esqueciam positivamente o seu estado civil. Era de resto o único caso da história de tão fina sociedade, de modo que, sem pensar, acompanhando o tratamento que lhe davam as seções mundanas dos jornais e o seu respeitável progenitor, todos a chamaram Mlle. Gina. Quereria ela casar? Já teria passado a idade do casamento? O fato é que flertava com alguns rapazes e aborrecera quase todos, considerando-os fúteis.

– Vocês esquecem que eu tenho uma educação americana e que os rapazes da nossa roda lembram muito mais os de Paris! – dizia a rir.

Mas Jacques dominara-a pela segurança, pela tranquila e fácil certeza com que tomava conta das mulheres, sem lhes ter o menor respeito.

No mesmo dia em que a segurara e com ela dançara empolgando-a, enebriando-a, Gina vira o que ele fizera com a pobre Lina Monteiro, e sabia os direitos de Alice dos Santos sobre o maravilhoso adolescente.

A psicologia do homem que às mulheres agrada ficará sempre por fazer. Eles próprios ignoram a causa da preferência. Mas o coração das mulheres, apesar do excesso de observações e dos romances, ainda é maior enigma. Por mais que Gina refletisse e julgasse Jacques um caso de que devia afastar-se, não lhe era possível, ao cabo de prolongadas reflexões, senão desejá-lo mais. Amor? Não. Um fim oculto? Também não. Jacques, para aquela rapariga prática, não podia ser um bom partido. Desejo de entregar-se? Gina Malperle, graças a sua educação americana, não pensava em fazer semelhante tolice. Em todo o seu organismo havia apenas a vontade de ter um pouco do belo adolescente, de subtraí-lo às outras, de fazê-lo sentir a sua influência. Dois dias depois da grande festa, encontraram-se num teatro. Ele vinha de conversar com a Viuvinha Pereira, fazendo-a rir muito, e estivera no camarote da Condessa Rosalina Gomes, que mordia um chocolate como quem morde um lábio. A peça era essencialmente contemporânea: falava-se de coisas afrodisíacas do começo ao fim. No camarote em frente havia Mice dos Santos com a ilustre Sra. de Melo e Sousa. A conversação tomou aquele ar de intimidade um pouco maternal que as mulheres não podiam deixar de ter com o lindo mancebo. E o lindo mancebo tinha o costume de contar as suas boas fortunas com um tom ingênuo de criança que narra os seus brincos. Era naturalmente excitante.

– Então, tem trabalho? – fez Gina.

– Que trabalho? Não me fale de trabalho porque é cousa aborrecida.

– Mas não é trabalho esse exercício em torno das damas? Ainda há pouco a Pereira ria.

– É porque eu lhe contava como tinha brigado com aquela italiana que ali está na frisa.

– Aquela de cabelo louro?

– São pintados. Foi há tempos a briga. Atirei-lhe com um prato de sopa.

Gina ria achando aquela confissão de um mau gosto enorme, mas por isso mesmo presa. E como devia ser americana, e como queria reter aquela flor de mocidade, excitava-o.

– Entretanto, há outros camarotes...

– Ah! isso – fez o pequeno – esses camarotes são para o meu *flat*.

– *Seriously? Have you a flat?*[32]

– *Yes*.

Ele chamava de *flat*, à inglesa, a *garconnière* do barão. Ela não acreditava. Ele descreveu-a, mais ou menos, olhando a sala. No dia seguinte encontrou-a no baile de Mme. Gouveia, que iluminara os jardins com balões venezianos.

Dançaram juntos. Desceram ao jardim, e ele num recanto de árvores, tomou-lhe na boca de súbito um beijo grosso carnudo, tão bom e cheiroso que Gina Malperle não pôde zangar e despegou-se

---

32 Sério? Tens um apartamento?

como um pássaro tonto, como se tivesse caído de um paraíso, ainda mastigando o sabor perfumado.

Ao mesmo tempo, como Lina Monteiro morava numa pequena rua próxima da praia, Jacques, ao partir para a cidade, não deixava de dar uma vista d'olhos por lá. E o que o interessava em Lina, a menina pobre e desclassificada, é que ela era pura, ingênua e imaginava amar para casar. Não era a primeira vez que era enganada, mas também nunca amara assim. Quando via Jacques ela tremia como uma flor ao vento e tudo quanto ele pedisse, ela daria. Não se pode dizer que um homem mente quando ele não calcula e não goza o prazer de mentir.

Jacques não mentia a Lina, mas prometia-lhe casamento, convencido de que não casaria depois. Era sempre sincero porque não tinha inteligência para mais.

– O diabo é que agora não posso.

– Peço todo dia a Nossa Senhora por ti. Eu esperaria até o fim da vida! – exclamava essa pobre menina ingênua.

E Jacques ia dali, sinceramente, a casa da Fanga ver a Liana, que cada vez tinha mais influência sobre Arcanjo, ou encontrava um pouco Alice dos Santos. Essas duas criaturas tão diferentes uma da outra não lhe causavam grandes desejos.

Mas Liana era humilde como um cão, chorando sempre e dela muita vez emprestava dinheiro, o que significava que recebia de Arcanjo. E Alice era a boa, a sã, a sempre espontânea Alice, que o queria mesmo, e agora mais, sabendo-o desejado por todas. No quarto de Liana o interessante jovem as mais das vezes dormia, lendo um jornal. Na *garconnière* do barão, em geral esboçava cenas com Alice que terminavam com tremendas luxúrias, porque ele fazia-a conhecedora do repertório de Maria. Alice tinha surpresas contínuas. Uma vez, em que Jacques lhe apertava o pescoço com vontade de estrangulá-la, ela cerrara os olhos com um tal gozo que ele estacara. E ela murmurou:

– Mais, mais, é bom...

Com grande espanto seu, ele viu que esse seu gesto o excitara também de súbito, e como duas crianças que se descobrem prazeres proibidos passaram uma semana nesse exercício delicioso. Maria acabou assim sempre presente às luxúrias do interessante jovem. Era o seu anjo da guarda...

Quando acordava, Jacques não deixava de ficar inquieto tanto tinha o que fazer – mesmo porque esses trabalhos tendiam a aumentar. As damas, outras damas, apertavam-lhe a mão com uma significação que só as mulheres, seres por excelência receptivos, sabem dar aos apertos de mão. E havia corridas, havia vários *rendez-vous* automobílicos depois de ter escorraçado os pretendentes. Entretanto Jacques imaginava uma solução para essa crise e D. Malvina, recolhida ao quarto, temendo pelo filho a vida de automóveis e mulheres, imaginava conversar seriamente com Argemira. E foi, precisamente essa cena, o prenúncio de vários desastres. Tudo na vida é *sport*. Na vertigem da corrida nem sempre servem as performances...

11. DESASTRES

Mas, afinal, o caso das fibras ia resolver-se. Evidentemente, Jacques tivera uma decisiva influência na sua realização e notava que Godofredo só o fazia de agente, apenas de agente. Ao concorrente o cronista aparecia como o autor de todo movimento. Jacques, acicatado pelo ar de zanga do poeta e com uma talvez vaga desconfiança no homem de letras, quis entrar diretamente em relações com as partes. Godofredo era fraco. A demora irritava sobremaneira o representante do sindicato, um velho e sórdido português judeu João Gomide, que emprestava os dinheiros para essa tentativa aos cofres públicos. Assim, quando se viu sem solução entre Jacques e o Sr. Gomide, o cronista para acalmar as dúvidas de ambos apresentou-os.

O Sr. Gomide, com um sorrisinho voraz e pacífico estabeleceu um papel no negócio: era apenas um agente que tinha de dar contas das despesas a maiores. Das fibras levava apenas uma comissão. Era preciso que o negócio desfibrasse assaz o Tesouro, para que assim Gomide desse comissões. O agente, de resto, tinha um escritório ambíguo, em que se emprestava a juro alto, e era homem de papéis, de recibos, de pequenas assinaturas. "Tudo em ordem", diria procurando explicar. O fato é que entrava em tudo preso a esses salva-vidas e que mesmo se a onda fosse forte pelo menos os salva-vidas iriam com ele.

Na operação de Godofredo as coisas tinham ficado combinadas. Os dois cavalheiros receberiam na aprovação do Congresso a metade da comissão. A outra seria entregue, após a assinatura do presidente. Jacques com a simpatia que os rapazes de sua situação não deixam de ter pelos prestamistas, fingiu para o velho Gomide várias gentilezas. Ao deixar o pequeno escritório equívoco da Rua dos Barbonos, estava certo que desta vez veria dinheiro, não pela sua influência, mas pela sorte de Gomide, metido no negócio. E desde esse momento – coisa curiosa! – Godofredo começou a aparecer no seu cérebro numa posição secundária. Dentro em pouco estava no último plano. Dois dias depois na cabeça de Jacques, Godofredo apenas abria a porta da casa do Gomide; e, apesar da importância que a gratidão manda dar aos cavalheiros que nos abrem as portas, nem por isso os cavalheiros deixam de continuar, com prazer nosso talvez, lá, à porta, distantes...

Entretanto a nervosidade de Godofredo aumentava. Era dizer que o caso estava por dias. E estava. Uma segunda-feira o projeto entrava na ordem do dia. Não houve número. Nem na terça. Nem na quarta. Era felizmente a terceira discussão sem que os senadores o tivessem visto. Godofredo teve um trabalhão para obrigar Jacques, dividido entre os automóveis e as saias, a ir ter com Alice:

– A Alice fazendo o Senado trabalhar! Não exageres!

– Eu é que nada posso fazer. Uma nota jornalística perderia tudo. O número depende da vontade do Grande Chefe.

Jacques conversou com Alice, contou-lhe a cena do Senado, assegurando que olhando para os senadores só achava alguém capaz de os mover. Ela riu, vaidosa. Na quinta, os senadores estavam todos na sala do café conversando, quando o presidente verificou que infelizmente ainda não havia número.

Sábado a concorrência ao recinto foi grande, mas para ouvir uma arenga, explicação pessoal do famoso chefe, que além de dizer tolices, silabava de modo a fazer rir mesmo os contínuos. O jovem encantador, teimando no *flirt* de Lina Monteiro, e relações cortadas com o pai, via-se apenas com os recursos da sua mãe e com a humilhação de falar a Liana do dinheiro. Por isso estava absolutamente no ponto para compreender o valor de dinheiro, e bater-se pelo dinheiro.

Graças aos deuses, segunda-feira, quando ninguém contava, o grande político reapareceu no recinto do Senado, logo acompanhado pelos senadores que o obedeciam por gestos. O projeto das fibras passou despercebido. Na mesma tarde, Jacques viu Godofredo, que o agarrou.

– *Ça y est!*[33]

– Passou?

– Enfim!

– Agora é você tratar da sua parte.

– Ah! Jacques, custa muito ganhar dinheiro.

– A quem o dizes...

Jacques não tinha a menor surpresa. Desde o encontro com o Gomide, julgava aquele dinheiro seu. Godofredo porém enchia-o de pasmo.

– O Gomide falou-me num recibo a fazer. É preciso um recibo. Coisa sem importância, espécie de garantia dele junto ao sindicato... De resto documento absolutamente privado... Passas amanhã por lá, só dás recibo pelo dinheiro, e depois repartimos...

– Sim, está bem.

– Não durmas.

O jornalista, muito prudente para se comprometer com documentos, só achara aquele meio para retirar das garras de Gomide a metade da comissão. Aquela confiança, porém, ou era uma prova de que os seus negócios iam muito bem ou era a grande demonstração de simpatia por Jacques. O jovem imaginava entretanto o cronista cheio de dinheiro. No dia seguinte, pois, acordou como sempre, almoçou depois da hora para não se encontrar com o pai, e veio para a cidade, com a pasta de marroquim vermelho debaixo do braço. Saltou na Rua Evaristo da Veiga; bateu no escritório de Gomide. O velho estava, mas custou a abrir, recebendo-o com frieza.

– Então, caro Gomide, que lhe dizia eu? Afinal vencemos!

– Ainda não de todo, senhor doutor.

– A minha parte pelo menos, creio... Uf! custou!

– Tudo custa, senhor doutor!

– Não há dúvida, Gomide.

Houve um silêncio. Já havia antes deles falarem, durante o pequeno diálogo talvez. Por isso quando cessou de ouvir o barulho da própria voz, Jacques sentiu esse silêncio maior, imenso, cheio

---

33 Pronto!

de várias coisas desagradáveis que nunca são ditas. Ele sentia que tinha de arrancar do velho o que era seu, e estava subitamente resolvido a tudo.

– Godofredo já esteve cá?

– Ontem, logo depois da votação...

– Ah!

Olhou Gomide. O velho não se mexia. Jacques, um pouco nervoso, teve de explicar o que Gomide estava farto de saber.

– Godofredo falou-me que viesse cá receber a primeira quota.

O velho abriu a boca, fechou-a, tossiu, assoou-se.

– O doutor não acharia melhor tudo no fim?

Jacques teve um momento de cólera, logo abafado.

– Creio que não, Gomide. O Godofredo anda embaraçado...

– Palavrinha?

– Palavra. Por mim, não. Isso para mim seria indiferente. Mas Godofredo ficaria contrariadíssimo. Eu sei.

O velho continuava calado. Jacques então com galhardia e um ar despreocupado, que lhe ficava bem, teve uma exclamação triste. Diabo! Se o Godofredo não recebesse aquele dinheiro a sua influência era tão grande que decerto fazia o presidente votar a autorização. E lá se perderiam dinheiros de adiantamentos, trabalhos. Enfim...

– É certo o voto. E o negócio...

– Oh! senhor doutor, é sério...

– Para vocês! Ande, Gomide, deixe cá ver a soma. Não saio daqui sem a sua última palavra.

O Sr. Gomide tomou um ar pensativo. Depois sentou-se à secretária e escreveu algum tempo. Quando acabou, a sua fisionomia retomara o aspecto comum.

Acabara de escrever um documento macabro. Se falhasse a conversão, aquele dinheiro pelo menos voltaria, ou muita gente estaria a aparecer num panamá assustador e reles. Jacques passava o recibo de 15 contos por ele e por Godofredo, comprometendo-se a pagar, a restituí-los com a aprovação do projeto pelo Executivo.

Então qualquer não assinaria. Assim fizera Godofredo, Jacques assinou sem hesitar – porque tinha de tirar dinheiro do velho Gomide. O prestamista chegou a sorrir. Aquela folha de papel valeria dinheiro em qualquer tempo! Quando o rapaz assinou, foi quase humilde, que abriu a burra e contou três maços de dez notas de quinhentos cada um. Jacques recebeu com calma. Como era pouco!

Como o dinheiro é poeira! Como 15 contos visíveis, mesmo antes de gastos, mostravam-se tristes da sua insignificância! O adolescente meteu-os na bolsa de marroquim vermelho, cumprimentou o velho usurário e saiu. Sentia-se apenas mais ligeiro. E com o desejo de conservação própria que não se conhecia.

Querendo atravessar a rua, esperou tempo a deixar passar um automóvel, que vinha longe. Depois verificava o erro de andar com tanto dinheiro. Foi até o escritório. André, de cima, logo que o avistou, começou de fazer gritos de negação.

– Não! Não! – soluçava o contínuo cor de castanha.

– Que há, André?

– Não vale a pena subir. O senhor seu pai está em conferência.

Noutra ocasião subiria. Naquele momento satisfez a má vontade de André, mesmo porque não sabia por que lá tinha ido. Foi aliás aí que lembrou ter de dar a Godofredo 7 contos e quinhentos. Era desagradabilíssimo. Que ato de generosidade quase criminosa para o seu egoísmo, ainda acrescido por um mês de falta de dinheiro! Mas o diabo é que havia ainda outra metade. De fato, Godofredo arranjara o negócio. Aquela parte do trabalho era sua. A outra seria do literato. E Godofredo devia nadar em ouro, devia ganhar muito. Sim! Evidentemente. Depois não deixava de ser grato ao Alencar, mas aquilo fora só boa vontade d'Alencar para pô-lo *dans le train*. Havia de conversar com ele. E agradecer-lhe muito. Os romancistas de vez em quando põem os seus personagens a dizer várias coisas e mesmo a pensar. Em seguida chamam a isso psicologia. Um romancista não deixaria de colocar o jovem Jacques, depois de receber os dinheiros do Gomide, apenas com a observação do Godofredo.

Entrego ou não entrego? A célebre dúvida hamlética? E entretanto Jacques tivera três meses antes talvez dúvida, quando hesitava com a Maria. Mas naquele caso era um absoluto desprendimento. O interessante adolescente pensava aos pedacinhos no caso Godofredo, um caso que lhe parecia passado.

Quando resolveu agradecer ao homem de letras, estava na Rua Primeiro de Março diante de um banco. Lembrou-se que lá fora uma vez com Jorge d'Araújo depositar dinheiro. Quem diria que ele também depositaria somas? Entrou pensando apenas na fisionomia dos empregados. Os empregados não o reconheceram nem se admiraram da sua soma – evidentemente ridícula.

Jacques depositou 14 contos e guardou 1 conto que era bem seu. Oh! Era impossível andar com tanto dinheiro pelas ruas. Diria ao Godofredo quando o encontrasse. Desceu então a Rua do Ouvidor. Na Avenida Teotônio Filho convidou-o para uma corrida à Tijuca num automóvel novo de marca nova. Foi.

Jantaram lá no White com a espanhola Concha, a frágil Liana e Arcanjo dos Santos encontrados por acaso. A noite era da portuguesa Maria. Não faltou, tanto mais quanto era uma noite excepcional. No dia seguinte foi vez de Lina Monteiro. Depois do almoço convidou Lina e a Sra. Monteiro para um pequeno jantar no Leuse. A velha achava pouco próprio, mas tanta era a sua vontade de ver casada a filha que consentiu.

Jacques veio à cidade, telefonou ao restaurante, estava no chá. Desejava encontrar Godofredo, e ao mesmo tempo não desejava. Isto é: cada vez desejava mais a menos. À tarde tomou um automóvel e foi buscar a pobre menina que o acreditava desde a festa de caridade. O idílio seguia. A Sra. Monteiro estava crente na seriedade do caso. Lina estava certíssima. E ele também estava certo de que tinha uma forte gratidão pela menina. Se lhe dissessem que enganava alguém, logo após a sopa, Jacques ficaria contrariado. O jantar foi pois delicioso. Até a Sra. Monteiro parecia alegre.

Apenas para o fim, entraram o banqueiro Buonavita e Godofredo de Alencar. O literato, que tinha ido cumprimentar as senhoras, exclamou:

– Há dois dias que te procuro.

– Oh! Tu... Estive com o homem.

Ia dizer inteiramente a verdade. O seu olhar era leal e puro. A sua fronte lisa. Mas Godofredo fez um gesto e esse gesto quebrou a lealdade de tal forma, que com o mesmo olhar sereno e a mesma fronte – tão idênticas que o cronista psicólogo não teve sombra de suspeita! – Jacques continuou:

– Mas não imaginas o que tem custado. Quer tudo no fim. Já lhe fiz três recibos, que não serviram. É um caso. Enfim prometeu para segunda sem falta. Vamos lá juntos.

– Não, vai lá. Olha que é sério.

– Seríssimo.

E continuou a jantar com a apetecível Lina. Ora o Godofredo! A insistir em qualquer coisa que não era seu! Ele que não fizera nada! Enquanto conversava, olhava o Godofredo e via que o cronista prestava demasiada atenção a sua mesa. Desconfiaria? Deu-lhe uma grande vontade de oferecer-lhe *champagne* e charutos caros. Apenas Godofredo começara a jantar. Então ergueu-se e foi pagar a conta à copa, para que não lhe vissem bilhete grande, e levou a família Monteiro ao teatro português – por exotismo. Domingo esteve no prado do Jockey Club com Jorge. Segunda veio cedo para a cidade, desejoso de fazer umas encomendas, quando em plena Avenida se sentiu preso pela mão do cronista.

– Vens de lá! – fazia Godofredo mais pálido.

– Hem! – fez Jacques apanhado de surpresa. – Ah! sim...

Era a cena que no fundo, bem no fundo do seu ser, esperava e temia e desejava ao mesmo tempo desde que vira o Gomide no escritório e o Godofredo cada vez mais secundário. Ficou pálido e frio com medo ao escândalo, ao nome nos jornais, ao ridículo do motivo. Era um esforço para não mostrar que tremia.

Aquele medo não podia ser só seu: era uma espécie de medo hereditário; e com ele tremiam o pai, o avô, outros Pedreiras talvez. Mas a cena foi rápida e crispante porque Godofredo estava também pálido, frio, e tremia.

– Não mintas, menino. Já recebeste.

– Quem to disse?

– O Gomide em pessoa.

– Pois sim, recebi.

– Então, venha a minha parte.

– Ah, sim...

– Gastaste, hein?

– Sim, isto é... aquilo era um pouco meu. Eu precisava muito; estava cheio de contas. Se precisas porém de algum, porque ainda não recebemos a outra parte...

– Preciso sim. Quanto tens?

– Espera, não te exasperes... talvez um conto...

O cronista tinha um esgar de fúria querendo sorrir com calma. Dinheiro é sangue. E batendo com a bengala no asfalto.

– Olha que enganar-me é meio difícil. Só com muito topete, ou sendo um inconsciente como tu. Sabes talvez que nome tem o que acabas de fazer? Há uma palavra exata, uma palavra bonita...

– Godofredo...

– Você fez apenas uma ladroeira, ouviu? uma ladroeira! Está aqui como podia estar na cadeia. Mas não está tudo perdido. Vou trabalhar. E cuidado porque nem sempre os prejudicados são amigos como eu!

E seguiu. Por que Jacques não esbordoou Godofredo? Porque cheio de culpa temia o escândalo. E por que Godofredo não se atirou ao gasganete de Jacques? Porque temia prejudicar o edifício da sua vida com um escândalo. Enganado, ludibriado pelo pequeno que desejara explorar, ao menor grito seria um homem por terra. A civilização e o interesse obrigavam-nos a recalcar o ódio.

Godofredo seguiu quase fora de si. Jacques ficou furioso com um certo gozo no íntimo e continuou a andar. Só havia a ferir-lhe a mente a possibilidade de que toda gente podia saber da sua liberdade para com o Godofredo. Que fazer?

Jacques não sabia mais o que fazer. Era sempre assim. Felizmente ergueu os olhos e viu Mmes. Alice dos Santos e Argemira de Melo e Sousa que, de dentro de uma vitória, com interesse o chamavam.

As corridas de automóveis em que Jacques andava metido, tinham impressionado aquelas damas. Alice e Mme. de Melo e Sousa desejavam uma noite sentir também a sensação de rapidez numa das grandes máquinas de Jorge d'Araújo. Jacques sorria. Argemira explicava.

– Sua mãe levou a semana inteira a falar mal de você. E tanto se referiu aos automóveis, que antes dos conselhos quero fazer a experiência. Mas todas as meninas estão loucas. Alice, vou ver, e se decidirmos é certo que levaremos Ada Pereira...

Jacques sorriu. Os acontecimentos de minutos antes desapareceram de súbito da sua pouco carregada memória. Satisfeito e alegre, não duvidava que seria chegada a vez à viuvinha. E, sem hesitar, prometeu para o dia seguinte.

– Nós vamos ao Lírico.

– Dito. Com o Arcanjo?

– Não. Sós.

– Então amanhã.

– Não falte.

– Oh! Por quem me toma, D. Argemira?

Assim, no dia seguinte, lépido e gentil, logo pela manhã telefonou a Jorge de Araújo ameaçando-o com uma noite divina. A comunicação interrompeu antes de terminar. Foi a outro telefone que não ligou. Enervado, tomou um tílburi cuja lentidão quase o faz matar o cocheiro. Naquele cérebro feliz o incidente Godofredo desaparecera, deixando apenas o interesse pelas corridas com senhoras. Que noite! Acabou por deixar o tílburi, tomando um *tramway* que o levou até ao escritório do jovem industrial. Não o encontrou. Deixou-lhe um bilhete delirante com três erros de ortografia. E durante o dia telefonou várias vezes, até que, à tarde, Jorge apareceu com o seu nervosismo e a sua complacência.

– Sabes que é um aborrecimento enfiar a casaca para ouvir mais uma vez a *Aída*.

– Chegamos no terceiro ato para não chamar a atenção.

– E não há receios?

– Nenhum!

O milionário concordou. Jantaram em casa de Jorge que parecia preocupado, mordendo o bigodinho à americana, os olhos sem dizer nada, um ar de quem aspira o imprevisto. Depois, como nada tinham a se dizer, avançaram a hora da entrada e chegaram no fim do segundo ato. Era o momento dos cumprimentos.

A mesma gente, inexoravelmente aquele todo Rio que já tinha visto tanta vez, lá estava. Nem um desconhecido. A história de cada um podia ser contada pelos outros, e esse cada um podia fazer um volume de histórias. Jorge, enervado com o mal do automóvel, confessou-se incapaz de ficar até ao fim. Ia espairecer e depois voltaria. Mas antes era preciso fazer a comédia do convite às grandes damas. Subiram à frisa. Em torno de Mme. de Melo e Sousa a corte juvenil olhando Alice e Ada desdobrava-se. Argemira acolheu-os encantadora.

– Estamos sós, sabem? O nosso deputado doente.

– Grave?

– Oh! uma *migraine*[34].

– Quero sair antes do fim – fez Alice dos Santos.

– Ah! minha querida, com essa complicação dos carros. Sabe que viemos de carro hoje?

---

34 Enxaqueca.

– Mas é simples – fez Jorge. – Dá-se ao guarda o cartão para mandar o carro embora quando ele chegar, e eu tenho a honra de levá-las em cinco minutos no nosso automóvel, se me permitem...

A encartada ficou sem resposta. Eles também ficaram. E logo que se ergueu o pano, Mme. de Melo e Sousa ergueu-se; a senhora do deputado e Ada Pereira também, e saíram com solenidade os cinco.

Estava a noite deliciosa, dessas noites de inverno, sem lua, em que o veludo do céu tem um esplendor imprevisto e a brisa é leve e sensual. O automóvel esperava-as do outro lado da rua. Jacques sentou-se com as três senhoras. Jorge ficou ao lado do motorista, o mesmo de sempre, aquele rapagão lusitano que ria com tanto gosto. As senhoras tinham o ar de que iam pregar uma partida, e logo que o automóvel se moveu começaram a rir. Que pensavam elas do automobilismo de Jorge? O automóvel porém, o famoso 720-A-E, já tomara a sua velocidade urbanamente inconcebível. Jorge queria mostrar e o pequeno motorista desejava também pôr em evidência a sua perícia. Na Beira-Mar, onde chegaram um minuto depois talvez, o carro voava numa nuvem de poeira. Era impossível trocar uma palavra. O ar deslocado pela máquina cortava. As mulheres riam excitadas. Jacques dava a Ada Pereira um joelho protetor, sem que Ada pedisse, e para disfarçar resolveu soltar uns gritos, pouco familiares. O *chauffeur* português voltava-se contentíssimo. Jorge sorria. Mme. de Melo e Sousa achava a sensação inteiramente inédita. Não era uma corrida. Era uma vertigem. Naquele estendal de luz o animal de ferro voava numa densa nuvem de poeira.

Davam assim a segunda volta à praia, quando por eles passou outro grande e poderoso maquinismo. Era Teotônio Filho com o cavalheiro Sfrapini, *il re dei chauffeurs*.

– O Teotônio! – gritou Jacques.

– É sim, mas não nos ganha! – berrou o Jorge para trás.

Tornava-se uma questão de honra não ser vencido pelo Teotônio, à vista de senhoras. O automóvel acelerou ainda a marcha e assim correram uns três minutos. As damas despenteadas e com um apetitoso medo, já davam gritinhos. E todo o 720-A-E ficou de repente pasmo vendo que o automóvel de Teotônio parava de repente. Alguma trapalhada. *Panne?* Antônio diminuiu a marcha.

Jorge parou mesmo de todo. E estavam assim, os homens de pé numa posição interrogativa, quando a máquina de Teotônio recomeçou a andar com Sfrapini no guidão.

– *Buona sera!*

– Que brincadeira é essa?

– Oh! Pensávamos que vocês estivessem sós... – explicou o Teotônio, que só fizera a corrida porque vira mulheres no carro do amigo. E ergueu-se, saltou, veio sondar as distintas damas.

– Demônio! – exclamava Jorge. – Estamos sim, estamos com senhoras. Foi no Lírico. Como não encontravam o carro...

– Oferecemos-lhe o automóvel – interrompeu Jacques – e como elas ouviam falar mal de nós viemos mostrar.

– Que tudo não passa de mentira, pois não é? – fez Teotônio a beijar a mão de Mme. de Melo e Sousa.

Jorge porém não largava o assunto.

– Sim, sim, és de força. Mas olha que não é sério correres com o partido do peso.

Imediatamente, em frente das damas que se interessavam, discutiram tecnicamente peso, *carrosserie*, carburador, cilindros, raios de rodas, motores, marcas. Apesar da calma aparente, Jorge estava exasperado, e o seu motorista ainda o excitava mais.

– Com este carro, desafio o seu, senhor Teotônio! – exclamava o rapaz.

– Deixa-te de prosa, rapaz.

– *È un po'difficile...* – sorria Sfrapini.

– Era o que se podia ver já! – disse de repente Jorge.

– Com as senhoras aqui?

Jacques porém não tinha muita dificuldade em convencer as senhoras que deviam descer e ficar a ver a aposta alguns minutos. Alice dos Santos, excitadíssima, já saltara.

– Eu que não contava com um circuito!

– Vocês são loucos! – fez Mme. de Melo e Sousa, descendo também.

Ada Pereira, muito nervosa, amparou-se a Jacques. A discussão ia acalorada entre os *sportsmen*. Antônio, o *chauffeur* de Jorge, assegurava que, se o patrão quisesse, mesmo com aquela *carrosserie* conduziria a máquina, dando distância ao adversário.

– Aposto um conto contra 500 mil-réis!

– Seja! – fez branco de cera o Jorge. – Mas sou eu quem dá um conto por 200 mil-réis.

Era a cena habitual. As senhoras que nunca as tinham visto, estavam cheias de curiosidade. Ada Pereira, Alice e D. Argemira fixaram um momento o jovem motorista de Jorge, que era de fato bonito. A corrida era em cinco voltas e já ele colocara o 720-A-E em linha, airoso e a sorrir. Estavam a dois passos de Pavilhão Mourisco e todos esquecidos dos seus deveres só tinham nervos para a aposta porque, salvo Teotônio, todos jogavam no automóvel de Jorge e no *chauffeur* tão confiante e tão forte.

Quando viu os carros prontos, Jorge, com a voz mudada, deu o sinal. As máquinas partiram num súbito arranco. Aquelas seis pessoas em traje de baile perdidas no deserto iluminado da Beira-Mar acompanhavam com o coração aos trancos, febris, nervosas, os rasgões velozes dos automóveis. O mundo não existia bem para eles. Na primeira passagem, o carro de Teotônio vinha à frente.

Dois minutos depois, de novo passaram os dois carros, como raios. O de Jorge ia à frente.

– Ganhamos!

– Ganho! É certo.

– É agora!

– É agora!

Ficaram assim trepidando segundos que pareciam séculos. A poeira era como uma enorme nuvem que se tornava brilhante tal a iluminação da Avenida, onde ardiam num brilho de sol todos os candelabros elétricos.

– É agora! – repetiu num grito Alice.

Tinha ao longe a última volta. Era a reta final. Era o desespero. Era só quando os automóveis podiam dar toda força. Num ímpeto colossal esses elegantes viram as duas máquinas a toda. Ao mesmo tempo, partindo do Mourisco, em sentido contrário às duas máquinas, passou um automóvel. Os corações apertaram-se. Antes que qualquer dos presentes pudesse dar uma palavra, ouviu-se um tremendo fragor, todas as lâmpadas elétricas apagaram de súbito, enquanto na semissombra passava como uma tromba uma só máquina.

As mulheres gritaram loucas; os homens precipitaram-se. Era a quinhentos metros a máquina de Jorge estraçalhada. Para evitar o encontro com o outro automóvel dera de encontro a um dos candelabros, derrubando-o e quebrando-se. E sob a ruína, os ferros torcidos, as madeiras estaladas, as folhas recurvas, gemendo, com as pernas esmigalhadas e o rosto em sangue, Antônio, o jovem motorista, parecia morto.

12. EPÍLOGO DOS DESASTRES

Desastre chama desastre, diz a sabedoria popular; como todas as outras coisas populares, foi a sua origem um austero filósofo, uma individualidade superior. Quando pela primeira vez essa individualidade emitiu a frase lapidar, os que o cercavam deviam ter ficado pasmos com a revelação. Depois repetiram, e repetiram tanto através das épocas que verdade tão poderosa chega a parecer mentira, e que a própria natureza faz o possível para contradizê-la. Assim no tempo da tragédia grega os desastres sucediam-se aos desastres. Era preciso que as famílias fossem até muito infelizes para dar tantos desastres aos poetas. Já no tempo do romantismo, o desastre é o desastre sem consequências, e finalmente o desastre, nos últimos tempos literários, acabou tendo um epílogo, tendo a obrigação quase de um epílogo alegre. É que não há mais, como no passado, grandes desgraçados. Ninguém mais acredita senão na felicidade e a felicidade é pelo menos um pouco de quem nela acredita.

Jacques era fatalista. Toda gente é fatalista à falta de ser outra coisa. O desastre do automóvel pareceu-lhe uma continuação do desastre moral com Godofredo, e uma espécie de aviso da Providência.

– Para! Vê por onde vais! A morte espera-te de emboscada no prazer desenfreado! – dizia com fatos a Providência traduzindo a linguagem simples de D. Malvina Pedreira, digna progenitora de Jacques.

E o jovem acordara cedo, depois de ter dormido poucas horas, num estado de excessiva excitação nervosa. Quantas sensações e quantos horrores na noite anterior! O corpo de Antônio, o sangue, o trabalho para evitar que a polícia tomasse o nome das senhoras, o ataque de nervos de Ada Pereira, a recondução das senhoras de carro, porque não queriam mais automóveis – tudo era como o pesadelo hórrido a lhe dizer: previne-te! Como alguns meses antes, deitado naquela mesma cama, após uma recepção de D. Malvina, Jacques sentia o caminho andado. Caminhara, alheara-se de todo da família, largara as amarras, e por pouco que pensasse, via quanto ocultamente, como a maioria dos mortais, apenas para os seus botões, se enxovalhara. Que diriam os jornais? Pela primeira vez, sentiu a necessidade de opinião da imprensa. Pediu ao criado os jornais. A opinião era péssima. Os repórteres, os jornalistas, os trabalhadores anônimos daquelas folhas, obrigados indiretamente a servir a casta, a que ele pertencia e que os desprezava, vingavam-se quando havia ocasião, sempre.

Jacques engoliu notícias melodramáticas cheias de perversidades, de ódios, de insinuações, de insolências. Eles eram os "indolentes", "aqueles que acreditam a vida dos outros nada", "uns pândegos sem alma", "refinados ignorantes do *grand-ton*", "criminosos vulgares que graças a uma situação ocasional abusavam". Todos os diários começavam por um verdadeiro artigo sobre a continuidade dos desastres e era nesse assunto geral, um apelo à polícia, que se incrustavam tão agradáveis epítetos. A narrativa do desastre cada gazeta contava-a de modo inteiramente diverso, mas em todos era de fazer chorar, porque os jornais vinham transbordantes de uma piedade imensa pelo motorista, o humilde, o do povo, sacrificado. Jacques leu que Antônio seguira em estado desesperador para a Santa Casa, e que lá, ao recobrar os sentidos segundos antes de morrer, só tivera para Jorge de Araújo que o acompanhava esta frase extraordinária:

– Perdão, patrão...

O próprio Jacques ficou comovido. E ficaria mais se não constatasse que todos os diários davam os nomes dele e dos seus amigos por extenso, só errando decerto propositalmente, no de Sfrapini que passava a Stradini. Mas, se eles apareciam, as senhoras salvavam-se. E os jornais asseguravam-nas três *cocottes* das mais estadas nesse mundo de vício e perdição...

– Safa! – exclamou o jovem pondo-se de pé.

Deixou os jornais, foi tomar um banho frio, voltou ao quarto resolvido a sair sem ver os progenitores. Se ficasse era fatal uma grande cena, e depois da cena as visitas que viriam ver os efeitos dos jornais. Vestia-se nervoso quando o criado lhe trouxe duas cartas: uma do deputado vegetarista felicitando-o por ter escapado, outra de Alice. Esta era louca. A encantadora senhora culpava-se de ser a causa de tudo, tinha expressões tais de dor que um momento Jacques teve a ilusão de que também estava ferido, e terminava exigindo que ele fosse vê-la só, só, pelo menos um instante, no ninho na casa do barão. Estaria às duas horas. Queria vê-lo. Fizesse a vontade. Jacques precisava desabafar e não queria ouvir o pai ou a mãe ao almoço. Acabou de vestir-se com o mesmo cuidado de sempre e saiu pela porta dos fundos, diante dos criados que, sabedores do desastre, sorriam com simpatia e cumplicidade. Já não era cedo. Passava muito de uma hora. Perdera tempo com os gazeteiros. À porta teve tempo de receber da Malperle um cartão: "Que horror e que prazer sabê-lo salvo!". Então despachou o chacareiro com um agradecimento e outro bilhete para Lina Monteiro e seguiu.

Entretanto Maria, a pequena corista portuguesa, que entrava para o ensaio no seu teatro ouviu o comentário feito ao desastre. Os jornais tinham-lhe dado tais proporções que até no teatro o caso se lera. Entre algumas prendas de que não fazia uso Maria colocava a leitura. Como ouvisse o nome de Jacques ficou perturbada.

– Jacques? Estava no desastre?

– Sim! É o amigo do Sr. Jorge.

– Ferido?

– Não se sabe!

Ela perdeu inteiramente a cabeça. Era preciso saber. Correu ao ensaiador, pediu que lhe desse uma licença e, sem esperar resposta, saiu, meteu-se num trem de praça, mandou tocar para casa de Jacques. Não sabia o que havia de fazer. Apenas sentia uma grande aflição, um grande desejo de ver são, sem ferimentos, o seu homenzinho. E se estivesse ferido iria ao quarto, seria enfermeira, a mãe de Jacques perdoaria... Depois de tamanho desastre só em casa é que poderia estar o rapaz... E no carro, ao trote dos magros cavalos, Maria chorava. Quando o cocheiro parou, não se moveu. Chegando à porta, vinha-lhe o medo de bater na casa honrada, de pôr o seu desejo ao lado do amor de mãe.

– Como deve estar aflita a senhora mãe dele...

E ficou dentro da carruagem ansiada, à espreita, de ver sair alguém, para pedir informações. Que fazer, Senhor dos Passos? Viu que chegavam de instante a instante criados, que chegavam mesmo senhoras e cavalheiros. A sua aflição aumentou. Afinal descobriu o jardineiro, que também entrava.

– Ó homem, é daí?

– Sim, menina.

– Como está o Sr. Jacques?

– Ele vai bem; saiu há de haver quase uma hora.

– Saiu?

– Palavrinha. Por esta luz...

Maria ficou meio aliviada. Onde estaria o rapaz no dia seguinte a um desastre?

Fez o carro voltar. E não tinha nada! Ah! Pequeno de sorte! Como antes chorara, ela agora ria só dentro do carro, e o carro descia a Beira-Mar precisamente no ponto em que outrora chamavam o Flamengo. Maria viu a *garçonnière*. E de repente veio-lhe um desejo. Quem sabe? Fez parar o cocheiro, saltou, bateu. A princípio devagar. Depois com força. A vizinhança, que tinha em péssima conta o prédio, começou a aparecer vagamente, por trás das janelas, aqui e ali. Um rapaz no segundo andar de certo prédio que parecia destinado a jovens estudantes, sorria, com o pijama por cima da pele. Maria, a pobre mulherzinha, achou que devia continuar a bater. Noutra ocasião ela bateria o dia inteiro em vão. Naquela, porém, infelizmente, as duas almas que lá estavam, estavam muito sobressaltadas para não responder. Jacques não podia ver de cima, estando as janelas hermeticamente fechadas. Desceu à porta, receando qualquer coisa de horrível. Já não tinha segurança, e contava com tudo como se assistisse a seu drama de Shakespeare. Ia espiar pela fresta, enquanto Alice no alto da escada já imagina Arcanjo, a polícia, o fim; quando Maria, agindo apenas para se dar ares, sem certeza alguma, disse de fora:

– Abre, sou eu!

E só quando falou-se é que distintamente ouviu haver alguém por trás da porta.

Disse então mais alto:

– Abre!

Jacques temia o escândalo. Voltou ao alto da escada, branco, a ver se encontrava um meio de salvação. Alice, à voz da mulher, compreendera tudo.

Veio-lhe, com a certeza de que não era Arcanjo, uma grande calma. E ao mesmo tempo um desprezo subitâneo por Jacques.

– Até aqui! Não respeitaste nem este lugar!

Jacques estava irritadíssimo – principalmente porque vindo-lhe a extensão da responsabilidade não sabia como resolver os casos melindrosos. Assim, rouquejou:

– Alice, deixa-te de cenas! É uma criatura que me persegue. Há muito tempo.

– E sabe a nossa casa!

– Depois conto, depois explico. Por enquanto, é preciso escapar.

– Não lhe abras a porta, então.

– Ela grita; é ordinária.

– Oh! Jacques. Jacques! Tu...

Olharam-se, ambos sentindo-se culpados, arrependendo-se de várias e muitas coisas que não deviam ter feito, com que já agora era impossível modificar. A voz de Alice tinha uma tal dose de horror que, no seu estado de superexcitação, ele, pela primeira vez, julgou que devia defender alguém. E com exagero. Seria como se fosse ele próprio.

– Não, Alice. Não há perigo. Estou com o azar, mas por mim não sofres nada... Esconde-te. É preciso. Esconde-te. Quando ela subir, sais...

– Que vergonha!

– Ninguém sabe...

– E a vizinhança?

– Não! Não...

À porta, Maria começava a bater freneticamente. Jacques fez um gesto decidido a tomar uma desforra, desceu, descerrou a porta. Maria, que esquecera completamente a causa primeira da sua intempestiva visita, entrou pela abertura exígua como um foguete de bomba.

– Tens cá uma mulher, cão!

Não teve tempo de continuar. Ele lançava-lhe um murro aos queixos. Era para lhe cortar a palavra e para irritá-la. Trepou pois os degraus berrando:

– Covarde! Rufião! Tens sim! Essa desavergonhada vai ver o que é bom.

Jacques, louco de raiva, seguiu-a agarrando-lhe as saias, largando estas para procurar-lhe os pulsos. Ambos subiam aos trancos, erguendo-se, escorregando, loucos de raiva. Como uma ventania, vieram ao salão.

– Quem te autorizou a vir aqui, animal?

– Fomente-se! Vim porque quis. Onde está a perdida?...

– Mulher, não há ninguém! Não me desesperes...

339

– Veremos.

Ela debatia-se, ele não a podia conter. Continuavam aos safanões, de roldão, ela à frente, ele no seu rastro. No quarto de dormir, onde o barão fizera uma orgia de bons amores cépticos, quase rolaram. Ele puxava-a. Ela desvencilhava-se. Foram de tal forma até ao quarto de banho. Então Jacques, que julgava Alice aí escondida e presa do imenso receio de uma catástrofe, agarrou-a pelo braço. Ela ferrou-lhe uma enorme dentada na mão. Deu-lhe com o braço livre. Ela tombou.

– Parto-lhe a cara à fúfia! – berrou.

E como movida por uma mola pôs-se de pé. Então ele atirou-se, e enquanto a mantinha apertando-lhe o pescoço, com a outra mão livre começou a esmurrá-la.

Era uma fúria de extraconsciência. Esmurrava escolhendo os lugares onde não se vissem sinais, esmurrava a cabeça e esmurrando a pequena amorosa que soltava uns surdos gritos estrangulados esmurrava Godofredo e os seus insultos, esmurrava a má vontade do pai, esmurrava os deuses culpados do desastre do automóvel, esmurrava a fatalidade menos boa. Via roxo, via tudo lívido, e dava, e continuava a bater a pobre mulherzinha amorosa, como um desafogo.

Mas de repente parou, distendeu os dedos, e o corpo de Maria caiu no soalho, onde as cadeiras haviam rolado. Diante dele, Alice dos Santos, lívida, com um olhar de pavor sem limite, assistia à cena que jamais poderia imaginar, assistia como uma lição. Quando viu o corpo da pobre rapariga por terra, pendeu para ela com infinita piedade.

– Quase a matas! Pobre! É preciso chamar o médico. Que vergonha, Jacques! Bater uma mulher...

– Foi por tua causa...

– Toma o vidro de sais. Dá-lhe a cheirar. Oh! Jacques! Jacques! Nunca pensei...

Depois envolveu-se no espesso véu e desceu. Estava séria. Tremia. Esquecera de despedir-se do jovem amante. Os seus dois grandes olhos pareciam ansiosos por ver para além do quadro horrível. Entreabriu a porta. Estava lá à espera o carro de Maria. Meteu-se nele rápida, e antes de chegar à casa, tão perto, pagou ao cocheiro todas as horas em que a outra lá estivera sofrendo por

Jacques. Um pouco revoltada contra o destino, a linda Alice via um reverso da vida inteiramente desagradável, e sentia o mal de ter ido ao lugar d'amor com tal ânsia que recebeu o bom marido com um abraço e chorando...

Jacques, entretanto, mais apalermado, ficara a fazer cheirar o vidro de sais a pequena corista. Ao cabo de certo tempo viu que era preciso alargar os vestidos da pobre rapariga. Então levou-a para a cama, desapertou-lhe a saia, o corpete, soprou-lhe um bochecho d'água no rosto. Depois, como visse que ela respirava, ajoelhou-se à borda da cama, animou-a. Ela abria os olhos.

– Desculpa, foi sem querer... Estou meio louco. Desde ontem! Muito assustado, muito... Deu-me uma raiva de repente... Não havia ninguém... Hoje, nem vi a mamã... Foi de nervos que aqui entrei...

A rapariga soluçava baixo ao som da voz querida. Jacques tinha uma larga voz de barítono um pouco velada, e que lhe dava qualquer coisa de acariciador.

– Que dores na cabeça, meu filho! que dores... Olha que foi só por ti, só para te ver que vim... Meu Senhor dos Passos, como vai ser agora!

E a custo, malaxada, contundida, mas desgraçadamente feliz, Maria segurava aquela larga mão que a batera e beijava-a devagar, chorando. Jacques para desculpar-se, beijou-a na boca, e como das outras vezes, mais que nas outras vezes, como nunca, eles caíram em pleno gozo, gozando profundamente...

A Jacques, porém, aquela conclusão das pancadas – tal era o estado seu de nervos – não conseguiu acalmar. Ficou tendido como um arco, e largando a pequena mulher falou-lhe com intimidade, pedindo conselho:

– Que achas, Maria? Devo continuar? Devo voltar a casa? Tu sabes toda minha vida. Acabaste sabendo...

Ela era bem portuguesa. Respeitava os pais. Tinha o sagrado respeito da família. Disse que era muito feio não ouvir os pais. E que ele deveria ir logo beijar a mão à mãe, por ter escapado do desastre. Fosse logo. Ela ficaria ainda um pouco deitada. E quando fosse noite, iria só, batendo a porta... Dizia essas coisas rindo tão docemente que no riso se via a lágrima. Era como um fim, uma despedida. Eles sentiam que estava acabado, e ela ia satisfeita, tendo levado a parte do sacrifício, mulher, mulher como Jacques não tivera outra.

O mancebo concertou o desalinho. Estava ainda mais triste. A excitação de dois dias afrouxava num imenso e vago pavor de tudo, da vida, da alegria, do amor.

Disse-lhe beijando-a:

– Até logo.

Ela olhou-o longamente.

– Adeus.

E ficou só, chorando. Ele saiu devagar, tomou uma das ruas transversais que vão dar ao Largo do Machado. A tarde morria meio escura. Quando chegou à esquina, viu que o trânsito era interrompido por um grande enterro. Já ia um pouco longe o coche carregado de grinaldas e mais três carros cheios de flores.

Mas o acompanhamento era enorme – um acompanhamento interminável, de automóveis com as capotas arriadas, as lanternas acesas e os motoristas de cabeça descoberta. Poucos automóveis deviam ter ficado na praça. Era – Jacques não teve um instante de dúvida – o enterro do Antônio. O rapaz era querido, os jornais haviam exagerado de tal modo o lado sentimental que aquela sociedade fazia a sua apoteose na apoteose do morto humilde. Jacques nervosíssimo parecia ver o motorista com os seus vinte anos, o seu riso, o corpo forte na farda cor de lontra. Ficou à espera que o cortejo passasse. Quase no fim viu num carro, vestido de preto, Jorge de Araújo, e a seu lado, também de preto, o grande cronista Godofredo de Alencar. Como o carro parasse um instante, Jacques foi até lá, irresistivelmente.

– O pobre Antônio! Que desgraça!

– É – fez Jorge. – Morreu duas horas depois. O Godofredo arranjou para que se não fizesse a autópsia. Era melhor acabar logo. Depois para que deformar mais o pobre rapaz?

E de repente, esse homem frio, esse homem de aço, enquanto Godofredo olhava para outro lado fingindo não ver Jacques, esse homem acostou-se soluçando.

O carro pusera-se em marcha. O mancebo, humilhado e crispado de desagrados, ficou até o fim. Aquilo era tão solene que parecia culpá-lo. Sentia sobre si uma imensa e vaga culpa, a que sentem quantos não expiam pequenas faltas talvez.

Quando não havia mais um só carro e os *tramways* retomavam o trânsito meteu-se num, recolheu à casa, e como, ao entrar na casa de jantar, na semiescuridão da tarde a morrer, visse D. Malvina só, teve um arranco. Caiu-lhe nos braços, sujo de uma porção de misérias, soluçando.

– Mamã! Mamã!

A anafada senhora esperara-o o dia inteiro para dizer ao menino coisas tremendas. Mas ao seu soluçante abraço, logo começou de chorar procurando beijá-lo como se ele fosse um petiz. Porque dá-se o caso que as mulheres também são mães.

13. APÓS A TREMENDA TEMPESTADE

– Não! Já disse. Não saio! Não estou em casa!

O desastre do automóvel com a repercussão que no primeiro momento lhe haviam dado os jornais fizera a partida quase imediata de Jorge de Araújo e de Teotônio Filho para a Europa. Jacques, que ficara em casa como um convalescente, recebera de Jorge um curto bilhete de despedida e nem fora ao embarque. Soube que no mesmo vapor seguia a Liana, a quem Arcanjo presenteara como um deputado vegetariano e rico pode presentear quando está farto de uma dama. Não respondeu a um só bilhete de Lina. Passava os dias a dormir, aborrecido, com medo de sair e chegara ao extremo de conversar longamente com D. Argemira.

Aquele desagradável acidente chocara-o muito. Para temperamentos como o seu, fetiches, de uma incultura completa e universal, o desastre primeiro de catástrofes é que assombra. Todo homem amado pelas mulheres tem um pouco de mulher na alma. Jacques sofrera mais com aquela desorganização da sua vida do que sofreria talvez com a morte de uma pessoa da família. É que de fato ele saltara a grande vala, no *sport*, no negócio, no amor. Recomeçar a mesma existência seria perigosíssimo e para tal faltava-lhe a coragem. Enquanto as coisas corriam bem, era capaz de todas as audácias e consequentemente de todas as inconveniências. Desde que os horizontes se fechavam, voltava a criança, precisava de proteção, tinha um medo vago.

Precisamente dez dias depois da catástrofe é que no seu quarto, de pijama, Jacques dava aquela resposta ao criado que trouxera um bilhete de Lina Monteiro. Oh! Era preciso acabar todas as antigas. Essa rapariga era mesmo a caipora. Depois de a ela mostrar afeto é que seu pai brigara, que fizera aquilo com o dinheiro, que tivera o desastre... No fundo via que só reaveria a boa vontade do Gomes Pedreira se largasse de todo Lina. E começava por julgá-la o azar. De resto, não mantinha com as outras senão a mesma recusa insolente.

Deixava de responder. Talvez porque não se sentisse bem com a pena na mão. Mas as outras criaturas que lhe tinham prestado atenção vinham a sua casa; e só Lina não vinha...

Quinze dias depois dos acontecimentos, saiu à noite. Vira nos jornais que a companhia portuguesa despedia-se. Maria deixara a *garçonnière* em ordem e nunca mais dera sinal de vida. Foi por isso vê-la, foi mesmo à caixa. Era um espetáculo entre palmas. Ninguém o conhecia. Como a peça era revista, as coristas mudavam a cada passo de fato. Entretanto a Maria logo que o avistou veio a ele, puxou-o, deu-lhe um longo beijo.

– Foi por mim que vieste?

– Foi.

– Meu bom... Partimos amanhã cedo. Hoje dorme na pensão o velho. Sabes que ainda me dói a cabeça. Mau...

– Então... – fez ele humilhado porque nunca pedira.

– Chegaste tarde. Quando voltar...

Tristemente Jacques voltou à casa. No dia seguinte não saiu. Como não tinha o que fazer pegou num volume de literatura que rolava na copa. Era a história das aventuras de um polícia chamado Nick Carter. O estilo e a imaginação do autor encantaram o cérebro difícil do jovem elegante. Conseguiu com o copeiro os outros inumeráveis volumes. E então regalou-se. Como contasse a Arcanjo amigo da casa as suas impressões, Arcanjo prometeu-lhe outros agentes e ladrões célebres cujas falcatruas também a ele divertiam. Trouxe. D. Malvina estava assombrada. Via seu filho ler e disso "deu parte a Justino, esposo e pai".

De resto, ao passo que com a leitura policial Jacques começava a ficar inquieto com as prováveis consequências do seu recibo ao Gomide, era evidente que D. Malvina recorrera a Mme. de Melo e Sousa e a Alice e que as três, mãe, amiga e já não amante, conspiravam a seu favor.

Como? Que arranjariam essas três senhoras? Nunca o papel com o qual o Gomide podia na melhor ocasião desfazer todas as suas esperanças. Desde que cometera uma incorreção temia e respeitava a opinião pública. Assim, uma noite na sua casa, chamou Arcanjo.

– Então, depois de Liana, nenhuma outra? – indagou baixo do parlamentar.

– Não. Nem sei como foi aquilo. Ela não era tão boa.

– Oh! Arcanjo.

– Também não quero dizer que me arrependa. Afinal sempre tive um lucro.

– Qual?

– Verificar que a carne e o *champagne* não me fazem mal. De resto o Godofredo diz que tive outro: saber que o esperanto já era falado na casa de Fanga.

E ria. Jacques não se conteve.

– E o Godofredo, como vai?

– Parece que maravilhosamente. O ministro da Agricultura presenteou-o com uma pérola rosa que pertenceu ao Grão-Duque Miguel, no dia do seu aniversário. E comprou uma casa, ao que consta, nas Laranjeiras. Você também não sai? Que história é essa? Creio que não vai passar a vida inteira em casa.

– Não. Espero as fibras...

– Que fibras? Ah! sim... Ainda não resolveste isso? Sempre me parecia.

– É com o presidente agora...

– Então tens que esperar...

Ele ficou frio. O presidente frio não assinaria. E o recibo do Gomide? Na mesma noite, D. Malvina disse-lhe:

– Sabes que esteve cá a Argemira? Falamos de ti. Precisas ir amanhã almoçar com ela.

Jacques sorriu e foi dormir. Estava mais gordo. Dormia muito.

Com efeito Jacques ao acordar recebeu de Argemira um daqueles irresistíveis bilhetes, que para esse adolescente guloso da vida e de fraco refletir produziam sempre efeito decisivo. Jacques que acabava da ducha e de se fazer friccionar pelo copeiro, para fazer a reação da noite espessa, sentiu-se logo desejado ao receber o bilhete, em papel malva, caracteres finos e sutis. Decerto, a sua Egéria, a sua querida Egéria ia aconselhar-lhe um novo bem. Vestiu-se com apuro. Perfumou-se. Um instante hesitou: devia levar a gravata da cor da camisa ou em destaque como alguns *dandies*? Essas preocupações assaltavam-lhe a mente, sempre que ia ver a deliciosa Argemira, curiosa como, segundo o barão, uma pequena marquesa do século XVIII. Atribuiu o caso apenas à possibilidade de lá encontrar corações apaixonados. Mas, com o tempo via que aquela senhora, mãe de um rapaz mais velho do que ele, positivamente não lhe desagradava. Era como uma tapeçaria antiga que atrai. Era como não podia dizer – qualquer coisa de instintivo, que a travessura da sua luxúria criança desejava experimentar, sem consequências. Por que não? Jacques contava com a visita, imaginando a surpresa. Partiu sem um fim seguro. Partia sempre assim.

A premeditação nunca seria uma causa a mais para a condenação dos seus crimes. Mas verificou que conservava aquela boca de morango úmido no lábio glabro, o peito forte, o cabelo repartido em risca, um perfume de água-da-colônia e de sabonete d'alface, à inglesa.

Mme. de Melo e Sousa estava no seu pequeno salão de atmosfera leitosa, vestida de branco, ensaiando a meia-voz uma *romanza* inglesa, gosto que trouxera de Londres – versos ocos e música de Tosti.

– Oh! o desaparecido!

Estendeu-lhe as duas mãos com as suas duas pérolas uma cor de ouro, outra cor-de-rosa, e ficou assim, um tempo sentada, tendo-o de pé.

– Então agora é preciso um bilhete? Não há meio de o ver. Sabe que recebi carta de Gladys. Manda-lhe da Suíça uma *edelweiss*.

Jacques teve vontade de perguntar o que vinha a ser uma *edelweiss*, mas conteve a pergunta noutra pergunta:

– E a senhora?

– Eu, meu filho, por aqui...

As mãos despegaram-se, ficaram a olhar-se. Nos olhos de Argemira havia aquele fervilhar d'ouro dos momentos em que a sua malícia surgia.

– Que belo rapaz, hem? Forte, belo! E sedutor.

– Por quem é, minha conselheira...

– Não diga isso alto. Não diga nada alto.

– Por quê?

– Porque só as mentiras se dizem alto.

E imediatamente começou a falar alto do automobilismo de Jorge que acabara mal, do Arcanjo, que já não era vegetarista – por quê? – dos rapazes da roda que enveredavam no *sport*.

– O Suzel tem uma amante bonita.

– E insuportável. Está apaixonada por ele.

– E Bruno Sá?

– Outra também insuportável pelo mesmo motivo.

– É então do exercício? Só você...

– Eu agora ninguém...

– Sério?

– Sem a senhora não me atiro a essas coisas.

Evidentemente era um bom rapaz. Com os seus cinquenta anos em flor, conservados em perfumes, aquela mulher de espírito sentia uma complacência agradável em estar ali com ele, em satisfazê-lo, bem desejo vago de dar-lhe biscoutos e dar-lhe com beijo, a deixar-se beijar e ralhar depois. Que garoto e que querubim!

– Criança!

– A senhora nem sabe como manda em mim. É mais forte do que eu.

– E se eu pedisse que você subisse para Petrópolis?

– Já?

– Parto amanhã. Tenho uma coisa muito agradável.

– Quem é?

– Não digo senão lá.

– É a... Ada Pereira.

– Ora a Ada.

– Diga quem é.

– O menino sabe que tem 23 anos, que precisa ser homem, perder essas curiosidades malsãs.

– É discurso?

Ela riu.

– Vai?

– Pois vou. Há muito tempo que não me aborreço.

– Obrigada...

– Não, não é pela senhora, a senhora, D. Argemira, tão boa, tão agradável...

Tomou-lhe a mão, beijou-lhe a pele fina. A mão conservou-se no seu lábio quase apagado a roçar, o que o fez molhar os lábios, ao apertá-los naquele beijo sentiu, sem querer aspirar o perfume, estender o braço, envolver uma cintura.

Mas, a ilustre dama que um momento pendera, recusou, sempre a sorrir, sem demonstrar perceber até onde tinham ido as cousas. Só o seu semblante resplandecia como se tivesse cheirado uma essência de vida. Jacques pôs-se de pé.

– Então o que é?

– É a sua carreira.

– A minha?...

– Sim, meu querido. Arranjamos as coisas. A Alice trabalhou muito junto ao general, o presidente prometeu a seu pai, e fez o possível junto do meu velho amigo o chanceler.

– Então é?

– A diplomacia – fez a ilustre dama erguendo-se. – Preciso ir ver a minha casa lá de cima. Estarei pois em Petrópolis. Tudo depende de tino, da maneira por que te hás de apresentar ao grande ministro. Ele é muito pela mocidade – *hélas!* – no que eu acho que faz bem. Mas é também muito das primeiras impressões. Tens uma bela figura e sabes ser amável.

– Oh! D. Argemira.

– Com oito dias de trabalho estás nomeado.

Depois, séria:

– Precisas sair daqui, por várias razões e principalmente porque a boa educação não se pode completar num meio tão estreito. Depois, que profissão melhor para um rapaz fino, não achas?

– Nunca pensara.

– O que quero, é que venhas a dar um grande diplomata.

Almoçaram finamente, como só na casa de D. Argemira era possível almoçar. Jacques beijou-lhe a mão agradecidíssimo, e de lá saiu depois das duas horas. Ainda na dúvida, porém, viu que precisava consultar alguém, além das mulheres. Godofredo era um inimigo ainda. Jorge estava fora. Só o barão, aquele curioso tipo que assistia a vida e que decerto devia ter sofrido muito para estar assim sempre só. Jacques consultou o relógio e tomou um automóvel. O barão devia estar na sua partida no Club da Avenida. Foi lá buscá-lo.

E o encontrou à porta na ocasião em que entrava. O barão teve uma larga exclamação e fê-lo subir.

– Então, que há?

– Venho pedir-lhe um conselho.

– Coisa terrível. Os conselhos servem apenas para não serem seguidos.

– Trata-se da minha carreira.

O barão deixou a sala de jogo e levou-o para uma outra sala escura em que ao fundo se via um bilhar deserto. Era nesse apropriadíssimo local que o *club* fazia as suas anuais exposições, de pintura. Os raros visitantes que se atrevessem poderiam levar uma opinião preconcebida. Era possível ver o bilhar e talvez algumas poltronas. Quadros é que não. Precisamente havia uma exposição. Os dois homens em atmosfera tão superior não se aperceberam disso. O barão sentou-se.

– Então? Reaparece...

– Ao contrário.

– É paixão então.

– É enfado, barão, estou farto de mulheres...

O barão estirou as pernas, sorriu com melancolia.

– Não digas mais tais coisas, meu pequeno Jacques. As mulheres são ainda o que conservamos de melhor. Já viste alguém que não fosse feito por uma mulher? Já não digo fisicamente. Falo da formação moral, social. Já viste um homem que não devesse o que é a uma ou a várias mulheres?... Ingênua criança! Mas também todos esses enfados vão-te bem. És belo e és jovem. As que primeiro te perderão serão as próprias mulheres. E assim tal qual és, feito para o amor das mulheres, quando tiveres a minha idade e estas barbas brancas, serás tão feito de amor das mulheres, de tantas lágrimas, de tantos desgostos, de tantos enganos que serás um aborto de felicidade.

– Mas barão...

– Exagero? É para que não tenhas dúvidas.

– E eu tenho, barão. A mãe e D. Argemira parece que me fazem diplomata.

– Só?

– Como só?

– É que podiam fazer-te logo embaixador.

– Então devo aceitar?

– Mas claro. A apostar que não são apenas as duas a interessarem-se? Parte quanto antes. É uma profissão, é a única profissão que te serve. Teu pai começava a estar seriamente incomodado. Depois um homem não é homem senão depois de conhecer a civilização.

Jacques ficou contentíssimo quando via um empenho unânime pela sua felicidade. Deixou o caro barão só à tarde, e ao chegar à casa comunicou a D. Malvina, com alvoroço.

– Sigo para Petrópolis, amanhã, de manhã.

– Então aceitas?

– Era o que eu queria, mãezinha.

Como a partida era no dia seguinte pela manhã, D. Malvina deixou de ir à recepção da Muripinim, encardida relíquia da monarquia, para presidir a arrumação das malas. No outro dia cedo levou-o até a Estação da Gamboa.

Jacques subia para Petrópolis como se nunca lá tivesse estado. D. Malvina abraçou-o.

– Pedi por ti, a Nossa Senhora.

E agitou o lenço quando o comboio partiu. Jacques estava comovido. No *wagon*, apenas ia o viajado marido de Luísa Frias, que tinha casa no alto da Serra. O homem cumprimentara Mme. Gomes Pedreira com respeito. Teve a delicadeza de não perguntar por que Jacques subia ainda no inverno. Era uma conversa fascinadora. Palrava de viagem, de *sport*, contava anedotas.

Quantas vezes tinha estado em Paris? Viajara toda a Europa, estivera em Carlsbad com Eduardo VII, viajara com algumas senhoras do tom, falara com a Princesa Clementina da Bélgica, conhecia os vícios das duquesas, fora a uma reunião literária da Princesa de Rohan, apertara a mão de Orville Wright, frequentara o *appartement* de Santos Dumont, esbanjara dinheiro nas estações da Riviera onde as paisagens são quase tão bonitas como os cromos que as reproduzem; Lord Asquith interrogara-o em pessoa sobre o país do café, e a Cléo de Merode conversara com ele sobre as pérolas da falecida Wanda de Boneza. Era um homem internacional.

– Linda paisagem!

– A Suíça, já viajou à Suíça?

– Não.

– E nunca atravessou os países balcânicos?

– Francamente...

– Pois tem perdido.

Apesar dessa superioridade de viajante, a sua conversa encantava. Oh! As anedotas sobre a Réjane, o Anatole e de Max, os vícios de Max.

– Cousas! Cousas civilizadas!...

– E quando volta?

– Pois não sabe? Tenho uma comissão, devo ir, estou até de passagem comprada.

– E por que não parte?

– Ora por quê! A senhora minha mãe que adoeceu gravemente.

– Ah! sim... meus sentimentos.

– Está desenganada.

– Oh!

– Não há mesmo esperança alguma de salvá-la. Na derradeira conferência, tive que à última hora pedir à companhia o favor de me adiar a passagem. Eu ia no Araguaia...

Deu um profundo suspiro entre raivoso e triste. Depois, desabafando:

– Está para morrer. Morre mesmo. Mas a agonia não acaba, e eu afinal perco, não acha? Porque é impossível embarcar com uma pessoa da família assim. Que diria a boca do mundo?

Jacques sorria admirado desse homem. E saltou em Petrópolis com uma infinita vontade de partir, de também seguir para a Europa.

Memórias de João Cândido,
o marinheiro

1. DO PARAGUAI À EUROPA

Em 27 de abril, deixei o Paraguai, onde assistira a toda a revolução.

Deixei a capital da valente terra dos mais célebres caudilhos destes dias com uma grande vontade de tornar a ver o meu Rio de Janeiro. Quanta saudade da minha pátria! Cheguei ao Rio alegríssimo, tendo ordem do chefe do Estado-Maior da Armada para passar, a 14 de maio, a servir no comando-geral das torpedeiras, embarcando na *Bento Gonçalves*.

Estava por sete meses a minha baixa. Todos os dias, trabalhando ou debruçado nas amarras do meu navio, às horas de folga, ficava a pensar longamente sobre o que me restava a fazer, chegada a hora em que devia deixar a vida, levada, desde muito tempo, com tantos sonhos e tristes decepções.

Foram meses de muitas resoluções. Uma vez que me lembrava de continuar ali esperando um outro dia de grandeza para o Brasil, em que eu, orgulhoso, trouxesse a farda da sua Marinha; outros momentos tinha eu de grande desânimo, cansado de esperar o que fora sempre o meu sonho.

Chegou, entretanto, a época, o dia, em que não eram possíveis mais irresoluções. Sufoquei os desânimos, as dúvidas, a lembrança das horas infelizes que passava.

Não, o Brasil há de vencer! Muito breve ele virá a ser o poderoso, respeitado, sem receio de ataques à sua liberdade... Ficarei, não me afastarei da sua Armada, cujo futuro há de ser de muitas glórias.

E, depois de alguns dias de ligeira e aborrecida separação dos meus camaradas e dos meus queridos navios, a 9 de janeiro de 1906, eu estava, de novo, cheio de fé e alegria.

O *Benjamin Constant* ia partir para o Mediterrâneo e o mar do Norte.

Fui servir a bordo dele. Dentro de quatro meses, estaria a caminho do Velho Mundo. Projetava muitas coisas: uma viagem de trabalhos, sim, mas com várias e boas compensações.

A 10 de maio, comandados pelo capitão de fragata Pereira Lima, levantamos âncoras. Vimos o Rio fugir atrás de nós. É muito bom gozar a vista de grandes cidades, na Inglaterra, na França, na Itália... Ah! Mas quando se vê a terra em que nascemos desaparecer à popa do navio que nos leva, não há senão lugar no nosso coração para a dor de deixá-la...

Partimos.

Primeiro, um porto do norte do Brasil, um só, a Bahia. Daí, durante muitos dias, o Atlântico. Aportamos, sucessivamente, em São Vicente, Santo Antão, Açores. Depois aproamos para a Inglaterra. E vimos Plymouth e Dover.

Tinha uma grande vontade de ir a Londres, mas não me foi possível. Já não aconteceu o mesmo com Bruxelas e Haia. Ancorado o *Benjamin* no porto de Antuérpia (a bonita e movimentada Anvers dos belgas), visitei Bruxelas. Achei essa cidade muito linda, com palácios que desejava poder ver no meu Rio, quando estivesse de volta.

A nossa Avenida ia já muito adiantada. De Amsterdã, fui a Haia.

Foi para mim uma nova impressão da vida a que me deu a capital holandesa. Tão esquisita, tão agradável aquela gente, aqueles moinhos, os canais cheios de velas e mastros em cruz! Gostei muito da Holanda.

Estivemos depois em outras cidades muito interessantes, Christiania, Estocolmo, Copenhague... Também fomos a Kiel, Kronstadt, Havre e Cherburgo.

Em seguida, a caminho do Mediterrâneo, passamos por outros portos: Ferrol, Lisboa.

A nossa volta para o Brasil não tardou. Cheio das impressões muito agradáveis que me dera a velha Europa, com as belezas da civilização e as poderosas novidades do seu progresso, vi, entretanto, muito contente, o *Benjamin* tomar rumo de Fernando de Noronha, a ilha tremenda em que eu deixara um dia, sem mais tornar a vê--los, os presos implicados no atentado contra a vida do presidente Prudente de Moraes.

Mas deixamos a ilha. Sulcamos, outra vez, o Atlântico. Poucos dias depois, o Rio, o Rio com as grandezas novas do seu progresso, o Rio que eu adoro, com a Beira-Mar, a Central, a Atlântica.

E foi, fremente de prazer, sorrindo sem cessar, boquiaberto de saudade satisfeita, que vi aparecer a Rasa, o Pão de Açúcar, a Santa Cruz, Villegaignon, o meu Rio inteiro, sete meses após tê-lo deixado em direção à Europa.

2. ALGUMAS VIAGENS – A ESQUADRA DE EVANS

Em 3 de janeiro de 1907, fui designado para seguir na esquadra de instrução, até Santa Catarina.

Essas viagens aos belos portos do pequeno estado do Sul são sempre cheias de incidentes mais ou menos agradáveis, embora fatigantes, pelos muitos serviços a fazer-se. Em Florianópolis, a pitoresca e hospitaleira capital catarinense, pátria de marinheiros valentes e hábeis, nunca chegamos sem festejos e manifestações de simpatia. Acho a terra e a gente de Santa Catarina adoráveis. Ainda que os bailes e piqueniques, ali, sejam para a oficialidade, nós passamos muito bem e alegres em contato com os catarinenses, cujos olhos serão sempre voltados com amor para o mar e os marujos...

Regressei dessa vez ao Rio, em 9 de julho. Foi uma viagem de verdadeira instrução naval. Trabalhou-se muito e proveitosamente.

Em 18 de agosto, parti para o Norte, num cruzeiro até Natal, tocando em Cabo Frio, Ilha dos Búzios, Fernando de Noronha, Natal e, na volta, também em Pernambuco. Essa viagem foi igualmente proveitosa à instrução naval. Era nosso comandante o capitão de fragata Gomes Pereira. No Recife, o meu navio passou a ser o *Primeiro de Março*, navio-escola, comandado pelo capitão de corveta Felinto Perry. Deixei logo esse porto, a caminho do Rio.

Até janeiro de 1908, estive parado no Rio.

Um dia, assisti encantado, cheio de entusiasmo, à entrada da esquadra americana do almirante Evans, nas águas da Guanabara. Ainda era janeiro. Quem não se recordará dessa tarde! Para todos que tiveram ocasião de ver a majestade orgulhosa e brilhante daqueles navios, quanto foi linda e emocionante aquela hora vesperal!

De bordo do meu navio, fremido de alegria, eu vi a marcha das unidades americanas. Não invejei os marinheiros da grande nação porque era brasileiro. Mas não me recordo mesmo se cheguei a sentir a diferença entre nós e eles, os guiadores daquelas naus formidáveis. No momento em que o *Connecticut* avançava, encabeçando a linha irrepreensível da esquadra a mover-se, experimentei apenas a vontade de ver o meu querido e nobre país com igual grandeza e glória que a dos que viajavam às ordens do almirante Evans.

Possível? Eu não sabia dizer a mim mesmo, naquela hora, mas bem o queria o meu patriotismo.

Durante alguns dias, a nossa preocupação foi a grande esquadra. Nada mais nos foi dado fazer do que admirar o poder naval dos americanos, atestado naqueles navios muito poderosos e bem conhecidos das guarnições. Tínhamos nos estaleiros ingleses, a construir-se, as unidades que o almirante Alexandrino planejara e mandara executar: o *Minas*, o *São Paulo*, o *Rio de Janeiro*, os *scouts*, os destróieres... Orgulho também para nós? Entretanto, o que via à minha frente, todos os dias, era a obra forte do prestígio de um povo que preparara, ele próprio, essa obra e esse prestígio. Os meus companheiros pensavam como eu. Conversamos muitíssimo sobre isso.

– Se aquilo fosse da gente?...

– Quem sabe?... Um dia...

– Então, é melhor começar pelo começo... Primeiro, os arsenais...

E é verdade. Nós precisamos dos nossos arsenais. A nossa obra deve ser mesmo nossa. Fazendo os nossos navios é que nós chegaremos a fazer uma Marinha que sirva aos interesses da nossa pátria.

Saí com a esquadra, no *Primeiro de Março*. Seguimos para o Sul. E, mais uma vez, estive em Santa Catarina. Aí, tendo de sair para o Rio Grande o cruzador *República*, consegui uma licença do comandante da divisão de instrução, capitão de mar e guerra Batista das Neves, para ir embarcado nele.

Regressei ao Norte. Em Paranaguá, encontrei o *Primeiro de Março*, que substituíra o *Tamoio*, guardando o famigerado navio argentino *San Lorenzo*, que pusera o *Guasca* a pique, nas alturas da Pinheira, numa noite trágica.

Aí passei para o meu navio. Assisti a fatos muito engraçados e curiosos que se davam por causa da missão de vigilância que fora dada ao nosso barco. Os marinheiros estavam alegríssimos de terem canhões assestados para um navio estrangeiro, ainda que mercante, porque o desejo deles era uma sarrafascada com as bocas de fogo... Recordo-me de que, a toda hora, havia um que via... o *San Lorenzo* a movimentar-se. Corria logo aos oficiais, perguntando se não mandava um "cartão", isto é, se não atirava sobre o navio, que provavelmente queria fugir...

Patriotismo, vontade de aproveitar qualquer ocasião em que se pusesse à prova o nosso valor contra os que nos hostilizam nunca faltaram no selo da pobre e heroica marinhagem do Brasil.

Regressei ao Rio, com escala em Santos.

Durante a travessia, o coitado do *Primeiro de Março*, e nós por causa dele, experimentou o diabo com um temporal tremendo que nos pegou. Foi uma luta furiosa a que mantivemos contra o mar e os ventos, navegando a velas e a vapor. O nosso comandante era o capitão de fragata Joaquim Carlos de Paiva. Felizmente, chegamos ao Rio sãos e salvos.

Recolhi-me ao quartel central, onde permaneci algum tempo.

Em 3 de janeiro de 1909, reembarquei no *Benjamin Constant*, o belo navio em que fizera o cruzeiro do Mediterrâneo e do Mar do Norte. Até março fiquei quieto na baía do Rio. Nesse mês, porém, o navio recebeu ordem de apresentar-se, para ir a Montevidéu. Saímos a 18. Levamos nessa viagem três meses, tendo chegado à Guanabara em 18 de junho, com escala por Florianópolis.

Chegados ao Rio, recebemos ordem de aprontarmo-nos para uma nova viagem. Íamos à Europa novamente. Eu ficaria na Inglaterra a fim de fazer parte da guarnição do *Minas Gerais*, que devia deixar New Castle.

3. CAMINHO DA EUROPA – A VOLTA
– O comando do *Minas* à passagem da "linha"

Em 30 de julho, o *Benjamin* saiu para a Europa. Era uma nova viagem de instrução, para oficiais. Viajamos bem na travessia do Atlântico, ora a vapor, ora à vela. Muitos exercícios em que todos se esforçavam por aprender bastante.

Entramos, em 28 de setembro, no porto de Plymouth! A Inglaterra! Como me agradava o contato com a terra do Nelson! Sempre tive uma grande admiração pelos ingleses. O *Benjamin*, naquele dia, lançara ferro nas águas de um país que me atraiu em toda a minha vida sedutoramente. Ah! Quanto é surpreendente e encantador o culto inglês pelo mar, pelos que levam a vida dura e custosa das lutas com o oceano!...

Deixamos Plymouth, rumo à Escócia e Irlanda, atravessando o Canal de São Jorge. Em 7 de outubro, aportamos em Grenoch. Mais tarde, subimos pelo Canal do Norte. Contornamos a Irlanda, a grande e lendária terra...

Em 14 de outubro, ancoramos em New Castle, onde se acham os estaleiros Vickers, construtores das nossas unidades navais, do plano Alexandrino de Alencar, dos *dreadnoughts*, com a alma cheia de prazer e orgulho.

New Castle deteve-nos até 31 de outubro, data em que saímos para Toulon. Passamos em Portland e, em 15 de novembro, entrávamos no Tejo. Os portugueses receberam-nos com grande júbilo e cordialidade. Lisboa foi sempre grande acolhedora da nossa marinhagem. Mesmo a Família Real era a mais empenhada em que o Brasil fosse festejado e honrado em terra portuguesa. Os reis e os príncipes vinham sempre a bordo, quando lá íamos. A Rainha D. Amélia, a grande soberana, cujas virtudes nós admirávamos muito, era uma sincera e entusiástica amiga dos marinheiros brasileiros. Uma vez no *Benjamin*, esteve muito tempo a ver-nos dançar o nosso "maxixe". Sua Majestade nos aplaudiu e nos elogiou alegríssima, procurando que compreendêssemos bem a sua satisfação de ter um momento de permanência no belo barco da nossa pátria.

Deixamos o Tejo, depois, com rumo de Toulon, onde chegamos em 24 de novembro. Aí, o nosso comandante, capitão de fragata

Silvinato de Moura, me deu desembarque. Eu atravessaria a França, de Toulon a Calais. Meti-me, numa manhã, num trem expresso, passando por Marselha, São Quintino, Massou, Dijon e Paris. Vi, num relance, a bela e valorosa terra da França, tão adorada de todos os brasileiros. Na corrida em que a atravessei, senti, entretanto, um enorme prazer, uma alegria imensa. Como é deliciosa a França, com o inigualável encanto da sua vida, da sua civilização e da sua história cheia de heróis!

Embarquei num vapor em Pas de Calais e saltei, em 26 de novembro, na Inglaterra, pela manhã, tomando à tarde um trem para New Castle.

Assisti aos últimos trabalhos de construção do *Minas Gerais*, indo também ver, sempre, os outros navios nossos, nos estaleiros. Para mim, marinheiro desejoso do engrandecimento naval da minha pátria, era antes um prazer acompanhar a construção da nova esquadra, mais prazer, muito mais do que simples obrigação de ofício. Eu nunca senti na minha vida maiores emoções do que as que me assaltavam a cada dia, diante da nervosa agitação daqueles que trabalhavam nas grandes e extraordinárias máquinas de guerra. Parecia um sonho! Quando eu ouvia anunciar, entre as marteladas ensurdecedoras, o nome do Brasil, a minha alma como que saltava dentro de mim, assim numa semelhança de criança alegre, muito contente, a quem se fazem presentes queridos. Eu parecia uma criança assim, tão esquisita era a satisfação que me dava a vista daqueles navios sem rivais, que nós traríamos para a nossa pátria, para engrandecê-la e torná-la respeitada. Muito feliz, levava horas inteiras a lembrar-me de como ficaria louco de alegria o grande povo brasileiro, vendo o *Minas*, o primeiro dos *dreadnought*, entrar a barra do Rio, já de todo nosso, em frente aos olhos dos meus patrícios. Tive também as minhas horas de tristeza, vendo falar comumente que os navios seriam vendidos a uma nação estrangeira. Na Europa chegava-se a acreditar na possibilidade daqueles navios poderem ser de todo o mundo, mesmo da Turquia, menos do Brasil. Era bem aborrecido e humilhante ouvirem-se coisas como essas. Eu, no entanto, e todos os meus camaradas não críamos que o nosso governo nos fizesse tão brutal surpresa. Era impossível o nosso país continuar com o *Riachuelo* à frente da sua Marinha. Não, ninguém podia tirar-nos esse direito, que já era nosso, [de navegar] pelo Atlântico [com] aqueles navios, [desde] o dia em que soube-mos da sua encomenda e o como de construção.[1]

E, finalmente, feitas as experiências de máquinas, deixamos New Castle a 5 de janeiro, chegamos em Plymouth no dia 7 e, já no dia seguinte, sulcávamos o oceano rumo aos Estados Unidos. O que foi essa travessia, só pode dizê-lo quem a fez. Um horror! O temporal caído sobre nós tomou proporções medonhas. Durante muitos dias lutamos extenuadoramente contra ventos e marés pavorosos. Reunido, porém, o conselho de bordo, resolveu-se a arribada aos Açores, o que se deu em 15 de fevereiro.

Passamos no arquipélago português quatro dias. Com melhor tempo, saímos para Norfolk, onde aportamos em 4 de março.

A nossa missão nos Estados Unidos era de sair dali com o *North Carolina*, que transportaria ao nosso país o corpo embalsamado do grande embaixador brasileiro em Washington, Dr. Joaquim Nabuco. Quando chegamos em Norfolk, o couraçado americano já estava pronto para partir. Tive, porém, ocasião de ver que o tempo que passamos nesse porto fora suficiente para que eu sen-tisse nos americanos a mesma admiração pelo *Minas* que eu tivera pelo *Connecticut* e demais navios da esquadra do almirante Evans. Ah! Estava bem pago! O meu coração de marujo do Brasil sentiu-se feliz, muito feliz!...

Tendo deixado Norfolk, chegamos no dia 22 em Barbados.

Quando passamos o Equador, houve a bordo do *Minas Gerais* a cerimônia do batismo. Foi um instante de infinita alegria para mim e os meus camaradas. Tratando-se de escolher dentre nós aquele que seria Netuno, eu fui esse, ficando ainda incumbido de intimar o comandante do navio a passar-me o comando. Ele con-sentiu, fizemos a festa, servindo de padrinho o comandante Bauchi, do *North Carolina*, que, por meu intermédio (Netuno), passou um radiograma de felicitações ao comandante pela grata lembrança. A madrinha foi a senhorita América da Costa Brasileira.

---

1 Algumas palavras estão ilegíveis nos jornais originais consultados. Os termos entre colchetes são, portanto, uma sugestão. [N.E.]

4. "O SONHO DA LIBERDADE"

– Preparativos para o levante – as causas – as sessões em que foi combinada a revolta de 1910 – de 14 de setembro a 22 de novembro

Em 15 de novembro desse ano o marechal tomava posse do governo. Por essa época tinha-se tornado impossível a vida a bordo. Só em um dia, por esse tempo, a bordo do *Minas Gerais*, foram chibatados nada menos que 42 marinheiros. Foi só então que se resolveu, entre os marinheiros que faziam parte da guarnição desse navio, tomar providência para fazer cessar esse estado de coisas. Não sendo, porém, aceitas pelas autoridades competentes as reclamações justas feitas em atitude moderada pelos praças, é que ficou assente tomar-se por meios violentos as providências que o caso exigia, convocando-se para isso sessões nesta capital, assistidas pelos marinheiros, contanto que guardassem muito segredo e escapassem a toda e qualquer vigilância das autoridades policiais.

Por esse tempo uma turma dos nossos compatriotas achava-se no Chile em missão diplomática. Pois lá mesmo esses companheiros eram tratados da mesma forma, sendo por isso abandonados não só pelos marinheiros das outras nações, que ali se representavam, como também pelos próprios chilenos. Essa divisão fora a mesma que estivera em Buenos Aires, durante os festejos da posse do novo presidente.

As reuniões começaram, com todo o sigilo, sem que as autoridades pudessem saber. Tiro do meu caderno de notas os resumos das sessões:

1ª. Sessão. Dia 12 de setembro – Ficou deliberado que, depois de chegarem a esta capital, a divisão que fora ao Pacífico e o couraçado *São Paulo*, que ainda se achava na Europa, porque de posse desse navio, do *Minas Gerais*, do *Bahia* e do *Deodoro*, podiam levar adiante o que os marinheiros almejavam: seria levado a efeito o levante.

E, como deliberação também tomada nessa primeira sessão, foi distribuído, ainda em setembro, um manifesto às guarnições das divisões dos couraçados e cruzadores e ao corpo dos marinheiros nacionais, escolhendo para isso como organizadores os colegas de maior confiança.

2ª. Sessão. Dia 23 de outubro – Em uma casa de cômodos da vila Rui Barbosa, onde residiam muitos marinheiros, na sua quase totalidade músicos, os quais faziam parte direta do movimento, fez-se a reunião.

Ficou acertado que, em vista de haver, a bordo do *Minas Gerais*, grande atividade por parte dos oficiais e por terem estes notado qualquer sinal anormal nos paióis de munições e nos mecanismos dos aparelhos da artilharia, houve mais cautela.

3ª. Sessão. Dia 25 de outubro – Por deliberação do chefe das reuniões, Sr. Vitalino José Ferreira, e dos senhores Pedro Lino dos Santos, José Eduardo de Oliveira, Cássio de Oliveira e Manuel da Silva Lopes, todos ex-marinheiros pertencentes à ex-guarnição do *Minas Gerais*, sendo que o primeiro destes foi fuzilado a bordo do navio-fantasma, o *Satélite* do Loide Brasileiro, e por ser a última reunião em que tomariam parte as guarnições do *São Paulo* e dos demais navios que já estavam de posse do manifesto, foi essa sessão marcada para mais cedo, para as seis horas da tarde desse dia.

À hora indicada, de fato, achavam-se as comissões reunidas no lugar estipulado. Resolveram eles então que para completo cumprimento do dever da missão em que estavam empenhados: 1º.) o juramento de que, cobertos com a bandeira da República, fariam todo o possível para o cumprimento da causa; 2º.) que quando em 14 de novembro saíssem com a esquadra para a grande revista naval, ao regressarem ao porto, seriam intimados os oficiais a abandonarem os navios; de posse destes, obrigariam as autoridades constituídas a fazer com que fosse abolido o uso da chibata, da palmatória e com que fossem melhoradas as condições de passadio dos marinheiros, caso contrário, bombardeariam a cidade e os navios que não aderissem ao movimento. Era também intenção dos revoltosos decretarem o estado de sítio no mar e, feito isto, proclamarem uma República Flutuante, a exemplo do que se dera com as esquadras inglesas reunidas em Londres em 1797.

Ficou mais resolvido, nessa sessão, que a revolta deveria se instalar a bordo do couraçado *Minas Gerais* no dia 14.

5. O DIA DO LEVANTE FALHA TRÊS VEZES
– Os motivos – finalmente rebenta – como João Cândido foi feito
chefe – 1910 – de 14 de novembro a 22 do mesmo mês

No dia 14 de novembro, não nos foi possível levar a efeito o levante, por se ter dado, ao regressarmos da revista naval, um desastre a bordo do *Minas*, em que morreram dois homens do seu estado efetivo, o que muito desorientou as guarnições dos demais navios.

É que eles não sabiam o que se passava conosco a bordo do *Minas*, pois já havia excedido a hora combinada.

Combinamos então que o plano seria posto em prática no dia seguinte, justamente em 15 de novembro, quando regressássemos da parada, por ocasião da posse do novo governo. Mas não pudemos executá-lo nesse dia não só por ter caído na cidade um temporal, regressando as guarnições muito fatigadas, como ainda em atenção às diversas Marinhas aqui representadas. Marcamos então para o dia 19, quando devíamos desembarcar em passeata militar, para comemorarmos o reconhecimento do símbolo, do auriverde pavilhão. Combinamos mais, combinamos que se essa passeata não se efetuasse, rebentaria a revolta então no dia 22, como se deu.

Nesse dia, alguns oficiais notaram uma certa agitação de indisciplina na guarnição, tanto assim que não se procedera ao exercício da tabela e também por ter o imediato levado ao conhecimento do comandante de se terem encontrado vestígios de terem sido forçados os mirantes e as portas dos paióis das torres 5 e 6.

Assim, em 22 de novembro de 1910, depois de havermos destacado um mensageiro para avisar aos companheiros que seria neste dia levado a efeito o movimento, preparamo-nos para a revolta. Às dez horas da noite então, estando de estado, o segundo-tenente Álvaro Alberto determinou ao corneteiro da guarda que desse o toque de silêncio. Este não encontrou a corneta, o que causou logo alguma estranheza. Já nos havíamos apoderado dela, escondendo-a.

Em seguida, porém, o dito toque foi feito por outro corneteiro de guarda avante, que foi na mesma ocasião respondido com o toque de combate por dois outros para isto postos anteriormente em dois outros lugares. A esse tempo já havíamos procedido ao arrombamento dos paióis, para o que já havia gente escalada de

363

antemão. Em seguida tratamos de nos apoderar do armamento portátil, destacando sentinelas para os pontos mais convenientes.

Foi então que chegou a bordo, acompanhado pelo segundo-tenente Armando Trompowsky, o comandante Batista das Neves, que se achava a bordo do cruzador *Duguay-Trouin*, onde fora assistir a um banquete em sua honra. Ao receber, porém, a nossa intimação para que abandonasse o navio, o comandante Neves recusou-se terminantemente.

Até aí não tinha eu tomado uma ação direta aos atos da revolta. Nesta ocasião já me achava em repouso. Fui então despertado pelo estampido da fuzilaria, tratando eu de ocultar-me dos colegas revoltosos. A princípio fui para a torre número dois, que encontrei fechada, voltando então para o mastro. Aí tive como companheiros o marinheiro Manoel Pereira d'Araújo, o músico Raymundo Joaquim e o telegrafista João Leonardo dos Santos. Depois de haver-me cientificado do que havia e também com receio de ser surpreendido pelos companheiros revoltosos, aos quais a este tempo já haviam ganhado terreno, resolvi retirar-me.

Passando pelo convés superior da meia-nau, fui por um grupo de marinheiros intimado a tomar o comando. A princípio recusei-me, mas, vendo que me podia causar sacrifício, aceitei a intimação, antes, porém, propondo as condições em que ia tomar a direção da revolução. Houve obstáculos, passou-se a votos, no final venci, sendo aclamado comandante em chefe da esquadra. É desse momento que data a minha influência direta nos atos da revolta. Mas como tornei-me com meus companheiros, ao menos quanto ao fim principal que a revolta visava, é que envolvo meu nome nas relações que venho fazendo.

6. OS PRIMEIROS ATOS DO COMANDANTE DA ESQUADRA REVOLTOSA
– A "oficialidade" do comando geral e das três unidades revoltadas
1910 – dias 22 e 23 de novembro

Logo que fui feito comandante da esquadra revoltosa, tratei de informar-me se existiam mortos e feridos a bordo. Então tive informações diretas que sim, que havia alguns, eram o nosso ex-comandante Batista das Neves, depois de haver sustentado, com o heroísmo que a sua posição exigia, uma luta de mais de meia hora, também o capitão-tenente José Claudio e o grumete Joviniano Batista de Oliveira. Eu da minha parte lamentei esse acontecimento, que iria pôr de luto a Marinha brasileira. Eram oficiais distintos, notadamente o comandante Batista das Neves, de cuja competência e valor toda a nossa armada pôde dar testemunho.

Determinei, então, que fossem os cadáveres transportados para o salão de honra e que fossem destacados praças durante toda a noite para a guarda dos corpos. Depois, mandei que se reunisse toda a guarnição, a fim de se fazerem as nomeações que o momento exigia, tendo ainda telegrafado às autoridades, dando conta dos acontecimentos e também recebido a adesão do couraçado *São Paulo* e do *scout Bahia*. De posse do comando geral, então, ordenei ainda a estes e demais navios que se preparassem, a fim de fazerem ao largo o mais breve possível. Contudo, não se saiu imediatamente.

No dia seguinte, 23 de novembro, às 2 horas e 15 minutos, chega-me um radiograma do "comandante" do *Bahia*, dando-me conta do ocorrido a bordo desse *scout* da nossa Marinha; então tive o conhecimento de existirem dois mortos nesse navio, um oficial e um marinheiro, Balduíno Bahiano da Costa. Não foi só; às 3 horas e 17 minutos chega-me um outro radiograma; era do "comandante" do *São Paulo*, participando-me que se suicidara um oficial dentro da torre número cinco, depois de os outros terem abandonado o navio; às 4 horas, após uma votação entre os "oficiais" revoltosos, deliberamos suspender a âncora. O *Minas* sairia à frente, seguido do *São Paulo* e *Bahia*. Ficaríamos ao largo aguardando oportunidade para rompermos fogo contra a cidade e as fortificações legais, no caso de não sermos atendidos em nossas reclamações. Devíamos agir com prudência. Fui eu, então, pessoalmente ao cruzador francês *Duguay-Trouin* e ao cruzador português *Adamastor*, ainda em águas de nossa baía, convidar os seus respectivos comandantes a retirarem-se, por estar iminente o bombardeio.

Foram tomadas ainda outras resoluções, como também o plano do combate. Às sete horas da manhã, o *São Paulo* atacaria as fortificações do cais Pharoux, do litoral até a Glória; o *Deodoro*, as de Santa Cruz e Gragoatá; o *Minas Gerais* atacaria as de São João, Laje e Imbuí. Tudo isso seria feito em regra, respeitando nós os hospi-

365

tais e os navios estrangeiros, surtos no porto, não transgredindo assim as regras estabelecidas na pragmática naval, como também o último tratado internacional de Haia.

Para que não falhassem os nossos ideais, ficou constituída uma "oficialidade" dos revoltosos. Era assim composta: "almirante em chefe", João Cândido; assistente, marinheiro de segunda classe João Batista Marques Pimentel; secretário, Antônio Ferreira de Andrade; "comandante" do *Minas*, cabo José Francisco das Chagas; imediato, Vitalino José Ferreira; oficial da navegação, José Luiz da França; oficial encarregado da artilharia, cabo Teodoro; auxiliares, João José da Mota, Ernesto Roberto dos Santos; cabos João da Silva Medeiros, Alexandre Manuel Marinho; encarregados dos sinais, os marinheiros de segunda classe José Ferreira de Mello, José Eduardo Ribeiro; telegrafistas da estação-rádio, segundo-sargento José Ferreira Braga, cabo João José de Moraes e marinheiro de segunda classe Antônio Bittencourt; chefe de máquinas, o marinheiro foguista Miranda e encarregado da eletricidade e protetores, segundo-sargento Antônio dos Santos.

No *São Paulo* – comandante, marinheiro de primeira classe Manuel Gregório do Nascimento; imediato, cabo André Avelino; oficial da navegação, cabo Cavalcanti; encarregado da artilharia, marinheiro de primeira classe, Ferreira do Nascimento; encarregado das torres, cabo João Pereira da Silva, para aí destacado do *Minas*.

No *Bahia* – comandante, Francisco Dias Martins; imediato, Carlos José de Freitas; oficial da navegação, Manuel José da Silva; oficiais de artilharia, Henrique Gomes e Adalberto Ribas; chefes, Rozendo das Neves, Alonso Barbosa, Doria Grey; auxiliares.

7. COMO SE FEZ A ANISTIA
– O comandante José Carlos – os radiogramas – a anistia 1910 – dias 23 de novembro a 9 de dezembro

Negociações

Às quatro horas da tarde, recebemos o primeiro parlamentar por parte do governo, o comandante José Carlos de Carvalho, que, não obstante ser oficial reformado, foi recebido com as honras às quais tinha direito como representante do governo legal. Eu, depois de expor as condições em que me achava, fiz ver a ele que a intenção dos revoltosos era bombardear a cidade, no caso de não serem atendidos nas reclamações justas, e também comissionei para vir à terra com esse senhor, o fiel Sr. Manoel Beltrão, por ser muito estimado da Marinha em peso e ter oferecido os seus serviços, com o fito de evitar danos à nossa florescente capital.

Em uma das muitas vindas à terra, porém, foi pelas autoridades intimado a não voltar a bordo por julgarem estas que ele fosse aliado dos marinheiros.

Ordem do dia número cinco do comando em chefe, a bordo do *dreadnought Minas Gerais*, art. 1º: determina o comandante em chefe que os navios que tiverem estrangeiros a bordo façam-nos desembarcar, apresentando-os às autoridades legais e também que postem sentinelas embaladas nos cofres e nas propriedades dos oficiais; art. 2º: fica estabelecida a censura na comunicação radiográfica com as estações do continente e com os navios que não tenham aderido à causa, sendo que para isso só podem radiografar com o navio almirante; dou autorização para que os comandantes possam alterar as iniciais de suas estações, enviando-as, as novas, ao comandante em chefe; podem também alterar os toques de cornetas; art. 3º: devem ter os comandantes os seus navios prontos às cinco horas da tarde, a fim de pernoitarem fora do porto; em virtude da escassez de carvão que reina a bordo dos navios, ordeno que a marcha seja moderada, não excedendo a 6 milhas, e sempre que entrarmos no porto tenham as suas máquinas prontas para, no caso de ser necessário, forçarmos as fortificações legais; determino, para o conhecimento da Esquadra, que fará o serviço de ronda, hoje, à barra, o couraçado *Minas Gerais* e que os demais navios, de duas em duas horas, participem à capitânia a posição em que se acham e a marcha que têm; ficam estabelecidos os seguintes sinais para hoje – santo, Brasil; senha, Brasileira.

Dia 24, às três horas da madrugada, recebi um rádio, participando-me do comandante do *São Paulo* achar-se a esquadra a leste de Ponta Negra 38 milhas deste porto; então ordenei fazerem-se à barra, a fim de entrarmos no porto às nove horas da manhã; às dez horas, recebi outro rádio, do comandante do *Bahia* e do *Deodoro*, participando-me este falta d'água e aquele falta de carvão; às 10 horas e 25 minutos expedi ordem de bordo do *Minas Gerais* para que o *Bahia* aprisionasse quatro batelões, que com carvão transitavam pela baía, sem, contudo, fazer ameaça, e ao *Deodoro*, para que atracasse ao costado do *Minas Gerais*, a fim de abastecer-se de água; feito isto, resolvi mandar embarcar 100 toneladas de carvão para o *Minas*, 100 para o *Bahia* e 50 para o *Deodoro*; às duas horas da tarde, chega a bordo do *Minas* o parlamentar para dizer-nos que, depois de uma longa conferência e um grande debate, o governo resolvera conceder-nos a anistia. Tínhamos, porém, que depor as armas. Essa proposta não foi aceita pelos revoltosos, sendo as condições destes as seguintes: só deporiam as armas depois que tivessem a posse da anistia e continuariam nos mesmos navios, podendo, para isso, o governo retirar as munições.

Eu, em conversa com o comandante José Carlos, tratei de informar-me se o governo pretendia atacar a esquadra revoltosa, a que esse senhor respondeu-me negativamente. Perguntei por ter-me constado que seriam atacados na noite de 24 pela divisão de contratorpedeiros. Soube também que o governo fora informado de que os marinheiros não seriam capazes de manobrar os mecanismos do *Minas Gerais* e do *São Paulo*.

Estando eu ao norte da Ilha Fiscal, no *Minas Gerais*, mandei que se fizesse um disparo, de uma das torres, com pólvora seca, em atitude de experiência, mostrando assim que éramos conhecedores dos aparelhos.

Ordem do dia número 4; art. 4º: Determina o comando em chefe que faça o serviço de ronda o couraçado *Deodoro*, examinando o interior da baía com muita cautela, porque devemos ser atacados esta noite pelos destróieres; art. 5º: Recomendações – Para o conhecimento da esquadra sob o meu comando, faço ciente o seguinte: cautela com os destróieres, guarnições em postos , baterias carregadas; art. 6º: Elogio – Sou grato em louvar os "comandantes", "oficiais" e praças pelo modo correto em que se houveram durante o bombardeio contra os torpedeiros que pretendiam atravessar para o Mocanguê, a fim de aparelharem-se para o ataque. Determino que estejam com suas máquinas prontas durante a noite e luzes apagadas. Santo para hoje São Paulo; senha Vitória. Partida às 5 horas da tarde.

No dia 25, pelas nove horas da manhã, recebi outro rádio, do comandante do couraçado *Deodoro*, participando-me estarem os torpedeiros em movimento no interior da baía, ao mesmo tempo em que o *São Paulo* comunicava-me ter notado, ao norte, navio inimigo. Grande confusão causou entre as guarnições. Então, resolvi marchar para o norte acompanhado pelo *Bahia*, deixando o *São Paulo* na barra, para, no caso de um ataque, este entrar em ação conjunta com o *Deodoro*. Depois de haver feito o reconhecimento e ter verificado tratar-se de navio particular, regressei novamente à barra, quando, às quatro horas da tarde, recebi novo rádio, do presidente da República, participando ter sido sancionado pelo mesmo o decreto que nos concedia a liberdade. Finda essa cerimônia, a banda de música executou o Hino Nacional.

Dia 26, à uma hora da madrugada, determinei que se procedesse à lavagem geral dos navios, assim como os que tivessem as torres de baterias carregadas fazerem-se ao largo com cautela, a fim de descarregarem as 309 mesmas para entrarmos no porto ao meio-dia e entregarmo-nos às autoridades legais. Determinei também que estivessem prontos para salvarem com 21 tiros quando chegasse a bordo a comissão.

Às duas horas da tarde, entrou-se no porto, às 3 horas e 30 minutos apresentava-se a bordo o capitão de mar e guerra Pereira Leite.

A entrega dos navios

O novo comandante foi, em nome do governo, entender-se com os revoltosos; recebido a bordo por mim, a guarnição prestou-lhe as continências devidas e indagou logo se S. Exa. ia receber o comando, o que declarou que só mais tarde, com os demais oficiais. Declarou também que o governo queria que os reclamantes deixassem os navios e se aquartelassem em Villegaignon e, como se opusessem a essa condição, o Sr. Pereira Leite voltou à terra, a entender-se com o governo.

Conferenciados reclamantes

Logo depois que partiu de bordo o comandante Pereira Leite, reuniram-se no *Minas Gerais* comissões de todos os navios reclamantes, a fim de resolverem sobre a entrega dos navios ao governo.

Às 6 horas e 50 minutos, a esquadra reclamante arriava a bandeira encarnada e içava a branca e salvava com 21 tiros. O comandante Pereira Leite disse ao presidente que foi recebido respeitosamente e com todas as honras devidas ao seu posto. Os marinheiros mostram-se submissos, confiando-lhe o comando e acatando-lhe. Declararam-lhe ainda que o governo podia mandar retirar de bordo todas as munições.

Às 7 horas e 35 minutos, o comandante Pereira Leite comunicava ao governo ter assumido o comando desse vaso de guerra.

Pedi, então, aos repórteres que estiveram a bordo do *Minas Gerais*, que fizessem público de não ser verdade que eu ou qualquer dos meus companheiros de bordo usássemos fardas dos oficiais ou insígnias dos mesmos.

Da anistia à nova revolta

Concedida esta e ocupando os seus postos os novos oficiais, vi que a ordem não se estabelecera a bordo.

Nos trabalhos de desembarque das munições, notava-se qualquer desafeição entre os antigos oficiais que presidiam esses trabalhos, sendo que alguns deles chegaram a informar-me que teríamos uma contrarrevolução e que para isso contavam com bons elementos. O que eu nunca tratei foi de saber por parte de quem viria dar-se esse fato. Também recebi muitos conselhos de pessoas de minhas relações para que abandonasse o mais breve possível essa capital ou o Brasil, o que me foi impossível na ocasião. Disseram-me, então, que ao estarmos todos recolhidos ao quartel central seríamos todos cruelmente atacados e mortos sem meios de defesa.

Esse e outros fatos prepararam no espírito dos marinheiros o novo levante.

No dia 7 de dezembro, às dez horas da noite, rebentava a nova revolta.

8. A REVOLTA DO BATALHÃO NAVAL
– A ação da esquadra anistiada – o estado de sítio 1910 – dias 7 de dezembro a 14 do mesmo mês

Essa segunda revolta foi preparada com o conhecimento do governo. Achando-me eu a bordo do *Minas Gerais*, que então se achava sob o comando do capitão do mar e guerra Pereira Leite, investido desse cargo logo após a primeira revolta, tratei de levar ao conhecimento do oficial de Estado o que estava se passando. Os oficiais retiraram-

-se, ordenando-me que tomasse conta do navio. Essa ordem foi-me transmitida pelo capitão de corveta Saddock de Sá.

A causa que os levou a se retirarem dizem que foi o estado de indecisão em que se achavam os marinheiros. Radiografei então ao presidente da República, via Babilônia, dando conta de que os oficiais haviam se retirado de bordo, recebendo mais tarde um radiograma de S. Exa., em que pedia à guarnição do *Minas Gerais* e do *São Paulo* que se conservassem fiéis ao governo.

Os navios ex-revoltosos

No dia 10, pelas quatro horas da madrugada, tivemos ordem de começar o bombardeamento, não contra a Ilha das Cobras, mas sim contra o Hospital de Sangue.

Eu, depois de haver informado ao comandante do *Floriano*, oficial mais antigo que então se achava no porto, da ordem que acabávamos de receber, e, não obstante o *Minas Gerais* a meio armamento, metemos mãos à obra, sendo que não só o *Minas* como o *Barroso*, o *Floriano*, o *Tamoio*, o *Alagoas* e o *Pará*, e mais tarde o *Rio Grande do Sul*, também bombardearam. Antes do *Rio Grande do Sul* fazer fogo, conjunto, conosco, teve a bordo um pequeno levante, que custou a vida do distinto primeiro-tenente Câncio da Cunha.

Por que o Minas deixou o porto

Agora uma outra coisa. Os motivos que me levaram a retirar o *Minas Gerais* do porto foram: 1º – retirar o navio do alcance dos projéteis do morro de São Bento, que a esse tempo já me causavam dano a seu bordo; 2º – ter recebido um radiograma do ministro da Marinha, recomendando não dar asilo aos refugiados do Batalhão Naval e do Hospital de Sangue, onde a esse tempo já existiam alguns prisioneiros feridos, e ainda porque chegava-me um emissário dos revoltosos, pedindo a adesão do *Minas*, ao que não dei importância, não permitindo que tal embaixador penetrasse a bordo; 3º – por notar eu também qualquer anormalidade a bordo.

Tudo isso me fez retirar o navio para as proximidades da Ilha do Viana. Não é exato que eu houvesse forçado o fornecedor a abastecer-nos de carvão; unicamente o convidei a fazê-lo. Pelas três horas da tarde apresentou-se, então, a bordo, a oficialidade que se havia retirado.

9. A REVOLTA DO BATALHÃO NAVAL
– A ação da esquadra anistiada – o estado de sítio 1910 – dias 12
de dezembro a 25 do mesmo mês – ordem para os marinheiros
deixarem os navios

No dia 12, depois de se haverem retirado de bordo os mesmos oficiais, aparece-nos uma ordem em que se mandava que todos se preparassem para abandonar o navio e recolher-se ao quartel central, juntamente com as guarnições do *São Paulo*, *Deodoro* e *Bahia*. Como julgássemos que seria nessa noite que se daria a excursão de que já tanto se falava, muitos dos meus companheiros para lá foram. Eu não, que macaco velho não põe mão em cumbuco. Mas desde essa hora começou a reinar a bordo um brando "vai não vai", um "fica não fica". Eu mesmo estive pronto para me retirar de bordo, o que não fiz por me achar ferido, ferimento esse que foi produzido por um estilhaço de granada, que contudo não me impedia de qualquer jornada.

Ainda nessa mesma noite, fora enviada ao marechal Hermes uma petição, em que os marinheiros lhe faziam ver a situação em que se achavam.

Os mensageiros foram recebidos pelo Sr. coronel Percílio da Fonseca e, levados à presença do marechal, foram tratados com muitos carinhos ordenando S. Exa. que fossem postos à disposição dos mesmos dois automóveis da polícia, aconselhando-nos a desembarcarmos, que seriam garantidos a nossa vida e bens.

Tal porém não se deu, porque uns foram para as masmorras da Ilha das Cobras e outros para bordo do *Satélite*, o navio-fantasma, e para outros lugares.

Nessa mesma noite, antes disso, estiveram a bordo, ocultamente, muitos oficiais da esquadra inglesa e insistiram para que eu deixasse o Brasil e embarcasse em um dos seus navios, ao que eu não aceitei por estar confiante nas palavras do Sr. presidente da República. Hoje reconheço que andei mal.

João Cândido é preso
No dia 13, depois de haver sido decretado o estado de sítio, achando-me eu e muitos outros companheiros a bordo e não estando lá o oficial imediato, resolvi embarcar em uma lancha e vir ao Arsenal

de Marinha, receber das mãos desse senhor uma importância em dinheiro de minha propriedade.

Aí chegando, fui intimado para que a lancha não largasse mais. Achava-se aí, por esse tempo, o 2º Batalhão de Infantaria da Brigada Policial. Cercaram-me, então, mais de duzentos homens com ares arrogantes. Eu sempre calmo e resoluto, sim, resoluto, porque não sou de ferro. Sou homem para tudo, menos para morrer assim. Houve então um policial que, chegando-se a mim, me disse: "Você no mar é bicho, seu cabra velho!".

Em seguida se apresentou um tenente que, tratando comigo, indagava pelo João Cândido. A coisa era comigo, resolvi declarar quem eu era e de onde procedia. A esse tempo havia tanto soldado que já não entrava nem a ponta de um alfinete.

Mal disse isso, fui levado à presença do almirante Júlio Noronha, inspetor do Arsenal. Eis que logo surgem uma carabina e grande quantidade de munição na mão de um outro policial que estava dizendo ter encontrado tudo isso na lancha.

Daí fui levado à presença do chefe do Estado-Maior. Apresentado ao capitão de corveta César de Mello, acompanhado de 25 praças e dois oficiais, esse capitão nem quis ver a minha cara.

Passados alguns minutos chega-me um automóvel e, em seguida, tocou formar o batalhão, até aí não vão as coisas muito ruins. Parece que vou sair com as honras devidas. Depois de ter embarcado, mandaram que baixasse a cabeça, o que fiz muito atenciosamente.

O mais interessante de tudo isso é que o soldado que me prendeu tirou-me o lenço que eu tinha como distintivo na revolução, uma caixa de fósforos, um maço de cigarros e 65$ em dinheiro, dizendo: "Quem vai para onde você vai, não precisa de dinheiro".

Ao chegar ao quartel da 4ª Região, deu-se a reprodução do mesmo aparato de soldados com que me receberam no Arsenal de Marinha. Em seguida fui metido em um xadrez que já continha 22 homens e tinha como mobília uma velha barraca de campanha, esta mesma entregue a um parente de um oficial do Exército.

No dia 14 fui levado à presença do general Mena Barreto, voltando depois para o xadrez. Achando-me ferido, fui tratado pelo mesmo médico que cuidava do Sr. general. O médico era um major cujo nome não me recordo, a quem devo agradecer as atenções. Também tenho a agradecer os muitos favores que me foram dispensados pelo coronel Júlio Barbosa Fernandes, o qual conhecia desde o Rio Pardo.

No dia 15, pedindo eu para ir à presença do presidente da República, fui chamado para prestar em primeiro lugar um depoimento, comparecendo ao meu presídio um coronel, sendo vogais o major Pamplona e um primeiro-tenente Othon. O major disse-me que eu, só com um tiro na cabeça.

Depois, interrogado, eu disse o que fiz, vi e sabia.

Dois dias após, dia 17 portanto, fui levado novamente à presença do general Mena Barreto e apresentado ao senador Pinheiro Machado, que ali se achava em visita ao general.

João Cândido é mandado para a Ilha das Cobras

No dia 22, por intermédio desse mesmo general, foi requerida a minha exclusão do serviço da Marinha ao respectivo ministro. O requerimento não teve despacho e, se teve, nada eu soube. E já no dia seguinte, era eu transferido para a Ilha dos Martírios. Por volta das onze horas da manhã partimos do quartel-general 38 presos, no meio de uma escolta de oitenta praças.

Chegando à Ilha das Cobras, encontrei o comandante Marques da Rocha e o coronel Meira Lima. Este senhor certamente estava ali para retirar os escolhidos, pois estávamos em vésperas da partida do *Satélite*.

Nas solitárias

Em seguida, fui eu o primeiro mandado a entrar para a "jaula". Era como aquele senhor chamava as solitárias, para onde fomos, completamente despidos. Eu, da minha parte, não atribuo a culpa só àquele mandante, porque, depois de haver ele mandado colocar oito homens em cada uma das solitárias, chegou, na sua ausência, acompanhado por um soldado, que acusava os mais salientes na revolta para serem ali internados mais onze homens, sendo três para uma e oito para outra, elevando-se, assim, a um total de 29, 16 em um compartimento e 13 em outro. Eu estive no primeiro, juntamente naquele em que sucumbiram onze presos.

O quadro repugnante e doloroso que ali se passou! Tratei logo de cientificar-me dos que ali se achavam se havia comida. Tive como resposta que nem água.

O martírio

No dia 25, pela manhã, começaram a dar-se os primeiros casos da insolação. Alguns homens, já alucinados, outros envenenados pela água que vertia da caliça e também pela urina que bebiam, apresentavam os primeiros sintomas de enfraquecimento mental.

Eu sempre com o nariz em uma abertura que existia embaixo da porta, servindo de assoalho para os outros, respirando assim, um pouquinho de ar, porque o mundo é dos mais espertos. Depois a minha vó sempre dizia: "A quem Deus não mata não morre".

Estavam ali, em minha companhia, com o nariz no buraco, o marinheiro sentenciado Avelino de Campos e o foguista extranumerário Rodolpho dos Santos. Nesse mesmo dia eu pedi à sentinela, que se achava além, separada de nós por duas portas de madeira e de uma grade, para avisar ao carcereiro que já havia alguns mortos. Vindo esse acompanhado de dois outros presos, arremessou por baixo das portas grande quantidade de ácido fênico, creolina e cal.

Indagou depois se o João Cândido já tinha morrido, tendo resposta negativa. Então ele declarou que estávamos todos ali para morrer e que não conversássemos muito, senão ele mandava botar uma lata de querosene e atear fogo.

10. AINDA A ILHA DAS COBRAS
– O martírio continua

No dia 26, pelas oito horas da manhã, à frente de uma guarda composta de 25 sargentos, cabos e soldados, com a presença do oficial de Estado, abriram as solitárias.

O quadro era desolador. Havia homens até com a cabeça virada para as costas. O carcereiro, de pistola em punho, mesmo na presença do oficial, mandava retirar os cadáveres. Chegando então à minha frente, disse:

– Deixa o João Cândido, que ainda está vivo. Não presta nem para morrer.

Findo esse trabalho, em que foram retirados dezesseis cadáveres, sobreviviam ainda treze e, sem que se procedesse às necessárias limpezas, fomos todos removidos para um compartimento só. Por espaço de uma hora morreram mais dois.

Às onze horas da manhã, então, chegava à ilha o Dr. Abreu, médico do batalhão, o qual teve conhecimento do ocorrido e em seguida determinou que se retirassem dali os treze sobreviventes.

Depois de completamente desinfetados com ácido fênico, alguns dos quais largaram a pele, fomos removidos para outro xadrez. Ali permanecemos ainda uma noite, completamente despidos, ao dispor das moscas.

Era assim que se morria. Eu vi. No entanto o médico passava, sem autópsia alguma, atestado de que a causa da morte era insolação. Os caixões de defunto foram feitos na própria ilha. Iam três cadáveres em cada caixão. E por praças do batalhão foram conduzidos para São Francisco Xavier, às oito horas da noite, em um batelão das arrumações do serviço do patrão-mor.

O enterro chegou ao cemitério com as luzes apagadas e ainda pediram segredo ao administrador do mesmo. Eu sei de tudo isso.

Ainda ao retirar-se, o sargento encarregado garantira que no dia seguinte levaria mais dez.

Passados os primeiros dias, depois de termos saído da solitária, caneca d'água e um pão, e, à tarde, meia ração de comida. Isso não só a mim, como ainda a mais 125 marinheiros que ali se achavam presos. A fome era negra. Nós pedíamos misericórdia aos soldados soltos. Alguns respondiam com ameaças; outros, mais bondosos, arranjavam restos de comida em pés de meia e pernas de ceroulas, que, na ausência do carcereiro, davam-nos, o que muito agradecíamos e devorávamos como famintos.

A esse tempo eu só me lembrava de Edmundo Dantès na Ilha de Monte Cristo e do capitão Dreyfus na Ilha do Diabo. Todos os brasileiros devem saber perfeitamente quais foram os martírios desses dois homens. Pois bem, comigo são três no mesmo caso.

O nosso estado melhora

Depois de retirar-se dali o comandante Marques da Rocha, foram para lá os novos oficiais da Marinha.

Em fins de janeiro de 1911, retirando-se dali o Batalhão Naval, foi para a ilha o 1º Batalhão do 1º Regimento de Infantaria, do comando do major Alfredo Leão da Silva Pedra; éramos tratados como antes: nunca nos faltava nem a comida, nem a higiene. E, apesar das ordens severas da incomunicabilidade que existiam, era-me sempre possível saber o que se passava por fora, tanto assim que eu sabia de todos os fatos que se davam por fora.

Ao retirar-se esse batalhão, veio o 51º de Caçadores, pessoal digno e merecedor de todas as atenções.

Em dias do mês de fevereiro de 1911, chega ali o meu colega Francisco Dias Martins, que acabava de passar pelos mesmos tormentos, depois de ter obtido a sua baixa e achar-se empregado no comércio.

Nós fomos, juntamente, diversas vezes interrogados pelo terceiro delegado auxiliar Dr. Cunha Vasconcelos.

Quanto a mim ele só soube o que já sabia, e com referência ao meu colega Dias Martins, que era uma criatura muito digna.

Este mesmo senhor dizia-nos que nós estávamos envolvidos em uma conspiração política.

Desde que assim seja, eu posso então dizer que ele é o chefe. Por fim, ele, aborrecendo-se comigo, tachou-me de ignorante.

Ao Dias Martins ele requisitou a sua presença na própria residência, oferecendo-lhe muitas coisas e franqueando-lhe ainda um automóvel para passear na cidade.

Nos primeiros dias do mês de abril, estávamos ainda nesse presídio. Eu, por ter retirado o *Minas Gerais* do ancoradouro e também por ter sido encontrada uma carabina em uma lancha em que viajava e ainda por ter intenções políticas ou revolta e ter tomado parte na revolta dos fuzileiros navais. Parece incrível!

Quanto ao meu colega, diziam ter aliciado praças a se levantarem contra o governo.

No dia 12 de abril, é retirado o 51º da Ilha das Cobras e para ali foi o 55º de Caçadores. Esses portaram-se como verdadeiros carcereiros: privavam os nossos corpos de limpeza, não nos deixavam fumar. Assim continuavam eles até quando me retirei de lá.

11. NO HOSPÍCIO NACIONAL
– Movimento na Ilha das Cobras – por fim solto – De abril de 1911 até dezembro de 1912

Em 13 de abril, queixando-me de estar doente, como de fato me achava atacado de enfraquecimento geral, então disse-me o doutor que ali se achava que eu estava louco e que era ordem do ministro não me baixarem ao hospital, porque eu depois de anistiado tinha sido um dos implicados da segunda revolta.

Em seguida foi pedida uma comissão de médicos navais. Indo eu à presença dela, abatido como estava, uns disseram que eu estava exagerando a moléstia; outros que eu estava sofrendo das faculdades mentais, justamente em dia em que me achava mais disposto.

Eu não pedi a nenhum deles para dizerem que era doido. Eu unicamente havia, anteriormente, pedido tratamento.

Por fim, acabaram todos afirmando que eu estava sofrendo de anemia cerebral e fenômenos alucinatórios. Valha-me isto. Caiu a sopa no mel. Ali não me passaria mais gato por lebre.

No dia 18 de abril, então, mandaram-me retirar do xadrez. Meteram-me em uma lancha e cheguei ao Arsenal da Marinha, sempre seguido de uma escolta composta de seis soldados, um terceiro-sargento e um cabo.

Depois embarquei em um automóvel e, sem saber o destino, fui parar na Praia da Saudade, no porão principal do Hospício Nacional, onde estive sob os cuidados do muito digno Dr. Bráulio Pinto e onde me foram dispensadas muitas gentilezas.

Lá estive de 18 de abril a 4 de junho de 1911.

João Cândido deixa o hospício

Do hospício voltei à Ilha das Cobras, escoltado por quatro praças de polícia, em carro-forte. Fiquei nas prisões novamente, sempre incomunicável, até depor no conselho de Marques da Rocha.

Mas não depus. Apelei então para o Supremo Tribunal, em consequência da minha incomunicabilidade, que já datava de oito meses, pois já estávamos a esse tempo em 1912. É que estava ainda recolhido a uma das prisões da ilha, a qual é temida por todos os presos.

Por um acórdão, enfim, do Supremo Tribunal Militar, foi sanada a incomunicabilidade, sendo transferido para uma prisão mais confortável.

Em setembro e outubro, e isso em 1912, passei a responder ao Conselho de Investigação, tendo contado com toda a sinceridade todos os fatos em que me vi envolvido. Desse conselho resultou ser eu pronunciado como um dos mais salientes nos movimentos posteriores à anistia, ou melhor, pelo levante da Ilha das Cobras.

João Cândido é solto

Em fins de outubro fui então pronunciado para responder ao Conselho de Guerra. Respondi. Fui absolvido. Houve apelação. Veio a anistia apresentada pelo senador Urbano dos Santos. Foi concedida no dia 13 de dezembro, mas eu só saí no dia 30.

Deram-me durante todo esse tempo os casos de justiça, nos quais devo salientar os nomes dos juízes que constituíram o Conselho de Guerra pela independência com que sempre agiram.

E para terminar, direi que a minha fé de ofício, em dezessete anos e dias, apresenta apenas quatro prisões, sendo a maior de cinco dias de prisão rigorosa e suspenso das divisas de cabo por sessenta dias, por ter introduzido a bordo bebidas alcoólicas.

Só isso em dezessete anos. E sempre tive as qualificações de exemplar comportamento, sendo ainda credor de três anos que deixaram de me pagar, não sei por quê.

Teatro

Introdução
Graziella Beting

São Paulo, 14 de julho de 1915. Na manhã daquela terça-feira, atipicamente, a bilheteria do Teatro Cassino Antárctica estava fechada. Isso porque os ingressos para a peça daquela noite já haviam se esgotado, num ritmo bem mais rápido que o habitual.

O sucesso prenunciado durante o dia se confirmou mais tarde, quando se abriram as cortinas. A sala estava repleta, com um público que incluía membros do governo, altas autoridades, homens de letras, artistas, jornalistas, senadores, deputados e outras personalidades de destaque, "além do grande número de senhoras e senhoritas", como noticiou o jornal carioca *O Paiz*, no dia seguinte.

O espetáculo que atraíra a atenção de "toda a nossa *élite* social", como descreveu o diário paulistano *Correio da Manhã*, era a primeira representação da nova peça de João do Rio, *Eva*. O texto foi encenado pela companhia portuguesa Adelina Abranches, com a bela Aura Abranches no papel principal. O autor estava presente e foi ovacionado pela plateia, sendo chamado ao palco e aclamado ao final do primeiro e do segundo atos. Ao término da peça, foi "coberto de flores e abraços de amigos e admiradores".

Confirmava-se a expectativa do público – e da crítica, como se constataria lendo os jornais dos dias seguintes: *Eva* repetia, nos palcos, o recente sucesso de outra peça do autor, *A bela madame Vargas*, levada aos palcos no Rio de Janeiro meses antes.

Mas nem sempre foi assim.

João do Rio, pseudônimo mais conhecido de Paulo Barreto, consagrado cronista-repórter, figura eminente no jornalismo e no mundo das letras brasileiro desde 1903, quando começou a publicar suas crônicas na *Gazeta de Notícias*, não obtivera tanto êxito em suas primeiras incursões pela dramaturgia.

Bem relacionado no meio teatral, por cobrir o assunto como jornalista e ter acesso frequente aos camarins, conhecendo atores, atrizes e coristas, João do Rio escreveu seu primeiro texto a pedido de Lucinda Simões e Cristiano de Souza, atores de uma companhia portuguesa que se apresentava com frequência no Brasil.

Essa primeira tentativa data do final de 1906, e o autor escreveu um espetáculo no gênero teatro de revista, em parceria com o jornalista J. Brito, seu colega nas colunas da *Gazeta de Notícias*, responsável pela versificação.

Chic-Chic foi anunciada como uma "revista-folia", uma espécie de musical em três atos, apresentada em 29 de dezembro daquele ano pela companhia portuguesa. A crítica se decepcionou. Um jornal chegou a chamá-la de "lenga-lenga sem graça". Artur Azevedo, o grande dramaturgo da época, escrevendo para um jornal, considerou a revista "um tanto massuda", e sentiu falta do "fino espírito de João do Rio". Mas aconselhou o cronista a não desanimar, e "desforrar-se com uma comédia".

E ele não desanimou. Mas optou pelo drama. Em um ato, *Clotilde* – depois rebatizada de *Última noite* – foi sua segunda peça, que estreou, junto a *O dote*, de Artur Azevedo, em 8 de março de 1907, no Recreio Dramático, no Rio. A estreia contou com diversas personalidades, entre elas o presidente da República, Afonso Pena. A crítica foi mais amável. Olavo Bilac, na revista *Kosmos*, festeja o "radiante sucesso" da peça como "um sinal seguro e infalível do renascimento do teatro".

Mas consagração mesmo viria com *A bela madame Vargas*, peça que João do Rio escreveu em 1912, inspirado – como fazia com suas crônicas – em um crime passional ocorrido na Tijuca em abril de 1906. A peça estreou no Teatro Municipal, o imponente edifício inaugurado na Avenida Central e inspirado na Ópera de

Garnier de Paris, em 22 de outubro, com Maria Falcão, Antônio Costa e Carlos Abreu. Conquistou público e crítica.

O hiato de mais de cinco anos entre as duas peças foi explicado em entrevista dada pelo autor ao jornal *A Noite*, na qual ele diz que só demorou tanto para voltar ao teatro por uma questão de subvenção. "Lançar uma peça como um tiro era-me impossível. Escrevê-la sem a segurança de a ver representada, também. Sou jornalista demais para escrever por prazer", disse ele.

A bela madame Vargas teve vida longa e era o original brasileiro com mais representações no Municipal do Rio na época. Depois de temporadas no Brasil em 1912 e 1913, a peça foi para Portugal, em março de 1914, com direito a estreia com a presença do presidente da República e seus principais ministros. Foi editada em livro, em Paris, e representada na Espanha, na Itália e nos Estados Unidos (Nova York), segundo a revista *Ilustração Brasileira*. E quase foi encenada em Paris por Réjane, diva do teatro francês da época, várias vezes citada nas crônicas e críticas teatrais de João do Rio.

Em junho de 1915, quando *Madame Vargas* voltava à cena no Rio de Janeiro, o jornal *A Cidade do Rio* publicou uma nota sobre Paulo Barreto: "Não se sabe bem como esse brilhante espírito consegue tempo para fazer literatura, ironia, paradoxos, livros, crônicas e peças teatrais, no meio da agitação de sua vida vertiginosa de jornalista. O certo é que o faz". Relata em seguida que, na véspera, na Rua do Ouvidor, o assunto era um só: "Paulo Barreto tem uma peça inédita, em três atos, chamada *Eva*". E garantia-se que *Eva* era superior a *A bela Madame Vargas*, "que, como toda a gente sabe, é um primor".

Com *Eva*, João do Rio reincidia na bem-sucedida receita da comédia de costumes. Se *Madame Vargas* era a representante da sociedade carioca, *Eva* era centrada no universo da fina flor da sociedade paulista.

Reproduzida neste volume, *Eva – A propósito de uma menina original* aborda um assunto que João do Rio já explorara em uma crônica publicada na *Gazeta de Notícias* em 13 de julho de 1907, *Um caso curioso*, depois inserida no livro *Dentro da noite* com o título *Aventura no hotel*.

Eva, a "menina original" que dá nome à peça, é a filha de um fazendeiro paulista que convida amigos para passar uma temporada em sua propriedade rural, próxima a Ribeirão Preto. Trata-se dos "elegantes" que "levam a vida sem a preocupação da falta de renda", passam longas temporadas na Europa e, "insensivelmente desarraigados", "fazem desaparecer a tradição dos costumes paulistas num reflexo *dandy* dos castelos de Inglaterra ou de França". Para arrematar a trama, um crime, um caso de amor e vários flertes.

Resultado: sucesso de público e crítica não apenas na época, como nas décadas seguintes. Sábato Magaldi, um dos principais críticos contemporâneos de teatro no Brasil, escreveu, em *Panorama do teatro brasileiro* (1962), que "João do Rio conjuga nesses três atos todas as virtualidades do seu talento". Para ele, "*Eva* é mais uma peça à espera de uma inteligente remontagem". Mais de cinquenta anos depois, ela ainda não foi feita.

Eva é uma amostra da versatilidade de João do Rio, que soube levar seu texto, geralmente moldado ao espaço da crônica e do folhetim de jornal, também para a dramaturgia. E vice-versa.

Assim como o cronista tinha o talento de atravessar (e derrubar) a fronteira entre ficção e jornalismo, não se limitou a manter o teatro apenas nos palcos e levou-o também ao jornal.

O teatro sempre esteve presente em sua carreira. Os primeiros textos que publicou, no seu início na profissão, aos 18, 19 anos, no jornal *A Tribuna*, e depois no *Cidade do Rio*, de José de Patrocínio, foram críticas de montagens teatrais.

Mas ele fez mais, ao publicar, no espaço reservado para suas crônicas, contos e reportagens, também textos de peças. Algumas saíram da folha de papel e ocuparam o palco. Outras, nem isso.

É o caso de *As quatro fases de um casamento*, publicada em quatro edições da *Gazeta de Notícias* de abril de 1907 – cada uma dedicada a um ato e correspondendo a uma fase da lua –, que também é apresentada neste livro. Pouco conhecida, ela permaneceu inédita, ao que sabemos, tanto nos palcos como em outras publicações.

No caminho inverso, o sainete *Que pena ser só ladrão!* foi primeiramente apresentado no palco, para depois ser reproduzido na revista luso-brasileira *Atlântida* – da qual João do Rio era um dos fundadores – em 1916. Ela nasceu junto com outras duas peças de um ato – *Encontro* e *Não é Adão*.

Com essa longa, apesar de menos conhecida, relação com a dramaturgia, o cronista João do Rio tornou-se uma referência na área. Complementando esta edição, há duas entrevistas que o autor concedeu à imprensa sobre o assunto. Uma na qual analisa a situação do teatro nacional, outra em que conta a gênese de *Eva* – e revela quem foi a Eva real que o inspirou a criar o texto.

Finalmente, um outro flanco de atuação de João do Rio no ramo foi sua militância na luta pela profissionalização do teatro no Brasil, defendendo atores e autores. Um dos seus principais feitos foi conseguir levar a cabo a criação, em 1917, da Sociedade Brasileira de Autores Teatrais, a SBAT. Paulo Barreto foi o primeiro presidente da instituição, que tinha o intuito de promover "o respeito à profissão de escritor de teatro", efetuando o controle do pagamento de direitos, pelos empresários e produtores de teatros, aos autores. Uma novidade no cenário brasileiro, até então.

Depois de vários debates públicos em jornais entre empresários e outros artistas, agressões verbais e até físicas – em que uma peça terminou com atores e autores na delegacia –, no final daquele ano a SBAT foi aceita pelo meio. Até hoje a instituição atua na administração e arrecadação de direitos autorais de seus associados.

As quatro fases do casamento
Peça em quatro atos

PERSONAGENS

Margarida Ferral (Abrantes)
Pedro de Abrantes
Jorge de Alencar
Etelvina
Mme. Aída Péres
Mme. Olivaes
Criado

Publicada no jornal *Gazeta de Notícias*, nas edições dos dias 8, 12, 15 e 21 de abril de 1907.

LUA NOVA

A maravilha do salão parece esmaecer no amortecido clarão das lâmpadas sonolentas. Vem do jardim, onde palpita a misteriosa luz das estrelas, um perfume áspero e inebriante de dracena e de magnólia. Por cima dos guéridons, *nos porta-bibelots curiosos e extravagantes, amontoam-se as faianças de Menton, os marfins da China, os bronzes da indústria francesa, os esmaltes do Japão. Pelo soalho encerado, peles de tigre negro, de urso-branco, de cabras da Mongólia, macios almofadões bordados a fio de ouro e a fio de seda. Nos altos jarrões, ramos frescos de rosas frescas. São dez horas da noite.*

Jorge de Alencar, recostado na bergère, *parece engolfado na beleza da noite negra, toda tauxiada do cintilamento esplêndido dos estrelas. Entra Margarida de Ferral, 17 anos, noiva. É como um ramo de hortênsias, como o gorjeio de um pássaro, como o som de um cristal – é a própria alegria na sua graça ingênua. Para assombro dos contemporâneos e principalmente das contemporâneas, o pai consegue dá-la pura de alma e de espírito ao felicíssimo Pedro Abrantes – um monstro de ciúmes e de sortes...*

Margarida Ferral	Ora viva o Sr. meu primo!
Jorge de Alencar	Salve a quase Mme. Abrantes!
Margarida Ferral	Não digas a brincar. Vou começar a ser uma senhora...
Jorge de Alencar	E logo com esse nome! Abrantes. Ora que ideia! Lembro-me da rua, da marquesa de Abrantes e do velho palacete estragado, onde, para edificação das duas Américas, estiveram o Root e o Roca!

Margarida Ferral	Ah! Quem me dera ser a marquesa do Abrantes!
Jorge de Alencar	Por quê?
Margarida Ferral	Porque era uma senhora velha. Tu não imaginas a vontade que eu tinha de ser velha. Quando a D. Adelina Vieira quis que eu representasse na sua última *crèche*, eu escolhi logo a velha das *Quatro estações*, de Coelho Neto.
Jorge de Alencar	Muito bonito esse pensamento romântico, muito bonito... Depois, calha nas vésperas do novo estado. Eu, entretanto, acho mais prático ver se o Abrantes arranja um título de conde pelo Vaticano. Toda a gente agora é titular papável... Imagina só o efeito nas recepções da Olivaes. O José gritando como quem berra socorro: a Sra. Condessa de Abrantes! Será da gente pedir *bis*, para, em seguida, indagar da Olivaes: esse seu novo conhecimento, madama, é da velha família Abrantes?
Margarida Ferral	(*amuada*) Tu estás a troçar...
Jorge de Alencar	Eu? Quem lho disse?
Margarida Ferral	Estás, sim, e isso é feio, porque eu sempre fui tua amiguinha. Vais entristecer-me.
Jorge de Alencar	Pois bem, filha, ainda o pedido não foi feito ao papa. Mudemos de assunto. É então amanhã o grande dia?

Margarida Ferral	(*com volubilidade*) É, é sim. Ah! Não imaginas, não podes imaginar que alegria! Não digo bem. Alegria, pena, mais alegria... Sabes que o cardeal é quem me casa? Sim, o cardeal em pessoa, todo de encarnado! Vê a importância. Estive contando com a mamã quantos carros formarão o cortejo. Adivinha lá! Não é possível, menino! A Alice Dantas mandou-me dizer que uma das cocheiras já informara não haver mais coches de luxo para o casamento da Mlle. Ferral. A mamã esteve avaliando. Segundo os seus cálculos, talvez tenhamos noventa carros. Hein? Magnífico, não achas? O meu vestido já está pronto. O Ferreira disse-me no Palais: – Mlle. Margarida, há vinte anos que não faço um vestido de noiva tão rico! E é mesmo. Vê-se que não tenho gosto. Mandei cortá-lo em *crèpe* da China branco, mas *crèpe* da China verdadeiro, com reflexos da cor do arco-íris. O fundo é bordado a prata... Mas não imaginas, Jorge, quanta cousa me aconteceu hoje na rua. As minhas amigas estão todas meio contrariadas. Em compensação os rapazes estão contentíssimos. Por quê? Fala, homem...
Jorge de Alencar	Estava esperando que acabasses.
Margarida Ferral	(*continuando sem ouvi-lo*) Hoje, ao saltarmos do carro, na Avenida, eu e a mamã encontramos o Arthur Freitas, o Olympio e o Fábio Gouvêa, o Justino Lopes. Quanto cumprimento, quanto riso. Parabéns para cá, parabéns para lá, mais parabéns. O Fábio disse: é o último dia! vamos aproveitar. O Arthur pedia licença à mamã e todos em ar de brincadeira disseram que eu era bela, que queriam casar comigo, que estavam

apaixonados, que eu parecia... ora espera...
que eu parecia – uma anêmona de amor.

Jorge de Alencar

E a menina acreditou?

Margarida Ferral

Eu, não! Não rias! Juro que não acreditei.
Depois eu estava com medo do
Pedrinho. Ele é tão ciumento...

Jorge de Alencar

Também quando a gente passa a uma cousa sem
significação como essa da anêmona...

Margarida Ferral

Estás severo.

Jorge de Alencar

Admiro apenas a sandice amável. Eles virão
decerto ao casamento?

Margarida Ferral

Está claro. Temos duzentos convites expedidos.
Que baile! Todo o corpo diplomático, o ministério,
as altas patentes militares...

Jorge de Alencar

... os altos patetas do *high-life*...

Margarida Ferral

Papai distribuiu bem. Sabes como tem jeito.
Ainda ontem dizia: eu sou como o barão
do Rio Branco, escolho a dedo as mais
lindas damas e faço das minhas festas
corbeilles de belezas e de notabilidades.

Jorge de Alencar

Muito bem. Há uma grande parecença entre teu
pai e o barão, não há dúvida... Mas, por falar
em *corbeilles*, dizem maravilhas da tua.

Margarida Ferral

(*falsa modéstia, riso pouco depois*) Por enquanto
vai bem. Vovó deu-me um xale de Cachemir e

outro de Tonkin, fora as suas colchas de seda da Índia. Vovô fez-me presente de um serviço de lavatório de cristal e jaspe trabalhado por Tiffany. Oh! uma beleza. O motivo decorativo é o lago das libélulas. Há no cristal e no jaspe águas dormentes, caniços melancólicos e tudo é leve como um voo d'asa... O comendador Fonseca...

Jorge de Alencar — Aquele que quase te pediu em casamento?

Margarida Ferral — Sim, o parvo. Deu-me o adereço de rubis da Birmânia, que o Luiz de Rezende vendia tão caro. Enfim, sabes? até agora uns setenta presentes. Papai transformou a saleta azul em sala de exposição. Amanhã vai ser forrada, pela Hortulânia, de margaridas naturais, e terá em cada porta duas praças de polícia de carabina embalada, como os bancos durante o estado de sítio...

Jorge de Alencar — Duas praças? Teu pai é realmente extraordinário!

Margarida Ferral — (*senta-se junto à janela*) Uff! como estou cansada! Não imaginas... E, entretanto, ao passo que o Pedrinho quer ver acabado logo o dia, eu desejava esperar mais...

Jorge de Alencar — Ora esta! E o *enfim, sós* das gravuras?

Margarida Ferral — Oh! filho, como vai ser cacete...

Jorge de Alencar — Muito bonito! Vou contar ao futuro conde de Abrantes!

Margarida Ferral	Não contes nada. Mas Pedrinho é tão ciumento! Imagina que não me quer ver dançar, que já proibiu as minhas relações com Mme. Aída Péres, por achá-la uma esquisita, que faz cara feia sempre que vê o comendador Fonseca!...
Jorge de Alencar	Um tirano!
Margarida Ferral	Eu gosto dele, gosto mais nestes últimos dias até – mas parece-me que vou pertencendo menos aos meus, que vou ficando dele... É cacete. Oito dias, um mês, hein? mas toda a vida!... Que tal o achas tu?
Jorge de Alencar	Um belo partido.
Margarida Ferral	Fala cinco línguas, foi educado em Londres. Muito distinto. Que horas tens? Dez e meia? Daqui a 24 horas estou seguindo com ele, só com ele... (*ingênua, posto que ruborizada*) Oh! aquele senhor Pedrinho vai me fazer das boas!...

Aparece à porta um criado.

Criado	*Mademoiselle*, a senhora está chamando.

Margarida levanta-se, sorri. O criado desaparece.

Margarida Ferral	(*num ímpeto, abraçando Jorge*) Mas tu ficarás meu amiguinho, pois não? dize que ficarás... Aquele Pedrinho!
Jorge de Alencar	Mme. Abrantes pode ficar descansada.

Margarida Ferral	Pois seja! Madame Abrantes, sim senhor, e condessa do papa, e rica, e casada com um homem *comme il faut*. Até já! (*vai até o fundo da sala*) Ó Jorge, tu pretendes casar? Não? Fazes bem, meu primo, fazes bem. Não imaginas o horror que é o casamento!
Jorge de Alencar	Principalmente para os homens!
Margarida Ferral	Graças a Deus!

Sai rindo, Jorge de Alencar levanta-se.
É evidente que deseja fazer um desses monólogos que o Sr. Capus escreve. Mas descerra as cortinas, tira da charuteira um "caruncho" claro, acende-o.

Jorge de Alencar	Noiva... amanhã... Pensa em tudo menos no marido... ciúmes... anêmona de amor... *corbeille*... É um casamento bem moderno, bem *high-life*. Ela goza-lhe o que há de melhor, a lua nova, o noivado... Amanhã teremos o quarto crescente... Que seja longo, ao menos...

Sorri da frase. E, enquanto no interior do palacete vai a alegria pelo próximo consórcio, Jorge de Alencar fuma o seu charuto, olhando as estrelas douradas de que se recama o veludo do céu.

CRESCENTE

No coupé *forrado de seda branca, com as clássicas guarnições de flor de laranja, Margarida Ferral de Abrantes ao lado do seu esposo, Pedro de Abrantes. Casaram-se às sete da noite na Candelária. O templo estava repleto. O presidente da República – a aristocracia do poder – mandou um representante. E na elegante vivenda do comendador Ferral – frase costumeira do jornalismo* chic *há vinte anos – o baile esteve suntuoso e a sala das margaridas, guardada por praças de polícia, obteve o mais franco êxito. No momento em que os criados de casaca marrom serviam o* consommé *frio, a viscondessa de Souza Carreira fizera-lhes um sinal; Margarida encontrara na varanda Mme. Ferral com os olhos úmidos, o* coupé *avançara, a viscondessa segredara cousas aos ouvidos de Pedro e ela partira nervosa e tão corada que parecia uma rosa entre névoas. Essa frase poética dissera-lhe às oito e meia o* vieux beau *barão de Alencastro, diplomata em disponibilidade, um tanto ridículo. E pelo cérebro de Margarida passam como um diorama fantástico as cenas daquela noite, enquanto ela sente crescer, ao contato da mão de Pedro, uma ânsia invisível.*

Pedro   (*forçando a intimidade*) Aquela viscondessa! Não calculas o que me segredou há pouco!

Margarida   (*que compreende bem*) A viscondessa é muito brincalhona...

Pedro   Que você era muito nervosa, que eu tivesse cuidado... Ora a viscondessa! E lá preciso isso? Quem é o bem do seu Pedro? Nem se pergunta. É a sua Gladys! (*aproxima-se*)

Margarida   (*recuando*) Gladys?

Pedro   Margarida em inglês. É muito mais bonito.

Margarida	Não acho.
Pedro	*Sweetheart*... nem para fazer a vontade do seu maridinho? (*pega-lhe na mão*)
Margarida	Que mão quente!
Pedro	Como tens os dedos gelados...

(*entrelaçar do gelo e da quentura*)

Pedro	(*que começa a não ter mais o que dizer*) Afinal estamos casados! Parece um sonho! E que festa linda! Toda a alta sociedade! E como invejavam o teu Pedrinho! Só o Jorge de Alencar parecia triste. O louco é contra o casamento. Diz que todos os casamentos se parecem. É lá possível! O meu, por exemplo – na Candelária, com o representante do presidente, esta fugida agora, num *coupé*, bem agarradinhos...

Pelo hábito que tem de fazer o mesmo em vitórias, de praça ao sair dos políticos, une o seu braço ao de Margarida, incute a mão gelada num movimento que faz a linda criatura voltar-se.

Margarida	(*voz branca, deixando pender a cabeça*) Pedro!
Pedro	(*vitorioso, voz quente*) Que tens, meu amor, que tens?...
Margarida	Uma zoada nos ouvidos, uma tontura...
Pedro	Não é nada, isso passa...
Margarida	Foi aquela quadrilha com o ministro da Inglaterra.
Pedro	O secretário, filhinha. Meu colega em Oxford...

Margarida	Não sabe dançar, atrapalhou tudo (*pende a cabeça completamente, é linda*)
Pedro	Meu amor...
Margarida	Não te chegues mais.
Pedro	E esse coraçãozinho por quem bate?
Margarida	Eu sei lá...
Pedro	Estás com medo?
Margarida	Eu?... Eu sou corajosa!

Riso de ambos, nervoso. No momento em que ele vai enlaçá-la, o coupé para, abre-se a portinhola. Estão na nova casa, em Humaitá. Etelvina, a criada de confiança de Mme. Ferral, espera no portão. Pedro salta sério, como compete ao ato. Margarida, com um ar indiferente de quem veio da roça. Atravessam o jardim sombrio, a varanda com uma luz de leite rosa, enervante, dão na saleta de espera, mobiliada e oriental. Margarida olha-se no espelho. Está da cor do vestido, tão pálida, tão comovida... Em compensação Pedro de Abrantes está vermelho, está quase congesto.

Etelvina	Os aposentos da senhora foram preparados por mim. A Sra. sua mãe mandou que servissem no *toilette* uma pequena ceia.
Margarida	(*incapaz de engolir uma folha de rosa*) Oh! que bom! E eu que estou com muita fome.
Pedro	(*por hábito*) Há *champagne*?
Etelvina	Meia garrafa a gelar... Estou às ordens da senhora.
Margarida	(*nervosíssima*) Bom, vou despir-me.

Pedro	(*um pouco comovido*) É a última vez que te vejo assim toda de branco, com botões de flor de laranja...
Margarida	Não seja esta a tristeza. Quando quiseres, torno-o a vestir...
Pedro	Não será...

Para, hesita, conserta o colarinho. Etelvina, impassível, tem um candeeiro na mão, o sagrado candeeiro do himeneu...

Margarida	Até já...
Pedro	Espero-te com fome.

Margarida sobe. Ele acompanha a ondulação suave do vestido, remira-se no espelho, julga-se feio. Que pensará ela, que pensará? Quando poderemos nós saber o que pensa uma mulher? Depois, nas pontas dos pés, sobe também, abre devagar a porta do seu quarto, acende uma vela, despe-se a correr, enfia um pijama de seda escura, arranja o cabelo, pulveriza os ombros do heliotrópio, e vai até o salão de toilette*, mobiliado à inglesa, onde há, junto a uma pequena mesa cheia de cristais e de frios, um largo divã. Senta-se, olha a porta do quarto, onde Margarida está. Ouvem-se dentro vozes. Uma crescente agitação empolga-o.*

Afinal Margarida aparece, num estranho deshabillé, *de* pongée *rosa, que a faz loucamente fascinadora. É o momento em que cada palavra tem um sentido duplo, em que se caminha numa existência de vibrações reflexas...*

Margarida	Uf! Cá estou. Demorei?
Pedro	Não. E a Etelvina?
Margarida	Foi-se.

Pedro	Sós, enfim?
Margarida	(*rindo*) Ainda ontem o Jorge indagava se eu não tinha pressa do "enfim sós". E eu pensava que seria cacete...
Pedro	Muito obrigado.
Margarida	É que eu não sabia...
Pedro	Bom, venha sentar-se, aqui, bem junto...
Margarida	Com juizinho?
Pedro	Absolutamente.
Margarida	Nem um beijo?
Pedro	Um só, à entrada.
Margarida	Não, senhor...
Pedro	Sra. Margarida Abrantes, obedeça a seu esposo. Que lhe disse o cardeal? que lhe disse o pretor?
Margarida	Eu tenho de obedecer?
Pedro	Cegamente.
Margarida	Não!
Pedro	Venha o beijo! (*levanta-se*)
Margarida	Depois... depois...
Pedro	Já...
Margarida	Na testa então...

Pedro   Na testa...

Enlaça-a. Um prolongado beijo na nuca, que a faz subitamente arquear feito uma harpa.

Margarida   Pedro!

Pedro   Dize, dize baixinho, no meu ouvido, para que eu só ouça, que és minha só, minha para toda a vida, dize, meu amor, meu desejo, minha loucura...

Margarida volta o rosto. Há uma luz de desvairamento nos lindos olhos pardos. E os seus lábios carnudos oferecem-se num desprendimento infinito, numa explosão deliciosa de desejo...

Depois, na meia-luz do salão, a ceia completa, os cristais, o balde de prata com o champagne, *e, como um suspiro, das cousas, na noite serena...*

PLENILÚNIO

O pequeno salão de Margarida Abrantes, um mimo, um presente régio do pai, graças à fantasia do decorador, perdulário e original. As paredes forradas de seda pálida, uma seda com reflexos de luar, em que parecem florescer, vagos, na névoa, ramos bordados de flores de laranjeira e margaridas exageradas como que dobradas de crisântemos. Os móveis são de laca branca, motivo-lírio. Há uma causeuse *e um divã de cetim branco. Nos* porte-bibelots, *a esquisita e rara coleção de objetos de marfim da China, de Ceilão e da antiga Bizâncio do ano 500. No chão, um vasto tapete de ursos-brancos que a Casa Doux forneceu por um preço louco. Todo esse luxo se espectraliza na luz das janelas coada por transparentes e leves estofos azuis. Há como um vago luar no salão.*

Margarida Ferral de Abrantes, com uma dessas túnicas de pongée, *que se chamam à inglesa* tea-gowns. *Todas as suas formas se acentuam agora mais firmes, mais tentadoras. Um cinto d'oiro e grandes águas-marinhas indicam-lhe a finura do talhe. Está risonha, está plácida, com o olhar cheio de mistério revelado que tem as madonas de Rafael e as senhoras com poucos meses de casadas.*

Mme. Aída Péres, vestido tailleur *marrom, blusa de valencianas brancas, toque* ninon, *com uma* aigrette *lateral de penas de pescoço de garça e um véu verde complicadíssimo. Temperamento felino, passional. Parece a Jane Hadding. Falam à boca pequena da sua moral mais que dubitativa. Mas recebem-na, porque afinal, esposa do Dr. Péres, mãe de dous bebês, D. Aída tem uma fortuna pessoal avultada, e um ar arrogante que domina.*

Mme. Aída Péres	Com que então apaixonada? Apaixonada verdadeiramente?
Margarida Abrantes	É verdade. Que queres tu! O amor é bem diferente das peças de teatro.

Mme. Aída Péres	E dizer que tu o achavas casmurro!
Margarida Abrantes	Estás bem certa disso?
Mme. Aída Péres	Certíssima.
Margarida Abrantes	Que engano, Aída, que engano!
Mme. Aída Péres	É alegre?...
Margarida Abrantes	É um homem admirável, é meu, é o meu marido. Não imaginas o prazer que eu tenho em dizer "meu, meu marido". É como se lhe sentisse o gosto. "Meu, meu marido."
Mme. Aída Péres	As palavras também azedam. Olha que esse "meu" às vezes sabe a correntes enferrujadas.
Margarida Abrantes	(*severa*) Quando não se ama o ente destinado a ser o nosso companheiro para toda a vida.
Mme. Aída Péres	Estás a repetir as palavras do bispo de Petrópolis. Amar toda vida é que é impossível.
Margarida Abrantes	Oh! Aída...
Mme. Aída Péres	Não te escandalizes, minha filha. É uma opinião pessoal.
Margarida Abrantes	Eu creio que amarei o Pedro toda a vida. (*êxtase*) Como ele é bom! (*pausa*) Sim, na verdade, quando nos tornamos noivos, era-me

indiferente. Tanto fazia ele como o Gustavo Pereira, o Edgard Moura ou outro qualquer. Eu não tinha bem a noção do que era isso. Depois, quer saber? desde a véspera do casamento eu fui tendo a certeza de que era outra, outra inteiramente, que uma luz suave ia crescendo, crescendo, desvendando-me os mundos, empolgando-me inteiramente, fazendo-se minha e fazendo-me totalmente sua... Oh! como é bom. Aída!

Mme. Aída Péres	(*suspiro*) A quem o dizes...
Margarida Abrantes	(*limpa os lábios úmidos um pouco nervosa*) Hei de parecer uma tola em te estar contando essas criancices...
Mme. Aída Péres	Ao contrário, muito interessante.
Margarida Abrantes	Mas não posso conter-me, preciso desabafar. Há três meses que vivo só com ele. Preciso dizer a alguém que o amo, que o acho bom, delicado, meigo, carinhoso.
Mme. Aída Péres	*Toute la lyre,*[1] enfim.
Margarida Abrantes	Quando ele sai e eu fico só, corro ao espelho a indagar se ainda sou moça, se não perdi o viço que o seduziu, recordo a cada instante as cenas capitais da nossa vida, aquele ar *gauche* do tempo do noivado, as suas frases no carro quando me deram a ele, e depois, a sua maneira de beijar, oh! diferente, tão diferente

---

1 Toda poesia.

de antes!... o modo de abraçar que parece
apagar a gente como uma luz no seu peito...
E confesso-te: tenho o remorso de não o ter
amado logo, logo que o vi...

Mme. Aída Péres — O amor nasce do hábito.

Margarida Abrantes — Ao mesmo tempo que o medo, o medo
de perdê-lo invade-me a alma. Era
preciso que eu tivesse dele tudo, tudo
que duas almas não se podem dar.

Mme. Aída Péres — Senão na criação de uma outra alma – o filho!
É lindíssimo como final de peça *rose*.
Mas olha que estraga.

Margarida Abrantes — Ora qual! Tu tens dous e está cada vez mais bela!

Mme. Aída Péres — É o que te parece. Não sabes quanto me
custa. E olha que não foi por vontade
minha que eles nasceram.

Margarida Abrantes — Oh! não ter vontade de ter um filho!

Mme. Aída Péres — Quando tiveres 30 anos, capacidade para
amar, uma beleza irradiante e um marmanjão
de calça comprida, com perto de quinze, que
começa a compreender e a exigir os seus
direitos de te fazer matrona, cada vez que te
dá o doce nome de mamã, compreenderás
como é bom que eles não nasçam!

Margarida Abrantes — Egoísta!

Mme. Aída Péres	(*recostando-se*) Feroz.
Margarida Abrantes	Pois eu não: um filho, o meu filho...
Mme. Aída Péres	Essa tua maneira de dizer, o "meu" filho, que ainda está para nascer, o "meu" marido, como não há outro, é um egoísmo também e violento.
Margarida Abrantes	Que tem de mal, se é obra do meu amor?
Mme. Aída Péres	Pode fazer-te sofrer mais que a sua fala. Só o amor, minha filha, faz sofrer.
Margarida Abrantes	Que importa sofrer? Eu teria vontade de sofrer para pagar ao Pedro o seu carinho, para dizer-lhe: sofro por tua causa, porque não haverá outro homem no mundo...
Mme. Aída Péres	Sério?
Margarida Abrantes	Duvidas! Olha, há mulheres que têm amantes.
Mme. Aída Péres	Há.
Margarida Abrantes	Pois se eu pensasse um dia em ter um amante, escolhia... meu marido!
Mme. Aída Péres	(*num frouxo de franqueza*) É porque não conheces os outros...

*Entra neste momento Pedro de Abrantes, com um
ramo de rosas, elegante, distinto. Leve franzir
de sobrancelhas ao dar com Aída Péres.*

Margarida Abrantes	(*num alvoroço*) Pedro!
Pedro de Abrantes	(*gentilíssimo*) Oh! Mme. Péres.
Mme. Aída Péres	(*preguiçosa*) É verdade, avaro guardador dos tesouros do amor. Uma rápida visita a Margarida, por quem morria de saudades. Decididamente não saem de casa este inverno?
Pedro de Abrantes	Ela é que não quer...
Margarida Abrantes	Estamos tão bem!...
Mme. Aída Péres	Não há companhia lírica ou baile suntuoso que compense algumas horas de lua de mel – com muito mel.
Margarida Abrantes	Muito?
Mme. Aída Péres	Vê? Sua mulher ainda acha pouco! É incontentável!
Pedro de Abrantes	Sempre espirituosa!
Mme. Aída Péres	(*erguendo-se*) Tão espirituosa que tenho o espírito de compreender que vai recomeçar a lua e as nuvens têm de passar. Minha querida amiga...

Margarida Abrantes	Já?
Pedro de Abrantes	Se tivesse adivinhado não teria entrado!
Mme. Aída Péres	Ora esta! Por quê?
Pedro de Abrantes	Para não vê-la partir tão depressa.
Mme. Aída Péres	(*leve chama no olhar*) Galanteador!
Margarida Abrantes	(*que não foi ouvida*) Garanto-te que diz a verdade...
Mme. Aída Péres	Adeus!
Pedro de Abrantes	Se permite, acompanho-a até o carro.

Shake-hands, *beijos. Mme. Péres sai rindo provocadoramente (por hábito) com Pedro de Abrantes.*

Margarida torna a sentar-se no divã branco, prostrada. A sala escurece aos poucos no cair da tarde. Entra Pedro.

Pedro de Abrantes	Uf! Lá se foi...
Margarida Abrantes	Coitada...
Pedro de Abrantes	Espero que não continuarás a recebê-la.

Margarida Abrantes	Que tem isso?...
Pedro de Abrantes	Que te pedi eu, antes do nosso casamento?
Margarida Abrantes	Cortar das minhas relações a Aída Péres e o insuportável Fonseca.
Pedro de Abrantes	E três meses depois de casados, a Aída instala-se aqui!
Margarida Abrantes	Porque dous meses depois tu convidaste o comendador Fonseca a comprar-te muito bem todas as ações desvalorizadas da Rio Grande. (*riso*) Mas nós falando dessas cousas, sem que tu me tenhas dado um beijo...
Pedro de Abrantes	(*como certos homens que fingem amuo para terem um redobro de carícias*) Não, não, estou zangado!
Margarida Abrantes	Pedro, vem cá. Senta-te aqui. Assim. Bom. Que fez hoje o senhor?
Pedro de Abrantes	Que fez hoje a senhora?
Margarida Abrantes	Tolinho!
Pedro de Abrantes	É... tolinho. Mas desobedece a seu marido...
Margarida Abrantes	Não se fala mais nisso. Quem é que gosta da sua Margarida?

Pedro de Abrantes	(*apesar da carícia que começa a enervá-lo*) Não sei, não senhora.
Margarida Abrantes	(*erguendo-se um pouco*) Quem vai dar um beijo no seu Pedrinho?
Pedro de Abrantes	Não sei, não senhora.
Margarida Abrantes	(*que aprendeu com vontade em três meses*) Deixa ver a boquinha, menino mau.

*Está com as mãos nos ombros de Pedro, um dos joelhos
no divã. E está linda. Insensivelmente Pedro enlaça-a
e ela desfalece num prolongado beijo. Continuando
a falar baixo, com a face colada à dele.*

Margarida Abrantes	Nem tu sabes por que recebi a Aída... Porque precisava falar de ti, da minha felicidade. A gente é tão tola quando casa, tem uma noção tão esquisita do marido, que ao possuí-lo depois, quando ele é bom, há como a vontade de dizê-lo a todo mundo. E tu és tão bom!
Pedro de Abrantes	Queridinha!
Margarida Abrantes	E hoje então, hoje que eu comecei a te querer mais bem do fundo d'alma... hoje – que eu te sinto o meu marido...
Pedro de Abrantes	Oh! filhinha, desde o primeiro momento, parece-me...
Margarida Abrantes	Não é isso, não é isso... Hoje o dia é maior, é infinitamente maior. Quando tive a certeza, o meu coração começou a bater, a bater... Tu não estavas...

Pedro de Abrantes	(*que começa a compreender*) Ah!
Margarida Abrantes	Tu não estavas e eu fiquei alegre, alegre, a maior alegria deste mundo, porque...
Pedro de Abrantes	Por quê?
Margarida Abrantes	Não sei, eu fiquei muito, imensamente alegre porque... porque ele é teu...
Pedro de Abrantes	Ele? (*à Margarida, que escondeu a cabeça no seu ombro*) Vamos, Gladys... fala... não sejas criança, responde, Gladys... Mandaste chamar alguém?... tens a certeza?... Filhinha, levanta a cabeça, olha pra mim... então... meu amor, um bebê... um bebê, meu anjo?...

E enquanto Margarida, soluçando, sem saber por que, faz com a sua linda cabeça um sinal afirmativo, Pedro de Abrantes ri, um riso extraordinário, seco, que não se sabe se é o de prazer de ser pai ou o da maçada prevista, um riso tão estranho como os soluços brandos da linda senhora, que se debruça nos seus ombros...

MINGUANTE

Às quatro horas da tarde, os criados anunciam Mme. Eulália
de Olivaes, a mulher do célebre milionário Olivaes, ex-moço
de pedreiro no extremo sul. Assim como o marido conseguiu
gastar quinhentos contos com uma casa atroz e o seu salão
onde se entronizam dous retratos de corpo inteiro, devido
ao pincel lamentável do Petit, Mme. Eulália de Olivaes
consegue despender uma fortuna em toilettes de um mau gosto
enervante. Nesta tarde, enverga uma espécie de dalmática
verde, com guarnições de um creme quase amarelo. Parece
o pavilhão do Brasil. E o seu chapéu, que tem uma enorme
pluma à Gainsborough, tem um cesto de compras, com
frutas, flores e outros ornamentos de mesa. No mais, 50 contos
de joias, anéis em todos os dedos, pendantif, *relógio com*
trinta mil berloques, corrente para o face-à-main *de ouro*
com guarnições de rubis e safiras, colar – uma porção de
cordões que se complicam no seu pescoço. Já disseram que ela
é a galé do luxo, porque o marido escapou milagrosamente
à polé da prisão. Tudo se paga neste mundo...
Margarida Abrantes, um pouco fatigada, um pouco
friorenta, um pouco pálida, esmaece na sala de espera, lendo
um romance em versos ingleses de uma atroz melancolia.
Ergueu-se à voz do criado, atura a entrada sensacional
de Mme. Olivaes, que arregaça a dalmática e corre num
passinho miúdo, capaz de fazer retinir todos os seus ouros.

Mme. Olivaes	Minha cara Margarida...
Margarida	Há quanto tempo! Venha o abraço!
Mme. Olivaes	Oh! minha filha, que trabalhão! Não tenho tido tempo para cousa alguma! Nem para acompanhar uma amiga em transe difícil...
Margarida	(*rindo*) Felizmente o meu transe é só para o mês...

Mme. Olivaes	(*suspiro*) Criança!
Margarida	Criança louca! Mas diga-me: em que ocupa a sua atividade?
Mme. Olivaes	Na quermesse de domingo. Há de ser, como sempre, no Passeio Público.
Margarida	Se não chover...
Mme. Olivaes	Já pedi a Santo Antônio que faça um dia lindo. Há barraquinhas para as raparigas venderem cousas; o Juquinha arranjou-me três ciganas que lerão a sorte dos presentes numa tenda que o Ferdinando assegura ter comprado em Marrocos de um corredor dos desertos...
Margarida	Os jornais dirão isso tudo?
Mme. Olivaes	(*com altivez*) Ora esta! Como todos os anos. O Juquinha tem sido incansável e prometeu-me ir para a bilheteria, no dia, vender bilhetes. Há rapazes bem diferentes de certos outros. É verdade, por falar nisso, como vai o Pedro?
Margarida	(*mais ou menos seca*) Bem.
Mme. Olivaes	Sempre incorrigível?
Margarida	Incorrigível, o Pedro?
Mme. Olivaes	Não é isso que quero dizer. Sempre gaiato?
Margarida	Gaiato, o Pedro? Ah! Dona Eulália, decididamente não conhece Pedrinho.
Mme. Olivaes	Não se pode conhecer toda a gente a fundo. Eu agora teria vontade de conhecer pelo menos

meio Rio, mesmo superficialmente, para passar os bilhetes da quermesse. É verdade, menina, diz-se "quermésse" ou "quérmesse"?...

Margarida Eu acho "quermésse" mais solene para uma obra de caridade, mas "quérmesse" parece mais novo, mais *high-life*.

Mme. Olivaes De modo que hesito...

Margarida O melhor é variar.

Mme. Olivaes Teu marido será dessa opinião?

Margarida É uma questão de língua sobre a qual ainda não o interroguei.

Mme. Olivaes São sempre as mais importantes.

Margarida (*que começa a sentir a insistência da Olivaes*) Não há dúvida. A língua!...

Mme. Olivaes Eu aceito o teu conselho e divido: para as pessoas que nunca foram à Europa, "quermésse"; para os transatlânticos, "quérmesse". Não concordas?

Margarida Magnífico! A senhora tem recurso para tudo, D. Eulália.

Mme. Olivaes Graças a Deus, filhinha. Mas não imaginas, não calculas como já vai sendo difícil passar bilhetes para as nossas festas! O estúpido visconde de Pedra Nova negou-se a aceitá--los, dizendo que era sempre a mesma cousa... Se a caridade pode variar! Idiota! E o pobre do Dr. Péres, coitadinho! ao ficar com duas entradas, não teve pejo de me dizer que ia apenas para acompanhar a mulher, porque achava essa cousa de "quérmesses" (ele diz "quérmesses") uma grande seca.

Margarida

A verdade caminha, D. Eulália!

Mme. Olivaes

Mas a falta de educação! (*de súbito doce*) Ah! é verdade, vocês continuam em excelentes relações com os Péres?

Margarida

Não havia razão para cortar com eles...

Mme. Olivaes

Visitam-se muito?

Margarida

Mais ou menos.

Mme. Olivaes

O Dr. Péres é inconcebível, mas a D. Aída...

Margarida

Que tem a D. Aída?... oh! esta gente que não deixa de falar dos outros...

Mme. Olivaes

(*ar absolutamente celeste*) Oh! minha Margarida, ao contrário, eu sou daquelas que se admiram como uma senhora inteligente pode suportar um homem como o Péres. Depois, não era a vocês, amigos íntimos, que eu seria capaz de trazer os *cancans* mentirosos contra honra de uma senhora distinta.

Margarida

(*instintivamente presta atenção, como quem ouve o prelúdio de uma ópera cujo pano vai levantar*)

Mme. Olivaes

(*repassando as palavras em mel*) E depois, agora, durante o teu estado interessante, eu sei quanto ela tem sido útil.

Margarida

É, muito útil...

Mme. Olivaes	Há um mês a vi na Mme. Coulon com o Pedro...
Margarida	Ah!
Mme. Olivaes	E disse logo: estão escolhendo o enxoval para o bebê, e tirando todo o trabalho à Margaridinha.
Margarida	(*pálida, fazendo um enorme esforço*) Exatamente, a... a Aída quis prestar-me este favor.
Mme. Olivaes	Ontem, ao passar de carro pela Rua do Riachuelo, vi-os entrando em uma casa que parecia uma casa de família.
Margarida	A que horas?
Mme. Olivaes	Às duas e meia da tarde. Vi-os entrar é um modo de dizer. Vi a Aída entrar e pouco adiante o Pedro com um ar de quem espera.
Margarida	Na Rua do Riachuelo? Sério?
Mme. Olivaes	Sim. Era alguma comissão tua. Adivinhei?
Margarida	(*que quase não pode falar, fazendo um supremo esforço*) Era.
Mme. Olivaes	(*gozando a tortura da pobre moça*) Foi o que pensei. A Aída está decerto procurando amas para o futuro bebê...
Margarida	(*sentindo a infâmia patente*) É, estava procurando amas... na Rua do Riachuelo... com o Pedro...
Mme. Olivaes.	E encontraram?
Margarida	Não serviam...

Mme. Olivaes	(*metendo o punhal até o cabo*) Pergunto isso porque mandei parar o carro, vi o Pedro entrar, e esperei-o cerca de dez minutos. Foi um exame prolongado...
Margarida	(*mentindo, quase a chorar*) E ainda depois foram ao Moncorvo Filho... O Pedro contou-me, e a Aída, que jantou conosco, disse-me que tiveram um trabalhão.
Mme. Olivaes	(*depois de um gesto de despeito*) E falam mal de D. Aída!
Margarida	A boca do mundo!
Mme. Olivaes	(*consulta o relógio*) Santo Deus! Eu a tagarelar há meia hora tendo tanto que fazer ainda! (*tira alguns cartões da bolsinha*) Perdoa, sim?
Margarida	(*com um sorriso*) Mais que fossem!
Mme. Olivaes	Adeus, flor.
Margarida	Adeus, D. Eulália.
Mme. Olivaes	Então, o bebê para o mês? Meus respeitos ao Pedro e um beijo à Aída quando a encontrar...

Sai. Veio só para instilar o veneno da sua revelação; fez sofrer um coração, vai embora radiosa. Margarida fica a olhar para a porta meio tonta, e monologa.

Margarida	Qual! Não é possível, não é possível o que me veio dizer essa velha idiota! Não! não! não pode ser! Então, o meu marido, a quem eu me entreguei toda, de quem eu sou obra, por quem eu me dedico... oh! não! e com a Aída, uma sujeita de que não gosta... Na Coulon... uma casa da Rua

do Riachuelo! Mas a víbora tomou informações. Devia ter nascido agente de polícia. Será possível? Será possível? Qual! Vamos ler, vamos esperá-lo. Depois...

Agarra o livro. É o Modern Love *de Georges Meredith, uma história que a entristecia antes da visita. Procura ler. Não é possível. A ideia da traição do marido apua-lhe o cérebro.*

Margarida E eu que pensava que era para toda vida!... Pateta! seis meses depois, sete meses depois, oito meses... não! sete porque a Eulália os viu há um mês... E então eu? Que sou eu para eles? Meu Deus! Meu Deus! como sou desgraçada! Não há dúvida... ele já é outro... já chegou um dia às oito da noite... É verdade! É verdade!

Cai soluçando no divã. Ser desgraçada faz-lhe uma enorme vontade de chorar. E, como uma cachoeira muito tempo contida, a sua dor extravasa. Oh! que desejo de ver Pedro chegar, de falar-lhe, de sentir esse outro homem que já não é o noivo, já não é o iniciador, já não é o pai de seu filho, é o desconhecido traidor! Mas passam-se horas, a tarde morre aos poucos e ela continua a soluçar baixinho, presa da curiosidade, do ciúme, da dor. Afinal ouve-se ruído de passos. É ele.

Pedro Margarida! Margarida! Estás aí? Quase no escuro! São seis e meia. Tens alguma cousa? Fala, minha mulherzinha. Que é isso?...chorando...

Margarida (*que o não quer olhar*) Deixa-me...

Pedro Temos novidades? Fizeram dodói no anjinho?

Margarida Oh! muito grande...

Pedro Quem é esse infame?

Margarida	É uma rua.
Pedro	Hein?
Margarida	(*voltando-se de repente a olhá-lo como se olhasse outro, outro homem*) Achas graça? A infame é uma rua. Adivinha qual é? a Rua do Riachuelo! Que te parece?
Pedro	(*perfeitamente calmo*) Acho esquisito. Fez-te mal a rua?
Margarida	Muito mal ou muito bem! Diz o Jorge que o mundo é uma série de ilusões que se desfazem umas às outras! A Rua do Riachuelo acabou com a minha grande ilusão.
Pedro	E criou-te outra?
Margarida	Desgraçadamente!
Pedro	Vamos lá a saber. A menina está nervosa. Deixemos de símbolos, *my darling*.
Margarida	Não me fales inglês! não me fales!
Pedro	Se é esse costume!
Margarida	Deixa isso para o Egito, menino, para os faraós, que respeitam o domínio inglês.
Pedro	É extraordinário de símbolo. Ia jurar que querem fazer uma cena!
Margarida	Que penetração!
Pedro	Faraós, Egito, domínio inglês... não compreendo!

Margarida	Manda tocar a marcha da *Aída* a ver se o consegues...
Pedro	Temos ópera italiana, agora?
Margarida	(*não podendo mais*) Ópera italiana? Como tu és cínico! A marcha de *Aída* é simplesmente pela Rua do Riachuelo contigo às duas da tarde, a marcha é a infame torpeza de enganar-me com desprezo por uma sujeita que é tua amante; a marcha é eu estar aqui, só, abandonada, para saber por estranhos que tu peralteias, seis meses depois de casado...
Pedro	Seis meses!
Margarida	Ou sete, ou oito, com as *cocottes* casadas!
Pedro	Margarida, perdes a cabeça! É de uma calúnia idiota.
Margarida	Onde estava o senhor ontem, às duas horas? Diga! Diga!
Pedro	Eu é que desejo saber quem te meteu tais caraminholas na cabeça.
Margarida	Nada de subterfúgios. Onde esteve?
Pedro	Mas, Margarida, estás de assombrar! Nunca te vi assim. Acalma-te...
Margarida	Se acha que é para menos!
Pedro	Mas eu juro!
Margarida	Nada de juramentos. Diga onde esteve ontem, diga!

Pedro	(*que já inventou uma história*) É uma imposição?
Margarida	É uma pergunta de quem deseja tomar uma resolução.
Pedro	Que resolução?
Margarida	A que te compete!
Pedro	Pois eu sou mais generoso, eu digo. Onde é que estive mesmo ontem, às duas horas? Espera...
Margarida	Homem distraído!
Pedro	Estive... agora lembro. Até tirei um relógio. Estive com o Jorge tomando um *grog* no Globo.
Margarida	Jorge não bebe senão água.
Pedro	Eu é que bebia, e até por sinal que o Jorge falou do seu desejo de ir para a Itália.
Margarida	Mas esta é calva! Anteontem resolvera adiar a viagem! Não tem dúvida. Vou telefonar ao Jorge.
Pedro	Para quê?
Margarida	Para perguntar se estiveste com ele.
Pedro	Ai! que a senhora começa a ser excessiva!
Margarida	Vês! A mentira, a infame, a torpe mentira! Estás com medo! É melhor falar a verdade. Tu não me conheces! Neste mundo ninguém se conhece! Dize logo, não mintas... Dize logo que és o amante... oh! que horror! que miseráveis!...

Pedro	(*impassível*) Quando terminas a cena, Margarida?
Margarida	Chamas a isso cena?
Pedro	Mas como queres tu que a chame... Vem um idiota, ou uma perversa, conta-te uma história sem provas e tu me recebes logo com este aparato... Digo-te que não, que continuo a não simpatizar com a senhora Péres.
Margarida	Conhecida como irregular...
Pedro	Não sei. Digo-te apenas que não. E que provas tens tu para dizer o contrário?
Margarida	Já não és o mesmo. Outro dia voltaste depois das sete. Passas os dias fora de casa. Chegas a dormir no gabinete.
Pedro	Mas não é o teu médico que exigiu isso? E vê, sou homem, sou teu marido, e resigno-me, resigno-me a ver-te afastada de mim...
Margarida	Resigna-te com outras. Mas isto é atroz, sabes? é simplesmente de uma brutalidade de fera!
Pedro	Está bom; agora passei a fera.
Margarida	Dizes claramente que eu assim, eu, tua mulher, eu assim, neste estado, por tua causa...
Pedro	Por nossa causa...
Margarida	... que eu, grávida, só te posso enfarar!
Pedro	Mas eu não disse isto!
Margarida	Mas eu sinto isso nas tuas palavras, nos

teus gestos, na tua voz. A informação
veio desvendar-me tudo! Já não sou
a tua mulher: sou a tua doente! Não
és o meu marido, és o enfermeiro que
aproveita as horas de liberdade! (*no auge
da superexcitação*) Infame! Infame!

Pedro (*que começa a temer*) Margarida, meu bem...
Vamos acabar com isso. Eu gosto sempre de ti.
Vem cá; não te excites. O médico aconselhou-te
repouso. Não dês às cousas mais importância
do que elas têm... (*arrastado, sem querer*)
Isso é habitual... todos fazem... não tem nada...
é uma culpa... A esposa é sempre a esposa...
que te importa a Aída... Nunca eu a respeitarei
como te respeito e amo... são calúnias, são
torpezas... depois... dous meses... dous meses
que o médico... não tem importância...
olha... eu juro de joelhos que nunca...

*Mas para, aterrado. Margarida, com as mãos na mesa, as
unhas a estalar, os olhos abertos, olha-o, olha-o, olha-o como
se de repente lhe tivessem arrancado a luz dos olhos, olha-o
desvairadamente, olha-o como se olha um monstro, a garganta
seca, a face lívida. E ele só tem tempo de se erguer, amparar o seu
lindo corpo que baqueia à rajada da fatal desilusão...*

FIM

Eva – A propósito de uma
menina original
Peça em três atos

PERSONAGENS

Eva de Azambuja
Adalgisa Prates, condessa papal
Sra. Ana de Azambuja
Marta Guedes
Guiomar Torres
Ester Pereira
Souza Prates, conde papal
Jorge Fontoura
Godofredo de Alencar
Barão Lopes
Jerônimo Guedes
De Grant, cônsul de França
Carlinhos Pereira
Dr. Antônio da Maia, autoridade
Doval, criado
Dois Trabalhadores

Representada pela primeira vez em 13 de julho de 1915, no Teatro Cassino
Antárctica, de São Paulo, pela Cia. Adelina Abranches.

A Alexandre Azevedo
que me obrigou a escrever a *Eva*;
que a levou à cena contra a
má vontade de toda a gente imbecil;
que nela obteve um dos seus mais justos triunfos;
a quem eu devo o êxito da *Eva*;
oferece,
JOÃO DO RIO

O LOCAL DA CENA

A fazenda de café de Antero Souza Prates, conde do Vaticano. Souza Prates, de uma das mais ilustres famílias de São Paulo, é o fazendeiro último modelo. Membro do Automóvel Club de São Paulo, membro do Aero de Paris, riquíssimo, levemente esnobe, faz da vida uma contínua diversão. Parte do ano passa-a na Europa, quando não passa o ano inteiro. De tempo em tempo visita a sua fazenda, que fica em Ribeirão Preto, a quarenta minutos da estação.

Essas visitas são sempre feitas na companhia de vários amigos, pessoas que levam a vida sem a preocupação da falta de renda, uma das mais graves preocupações da humanidade. De modo que, insensivelmente desarraigados, esses elegantes fazem desaparecer a tradição dos costumes paulistas num reflexo dandy *do conforto dos castelos de Inglaterra ou de França.*

A fazenda de Souza Prates tem eletricidade, salas de hidroterapia, criados estilizados à londrina. Os Souza Prates hospedam de modo encantador os seus amigos com a preocupação da alegria, da agitação e do chic, *que é uma palavra nova, apesar de ser uma qualidade muito antiga.*

A ação decorre em 24 horas, da manhã de uma quinta-feira à manhã seguinte de sexta, no antigo solar colonial.

O salão abre para uma larga varanda, que se debruça sobre a paisagem. É difícil dizer se o salão é o de um antigo casarão de família do interior, se o hall *de um hotel inglês do Mediterrâneo. Há dos dois. Há a arquitetura sólida, há a cor das paredes, há a regularidade do primeiro disfarçada na súbita exposição de candelabros, tapeçarias, divãs, mesas de fumo e de jogo. Portas à direita e para a esquerda, dando aos outros aposentos da casa. Escada para a varanda ao fundo.*

O aspecto é agradavelmente disparatado: o da tradição, que não se recolhe, e o do modernismo apreciado em excesso.

TEMPO DA AÇÃO

Ato primeiro
O salão às onze horas da manhã.

Ato segundo
O salão à noite.

Ato terceiro
O salão na manhã seguinte até meio-dia.

ATO PRIMEIRO – O SALÃO ÀS 11 HORAS DA MANHÃ

Quando o pano abre, brilha o sol lá fora e chiam cigarras,
as cigarras que são o som do verão. Há calor.
Entra a Sra. D. Ana de Azambuja, viúva do general
Azambuja. Desde que enviuvou, viaja com a filha.
É transatlântica. Boa, com preconceitos antigos. Insignificante,
elegante, pintada, comportada. Está de branco. Sombrinha.
Chapéu primavera.
No hall, *antes da Sra. D. Ana entrar, está só Doval, o criado,*
de casaca. Doval, português de nascimento, inglês de nome e
francês de língua, porque a isso o obriga a linha dos patrões.

Sra. Azambuja   (*entrando*) Doval!

Doval   *Madame la générale...* [1]

Sra. Azambuja   *Est-ce que ces messieurs ne sont*
pas encore de retour? [2]

Doval   *Pas encore, madame la générale.* [3]

Sra. Azambuja   *Et Madame?* [4]

Doval   *Elle a sonné justement sa femme de chambre.* [5]

A Sra. Azambuja coloca a sombrinha sobre a mesa, volta-se. Entra
Godofredo de Alencar, o elegante escritor tão bem relacionado.
É cético, alegre, com um ar de permanente espectador
complacente. Flanela. Luvas de seda branca. Doval sai, de casaca.

---

1 Senhora generala...
2 Esses senhores ainda não retornaram?
3 Ainda não, senhora generala.
4 E a Senhora?
5 Ela acaba de chamar sua camareira.

Godofredo	Deuses! a generala já de pé às onze horas da manhã!
Sra. Azambuja	Aproveito o ar do campo... Mas peço-lhe um obséquio. Não me chame generala. Na sua boca o título envelhece-me.
Godofredo	Com uma condição, generala.
Sra. Azambuja	Qual?
Godofredo	Vai deixar esses ares franceses e não chamará mais campo à nossa velha roça e à fazenda de café do Souza Prates.
Sra. Azambuja	Má língua! Não satisfaço assim a vontade dos proprietários?
Godofredo	Com exagero. Isto é o que se pode chamar uma fazenda traduzida para o francês do *boulevard* por um dos nossos escritores que tanto ignoram o português como o francês. Por consequência, na maioria dos casos, basta o acento agudo no fim das palavras. Em vez de ares do campo; digamos ares da "fazenda".
Sra. Azambuja	Você é ridículo...
Godofredo	Mas, minha cara D. Ana...
Sra. Azambuja	Não seja impertinente, peço-lhe.
Godofredo	Impertinente?
Sra. Azambuja	Sabe bem que não gosto que me chamem D. Ana.
Godofredo	Nem Generala nem D. Ana?

Sra. Azambuja	Basta Madame Azambuja.
Godofredo	Seja. Também exijo que não me interrompa. Perdi o fio da análise...
Sra. Azambuja	Da sátira, diga antes.
Godofredo	Não é verdade? Estamos numa fazenda. Qual a ideia geral de uma fazenda? Florestas, culturas; vida primitiva, simples, retirada da cidade. Esta está a quarenta minutos de Ribeirão Preto, cidade que tem cafés cantantes com *chanteuses*[6], todas do Capucines, das Folies Bergères do Moulin Rouge, apesar de nunca se terem perdido por lá. É ou não um choque nas nossas ideias? Há mais, porém. Só o nome de fazenda faz-nos pensar em negros no eito, em amplas feijoadas, leitões assados, a absoluta falta de conforto na fartura imensa. Cá os trabalhadores, em vez de pretos, são italianos visitados pelo cônsul e defendidos – *per Dio Santo*! – pelo patronato geral dos agricultores. E quanto ao resto, os cardápios são à francesa, há eletricidade, telefone, aparelho de duchas... Pensava ver o fazendeiro falando mole, mas feito de aço. Encontro os Souza Prates, condes do Vaticano como quase todos os jornalistas do Rio, e recebendo os amigos com a elegância de castelões franceses recentemente fidalgos. E inverossímil. (*pasmo*)
Sra. Azambuja	Opiniões de artista à procura da cor local... Olhe, eu, se fosse uma velha fazenda à antiga, não teria vindo...
Godofredo	(*enérgico*) Nem eu, é claro.

---

6 Cantoras.

Sra. Azambuja	*Que blagueur!*[7]
Godofredo	(*descalçando as luvas*) O que não me impede de protestar em nome da tradição. Madame Azambuja, somos tristemente desarraigados, *des deracinés, ma très chère amie...*[8] As viagens perderam-nos, obrigando-nos a representar Paris na roça...
Sra. Azambuja	E felizmente também a roça em Paris, grande pedante!

Os dois riem. Entram pela varanda Marta Guedes, Guiomar Torres, a evanescente Ester Pereira, jovens elegantes. Fatos brancos, sapatos brancos, raquetes de lawn-tennis.

Marta	*Bonjour!*
Guiomar	*Morning!*
Sra. Azambuja	Voltam do *tennis*?
Marta	Claríssimo! Estivemos uma hora no campo. Por sinal que Prates precisa consertar aquilo. Os filhos dos colonos rebentaram as redes e demarcaram o chão de modo indecente.
Godofredo	Os filhos dos colonos, como todos os filhos, são o futuro da pátria.
Sra. Azambuja	E Eva? Não estava com vocês?
Godofredo	Mãe carinhosa!

---

7 Que piadista!
8 Uns desenraizados, minha caríssima amiga...

Guiomar	Eva, como sempre, pregou-nos um logro.
Ester	Foi-se às seis horas da manhã com todos os homens...
Sra. Azambuja	Oh!
Godofredo	Perdão. Todos não. Cá estou eu.
Marta	Sim, ela exagera.
Ester	Pois se até o barão Lopes, que acorda tarde, foi!
Guiomar	Mas ficou o Carlinhos, que nos queria ensinar o *foot-ball*.
Godofredo	Por causa da Ester?
Ester	Que mentira!
Marta	E também o Jorge Fontoura. Esse esteve a marcar os pontos. Mas é um sujeito mais grave que um comboio da Central.
Guiomar	Pudera! Se é um engenheiro e descarrila... Foi quem nos informou que Eva saíra às seis horas com os nossos companheiros, para uma partida de caça...
Sra. Azambuja	Meu Deus, minha filha caçando!
Marta	Descanse, não dá um tiro!
Ester	Mesmo porque quem a Eva tem de matar, não foi...
Sra. Azambuja	Que inconveniência é essa, Ester?

Guiomar	Mas se toda a gente sabe?
Sra. Azambuja	Sabe o quê?
Marta	Que o pobre Jorge está loucamente apaixonado por ela!...
Ester	Foi por isso mesmo que Eva não o convidou para o passeio. Ela não gosta de paixões.
Sra. Azambuja	Meu Deus! Que revelações! Precisamos aclarar os fatos!
Godofredo	Mas aclarar o que, D. Ana?
Sra. Azambuja	Madame Azambuja, se faz favor!
Godofredo	Perdão! Não há nada positivamente a aclarar! Que culpa tem Eva de que a amem? Ela brinca, ri e consegue ser especial. Há quantos dias estamos cá?
Marta	Há quinze.
Godofredo	Qual o *flirt* de Eva?
Ester	Todos!

Riso geral.

Godofredo	Quer dizer nenhum! Ela pode desfazer *flirts*, mas os trata igualmente...
Marta	Inclusive os nossos maridos.
Godofredo	Sem que ninguém descubra preferências.
Sra. Azambuja	Foi sempre assim. Onde vai, todos a amam...

Guiomar	E ela não ama ninguém.
Godofredo	Tem o *chic* de não fingir. Numa mulher é espantoso.
Marta	E no homem é impossível!
Godofredo	Ora, Eva tem 22 anos e não amou nunca. Jorge tem 32 e é a primeira vez que ama com ímpeto, com desespero, com paixão. Jorge é sincero e digníssimo.
Guiomar	Nunca foi a Paris...
Godofredo	Mas tem ido a Minas Gerais, o que neste tempo é também importante. Não poderia haver oposição ao casamento, se Eva amasse.
Sra. Azambuja	É difícil!
Marta	Você mesmo a denominou "menina Barulho"...
Godofredo	Se ela vencer a paixão, será incomparável. Teremos barulho maior!

Entra Madame Adalgisa Souza Prates, bonita, macia, infantil, elegante. Tem um vestido que é magnífico e gosta muito que lhe digam cumprimentos

Adalgisa	*Enfin, je vous trouve!...* [9]
Todos	(*em torno*) *Bonjour! Morning! Ma chère...* [10]
Godofredo	(*acentuando*) Bom dia!

---

9 Finalmente eu encontro vocês!...
10 Bom dia [em francês]! Bom dia [em inglês]! Minha querida... [em francês]

Adalgisa	*Pourquoi crier comme ça?*[11]
Godofredo	Para valorizar o português. Vocês falam de tal forma que quando aparece uma palavra nossa é preciso acentuar o descuido.
Adalgisa	Impertinente!
Godofredo	*O chic, ma très chère amie*[12], está em dizer amabilidades com impertinência. (*beija-lhe a mão*)
Adalgisa	E a quem diz você amabilidades quando grita: "Bom dia"?
Godofredo	Ao país! À pátria! Essa abstração fica tendo a certeza de que não esquecemos – *nous n'avons pas encore tout à fait oublié, all right*[13], a língua do país!
Ester	Maluco!
Adalgisa	Não lhe digo o mesmo porque você é meu hóspede.
Godofredo	Que pena não estar no seu lugar! Diria a todos nós o que não quer dizer só a mim... Mas permita que a ache encantadora.
Adalgisa	Oh! não lisonjeie...
Todos	(*em torno*) Não. Está linda! Que beleza! É extraordinária!

---

11 Por que gritar assim?
12 O chique, minha caríssima amiga.
13 Nós ainda não esquecemos totalmente, está certo.

Entra Jorge. É um homem forte, simpático, de gestos francos
e decididos. Está vagamente inquieto. Flanela azul.

Adalgisa	Dr. Jorge, venha em nosso auxílio. Godofredo agride todos os meus hóspedes.
Jorge	(*saudando*) Godofredo faz o *sport* das palavras.
Godofredo	Para fazer alguma coisa barulhenta, para estar *dans le train. Il faut du tapage*![14] Em compensação você faz o *sport* do silêncio. Parece um jogador de xadrez.
Ester	Resolve o problema.
Marta	Não sabe se come a torre ou a dama.
Jorge	Minhas senhoras, tenham piedade!... Não sei o exercício perigoso da ironia...
Guiomar	Faça como Godofredo, que fala mal da gente e nos copia literalmente.
Godofredo	Literariamente. Perdão. Falta uma sílaba.
Guiomar	Olhem como está vestido. Parece um *dandy* em Deauville...
Adalgisa	Deauville! Lembra-se, Madame Azambuja, da estação, há seis meses? Os hotéis eram por um preço fabuloso.
Sra. Azambuja	(*aos outros*) Madame Prates tinha uma série de salas no primeiro andar num dos primeiros hotéis. Pagava um preço inaudito.

---

14 Para estar na moda. É preciso um pouco de barulho!

Adalgisa	Ora! Lembro-me apenas o quanto me diverti com Eva... Imaginem que ela conseguiu o seu trem de seis!
Ester	Seis?
Sra. Azambuja	(*desejosa de atenuar um mau efeito*) Brincadeiras da minha filha.
Adalgisa	Sim, seis *flirts*. Um argentino, um russo, um príncipe húngaro casado, cuja mulher andava pelas ruas de sandálias gregas, dois ingleses virgens e um francês que era apenas um De Morny!
Todos	(*com respeito*) Oh!
Jorge	(*rompante*) Devia ser o mais imbecil!
Sra. Azambuja	Era a opinião de Eva.
Jorge	Pois claro!
Sra. Azambuja	E oito dias depois só restavam dois *flirts*, o príncipe húngaro e um dos inglesinhos que Adalgisa julgava virgem... O príncipe tratava Eva como um pai.
Adalgisa	E o inglesinho chorava.
Godofredo	Na cama?
Adalgisa	Ora que ideia! Chorava quando nos via. Pensará o senhor que ele nos via deitado?
Marta	Inteiramente Eva!
Adalgisa	A tentação!

Guiomar	Decididamente não casará. Não é a sua opinião, Sr. Jorge?
Jorge	Não conheço com intimidade a pessoa de que fala, para dar uma opinião.
Sra. Azambuja	Não diga tais coisas, Guiomar. Tenho tanto medo do gênio de Eva!
Adalgisa	Oh! Ela acaba como as outras. Terá de amar. E exige, quer o impossível... É preciso adivinhá-la... Apenas temo que poucos homens sejam capazes hoje de perder o tempo adivinhando uma mulher...
Godofredo	Pois se o tempo é das soluções rápidas! Não vê a condessa que até as charadas desapareceram dos jornais?
Adalgisa	Charada ou não, todos a estimam. Hoje levou a galopar o próprio barão Lopes. Quando ontem à noite ela me contou o plano, confesso que não esperei tanto...
Jorge	V. Exa. sabia então do passeio?
Ester	Pois Eva conta tudo a Adalgisa...
Adalgisa	(*rindo*) E sabia que o senhor não ia porque tem um ar de juiz casmurro...
Guiomar	Só?
Marta	(*rindo*) Só, naturalmente...
Ester	(*rindo*) Só, naturalissimamente...
Jorge	Julgou-me severamente. Mas não compreendo...

Adalgisa	(*rindo*) É melhor não se dar a esse trabalho. Mas são onze e meia. Vocês vão almoçar em traje de *tennis*? Temos só meia hora...
Guiomar	*Tiens! je me sauve...* [15]
Marta	*Anche io, carina...* [16]
Ester	*Y yo, mi querida...* [17]

Saem a correr as três.

Adalgisa	É que temos um dia cheio de trabalho! O torneio de *bridge*, a visita às plantações de uvas do Dr. Barreto, o chá, o jantar e, à noite, a serenata dos colonos italianos. Pelo menos faço o possível para que os meus hóspedes não se aborreçam.
Godofredo	A condessa é o gênio da hospitalidade.
Adalgisa	Feio! Venha comigo, Madame Azambuja. Vou mostrar-lhe uns figurinos.
Godofredo	Vou também. Os figurinos são as únicas pinturas decadentes que ainda compreendo.
Adalgisa	Você fica com o Dr. Jorge. É castigo. Para falar menos!

Saem rindo.

Godofredo	Má!

---

15 Bom, eu vou nessa...
16 Eu também, querida...
17 E eu, minha querida...

Jorge	(*impetuoso*) Viste as insinuações dessas senhoras?
Godofredo	O amor brilha, mancebo!
Jorge	Nada de pilhérias, Godofredo. Sinto que estou sendo ridículo. É humilhante. Não sirvo para sociedade tão frívola. Levam tudo em troça. Sou um simples. Sou um matemático.
Godofredo	Pertences ao derradeiro grupo dos vencedores do Amor. Sim. A equação e o cálculo são as bases do conhecimento da mulher, que é positivamente um estudo de geometria no espaço...
Jorge	Não faças frases. Deixa-as para quando houver gente...
Godofredo	Mas é um vício, homem. Faço frases como quem bebe. Para distrair-me. As frases dizem sempre o contrário do que pensamos.
Jorge	Godofredo! Tem piedade. A minha situação é de ridículo.
Godofredo	Ridículo tu, porque amas? Estás doido. Aqui só tu não és ridículo, porque és sincero. Vamos a saber... (*olhando o dia*) Que lindo dia, hein?
Jorge	É.
Godofredo	Nem olhaste! Como vocês, engenheiros, devem amar! Só se apercebem do sol porque estudaram astronomia, e das árvores porque fizeram exame de botânica. Fica tudo para a mulher.
Jorge	Incorrigível!

Godofredo	Palavra! Um homem como eu, um artista – porque eu sou artista – (neste momento, por exemplo, percebo que lá fora chiam as cigarras de Homero), perde-se no ambiente. O engenheiro ataca o resumo. Só vocês podem conquistar ainda uma mulher, porque são capazes do sacrifício!...

Mas surgem dois trabalhadores, que falam com carregado acento italiano, e vagarosamente, com atenção, já estão a descer da varanda.

Godofredo	(*vendo-os*) Que há?
1º Trabalhador	O patrão?
2º Trabalhador	O conde de Prates...
Godofredo	(*seco*) Não está!
1º Trabalhador	É que disseram que já chegara... Não são os seus aposentos aqueles?
Godofredo	São. Mas que têm vocês com isso?
2º Trabalhador	Não. Queremos falar só...
Jorge	Falem ao capataz... É melhor, ou voltem.
1º Trabalhador	Voltaremos... Perdão...

Saem rápidos.

Jorge	Que caras!
Godofredo	São os substitutos dos pretos, meu caro. Anarquistas, protegidos pelos patronatos e os cônsules! Os fazendeiros paulistas bailam

	sobre um vulcão. Um desses tipos parece-me o jardineiro. Ainda outro dia encarregou-se do fogo de vistas. Que problema terrível!
Jorge	Qual?
Godofredo	A ligação dos casos. Um vulcão que solta foguetes!
Jorge	Queria ter o teu bom humor!
Godofredo	Não terias tempo para amar. Ah! Mas é verdade. Tratávamos do teu ridículo. Ridículo por quê?
Jorge	(*ímpeto*) Ridículo por tudo. Ridículo porque já todos sabem, ridículo porque não posso conter-me, ridículo porque não sou correspondido. Tenho apenas a dizer-te uma coisa: parto amanhã.
Godofredo	Nada de infantilidades. Que vieste cá fazer? Vieste por interesse. O Prates precisa do levantamento de plantas e da transformação dos terrenos que tem em Goiás. Tens de ficar para contentar Prates, que te fará sócio nessa fantasia.
Jorge	Fantasia?
Godofredo	Goiás é uma ficção geográfica. Mas, em todo caso, precisas acompanhar Prates na quinzena em que ele faz de parisiense fazendeiro. Tens uma linda posição, tens talento e a tradição de uma família de engenheiros ilustres. Todos nós acompanhamos o snobismo do Prates. Fica!
Jorge	Mas é que todos começam a rir de mim.
Godofredo	Porque amas. É inveja.

Jorge	Oh!
Godofredo	E amas, matematicamente.
Jorge	Acabas enervando-me com a matemática.
Godofredo	Amas como quem nunca foi a Paris, amas como quem nunca teve um camiseiro elegante e um *bottier épatant*[18], amas como quem doma a terra, ó animal raro! sinceramente. O riso é inveja, fenômeno!
Jorge	Pois seja. Seja o que quiseres. Mas para quê? Ela é elegante, frívola, *flirteuse*[19], não gosta de ninguém. Eu não fui a Paris.
Godofredo	Por isso mesmo és perigoso...
Jorge	Ela evita-me! Godofredo! Não! Não é possível! Não desejei nunca uma coisa que não a obtivesse. E esse amor, o meu primeiro amor, o meu único amor que me despreza!
Godofredo	Conquista-a!
Jorge	Desde o dia que aqui cheguei que a amo, que a sinto diversa do que deseja ser, que a desejo, que a quero... E cada vez mais! Cada vez mais, à proporção que a vejo fugir-me. Não. Fica sabendo. Eu acharei ocasião de falar-lhe. E digo-te: é a minha vida ou meu fim... Parto amanhã.

Algazarra fora. Jorge precipita-se.

---

18 Um sapateiro estupendo.
19 Paqueradora.

Godofredo	Aposto mil libras, aposto a fazenda do Prates, aposto o inexistente Goiás como não partes.

Fora barulho. Um toque de trompa desafinado. Latidos de cães. Erupção no hall. *Barão Lopes, velho* decavé et bon enfant[20]. *Ernesto De Grant, cônsul de França; Souza Prates, o gentleman do café, muito* chic; *Jerônimo Guedes, esposo de Marta; Carlinhos Pereira, petiz cheio de suficiência.*

Barão	Mas é a trombeta de Jericó!
Jerônimo	Eva, pelo amor de Deus!
Souza Prates	Eva!
Godofredo	Mas que é isso?
Carlinhos	Eva que está tocando o *hallali*[21]!
Jorge	E caça?
Jerônimo	Nenhuma! Pilhérias de Eva!
Souza Prates	Eva, ou paras, ou vou buscar-te pelas orelhas!
Eva	(*dentro*) Duvido, Napoleão!
Souza Prates	Repete!

Toque de trompa.

Souza Prates	(*correndo pela galeria*) Vais ver.
Carlinhos	Eu cerco.

---

20 Velho arruinado e bem-comportado.
21 *Hallali*, numa caçada, é o toque de trompa que anuncia que a presa está encurralada.

Algazarra, gritos. Eva de Azambuja, amazona elegantíssima. Ramo de flores silvestres. A trompa. Entra rindo, perseguida por Souza Prates e Carlinhos.

Eva	(*refugiando-se por trás de um divã*) Não vale! Não vale! Covardia. Os homens são covardes.
Barão	(*interpondo-se comicamente*) Pois eu defendo.
Eva	Obrigada, barãozinho de minha alma.
Godofredo	E eu!
Eva	O cronista repete os outros. Venha.
De Grant	*Mais moi aussi, Mademoiselle.*[22]
Eva	Somos aliados.
Souza Prates	Mas a menina leva a trompa como uma *scie*[23] contra todos nós e ainda vocês passam?
Eva	Conde, este divã é a Bélgica. Ou você passa ou é *boche*[24]!
Souza Prates	Corro a salvar-te!
Jerônimo	(*rindo também*) A salvarmo-nos é que é.
Carlinhos	Então eu também.
Eva	Aceito porque se rende!

---

22 Mas eu também, senhorita.

23 Serra.

24 Termo pejorativo com o qual os franceses se referiam aos alemães durante a Primeira Guerra Mundial.

*Todos ficaram ao lado de Eva. Jorge sorri sem tomar
uma resolução.*

Eva	Do alto desta trincheira! (*toca a trompa. Todos tapam os ouvidos*) Chamo, ninguém me responde; olho e não vejo ninguém!
Godofredo	Vês o Jorge.
Eva	Engenheiro!
Jorge	*Mademoiselle.*
Eva	Você é o inimigo.
Jorge	Mas eu passo...
Eva	Nunca! Precisamos de inimigos.
Barão	A superioridade do número é terrível.
Eva	Mas ele é alemão.
Jorge	Perdão!
Eva	Tem que ser!
Todos	Tem que ser! Tem que ser!
Eva	Alemão, renda-se! Não se rende? Lá vai bala! (*atira-lhe o ramo*) Avancemos. (*e precipita-se com todos sobre Jorge. Riso geral*) Vencemos. Levem o ferido! Debandar! (*toca a trompa, fogem todos. Ela cai no divã*) Uf! Manhã trabalhosa!

Adalgisa, Sra. Azambuja entram.

Adalgisa	Mas que é isso? Que há?
Sra. Azambuja	Revolução?
Eva	As grandes campanhas da Bélgica.
Souza Prates	Não imaginam o que fez Eva!
De Grant	*Mademoiselle a été charmante.* [25]
Adalgisa	E não nos levaram!
Eva	Meu amorzinho... Impossível! Era um passeio só de homens.
Sra. Azambuja	Minha filha!
Adalgisa	Mas ficaram vários: o Godofredo, o Jorge, o Carlinhos.
Eva	Explico – Godofredo é cronista, o Froissart do Castelo. Só pode escrever bem o que não viu. *Ergo* – inútil como presença. O engenheiro calcula e o cálculo entristece. Logo, afastado. O Carlinhos é criança e nós éramos todos maiores. Hei de passear com os três quando estiver para aborrecer-me. De resto, são os meus únicos partidos neste solar, os únicos solteiros. Eles e o barão.
Sra. Azambuja	Não diga inconveniências, Eva.
Eva	Ora! Se até já escolhi o barão, mamã?
Barão	Eu não me caso.

---

25 A senhorita jogou seu charme.

Adalgisa	Por quê?
Barão	Porque seria infelicíssimo.
Jerônimo	Por quê?
Barão	Porque o merecia.
Godofredo	Por quê?
Barão	Porque teria casado. Há maluquice maior?
Eva	Muito bem. Com o barão, podemos repousar. Depois de quem eu gosto aqui, de fato, não é de nenhum de vocês. É da Adalgisa.
Adalgisa	Lisonjeira!
Eva	Como ela está bonita! Se fosse rapaz, o Prates não teria a Adalgisa sem passar pelo meu cadáver.
Souza Prates	E se eu fosse a Adalgisa fugia com a Eva...
Eva	Pretensioso! Mas como passou o meu amor a manhã?
Adalgisa	Ouvindo o Godofredo dizer inconveniências.
Eva	Só?
Godofredo	E trabalhando a *toilette*...
Eva	É da sua conta? Ela é bela. A *toilette* custa, porque as coisas mais bonitas acham-se feias perto dela...
Adalgisa	Oh! Eva, como és boa...

Eva	Digam qual dos dois é mais lindo: o fio de pérolas ou o pescoço de Adalgisa? E entretanto nunca vi pérolas mais belas.
Jerônimo	São raras.
Souza Prates	O Fontana de Paris levou três anos a colecioná-las. Todas iguais.
Godofredo	As joias de Madame Prates são a afirmação do bom gosto.
De Grant	*Oh! oui!*
Barão	Do seu bom gosto e da sua fortuna. O colar está a dizer as duas coisas.
Souza Prates	Há mais caros. Este vale uns 300 mil francos.
Eva	Não o roubo porque preferia Adalgisa.
Adalgisa	Louquinha.
Souza Prates	Mas vamos almoçar ou não?
Todos	Vamos. Estou com grande apetite.
Jerônimo	Vou ver minha mulher... (*sai*)
Barão	Estou sujíssimo. (*sai*)
De Grant	*Permettez, Madame la Comtesse.*[26] (*sai*)
Souza Prates	Meu caro Jorge, que me diz dos documentos de Goiás?

---

26 Permita-me, senhora condessa.

Jorge	Que documentos?
Souza Prates	Onde tem a cabeça? Os que lhe dei ontem à noite?
Jorge	Perdão, ainda não os li.
Souza Prates	Partimos para São Paulo dentro de oito dias. É preciso ter o plano traçado. Caso queira, ficará com a chefia da exploração.
Adalgisa	Mas vamos ou não? Godofredo, ande daí.
Eva	Movimente-se, homem artrítico.
Godofredo	Obedeço, é verdade. Esquecia-me. Estiveram dois trabalhadores cá.
Jorge	Vinham à sua procura.
Souza Prates	À minha procura? Essa gente não se atreve. É impossível. São perigosos aliás. Não os recebo nunca.
Godofredo	Um deles creio que era o jardineiro...
Souza Prates	Bem. Coisas da iluminação, logo à noite...
Adalgisa	É o mesmo que tanto trabalhou para descobrirmos o diamante que me roubaram o ano passado.
Eva	E que ninguém descobriu?
Godofredo	Naturalmente.
Adalgisa	O almoço é dentro de dez minutos. Até logo, Madame Azambuja, Godofredo! – Antero, creio que não vais para a mesa assim?

Debandada geral. Eva fica um instante só.
Depois, Jorge, que não saiu da varanda.

Eva   Uff! Toca a vestir! Toca a
almoçar! Divirtamo-nos!

Jorge   (*aproxima-se*) Quê? Solitária?

Eva   (*rindo*) Ora! Apenas porque eu estava só é
que o engenheiro voltou. Há meia hora
esperava a ocasião. Sim ou não?

Jorge   Sim.

Eva   Pois tenha uma surpresa. Fiquei porque
contava com a sua presença.

Jorge   Eva, não brinque.

Eva   Palavra. Para dar uma compensação ao passeio...

Jorge   Foi má.

Eva   Continua o *flirt*?

Jorge   Chama a isto *flirt*?

Eva   Nada de emoções, Jorge. Depois da
trompa, estou incapaz de resistir.

Jorge   Mas é que a senhora trata a brincar um
sentimento profundo.

Eva   Ora!

Jorge   Vamos a saber... que pensa a meu respeito?

Eva   O que penso dos outros: nada.

Jorge	Só?
Eva	Quer mais?
Jorge	Se fosse possível...
Eva	Pois penso, sim; penso que você é um engenheiro de 32 anos, que vai para uma terra que não existe e que se chama Goiás...
Jorge	Eva! Eva!
Eva	Como está patético!
Jorge	Eva, fale sério, não esconda a alma...
Eva	Começa o interrogatório. Temos o juiz. Decididamente errou a vocação.
Jorge	Não é possível que seja assim; não é possível que não reconheça a sinceridade, a profundez do meu sentimento.
Eva	Vamos almoçar.
Jorge	Não sei flertar...
Eva	Vê-se...
Jorge	Permita que lhe pergunte: já amou na vida?
Eva	Indiscreto!
Jorge	Se tivesse amado uma só vez compreenderia a força angustiosa, irresistível...
Eva	Jorge, até logo!

Jorge	E respeitá-la-ia e teria um pouco de reflexão. Eu não brinco, eu não me divirto...
Eva	Infelizmente...
Jorge	Porque é o meu coração, é a minha vida que está em jogo.
Eva	Oh!
Jorge	Eu amo-a, Eva, irrevogavelmente. Sinto que deve ser o amparo, a luz, o bem da minha vida. E quero ser seu esposo, porque a sinto boa, nobre, diversa do que quer parecer.
Eva	Mas você está doente, Jorge...
Jorge	Imensamente, para toda a vida. E da senhora depende tudo, o desastre ou a felicidade. Ninguém, Eva, a amará como eu a amo. Dê-me uma palavra, diga essa palavra. Mas não brinque, fale sério.
Eva	Para que lhe serve ter estudado matemática?
Jorge	Para a resolver.
Eva	Eu sou a quadratura do círculo.
Jorge	Por Deus! Não me atormente mais. Seja o que eu sinto que é. Francamente. É a minha vida que está diante da sua. É o meu coração diante dos seus olhos, é o meu sonho a seus pés – é um homem com tudo quanto possa ter de nobre que lho pede. Eva! Eva! Responda!
Eva	Com teimosos como você não é possível brincar!

Jorge   Não!

Eva   E é preciso responder?

Jorge   É.

Eva   Vou falar-lhe a sério. Um segundo apenas
para não envelhecer muito. Jorge, sou
maior, tenho algum juízo, posto que não
pareça, e há uma coisa que me causa
medo – o casamento. Há 2 mil anos um
literato chinês – Pau-Hoei-Pau...

Jorge   Que tipo era esse?

Eva   Uma espécie de Godofredo na China.
Há 2 mil anos o chim literato escreveu:
"Se a mulher casa por vontade do coração,
é por toda a vida; se casa contra a
vontade, é também por toda a vida".

Jorge   Onde leu isto?

Eva   Num jornal de Paris.

Jorge   Mas daí?

Eva   Daí, Jorge, uma declaração que me pareceria
inútil se você tivesse o espírito das nuanças.
Eu sou de fato sincera. A vida sem sinceridade
ou com indiferença assusta-me. É preciso
casar? Seja. Mas com um homem que nos ame
de verdade, com um amor que seja para toda
a vida, com alguém que nos conquiste, que
nos mostre a profundez do sentimento, sem
palavras, sem retórica, com o fato. Porque
o meu amor será por toda a vida, também.

Jorge	E para ter esse amor?
Eva	É preciso tudo!
Jorge	Pois eu lhe digo: ou eu a tenho ou desapareço, porque isto não é vida. É incêndio. É dor. É delírio!
Barão	(*na varanda*) Vocês vêm ou não vêm almoçar?
Eva	Barão, salve-me! O Jorge fez-me uma declaração. Quer casar comigo.
Jorge	Eva!
Barão	Quer o castigo, então?
Jorge	Que castigo?
Barão	O maior castigo para o celibatário – o casamento!
Eva	Apoiado! Viva o barão! (*vendo a trompa*) Mas toquemos o sinal do almoço! (*grita e sopra a trompa*) Almoço! *Lunch*!

Ao ruído aparecem todos os personagens, tapando os ouvidos, atordoados e rindo.

Barão	(*às gargalhadas*) É a Eva! É o Barulho!
Eva	Almoço! Almoço!

E o pano cerra-se na confusão de protestos e gritos sob a desafinação da trompa.

ATO SEGUNDO – O SALÃO À NOITE

O mesmo hall. *Onze horas da noite. Faz luar, que começa a lamber as colunatas da varanda. Ouve-se um tango argentino noutra sala, tango que se prolonga bastante. Há também risos, exclamações que chegam em surdina ao* hall...
   Jorge está só na varanda, smoking. *De resto, todos fizeram* toilette *de noite.* Smokings. *Decotes.*

Godofredo	(*que entra*) Afinal descubro-te. Estavas a admirar a lua? Olha que calha bem a um namorado.
Jorge	Estou repousando apenas. Tanta diversão junta acaba por fazer-me mal.
Godofredo	Perdeste. Eva ensina o tango argentino à Marta. Marta, antes de dançar, participou-nos solenemente que não era *cocotte*. Perfeitamente divertido...
Jorge	Porque finges que te divertes...
Godofredo	É ainda a melhor maneira de aborrecer-me sem dar por tal. Estamos numa sociedade fútil! Sou fútil. Amanhã aparece Platão.
Jorge	Não aparece.
Godofredo	Vamos que apareça. Eu logo começo a passear com Platão e a discretear a respeito do sentido alegórico da poesia. Com o Souza Prates, porém, é só baixa de café, Paris, elegância e *poker*. Tu não compreendes as nuanças.
Jorge	Já me disseram isso, e eu respondi que era sincero.

Godofredo	Eu também. Apenas devemos ser sinceros de acordo com os indivíduos com quem tratamos. Sincero de um modo só é viola com uma corda única... (*pausa, acabrunhado*) Esta minha frase cheira a aforismo de caboclo. O ambiente! A fazenda, apesar de traduzida, começa a deteriorar-me!
Jorge	Godofredo, não estejas a brincar, quando atravesso o mais trágico momento da minha existência.
Godofredo	Trágico momento por quê? Porque amas! Isso tem acontecido a muita gente.
Jorge	É que eu amo desesperadamente. Nunca senti isto. É aflição, é angústia, é um desejo imponderável e envolvente, estranho, dominador, obcecante. Vou a perder vertiginosamente o domínio sobre mim mesmo.
Godofredo	O *self*-controle...
Jorge	É o desespero de queda irrevogável.
Godofredo	Mas, se é assim, fala-lhe...
Jorge	Já lhe falei.
Godofredo	Recusou?
Jorge	Citou-me a China.
Godofredo	É mais longe que Goiás.
Jorge	Quer ter a certeza do amor.
Godofredo	Se te disse isso, disse mais que aos outros.

Jorge	Mas que hei de fazer?
Godofredo	Conquista-a.
Jorge	É inexplicável. Sinto-a boa, digna. Mas inexplicável. Não há outra assim...
Godofredo	Fantasia! Todas as mulheres se parecem, por mais extraordinárias que nos pareçam a nós. Vão umas por certas ruas, outras por outras, ainda outras dão uma porção de voltas. Mas no fim chegam todas ao cais. Quem as espera no cais, não perde tempo. O cais é o casamento às vezes. Devo dizer que simpatizo com as voltas de Eva, antes de chegar ao cais. Eva é a sedução, misto de criança e de diplomata. Apesar de dominar aonde chegue, ninguém fala mal dela.
Jorge	Não dá motivos para isso.
Godofredo	O que não impede de o fato ser prodigioso no Brasil, onde só se fala mal dos que não dão motivo. Há motivo maior?
Jorge	O doloroso é ser tratado exatamente como os outros. Eva não quer casar.
Godofredo	Ainda um ponto de destaque. Ela espera uma chave boa.
Jorge	Godofredo!
Godofredo	Sim, meu caro Jorge! O marido para as meninas modernas é uma espécie de chave de trinco para os rapazes de 15 anos. Eles não fazem questão senão de cair na rua. Elas não pensam senão em cair no mundo. Qualquer chave serve.

O marido é a chave de trinco social. Eva não quer chave de trinco, quer chave de cofre.

Jorge	Seja como for, ela decidirá da minha sorte!
Godofredo	Mas que é isso?
Jorge	Que para mim essa rapariga é a vida. Não darei mais um passo sem ela. Sinto-me quebrado e sem forças só de pensar num futuro em que não a veja. E desejo-a, Godofredo, como o consolo, como a paz, como a alegria. Ou ela dá-me uma esperança ou eu desapareço.
Godofredo	Que vais fazer?
Jorge	Partir, afundar, sumir...
Godofredo	E Goiás? E a fortuna?
Jorge	Que é a fortuna sem o que se deseja?
Godofredo	Mesmo em Goiás, tens razão, é nada.
Jorge	Mas eu quero-a com tal ímpeto que, se não tivesse uma sombra de esperança, matava-me!

Adalgisa Prates e De Grant entram.

De Grant	*Quelle charmante soirée!* [27]
Adalgisa	*Vous allez voir la sérénade.* *C'est pour onze heures et demi...* [28]

---

27 Que noite encantadora!

28 O senhor verá a serenata. Será às onze e meia...

Godofredo	Deve ser interessante. Canções napolitanas com fogo de vistas, não?
Adalgisa	Oh! estavam aí. Ainda bem, Godofredo. Há pouco eu e M. De Grant tropeçávamos numa dificuldade da língua portuguesa.
Godofredo	Não é possível. O português, como língua, é uma miragem...
De Grant	*Mais non; c'est vrai! votre langue est tellement difficile...* [29]
Godofredo	*Et vous, M. le Consul, tellement gentil...* [30]
Adalgisa	O tropeço era apenas este: como traduzir *robe panier* [31]?
Jorge	Mas... vestido cesto.
Adalgisa	Fica terrível.
Godofredo	Tradução ao pé da letra. Cesto é de fazer perder o sexto sentido.
De Grant	*Comment?* [32]
Godofredo	O sentido da "cestualidade".
Adalgisa	Está a rir e o caso é sério. Trata-se da moda, ouviu?

---

29 Não, é verdade! Vossa língua é tão difícil...

30 E o senhor, Sr. Cônsul, tão gentil...

31 *Robe à panier* era o nome que se dava aos vestidos (*robes*) usados nos séculos XVII e XVIII, cuja saia se apoiava em uma armação rígida que aumentava consideravelmente as ancas das mulheres. *Panier* se traduz literalmente por "cesto", evocando essa estrutura.

32 Como?

Jorge	A moda é a moda.
Godofredo	O que vale dizer: um tolo é um tolo!
De Grant	*Mais vous, vous êtes un ironiste...* [33]
Godofredo	(*a Jorge*) Positivamente, este francês chucha com todos nós!

Entram rindo Ester, Guiomar, o Barão.

Guiomar	Querem saber a última do barão?
Adalgisa	Inconveniente?
Ester	Inconvenientíssima.
Barão	Nada. Dizia apenas a verdade. E repito-a. Minhas senhoras: eu sou virgem!
Godofredo	(*apertando-lhe a mão*) Meus parabéns!
Adalgisa	*Shocking!*
Barão	É esta a sociedade! Acham um homem imoral porque é virgem!
Eva	(*entra a correr*) Barão! Barão! a notícia corre.
Jorge	Que notícia?
Eva	Esteja quieto, não é consigo.
Guiomar	Neste momento acaba de confirmá-la!
Eva	Barão, você é virgem?

---

33 Mas o senhor, o senhor é um ironista...

Barão	Como Santa Teresa.
Godofredo	Ou como a imperatriz Teodora.
Eva	Neste caso está demitido de meu *flirt* preferido.
Barão	Perdão. Sou virgem, mas amo.
Eva	A mim?
Barão	A todas. É como uma tristeza, uma saudade...
Adalgisa	Mas então é moléstia.
Eva	E grave. É a nostalgia do desconhecido...
De Grant	*Mais oui*[34]!
Godofredo	Assim como lembrar o Equador sem nunca ter passado a linha.
Eva	Inconveniente! Mas que mau costume o de aproveitar-se de minhas frases!
Jorge	E por que diz tantas frases?
Eva	Porque quero.
Jorge	E se eu lhe pedisse que não as dissesse?
Eva	Perdia o espírito.

Entram Madame Azambuja, Souza Prates, Marta, Jerônimo, Carlinhos.

Souza Prates	Não! Antes de tudo a ordem. Às onze em ponto

---

34 Mas sim!

	verão romper uma das canções e a essa hora o jardineiro acenderá o primeiro fogo de bengala.
Sra. Azambuja	Deve ser lindo.
Carlinhos	Souza Prates é incomparável.
Souza Prates	Na Itália todas as serenatas têm fogos de bengala. Lembram-se de Veneza?
Jerônimo	Mas depois da serenata temos *poker*? Preciso de revanche!
Souza Prates	Naturalmente.
Marta	Este meu marido só pensa em *poker*. Ainda acabo por traí-lo.
Jerônimo	(*beijando-a*) Ingrata.
Souza Prates	Posso mostrar-lhes daqui o local em que romperá a canção. *Voulez-vous voir*[35], De Grant?

Sobem alguns para a varanda.

Marta	Dr. Jorge, venha flertar um pouco comigo...
Eva	Jorge não sabe flertar.
Jorge	Porque acho que não se brinca com coisas sérias.
Sra. Azambuja	Minha filha, que é isso?
Eva	Adalgisa, acuda-me! Todos censuram-me. O Dr. Jorge, a mamã. Vou chorar. Eles querem coisas sérias...

---

35 O senhor quer ver?

Godofredo	Pois eu sou da opinião de Eva. Só devemos brincar com as coisas sérias. As outras não têm importância alguma.
Ester	Por isso mesmo...
Barão	Deixe-o falar. Olhem, há uma coisa séria com que ninguém pode brincar: é o amor.
Adalgisa	Bravíssimo!
Barão	Já tive um amigo que quis brincar com o amor. O amor era uma senhora histérica.
Guiomar	Este barão!
Barão	Um belo dia, ela entrou-lhe por casa, de revólver em punho: "Dize que me amas, ou mato-te!". Ele, não podendo fugir, gritou: "Amo-te!". Ela caiu-lhe nos braços. E estão assim há quinze anos.
Eva	Pobre homem! Deve estar cansado...
Adalgisa	E que braços terá para levar tanto tempo nessa posição.
Souza Prates	(*da varanda*) Adalgisa!
Adalgisa	Meu amigo.
Eva	(*retendo-a*) Espera. O teu colar está bem seguro?...
Adalgisa	(*certificando-se*) Está.
Eva	(*subindo com ela*) Sabes que ficaste mais linda agora à noite?

*Estão todos na varanda a conversar. Só na cena: Barão,
Godofredo e Jorge.*

Godofredo   (*sentado*) Este barão é divino!

Jorge   O que me admira é o seu repositório...

Barão   De disparates, não?

Jorge   Não digo isso.

Barão   E apenas um modo de ser. Não há o homem.
Há homens, expressões e modalidades.
Você, por exemplo, é uma expressão...

Godofredo   Um pouco fora da moda.

Jorge   Nada tens com isso!

Barão   Godofredo é outra...

Jorge   ... literato da moda...

Godofredo   E o senhor que tem com isso?

Barão   Eu sou outra. Peço apenas que
não digam o que eu sou.

Souza Prates   (*na varanda*) Barão, escute um momento.

Barão   E agora então que os deixo sós... (*sobe à varanda*)

Doval passa com refrescos.

Jorge   E esse barão que é?

Godofredo   (*leva-o até o extremo, segreda-lhe*) Um homem!

Jorge	Previno-te que não estou para troças.
Godofredo	Palavra.
Jorge	Pergunto que faz ele?
Godofredo	Nada.
Jorge	E de que vive?
Godofredo	Da sorte. Não me olhe com fúria. É a pura verdade. Não faz nada e a sorte acompanha-o. Nunca ouvi dizer que um honrado chefe de família tirasse prêmios na loteria. Pois ele já os tirou por três vezes.
Jorge	E é a sorte só que o mantém?
Godofredo	Claro. O barão tira sempre o prêmio, porque quando não tira na loteria tira dos outros.

Eva e Jerônimo descem de braço dado.

Eva	(*a Jerônimo*) Estou muito zangada, estou!
Jerônimo	Que é preciso fazer para a menina rir?
Eva	Vão jogar o *poker* hoje...
Jerônimo	Mas se não fui eu quem lembrou!
Eva	Não é por nada. E só porque se você joga o *poker* acorda tarde, e eu queria que fôssemos juntos ao curral. Não é uma bela ideia ver as vacas de madrugada? Devem ter a cara fresca...
Jerônimo	Eu acho que as vacas têm sempre a mesma cara.

Eva	Mas é para beber leite quente. Nós dois, sem mais ninguém. Depois trazemos as vacas com campainhas para defronte da varanda e acordamos o pessoal com uma barulhada dos diabos. Diga que sim, Jerônimo, diga.
Godofredo	Que conspiração é essa?
Jorge	Pode-se saber?
Eva	Não! Este juiz no perene interrogatório! Ora já se viu? Estava falando de um vagabundo que encontramos na estrada e fazia frases. Sujo, os trapos a cobrir-lhe o corpo, o homem deu-nos lições em paradoxos terríveis.
Godofredo	Em paradoxos? Um sujeito sujo? Não é possível.
Jerônimo	E então por quê?
Godofredo	Porque o paradoxo na boca de um sujeito mal vestido é apenas desaforo.

Os dois sobem rindo. Carlinhos desce.

Carlinhos	Ó Godo.
Godofredo	Sr. Dr. Godofredo de Alencar. Nada de liberdades comigo.
Carlinhos	Que importância!
Godofredo	A da idade – indiscutível, menino Carlinhos.
Carlinhos	A Eva meteu-te na combinação?
Godofredo	Sim, senhor.

Carlinhos	Ainda bem. Sabes o que faz agora? Troca os lenços dos que estão na varanda... Você, que é literato, permita uma imagem. Ela parece-me uma *bacchante*.
Godofredo	Sim, senhor. Uma *bacchante*, que só se obtém com passagem pela pretoria. Há muitas assim.
Eva	(*na varanda*) Carlinhos!
Carlinhos	É algum novo plano. Até já... (*corre*)
Jorge	Que combinação é essa?
Godofredo	Ignoro.
Jorge	Mas disseste que sabias.
Godofredo	Porque diante de crianças não fica bem ignorar coisa alguma.
Jorge	Outra pilhéria de Eva, decerto. Continua a atordoar-se, continua a fugir-me.
Eva	(*na varanda*) Literato! ó literato!
Jorge	Olha que ela te chama.
Godofredo	(*em tom grave, falso*) Por quem procura, excelentíssima?
Eva	(*no mesmo tom*) Pelo Sr. Dr. Godofredo de Alencar.
Godofredo	Ah! bem. Com respeito vou...
Eva	Pelo rei da Crônica.

Godofredo	Já não vou.
Eva	(*terna*) Pelo amiguinho da pequena Eva... Não! Não! o Dr. Jorge não vem.
Jorge	Eu sei. Anda uma partida contra mim.
Eva	Pretensioso!
Jorge	Eva!
Eva	Ora que mania! Eva! Eva! A cada momento este homem diz o meu nome! Parece até desaforo.
Jorge	É que o seu nome não podia ser outro... Eva!
Godofredo	Tranquiliza-te, Adão. Pedirei a Eva por ti...

Riso dos dois. Nisso irrompe uma canção italiana ao longe e o parque se ilumina do clarão de um fogo de bengala. Os dois saem. Prates e De Grant já desceram.

Souza Prates	(*de relógio na mão*) Que lhe dizia eu? Meia--noite e um quarto. *Ils sont dressés*[36], hein?
Jorge	Mas era para as onze e meia.
Souza Prates	Você esquece que está no Brasil! Quando no Brasil as coisas não ficam para amanhã, já é admirável. Quando demoram só três quartos de hora, são imediatas.
De Grant	*Charmant! vraiment charmant! Jamais en France j'ai vu une sérénade si bien réussie.*[37]

---

36 Eles estão prontos.
37 Encantador! verdadeiramente encantador! Jamais na França eu vi uma serenata tão bem-sucedida.

Jorge	O admirável é como os trabalhadores se prestam.
Souza Prates	É até um divertimento. Depois pago-os. Conheço bem a situação desses colonos. E sou enérgico sendo bom. Mantenho a tradição dos velhos Prates, que não descendem do Conde Roxoroiz de Hugo Capeto, mas têm o sangue que se bateu nas cruzadas.
Jorge	Em qual?
Souza Prates	Houve muitas?
Jorge	Várias.
Souza Prates	Os meus bateram-se, com certeza, em todas!
De Grant	*Épatant! Vraiment épatant!*[38]
Souza Prates	Mas vejamos, venham ver...

Sobem os três. A canção terminou. Palmas. Outra canção dolente que tem estribilho. Ester desce, seguida do Carlinhos.

Carlinhos	Mas que é isso?
Ester	Não quero mais brincadeiras com você!
Carlinhos	Mas se eu não fiz nada!
Ester	Andou cochichando com Eva.
Carlinhos	Oh! Ester! Você, uma menina elegante, com essas coisas de brasileira!
Ester	Brasileira? Vem pra cá com essa cantiga.

---

38 Supreendente! Realmente surpreendente!

> Todas as mulheres são brasileiras quando não admitem desprezos.

Carlinhos Ah! ele é isso? Não lhe ensino mais nem o tango nem o *foot-ball*. E corto relações!

Ester Que me importa!

Carlinhos Tenho muita culpa em ter prestado atenção a uma criança das selvas americanas!

Ester Felizmente deixei um pedante da tua ordem!

Carlinhos (*agarra-a*) Já! peça perdão.

Ester Peça você.

Neste momento Eva grita na varanda: "Cantemos o estribilho! Todos!". Vê-se que ela rege os cantores. Cantoria desafinada.

Carlinhos Em que língua?

Ester Em qualquer.

Carlinhos Pela última vez, ouviu? *I beg your pardon, sweetheart.* [39]

Ester (*exigente*) Não quero. Quero em brasileiro.

Carlinhos Você exige demais.

Ester Diga, ou não faço as pazes...

Carlinhos Seja. Mas ensine. Só ensinando.

---

39 Perdão, querida.

Ester	(*como se ensinasse o padre-nosso na algazarra que vem da varanda*) Perdoe...
Carlinhos	Perdoe.
Ester	Ao seu...
Carlinhos	Ao seu.
Ester	Benzinho...
Carlinhos	Que língua! Parece cana-de-açúcar! (*com esforço*) Benzinho...
Ester	Que não tem culpa...

Mas não continuam. Entram todos os personagens ao fim do coro, rindo. Ruidosos.

De Grant	*Mais c'est gai!*[40]
Souza Prates	*Comme à Venise.*[41]
Adalgisa	*Sous le tunnel du Grand Canal.*[42]
Marta	Eva! Mas é de força.
Barão	Brevemente estreio no Municipal. Nunca pensei!
Guiomar	E até o Dr. Jorge cantou.
Eva	Mas não entoou.
Jorge	A culpa não é minha.

---

40 Mas é alegre!
41 Como em Veneza.
42 Sob o túnel do Grande Canal.

Jerônimo	E o Godofredo, que cantou em falsete?
Godofredo	Nesta época de falsificações seria um descrédito dar notas que não fossem falsas.
Sra. Azambuja	(*a Ester e Carlinhos*) E vocês não cantaram?
Barão	Estavam ensaiando outra cantiga.
Souza Prates	Bem, meus senhores. Vamos ao *poker*?
Jerônimo	Eu tenho tanto que escrever que pediria dispensa...
De Grant	*Si vous le permettez, M. le Comte, je fais relâche. Tellement fatigué.*[43]
Carlinhos	Eu também vou escrever.
Godofredo	Se o menino vai escrever, então eu tenho de descrever a festa!
Souza Prates	Mas que é isso? Fico sem parceiros para o *poker?*
Barão	E se não fizeres questão, também eu aproveito e vou dormir...

Expectativa geral sorridente.

Souza Prates	Não! aqui anda coisa. Até o barão. Que maquinam vocês?
Os Homens	Nada! Nada!
Souza Prates	(*numa súbita inspiração, agarrando Eva*) Venha cá a menina.

---

43 Se o senhor me permite, Sr. Conde, eu peço dispensa. Estou tão cansado.

Eva	Eu? Coitadinha de mim! Nada tenho com isso. Que homens!
Souza Prates	Confessa ou corto-lhe o doce à sobremesa.
Eva	Juro.
Souza Prates	Confessa ou não ganha um bonito...
Eva	*Je vous jure, comte!*[44]
Souza Prates	Confessa ou tranco-a no quarto, desde esta noite.
Eva	Ah! isso não! Defendam-me!
Todos	Não pode! Não pode!
Souza Prates	Silêncio, senhores, estamos no Tribunal. Se a menina confessar, tem tudo quanto quiser e o perdão.
Eva	Você perdoa?
Souza Prates	Diga.
Eva	É que vamos todos ao curral de madrugada trazer as vacas a acordar vocês. Pronto! Feito!
Souza Prates	Liquidado o meu *poker*.
Eva	Perdão!
Todos	Perdão! Perdão!
Godofredo	Até parece o *Quo vadis*!

---

44 Eu lhe juro, conde!

Souza Prates	Pois bem. Perdoo. E condeno os trânsfugas a jogar amanhã o dia inteiro desde que voltem do curral...
Barão	Salvo seja!
Todos	Apoiado, Barão!
Adalgisa	E agora vamos dormir... É uma hora da noite!
Barão	Durmamos.
Ester	Você vai às vacas?
Carlinhos	*Jamais de la vie.* [45] Que pensa você de mim?
Godofredo	Beijo então as mãos da dona que tão maravilhosas horas proporciona aos seus hóspedes.

Cumprimentos, beijos. Vão saindo aos poucos.

Sra. Azambuja	Vamos, Eva...
Eva	Não, mamã, eu ainda levo Adalgisa.
Sra. Azambuja	Acabas por aborrecer Adalgisa. Toda noite vais deitá-la...
Adalgisa	Que tem isso, se me dá prazer?
Eva	É o meu *flirt*. Vou só dar-lhe a boa--noite. Deita-te, que não tardo.
Sra. Azambuja	Olha que eu espero.
Eva	Dormindo, como toda noite!

---

45 Jamais na minha vida.

Sra. Azambuja	Se repetes, vais já.
Eva	Não, mãezinha do coração. (*beija-a*) Até já!

A Sra. Azambuja sai. O hall *está deserto.*

Eva	(*saltando ao pescoço de Adalgisa*) Vou contar-te uma porção de coisas, meu amor!
Adalgisa	Qual! Estou morrendo de sono... Dez minutos só...

Saem as duas enlaçadas. Silêncio. Entra Doval, que apaga o lustre central. O luar domina a varanda, chega mesmo ao hall. *Na varanda aparece Jorge, que se encosta a uma coluna. Minutos depois Eva sai dos aposentos de Adalgisa. Atravessa rapidamente a cena e tem um susto, porque ouve uma voz surda. Volta-se.*

Jorge	Boa noite.
Eva	Ah! que susto!
Jorge	Não contava comigo?
Eva	Agora não. (*procurando firmar-se*) Está vendo a lua?
Jorge	Estava a esperá-la.
Eva	Obrigada pela gentileza. Até amanhã. Temos que acordar cedo.
Jorge	Fique um instante.
Eva	Boa noite.
Jorge	Peço-lhe...

Eva	Mas pelo que vejo, Jorge, você perde a noção das coisas.
Jorge	Que noção?
Eva	(*nervosa*) Não posso mesmo compreender que tenha estado aí de emboscada para flertar comigo à uma hora da manhã. Não fica bem para um engenheiro conservador e respeitador.
Jorge	Tranquilize-se. Por que está tremendo?
Eva	Eu estou tremendo?
Jorge	Com toda a sua coragem.
Eva	Tremendo de quê? O senhor mente. Creio que não me vai faltar ao respeito.
Jorge	Oh!
Eva	Acha que devo tremer de cólera pela sua ousadia?
Jorge	Pelo amor de Deus.
Eva	Acha que tremo da sociedade, diante desse seu ato?
Jorge	Fale baixo.
Eva	Falo alto.
Jorge	Por quem é, Eva, perdoe! Não a quis magoar. Esqueçamos a minha palavra. Mas escute-me...
Eva	Meu caro engenheiro, quer saber? Acho-o lamentável.

Jorge	Por isso mesmo contava com outra coisa...
Eva	Contava com quê?
Jorge	Que tivesse pena de mim, pela derradeira vez; que me ouvisse...
Eva	Sobre a sua paixão?
Jorge	Sobre a nossa vida.
Eva	O senhor a dar-lhe!
Jorge	É um desgraçado que lho pede.
Eva	Amanhã. Fica para amanhã. Boa noite.
Jorge	Não há mais tempo, amanhã.
Eva	Hein?
Jorge	Parto amanhã cedo, irrevogavelmente – para não voltar mais.
Eva	(*irônica*) E Goiás?
Jorge	Goiás é uma terra irreal. O meu Goiás é a senhora. Depois não fala em prova de amor, em sacrifício? Faço-lhe esse logo e depois o da minha vida.
Eva	São dois, é muito.
Jorge	É nada – porque nada sou. Mas por quem é, Eva! Admito a sua excentricidade, admito a sua desconfiança, admito o seu ar viajado. Mas por isso mesmo, assim como eu a descobri no primeiro momento, sem nunca ter andado

tanto, assim como eu a entrevi: sincera, boa,
leal, pura, amiga, não é possível que não
tenha visto em mim mais do que o engenheiro
de Goiás ao serviço do Prates, não é possível
que não tenha visto alguém que não é fátuo,
nem cético, mas um homem, simplesmente
um homem com o coração a sangrar.

Eva Quer obrigar-me a ver muita coisa!

Jorge Não! Não quero obrigar, mesmo que veja. Não
peço, mesmo porque tenho a certeza de
que já viu. Oh! não sorria. Falham-me
pretensões ridículas. Não pretendo ser
nem mais inteligente nem mais brilhante.
Pretendo ter um coração. Um coração!

Eva De que tamanho?

Jorge Do tamanho da sinceridade! Não faça ironias;
elas doem-me. Não faça frases; elas
entristecem-me. Não pense mal de mim.
Eu não poderia pensar um momento mal
a seu respeito. Toda a minha alma, todo o
meu pensamento são espelhos encantados
da sua imagem. Não quero também que
aceite o meu amor. Peço apenas que ouça-o
dizer-lhe a minha angústia imensa.

Eva É o que estou a fazer.

Jorge Porque vê o meu sofrimento, porque tem pena. Eu
sinto não lhe poder dizer de chofre este sentir
impetuoso como as quedas-d'água e os montes
que ruem. Ah! Eva. Tenho 32 anos. Estudei,
trabalhei. As mulheres passaram por mim;
eu passei pelas mulheres. E não as vi. É como
se não as tivesse visto. Só compreendi que as

480

não vira quando a encontrei. Foi assombro,
foi espanto, foi revelação, foi dor, foi o
amor. Sim! eu amo-a, eu adivinhei-a.

Eva   Está bem certo?

Jorge   Amor é revelação e é eternidade para as
almas sem mentira. Adivinhei-a e não a
temi. Entreguei-me, infiltrei-me. A cada
momento o meu cérebro pensa o seu nome,
a cada momento o meu sangue lateja a sua
lembrança, a cada momento o meu coração
a chama, a cada momento todo o meu ser
grita por si! Cheguei ao trágico instante de
cada homem. A existência não a vejo mais
eu só. Por mais que almeje dominar-me é
impossível. Só compreendo o futuro com
a senhora, com a companheira, com a
felicidade, com o sol. Se a tivesse seria capaz
de tudo, das maiores obras, como dos maiores
crimes, do horror como da glória. Por que
me possuiu assim? Por que dominou assim?
Por que me fez seu assim? É desesperador!
Sei que me afasta. Quero-a cada vez mais.
E vou como uma ruína incendiada. Projetos,
ideias, trabalho, tudo por terra! Já não sou
um homem, sou uma pobre coisa. Com os
braços, com as mãos, com o coração partidos!
Incapaz! Incapaz de desejo insofrido, de ardor
incompreendido, de amor, só de amor!

Eva   (*rouca*) Não grite!

Jorge   Sossegue. Falo baixo. Pela última vez... Era o
que queria que ouvisse, é o que eu sinto desde
que a vi, é o que sempre fugiu de ouvir.

Eva   Não fugi...

Jorge	Sempre! com tanta precaução que me julgo pior, muito pior que os outros. (*com raiva*) E entretanto, nas suas decantadas viagens, nas declarações de que possa ter sido vítima em Paris, na Itália, na Argentina, na China...
Eva	Nunca estive na China, meu amigo...
Jorge	No inferno; pode ter a certeza de que não encontrou, não encontrará ninguém que a queira tão nobremente, como eu a quero, como eu a estimo, nos seus defeitos e na sua beleza, como eu a amo no seu coração.
Eva	Por que dizer que conhece o meu coração?
Jorge	Porque já agora é uma sombra que fala.
Eva	É paixão. Passa. Vai ver.
Jorge	E por que neste derradeiro momento não ter franqueza, não dizer que me evitou?
Eva	O senhor atordoa-me.
Jorge	Não tenha dó, diga. Por que não me amou?! Já sei! Por que se defende? Já sei! Por que não acha ninguém digno de si?... Por que é indiferente?
Eva	Não! mas não!
Jorge	Para que consolar e ver-me partir? Seja, Eva, apenas Eva.
Eva	Mas quero falar. Quem lhe disse que sou indiferente e não julgo ninguém digno de mim? Não, Jorge. É que eu tenho visto, é que eu compreendi.

Jorge	É que leu o filósofo chinês.
Eva	É que tenho medo, tenho medo, muito medo...
Jorge	Por orgulho! por vaidade!
Eva	Pelo pavor de dar o meu coração para vê-lo desprezado ou o dar a quem não o tenha compreendido. Oh! não fale. Evitei-o. Evito-o. É verdade. Não se aflija. O senhor é digno. Falo sinceramente. Evitei-o, por medo. Eu sou talvez criança. Mas o meu sonho de amor é uma grande união, como se contam nas lendas, o abraço para a eternidade sem dúvidas, sem suspeitas. Coração no coração. Esse amor só se faz de sacrifício, de grandes provas. O Sr. Jorge surge como uma fogueira. Mas será toda a vida? Não será? Tenho medo. Mais medo do Jorge que dos outros.
Jorge	Mas diga-me o que quer. Mande. Eu provarei que a amo e que a minha paixão é por toda a vida, porque não penso na vida e vivo de paixão.
Eva	Não me atordoe! Não me atordoe!
Jorge	Porque a minha vida decorrerá do seu gesto como brotam os rios das fontes puras, porque o meu coração abrirá em calma, porque eu só quero, só peço, eu só imploro viver no seu perfume, o perfume da rosa, o perfume de todas as rosas.
Eva	E se eu fosse má?
Jorge	Eu seria mau.
Eva	E se eu fosse infame?

Jorge	Continuaria a amá-la.
Eva	E se eu lhe exigisse o maior crime?
Jorge	Mande!
Eva	(*debatendo-se*) Não me conhece, Jorge!
Jorge	Amo-a.
Eva	Não me tente ao mal!
Jorge	(*quase a envolvê-la*) Amor!

Mas entra da mata um chilreio de pássaros. Os dois param atônitos. Estavam quase juntos.

Eva	Meu Deus! os pássaros. É madrugada!
Jorge	(*corre à varanda*) Não, apenas três horas. Os pássaros madrugam. Pensam que a lua é o sol...
Jorge	Ou chamam o dia...
Eva	É a saudade da aurora. Como está linda a noite! É tão sossegada e tão azul. Que silêncio! É como um grande grito que não se ouve... (*Os pássaros continuam a chilrear*) Mas é madrugada! não! Não posso mais ficar. Que fez o senhor, hein?
Jorge	Eva, como está linda! como está linda! É como a noite azul, donde surge a aurora de rosas. Eva, tenha piedade, responda. Já me ouviu. Decida da minha sorte. Devo ficar, devo partir...
Eva	Silêncio! Não vá acordar alguém.

*Vai nas pontas dos pés para abrir a porta, olhando
o luar. Os pássaros chilram. Está à porta.*

Jorge	Eva, devo partir amanhã?
Eva	(*baixo*) Sim...
Jorge	(*desespero*) Eva! Eva! eu parto amanhã para sempre!
Eva	(*sorrindo, à porta*) Psiu! (*pausa*) Sim! Depois de amanhã... sem falta! (*desaparece*)

*E o pano desce enquanto Jorge, entre o riso e o choro, a raiva e o
encanto, cai sobre o divã, no pleno luar, murmurando: Eva! Eva!*

ATO TERCEIRO –
O SALÃO NA MANHÃ SEGUINTE ATÉ MEIO-DIA

Às onze horas do dia seguinte. O aspecto é de agitação geral, dessa agitação subitânea de que parecem participar os objetos. Não houve aliás limpeza. O aspecto da agitação talvez seja apenas desarrumação. Retinem campainhas. Passam dois homens pela varanda apressados. Estão a falar Godofredo e Doval.

Godofredo   *Rien de nouveau?*[46]

Doval   *Rien, monsieur.*[47]

Godofredo   *Et madame?*[48]

Doval   *Elle est en train de causer avec le commissaire. (a campainha persiste) Vous permettez, monsieur?*[49]

Godofredo   Certamente... (*súbito*) Mas ora bolas! escute cá. Você é francês?

Doval   Não, senhor; sou português.

Godofredo   E por que diabo obriga o próximo a falar francês?

Doval   São ordens.

Godofredo   Pois comigo não torne, ouviu? Estou farto de lérias!

---

46 Nada de novo?
47 Nada, senhor.
48 E a senhora?
49 Ela está conversando com o comissário. O senhor me permite?

Entra Jorge. A campainha retine. Doval precipita-se.

Jorge	Mas que é isso? zangado?
Godofredo	Não é para menos.
Jorge	Alguma coisa de novo?
Godofredo	Diga-me cá: donde vem você?
Jorge	De passear. Eva falhou a visita ao curral e eu fui dar um longo passeio a pé pelos cafezais.
Godofredo	Romanticamente? Pois enquanto o senhor bucolizava, eu assistia a uma tragédia ridícula e atroz.
Jorge	Que há?
Godofredo	Há que roubaram esta madrugada o colar de pérolas de Adalgisa!
Jorge	Mas não é verdade!
Godofredo	Tudo quanto há de mais verdade.
Jorge	Esta madrugada?
Godofredo	Esta madrugada ou esta noite. O certo é que roubaram!
Jorge	Saltaram a janela?
Godofredo	Sei lá! O fato é que roubaram e não há vestígios.

Marta e Guiomar entram.

Marta	Ah! Godofredo, que horror!

Godofredo	E Adalgisa?
Guiomar	Continua nervosíssima. Quer agora guiar as diligências. Chora.
Jorge	Mas não há uma pista? Não se sabe nada? Quem teria sido?
Marta	Principalmente a imprudência. Não se deixam por cima dos móveis joias daquele valor!

Entram o Barão Lopes e Carlinhos Pereira.

Carlinhos	Bom dia!
Barão	Que ar é esse?
Guiomar	Ainda não sabem?
Godofredo	Qual! Aqui ninguém sabe nada...
Carlinhos	Como havemos de saber, se chegamos de passear?
Godofredo	Isto é um passeio geral! Todos passeiam.
Marta	Roubaram o colar de pérolas de Adalgisa!
Barão	Hein?
Carlinhos	Como?
Jorge	Apenas!
Godofredo	E nada menos agradável para todos nós.
Barão	Temos a repetição da cena tristíssima do ano passado.

Godofredo	Desagradabilíssima e com acréscimos. Souza Prates tomou desta vez providências.
Carlinhos	Quais?
Marta	Telefonou imediatamente a Ribeirão Preto, que mandou um destacamento de polícia em carroção automóvel e alguns agentes. O próprio delegado veio e já iniciou as diligências.
Jorge	Acho que Prates fez bem.
Barão	Uma joia de 200 contos!
Guiomar	Coitada da Adalgisa! Sabem que ela teve um sonho avisador? Pois acordou às sete horas e correu logo a ver o colar. Imaginem o momento angustioso!
Marta	O delegado deu ordem para que ninguém saia da fazenda. E diz que em 24 horas restitui o colar!
Carlinhos	Como o diamante.
Guiomar	Nesse tempo o delegado era outro.
Godofredo	E os delegados sucedem-se, mas não se parecem. Esse é *dandy*; aplicando à ciência do imediatismo: o atracão no descobrimento.

Entra a Sra. Azambuja aflita, e pouco depois Jerônimo.

Sra. Azambuja	Todos os colonos surpreendidos no trabalho e as casas revistadas, meus filhos!
Marta	São as ordens...
Sra. Azambuja	Creio que também se procederá à revista aqui.

Barão	Aqui?
Carlinhos	Mas é um vexame!
Marta	É angustioso.
Godofredo	Muito desagradável. (*Jerônimo que entra*) Que novidade temos?
Jerônimo	Venho de assistir à interrupção do trabalho para revistarem os colonos. Impressão de pasmo e de fúria. Um deles diz que se vai queixar ao Patronato. Fez um discurso. As coisas tomam proporções muito pouco interessantes.
Sra. Azambuja	É lá possível que seja um deles! O roubo foi de gente de casa!
Marta	Madame Azambuja dá razão ao delegado...
Jorge	E creio que tem razão.

Eva entra. Grande tristeza.

Eva	Bom dia, meus senhores!
Marta	Adalgisa um pouco melhor?
Eva	Mais nervosa. Quer ir com os agentes.
Godofredo	Perdeu a cabeça!

Sai com Carlinhos e Guiomar.

Eva	Perdeu 200 contos.
Barão	E na vida só há uma coisa séria para todos: o dinheiro.

Eva	Não posso mais acompanhá-la, estou extenuada.
Jorge	Não se comova tanto.
Eva	Era o senhor que dava opiniões sobre o roubo?
Jorge	Concordava com sua mãe.
Marta	Eu juro que é gente de casa. E que o roubo foi de madrugada.
Eva	Por quê?
Sra. Azambuja	Porque deixaste tardíssimo o quarto de Adalgisa...
Eva	Não digas tolices, mamãe. Não demorei um quarto de hora com Adalgisa. Tu dormes e vês as horas errado. Dr. Jorge, concorda também que fosse de madrugada?
Jorge	É difícil dizer, minha senhora...

Guiomar e Godofredo voltam.

Guiomar	O delegado vareja todos os pontos da fazenda. Vai com certeza chegar o momento dos nossos aposentos.
Marta	Souza Prates não consentirá.
Godofredo	Por que não? É muito melhor. Sou até de opinião que devemos obrigá-lo a essa espécie de corrida. Nada de suspeitas. Eu prefiro que me chamem só a mim de ladrão a ser suspeitado de roubo com mil pessoas mais que mutuamente se suspeitam. Não concordam comigo, os senhores?

Jorge e Jerônimo	Naturalmente.
Barão	Eu acho que os crimes deviam ser punidos pelo que deles fica aos outros de aborrecimento.
Godofredo	É um belo pensamento, mas que nada adianta. A questão é sairmos todos desse horror, limpos...
Eva	Como você exagera!
Godofredo	Acha?
Eva	Pensemos um pouco na dor de Adalgisa!
Godofredo	De acordo. Mas desejando que nos revistem todos.
Marta	É estúpido isso!
Sra. Azambuja	(*à porta, saindo com Marta*) É uma grosseria.
Godofredo	A polícia é sempre grosseira. Está nisso a sua única razão de ser.
Eva	Qual a sua opinião, Dr. Jorge?
Jorge	A sua, Eva.
Eva	Sempre?
Jorge	Sempre.
Eva	Ainda bem!

Entra Souza Prates, violentamente.

Souza Prates	Bom dia, meus senhores!

Barão	Meu amigo.

Apertos de mão febris e rápidos.

Todos	Então? Que mais há?
Souza Prates	Desta vez o ladrão é apanhado. Fatalmente. Inexoravelmente. Nada da tibieza do ano passado. Juntarei forças. O caso é gravíssimo...
Jerônimo	Trata-se de uma fortuna.
Godofredo	E da nossa reputação – da de todos nós.
Souza Prates	Posso contar com o auxílio dos amigos, neste delicado momento...
Todos	Oh! Prates! Conte!
Godofredo	Nós é que contamos sofregamente com você.
Eva	Godo, a sua irritação parece pouco razoável.
Godofredo	E que tem a menina com isso?
Jorge	É que devemos ter pena em vez dessa raiva.
Souza Prates	E não há motivo algum.
Godofredo	Estamos aqui entretanto como a mulher de César apelando para César.
Barão	Você é doido!
Jorge	É de resto a minha opinião!
Eva	É?

Jorge	Acha que é possível ter outra?...
Jerônimo	Mas enfim que providências tomaram?
Souza Prates	Adalgisa acordou cedo e correu a ver o colar. Não o encontrou. Acordou-me. Não perdi um segundo. Exigi segredo, e telefonei para Ribeirão Preto, pedindo força e explicando o fato ao delegado. Foi às sete da manhã. Às dez já tinha a polícia e vários agentes. Ninguém saiu da fazenda. Não faltava uma pessoa. O delegado é inflexível e fez com os agentes um reconhecimento geral.
Barão	E sua mulher?
Souza Prates	Nervosíssima. Nunca pensei. Uma exaltação. Lá partiu com os amigos e um dos agentes, a visitar as casas dos empregados. Mas, meus amigos, não sei se conhecem as resoluçòes do Sr. Antônio da Maia, o delegado?
Godofredo	São excelentes.
Jorge	Para todos.
Souza Prates	Meus amigos, é um incidente que deploro muito. Vale antes submetermo-nos à exigência da autoridade. É horrível. Peço-lhes desculpas.
Jerônimo	Mas de quê?
Barão	Esse Maia não é um pequeno pretensioso filho dos Maia de Campinas?
Godofredo	É um Maia, barão, que nos tem na mão. E basta.

Eva	Souza Prates, escute. Tenho vontade de chorar. Não abandone Adalgisa. Ela vai ter alguma coisa. Oh! meu Deus!
Jorge	Eva, coragem. Não me desespere.
Barão	Que é isso, menina?

Entra a Sra. Azambuja. O Dr. Antônio da Maia está à porta. É o jovem paulista, de boa família, bem vestido, que inicia a carreira política na polícia. Tom de superioridade, de quem não quer ser discutido.

Sra. Azambuja	Lá se foi Adalgisa! Conde, o delegado que lhe quer falar...
Souza Prates	Então, meu caro amigo?
Maia	(*que entra*) Ainda nada. Como lhe disse, porém, dentro de 24 horas terá o seu colar. Conde, esquece de apresentar-me...
Souza Prates	Oh! perdão. Meus amigos, o Sr. Dr. Antônio da Maia, autoridade, o barão Lopes, o engenheiro Jorge Fontoura, o literato Godofredo de Alencar.

As apresentações seguem-se como se estivessem num baile, depois da dinamite.

Barão	É da família do conselheiro Maia de Campinas?
Maia	Com efeito. Muita honra. Alguns já tenho o prazer... Pois como dizia ao conde Prates: a moderna escola de investigação criminal não pode encontrar dificuldades na descoberta de qualquer crime. Adotamos métodos de

	cura, diversos, múltiplos, mas sempre de êxito. Somos bem os médicos sociais, os operadores das avarias da sociedade.
Eva	Temos, além do colar perdido de Adalgisa, um romance de Conan Doyle.
Maia	Oh! *mademoiselle*, por quem é. Não se trata de romances, porque não há mistérios. A ciência afasta o mistério. Estimo ver entre os presentes o ilustre cronista fluminense Godofredo de Alencar...
Eva	Sempre o prestígio da imprensa...
Godofredo	Oh! Sr. da Maia...
Maia	Como não ignora, a polícia do Rio deixa, neste ponto, muito a desejar.
Godofredo	Não temos polícia, temos uma dependência política, é verdade. Mas, de fato, esse serviço seria inútil no Rio, porque temos um serviço natural: o da delação sem responsabilidade.
Maia	V. Exa. verá, não a minha capacidade pessoal, mas a segurança, o aparelhamento da polícia de São Paulo.
Godofredo	Os jornais dizem-na admirável.
Barão	É louvada até em Buenos Aires.
Maia	Neste momento, por exemplo, eu estou senhor do colar da condessa Prates.
Todos	Oh!

Souza Prates	Já o achou?
Maia	Ainda não. Nada de precipitação. Apenas procedo do geral para o particular, estreitando os círculos. Não foi ninguém de fora da fazenda. Logo o colar está na fazenda. Estou senhor de todos os habitantes da fazenda. Entre esses habitantes está o ladrão, que vai entregar o colar...
Sra. Azambuja	Que o ouçam os anjos!
Eva	Se o não tiver escondido...
Guiomar	Se o apanhar.
Maia	Confio muito na opinião das senhoras. Devo dizer-lhe, porém, que eu vou gradativamente apertando os círculos. O ladrão confessa porque eu vou até ao ladrão.
Barão	(*a Godofredo*) Parece-me de força o Maia.
Godofredo	A mim parece-me idiota.
Maia	Depois todos os senhores vão ter a bondade de auxiliar-me. As dependências da fazenda estão vigiadas. Esta casa também. Por todos os lados. Não entra nem sai ninguém sem ser revistado. Vamos que o ladrão seja um doméstico, conhecedor dos hábitos internos. Por isso mesmo, é certo que a esta hora perdeu a cabeça. E não inventará algum truque para se salvar? Eis por que, temendo a criadagem, falei ao conde e agora repito-lhes o meu pedido de uma visita aos aposentos de cada um. É apenas a formalidade científica. Sou um *gentleman*. Parodiando

porém, o célebre verso, a polícia tem razões que a razão não conhece. E desejaria também para, no caso de não se descobrir o ladrão, ficar nítida a reputação de cada um...

Jorge A ficha antropométrica?

Maia (*calmo*) A simples notação dos valores de cada um.

Godofredo A revista!

Eva O Dr. Maia vai revistar-nos?

Maia *Mademoiselle...*

Eva Vamos entrar num compartimento para o exame?

Souza Prates (*vexadíssimo*) Eva! Meus senhores, peço-lhes ainda uma vez desculpas.

Maia Não! Não! *Ne nous emballons pas.*[50] Uma simples inspeção geral à vista de todos. Noto a Vossas Excelências que não há da minha parte a sombra de uma suspeita, que seria idiota. Há o desejo de deixar limpa uma situação, penosa decerto para todos. O roubo deu-se sem que houvesse violência. O ladrão entrou por aquela porta e tomou o colar que o descuido de *Madame* Prates deixara no toucador.

Jorge (*cada vez mais nervoso*) Acho que não devemos fazer esperar o Doutor Maia.

Eva O ladrão aproveitou-se da noite?...

Maia Ou da madrugada. Às sete horas da manhã

---

50 Não, não nos entusiasmemos.

já a Sra. condessa não tinha o colar. O meu processo aqui é rápido: o ataque subitâneo. Varejamento geral. Vistoria geral. Interrogatórios sucessivos...

Eva — Antes do interrogatório, é melhor pormo-nos a limpo.

Guiomar — Para poder partir.

Maia — V. Exa. não tem razão para se irritar.

Jerônimo — Guiomar, esteja calma.

Sra. Azambuja — Vamos então correr os quartos.

Souza Prates — Minhas senhoras, meus senhores, eu não sei o que diga...

Godofredo — Não diga nada. O silêncio é de grande efeito. Vamos.

Maia — Estou às ordens. Será apenas uma visita detalhada à magnífica vivenda do conde.

Guiomar — Mas tudo isso é absurdo!

Barão — Absurdo e natural.

Godofredo — Como todos os absurdos que se realizam. Temos que sair daqui sem suspeitas. Esse idiota não encontra o colar, mas presta-nos um serviço!

Barão — E Prates perde 200 contos!

Maia   (*à porta, gentilíssimo*) Minhas senhoras. Obrigado. Não. *After you, misses...* [51]

O grupo sai pela porta do lado dos apartamentos gerais, que ficam em face dos dos condes de Prates. Confusão um momento. Jorge é o último a aproximar, e quando vai desaparecer, Eva agarra-lhe o braço. Surpresa.

Eva   Chut! Escute, Jorge, escute.

Jorge   Que tem?

Eva   (*mudada, olhos rasos, ar trágico*) É bem verdade o que disse ontem?

Jorge   (*atônito*) Não minto nunca. E tenho a alma radiante.

Eva   É bem verdade que me ama?

Jorge   Mas, Eva, está nervosa!... Que tem?

Eva   Diga-me: mantém os seus juramentos?

Jorge   Está aflita. Nunca a vi assim!

Eva   Diga-me: mantém os seus juramentos?

Jorge   Mas que há? Mantenho, já lho disse.

Eva   Jorge! Jorge!

Jorge   Eva, vejo-a sofrer. Por mais que estime Adalgisa, esses nervos não podem ser por causa do furto do colar.

---

51 Depois das senhoras...

Eva	Jorge, eu fugi do seu amor, eu temi, eu não quis, eu não podia querer porque o estimava muito, porque o achava muito digno e muito reto... (*rebenta em soluços*)
Jorge	Pelo amor de Deus, fale!
Eva	Jorge, só o senhor me pode salvar! Apesar de tudo, só vejo a si para salvar-me.
Jorge	Mas fale claro, diga! Aterra-me!
Eva	(*rouca*) Fui eu que roubei o colar!
Jorge	(*no auge*) Eva? (*recua*) a senhora? Você? Mas não minta, Eva! Não é possível. Está jogando uma farsa, a derradeira, quer experimentar um infeliz. Não! Não! (*rindo nervoso*) Pois sim!
Eva	(*implacável*) Fui eu que roubei o colar!
Jorge	Não brinque, Eva, não brinque...
Eva	Fui eu que roubei o colar!
Jorge	Mas como? Por quê? Para quê?
Eva	Não sei. Desejo, tentação, quase a certeza de não ser suspeitada. Loucura! Loucura!
Jorge	Como? A que horas?
Eva	Na ocasião em que ela o deixou no toucador, ontem, à noite...
Jorge	Meu Deus!
Eva	Talvez me arrependesse. Eu gosto tanto

de Adalgisa!... Mas o seu encontro, a sua
conversa... Acordei tarde, com a polícia já aí.
Não tive mais coragem – porque não era mais
possível passar por brincadeira. Como eu sofro!

Jorge   Ontem à noite tinha o colar!

Eva   E ouvi-o, e escutei a sua paixão. Era tal
o meu medo que não pude resistir.
Eu só temia que gritasse, que viesse
gente, que Adalgisa acordasse...

Jorge   Mas é horrível! horrível!

Eva   Tenha pena de mim!

Jorge   É possível que me tenha enganado? É
possível que o ser a quem erigi um
altar seja assim? Não! Não!

Eva   Jorge, não há tempo a perder. Vejo a situação clara.
Vejo-a como se estivesse no outro mundo. A
visita aos aposentos não dará nada. A revista
será depois. É preciso calma. (*mordendo
o lenço*) Calma! Jorge, quer salvar-me?

Jorge   Mas onde está o colar?

Eva   Comigo, aqui! (*bate no peito*)

Jorge   Não é possível. Eva! Não me mate, não minta!

Eva   Salve-me, Jorge!

Jorge   Mas jogue para um canto esse horror! Largue isso...

Eva   Para ser encontrado pela polícia! Para nos

interrogatórios ficar sabido que eu fui a
última pessoa a estar com Adalgisa?

Jorge E que eu estive depois consigo!
Deus do céu! Um roubo!

Eva Só o Senhor pode salvar-me! Esta madrugada
jurava um sacrifício por amor... Oh!
eu sei que não pode mais ser amor...
Mas atenda-me! atenda-me! Com desprezo!
Com asco! Com ódio! Mas atenda!

Jorge Uma ladra! uma ladra o meu amor!

Eva Não há tempo a perder! Jorge! Jorge!

Jorge Que tremendo horror a senhora ocultava!
E foi a minha perdição!

Eva Jorge, salva-me ou não?

Jorge Por quê?

Eva Porque eu arrebento a cabeça no primeiro portal.

Jorge Ruína de minha vida... dor... Dê-me a joia.
Eu direi que fui o ladrão.

Eva Não! não quero isso! Não! Quero apenas
que seja o primeiro a ser revistado.
Depois passar-lhe-ei o colar.

Jorge Obriga-me a uma cumplicidade...

Eva Que terá começado ontem à noite, se a polícia
vier a entrar em interrogatórios.

Jorge Eva!

| Eva | Foi a fatalidade. Mas juro, Jorge, juro por tudo, pelo que me inspirou, juro que restituirei a joia, como jamais na vida se me apagará da alma a sua figura. Jorge! Jorge! (*soluça*) |

| Jorge | Mas não! mas não! Pelo amor de Deus! |

| Eva | Silêncio ou perde-me! (*voz que procura ser natural*) Pobre Adalgisa! Mas acredita, Jorge, que o Dr. Maia descubra o colar dentro de 24 horas? Que alegria seria!... |

É que há o rumor das vozes ao entrar no hall. *Voltam o Sr. Dr. Maia, Souza Prates, Barão Lopes, Jerônimo, Godofredo, Guiomar, Sra. Azambuja, Marta.*

| Maia | (*a Eva*) Vai ter essa alegria. |

| Eva | Ouviu? |

| Maia | Ouvidos da autoridade... |

| Eva | E já descobriu? |

| Maia | Já, porque tenho a certeza de descobrir. |

| Barão | Um pouco como Cristóvão Colombo com a América. |

| Maia | Sem ironia. É verdade. Como o foi a América. |

| Jerônimo | E o é... |

| Godofredo | (*a Jorge*) Mas que tens tu? |

| Jorge | Nada! |

| Godofredo | Estás pálido, estás outro. |

Jorge	Uma enxaqueca – a maior enxaqueca da minha vida, filho, e a última.
Souza Prates	Não sei como lhes agradecer... Assim, doutor, a sua primeira exigência foi cumprida.
Maia	Está sendo cumprida. São diligências iniciais. Antes de começarmos a pesquisa. Os meus agentes interrogam o pessoal.
Barão	E chega a nossa vez...
Maia	Um simples princípio igualitário.
Sra. Azambuja	Talvez vexante.
Souza Prates	Por quem é, Sr. Dr. Maia.
Maia	Conde, sou um *gentleman*. Sem outro desejo senão o de tornar regular uma diligência que precisa ser rápida. O Sr. Conde falou-me do diamante do ano passado...
Godofredo	Não haja suspeitas.
Eva	Então, vamos começar?
Maia	Eu mesmo me encarregarei, sem agentes. Compreendem...
Eva	E Adalgisa?
Guiomar	Está com um agente, De Grant, Carlinhos e Ester na casa do jardineiro.
Souza Prates	O jardineiro é, aliás, um tipo insuspeito, de toda confiança.

Maia	Seria melhor estarmos todos.
Marta	Vou eu chamá-los...
Eva	O que não impede que o Dr. Maia inicie os seus trabalhos.
Maia	Trabalhos, *mademoiselle*! Como V. Exa. exagera!
Eva	Vai o Dr. Jorge. Comecem por ele. (*exasperação nervosa*) Eu desejaria que não se tratasse do colar de Adalgisa. Seria tão divertido! Vá, Dr. Jorge! Cuidado, Sr. delegado. Ele tem Goiás dentro do bolso.

Jorge aproxima-se maquinalmente, trágico.

Guiomar	E Jorge que toma o caso a sério!
Eva	(*quase chorando*) É temperamento...
Maia	(*ligeiro exame*) Conheço muito o doutor como engenheiro ilustre. Não fez um concurso na Politécnica? Já de resto nos encontramos certa vez nos chás do Municipal, em São Paulo.
Jorge	(*surdo*) Talvez.
Maia	Olhos policiais... Não esquecem nunca. Obrigadíssimo. Mil perdões.
Godofredo	Agora eu!
Maia	Sinto que o ilustre cronista diverte-se.
Godofredo	Como nunca...

Eva   (*a Jorge que voltou, dando-lhe o lenço amarrado*)
Tome!

Jorge   Eva!

Eva   Por sua mãe, Jorge. É a minha vergonha...

Jorge   Desgraçada! É toda a minha vida de honra
perdida! (*toma-lhe o lenço, febril, quase louco*)

Eva   Basta de homens. Agora é a minha vez.

Barão   Com toda a tua pena de Adalgisa, já estás
brincando de delegacia.

Guiomar   É gênio!

Maia   *Mademoiselle* está na idade de rir.

Eva   Devo levantar as mãos para o ar?

Mas neste momento chegam Ester, Carlos, De Grant.

Ester   Que é isto? Mandaram chamar?

Sra. Azambuja   Um simples exame...

Souza Prates   *Monsieur le Consul de France.*

Maia   *Enchanté de faire votre connaissance, Monsieur.* [52]

De Grant   *De même, Monsieur.* [53]

Jerônimo   E Marta?

---

52 Encantado em conhecê-lo, senhor.
53 Igualmente, senhor.

Carlinhos	Com Adalgisa e o agente na casa do jardineiro, aqui ao lado.
Eva	(*vindo a Jorge*) Obrigada, Jorge!
Jorge	Tome o seu lenço.
Eva	Guarde-o ainda.
Jorge	E que ele queima. Como o remorso. Como o crime. Como o meu próprio incêndio. Como a desgraça. Tome.
Eva	Guarde-o, Jorge. Ou faça dele o que quiser. Que me importa. A minha vida é sua.
Jorge	Tome o seu lenço, Eva.
Eva	Não.
Jorge	Não! Eu é que não posso, não posso mais. Ou recebe-o ou vou entregá-lo à justiça, agora, já, à vista de todos.
Eva	Vai perder-me!
Jorge	Vou dizer que roubei.
Eva	Não o fará! Não o fará!
Jorge	Lembre-se de que perdeu um homem que a amava.
Eva	Jorge!
Jorge	(*alto*) Dr. Maia!
Eva	(*grito*) Jorge!

Voz de Adalgisa fora: Antero! Antero! Antero!

Souza Prates   Minha mulher!

Precipitam-se todos.

Jorge   (*resoluto, alto*) Dr. Maia, preciso falar-lhe.

Adalgisa entra com Marta, a correr pela galeria.

Adalgisa   Antero, o colar! Encontramos o colar! Olha-o! Olha-o!

Todos   Oh! Enfim!

Souza Prates   Onde? Onde? minha filha!

Marta   Com o jardineiro, num buraco da casa. Já está preso.

Maia   Que lhes dizia eu?

Adalgisa   O meu colar, minhas amigas! O meu lindo colar... (*rompe num choro nervoso. Todos em torno precipitam-se, consolando-a*)

Godofredo   É a crise que eu temia – sem colar!

Barão   Felizmente vem com ele. Não há crise de importância com 200 contos.

Jerônimo   Respiro!

Souza Prates   Adalgisa! Adalgisa! Que é isso...

Enquanto as senhoras e os cavalheiros esforçam-se, com vidros de sais e consolos em torno das lágrimas felizes de Adalgisa, condessa Souza Prates, Jorge, no primeiro plano da cena, voltou-se para Eva, que caiu numa cadeira olhando-o ardentemente. A sua fisionomia é de espanto, de dor, de cansaço, indizível porque tudo lhe passa pela cabeça. Caminha afastando-se. Volta-se. Desenrola lentamente o lenço. Há dentro apenas o cordão de Eva.

Jorge   O sacrifício!

Eva   Jorge... Jorgezinho... Eu sei que fui cruel... demais... muito. Eu te amava... desde o primeiro dia... eu sou assim... eu seria capaz de fazer por ti o mesmo... Jorge... Jorgezinho... Foi loucura. Foi de ontem à noite... E depois logo o roubo... Passou-me pela cabeça... eu não sou má...

Jorge   Só por brinquedo...

Eva   Não... por amor... porque eu esperava sempre que visses... porque eu queria ter a certeza... Tu deste tudo... a honra... a esperança.

Jorge   Que é isso?

Eva   E eu não quero nada... nada mais... estou arrependida. Que esforço, que dor... podes fazer o que quiseres... ninguém mais pensará em Eva... foi o seu último brinquedo. Mas o meu amor, o meu amor por ti é tao grande que nada no mundo me fará esquecer... Jorge, Jorgezinho (*ela levanta-se, arrasta-se*), deixa-me beijar a tua mão. (*beija-a*)

Jorge   (*as lágrimas saltam-lhe dos olhos*) Mulher! Mulher!

Godofredo   (*voltando-se e vendo a cena*) Mas que é isso!

Sra. Azambuja   Minha filha!

Barão   É espantoso!

Todos   Mas que há? tem alguma coisa...

Eva   É que o roubo de teu colar, Adalgisa,
me trouxe a felicidade...

Godofredo   Qual! Desta vez nem o gatuno foi feliz...

Eva   É que eu vi o coração de um homem.
É que eu vi! (*rebenta em pranto*)

Sra. Azambuja   Mas que tens? não chores assim.
Olha, que me molhas a blusa...

Adalgisa   (*erguendo-se*) Que tens, Eva?

Ester   Alguma criançada!

Eva   É que se Jorge não me perdoar, minha
mãe, eu vou morrer...

Adalgisa   Mas que fizeste a Jorge?

Eva   É que eu o amo... muito, muito, loucamente...

Godofredo   A verdade inteira da vida! Ela ama-te,
Jorge. Perdoa-lhe. Tem sido assim,
desde Adão, e todos os trabalhos do
homem são por causa de Eva...

Jorge   Mas se eu até agora não fiz nada! Meus
senhores, o momento é de tal forma... Eu
não sei se Eva aceitaria que eu pedisse a
Madame Azambuja, a mão de sua filha.

Sra. Azambuja   Mas eu não sei...

Souza Prates	Fale, Jorge. Fale.
Eva	Jorge... (*correndo a ele*) Meu amor! Amo-te...
Barão	Afinal a manha sempre acabou melhor do que começara...
Souza Prates	Graças a Deus...
Godofredo	(*apontando o par*) Com a eterna continuação da vida, que custa tanto, mesmo sem colares... Eva...
Barão	E o pobre Adão!

O pano cai no meio do riso e dos cumprimentos das senhoras e dos cavalheiros. Há rumor. O relógio bate meio-dia. Ainda está batendo, quando o pano se fecha...

FIM

Que pena ser só ladrão!
Sainete sobre a lembrança de um conto de Paul Giafféri

PERSONAGENS

O Gentleman
Adriana

Representada pela primeira vez em 4 de setembro de 1915, no Teatro Tria-
non, do Rio de Janeiro, por Cristiano de Souza e Ema de Souza. Publicada
na revista Atlântida, nº 4, de 15 de fevereiro de 1916

A Cristiano de Souza
JOÃO DO RIO

O LOCAL DA CENA

O quarto de Adriana.

Mobiliário habitual nas pensões denominadas no Brasil "d'artistas". É uma pensão meio-termo, de um chic de terceira ordem. Um meio divã. Um meio guarda-vestidos. Um penteador. O leito. Ornamentos de mau gosto, como de costume. O quarto está em desordem. O relógio bate duas horas, na ocasião em que se descerra o pano, para mostrar ao público (se houver público), quadro tão simples.

Um homem elegantíssimo – (casaca, peitilho, chapéu claque, mac-farlane[1]*) – ocupa-se nesse quadro simples a revistar os móveis. Pelo ar correto é senhor de maneiras finas.*

Para não dizer cavalheiro (o que não seria elegante), é um gentleman.

Semipenumbra.

O Gentleman — Perfeitamente singular. A rapariga dava mostras de ter dinheiro e de ser um tanto avoada. Mas estou a ver que perco o meu tempo. Não há nada. Teria posto o dinheiro no banco como os capitalistas? Que desilusão, a *cocotte*! Tentemos a *coiffeuse*[2]. Quem sabe? (*tira um molho de chaves falsas. Acende o* briquet[3] *para ver melhor*) Sempre custa abrir a gaveta de uma *coiffeuse*! É preferível ler pela manhã os artigos do Leopoldo de Bulhões contra a emissão. Tenho de forçar esta imprudente gaveta...(*neste momento, rumor fora. O Gentleman dá um pulo*) Hein? Gente! Se é ela! Se vem acompanhada está o "serviço" estragado! (*olha para todos os lados*)

---

1 Um tipo de capa, sem mangas.
2 Penteadeira.
3 Isqueiro.

É impossível fugir... Só um grande tapete...
(*movimento da porta, na qual metem por
fora a chave. O Gentleman precipita-se,
agarra a maçaneta*)
É ela mesmo. Coragem! Ganhemos tempo.
(*a porta é sacudida*)

Adriana (*fora*) Diabo! A porta não abre. Era
só o que me faltava!

O Gentleman Virá só? Virá acompanhada?

Adriana (*fora*) Diabo! Diabo! Diabo! Isso é coisa da
Adelina... Espera aí, Adelina! Adelina!

O Gentleman Arrisquemos! (*à porta, carinhoso*)
Não é Adelina não, meu bem, sou eu...

Adriana (*fora*) Quem?

O Gentleman Adivinha! O teu coração... Vens só?

Adriana Não conheço a voz.

O Gentleman Pudera! (*alto*) Ingrata! Estás só?

Adriana Estou. Abre de uma vez!

O Gentleman Ó sorte!

Adriana Abre, ou eu grito!

O Gentleman Entra, meu amor... (*larga a maçaneta.
Recua. A porta abre-se violentamente.
Adriana entra no escuro...*)

Adriana Que brincadeira estúpida, José! Uf! Mas que ideia
de ficar no escuro... Não disseste que não

vinhas hoje? José... José. Basta de pilhérias...
(*corre à eletricidade. Luz. Ela olha, recua.*
Grito abafado)
Ah!... Mas não é o José... Quem é o senhor?

O Gentleman — Quem sou eu?

Adriana — Não o conheço!

O Gentleman — Também não é possível conhecer todo mundo.

Adriana — Que quer o senhor?

O Gentleman — Que quero eu?

Adriana — Mas fale, responda! Que quer?
Como entrou cá? Fale!

O Gentleman — Você pergunta tanta coisa!

Adriana — (*olhando o aposento*) O quarto desarrumado,
os armários abertos... a gaveta! Oh! É um
ladrão! (*correndo à porta*) Socorro!

O Gentleman — (*fecha a porta, calmo; tapa-lhe a boca*)
Que feio! Uma rapariga inteligente
como você a dizer tolices!

Adriana — (*debatendo-se*) Eu grito! Não feche a porta!
Largue-me!

O Gentleman — Patetinha!

Adriana — Ladrão! Assassino!

O Gentleman — (*larga-a bruscamente. Tom autoritário*)
Ora bolas! Já disse que não seja tola! Faça o
obséquio de olhar-me. Tenho o aspecto de um

malfeitor? Se fosse um assassino já a tinha pelo menos estrangulado. Ouviu. Idiota!...
Vá, grite! Nunca pensei. Mulher sem educação!
Olhe bem para mim. Para esta claque.
Para este *mac-farlane*. Para estes sapatos. Para este cenário todo. Já viu você malfeitor assim?
Vão lá brincar com as raparigas que julgamos educadas! (*Adriana olha-o sem compreender bem, atônita*)

O Gentleman   (*digníssimo*) Compreendo a sua surpresa. Você não contava comigo. Mas é preciso compreender que eu também não contava com você. É o que se pode chamar um encontro fortuito. Nada mais. Felizmente está tudo acabado entre nós.
Chamar-me assassino, eu que lhe não toquei com um dedo sequer! É muito. Nunca fui tão desconsiderado! (*mete a mão no bolso traseiro da calça para tirar a carteira dos cigarros*)

Adriana   (*recua*) Não! Não! Perdão!

O Gentleman   (*furioso*) Mas que estupidez é essa?

Adriana   O senhor não está armado?

O Gentleman   (*ri, tirando a cigarreira*) Criança! Decididamente não está em seu juízo!

Adriana   (*menos medrosa*) Mas eu não o conheço!

O Gentleman   Que importa!

Adriana   Venho encontrá-lo cá...

O Gentleman   Que tem isso?

Adriana	No meu quarto!
O Gentleman	Havia de ser no quarto de outra?
Adriana	Mas é de força!
O Gentleman	Você é que está sem espírito. Até pensou que eu estivesse armado!...
Adriana	Boa dúvida. Nos tempos que correm, só a gente bem vestida é que usa armas...
O Gentleman	Perdão. Para certos casos. Se eu tivesse vindo de uma festa literária estaria prevenido. Mas eu venho do Lírico, minha filha. Do Lírico! Haveria o receio dos críticos. Esses, porém, apesar de se descomporem horrivelmente, ou não descarregam as armas ou não têm forças para as descarregar. No Rio, ainda é possível ouvir pelo menos música sem estarmos armados senão de paciência. (*recosta-se no divã, a fumar*)
Adriana	(*ainda receosa*) Enfim... Estava bonito?
O Gentleman	Era a *Tosca*. Nem mais nem menos: a história de um bandido, chefe de polícia.
Adriana	Naturalmente, perseguidor de mulheres?
O Gentleman	Como todos os chefes de polícia, minha filha. Uma lástima. Se soubesses o que faz o chefe da *Tosca* contra uma pobre mulher, cujo crime único era amar um pintor! Muito pior que os chefes de agora. Para o fim, a rapariga, não podendo mais diante do amante morto, atira-se ao rio...

Adriana	(*estúpida*) Vem para cá?
O Gentleman	(*rindo*) Hein? Não. Atira-se a um rio de verdade; cai na água... Felizmente aliás. Era tempo.
Adriana	O senhor não gostou, parece...
O Gentleman	Porque toda essa história é acompanhada de música e eu embirro com o autor da música.
Adriana	Questão de mulheres?
O Gentleman	Questão de asseio. O homem não limpa os dentes, e eu, em coisas de limpeza, sou severíssimo.
Adriana	Mas então por que foi?
O Gentleman	Para dizer mal como toda a gente... Mas faz-se tarde. Quase quatro horas. Minha menina, muito boa noite. Está no seu quarto, tranquila. Vai dormir direitinho, sem sustos. Convenceu-se de que eu não era mau? Agora é esquecer o acaso que nos pôs face a face...
Adriana	Que é isso? Então vai embora? Agora?
O Gentleman	Claríssimo.
Adriana	Por que continua a brincar?
O Gentleman	Ao contrário...
Adriana	Pois então? Entra sem eu estar, remexe as minhas coisas. Não!... Depois do que conversou, eu não posso pensar senão numa brincadeira...
O Gentleman	Perdão. Ia a esquecer as chaves... (vai à *coiffeuse*)

Adriana	Oh! não continue. Que chaves são essas?
O Gentleman	Chaves falsas.
Adriana	Oh!
O Gentleman	Isto é: chamam-nas falsas. Eu penso o contrário. As chaves mais verdadeiras devem ser sempre as que abrem mais... Erros de denominação! Não há chaves falsas; há portas, gavetas, algibeiras... Enfim, a vida, as situações falsas da vida! (*guarda as chaves*)
Adriana	Mas que homem!
O Gentleman	Há alguma coisa de extraordinário?
Adriana	É que quanto mais o senhor fala, menos eu acredito.
O Gentleman	Em quê?
Adriana	Não sei...
O Gentleman	Diga sempre...
Adriana	(*tomando coragem*) Pois bem, digo. O senhor é mesmo?...
O Gentleman	(*vai à porta, abre-a um pouco. Consulta o relógio*) Você não deixa de interessar-me. Vou, pois, perder alguns minutos e confiar no seu coração de mulher. Sente-se aí, mais perto da porta. Vê que me entrego inteiramente, para mostrar que não lhe quero mal. Agora a confissão. Você perguntou se eu era mesmo... Sim, sou. Só isso. Mas superior, compreendeu? Em

todas as profissões há categorias. A minha é como o jornalismo, a política, o funcionalismo, o teatro... No jornal, o contínuo pertence ao jornal, o repórter pertence ao jornal, o redator pertence ao jornal. Mas há o diretor-gerente! Nos bancos há contínuos, pagadores, guarda-livros, caixas. Mas há também o diretor. Nos teatros, você deve ter reparado, há uma porção de gente. Mas quando você vai, por exemplo, ver uma companhia portuguesa, o que vai ver você?

Adriana A Palmira Bastos!

O Gentleman Como a sua mamã...

Adriana Não é de cá a mamã!

O Gentleman ... como a sua vovó

Adriana Já morreu.

O Gentleman Não altera o meu princípio. A questão é de saber que em tudo há classes, tal qual como nos enterros, porque afinal as profissões são os enterros da vida...

Adriana Meu Deus! Quanta coisa...

O Gentleman Na profissão de gatuno há os contínuos, os amanuenses, os varredores, os coristas, os especialistas medíocres, como o Pula Ventana, os assassinos que são presos. E há também os superiores, os *leaders*. Eu sou gatuno. Mas de primeira classe. Gatuno *leader*.

Adriana Deixe-se de pilhérias! Se o senhor fôsse mesmo gatuno não dizia.

O Gentleman	Seria um erro lamentável. Todas as profissões são interessantes quando nos destacamos nelas. Depois, minha filha, devo dizer que escolhi a profissão de gatuno admirável, em primeiro lugar porque é a única profissão em que o reclamo foi abolido; em seguida porque no Brasil todas as outras profissões estão inteiramente desmoralizadas. Palavra! Os colegas chamam-se mutuamente coisas feias e o público acredita. Nem a Maçonaria escapa! Só há realmente uma classe unida: a dos ladrões. Veja você os jornalistas. Se tomarmos ao pé da letra o que eles dizem uns dos outros, principalmente os estúpidos dos inteligentes, estaríamos mais garantidos no Pinhal da Azambuja. O mesmo acontece com os literatos, os advogados, os políticos...
Adriana	Ah! esses, não resta dúvida...
O Gentleman	Ainda bem. Até você considera os políticos ratoneiros. Ponha-se agora no meu lugar e seja deputado ou ministro para ser tratado, já não digo de ladrão, mas de sem-vergonha, dançarino, prostituta...
Adriana	Oh!
O Gentleman	Chocou-se com o palavrão? Pois há piores, impressos diáriamente nos jornais.
Adriana	Eu não leio jornais, senão quando há crimes.
O Gentleman	Ainda bem. Você perderia muito. Nada mais pernicioso do que a leitura de artigos de fundo. É preferível não os ler. Porque afinal a única profissão que não é insultada nos jornais é

	a de ladrão. Ao contrário, é considerada o diletantismo de todas as outras.
Adriana	Metade do que o senhor diz eu não compreendo.
O Gentleman	Nem é preciso.
Adriana	Não compreendo e não acredito.
O Gentleman	Isso é que me faz desconfiar de que você seja brasileira. Enfim, minha pequena, a questão é simples. Eu sou ladrão. Mas de primeira classe, como o Maurício de Lacerda na oratória parlamentar, a Palmira Bastos nas companhias portuguesas, o Léon Rousellières na polícia, e outras glórias universais. Escolhi a profissão de gatuno porque é a única que não atacam. E trabalho só, porque, ó miséria humana!, quando se organiza uma quadrilha é certo que nos traem os outros. Ainda há pouco tivemos um exemplo com o rapto das sabinas.
Adriana	Que sabinas?
O Gentleman	As filhas putativas de um homem solteiro que foi ministro. Essas filhas arruinaram os comerciantes...
Adriana	Coitados! Nesta época de crise...
O Gentleman	Está convencida agora?
Adriana	De quê?
O Gentleman	De que sou gatuno?
Adriana	(*sorrindo*) Se lhe dá prazer...

O Gentleman	Deixe-me então dizer-lhe que a sua atitude para comigo tem sido de absoluta falta de tato.
Adriana	Ora esta!
O Gentleman	Claríssimo! Qual é a sua profissão ?
Adriana	Creio que o senhor não me vai ofender?
O Gentleman	Bem. Respeito a discrição feminina. Mas permita que me julgue ofendido.
Adriana	(*inquieta*) Por quê? Que tem?
O Gentleman	Sem receio. Sou um cavalheiro. E apesar de ser de indústria, há muitos industriais que não são cavalheiros. Eu mantenho a linha. Considere, porém, o nosso caso e veja como procedeu absurdamente.
Adriana	Absurdamente?
O Gentleman	Sim. Que faz a menina à noite e de dia? Não precisa dizer. Sabemos. Há cidadãos conhecidos de nome ou de vista e alguns nem de nome nem de vista. Eles falam à menina, e a menina, esquecendo que quem vê caras não vê algibeiras, come com eles, vem para casa com eles, dorme descuidosa ao lado deles. Pensou alguma vez que um desses indivíduos podia ser um assassino, um ladrão, um flagelador, um suicida? Que poderia amanhecer ao lado de um cadáver, ou amanhecer roubada, ou amanhecer assassinada? Nada disso. A menina ri, brinca, está alegre, com esperanças, sem pensar no perigo. Mas, como em vez de me encontrar no *club* ou na rua, a menina encontrou-me no seu quarto, a menina, só por essa pequena

alteração, quis gritar, quis prender-me, teve
medo esquecida de que se eu tivesse intenções
sinistras começaria por fazer exatamente
o que toda a gente com facilidade faz. É ou
não absurdo? É sim. A menina só tem uma
desculpa: procedeu como a sociedade, cuja
estupidez coletiva só se mede pela própria
inconsciente depravação... Esse, porém, foi o
primeiro absurdo porque, logo que me viu bem
vestido e falando bem, a menina resolveu achar
impossível que eu fosse gatuno, simplesmente
gatuno, ofendendo-me no meu mais sério
orgulho: o orgulho profissional. Eu resolvo
perdoar-lhe porque ainda neste caso a menina
é tão imbecil como a sociedade que só respeita
os gatunos com outros nomes e prende os
simples sinceros profissionais.
Para compreender bem o que eu digo
basta indagar: se em vez deste seu criado
encontrasse o *croupier* do *club* d'onde vem, não
o receberia? Com prazer! Se fosse o seu *gigolo*...

Adriana	O meu *gigolo* não é ladrão.
O Gentleman	Por quê?
Adriana	Porque é rico.
O Gentleman	E é *gigolo*?
Adriana	Porque eu quero.
O Gentleman	Eis as nuanças que levam ao erro.
Adriana	Depois, antes era pobre e eu gosto dele. Foi outro dia que o pai estourou em Portugal, deixando-lhe 200 contos.

O Gentleman	Assim uma fortuna do pai para a mão?...
Adriana	Palavra!
O Gentleman	Vão lá explicar a sorte. Que diria Spinosa disso?
Adriana	Spinosa não tem que meter o nariz aqui. Não admito que se intrometam na minha vida pessoas que eu não conheço.
O Gentleman	Eu faço o contrário. Só me meto com quem não conheço. Veja o exemplo de agora. (*com melancolia*) Se não a tivesse conhecido, teria arranjado a minha vida. "*Tu sarai solo, tu sarai tutto tuo*"[4], já disse Da Vinci.
Adriana	Outro!
O Gentleman	Que outro?
Adriana	Que eu não conheço!
O Gentleman	Também você não conhece ninguém!
Adriana	(*com tristeza*) Ai filho, antes não conhecesse... (*o Gentleman olha-a. Silêncio. Ela tira o chapéu, o* manteau *profissionalmente. Ele naturalmente fecha de novo a porta. Acende outro cigarro. Hesita. Depois:*)
O Gentleman	Bem. Vou-me embora. Ao que parece, a vida não te sorri muito?
Adriana	Assim...

---

4 "Se você está sozinho, você vai ser todo seu."

O Gentleman	Pareces o presidente da República diante do problema econômico.
Adriana	É porque ele sabe decerto com que linhas se cose...
O Gentleman	Ou não sabe. Ninguém sabe nada. Eu digo como o Antônio Carlos.
Adriana	Outro!
O Gentleman	Outro?
Adriana	Que também não conheço.
O Gentleman	(*rindo*) Há muitos outros ainda. O mundo é pequeno, mas tem muita gente. Principalmente nas cidades. Olha aqui. Só o bairro de Botafogo...
Adriana	Conhece lá muita gente?
O Gentleman	De vista. Moro lá.
Adriana	Ah!
O Gentleman	É exato. Há doze anos. Apenas lá sou um homem socialmente honesto. Do cais da Glória para cima ninguém me pega a trabalhar. Em geral o resto dos moradores faz o mesmo.
Adriana	Hein?
O Gentleman	Vem trabalhar para o centro...
Adriana	(*rindo*) O senhor sempre me saiu muito pândego!

O Gentleman	*À la bonne heure.*[5] Não há como a verdade para parecer mentira. Também a mentira vinga-se: parece sempre a verdade... Bem. Vou-me embora. Toque nestes ossos. Adeus!
Adriana	(*retendo-o*) Sério?
O Gentleman	Pequena imprudente!
Adriana	Ora não me aborreça mais com esses fingimentos. Eu confesso que a princípio tive medo. Mas compreendi logo. Agora não caio. O senhor é um extravagante que quis assustar-me para gozar o meu susto. Olhe. Há piores e que não falam tão bem. Gente de cocaína, de alfinetes, de porcarias...
O Gentleman	Conheço muito alguns...
Adriana	E não são só velhos. Rapazes com cada ideia... O senhor é pelo menos original. Mas eu sou esperta e percebi. Nem morta acredito que seja gatuno! Deixe-se de mais histórias. Venha dormir.
O Gentleman	E o *gigolo*?
Adriana	Não vem hoje.
O Gentleman	Está a divertir-se com o dinheiro do pai?
Adriana	Ainda não recebeu. O pai morreu há um mês.
O Gentleman	Por isso a menina está triste.

---

5 Em boa hora.

Adriana	Não; não é por isso... Sabe o senhor que estou a simpatizar com a sua cara?
O Gentleman	Mesmo sendo eu gatuno?
Adriana	Ora!
O Gentleman	(*tomando-lhe a bolsa*) E se eu ficasse com esta bolsa?
Adriana	Não tem muito, meu filho. Apenas 122 mil réis.
O Gentleman	Nestes tempos não é mau, para um simples particular. Olha, o Irineu Machado não renuncia a uma das cadeiras da Câmara só para poupar ao Tesouro 2:400$000 réis por mês... 122 mil réis é uma soma.
Adriana	Não brinque...
O Gentleman	Enfim, minha filha, a culpa é sua. Não tem que se queixar. Você vai dar licença: eu roubo-lhe os 122 mil réis.
Adriana	Você vai roubar os meus 122 mil réis?
O Gentleman	(*abre a bolsa, tira o dinheiro, calmo*) Eu já tive o desprazer de roubar-lhe os 122 mil réis. E é inútil você gritar, chamar a polícia, porque entre mim e você ninguém deixará de não acreditar em você. Está a ouvir?
Adriana	(*no auge da raiva*) Ladrão!
O Gentleman	Exatamente. Mas experimente dizê-lo alto. Meto-a na cadeia, como alguns colegas meus de respeito. Adeus! (*abre a porta*)

Adriana	Eu grito!
O Gentleman	Sabe bem que ninguém acreditará. Sim ou não? Grite você! Eu espero! (*senta-se*) Pobre pateta que não compreende a sua miserável posição na sociedade!
Adriana	(*rompendo em choro*) Somente... somente... não é gentil! Depois de ter conversado tão bem... Depois de mostrar tantos conhecimentos.
O Gentleman	Mas que quer que eu faça, se sou ladrão?
Adriana	Somente... sabe Deus quanto me custou para arranjar esses 122 mil réis... Estou atrasada na pensão... Tão atrasada... e não tenho mais nenhum, nenhum...
O Gentleman	Mas que hei de fazer, se sou ladrão?
Adriana	Somente... somente... eu não sou inteligente... mas preferia que... sim... era melhor que tivesse roubado logo sem me falar... porque quando um homem fala com uma mulher duas horas... e depois leva-lhe todo o dinheiro... 122 mil réis!... contra a vontade dela... não é ladrão, não!... é... um... um canalha...
O Gentleman	(*ergue-se pálido*) Hein!
Adriana	Somente... somente... eu sou uma pobre... que qualquer um pode enxovalhar... roubar... matar, uma pobre em que ninguém acredita... mas acho muito feio... muito feio... tão feio!... E dou-lhe... sabe? prefiro dar-lhe os meu 122 mil réis... Pode levar... pode ir embora... Deus me ajudará... pode ir... eu não faço nada. Leve... leve... ande... (*soluço*)

O Gentleman	Obrigado. (*caminha para a porta. Ela cai numa cadeira chorando baixinho. O Gentleman volta*) Permita entretanto que, retribuindo a sua gentileza, eu ofereça à menina (*e abre a carteira*) a quantia de 122 mil réis, produto líquido do meu trabalho desta noite. (*põe o dinheiro na* coiffeuse) E mais uma pequena soma, resto dos meus trabalhos d'outros dias. Vai fazer-me uma terrível falta. Eu não negociei com as sabinas. Eu não sou amigo dos ministros. Tenho, porém, o maior prazer... E até mais ver.
Adriana	(*pula, grita*) Logo vi que não eras ladrão.
O Gentleman	Por quem me toma a senhora? Sou sério. E por ser ladrão e respeitar a minha profissão, que não acanalho, é que a compreendi. Adeus.
Adriana	Mas... mas... mas é mesmo? Não fica?
O Gentleman	Deus me livre! Sou casado e nunca durmo fora de casa.
Adriana	Mas é impossível!
O Gentleman	Como todas as coisas certas. Adeus. Não quero ir, porém, sem lhe beijar a mão. Salvou-me de ser igual aos outros. Decididamente não há como a gente ser moral para ensinar a decência à gente séria. Adeus.
Adriana	(*olha o dinheiro, olha o Gentleman que se vai*) Não vá! não vá!...
O Gentleman	(*à porta*) E tenha cuidado, filha. Feche bem a porta. Esta polícia só faz asneiras! Os ladrões andam por aí a assaltar a própria

autoridade. Cuidado. Adeus. Seja feliz.
Obrigado. Durma bem... (*desaparece*)

Adriana   Ah! (*corre a fechar a porta, respira, senta-se,*
ergue-se) Mas parece impossível! Tão elegante!
Tão simpático! Tão sério! Tão diferente!... Que
pena não ser como todos nós, meu Deus!
Que pena ser só ladrão!

CAI O PANO

O Teatro Nacional – Enquete
Entrevista concedida por João do Rio ao jornalista Lindolfo Collor

Paulo Barreto, o cintilante João do Rio, das crônicas elegantes, um dos nossos beletristas de mais justificado renome, responde à nossa *enquête*.

Espírito educado num puro ambiente de arte, João do Rio deve ter, por força, opiniões valiosas, opiniões suas, sobre as coisas que se referem ao nosso teatro.

Enviamos-lhe o nosso questionário e, passado apenas o tempo estritamente necessário para serem formuladas as respostas dos quesitos, recebemo-las tais como a seguir as publicamos:

"Meu distinto confrade – Devo louvá-lo em primeiro lugar. O interesse que toma pelas coisas que não são de utilidade imediata é sempre louvável. Os jornais parisienses no verão costumam fazer perguntas que podiam deixar de ser feitas.

– Que gosta V. mais como *sport*?

– Qual o seu prato predileto?

– A que horas costuma dormir?

V., meu caro confrade, interessa-se por um caso muito menos imediato: o teatro nacional. E o teatro nacional neste país politicoide, sempre à beira de um abismo, é a mais remota preocupação do brasileiro. Eis por que o meu louvor é sincero pelo seu ideal e pelo desejo de agitar uma questão esteticamente e talvez socialmente grave.

Devo dizer, porém, que as suas perguntas seriam títulos para os capítulos de um livro e que as minhas respostas, necessariamente curtas, não poderão abranger toda a intenção da pergunta.

Não poderão abranger e, digo mais, poderão escandalizá-lo.

Assim, V. começa por pedir-me ideias gerais sobre a lenta evolução do nosso teatro. Eu respondo:

– Não houve evolução porque não temos teatro. Tivemos e temos de vez em quando tentativas teatrais.

É possível, depois de ler Martins Pena, considerá-lo o Molière brasileiro, ou mesmo um comediógrafo de segunda ordem?

É possível apreciar as peças do Alencar ou do Macedo como "marcando época"? Ora, até agora estamos assim: alguns senhores de talento e muitos sem talento algum fazem peças que não significam um movimento de teatro, porque os de talento não o deixaram nas peças e os que não o tinham fizeram e fazem tremendas borracheiras. Houve uma época em que decalcavam os românticos. Hoje impressionam-se com o Bataille e o Bernstein. O teatro é o expoente da civilização de um povo. Não pode surgir enquanto esse povo não for realmente civilizado.

V. faz outras perguntas. Peço-lhe permissão para responder à V e à VI, omitindo as outras já implicitamente respondidas.

Acho que a Escola Dramática pode dar excelentes resultados, se tiver professores que não mudem todos os dias, se tiver continuidade. E, com a escola e o governo resolvido a não se deixar explorar pelos ganhadores de ocasião, mas a dar mão forte a homens capazes, podendo ter vários anos um teatro seguido, conseguiremos:

1º. O interesse do povo pelas tentativas nacionais;

2º. A educação dos escritores – porque só vendo as peças representadas é possível ir corrigindo erros e intenções;

3º. A formação do ator-artista pela segurança que dá a certeza do recurso pecuniário e pelo ambiente de arte em que não deixará de viver.

Mas o teatro agora desaparece integralmente e precisaríamos de outras qualidades para que os governos fizessem essa obra contínua e honesta.

É, como vê, remotíssima, senão impossível, a realização dessas belas coisas.

Com admiração, *nunc et semper*[1] – João do Rio."

L.C.

Publicada no jornal *O Paiz*, em 10 de fevereiro de 1912.

---

1 Agora e sempre.

A Eva de João do Rio
Entrevista concedida pelo
autor em 23 de junho de 1915
à Agência Americana

RIO, 23 – Tendo notícia de que a última peça do brilhante escritor Paulo Barreto, *Eva,* seria representada em primeiro lugar na Pauliceia, e despertando esse acontecimento teatral grande interesse nas rodas artísticas e literárias do Rio de Janeiro, entrevistamos o seu consagrado autor, e, para São Paulo, que vai ter as primícias do novo trabalho de João do Rio, enviamos as palavras que o festejado homem de letras teve a amabilidade de nos dizer:

– *Eva* foi realmente escrita com o desejo de que São Paulo lhe fizesse o primeiro acolhimento e decidisse do seu futuro. Os artistas da Companhia Adelina Abranches, que tanto estimam a capital artística do Brasil, concordaram comigo. E assim Eva surgirá no paraíso para que foi feita...

– O seu desejo vem talvez da peça passar-se em São Paulo?

– Não. *Eva* só se pode passar em São Paulo. O seu entrecho, os seus tipos seriam um disparate noutro qualquer ponto do planeta. Mas nem eu estudei as fazendas de São Paulo, nem o meu feitio literário é regional. Eu desenho, ao contrário, a elegância parisiense de algumas paulistas, que passam quinze dias na fazenda, ao voltar das suas habitações da Étoile em Paris.

A peça tem esse ambiente. O tipo de Eva, menina original e voluntariosa e boa, é tudo quanto há de mais reprodução de uma gentilíssima senhorita de nossa sociedade. Uma história que ouvi de Coelho Neto em palestra e que o grande escritor não sabe onde leu, deu-me o drama.

Escrevi *Eva* de um fôlego, três dias depois de chegar de Buenos Aires. Eva, a verdadeira, vinha no mesmo vapor em que vim. As suas *boutades,* o seu espírito estão reproduzidos exatamente. E os outros falam como os paulistas elegantes que encontrei em Paris, como os paulistas do Automóvel Club de São Paulo. Já vê que, apesar de ser uma peça passada em São Paulo, podia ter a sua primeira representação em Lisboa, como no Rio. Quis, entretanto, que fosse em São Paulo, o único "país" do Brasil. Quis por um sentimento de descentralização mental.

– E não nos poderá adiantar nada sobre o enredo da peça?

– Passa-se em 24 horas, da manhã de uma quinta, à manhã de uma sexta-feira, na fazenda de Souza Prates, conde do Vaticano, a 40 minutos de Ribeirão Preto. E, apesar de haver um empolgante drama de amor, desencadeado no borboletear mundano da vilegiatura dos Souza Prates, *Eva* é uma peça sem uma palavra arisca, sem uma situação agressiva à moral comum e onde só há um beijo, e esse mesmo no fim e à vista de doze pessoas no palco.

Aura Abranches e Alexandre Azevedo estão contentíssimos com os papéis. Queria não ser o autor da *Eva* para dizer que Aura terá na Eva a sua maior criação em que revelará uma intensa fibra dramática a par dos seus incomparáveis dotes de alegria e estouvamento. Mas posso dizer que Alexandre fará um Jorge intenso e brilhante.

A coleção ACERVO publica os títulos do catálogo da editora CARAMBAIA em novo formato. Todos os volumes da coleção têm projeto de design assinado pelo estúdio Bloco Gráfico e trazem o mesmo conteúdo da edição anterior, com a qualidade CARAMBAIA: obras literárias que continuarão relevantes por muito tempo, traduzidas diretamente do original e acompanhadas de ensaios assinados por especialistas.

CIP-BRASIL. CATALOGAÇÃO NA PUBLICAÇÃO / SINDICATO NACIONAL DOS EDITORES DE LIVROS, RJ /
R452c / João do Rio, 1881-1921 /
Crônica, folhetim e teatro / João do Rio; seleção e apresentação Graziella Beting. [2. ed.] São Paulo: Carambaia, 2019.
544 pp; 20 cm. [Acervo Carambaia, 4] / ISBN 978-85-69002-55-0 / 1. Literatura brasileira. 2. Crônicas brasileiras.
3. Ficção brasileira. 4. Teatro brasileiro. I. Beting, Graziella.
II. Título. III. Série.
19-56279 / CDD 869 / CDU 821.134.3(81)

Vanessa Mafra Xavier Salgado
Bibliotecária – CRB-7/6644

Primeira edição
© Editora Carambaia, 2015

Esta edição
© Editora Carambaia
Coleção Acervo, 2019

Revisão
Liana Amaral
Ricardo Jensen de Oliveira
Tamara Sender
Márcio Ferrari

Projeto gráfico
Bloco Gráfico

DIRETOR EDITORIAL Fabiano Curi
EDITORA-CHEFE Graziella Beting
EDITORA Ana Lima Cecilio
EDITORA DE ARTE Laura Lotufo
ASSISTENTE EDITORIAL Kaio Cassio
PRODUTORA GRÁFICA Lilia Góes
GERENTE ADMINISTRATIVA Lilian Périgo
COORDENADORA DE MARKETING E COMERCIAL Renata Minami
COORDENADORA DE COMUNICAÇÃO E IMPRENSA Clara Dias
ASSISTENTE DE LOGÍSTICA Taiz Makihara
AUXILIAR DE EXPEDIÇÃO Nelson Figueiredo

Fontes
Untitled Sans, Serif

Papéis
Pop Set Black 320 g/m²
Munken Print Cream 80 g/m²

Impressão
Ipsis

Editora Carambaia
rua Américo Brasiliense,
1923, cj. 1502
04715-005 São Paulo SP
contato@carambaia.com.br
www.carambaia.com.br

ISBN
978-85-69002-55-0